WENDY K. HARRIS

So weit wie die See

Buch

An einem bitterkalten Wintertag kommt Clare auf der Isle of Wight an. Verzweifelt sucht sie nach einer Freundin, Rose, die sie auf einer Reise kennengelernt hat. Rose wird ihr hoffentlich helfen können – mit ihrer Einsamkeit, ihrem Leben und ihrem neugeborenen Baby zurechtzukommen.

Rachel sitzt weinend in ihrem Café. Sie ist todunglücklich, denn ihr italienischer Geliebter hat sie gerade verlassen. Für ihn hatte sie ihr Leben komplett umgeworfen und sogar ihr niedliches kleines Café in einen glänzenden italienischen Gourmettempel umgewandelt. Wie soll es jetzt weitergehen?

Fran kennt die Gefühlsschwankungen zwischen Freud und Leid bereits zur Genüge. Den Großteil ihres Lebens hat sie auf einer einsamen Schaffarm verbracht. Nun muss sie feststellen, dass sie langsam zu alt wird für die körperlichen Herausforderungen und das Alleinsein.

Pater Ryan hadert mit seinem Schicksal. Noch nie hat er die Liebe Gottes gespürt, dem er sein ganzes Leben gewidmet hat. Wird er überhaupt jemals Liebe spüren?

Allen vier wird die Liebe begegnen, und sie werden lernen, dass Liebe heilend, aber auch schädlich, Glück bringend, aber auch zerstörerisch, kostbar, aber auch selbstsüchtig sein kann …

Autorin

Wendy K. Harris stammt ursprünglich aus der Grafschaft Surrey. Inzwischen aber ist die Isle of Wight zu ihrer geliebten Heimat geworden, wo sie ihrer großen Leidenschaft des Schreibens nachgeht. Denn die faszinierende Insel ist der ideale Schauplatz für ihre großen romantischen Romane.

Von Wendy K. Harris ist bereits erschienen:

Die fremde Schwester (36318) · Nur mit deiner Liebe (36791)

Wendy K. Harris

So weit wie die See

Roman

Aus dem Englischen
von Leon Mengden

blanvalet

Die englische Originalausgabe erschien 2008 unter dem Titel »Rocken Edge« bei Coach House Publications, Isle of Wight.

FSC
Mix
Produktgruppe aus vorbildlich bewirtschafteten Wäldern und anderen kontrollierten Herkünften
Zert.-Nr. SGS-COC-1940
www.fsc.org
© 1996 Forest Stewardship Council

Verlagsgruppe Random House FSC-DEU-0100
Das für dieses Buch verwendete FSC-zertifizierte Papier *Holmen Book Cream* liefert Holmen Paper, Hallstavik, Schweden.

1. Auflage
Deutsche Erstveröffentlichung Oktober 2009 bei Blanvalet, einem Unternehmen der Verlagsgruppe Random House GmbH, München.

Umschlaggestaltung: HildenDesign, München
Umschlagmotiv: A. Green / zefa Value / Corbis
Redaktion: Michaela Jürgs
ES · Herstellung: RF
Satz: DTP Service Apel, Hannover
Druck und Einband: GGP Media GmbH, Pößneck
Printed in Germany
ISBN: 978-3-442-37237-9

www.blanvalet.de

Für
David und Lizzie
und meine süße Enkelin Clementine.

Eine Vorbemerkung für meine Leserinnen und Leser

Falls Sie einmal die Isle of Wight besuchen sollten, werden Sie manche Schauplätze dieser Geschichte wiederentdecken. Einige aber sind dem Reich der Fantasie entsprungen oder inzwischen vom Meer fortgespült worden.

WKH
Isle of Wight, 2007

1

Wo war bloß der Leuchtturm? Er musste doch jeden Moment zu sehen sein und sie mit seinem Licht blenden, sagte sich Clare, als sie um die letzte Biegung der steilen Straße zum Strand hinunterging. Aber hier war kein Leuchtturm. Sie konnte es kaum fassen. Die Vorstellung des massiven weißen Gebäudes mit seinem kreisenden Lichtstrahl war für sie wie ein imaginäres Wegzeichen gewesen, das sie magisch anziehen und ihr den Weg weisen würde. Und sie hatte gehofft, an seinem Fuße Rose vorzufinden, die dort auf sie wartete und ihr schon von weitem zuwinkte, das Lächeln auf ihrem Gesicht vom Leuchtfeuer erhellt.

Clare ging ein Stück die Uferpromenade entlang und hielt dann inne, um einen lustlosen Blick auf das wogende graue Meer zu werfen, das am Horizont mit einem ebenso stahlgrauen Himmel verschmolz. Sie hörte das schurrende Geräusch der Kiesel, die von den brandenden Wellen auf den hellen Sand gespült wurden. Schwarzweiße Austernfischer huschten auf ihren rosa Beinen umher und stießen mit ihren kräftigen, orangefarbenen Schnäbeln zwischen die Steine in dem ablaufenden Wasser. Am Ende des verlassenen Strandes stand zu ihrer Linken ein leerer Musikpavillon, der Clare an eine Pagode erinnerte; zu ihrer Rechten befand sich ein Pub namens *The Spyglass*. Davor stand die überlebensgroße Figur eines Piraten in einem blauen Mantel und mit einem roten Tuch mit weißen Punkten um den Kopf. Auf seiner Schulter hockte ein grüner Papagei. Das hölzerne

Gesicht des Seeräubers wirkte zerfurcht und wettergegerbt, aber auch irgendwie wehmütig, als sehne er sich zurück auf sein Schiff, um damit die Meere unsicher zu machen. Hinter den beiden Gebäuden ragte die zerklüftete Steilküste auf; doch nirgendwo gab es einen Leuchtturm. Dabei war Clare sich ganz sicher gewesen, dass Rose ihr gesagt hatte, sie solle nach Ventnor gehen.

Ihre Knie drohten unter der schweren Last dieser Enttäuschung und dem Gewicht ihres Rucksacks einzuknicken. Es kam ihr vor, als hätte sich das Baby, das sie unter dem hochgezogenen Reißverschluss ihres Daunenparkas an sich gedrückt trug, in einen Sack Kartoffeln verwandelt.

Ein einsamer Windstoß, der nur auf sie gewartet zu haben schien, wirbelte über die Promenade und kroch ihr unter die Kleidung. Clare wandte sich der Reihe Häuser mit den heruntergelassenen Läden zu. Es war ein sonderbares Gefühl, nun so von allem ausgeschlossen zu sein, nachdem sie all die Monate eingesperrt in der alten Abtei verbracht hatte. Sie stellte sich den Bund eiserner Schlüssel vor, der zusammen mit einem Rosenkranz und einem Kruzifix an einem schmutzigen Tau hing, das die Äbtissin um ihren fetten Bauch gebunden trug, und ein Schaudern durchfuhr sie. Rasch sog sie die frische, klare Seeluft ein. Ja, es war schon besser, hier draußen zu sein, obwohl ihre Beine in der dünnen Jogginghose, die Pater Ryan ihr im letzten Sommer geschenkt hatte, vor Kälte zitterten.

Der Trainingsanzug gehörte zu den ausrangierten Klamotten des Hurlingteams der Knaben, und bisweilen konnte Clare noch den Schweiß riechen, der sich darin eingenistet hatte. Diese Trainingsanzüge waren grau mit schwarzen Streifen an den Beinen und Ärmeln und an den Schultern gepolstert. Clare konnte an den Stellen, an denen die Embleme herausgetrennt worden waren, noch die Einstiche sehen, und auf dem Fleecefutter hatten sich kleine, harte Knöllchen gebildet, die sie auf der Haut kratzten. *Ich habe dir ein paar neue Sachen besorgt, mit denen du von uns fortgehen kannst*, hatte Pater Ryan zu ihr gesagt, als er sie in die Sakristei führte. Clare hatte sich auf Jeans und bunte Baumwollshirts gefreut, aber dann hatte er ihr den Kleiderhaufen in die Hand gedrückt. *Die dürften dir passen … wenn es bei dir so weit ist*, hatte er gemurmelt, und Clare drang der muffige Geruch aus der Altkleidersammlung der Klosterschule in die Nase. Vor lauter Enttäuschung war ihr die Kehle wie zugeschnürt gewesen, so dass sie nicht einmal ein *Danke* hervorbrachte, aber auch Pater Ryan war es sichtlich peinlich gewesen; Schweißtröpfchen traten ihm auf die gerötete Stirn, obwohl sein Teint normalerweise so fahl war wie der Unseres Herrn Jesus Christus unter der Dornenkrone. Clare hatte sich so gedemütigt gefühlt, dass sie einen Schritt zurückgewichen war.

Das war im letzten Sommer gewesen. Und nun neigte sich der Januar seinem Ende zu. Sie war sich dessen gar nicht recht bewusst geworden, bis sie das Datum auf ihrem Zugfahrschein gesehen hatte. Sie wünschte sich, es wäre schon wieder Sommer. Sie stand auf der zugigen Promenade und schlotterte am ganzen Leibe, aber sie konnte nicht einmal die Hände in die Jackentaschen stecken, weil sie damit das Baby hielt. Wie kam es, dass etwas so Kleines sich dermaßen schwer anfühlte? Aber zumindest spürte sie die Wärme des Kindes. Mit der einen Hand griff sie sich über die Schulter und befühlte ihr dichtes Haar. Orangerot. Deswegen hatten die anderen Kinder in der Schule sie immer *Karottenkopf* genannt – sehr zum Unmut ihrer Mutter, die darauf bestand, Clare hätte *richtig rotes* Haar. Arme Mam. Clare hatte sich stets bemüht, ihr keinen Kummer zu bereiten. Aber der

Spitzname Karottenkopf gefiel ihr. Er hatte etwas Knackiges, Lebendiges, erinnerte sie an würzigen Möhrenkuchen, quirlige Kobolde, frischen Möhrensaft. Sie steckte sich ihren langen Zopf in den Kragen und wickelte ihn um ihren Hals wie einen Schal.

Sie verlagerte ein wenig das Gewicht des Babys und tastete in ihrer Tasche nach dem wertvollen Zettel mit der Wegbeschreibung. Sie kannte sie auswendig, aber die verblassten Worte verliehen ihr Trost. Sie riefen ein klares, deutliches Bild von Rose hervor, wie sie sie hinkritzelte und sich dabei ihr unordentliches, mit rosa Strähnen und verkletteten Zöpfen durchsetztes Haar, in das sie sich zusätzlich noch bunte Perlenkettchen geflochten hatte, nach hinten strich. Der Trost, den Clare dabei empfand, löste ein leises Pochen tief in ihren Herzen aus, als wäre ein winziger Teil der Clare, die sie einmal gewesen war, irgendwo noch am Leben, irgendwo jenseits des sich windenden und schlängelnden Knotens aus Würmern, der nun in ihr steckte. Pater Ryan hatte ihr gesagt, es wäre ein Schlangennest, das sie wegen ihrer Sünden in sich trüge und das ihr keinen Frieden lassen würde, bis sie dafür gebüßt hätte. Aber Clare konnte sich keine Schlangen vorstellen, bloß fette rosige Würmer, die irgendwie in sie eingedrungen sein mussten, als sie noch sehr jung war. Zuerst waren sie in ihre Träume geschlüpft, und dann hatte sie sie zu ihrem Entsetzen auch richtig in sich gespürt. Sie hatte gehofft, dass sie sie mitsamt dem Baby und all dem anderen Zeugs, das dabei zum Vorschein kam, wieder herausstoßen würde, doch nach der Geburt konnte sie immer noch den glitschigen Knoten in sich spüren.

Als sie den Zettel zurück in ihre Tasche steckte, berührte ihre Hand die Glasperlen ihres Rosenkranzes. Gab es hier in der Nähe möglicherweise eine Kirche? Aber wie durfte sie es wagen, sie zu betreten? Wie konnte sie ihre Finger in das heilige Weihwasser tauchen? Dann merkte sie, dass sie vor einem Café stand. *Rachel's Café*. GESCHLOSSEN stand auf dem Schild an der Tür. Trotzdem sah sie eine Bewegung hinter der Scheibe. Sie trat näher an das beschlagene Fenster heran und wollte mit ihrer kalten Faust eine Stelle freireiben, aber der Beschlag war innen. Sie konnte gerade eben die verschwommenen Umrisse einer Frau erkennen, die an einem Tisch saß und etwas trank. Clares Magen knurrte. Wenn sie doch nur da drin sein, einen Becher mit heißer Brühe umklammern könnte, der ihre verfrorenen Finger auftauen ließ. Sie fuhr sich mit der Zunge über ihre aufgesprungenen, nach Salz schmeckenden Lippen. Wenn sie anklopfte und höflich fragte, würde die Frau vielleicht Mitleid mit ihr haben. Schließlich wollte sie nichts schnorren, wollte sich bloß ein wenig aufwärmen und sich einen Moment ruhig hinsetzen. Aber würde die Frau ihr dann nicht Fragen wegen des Babys stellen – und überhaupt? Jedenfalls wurde ihr bei dem Gedanken an etwas zu essen übel. Sie sollte wohl besser zusehen, dass sie weiterkam, bevor es anfing, dunkel zu werden. Immerhin hatte sie es von Worcester bis ganz zur Südküste der Isle of Wight geschafft. Rose hatte ihr bestimmt keine verkehrte Wegbeschreibung mitgegeben. Der Leuchtturm musste ein Stückchen weiter sein, auf der anderen Seite von Ventnor. Sie ging los. Sie würde sich erneut den Hügel hinauf zu der Bushaltestelle schleppen müssen, um sich dort zu erkundigen.

In *Rachel's Café* übertrumpfte der Duft frischen Kaffees den Geruch von Farbe, und der Dampf aus der Maschine ließ das Fensterglas beschlagen. Rachel rieb sich gerade die Augen, als ihr eine Hand auffiel, die an der Scheibe wischte. Ein blasses Gesicht mit einer roten Mütze – oder roten Haaren – versuchte hereinzuschauen. Was war mit den Leuten los? Begriffen sie die Bedeutung des Wortes GESCHLOSSEN nicht? Dann verschwand das Gesicht wieder. Rachel stand auf und ließ die neue, azurblaue Jalousie herunter, damit die Glotzer sie in Frieden ließen.

Sie ließ sich schwer zurück auf ihren Stuhl sinken. Ihre Teilnahmslosigkeit erschreckte sie. Das sieht mir doch gar nicht ähnlich, dachte sie … Schließlich konnte irgendeine arme Seele dringend Hilfe benötigen. Auch sie selber könnte eines Tages in eine missliche Situation geraten … *Was du nicht willst, das man dir tu, das füg auch keinem anderen zu* – das war ihr Motto. Nicht, dass sie viel mit christlicher Nächstenliebe am Hut hätte, jedenfalls nicht in dem Sinne, dass der bärtige alte Mann aus dem Himmel ihr Handeln überwachte. Aber sie glaubte fest an die wenn auch noch so tief verschüttete Güte, die jedem Menschen innewohnte. Wenn sie sich mit Leuten unterhielt, denen es wirklich dreckig ging – und das kam in ihrem Café ziemlich häufig vor –, merkte sie, wie schnell sie deren Lebensgeschichten überdrüssig wurde. Was sie nicht so ganz begriff, war *die kreative, intelligente Energie, die am Ende alles ins Lot bringen würde* und von der Sophie und Nick manchmal sprachen. Sie mochte diesen Satz und konnte auch seine metaphysische Bedeutung nachvollziehen, aber kam denn am Ende alles *ins Lot*? Warum verteilte das Schicksal dann Glück und Unglück in so ungleichem Maße? Intelligent mochte diese kreative Energie ja sein, aber hatte sie denn keine Gefühle? Man brauchte nur an die Opfer des Tsunami in Südasien neulich zu denken, und es brach einem das Herz …

Und dennoch – im Augenblick war ihr überhaupt nicht danach, sich um die Bedürftigen zu kümmern. Nicht umsonst hatte sie gerade ihre neue Jalousie heruntergelassen, damit sie das blasse Gesicht hinter der Scheibe nicht mehr sehen musste. Was war aus ihrem Mitgefühl für andere Menschen geworden? War etwa ihr Herz geschrumpft? Sie schob die Hand unter die linke Brust, um sich zu vergewissern. Meine Güte, wie heiß sich ihre Haut anfühlte. Sie strich sich das kupferfarbene Haar hinter die Ohren, öffnete die oberen Knöpfe ihrer weißen Bluse und fächerte ihrem verschwitzten Gesicht mit einer ihrer neuen Speisekarten Luft zu. Ein italienisches Gourmetmenü zuckte vor ihren Augen – *Cotoletta alla Valdostana, Agnello Rustico, Melanzane alla Parmigiana* – oh, was für sinnliche Namen – und wie sie sich von ihnen hatte verführen lassen.

»Nun beeil dich doch bitte, Sophie«, flüsterte sie vor sich hin. Sie war sich bewusst, dass es Samstagnachmittag war und sie an Sophies und Nicks freiem Tag störte. Aber Rachel musste dringend mit Sophie reden, und es würde ein schwieriges Gespräch werden. Das Letzte, was sie wollte, war, ihrer Freundin die Flitterwochen zu verderben. Aber Sophie war bereits auf dem Weg von der Blue Slipper Bay und musste es erfahren – schließlich war sie Teilhaberin des Cafés. Rachel spürte, wie ihr wieder die Tränen kamen; ihr verschwommener Blick strich über die strahlend weißen Wände, das glänzende Edelstahl und die gläsernen Regale. Ihre Gefühle schwankten zwischen Kummer, Zorn und totaler Verwirrung. Wie konnte es sein, dass sie sich wie eine gutgläubige, leicht hereinzulegende alte Oma fühlte, wo sie doch erst gestern noch wie ein Teenager, bei dem die Hormone verrückt spielten, herumgehüpft war? Was war aus der erfolgreichen, zufriedenen Geschäftsfrau geworden, die sie noch vor ein paar Monaten gewesen war, dass sie jetzt so von einem Extrem ins andere fiel?

Sie tupfte sich die feuchten Wangen mit ihrer schwarz-weiß gestreiften Schürze ab, schenkte sich noch eine Tasse Kaffee ein und lauschte dann dem Wind, der draußen über die Strandpromenade pfiff. Es kam ihr vor, als wolle er ihr mit seinem klagenden Heulen sein Mitgefühl ausdrücken. Ob die blassgesichtige Person Schutz vor dem Wetter gefunden hatte? Sie nahm abermals die Menükarte zur Hand, saß da und las sich die verlockende Auflistung der Speisen durch. Doch die Worte, die sie dabei in ihrem Kopf hörte, klangen wie Sandro, wenn er mit seiner Süßholz raspelnden Stimme sprach und dabei die Silben über seine Zunge rollen ließ, während er mit halb geschlossenen Augen in ihren Ausschnitt stierte. Wütend knallte sie die Menükarte auf den Stapel zurück.

»Wie habe ich nur so bescheuert sein können?«, entfuhr es ihr.

»Dummkopf«, schalt Fran sich selber, als sie die neugeborenen Lammzwillinge mit einem rauen Handtuch abrubbelte. Beauty, ihr in die Jahre gekommenes Mutterschaf, starrte sie mit stumpfen Augen an. »Ich weiß ja, Beaut. Ted hat wie immer recht gehabt; du bist schon viel zu alt für solche Eskapaden.« Beauty zeigte keinerlei Interesse an ihrer Nachkommenschaft. »Nun kommt schon, sagt euch doch wenigstens hallo«, drängte Fran, aber keines der drei Tiere schien erpicht darauf. Fran seufzte; beide Lämmer waren Böcke. Das zuerst geborene war dünn und schwächlich und wirkte völlig lethargisch. Fran geriet ins Schwitzen, zog sich den schmutzigen Aran-Pullover über den Kopf und brachte dabei ihren grauen Haarknoten durcheinander. Dann kniete sie sich stöhnend im Stroh hin; der Rücken tat ihr weh. Sie selber wurde auch langsam zu alt und zu ungeschickt, um sich noch als Hebamme zu betätigen. »Ja, Beaut, wir haben beide schon bessere Tage gesehen«, sagte sie. Sie hielt dem größeren der beiden Neugeborenen den Kopf und versuchte, es zu bewegen, an den Zitzen seiner Mutter zu saugen, aber Beautys Euter sah nicht so wohlgefüllt aus, wie es sein sollte. Das Lämmchen ließ den Kopf hängen, doch Fran war fest entschlossen, wenigstens eines der beiden zu retten – natürlich das kräftigere. Sie bettete das sterbende Lämmchen neben seiner Mutter ins Stroh, so dass die beiden einander riechen konnten, wickelte das andere in ihren Pullover und nahm es unter den Arm. »Ich bringe ihn dir nachher zurück, Beaut«, sagte sie und richtete sich mühsam auf. »Jetzt erhol dich erst mal.«

Fran verließ die Scheune und schloss das Tor hinter sich; sie war froh, wieder an der frischen Luft zu sein. Wie liebte sie diese späten Januartage, wenn es nach Salz und feuchtem Gras duftete! Am Fuße des Kliffs konnte sie die Wellen herandonnern hören – wie das Feuer versunkener Kanonen. Sie streckte ihren steifen Rücken und holte tief Luft. Von Westen wälzten sich schwere graue Wolken näher. Der Lichtstrahl des Leuchtturms beschrieb über ihr silbrig schimmernde Kreise am trüben Nachmittagshimmel. Alles, sie selber eingeschlossen, schien zu pulsieren. Die schwere Geburt, die Beauty hinter sich hatte, steckte ihr noch in den Knochen und ließ sie das Rauschen des Windes und das Tosen des Meeres umso schärfer wahrnehmen – ebenso wie das Pochen ihres Herzens. Immer dann, wenn sie von der Natur in ihrer unbändigsten Form umgeben war, empfand sie den tiefsten Frieden, gerade so, als würde sie in einen süßen Schlummer sinken … ihr fehlten die Worte, um das Gefühl auszudrücken. Sie hob das Lamm in die Höhe, als wolle sie es der Welt zum Geschenk darbieten. »Der äußerste Rand der Isle of Wight«, schwärmte sie. »Ein guter Platz, um auf die Welt zu kommen.«

Cinders, ihr Collie, kam über das Kopfsteinpflaster des Hofes getrippelt, um sie zu begrüßen. »Tja, nun haben wir wenigstens noch ein Lamm, um das wir uns kümmern müssen«, sagte Fran zu der Hündin. Cinders wedelte mit dem Schwanz und ließ hechelnd ihre feuchte Zunge heraushängen.

Auf dem Weg zur Küchentür des aus Steinen gebauten Farmhauses hielt Fran kurz inne, um ihre Schar weißer Tauben, die in den Ritzen zwischen dem Pflaster nach Körnern pickten, mit ein paar Worten zu bedenken. »Meine liebsten Täublein«, gurrte sie, als mit einem Male ein Windstoß durch den Hof fegte. Die Tauben flatterten hoch, verstreuten sich und nahmen dann wieder auf dem Boden ihre Stellung ein wie ein kleiner Trupp Ballerinas. Fran sah zu, wie in der wieder eingekehrten Stille ein paar schneeweiße Federn bedächtig zur Erde schwebten. So stellte sie es sich vor – ihr Gefühl des inneren Friedens. Sie musste kichern. »Hast du das gesehen, Cinders? War das nicht hübsch?« Sie bückte sich, um die Hündin am Kopf und hinter den Ohren zu kraulen. »Nun denn, jetzt wollen wir uns mal nach einem kuscheligen Karton für dieses neue Lämmchen umsehen.«

Pater Ryan stand auf der felsigen Landspitze von Mizen Head und stemmte sich gegen den Wind vom Atlantik, der an seiner Soutane zerrte. Ich stehe an der äußersten Spitze Europas, dachte er. Es ist nichts mehr zwischen hier und Nordamerika. Mächtige Wellen kamen schäumend auf ihn zugerollt und trafen krachend auf Land, wobei ein Sprühnebel aus winzigen Tröpfchen hochspritzte. Pater Ryan spürte, wie sich klamme Feuchtigkeit auf seinem Gesicht und seinem Haar absetzte. War es wirklich möglich, dass sich jenseits dieses endlosen, einsamen Meeres ein riesiger Kontinent befand? Neufundland ... Da wäre er jetzt gerne. Er malte sich aus, wie er sich in Jeans und einem rotkarierten Hemd am Ufer eines kalten, grünen Sees, in dem er nach Lachs fischte, eine Hütte aus Kiefernstämmen baute. Er schnupperte in die Luft und stellte sich den Geruch des Rauches von brennendem Holz vor ... Und wenn ihm danach war, von hier fortzuziehen, wer wollte ihn daran hindern? Einsam, unerkannt, anonym ... diese Worte verliehen ihm Trost. Es war nicht leicht, im Gewand eines Priesters nicht aufzufallen. Die Menschen warfen ihm immer verstohlene Blicke zu, suchten eine Gelegenheit, ihm scheußliche Dinge zu beichten, die sie damit auf ihm abluden und die sich dann wie Dämonen an seiner Haut festkrallten.

Ein jäher Windstoß schüttelte ihn, als wolle er ihn ins Landesinnere zurückschleudern, zurück in die Arme Irlands. Er hatte diese Gestade, an denen er vor beinahe vierzig Jahren das Licht der Welt erblickt hatte, nie verlassen – und er würde es wohl auch nie tun. Er tat einen tiefen Seufzer, und seine Augen wurden feucht. Oder doch? Aber das würde bedeuten, dass er Jeannie zurücklassen müsste. Die kleine Jeannie – er dachte nach wie vor von ihr als seiner kleinen Schwester, obwohl sie mittlerweile achtunddreißig war. Würde er ihr fehlen, wenn er von hier fortging? Liebte sie ihn noch? Selbstverständlich tat sie das. Ihre Liebe zu ihm war eine Liebe, der Jahre nie etwas würden anhaben können. Er konnte sie nicht verlassen, konnte diese Insel nicht verlassen. Ebenso, wie er nicht ohne seine Soutane vor die Tür treten konnte. Er blickte auf den schwarzen Stoff hinunter, der ihm an seinem dünnen Leib klebte. Dabei *musste* er sie gar nicht ständig tragen. Die meisten jüngeren Priester trugen auf samstäglichen Ausflügen wie diesem Hosen.

Kinderstimmen rissen ihn aus seinen Gedanken. Er wandte sich um und sah, wie seine Schützlinge den Bus bestiegen, der sie zurück nach Bantry bringen sollte. Dabei fiel ihm ein kleines Mädchen auf, das sich bemühte, sich das Kopftuch ihrer Schuluniform um ihr langes, wehendes rotes Haar zu binden. Clare!, durchfuhr es ihn. Was war aus Clare geworden? Wieso war sie nicht bei dem Konvent in England angekommen? Schwester Bridget hatte Erkundigungen angestellt, ob ihr möglicherweise etwas zugestoßen war, sich aber geweigert, noch mehr in dieser Sache für ihn zu unternehmen. Konnte es sein, dass das Mädchen sich von jemandem, dem sie unterwegs begegnet war, hatte bequatschen, sich von irgendeiner gottlosen Person hatte einreden lassen, eine Abtreibung vorzunehmen? Er hätte nicht zulassen dürfen, dass sie sich ganz alleine auf diese Reise begab. Sie war noch zu jung, und man konnte sich nicht so recht auf sie verlassen. All seine diskreten Erkundigungen hatten nichts erbracht, und er wusste nicht, was er sonst noch in die Wege leiten sollte. Gewiss hatte es keinen Zweck, die Polizei einzuschalten. Ihm war bewusst, dass sämtliche großen Städte voller von zu Hause weggelaufener Jugendlicher waren, die keinen Wert darauf legten, aufgespürt zu werden.

Er hatte bis jetzt nicht den Mut aufgebracht, Clares Mutter zu sagen, dass ihre Tochter vermisst wurde, denn er war sich ungewiss, wie die Frau darauf reagieren würde. Man konnte von Glück reden, dass Mrs. Mulligan vollkommen hin und weg von seiner Geschichte gewesen war, dass Clare sich bereit erklärt hätte, im Kloster zu leben, nachdem Adoptiveltern für das Baby gefunden wären. *Meine Gebete sind erhört worden*, hatte sie lobpreisend ausgerufen. *Nicht umsonst habe ich das Mädchen nach der Heiligen genannt! Nun werden ihr bestimmt all ihre Sünden vergeben.* Was für eine Idiotin, dachte er. Stundenlang konnte sie wie verbissen vor dem Altar knien, aber auf ihre eigene Tochter aufzupassen vermochte sie nicht. Sie war genauso an dem Schlamassel schuld wie Clare selber.

Vielleicht sollte *er* nach England fahren und selber versuchen, Clare zu finden? Aber wie sollte er das anstellen? England war voller gottloser Menschen. Gab es dort nicht jede Menge Frauen, die kaum bekleidet herumliefen? Mit einem Male entsetzte ihn der Gedanke, seine eigene kleine, in sich abgeschlossene Welt zu verlassen. Er begann so heftig zu zittern, dass seine Kiefer sich verkrampften und er sich in die Lippe biss. Plötzlich hatte er den Geschmack von Blut und Salz im Mund.

»Pater! Lassen Sie sich bloß nicht noch im letzten Moment davonpusten!«, rief Schwester Constance, die ihren wehenden Schleier festhielt.

Er blickte hinunter auf das wogende Meer und fragte sich, was wohl passieren würde, wenn er über den Zaun stieg und einen Schritt auf den Abgrund zu machte. Würde der Allmächtige von oben nach ihm greifen und ihn festhalten? Oder würde er einfach in die Tiefe stürzen wie ein weggeworfener schwarzer Plastikmüllsack? Er schloss die Augen und lauschte in sich hinein auf eine Antwort. Aber die Stimme Gottes war nicht zu vernehmen, und auch von seiner behütenden Gegenwart spürte er nichts. Er blickte hinauf zu dem grauen Himmel, der plötzlich mit silbrigen Fäden durchzogen war und aus dem ein Donnergrollen ertönte. War das Gottes Antwort – ein Zeichen seines Zorns? Ein jäher Schmerz, bei dem ihm speiübel wurde, schoss ihm hinter die Augen, als hätte das kleine Nagetier, von dem er sich vorstellte, dass es sich durch sein Gehirn fraß, in seinen Sehnerv gebissen. Er spürte, wie der Inhalt seiner Gedärme sich in eine glucksende Flüssigkeit verwandelte, und kniff heftig die Gesäßbacken zusammen, bis der Drang nachließ. Dann senkte er seinen gequälten Kopf und ging langsam auf den Bus zu. Bei jedem Schritt schlug ihm sein schweres Kruzifix gegen die Brust und zog ihn hinunter wie ein Grabstein um seinen Hals.

2

The Buddle Inn!«, rief der Fahrer. Clare schreckte hoch. Von der Wärme und der wiegenden Bewegung des Busses war sie eingenickt. »Das ist so nahe, wie wir am St. Catherine's Lighthouse vorbeifahren können, Liebes. Einfach die Straße da runter, ist nicht zu übersehen. Aber Vorsicht an der Kliffkante. Nicht, dass Sie mir da runterfallen.« Clare bemühte sich aufzustehen; ihr Rucksack brachte sie fast aus dem Gleichgewicht. Als der Bus davonfuhr, blieb Clare am Straßenrand stehen und schaute zu dem Gasthaus hinüber. Hinter den Fenstern blinzelten Lichter. Sie malte sich aus, dass drinnen ein Kaminfeuer brannte und in der Küche die Töpfe dampften. DURCHGEHEND GEÖFFNET, lockte ein Schild an der Tür. Aber sie durfte sich jetzt nicht aufhalten lassen und machte sich auf den Weg. Wenigstens ging es bergab. Sie kam an ein paar Häusern vorbei und musste unter einigen Bäumen hindurch, die sich wie ein Tunneldach über den Weg wölbten und unter denen es ihr gruselte. Aber schon bald passierte sie das Hinweisschild des *National Trust* mit dem Bild des Leuchtturms darauf. Und dann öffnete sich die Landschaft vor ihr; winterkarge Felder hoben und senkten sich, während sie weiterging, und endlich erblickte sie den weißen Leuchtturm mit dem kreisenden, blinkenden Lichtstrahl – genau, wie sie es sich die ganze Zeit vorgestellt hatte. Ein Gefühl der Wehmut stieg ihr in der Kehle auf. Dort, hatte Rose gesagt, würde sie fortan wohnen – in dem Wohnwagenpark unterhalb des Leuchtturms. Zwischen einer Gruppe im Winde schwankender Bäume hindurch konnte sie gerade eben ein paar flache Dächer ausmachen.

Clare war zu Tode erschöpft, von Hunger und Durst geschwächt. Der Rücken schmerzte ihr, weil ständig der Rucksack darauf rieb, und die Arme taten ihr weh, weil sie darin das Baby trug. Es wurde unruhig; seine quengelnden Laute bedeuteten, dass der Kleine bald gefüttert werden musste, weil er sonst zu schreien anfing, und das würde sie nicht ertragen können. Also musste sie das Baby füttern, bevor sie sich zu den Wohnwagen begab. Sie wollte nicht, dass Rose ihr dabei zusah – jedenfalls jetzt noch nicht. Es wäre ihr peinlich, und außerdem fühlte sie sich verschwitzt und schmutzig.

Sie schaute sich nach einer geschützten Stelle um, an der sie sich hinsetzen konnte, aber die ganze Landschaft um den Leuchtturm herum schien nur aus Feldern zu bestehen. Dann entdeckte sie eine Ansammlung großer Steine – so ähnlich wie die Menhire ihrer Heimat. Das wäre eine Möglichkeit. Ein schmaler, furchiger Pfad führte zu ihnen hinunter. Sie war so unsicher auf den Beinen, dass sie genau aufpassen musste, damit sie nicht hinfiel. Als sie die aufrecht stehenden Steine erreichte, stellte sie fest, dass diese die Eckpfeiler einer Einfahrt bildeten. Auf einem Schild, das an das offen stehende, schon ziemlich verfallene Gatter genagelt war, stand

ROCKEN EDGE FARM. Unsicheren Schrittes stieg sie über einen in den Boden eingelassenen Rost, der das Vieh hindern sollte weiterzugehen. Vor sich sah sie ein windgepeitschtes Weißdorndickicht, das sich gegen den Himmel abhob und wie mit stacheligen Fingern auf sie zeigte. Der Anblick behagte ihr gar nicht, aber der Pfad führte mitten zwischen den dornigen Gewächsen hindurch, also brachte sie die Wegenge eilig hinter sich. Ein paar Sekunden lang dachte sie, sie wäre an die Kliffkante gelangt, doch dann merkte sie, dass es sich um einen Abhang handelte, der steil hinunter zu ein paar aus Stein gebauten landwirtschaftlichen Gebäuden führte, die man von oben nicht hatte sehen können. Ein Stückchen dahinter befand sich ein altes, verwinkeltes Haus. Sie blieb ganz still stehen und lauschte, aber sie konnte nichts hören außer dem Heulen des Windes, der das Meer aufwühlte, und dem unruhigen Greinen des Babys. Die Farm schien verlassen zu sein, und Clare war es unbehaglich bei dem Gedanken, dass dort bestimmt schon längst niemand mehr wohnte. Als sie näher herankam, flog ein Schwarm weißer Tauben auf und ließ sich auf einem Scheunendach nieder. Sie erschrak über das plötzliche Flügelflattern, aber nirgendwo bellten Hunde. Ihr Herz schlug wie wild, und das Baby gab einen dünnen Klagelaut von sich. Sie hätte nicht hier hinuntergehen sollen. Warum war sie nicht schnurstracks zu den Wohnwagen gegangen? Rose würde nichts dagegen gehabt haben, wenn sie dort ihr Baby stillte; schließlich musste es ja sein. Aber da sie nun einmal hier war, konnte sie das Kind ebenso gut rasch füttern, damit es sich beruhigte.

Sie stieß das knarrende Tor eines Gebäudes auf, das wohl so etwas wie ein Stall war, denn darin stank es fürchterlich nach Pferdemist. Man konnte kaum etwas erkennen, denn es gab nur ein einziges, staubbedecktes Fenster, aber immerhin konnte sie aufgestapelte Strohballen ausmachen. Sie öffnete den Reißverschluss ihrer Jacke, nahm das Baby heraus und setzte es zwischen die Ballen. Ihre Brüste fühlten sich feucht und schwer an und schmerzten, als wären sie wund. Wie ihr das alles zuwider war! Unter Ächzen legte sie den Rucksack ab, nahm das Baby auf den Schoß und ließ sich in den kargen Lichtschimmer nieder. Es tat gut, den Rücken gegen die Wand zu lehnen.

Sie sah ihren Kleinen an. Sein winziges, rot angelaufenes Gesicht war ganz verzerrt; jeden Moment würde er zu brüllen anfangen. Sie zog ihr Sweatshirt hoch; die Milch sickerte schon aus ihren Brustwarzen. Das Baby wollte nicht stillhalten, verbiss sich dann aber mit seinem harten Gaumen in ihrer Brust. Bei dem Schmerz schrie Clare auf; das Knäuel aus Würmern in ihr schien Purzelbäume zu schlagen, und ihr wurde schlecht. Das Baby hörte auf zu saugen und rülpste. Clare merkte, dass ihre Brustwarze ganz rot und knotig aussah, und nahm das Kind auf die andere Seite, um ihm die zweite Brust zu geben. Nach seinem anfänglichen, unerträglich ungestümen Gegnabbel kam der Kleine zur Ruhe und saugte unter leisen, glucksenden Geräuschen in rhythmischem Zügen. Sie schob ihm sein rosa Mützchen in den Nacken und betrachtete die weiche Stelle auf seinem Kopf, die sich während des Säugens auf und nieder bewegte. Ihre Mutter hatte ihr eingeschärft, auf diese Stelle besonders achtzugeben. Das machte sie nervös. Sie stellte sich vor, wie sie unwillkürlich mit dem Daumen in diese Öffnung stieß, so, wie sie früher Löcher in die Papierdeckel der Gläser mit Marmelade, die ihre Mutter kochte, gestoßen hatte. Das daunenweiche Haar des Kleinen klebte ihm auf der Kopfhaut. Es roch säuerlich, und sein Körper fühlte sich unter dem stinkigen, wollenen Strampelanzug feucht an. Ihm waren die Windeln nicht mehr gewechselt worden, seit die Mutter Oberin ihn Clare gebracht hatte, damit sie ihn zur Nacht noch einmal stillte. In ihrer panischen Eile, sich aus dem Haus zu stehlen, hatte sie völlig vergessen, nach Windeln zu suchen. Die Mutter Oberin war diejenige gewesen, die alles sauber hielt, und sobald der Kleine gefüttert worden war, hatte sie ihn an sich genommen und fortgetragen.

Clare wusste, dass die Frau nicht wollte, dass Clare den Unterleib des Babys sah, weil sie so tat, als handele es sich um ein kleines Mädchen; sie selber aber hatte sein Geschlecht schon bei der Geburt deutlich erkannt. Die Mutter Oberin hatte das Baby nur kurz hochgehalten, dann aufgeschrien und es auf Clares Bauch fallen lassen, von wo es zwischen ihre Beine rutschte und wimmernd dort liegen blieb. Dann war sie aus dem Zimmer gestürzt und hatte Clare völlig verwirrt und vor Entsetzen zitternd zurückgelassen, denn sie glaubte, die Würmer müssten mitsamt dem Baby aus ihr hervorgeschlüpft sein und hätten die Oberin in Panik versetzt. Sie wollte sich aufrichten, um sich zu vergewissern, aber ihr fehlte die Kraft dazu. Später war die Alte in den Raum zurückgeschlichen, nach wie vor mit Blut auf ihrem kreidebleichen Gesicht und ihrem Kleid von der Entbindung. Sie wickelte das Baby ein und dankte der Heiligen Jungfrau für die Gabe der Geburt eines Mädchens. Clare war zu entkräftet gewesen, um sich darüber Gedanken zu machen; das Kind war für sie sowieso mehr das der Oberin als ihr eigenes. Sie sah zu, wie die Frau eine Hand voll blutiges Zeug zusammenraffte und in einen Pappkarton warf. Waren das die Würmer? Waren sie jetzt nicht mehr da? Aber später wachte sie mit dem altbekannten Rumoren in sich auf und wusste, dass sie immer noch in ihr steckten. Sie weinte bittere Tränen; Pater Ryan hatte also recht gehabt.

Die Oberin hatte ihr versprochen, dass sie nach der Geburt einen Priester sehen dürfe, wenn sie ein braves Mädchen war. Dazu wurde von ihr nicht mehr erwartet, als so zu tun, als wäre das Kind ein Mädchen, und ihm die Brust zu geben; das war Bestandteil ihrer Sühne und der Buße für ihre Sünden. Doch die Wochen vergingen, und kein Priester ließ sich blicken.

Nachdem sie nun alleine im Stall auf dem stacheligen Stroh saß, brauchte sie niemandem mehr etwas vorzumachen – nur füttern musste sie das Baby weiter, obwohl es sehr wehtat. Die Oberin hatte ihr gesagt, dass das Kind sterben würde, wenn sie ihm nicht regelmäßig die Brust gab, und dann könnte Clare zu ihrem Register der Todsünden auch gleich noch einen Mord hinzufügen. Clare begutachtete die beiden geschwollenen Brüste, die aus ihrem dürren Knochengerüst hervorragten, als gehörten sie zu jemand anderem. Die Brustwarze auf der wunden Seite sah aus, als würde sie gleich blutend aufbrechen. Vielleicht würde dann all das Schlechte, das in ihr steckte, herausgesickert kommen. Sie erschauderte. Was war aus ihren eigenen, kleinen Brüsten geworden, über die sie den weißen Baumwollbüstenhalter angezogen und über denen sie zu Hause jeden Morgen die blaue Bluse der Schuluniform zugeknöpft hatte? Das Einzige, was ihr an ihren Brüsten noch vertraut vorkam, war das goldene Kruzifix, das zwischen ihnen baumelte. Sie tastete nach ihrem Zopf und legte ihn sich über die Schultern. Ihr karottenfarbenes Haar schimmerte leicht im Dämmerlicht. Sie strich sich mit dem Zopfende über das Gesicht – das hatte sie schon als kleines Mädchen gerne getan. Aber ihr Haar fühlte sich brettig an und hatte ganz raue Spitzen wie ein Malerpinsel, der nicht ausgewaschen worden war. Ihre Tränen liefen ihr über die Wangen und tropften auf den Kopf des Babys. Ihr war warm; sie fühlte sich verschwitzt, aber gleichzeitig fror sie. Sie wünschte sich, das Baby würde zu saugen aufhören und einschlafen, damit sie sich wieder auf den Weg machen konnte, bevor es zu dunkel wurde.

Das tiefe Stöhnen des Windes wirkte anheimelnd; dieses Geräusch hatte sie in ihrem Schlafzimmer zu Hause oft gehört. Am liebsten wäre sie eingenickt, zwang sich aber, wach zu bleiben, indem sie an ihren Fingernägeln kaute. Das Baby begann mit offen stehendem Mund einzuschlafen. Sie zog ihm sein Mützchen wieder über die Ohren und zupfte das Wickeltuch zurecht; dann zog sie ihr Sweatshirt herunter und stand auf. In ihrem Kopf drehte sich alles, und sie wäre beinahe umgefallen. Sie legte den Kleinen rasch zurück auf die Strohballen, ging in die Knie und würgte heftig. Sie würde doch hoffentlich nicht gerade jetzt, da sie sich dem Ende ihrer Reise näherte, krank werden? Sie wollte nicht krank sein, wenn sie Rose traf – auf dem Schiff, auf dem sie von Irland herübergekommen war, hatte sie genug durchgemacht. Rose würde ja glauben, dass sie ständig kotzen musste. Sie wollte sich das Haar glattbürsten und sauber und ordentlich aussehen, aber im Moment konnte sie nicht viel dafür tun. Das Übelkeitsgefühl ließ nach, aber in ihrem Magen gurgelte es. Hunger – das war's.

Nachdem sie sich mühsam den Rucksack wieder über die Schultern gewuchtet hatte, blickte sie auf das schlafende Baby hinab. Sie scheute sich davor, ihn wieder aufnehmen zu müssen und den Druck seines Körpers an ihren pochenden Brüsten zu spüren. Aber weit hatte sie es ja nun nicht mehr – nur noch über das Feld zu den Wohnwagen. Sobald sie erst bei Rose war, würde alles gut werden. Rose war wohl der netteste Mensch, der ihr je begegnet war. Nach einem Schluck Wasser und ein bisschen Ruhe würde sie in der Lage sein, das Baby und sich selber zu waschen. Und Rose würde ihr bestimmt dabei zur Hand gehen.

Aus einer dunklen Ecke hörte sie etwas rascheln, und ihr Herz begann zu hämmern. Es war ein Tier in diesem Stall, ein Schaf oder eine Ziege oder sonst etwas. Sie konnte das Weiße in seinen Augen sehen und bekam eine Gänsehaut. Hier drinnen war es ihr nicht geheuer. Übelkeit und Schwindelgefühl stellten sich wieder ein. Sie sollte zusehen, dass sie schnell hier herauskam und etwas frische Luft schnappte, ehe sie umkippte. Sie musste unbedingt Rose finden. Sie brauchte Hilfe.

Sie taumelte über die Erdfurchen und dann quer über das Feld, immer auf den Leuchtturm zu, dessen heller Strahl den Himmel durchschnitt, während es nach und nach dunkler wurde. Der Wind war kalt, aber sie spürte, wie ihr am ganzen Körper der Schweiß ausbrach. Als sie sich dem Weißdorndickicht näherte, konnte sie zwischen den zitternden Zweigen hindurch die langen, wie zu einer Wagenburg zusammengestellten Wohnanhänger sehen und einen großen gelben Bagger. Das musste es sein – Rose hatte ihr erzählt, dass die Studenten dabei mithalfen, ein altes Hotel wieder aufzubauen. Gott sei Dank! Viel weiter hätte sie es nicht mehr geschafft. Ein paar Leute warfen gerade Äste in ein Feuer, und die Funken sprühten hoch in die Luft wie ein Feuerwerk. Clare taumelte auf die Gruppe zu, die ihr Gespräch unterbrach und ihr neugierig entgegensah. Sie wirkten ziemlich jung; wahrscheinlich waren sie alle Studenten wie Rose.

»Suchen Sie jemanden?«, rief ihr einer der jungen Männer entgegen.

»Rose. Ich such nach Rose.«

»Sind Sie sicher, dass Sie hier richtig sind?«

Fast war es Clare, als müsse sie nun alle Hoffnung sinken lassen, aber sie nickte. »Ich habe sie letzten Juli kennengelernt … auf der Fähre von Irland.«

Die jungen Leute scharten sich um sie und musterten sie. »Meinst du die Rose von *Cormorants*, die Freundin von Patrick?«, fragte eines der Mädchen.

Clare nickte noch einmal. An Patrick konnte sie sich erinnern. Er hatte nur wenig gesprochen und einen irgendwie bedrückten Eindruck gemacht. Aber er hatte sie ganz bis nach Hereford in seinem Wagen mitgenommen.

»Patrick!«, rief jemand. »Hier ist eine junge Frau, die nach Rose fragt.«

Und dann kam Patrick auch schon auf sie zu. Er war größer, als sie ihn in Erinnerung hatte, und er trug eine lederne Motorradkluft. Er stellte sich vor Clare hin und betrachtete sie ausdruckslos.

»Rose ist nicht hier«, sagte er. »Sie arbeitet bei ihrer Großmutter in Afrika.«

Clare spürte, wie die letzte Kraft aus ihren Gliedern wich. War denn alles umsonst gewesen? In ihrem Kopf begann es sich wieder zu drehen, und dann drang ein schrilles Kreischen in ihr Ohr. Musste das Baby etwa schon wieder gefüttert werden? Schließlich schienen die Beine unter ihr nachzugeben. Sie merkte nur noch, wie sie gegen jemanden fiel und dann zu Boden sank.

»Rachel, du Arme.« Sophie wühlte in ihrer Handtasche nach einer Packung Papiertücher und schob sie ihr über den Tisch hinweg zu. »Und du hattest nicht irgendwo tief in dir die leiseste Vorahnung, dass Sandro dich verlassen könnte?«

Rachel putzte sich die Nase. Sie war schon ganz rot; so sehr hatte sie seit Jahren nicht mehr geweint. Sie schüttelte den Kopf. »Es gab nicht den geringsten Hinweis. Und ich kann mir absolut keinen Grund vorstellen, warum er das tun sollte. Das mit dem italienischen Restaurant war schließlich seine Idee gewesen. Er war so Feuer und Flamme davon und so überzeugt, dass es ein Erfolg werden würde.«

Sophie rutschte mit ihrem Stuhl näher zu Rachel heran und nahm ihre Hand. »Also, ich kann mir einfach nicht vorstellen, dass Sandro ohne einen triftigen Grund so mir nichts, dir nichts verschwindet – dazu ist er doch ein viel zu netter Kerl. Vielleicht ist in Italien irgendwas passiert ... irgendwas mit seiner Familie ...«

»Aber warum hat er dann nichts davon gesagt?«, entrüstete sich Rachel. »Die Leute in dem Hotel in Shanklin wissen von gar nichts. Es ist, als wäre er spurlos vom Erdboden verschwunden.«

Sophie sah Rachel aus ihren braunen Augen voller Mitgefühl an. Sie schnalzte mit der Zunge und zupfte an einer Locke ihres dunklen Haares. Rachel schaute sich in ihrem frisch renovierten Café um. Überall lagen halb ausgepackte Kartons und gestapelte Regalteile, die darauf warteten, zusammengebaut zu werden. Plötzlich warf Rachel die Arme in die Höhe – eine dramatische Geste, die sie sich bei Sandro abgeguckt hatte und die sie sich jetzt wohl schnell wieder abgewöhnen müsste, dachte Sophie. »Und dabei hatten wir vorgehabt, am Wochenende des Valentinstags zu eröffnen. Bis dahin sind es nur noch ein paar Wochen!«

Jemand klopfte lautstark an die Glastür.

»Das ist Jill«, sagte Sophie und stand auf, um ihr zu öffnen.

»Weiß sie es schon?« Rachel war verunsichert; Jill würde bestimmt eine ätzende Bemerkung fallen lassen.

Sophie biss sich auf die Unterlippe und nickte. »Sie hat

angerufen, als ich gerade zur Tür raus wollte. Aber wenn du möchtest, sage ich ihr, sie soll wieder gehen.«

Rachel schüttelte den Kopf. »Spar dir die Mühe. Bald wird es sowieso jeder erfahren.« Alle werden mich auslachen, dachte sie.

Jill kam hereinstolziert; die Absätze ihrer hochhackigen schwarzen Stiefel klapperten auf den Bodenfliesen. Ein kalter Hauch salziger Luft schlüpfte mit ihr in das Café. Sie nahm ihr rosa und lila meliertes Halstuch ab.

»Und?«, verlangte sie zu wissen. »Ist dein Gigolo wieder aufgetaucht?«

Wiederum schüttelte Rachel den Kopf. Sie merkte, wie Sophie Jill einen strafenden Blick zuwarf, als wolle sie ihr bedeuten, besser ihre Zunge im Zaum zu halten.

»Habe ich mir doch gleich gedacht. Hier herrscht ja eine Stimmung wie in einem Totenhaus.« Jill nahm am Tisch Platz und bediente sich mit Kaffee. »Ich habe einen beschissenen Tag hinter mir und bin nicht gerade in der Stimmung, viel Trost zu spenden. Wenn du mich fragst, Rachel, bist du ohne ihn besser dran. Ich habe Sandro nie gemocht. Er war ein Klugscheißer.«

»Sprich dich ruhig aus«, sagte Rachel. Sie wusste nicht, ob sie sich durch Jills Unverblümtheit getröstet oder gekränkt fühlen sollte.

»Hat er die Finger nur in dein Höschen gesteckt oder auch in dein Bankguthaben?«

»Das nicht.« Rachel legte die Hand auf Sophies Arm. »Aber wir haben eine Menge in das Unternehmen investiert.«

»Ja, das kann man laut sagen. Wollen bloß hoffen, dass du es nicht bereust.«

»Jill! Sei nicht so herzlos!« Schützend lehnte Sophie sich

an Rachel. »Ich hoffe, dass du mit deinen Patienten etwas feinfühliger umgehst.«

»Das ist etwas anderes. Ihr seid meine Freundinnen, und um euch mach ich mir Sorgen.« Sie nahm einen kräftigen Schluck Kaffee und rümpfte die Nase. »Der ist ja schon kalt. Also jedenfalls war dieser aalglatte Sandro ein Schleimscheißer. Man bekommt ein Gespür dafür, wenn man sich den ganzen Tag den Mist anhören muss, den manche Leute von sich geben, das könnt ihr mir glauben.« Sie grinste. »Okay, ich will gerne einräumen, dass er einen gewissen sexuellen Reiz hatte – das Latin-Lover-Syndrom eben. Trotzdem war es klar, dass es mit euch nicht gut gehen konnte – dazu wart ihr viel zu sehr ein Abziehbild von Romeo und Julia.«

»Wohl kaum.« Rachel brachte ein schwaches Lächeln zustande. »Eher wie Richard und Judy aus der Serie im Fernsehen.« Sie nahm eine weiße Leinenserviette von einem Stapel, den sie gerade ausgepackt hatte, und benutzte sie, um ihr verlaufenes Make-up abzutupfen. »Aber ist es nicht irgendwie pervers? Als Jugendliche findet man den Gedanken abstoßend, dass Leute mittleren Alters noch Sex haben. Aber dann ist man selber plötzlich vierzig und stellt fest, dass man sich nach wie vor wie ein scharfer Teenager fühlen kann.« Sie knüllte die Serviette zusammen und warf sie quer durch den Raum, wo sie auf einem Glas mit bunten Nudeln hängen blieb. »Es ist, als könnten unsere ursprünglichsten Bedürfnisse nicht mit unseren alternden Körpern Schritt halten. Oder meinetwegen auch umgekehrt. Ach, ich weiß gar nicht mehr, was ich noch denken soll.«

»Nun, ich konnte dich sehr gut verstehen«, sagte Sophie und nickte mit Nachdruck.

Jill gab ein grunzendes Geräusch von sich und stand auf, um die Kaffeemaschine einzuschalten. »Da könnt ihr euch ja beglückwünschen.« Sie beäugte ihr verzerrtes Spiegelbild in der Kücheneinrichtung aus Edelstahl, zog den Bauch ein, strich sich über ihren kurvenreichen Körper in dem maßgeschneiderten Hosenanzug und ließ ihre goldenen Armreife klimpern. Dann lehnte sie sich mit einem Stöhnen gegen den Küchentresen mit der marmornen Arbeitsplatte. »Ich kann mich nicht erinnern, wann es mich das letzte Mal gekitzelt hat, von Scharfsein ganz zu schweigen.«

Mit einem Male setzte Rachel sich kerzengerade auf. »Wer hat noch mal dieses Lied gesungen, dass Robert de Niro italienisch spricht?« Auf eine Antwort wartend blickte sie von der einen zu anderen. Sophie erwiderte den Blick. Ihr Gesicht war besorgt, aber sie schwieg. Jill verzog den Mund und trommelte mit ihren feuerroten Fingernägeln auf dem Tresen. »War das nicht irgendwas mit Bananen?«, fragte sie.

»Genau! *Bananarama.*« Rachel schniefte. »Na, jetzt weiß ich jedenfalls, was daran so aufregend war. Das hat einen so richtig angemacht, all dies *amore.*« Sie schnäuzte sich noch einmal. »Sandro und ich … wir haben miteinander geschlafen, während wir Andrea Bocelli bei voller Lautstärke spielen ließen.«

»Wie erbärmlich«, murmelte Jill. Sie setzte sich wieder hin und schenkte Kaffee nach.

»Und nun seht euch an, was heute gekommen ist!« Rachel sprang von ihrem Stuhl auf und riss an einem ramponierten Pappkarton. Dann trat sie einen Schritt zurück, damit Sophie und Jill die beidseitig beschreibbare Menütafel bewundern konnten, die abends flankiert von zwei Olivenbäumchen in Terrakottatöpfen vor dem Café aufgestellt werden sollte. Die Tafel war mit handbemalten dunkelblauen Weintrauben und Chiantiflaschen verziert, und darüber thronte ein Schild, auf dem in Schönschrift *Sandro's Italian Restaurant* zu lesen war.

Jill stand auf, um sich die Tafel näher anzusehen. »Schick ihm die verdammte Rechnung«, erklärte sie.

Rachel seufzte und ließ sich zurück auf ihren Stuhl sinken. »Würde ich ja, wenn ich nur wüsste, wohin.«

»Er ist wahrscheinlich wieder in Italien bei seiner Frau und ihren sechs Kindern.« Jill drapierte ein Stück Pappe über dem Namensschild, als wolle sie es einfach verschwinden lassen – so, wie Sandro verschwunden war. »Und da ist er auch besser aufgehoben. Er hat eine wundervolle Frau wie dich gar nicht verdient.«

Rachel blickte überrascht auf. Sie war immer davon ausgegangen, dass Jill von *Cormorants*, ihrer viktorianischen Villa hoch über der Ventnor Bay, ein wenig auf sie herabblickte. Aber Jill hatte während der vergangenen Monate auch einige Rückschläge einstecken müssen. Komisch, dachte sie, während sie ihre beiden Freundinnen ansah. Sophie schien sich seit ihrem langen Urlaub mit Nick in Neuseeland weitaus wohler in ihrer Haut zu fühlen; ihr olivfarbener Teint ließ ihr Gesicht rundlicher erscheinen – als hätte sie sich liften lassen. Jill dagegen, die stets guten Mutes gewesen war und ihre appetitlichen Rundungen gerne zur Schau stellte, wirkte eher hager, als hätten ihre überlaufene Praxis, ihre aufmüpfigen Kinder und ihr ständig auf Abwegen befindlicher Ehemann sie irgendwie knochiger werden lassen. Es schien ihr nicht zu gelingen, eine einzige Sekunde lang nicht in Bewegung zu sein. In diesem Moment wühlte sie gerade in den Menükarten, als sei sie verbissen dabei, sie zu zählen. War das nicht genau das, wovon sie ihre Patienten heilen sollte? Am Ende war so ein Verhalten ansteckend.

Wir Frauen, dachte Rachel. Unser Leben ist ein ständiges Auf und Ab, und dann helfen wir uns wieder gegenseitig auf die Beine. Sieht so aus, als wäre ich jetzt an der Reihe, ein bisschen aufgebaut zu werden.

»Es macht mich einfach so wütend.« Jill begann wieder hin und her zu laufen, riss sich die Haarspange herunter, schüttelte ihr kastanienbraunes Haar und bändigte es wieder. »Männer können so verdammte Arschlöcher –«

»Nicht alle Männer«, unterbrach Sophie sie.

»Schön, dein Nick ist eine Ausnahme. Er ist richtig erwachsen – findet man bei Männern selten.«

»Und dann gibt's da noch Neptun und Kyp und Chas – alles nette Kerle«, setzte Sophie nach. »Von Rachels Söhnen ganz zu schweigen und auch von –«

»Pater Michael«, beendete Rachel den Satz für sie. »Und von dem reizenden Menschen, der meine Lieferungen –«

»Schon gut, SCHON GUT!« Jill zog sich einen Stuhl heran und setzte sich wieder. »Also schön, es gibt da eine kleine Minderheit. Aber trotzdem. Was willst du nun ohne deinen italienischen Chefkoch anfangen? Du hast doch schon Reklame für die Restauranteröffnung gemacht. Wir müssen uns was einfallen lassen.«

Eine Weile lang saßen sie schweigend da, tranken Kaffee und leerten rapide eine Großverbraucherpackung *After Eight*. Rachel fiel es schwer, sich auf das Finden einer Lösung zu konzentrieren. Sie konnte an nichts anderes als an ihren stattlichen, zärtlichen und etwas lauten Sandro denken, wie er Italienisch sprach, sie mit seiner *amore* betörte. Sie hatte noch nie einen Liebhaber wie ihn erlebt. Ja, so dachte sie von ihm – als ihrem Liebhaber. Sie hatte sich nie ein Leben mit ihm an ihrer Seite ausgemalt. Es war so mitreißend gewesen, diesen energischen, zehn Jahre jüngeren Mann zu »besitzen«, der so sinnliche Dinge mit ihrem Körper anzustellen wusste und dessen Atem sie nachts auf ihrem Nacken spürte. Sie ließ ein lange angestautes Schluchzen heraus. Spontan umfingen sie Sophies Arme. Wie tröstlich, Freundinnen zu haben, die wussten, wie es war, bitter enttäuscht zu werden. Das hatten sie alle drei durchgemacht – weiß Gott.

Jill warf einen sehnsüchtigen Blick auf das Weinregal. »Für einen Schluck ist es wohl noch zu früh?«

»Nun, dies ist immerhin eine Krisensitzung«, entschied Sophie.

Rachel zeigte auf den elektrischen Korkenzieher und schnäuzte sich mit einem letzten Tusch die Nase. Dann nahm sie die CD von Andrea Bocelli, drückte sie in die Kunststoffhülle und schleuderte sie wie ein Frisbee quer durch den Raum. Sie knallte gegen die Wand und fiel dann scheppernd auf die teuren, schwarz-weißen Bodenfliesen. Der Deckel der Hülle brach ab und offenbarte ein Foto des Schnulzensängers, wie er gerade die Nase zwischen die Blütenblätter einer langstieligen Rose steckte. »Verdammte *romanza*!«, fluchte Rachel.

Fran drückte exakt an der Stelle auf die Pausentaste des Videorekorders, als Nurejew während des Pas de deux die Fonteyn so mühelos über seine Schulter legte, als wäre sie ein seidener Umhang. Fran fühlte sich so schwerelos, als würde sie selber in dem Ballett tanzen, und es dauerte eine Weile, bis sie sich in ihrem eigenen Körper wiederfand. Schließlich saß sie da und starrte auf das Standbild auf dem Fernsehschirm – wie festgepinnte Schmetterlinge unter Glas, dachte sie. Wer würde glauben, dass Margot, die Julia von Rudolfs Romeo, bereits über fünfzig war? In ihrem fließenden Chiffon wirkte sie so schlank und geschmeidig wie ein junges Mädchen. Nichts von dem Speck, der aufsteigenden Hitze und den steifen Gelenken der mittleren Lebensjahre. Wahrscheinlich taten ihr die Füße weh, aber ansonsten hatte sie sich tadellos gehalten. Fran blickte an sich hinunter – stämmige Figur, entzündete Fußballen und eine blaugeäderte, gichtige Hand, mit der sie die gewaltige Perserkatze auf ihrem Schoß streichelte. Seufzend nahm sie die Katze hoch und setzte sie behutsam auf dem Teppich ab. Inmitten einer Masse weißen Flaums sah Fran zwei orange glühende Augen, deren Blick vorwurfsvoll auf sie gerichtet war.

»Nichts für ungut, Sugar Plum, aber es wird mir zu warm mit dir«, sagte Fran, denn auch ihr Landhausherd verbreitete Hitze. Das Trumm aus Stahlguss gab gurgelnde Geräusche von sich, als würde in seinem höhlenartigen Inneren ein nahrhaftes Stew zubereitet, während es in Wirklichkeit doch nur vorgeheizt wurde, um Steak Pie aus der Packung und Backofenpommes darin anzuwärmen. Vielleicht sollte sie noch ein paar von Teds Karotten schälen, dachte Fran – wenn sie die Energie aufbrachte, sich aus den Tiefen ihres Sessels zu erheben. Sie schaltete den Rekorder ab, denn sie hatte gehört, dass es Videobändern nicht gut bekam, wenn man sie zu lange in Pausenstellung verharren ließ, und sie wollte nicht, dass die Aufzeichnung, an der ihr so viel lag, Schaden nahm. Während sie nachher ihr Abendessen verzehrte, konnte sie sich *Schwanensee* zu Ende ansehen.

Sugar Plum gähnte und offenbarte dabei die ganze Pracht ihrer rosa Zunge inmitten des schneeweißen Fells. Steifbeinig ging sie zum Herd hinüber und streckte dabei die Hinterbeine aus. Sie schnüffelte an der Pappkiste vor der Kochstelle und schob sich zwischen den Herd und die schnarchende Cinders, um den ihr zustehenden Platz auf dem abgetretenen Läufer zu beanspruchen. Dann fing sie an, sich zu putzen, vergrub die Schnauze tief in ihrem dichten Pelz und verströmte dabei den Geruch feuchten Fells.

»Du wirst noch ganz klettig«, murmelte Fran und stemmte sich mühsam aus ihrem Sessel hoch. Als sie sich neben dem Karton hinkniete, hörte sie es in ihren Kniegelenken und ihrem Rücken knacken. Wie viele Pappkisten mochten über die Jahre nach und nach neben diesem Herd gestanden haben? Wie viele Jungtiere hatten sich hier eingekuschelt, sich das Fell angekokelt und die Küche mit dem Gestank sengenden, feuchten Haares erfüllt? Konnte es sein, dass sie als Baby selber in einem solchen Pappkarton geschlafen hatte? Sie zog das Deckchen beiseite und legte die Hand auf das winzige Tier, das darunter schlief. »Wie geht's dir, kleines Lämmchen?«, murmelte sie. Bei der Berührung zuckte das Neugeborene. Die Katze hielt in ihrem Putzvorgang inne; die Hündin hob den Kopf und gab ein fragendes *Wuff* von sich.

Fran stand auf, holte das Fläschchen und drückte auf den schwarzen Gummisauger, um sich Milch in den Mund zu spritzen und deren Temperatur zu testen. Dann nahm sie das Lamm aus der Kiste und setzte sich an den Küchentisch. Sie hielt es unter dem Arm, während sie ihm behutsam die widerstrebenden Kiefer aufdrückte, um den Sauger dazwischenzuschieben. Dies war ihr erster Versuch, ein Lamm mit einer Babyflasche zu füttern. Vorher hatte sie ihm mittels einer Pipette das Sekret eingeflößt, das die Zitzen des Muttertiers unmittelbar nach der Geburt absonderten; nun wollte sie sichergehen, dass das Lamm auch an den Zitzen saugen würde, wenn sie es zu seiner Mutter zurückbrachte. Das Lamm schüttelte den Kopf, schnaubte und zeigte durchaus Interesse an dem Milchgeschmack, begann dann aber, den Kopf hin und her zu werfen, wobei die Milch verspritzte, bis es endlich begriff und sich an dem Gummi festsaugte. »Lass dir ruhig Zeit«, ermunterte Fran das Tier leise. Das Lamm fühlte sich warm an und hatte eine dünne Fettschicht; es würde überleben. Es war zwar ziemlich klein, aber nicht so mager wie sein Zwilling, der inzwischen vermutlich gestorben war. Bald würde sie das tote Lämmchen gegen dieses austauschen – nun, da sie von seiner Überlebenschance überzeugt war.

Sie wiegte das Lamm in ihrem Arm, während sie es fütterte und ihm dabei den *Tanz der kleinen Schwäne* vorsummte. Trotz allem war sie erleichtert. Es war riskant gewesen, die alte Beauty ausgerechnet im Januar lammen zu lassen, aber nun hatte sie es hinter sich gebracht, und es würde für sie wohl auch das letzte Mal sein. Schade nur, dass es ein Böckchen geworden war. Fran konnte den Gedanken kaum ertragen, nicht wenigstens ein Lamm zum Bemuttern zu haben. Das Aufziehen von Schafen lag ihr im Blut, war Tradition in ihrer Familie. Fast konnte sie Phillip, ihren jüngeren Bruder, hören, wie er sich irgendwo draußen im australischen Hinterland, wohin er vor Jahren ausgewandert war, um *ernsthaft* Schafzucht zu betreiben, über sie mokierte. Er würde sich darüber totlachen, was von der Rocken Edge Farm, der *Familienfarm*, übrig geblieben war. Doch als solche betrachtete Fran sie immer noch, obwohl sie nun auf ein paar wenige Haustiere und Hühner reduziert war. *Bleak Field*, das verbliebene Weideland, war an Blackgang Ted verpachtet, damit er darauf seine im Schwinden begriffene Herde grasen lassen konnte.

Fran legte das Lämmchen zurück in seinen Karton, füllte Sugar Plums Futternapf und stellte ihr eigenes Abendessen in den Herd. Sie hatte keine Lust mehr, Mohrrüben zu schälen. Erbsen aus der Tiefkühlpackung taten es auch.

Cinders stand auf, schüttelte sich und ging mit hochgestellten Ohren zur Haustür, wo sie an der Bodenspalte schnüffelte, als ob sie ergründen wollte, wie das Wetter war. Schließlich sah sie Fran an und winselte. Fran grinste – wahrscheinlich musste die Hündin mal wieder raus, und das war ein gutes Anzeichen dafür, dass sie trächtig war. Fran freute sich schon darauf, wieder einen Wurf Welpen zu bekommen, die sich dann vor dem Herd tummelten. Sobald die kleinen Hunde von der Mutter entwöhnt waren, wollte sie Sugar Plum zu Ted bringen, damit es dort zu einer Annäherung zwischen ihr und dem kräftigen Kater ihres Nachbarn kam. Es war Zeit, dass Sugar Plum zum ersten Mal Junge bekam – das sollte sie von ihrem Hochmut abbringen. Fran stopfte ihr graues Haar unter ihre Wollmütze, streifte ihren Dufflecoat und die Gummistiefel über und öffnete die Tür. »Na, dann mal los«, rief sie ihre schon ganz aufgeregte Colliehündin.

Der Wind hatte aufgefrischt und heulte kummervoll; ihn begleitete ein Vorgeschmack auf nahenden Frost, der sich aber hier unten am *Undercliff* selten wirklich einstellte. Die Wolken verzogen sich und offenbarten den mit Sternen gesprenkelten Abendhimmel. Vom Meer hörte Fran das gleichmäßige Rollen der Wellen und das Knirschen der Kiesel. Der Lichtstrahl des Leuchtturms ließ die weißen Schaumkämme glitzern, wenn er über die Wasseroberfläche strich. Sie atmete tief durch, füllte ihre Lunge mit der kalten, salzigen Luft. Sie sollte nicht zu lange ausbleiben; sie musste nach Beauty sehen. Die Geburt war Schwerstarbeit für sie gewesen, und Fran hatte kurz davor gestanden, den Tierarzt anzurufen, aber dann hatten sie und Beauty es doch noch alleine geschafft.

Sie ging quer über den Hof zum Stall, damit sich Cinders eine passende Stelle erschnüffeln konnte. Das Tor schien vom Wind aufgeweht worden zu sein; offenbar hatte sie es nicht fest genug verriegelt. Das war nicht sehr umsichtig von ihr gewesen, denn die Tiere waren so dem Zugwind ausgesetzt, und das kleine Lämmchen konnte einen Fuchs auf der Suche nach Beute anlocken. Beauty stand bewegungslos in ihrer Schafhürde. Fran kraulte ihr den Kopf und die Ohren. »Immer mit der Ruhe, altes Mädchen«, murmelte sie. Das zweite Lämmchen lag zwischen den Hufen seiner Mutter im Stroh. Fran nahm es hoch, aber es hing ihr leblos im Arm. Sie legte es neben dem Tor ab und ging zurück ins Haus, um sein Brüderchen zu holen. Dann rieb sie es an Beautys Fell, damit es den Geruch seiner Mutter annahm, und hielt das warme, blökende Jungtier dem alten Schaf hin, damit Beauty es ausgiebig beschnüffeln konnte. Beauty zitterte ein wenig; das Lämmchen stupste sie mit seiner Nase. Fran versuchte – ergebnislos – das Kleine zu ermuntern, sich doch mal an den Zitzen seiner Mutter gütlich zu tun. Schließlich bettete sie es in das Stroh, damit der Temperaturunterschied nicht zu heftig war. Bei dem Gedanken daran, dass ihr Vater bei extrem kalter Witterung manchmal nicht bloß die Lämmchen, sondern auch deren Mutter mit ins Haus genommen hatte, musste sie lächeln. Sie ging wieder nach draußen, um ihre Täubchen in ihrem Schlag gurren zu hören, scheuchte die Hühner in den Stall und füllte den Wassereimer. Cinders schnüffelte immer noch herum. Dann hüpfte sie zusammen mit Fran zurück in den Stall und fing urplötzlich an zu bellen.

»Sei still«, ermahnte Fran die Hündin und schüttete Wasser in den Trog, aber Cinders begann aus tiefster Kehle zu knurren und suchte im Stroh nach etwas. Das muss an dem toten Lamm liegen, dachte Fran. Doch dann vernahm sie ein miauendes Geräusch. »Ach, du riechst eine Katze? Komm weg hier, du machst ihr bloß Angst. Sie will doch nur Mäuse fangen.« Aber Cinders kläffte wütend, während das Miauen zunehmend lauter wurde. »Die macht ja komische Töne«, sagte Fran und tastete in ihrer Tasche nach der Lampe. »Kann sein, dass sie verletzt ist.«

Mit der Taschenlampe leuchtete sie den Stall nach allen Seiten aus. Cinders sprang an den Strohballen hoch. Fran ging hin, um die Stelle zu überprüfen. Tatsächlich, da drin bewegte sich etwas. Vorsichtig richtete Fran den Strahl darauf, denn sie wollte das arme Tier nicht noch mehr verängstigen. Sie starrte zwischen die Strohballen und wandte den Blick blinzelnd wieder ab. Sie konnte nicht glauben, was sie dort sah. Doch als sie noch einmal hinschaute, war es immer noch da – ein Bündel aus rosa Wolle, aus dem das winzigste Menschengesicht hervorlugte, das sie je erblickt hatte. Vor Schreck bekam sie am ganzen Körper eine Gänsehaut. »Das kann ja wohl nicht wahr sein«, flüsterte Fran.

Nach dem Ausflug zum Mizen Head war Pater Ryan ziemlich erschöpft. Er schloss die Tür des Presbyteriums hinter sich ab und entfachte das Kaminfeuer, das Mrs. Mulligan für ihn vorbereitet hatte. Danach machte er alle Lichter aus, damit etwaige Besucher glaubten, er wäre noch nicht wieder zurück. Vor allem Mrs. Mulligan wollte er nicht begegnen. Sie kam öfter vorbei, um sich zu erkundigen, ob alles zu seiner Zufriedenheit war – und um zu fragen, ob er etwas von Clare gehört hatte. Er wünschte sich, die Frau würde ihn endlich in Frieden lassen. Hatte er für sie – und für ihre Tochter – nicht alles getan, was in seiner Macht stand?

Er löste die Schnürsenkel seiner schwarzen Schuhe, ließ sich in seinen Ohrensessel sinken, deckte sich mit Jeannies altem roten Schultertuch zu und lauschte dann seiner Kassette mit Kirchenmusik der Tudorzeit. Ach, wie er die Reinheit dieser inbrünstigen Stimmen liebte! Ein Tallis-Schüler, das hätte er werden sollen. Er seufzte. Wieso hatte niemand sein Talent erkannt, als er noch jung war? Warum war aus ihm der Chorleiter eines undankbaren Haufens Blagen geworden, mit denen er bloß seine Zeit vergeudete? Kein Wunder, dass ihm sein armer Kopf ständig wehtat.

Die Rückfahrt war das reinste Martyrium gewesen – er hatte hinten im Bus mit den Knaben sitzen müssen, während Schwester Constance mit den Mädchen den vorderen Teil beanspruchte, wo sie munter miteinander plapperten und hübsche Lieder sangen. Ja, sie hatten es besser getroffen. Die Mädchen erinnerten ihn an Jeannie; sie hatte ihm oft leise etwas vorgesungen, wenn sie abends zusammen unter der Bettdecke lagen. Die Jungen hatten sich damit vergnügt, sich im Bus schlüpfrige Witze zu erzählen, und er hatte gegen die Helligkeit die Augen zugekniffen und so getan, als würde er schlafen. Doch er hatte sie immer noch hören – und riechen – können. Dieser widerwärtige O'Leary hatte sich mit gotteslästerlichen Sprüchen großgetan und die anderen als *Scheißarschlöcher* bezeichnet, wenn sie ihm seine lächerlichen sexuellen Fantasiegeschichten nicht abnahmen.

Nach ihrer Ankunft in Bantry hatte Pater Ryan den jungen O'Leary an seinem fettigen Kragen gepackt und hinter den Bus gezerrt, wo er seinen Mund ganz dicht an das Ohr des Bengels gehalten hatte. *Was du mit dir unter deiner Bettdecke anstellst*, hatte er gezischt, *ist der Teufel höchstpersönlich, der in dich gefahren ist.* Er merkte, wie der Junge aufhörte, sich seinem Griff entwinden zu wollen, und ganz fügsam wurde. *Aus dem Teufel kann eine Made werden, die sich in deinen ganz privaten Körperteilen einnistet, sich von deinen schmutzigen Gedanken ernährt und sie wieder ausspuckt.* O'Leary hatte ihn mit weit aufgerissenen Augen ängstlich angestarrt, und seine Unterlippe hatte gezittert. *GEH ZUR BEICHTE!*, hatte Pater Ryan ihn schließlich angeherrscht, bevor er ihn losließ und dann zusah, wie sich der Lümmel rasch aus dem Staube machte. Es konnte nie schaden, diesen kleinen Mistkerlen ein bisschen Angst vor dem Teufel einzuflößen. War es nicht sein eigener Vater gewesen, der ihm eingeredet hatte, seine Kopfschmerzen rührten von einem Nagetier her, das an den schlechten Gedanken in seinem Schädel knabberte? Angst war ein gutes Mittel, um Kindern etwas gründlich einzutrichtern. Sie hatten weitaus mehr Respekt vor ihm, wenn er sie, einen nach dem anderen, während der Katechismusstunde in den Klassenschrank einschloss, damit sie einen kleinen Vorgeschmack davon bekamen, was sie in der Hölle erwartete.

Nachdem er sich eine Stunde lang geistliche Musik angehört hatte, ging es Pater Ryan besser. Von Zeit zu Zeit hatte er sogar selber in die Harmonien mit eingestimmt. Ah, Tallis und Byrd, Taverner und Cornysh – wie diese Renaissancekomponisten ihn allem Irdischen enthoben und seinen Glauben wiederherstellten! Aber den Glauben an was? Er rieb sich die Augen und die vorstehenden Wangenknochen. Was für ein Priester war er nur, dass er sich selber so etwas fragen musste! Und doch stellte er sich ständig diese Frage, und ihm fielen als Antwort stets nur Platitüden ein. Er zog sich Jeannies Tuch bis zur Nase hoch, inhalierte dessen Geruch, stellte sich vor, dass er sie immer noch riechen konnte. Bei seinem ersten Besuch bei ihr im Sanatorium hatte er das Tuch heimlich aus ihrem Schrank genommen. Sie würde den Verlust gar nicht bemerken, hatte er sein Gewissen beruhigt, und er brauchte etwas, das ihr gehörte. Schließlich legte er das Tuch sorgfältig wieder zusammen. Rot war eine so wohltuende Farbe.

Draußen hörte er den Wind heulen. Hagelkörner prasselten gegen die Scheibe, und aus dem Kamin drang gelblicher Rauch in das Zimmer. Pater Ryan hustete und erhob sich aus seinem Sessel, um Licht zu machen und das dürftige Feuer mit ein paar Torfbriketts wieder anzufachen. Er wollte sich ein paar Scheiben Brot abschneiden und dazu die Hammelbouillon aufwärmen, die Mrs. Mulligan für ihn gekocht hatte, und sich danach dem Studium der Partituren von Josquin Deprez und Allegri widmen. Der Wind packte den Deckel seines Mülleimers und ließ ihn lärmend durch den Garten kollern. Recht so, dachte Pater Ryan. Es war kaum anzunehmen, dass ihn bei solchem Wetter jemand stören würde. Diese langen Winterabende hatten manchmal auch ihre guten Seiten.

3

Clare träumte, sie wäre wieder zu Hause in der Bantry Bay, ließe sich im behäbigen Rhythmus des seidig grünen Meeres treiben, das geduldig die Muscheln in ihren Bänken wiegte. Mit einem Male empfand sie Mitleid mit den armen, betrogenen Kreaturen, die sich in ihren grauen Schalen so sicher wähnten. Aber das Meer war so sanft; seine salzige Brise bewegte kaum die flüsternden Grashalme. Sie strich sich mit dem wohltuend kribbelnden Ende ihres Zopfes über die Wange. Hier wollte sie bleiben, das Kinn auf die Knie gestützt auf der Düne sitzen und zum Meer hinausschauen, aber dann hörte sie die nörgelnde Stimme ihrer Mutter nach ihr rufen: *Clare! Wirst du wohl sofort herkommen? Du kommst noch zu spät zur Chorstunde, und Pater Ryan wird sich über dich ärgern.*

In dem Traum konnte Clare sich ganz deutlich selber sehen. Sie beobachtete alles von außen, empfand es aber gleichzeitig so, als würde sich alles in ihr abspielen. Sie war noch viel jünger, ein kleines Mädchen. Irgendetwas stach ihr in die Handfläche. Sie öffnete die Faust und erblickte die winzige Figur der Jungfrau Maria, die sie darin umklammert gehalten hatte. Pater Ryan hatte sie ihr geschenkt, als er zum ersten Mal den Umfang ihres Busens gemessen hatte. Das steife Maßband hatte sich unangenehm angefühlt und ihr dünnes Hemdchen gegen ihre zarten Brüste gedrückt. Dann hatte Pater Ryan gelächelt und etwas in sein Notizbuch eingetragen. *So, nun zieh deine Bluse wieder an und lauf nach Hause, sonst holst du dir noch einen Schnupfen, und dann macht mir deine Mutter Vorwürfe.* Danach gab er ihr die winzige Statuette. *Erzähl den anderen nichts davon, sonst wollen sie alle eine haben.* Seine Augen glänzten, als er ihr über den Kopf strich. *Schönes rotes Haar hast du, kleine Clare.*

Als ihre Mutter sie fragte, wie die Chorprobe gewesen sei, erzählte Clare ihr, dass Pater Ryan ihre Brust gemessen hätte. Ihre Mutter hatte sie ganz merkwürdig von Kopf bis Fuß angesehen; Clare war rot geworden. Sie bekam das Gefühl, etwas verkehrt gemacht zu haben. *Und wozu soll das gut gewesen sein*, verlangte ihre Mutter zu wissen. *Um zu schauen, ob unsere Brüste nach den Atemübungen größer geworden sind*, versuchte sie zu erklären, aber die anderen Jungen und Mädchen waren gar nicht dabei gewesen. Ihre Mam hatte genickt. *Dann musst du tun, was Pater Ryan von dir verlangt. Du kannst von Glück reden, für den Chor ausgewählt worden zu sein.* Sie wandte sich wieder dem Bild des heiligen Franz von Assisi zu, das sie gerade putzte. *Pater Ryan ist ein guter Mensch, ein guter Priester.*

Clare hatte nie begriffen, warum sie für den Chor ausgewählt worden war – sie konnte überhaupt nicht singen.

Clare sah sich im Traum die Figur in die Brusttasche ihrer Bluse stecken, sich den Zopf über die Schultern werfen und an ihren Nägeln kauen, bis ihre Mutter sie wieder rief. Sie stand auf und schüttelte sich den Sand von ihrem marineblauen Schulkleid. Einen Augenblick lang beobachtete sie die Reiher, die in den Tümpeln posierten, und wünschte sich, sie könne zu ihnen hinwaten. Dann wandte sie sich mit einem Seufzer ab.

Als sie durch das immergrüne Gehölz hindurch auf ihr Elternhaus zuging, strich sie mit der Hand über die rostig braune Borke, die sich von den Stämmen ablöste. Sie holte tief Luft und genoss den süßen Duft der winzigen weißen Blüten. Doch mit einem Male mischte sich in diesen Duft der Geruch von Fäulnis, und das Kind, das sie war, verschwand aus den Bildern ihres Traums. Die Kehle schnürte sich ihr zu, als versuche sie zu verhindern, dass etwas Verderbtes in sie eindrang. Oder wollte dieses Verderbte mit aller Macht aus ihr herausdringen? Sie wusste, dass sie sterben müsste, wenn sie zu atmen aufhörte. Was würde dann mit ihr geschehen? Sie hielt die Luft an, bis sie das Gefühl hatte, ihr Brustkorb würde bersten. Hinter ihren geschlossenen Augenlidern blitzten und tanzten helle Lichter. Sie hatte keine andere Wahl, als auszuatmen.

Und dann war der Traum zu Ende. Sie blinzelte und schaute auf. Eine Frau mit hellen blauen Augen, die so wässrig waren wie das Meer, blickte auf sie herab. Clare spürte den warmen Druck ihrer Hand auf ihrer Brust. Sie wollte aufschreien, sich von der Frau losreißen; sie wollte nicht angefasst werden. Aber die Frau schenkte ihr ein wunderschönes Lächeln; sie schien über Clare zu schweben, und um sie herum schimmerte etwas silbern. Clare fragte sich, ob sie in das Antlitz der Heiligen Jungfrau Maria blickte. Sie wollte sie etwas immens Wichtiges fragen. Bestimmt würde die Mutter Gottes es ihr sagen können … Aber sie brachte die Worte nicht hervor, und alles verschwamm vor ihren Augen. Tief in ihrem Inneren zog sich der Knoten Würmer schmerzhaft zusammen, doch dann löste er sich wieder, beruhigte sich, und Clare fiel zurück in den Schlaf.

Mit zitternden Händen legte Fran das Baby auf den Küchentisch. Es gab wimmernde Geräusche von sich und rieb sich mit den kleinen Fäusten im Gesicht herum, um sie in seinen Mund zu bekommen. Was sollte sie tun? Die Polizei verständigen? Sie warf einen Blick auf den Apparat, der auf der Anrichte stand. Es wäre wohl vernünftiger, das Baby zunächst zu untersuchen, um sicherzugehen, dass es nicht in irgendeiner Weise verletzt war. Sie löste das rosa Wickeltuch. Das Baby steckte in einem gestrickten Strampelanzug mit dazugehörigem Mützchen. Zwischen den Beinchen war es feucht und schmutzig und roch streng.

»Armes kleines Lämmlein«, sagte Fran und rümpfte die Nase. »Sieh dir das nur mal an, Cinders.« Der Hund schnüffelte neugierig. »Wer macht sich die Mühe, so einen Strampelanzug zu stricken, bloß, um das arme Wurm dann irgendwo auszusetzen?« Abgesehen von seinen winzigen roten Händchen war das Baby wenigstens warm. »Gott sei Dank hast du es weinen gehört, sonst hätte es am Ende die ganze Nacht da draußen gelegen und wäre erfroren. Meine Güte, meine Güte. Ich mag mir das gar nicht vorstellen.«

Fran nahm ihre Mütze ab und zog die Jacke aus, raffte ihr Haar mit einem Gummiband zusammen und krempelte sich die Ärmel hoch. Dann begann sie, das Baby behutsam auszuziehen. So etwas hatte sie noch nie gemacht. War es richtig, seine kleinen Arme zu strecken, um sie aus den Ärmeln zu ziehen? Vielleicht sollte sie besser doch die Polizei rufen, damit die sich um alles kümmerten. Aber sie durfte das arme Ding in diesem Zustand ja nicht einfach so liegen lassen. Es würde Ewigkeiten dauern, bis der Streifenwagen kam. Die Polizei hatte doch immer alle Hände voll zu tun mit Schlägereien und Drogenhändlern, oder etwa nicht? Außerdem konnte die Person, die das Kind hier zurückgelassen hatte, jeden Augenblick wiederkommen – es sei denn, das Kind war entführt worden. Um Himmels willen – am Ende schob man *ihr* das noch in die Schuhe. *Die Ruhe macht es, Fran*, ermahnte sie sich selber. *Du darfst jetzt nicht die Nerven verlieren.* Sie wickelte das Kind wieder in sein Tuch, legte es auf den Sessel und schrieb auf einen Zettel, dass das Baby sich gut aufgehoben im Haus befinde. Dann eilte sie hinaus in den Stall und legte den Zettel auf die Strohballen.

Atemlos kam sie zurück in die Küche gestürzt. Das Baby weinte immer noch und lutschte an seinen Fäusten. Sie ließ warmes Wasser in das Spülbecken laufen, legte das Kind auf ein Handtuch auf dem Küchentisch und zog ihm seine Wollsachen aus, was es kurzfristig ruhig werden ließ. Schließlich befreite sie das Kleine von der durchnässten Gummiwindel und dem nicht minder verschmutzten Lätzchen – eines von diesen rauen Wegwerfdingern, die die Leute heutzutage benutzten. Dann hielt sie verblüfft inne. »Das gibt's ja wohl nicht. Es ist ein Junge. Wer zieht denn einen Jungen ganz in Rosa an?« Cinders gab einen Laut von sich, als könne auch sie sich das nicht erklären. Fran warf die Babysachen in einen Eimer, um sich später damit zu befassen. Sie nahm eine Rolle Klopapier aus dem Regal unter der Spüle, tauchte einen Streifen davon ins Wasser und machte sich daran, dem Baby seinen verschmutzten Hintern abzuputzen. »Guck sich doch bloß einer diesen winzigen Po an. Er ist ja schon ganz wund.« Das Baby begann erneut zu wimmern, und Fran spürte, wie ihre Augen feucht wurden. Wer brachte es bloß über sich, ein hilfloses kleines Wesen in diesem Zustand sich selbst zu überlassen? Das Baby weinte nun lauthals und entblößte dabei sein rosiges Zahnfleisch und seine zitternde Zunge. Fran nahm den Kleinen hoch und legte ihn vorsichtig in das warme Wasser. Ein paar Sekunden lang schaute das Baby völlig verdutzt drein und hörte zu weinen auf. Fran fühlte, wie sich der zerbrechliche Körper an- und dann wieder entspannte, als er sich an das neue Element gewöhnte. Wie alt mochte das Kind sein? Der Rest der Nabelschnur war abgefallen, der Bauchnabel verheilt. Im Geiste verglich Fran sein Gewicht mit dem der Welpen, die sie aufgezogen hatte, und schätzte es auf etwa acht Pfund.

Sie schmierte sich Seife in die Hand und rieb damit das Baby ab. Sie fühlte, wie ihr Herz schneller schlug, denn sie hatte Angst, dem Kind wehzutun oder es entgleiten zu lassen. Wie heftig durfte sie seine Haut abrubbeln? Das war etwas anderes, als eines ihrer kleinen Tiere zu baden; diese Haut hier war ganz weich und wirkte so zart. Sie rieb ihm mit einem seifigen Finger die kleinen Wülste am Hals und die Innenseiten seiner Ellenbogen und Knie ab. »Jetzt geht's dir schon besser, mein Lämmchen, nicht wahr?«, gurrte sie. Das Baby starrte sie aus tiefblauen Augen ungerührt an. Wahrscheinlich konnten Kinder in diesem Alter noch nicht lächeln. Und viel zu lachen hatte er im Moment ja ohnehin nicht. Sie hob ihn aus dem Spülbecken und wickelte ihn in ein frisches Handtuch. »Na, ist das nicht schön warm und kuschelig?« Mit dem Kind im Arm setzte Fran sich auf den Küchenstuhl und untersuchte ihren Fund auf etwaige Verletzungen. Bis auf die geröteten Stellen an seinem Po und eine weitere unter dem Kinn schien die gesäuberte Haut unversehrt. Sanft tupfte Fran ihm seinen seidigen, rötlich schimmernden Haarflaum trocken und wiegte ihn dann in ihren Armen, wobei er wieder versuchte, sich die Hände in den Mund zu stecken. Offenbar war der Kleine hungrig. Nun würde sie doch jemanden hinzuziehen müssen, denn füttern konnte sie ihn nicht. Er begann zu wimmern und stieß dann einen frustrierten Schrei aus, als er merkte, dass ihn seine Hände nicht satt machten. Wenigstens etwas Flüssigkeit sollte sie ihm verabreichen, dachte Fran, damit er nicht dehydrierte, bis Hilfe eintraf.

Sie stand auf, stellte den Kessel auf die Herdplatte und nahm die Packung mit flüssiger Jungtiernahrung zur Hand, um sich die Zubereitungsanweisung durchzulesen. Natürlich war das Futter nicht für den menschlichen Verzehr gedacht, aber entsprechend verdünnt war es im Notfall besser, als das Kind verhungern zu lassen. Sie holte einen sauberen Pappkarton aus der Kammer, legte eine saubere Flanelldecke hinein und stellte das Baby darin vor den Herd. »So, nun bist du auch ein richtiges kleines Lämmchen«, versicherte sie ihm. Dann legte sie eine Babyflasche und einen möglichst sauberen Saugaufsatz in einen Topf mit heißem Wasser, um beides zu sterilisieren. Dabei fiel ihr plötzlich ihre Steak Pie wieder ein. Rasch zog sie sie aus dem Ofen, aber sie war völlig verbrannt. Das Kind fing wieder zu greinen an. Fran geriet plötzlich in Panik; sie spürte, wie das Blut in ihre Wangen schoss. Sie ging hinaus in den Hof und lauschte, aber es war nichts zu hören außer dem Heulen des Windes; niemand, der um Hilfe rief. In fliegender Eile suchte sie noch einmal den Stall und die Scheune ab, falls die Mutter des Babys blutend oder gar bewusstlos irgendwo herumlag. Doch sie fand nur ihr Schaf und sein Lamm aneinandergeschmiegt vor.

Das Baby schrie mit voller Kraft; sein kleines Gesicht war knallrot, und seine Unterlippe zitterte. Fran bereitete eine Milchflasche vor, ließ sie abkühlen und hielt sie dem Kind hin. Es verhielt sich genau wie ein gerade geborenes Tier, wollte trotz seines Hungers nichts davon wissen, schnüffelte und schniefte und nahm nichtsdestotrotz schließlich einen kleinen Schluck. Danach musste Fran ihm noch einmal das Gesicht und den Hals säubern. Aus dem Medizinschrank holte sie Zinksalbe und Rizinusöl, um seine wunden Stellen damit einzureiben. Zwischen seine Beine legte sie ein Stück Watte und wickelte ihn dann in ein weiteres sauberes Handtuch ein. Welch ein Glück, dass sie wegen ihrer Tiere immer genügend davon im Haus hatte.

Das Baby fühlte sich warm an und hatte zu schreien aufgehört. Ihm wurden die Augenlider schwer; nur sein Mund blieb leicht offen. Fran streichelte seine kleinen Hände und betrachtete die zwergenhaften rosa Fingernägel. Sie beschloss, ihm eine Weile Ruhe zu gönnen, ehe sie telefonierte. Das hatte er sich nach allem, was er durchgemacht hatte, verdient, fand sie – und, um ehrlich zu sein, sie selber ebenfalls. Sie fühlte sich ziemlich erschlagen nach alledem. So verschwitzt und aufgelöst konnte sie der Polizei unmöglich gegenübertreten. Sie musste sich vor deren Eintreffen zunächst einmal beruhigen und einen klaren Kopf bekommen, sonst beschuldigten sie sie noch all dessen, was man den Menschen heutzutage so an den Kopf warf. Sie hatte von unschuldigen Menschen gelesen, die im Gefängnis gelandet waren, weil sie ihr Hab und Gut verteidigt hatten.

Sie schob ein Videoband in das Abspielgerät, setzte sich in ihren Sessel und hielt das Kind an ihre Wange. »Das ist die *Nussknacker-Suite*«, erklärte sie ihm. »Ein hübsches Ballett für kleine Kinder.« Sugar Plum saß neben ihr und blinzelte sie vorwurfsvoll an; dann sprang sie auf die Armlehne des Sessels. Cinders gähnte und rollte sich vor dem Herd zusammen. Fran saß einfach nur da, ganz in die Betrachtung des kleinen Kindes vertieft. Den Tänzern auf dem Bildschirm und ihren Pirouetten schenkte sie keine Beachtung, während sie zusah, wie das Baby langsam einschlief. Seine blonden Wimpern glänzten wie Goldfäden auf seinen pfirsichweichen Wangen. Irgendetwas in ihr pochte, als würde es Zärtlichkeit verströmen. Es war ein beinahe überwältigendes Gefühl. War es das, was eine Mutter empfand, die gerade ein Kind zur Welt gebracht hatte und es nun zum ersten Mal in die Arme nehmen durfte?

Rachel kochte sich einen Becher Kakao, zog ihren weichen, bequemen Schlafanzug an und machte es sich am Fenster gemütlich. Von ihrer Wohnung über dem Café konnte sie die gesamte Länge der Strandpromenade überblicken. Es war fast Mitternacht und niemand mehr dort unten unterwegs. In wenigen Monaten jedoch würde es hier von Touristen auf der Suche nach einem samstagabendlichen Zeitvertrieb nur so wimmeln, und Rachel hoffte, dass einige von ihnen auch ein hübsches Sümmchen in ihrem romantischen italienischen Restaurant lassen würden. Das Licht des Mondes spielte auf den Wellen und auf dem Strand und beleuchtete den weißen Schaum, der über den Sand strömte.

Ein paar Schlucke von dem glühend heißen Getränk oder ein flüchtiger Gedanke an Sandro lösten ein Hitzegefühl aus, das ihren ganzen Körper durchströmte. Rachel hatte keine Ahnung, ob es sich um eine simple physische Reaktion handelte oder um eine Gefühlsaufwallung, weil sie an ihn gedacht hatte. Sie öffnete das Fenster einen Spalt, um sich abzukühlen und das rhythmische Plätschern der Wellen hören zu können, ein Geräusch, das in ihr stets eine friedliche Stimmung hervorrief.

Sie war allein zu Hause. Aidan und Patrick, ihre beiden Söhne, übernachteten in einem der Wohnwagen oberhalb von Wraith Cove. Nun, da Patrick auf der Baustelle als Vorarbeiter angestellt war, *wohnte* er praktisch dort und überwachte die Saisonkräfte. Rachel wusste nicht recht, ob sie das gutheißen sollte oder nicht. An der Uni hatte Patrick sich bestens gemacht, und sie hoffte, dass er es eines Tages als Geologe zu etwas bringen würde, aber Karrieremöglichkeiten auf diesem Gebiet waren rar gesät. Zumindest übernahm er jetzt Verantwortung und verdiente sein eigenes Geld. Während der Schulferien und an den Wochenenden arbeitete auch Aidan auf der Baustelle. Patrick gab immer gut auf seinen jüngeren Bruder acht, und die Nächte, die die beiden außer Haus verbrachten, waren der Beziehung zwischen ihr und Sandro durchaus förderlich gewesen.

Rachel verspürte eine merkwürdige Ruhelosigkeit; Sorgen nagten an ihr. Heute Abend erfüllte das Geräusch des Meeres nicht seinen Zweck. Und dieser Wind – es war ganz klar zu hören, dass er *fauchte*. Sie schlug das Fenster zu, stand auf und begann, in ihrem Wohnzimmer auf und ab zu laufen, wobei sie gerahmte Fotos der Jungen in die Hand nahm und den Staub darauf mit ihren Ärmeln abwischte. Vielleicht hätte sie sich nie auf dieses Abenteuer mit dem italienischen Restaurant einlassen sollen. Sie war mit ihrem blitzsauberen Promenadencafé, in dem sie hausgemachte, bekömmliche Snacks servierte, wunderbar zurechtgekommen und hatte sich sowohl bei den Touristen als auch bei den Einheimischen einen guten Ruf erworben. Aber Sandro hatte ihr seine Idee so unwiderstehlich schmackhaft zu machen gewusst – tagsüber *Rachel's Café*, abends *Sandro's Italian Restau-*

rant. Am meisten dürfte es, im Nachhinein gesehen, Sandro selber gewesen sein, von dem sie verzückt gewesen war, doch zumindest hatte sie einen ordentlichen Unternehmensplan aufgestellt; ohne einen solchen hätte sie es nie gewagt, Sophie eine Geschäftspartnerschaft anzubieten. Mein Gott. Und wenn das nun alles den Bach hinunterging?

Nimm dich zusammen, Rachel, gemahnte sie sich streng. *Du bist immer wieder auf die Füße gefallen. Lass dich davon nicht unterkriegen*. Sie ging ins Schlafzimmer, zog ihren Frotteebademantel an, schnürte ihn fest zu und stieg die Treppe hinunter ins Café. Hier knipste sie sämtliche Lichter an und verschaffte sich einen Überblick über das Chaos. Sie hob ihre CD vom Boden auf, setzte die Hülle wieder zusammen und hauchte Andrea Bocelli einen Kuss auf die geschwungene Augenbraue. »Tut mir leid, mein Schöner«, sagte sie. »Es war nicht deine Schuld.« Sie grinste. »Aber du könntest dich ruhig mal rasieren.«

Sie legte die CD in die Kompaktstereoanlage hinter dem Tresen und ließ sie abdudeln. Dabei öffnete sie sämtliche Schranktüren und stellte ihr geblümtes Alltagsgeschirr zusammen, um Platz für das neuen Abendporzellan zu schaffen. Sie krempelte die Ärmel hoch, schnitt Kartons auf und packte die weißen Teller, Schalen und Kaffeetassen aus. Dann tauchte sie ihre Arme bis zu den Ellenbogen in Seifenwasser und wusch und polierte und sortierte, bis alles appetitlich glänzend an seinen Platz geräumt war.

Sie sang mit Andrea Bocelli im Duett, bis er zu *Con Te Partiro – Time To Say Goodbye* ansetzte. »Oh, Sandro«, flüsterte sie, und der Verlust drang ihr wieder schmerzlich ins Bewusstsein. Sie setzte sich hin, um sich von einer starken Tasse Kaffee die Lebensgeister wieder erwecken zu lassen – dabei war es schon fast halb drei an diesem Sonntagmorgen.

Wie gerne hätte sie über sich selber gelacht, dass sie sich so in Sandro verknallt hatte. Aber sie musste zugeben, dass ihr das nicht leichtfiel. Warum konnte sie nicht einfach loslassen, wie sie es früher gemacht hatte? Seit Connor, ihr Ehemann, sie verlassen hatte, als die Jungs noch klein waren, war sie mit mehreren Männer liiert gewesen, aber mit keiner dieser Liebschaften war es ihr so ernst gewesen wie mit Sandro. Und sie hatte auch niemals zuvor erwogen, wieder einen Mann zu einem festen Bestandteil ihres Lebens werden zu lassen. Sie seufzte und schenkte sich noch einen Kaffee ein. Weil sie es nicht begriff – das war der Grund. Sie wusste, dass es nicht daran gelegen hatte, dass es ihm langweilig mit ihr im Bett geworden war und dass auch der Altersunterschied keine Rolle gespielt hatte. Und dass er sich als guter Katholik ein schlechtes Gewissen machte, weil er mit ihr schlief, obwohl sie nicht miteinander verheiratet waren, dürfte wohl ebenfalls kaum mehr als ein Lippenbekenntnis gewesen sein. Sie zweifelte keine Minute daran, dass er die femininen Rundungen ihres Körpers betörend gefunden hatte. Nicht umsonst hatte er all ihre intimen Bereiche so gründlich inspiziert und geküsst, als wolle er ein erotisches Theaterstück auf die Bühne bringen. Sie wiederum hatte an ihm neben seiner Unkompliziertheit vor allem die kräftigen Muskeln unter seiner dunklen Haut geliebt. Er konnte sie in die Höhe stemmen, sie über seinem Kopf im Kreise drehen, und ehe sie sich's versah, war sie schon ganz wild darauf, für ihn das Höschen auszuziehen. Manchmal verzichtete sie wohlweislich schon gleich auf Unterwäsche. Und wie er kochen konnte! Er sang immerzu – italienisch natürlich –, wenn er Pizzateig in die Luft warf, frische Pasta ausrollte und ihr damit sein Talent demonstrierte. Er war wie ein kleiner Hund, arglos und verspielt und außerstande, jemanden zu hintergehen – Rachel vermochte sich Jills kritischer Meinung von ihm beim besten Willen nicht anzuschließen. Sie *konnte* ihn nicht einfach so gehen lassen, ohne den Grund dafür zu erfahren. Sie würde noch einmal zu dem Hotel gehen müssen, in dem er gearbeitet hatte, und versuchen, jemanden zu finden, der ihn gut kannte – wenigstens, um ihre Neugier zu befriedigen.

Nun, da sie sich einen Schlachtplan zurechtgelegt hatte, fühlte sie sich besser. Sie trat die leeren Pappkartons flach und stapelte sie neben der Hintertür auf. Dann sah sie sich im Café um – langsam nahm alles Gestalt an. Sie wollte noch ein Regal aufstellen und die restlichen Tischtücher auspacken; dann wäre der Fußboden freigeräumt, so dass sie und Sophie am Montag die Marmortische mit den schweren, gusseisernen Füßen aufstellen konnten. Danach musste sie sich auf ihr zweites Dilemma konzentrieren. Es war notwendig, eine Stellenanzeige aufzugeben, um einen neuen italienischen Koch zu finden. Sie bezweifelte, dass sie rechtzeitig zum Eröffnungsabend in zwei Wochen einen bekommen würde. Sophie zumindest sah einigermaßen italienisch aus, auch wenn sie die Sprache nicht fließend beherrschte. Vielleicht konnte sie ihre wüste Mähne unter eine Kochmütze stopfen und so tun, als wäre sie Sandro.

Rachel grinste in sich hinein, während sie in ihrem Werkzeugkasten nach Dübeln und dem passenden Bohrereinsatz suchte. Was für eine wunderbare Freundschaft sich zwischen Sophie und ihr entwickelt hatte. Sie erinnerte sich noch genau an den Tag – fast neun Monate war das jetzt her –, als Sophie sich ins Café gesetzt, ihr Herz ausgeschüttet und dann den ihr von Rachel spontan angebotenen Sommerjob angenommen hatte. Rachel war davon ausgegangen, dass es sich um ein befristetes Arrangement von höchstens ein paar Wochen handeln würde, bis Sophie zu ihrem Ehemann und in ihren Beruf als Spezialistin für Behindertentherapie nach London zurückkehrte. Aber Sophie verliebte sich in das Café, und dann traf sie Nick, der sein eigenes Trauma zu verarbeiten hatte. Es bedurfte nur eines kleinen, letzten Anstoßes von Rachel und Jill, damit die beiden sich Hals über Kopf ineinander verliebten. *Eine zweite Chance*, hatten Sophie und Nick voller Verzückung geseufzt und sich schließlich in dem kleinen Strandhaus an der Blue Slipper Bay ihr Nest eingerichtet. Außerdem war Rachel aufgegangen, wie sehr ihr Jill ans Herz gewachsen war, nachdem deren harte Schale genügend Risse gezeigt hatte, um Jills Verwundbarkeit in ihrer eigenen Ehe zu offenbaren. Wie so etwas Frauen einander doch näherbringen konnte …

Rachel markierte die Stellen für die Dübel und schloss die Bohrmaschine an. Sie musste die Episode mit Sandro im Geiste beerdigen, einen klaren Schnitt machen, wie man so schön sagte. Dann hätte sie den Kopf frei für andere Dinge. Der Bohrer fraß sich mit einem befriedigenden Kreischen in die Gipswand.

Pater Ryan fragte sich, ob auch er einen Gehirntumor hatte wie Jeannie. Die Ärzte hatten ihm versichert, dass die Krankheit nicht erblich bedingt sei, aber das war schon so lange her, und die Wissenschaft hatte sich inzwischen enorm entwickelt – wie es auch ein Tumor zu tun pflegte. Möglicherweise sollte er doch lieber einen Spezialisten aufsuchen. Seine Kopfschmerzen schienen überhaupt nicht nachlassen zu wollen, vor allem, wenn er in seinem schmalen Bett lag und Schlaf zu finden versuchte. Es war ein nagender Schmerz tief innen in seinem Schädel, wo er nicht mit der Hand daraufpressen oder sich die Stelle reiben konnte. Es war nicht schwer, sich ein kleines Tier vorzustellen, das sich dort eingenistet hatte und an seinen grauen Zellen nagte. Er erschauderte, wälzte sich auf die Seite und tastete nach dem Schalter der Nachttischlampe. Fünf Uhr früh. Er schien regelmäßig um die gleiche Zeit aufzuwachen – obwohl er kaum geschlafen hatte.

Er setzte sich auf die Bettkante und stellte die Füße auf das kühle Linoleum. Der Wind und der Regen mussten nachgelassen haben, denn er konnte draußen nichts hören. Vielleicht trieb er auf einer Arche – der letzte Überlebende auf Erden. Wie das wohl wäre? Keine Taufen, keine Kommunionen, keine Eheschließungen und keine Beerdigungen mehr, die er mit gespielter Aufrichtigkeit vornehmen musste. Nie wieder die Mühe, sich eine inhaltsleere Predigt aus den Fingern saugen zu müssen. Und vor allem würde durch das Trenngitter des Beichtstuhls kein Schmutz mehr an seine Ohren dringen. Und er müsste sich auch nicht mehr mit aufmüpfigen Chorknaben herumärgern. Würden ihm die Kinder fehlen? Bestimmt nicht die rotzfrechen älteren, besonders unter den Jungen, so wie O'Leary. Die kleinen Mädchen waren reizend. Aber sie wurden heutzutage viel zu schnell erwachsen – ehe er bereit dafür war.

Ihm wurde kalt, während er dasaß und zusah, wie die Ausbeulung in seiner Pyjamahose zusammenschrumpfte. Er überlegte, ob er sich anziehen und hinüber zur Kirche gehen sollte. Eine frühmorgendliche Einkehr vor der Sonntagsmesse würde seinen Kopfschmerz besänftigen und ihm helfen, dem neuen Tag ins Auge zu schauen. Aber in der Kirche würde es kalt sein, bitterkalt sogar. Welchen Trost sollte er dort finden – zwischen kalten Steinplatten und kalten Steinfiguren? Wo war der tröstende Gott, dem er sein Leben gewidmet hatte, der liebende Gott, der seine Kinder zu sich rief und sie um sich scharte? Das würde er tun, wenn er Gott wäre.

Pater Ryan starrte auf seine dünnen, weißen Finger. Sie sahen genauso aus wie die seiner Mutter. Und auch ihre Finger waren kalt gewesen. Er stand auf, eilte die Treppe hinunter und kehrte mit dem roten Tuch seiner Schwester zurück. Dann kroch er wieder ins Bett, stopfte das Tuch zu sich unter die Bettdecke und knipste das Licht aus.

4

»Du bist wirklich ein dummes altes Weib«, schimpfte Fran sich selber, während sie sich bemühte, dem Baby noch etwas mehr von der verdünnten Lammersatzmilch einzuflößen. Wahrscheinlich, dachte sie, ist er es gewohnt, mit der Brust gefüttert zu werden. Er warf ständig den Kopf auf die Seite und drückte ihn an sie, wobei ihm natürlich der Gummisauger aus dem Mund rutschte. Offenbar wurde ihm das alles zu viel – wie ihr ebenso. Sie wollte so gern erreichen, dass er mit gefülltem Bäuchlein zufrieden einschlief. Während der Nacht hatte er ständig geweint, und sie hatte ihm immer nur kleine Schlucke verabreicht. Aber es war nicht richtig, was sie da tat. Sie hätte sofort Hilfe holen sollen. Sie konnte gewaltige Scherereien bekommen. Falls das Kind von seiner Mutter mit der Brust gefüttert worden war, hatte der Frau an dem Kind offenbar etwas gelegen, und sie hatte gar nicht vorgehabt, es auszusetzen. Wo also steckte sie? Konnte es sein, dass sie in der Dunkelheit einen falschen Schritt getan hatte und über die Kliffkante gestürzt war?

»Wir müssen uns einen Plan zurechtlegen«, sagte Fran zu Cinders. »Ja, Folgendes werden wir tun.« Die Colliehündin spitzte die Ohren. »Ich gehe hinauf ins Dorf und kaufe etwas Babynahrung. Nein, lieber doch nicht; mich kennt dort schließlich jeder, und man wird mir Fragen stellen. Nein, wir machen es anders. Ich ziehe ihn wieder an und fahre mit ihm zur Polizei in Ventnor. Aber trotzdem kaufe ich ihm vorher was zu essen, denn auf der Wache werden sie nichts parat haben, um ihn zu füttern.« Sie legte das Kind über ihre Schulter und tätschelte seinen Rücken. »Ein bisschen werde ich schon lügen müssen ... Ich werde sagen, dass ich ihn heute Morgen erst gefunden habe.« Draußen im Flur begann die Standuhr zu schlagen. Fran zählte mit. Es war erst sieben, und es würde noch eine ganze Weile dauern, bis die Geschäfte öffneten. Sie stand auf, ging in der Küche umher und spürte, wie das Baby auf ihrer Schulter langsam zur Ruhe kam.

Während der Nacht war ihr der flache Strohkorb eingefallen, in den ihre Mutter früher Trockenblumen gelegt und in dem sie Kräuter aufbewahrt hatte – ihre Strohlampe, wie sie ihn genannt hatte. Er hing draußen im Klohäuschen. Fran nahm ihn von der Wand, säuberte ihn und legte eine Decke hinein, um ihn auszupolstern. Der Geruch des Korbes erinnerte sie an herbstliche Tage, und sie roch intensiver daran. Ihr fiel wieder ein, wie sie als Kind hinunter zur Watershoot Bay gelaufen war, um in den flachen Tümpeln zwischen den Felsen nach Krebsen zu suchen. Phillip hatte sie oft dabei begleitet. Sie hatten eine glückliche Kindheit zusammen verbracht, bis ihn der Hafer gestochen hatte und es ihn irgendwohin zog, wo mehr los war als an der Südspitze dieser kleinen, edelsteinförmigen Insel. Fran hatte diesen Drang nie nachvollziehen können. Sie vermochte sich nicht vorzustellen, wie man den Wunsch haben konnte, in einem anderen Land zu leben. Alles, was ihr am Herzen lag, war hier – die Farm, die rauen Klippen, der ständige Wechsel des Wetters und der Gezeiten. Sie konnte sich nichts Langweiligeres vorstellen als das Leben, das Phillip jetzt führte – in einem endlos weiten Land, in dem Tag für Tag die Sonne vom Himmel brannte.

Fran hörte auf umherzulaufen und nahm das Baby von der Schulter. Er schlief, machte aber noch immer saugende Bewegungen mit den Lippen. Wie schön er war. Fran sagte sich, dass sie alles in ihrer Macht Stehende tun würde, damit er es gut hatte und es ihm wohlerging. Vorsichtig legte sie ihn in den Korb. »Also werde ich jetzt das einzig Wahre tun und ihn den Behörden übergeben«, ermahnte sie sich streng. Die Katze und die Hündin schauten beide zu ihr auf, als fragten sie sich, was sie verkehrt gemacht hatten. Die *Behörden*, dachte Fran – das Wort hatte etwas so Unnahbares, Kaltes an sich. Falls nun die Mutter des Jungen tot war – wer würde für ihn sorgen? Sie stellte sich vor, wie er zwischen Kinderheimen und Pflegeeltern hin und her gereicht wurde, und ihr traten Tränen in die Augen. Sie hob Sugar Plum hoch und vergrub das Gesicht in dem weichen Fell der Katze. »Aber nun sollt ihr erst einmal was zu futtern haben«, sagte sie.

Sie füllte die Näpfe der Tiere mit deren Frühstück. Sugar Plum fraß stets sehr zaghaft, als wolle sie sich das Fell nicht schmutzig machen; Cinders schlang ihr Futter hinunter, als gelte es, einen Weltrekord zu überbieten. Danach schleckte sie sich das Maul und setzte sich winselnd an die Tür. Fran sah nach dem Baby. Es schlief einen unruhigen Schlaf, grunzte und bewegte den Kopf von einer Seite zur anderen. Ob es von dem Tierfutter Blähungen hatte?

Fran schlüpfte in ihre Jacke und die Stiefel. Es war kalt

draußen und nach wie vor dunkel. Sie knipste die Taschenlampe an und ging in den Stall, um nach dem Schaf und seinem Jungen zu schauen. Auch während der Nacht war sie einmal bei ihnen gewesen, um sich zu vergewissern, dass alles gut verlief. Beauty schien sich wohl zu fühlen, und das Lamm hatte gerade gesaugt.

»Guten Morgen, Beaut«, rief Fran. »Na, wie läuft's denn so?« Das Schaf stand mit gesenktem Kopf da, und das Lamm lag im Stroh. Als Fran den Strahl der Taschenlampe auf das kleine Tier richtete, ahnte sie sofort, dass keineswegs alles in Ordnung war. »Oh nein!«, rief sie aus und nahm das Lamm an sich. Seine Beine waren stocksteif und der Blick aus seinen Augen starr und leer – genau wie gestern Abend bei seinem Brüderchen. »Oh nein, Beaut, was ist denn bloß geschehen?« Fran fühlte ein Schuldgefühl in ihrer Brust aufsteigen – es war ihr Fehler gewesen, sie hatte sich so durch das Kind ablenken lassen. Sie hätte dem Lamm mehr Milch einflößen sollen, aber sie war davon ausgegangen, dass Beauty dem Kleinen genug geben würde. Aber Beauty war schon alt. Sie hatte ihre Pflichten versäumt, hätte häufiger nach den beiden sehen müssen, ob es mit dem Füttern klappte. Sie trug das Lamm zur Stalltür und legte es neben sein Brüderchen. Dann bedeckte sie die wolligen Kadaver mit Stroh. Sie würde sie sich später näher ansehen. »Geh weg da, Cinders«, befahl sie dem Hund. Cinders winselte und machte sitz. Fran ging zurück zu dem Mutterschaf und kraulte ihm den Kopf und die Ohren. »Es tut mir so leid, Beaut«, flüsterte sie. »Das werde ich dir nicht noch einmal antun.« Mit dem Handrücken wischte sie sich die Tränen aus dem Gesicht. »Von nun an werde ich dich von vorn bis hinten verwöhnen, und du kannst den Rest deiner Tage als zufriedene alte Lady verbringen.«

Im Haus wusch Fran sich zunächst einmal gründlich die Hände. Mit einem Male bekam sie es mit der Angst zu tun. Wenn sie ein Lamm sterben lassen konnte, was mochte sie dann erst einem kleinen Kind antun, von dessen Bedürfnissen sie keine Ahnung hatte? Sie zog sich die Jacke aus. Sie musste das Kind zu jemandem bringen, der sich mit Babypflege auskannte. Es durfte nicht länger bei einer unwissenden Person wie ihr selber bleiben. Sie befühlte die Wollsachen, die sie noch während der Nacht gewaschen und auf einem Handtuch über dem Herd zum Trocknen ausgelegt hatte. Sie rochen immer noch komisch – wie Rote Bete. Beim Waschen war die Farbe herausgegangen. Möglicherweise war seine Mutter eine von jenen, bei denen alles natürlich, organisch sein musste? Aber wieso hatte sie die Sachen des Babys rosa eingefärbt? Bei einem Jungen? Sollte das irgendwie die Gleichheit der Geschlechter betonen? Die Sachen waren ziemlich laienhaft und ungleichmäßig, stellenweise richtig grob gestrickt. Es sah aus, als habe man in Eigenarbeit gesponnene Schafswolle benutzt. Ein Wunder, dass das arme Kind nicht am ganzen Körper wund war, nachdem es in diesem kratzigen Zeug gesteckt hatte. Fran wollte ihm seine Sachen am liebsten gar nicht wieder anziehen, und außerdem waren sie ohnehin noch feucht. Sie würde den Kleinen in Decken einwickeln und seine Kleidung der Polizei in einer Plastiktüte übergeben. So, nun sollte sie den Land Rover starten und warmlaufen lassen. Die alte Klapperkiste brauchte Ewigkeiten, bis die Heizung Wärme abgab.

Schon wieder durchfuhr sie ein Gefühl der Panik. Wenn seine Mutter nun zurückkam, sowie es draußen heller wurde? Wenn sie sich lediglich verlaufen hatte und verzweifelt nach ihrem Kind suchte? Sie kritzelte rasch noch einen weiteren Zettel, auf dem stand, dass das Kind wohlbehütet und zur Polizeiwache in Ventnor gebracht worden war. Sie eilte in den Stall und legte die zweite Nachricht an die Stelle der ersten, wobei sie nicht versäumte, Beauty ein paar Worte des Trostes zu spenden. Dann startete sie den Land Rover und schaltete die Heizung auf Höchststufe.

Clare erwachte davon, dass etwas gegen ihren Rücken stieß. Sie setzte sich auf. Wo war sie? Wieder ein Stoß. Es war der Wind, der gegen die Wand drückte, an die sie sich lehnte. Was für eine Wand war das? Sie rieb sich die Augen. Das wenige, schummrige Licht drang durch eine Lüftungsklappe über ihr. Sie befand sich in einem engen Raum, wie in einer kleinen Hütte. Ja, das war's. Ein Wohnwagen. Ein Wohnwagen, von dem Rose ihr erzählt hatte, dass sie darin lebte. Aber Rose war weit fort gegangen, nach Afrika. An mehr konnte sie sich nicht erinnern.

Clare war wie betäubt. Sie sah sich in der engen, dunklen Kammer um. Außer ihr war niemand da. Eine offenstehende Tür führte in eine kleine Küche. Sie saß mit einer schweren grauen Wolldecke über den Knien auf einer Schlafkoje, trug noch ihren Trainingsanzug, aber keine Jacke und keine Schuhe mehr. Hatte ihr jemand ihre Sachen gestohlen? In ihrem Rucksack befand sich alles, was sie auf der ganzen Welt ihr Eigen nannte, einschließlich ihres Geldes, das in einer Innentasche versteckt war.

Mit einem Schlag war sie hellwach. Heilige Mutter Gottes, wo war das Baby? Ein Hitzegefühl durchfuhr ihren Körper. Augenblicklich brach sie in Schweiß aus. Sie schwang die Beine über den Kojenrand und stand zitternd da. Ihre Brüste pochten; sie waren hart und fest, voller Milch. Im dämmrigen Licht erkannte sie eine Ausbuchtung auf der Koje gegenüber. Das musste er sein. Zögernd streckte sie die

Hand aus. Aber es war nur ihre Jacke. Und ihr Rucksack lag darunter, und ihre Schuhe standen unter dem Bett. Was hatten sie mit ihm gemacht?

Clare ließ sich wieder auf die Schlafstelle fallen und versuchte, sich an das Geschehene zu erinnern. Ihr Mund war so trocken, dass sie kaum die Zunge bewegen konnte. Auf einem Regal stand eine Flasche mit Wasser. Ob wohl jemand etwas dagegen hätte, wenn sie einen Schluck nahm? Sie würde ja gerne dafür bezahlen, etwas Geld hinlegen. Sie stand wieder auf; der Fußboden des Wohnwagens knarrte.

»Alles klar da drin?«, rief eine Mädchenstimme.

Clare zuckte zusammen. »Mir geht's gut.« Sie versuchte zu ergründen, wo die Stimme herkam.

»Das Klo ist gleich draußen, falls du mal musst.«

Die Stimme schien von hinter der Küche herzurühren – dort musste sich also noch ein weiterer Schlafraum befinden. War das Baby dort? Wieso weinte es nicht? Irgendwas stimmte hier nicht. Sie musste gegen den Impuls ankämpfen, sich wieder hinzulegen und sich die Decke über den Kopf zu ziehen. Sie trank einen Schluck Wasser und versuchte nachzudenken. Sie erinnerte sich noch, wie sie ihrem Baby in der alten Scheune die Brust gegeben hatte und dass ihr dabei schlecht geworden war, so dass sie dringend Luft schnappen musste und ins Freie gerannt war. Danach schien alles zu verschwimmen – und sie konnte sich nicht daran erinnern, das Baby bei sich gehabt zu haben, als sie quer über das Feld taumelte. Sie hatte ihr Kind vergessen! Die Leute, die ihr dieses Bett überlassen hatten, konnten natürlich nichts davon wissen. War sie nur ein paar Minuten lang eingenickt oder hatte sie Stunden geschlafen? Es war noch dunkel, also konnte es nicht so lange her sein. Aber wenn dem Kind nun inzwischen kalt geworden war? Sie hatte nicht vorgehabt, ihn in der Scheune zurückzulassen. Sie zog ihre Jacke und ihre feuchten Turnschuhe an. Ihre Trainingshose war um die Knöchel herum völlig durchnässt. Ihren Rucksack brauchte sie wohl nicht mitzunehmen. Es war ja kein weiter Weg zurück, nur einmal über das Feld. Sie würde nur ein paar Minuten lang fort sein.

Ein kalter Windstoß riss ihr beinahe die Wohnwagentür aus der Hand, als sie sie öffnete. Das Feuer brannte noch, und sie konnte die übrigen Wagen sehen, die darum herum aufgestellt waren. Und dann entdeckte sie auch den Lichtstrahl des Leuchtturms. Das war die Richtung, die sie einschlagen musste. Die Kälte wirkte belebend, verschaffte ihr einen klaren Kopf. Sie versuchte, das Pochen in ihren Brüsten zu ignorieren, steckte ihren Zopf in den Kragen ihrer Jacke und zog den Reißverschluss hoch. Dann machte sie sich auf den Weg über das Feld. Sie musste sich tüchtig gegen den Wind stemmen. Sie stieg über einen Zaunübertritt, hinter dem ein weiteres Feld lag. Sie konnte sich nicht erinnern, gestern Abend so weit gegangen zu sein. Sie fragte sich, wie spät es war, blieb stehen und blickte sich um. Hinter dem Horizont begann der Himmel leicht zu glühen. Der Tag brach an. O Gott, sie musste ja Ewigkeiten geschlafen haben.

Vor ihr erhob sich eine steinerne Mauer. Wie war sie gestern Abend über die rübergekommen? Sie musste einen anderen Weg gegangen sein, und sie erinnerte sich auch nicht, die Wellen so laut krachen gehört zu haben. Sie folgte der Mauer bis zu einer Stelle, an der sie eingestürzt war. Als sie gerade über die Steine klettern wollte, erfasste sie plötzlich wie aus dem Nichts ein grelles Licht, und sie hörte das Geräusch eines Motors. Sie duckte sich; sie musste sich ziemlich nahe an der Straße befinden, die zu der Farm führte. Sie wartete, bis der Land Rover vorbei war, und überwand dann die Mauer. Nun konnte sie die dunklen Schatten der großen Steine und der windgepeitschten Bäume erkennen. In ihrem Inneren wanden sich die Würmer, und sie versuchte, all die schlechten Gedanken über das, was sie getan hatte, auszublenden.

Da war die alte Scheune mit dem Tor, das sie von gestern kannte. Sie öffnete es, hörte das vertraute Knarren. Tiergeruch stach ihr in der Nase; hier war sie richtig. Aber es war so finster, dass sie nichts erkennen konnte. Und zu hören war ebenfalls nichts – das Baby schien zu schlafen. Nach den Strohballen tastend hielt sie die Arme vor sich ausgestreckt, bis sie sie fühlte. Sie tastete weiter in der Dunkelheit herum, fand aber nichts. Suchte sie doch am falschen Ort? Sie stolperte zurück zu dem Tor und stieß es weiter auf, damit wenigstens ein Lichtschimmer eindrang. Ihre Augen gewöhnten sich langsam an die Finsternis. Sie hörte etwas leise rascheln, erfasste eine kaum merkliche Bewegung. Das Tier befand sich noch immer in seinem Pferch in der Ecke – also hatte sie sich doch nicht geirrt. Sie ging zurück zu den Ballen, aber hier war immer noch nichts. Sie strich mit den Händen über die gesamte Strohfläche. Irgendwas flatterte zu Boden. Nur ein Fetzen Papier.

Clare legte die Handflächen vor ihrem Gesicht zusammen, als würde sie beten. Was sollte sie jetzt tun? Jemand musste das Baby weinen gehört, es gefunden und dann mitgenommen haben. Dieser Gedanke verschaffte ihr einen Augenblick lang Erleichterung. Das Baby hatte es warm, jemand kümmerte sich darum. Das war mehr, als sie selber für ihr Kind getan hatte. Sie war böse, hatte sich bis zum Hals in Sünde verstrickt. Ihr fiel ihre Vision der Jungfrau Maria wieder ein, die ihr erschienen war, als sie mitten in der Nacht kurz wach wurde. Sie hatte nicht so ausgesehen, als wäre sie zornig mit ihr, hatte vielmehr wunderschön gelächelt. Aber das musste ein Traum gewesen sein – die Heilige Jungfrau war bestimmt *sehr* wütend auf sie.

Clare wandte sich von den Strohballen ab. Sie musste zurück zu dem Wohnwagen, ihren Rucksack holen und entscheiden, was sie nun tun sollte. Als sie einen Schritt auf das Tor zu machte, stolperte sie über einen Metalleimer, fiel der Länge nach hin und stieß sich schmerzhaft das Schienbein. Das war eine Gottesstrafe – etwas anderes hatte sie ja auch nicht verdient. Sie blieb auf dem Boden liegen und weinte bitterlich. Ihr ganzer Körper tat ihr weh. Was sollte sie wegen ihrer Brüste unternehmen? Würden sie sich unentwegt weiter mit Milch füllen, bis sie platzten?

Sie wollte sich mit der Hand aufstützen und berührte dabei etwas Festes unter dem Stroh. Clare war wie erstarrt – sie fühlte Wolle, raue Wolle, die etwas Kleines bedeckte, das steif wie ein Knochen war. Rasch zog sie ihre zitternde Hand wieder weg. Es war zu dunkel, um erkennen zu können, was es war, und sie traute sich nicht, es freizulegen. Das Einzige, was sie ausmachen konnte, war etwas stumpf Schimmerndes, das sie wie ein Auge anzusehen schien. Völlig in Tränen aufgelöst vor Entsetzen taumelte sie ins Freie und rannte davon.

Fran stoppte den Land Rover in der Hambrough Road, gleich gegenüber der Gasse, die zum Polizeirevier von Ventnor führte. Sie ließ den Motor laufen, denn sie wollte nicht, dass er wieder abkühlte. Außerdem schien dem Baby das rhythmische Brummen der Maschine zu behagen. Sowie sie losgefahren war, hatte es sogleich zu schreien aufgehört. Das Kind lag hinten im Wagen in seinem Körbchen, sicher zwischen zwei Strohballen festgeklemmt und von Cinders bewacht.

Nun war es also so weit. Sie musste den Kleinen hergeben, ihn an die Behörden ausliefern. Und sie hatte nicht einmal einen Vorrat an Babynahrung und Windeln für ihn besorgen können; *Somerfield* machte heute nicht vor zehn auf – sie hatte vollkommen vergessen, dass Sonntag war. Sie schaute die Straße hinauf und hinunter. Es war noch niemand unterwegs an diesem trüben, wolkenverhangenen Tag, und es war noch nicht einmal richtig hell. Fran seufzte und schaltete widerstrebend die Zündung aus. Dann kurbelte sie die Seitenscheibe ein Stück hinunter und öffnete die Tür.

»Schön aufpassen, Cinders!«, befahl sie. Die Hündin setzte sich mit gespitzten Ohren kerzengerade hin. Fran drückte die Fahrertür zu und warf durch die Seitenscheibe einen Blick auf das Baby in seinem Nestchen. Sie konnte nur ein leichtes Heben und Senken der Decken erkennen, unter denen es lag. Während sie auf dem Revier zu tun hatte, wollte sie den Kleinen im Auto lassen, damit ihm nicht kalt wurde. Am Eingang zu der Gasse entdeckte sie ein blaues, an der Steinmauer befestigtes Schild, auf dem die Öffnungszeiten standen. Der Posten war von neun Uhr dreißig bis zehn Uhr dreißig besetzt. Sollten Polizeiwachen nicht ständig erreichbar sein? Was fingen die Leute in einem Notfall an? Sie blickte auf ihre Uhr. Gerade erst acht durch. Eilig strebte sie zurück zu ihrem Land Rover und stieg ein. Das Baby begann gerade zu greinen. Fran startete den Motor und fuhr hinunter zur Strandpromenade. Hier stellte sie den Wagen ab und schaute aufs Meer hinaus. Die Wogen kamen mit Wucht herangerollt; der starke Wind der vergangenen Nacht hatte eine kräftige Dünung hinterlassen. Die sprühende Gischt und der Nieselregen trübten zunehmend ihren Blick.

Also gehörte das Baby noch fast weitere anderthalb Stunden ihr. Fran merkte, wie schnell ihr Herz schlug. Es war, als sei ihr noch ein Aufschub gewährt worden. Sie lehnte ihre heiße Stirn auf das Lenkrad und lauschte den leisen Geräuschen, die das Baby machte. Was sollte sie nun tun? Wenn sie nicht losfuhr, konnte es zu brüllen anfangen. Sie hatte eine in ein Handtuch eingewickelte Flasche mit abgekochtem Wasser mitgenommen, denn sie wollte ihm nicht noch mehr von der Lammersatzmilch geben. Nach der letzten Portion war es ihm gar nicht gut gegangen. Aber hier konnte sie ihm nicht zu trinken geben; jemand könnte sie dabei beobachten. »Ich weiß schon, was wir machen, Cinders«, sagte sie. »Wir fahren aus Ventnor raus und suchen uns eine abgelegene Stelle. Und danach fahren wir weiter nach Ryde.« Der große *Tesco*-Markt dort würde bestimmt geöffnet haben, und da konnte sie alles kaufen, was sie brauchte.

Rachel erwachte von dem lärmenden Geräusch eines Motors draußen auf der Straße. Wer machte bloß früh am Sonntagmorgen solchen Krach? Warum konnten die Leute ihren Motor nicht abschalten, während sie aufs Meer hinausstarrten oder die Morgenzeitung lasen? Sie gähnte und sah auf den Wecker. Schon nach acht. Sie war spät dran. Aber das war ja kein Wunder – sie war die halbe Nacht unten gewesen und hatte im Café aufgeräumt. Sie hatte es sich verdient, ein bisschen faul zu sein. Gleich würde sie aufstehen, sich einen Tee machen und ihn mit ins Bett nehmen. Danach wollte sie sich ein langes heißes Bad gönnen und sich ein wenig verwöhnen. Vielleicht sollte sie sich nächste Woche das Haar schneiden lassen, ein bisschen kürzer, modischer. Und im Schaufenster von *Rita's Boutique* hatte sie ein paar atemberaubende, die Figur umschmeichelnde Kleider gesehen. Wegen all ihres Kummers hatte sie in jüngster Zeit ihr Aussehen vernachlässigt. Ein neuer Look würde ihrem Selbstwertgefühl einen gewaltigen Auftrieb geben.

Genüsslich streckte Rachel Arme und Beine aus. Es hatte schon etwas für sich, so ein breites, warmes Bett ganz für sich alleine zu haben. Doch dann wehte ihr ein Anflug von Sandros Duft in die Nase. Sie schnupperte an der Bettdecke. Sein Geruch hatte sich darin festgesetzt. Was Hygiene betraf – sowohl in der Küche als auch bei der Intimpflege –, konnte man Sandro nichts nachsagen, aber sein kräftiger Körper war ständig erhitzt gewesen, und Rachel konnte immer noch den verführerischen Duft riechen, den seine Haut verströmt hatte. So lag sie denn da, inhalierte sein Aroma und hatte beinahe das Gefühl, seine Berührung zu spüren. Aber war das nicht genau das, was Hinterbliebene taten, wenn sie das Gesicht in den Kleidungsstücken ihrer Toten vergruben? Wie konnte sie sich so gehen lassen! Sie warf die Decke beiseite, stand auf und begann, das Bett abzuziehen. »Nun ist's aber genug!«, sagte sie laut und stopfte das Bündel in den Wäschekorb.

Sie dachte über den vor ihr liegenden Tag nach. Später wollte sie einen Spaziergang entlang des Küstenwanderweges zur Blue Slipper Bay machen und mit Sophie und Nick zu Mittag essen. Darauf freute sie sich schon. Was für einen Grund zu klagen hatte sie eigentlich? Wieder dachte sie an die Tausende von Menschen, die bei dem Tsunami ihre Liebsten, ihre Häuser und ihren Lebensunterhalt verloren hatten. »*Das* ist wahres Leid, Rachel«, ermahnte sie sich selber. Niemand war davor sicher, dass ihm so etwas widerfuhr. Sie war froh, mit Sophie und Nick über solche Dinge sprechen zu können. Wie sonst sollte sie das Ausmaß dieses Leides begreifen? Falls es daran etwas zu *begreifen* gab. Aber

Sophie und Nick kamen manchmal auf die verblüffendsten Einsichten und scheuten sich nicht, sie mit anderen zu teilen. Der gute Pater Michael versteckte sich immer hinter den *Heiligen Mysterien* seines Glaubens. Und für Sandro waren solche Dinge nie ein Thema gewesen. Rachel grinste und stellte sich vor, wie sie alle um einen Tisch herum versammelt saßen. Sie wäre gespannt, was dabei herauskäme, wenn jeder auf seine Weise versuchen würde zu erklären, was Gott dazu bewegt haben könnte, solches Leid geschehen zu lassen.

Sie trat ans Fenster, um zu schauen, wie das Wetter sich entwickelte und wer die Luft mit seinen Auspuffgasen verpestete. Sie zog den Vorhang beiseite und sah hinunter. Es war ein trüber Tag mit bleiernen Wolken über einem aufgewühlten Meer; der Wind tobte und ließ Regentropfen auf die Scheibe klatschen. Da war er, der Radaubruder – auf der gegenüberliegenden Straßenseite parkte ein Land Rover mit jemandem hinter dem Steuer. War das nicht die alte Klapperkiste von Fran, der Frau von der Rocken Edge Farm? Sie kam manchmal mit Blackgang Ted, der am *Undercliff* eine weitere Farm betrieb, ins Café. Rachel hatte Fran wegen ihrer sprödherben Schönheit stets bewundert. Es gefiel ihr, dass diese Frau sich nicht vor einem entbehrungsreichen Leben in der Einsamkeit zu scheuen schien und im Einklang mit den Widrigkeiten der Naturgewalten lebte. Gut, vielleicht war sie ein bisschen verschroben – sie gab ihren Tieren immer so alberne, kitschige Namen. Und wenn schon. Sie hatte etwas übrig für Exzentriker, die ihr eigenes Leben lebten und sich dabei nicht darum scherten, was andere von ihnen dachten.

Rachel sah zu, wie ein weiteres Auto mit eingeschalteten Scheinwerfern die Uferpromenade entlanggefahren kam. Einen kurzen Augenblick lang wurde das Innere des Land Rover erhellt, und Rachel erkannte Fran an ihrem dichten grauen, unordentlich gebundenen Haarkoten genau. Sie hockte mit gegen das Lenkrad gestützter Stirn auf dem Fahrersitz. Das fand Rachel bedenklich. Ob ihr schlecht geworden sein mochte? Sie suchte nach ihrem Morgenmantel, um hinunterzugehen und nachzusehen, ob mit Fran alles in Ordnung war. Doch als sie gerade den Gürtel zuschnürte, hörte sie draußen den Motor aufheulen und Fran davonfahren.

Pater Ryan saß in der Küche und löffelte seinen Haferbrei, während er sich eine Aufnahme des Schulchors anhörte und dabei abwechselnd mit seinem Löffel auf der hölzernen Tischplatte den Takt mitklopfte oder ihn in der Luft schwang, als würde er dirigieren. Die Kinder sangen das Halleluja nicht schlecht; sie würden zwar noch an sich arbeiten müssen, aber langsam machten sie sich. Das Problem war nur, dass die älteren, erfahrenen Jungen und Mädchen den Chor nach und nach verließen und er die jüngeren Kinder überreden musste, ihre Freizeit, die sie lieber mit Computerspielen verbrachten, dafür aufzugeben. Er schüttelte den Kopf und zuckte bei dem Schmerz in seinem Schädel zusammen. Vor gar nicht so langer Zeit hatten Eltern es noch als Ehre erachtet, wenn ihre Kinder für den Chor auserwählt wurden, und ihren Bälgern Mores gelehrt, falls sie aufmuckten. Gelegentlich aber gab es noch eine Mutter oder einen Vater, die die Chorarbeit zu schätzen wussten. Clares Mutter zum Beispiel. Das hatte es ihm leicht gemacht.

Er rutschte gereizt auf seinem harten Stuhl herum und schaltete die Kassette aus. Er hätte Musiklehrer von Beruf werden sollen. Er fragte sich, welchen Verlauf sein Leben genommen haben würde, wenn er stark genug gewesen wäre, sich dem Beharren seiner Eltern, dass er für das Priesteramt bestimmt sei, zu widersetzen. Dann hätte er nicht all diese mühseligen Pflichten zu erfüllen und könnte sich darauf konzentrieren, das zu tun, wonach ihm der Sinn stand. Und er war ein guter Lehrer. Vor allem die ganz jungen Kinder mit ihren klaren, unschuldigen Stimmen unterrichtete er gerne, aber die waren immer schwerer zu finden. Selbst bei der strengen Disziplin, die in der Klosterschule herrschte, wurden sie schon in zunehmend jüngerem Alter aufmüpfig. Er seufzte und stellte sich einen Chor aus lauter süßen Mädchen mit blütenweißer Haut wie Jeannie vor. Was für ein Schatz sie gewesen war – ebenso wie Clare, bevor sie anfing, erwachsen zu werden und sich dumme Gedanken in den Kopf zu setzen.

Jemand klopfte an der Tür. Erschrocken fuhr er zusammen. *Ganz ruhig*, ermahnte er sich. *Schließlich sitzt du doch nur beim Frühstück an deinem Küchentisch.*

»Sind Sie da, Pater Ryan?«, rief eine Frauenstimme durch den Briefkastenschlitz. Es war Mrs. Mulligan. War sie schon wieder gekommen, um sich nach Clare zu erkundigen? »Es tut mir leid, Sie zu stören, Pater Ryan, aber könnten Sie eine Minute entbehren, um sich mit mir den Reinigungsplan anzusehen?«

Er presste sich die Fingerspitzen gegen die Schläfen, aber das Pochen in seinem Schädel ließ nicht nach. Vielleicht war ein Hirntumor das Beste, was ihm passieren konnte.

5

Clare versuchte, möglichst leise in den Wohnwagen zurückzugelangen, aber der Türgriff klapperte, die Scharniere quietschten, der Fußboden knarrte, und als sie nach der Wasserflasche griff, stieß sie sie mit ihrer zitternden Hand vom Regal. Dann stand sie am ganzen Leibe bebend da und wartete darauf, dass jemand aus der Schlafkammer hinter der Küche kam. Doch nichts rührte sich, und es rief auch niemand – alle schienen noch tief zu schlafen. Sie zog sich ihre schlammverkrusteten Turnschuhe aus und ging auf Zehenspitzen zu der Spüle, wo sie sich den Inhalt der Wasserflasche über die Hände goss und sie so lange gegeneinander rieb, bis sie ganz rosig geworden waren. Dann hielt sie sie sich vors Gesicht und starrte sie an. Haftete noch etwas an ihnen? Ein Halm Stroh, etwas rosafarbene Wolle? Schließlich wischte sie sie an der Hose ab.

Es war kalt in dem Wohnwagen; die Gasheizung war ausgegangen. Sie warf einen Blick auf ihren Rucksack, der auf der zweiten Koje lag, wo sie ihn zurückgelassen hatte. Sie sollte ihn sich greifen und von hier verschwinden, ehe man kam, um sie zu holen. Aber was hatte das für einen Sinn? Sie fühlte sich wie gelähmt, betäubt. Es gab keinen Ausweg für sie. Zurück nach Hause konnte sie nicht, und ohne Rose hatte sie kein Ziel mehr.

Nach wie vor noch in ihrer Jacke legte sie sich auf die Koje und zog sich die Decke über. Dann kniff sie die Augen zu. Sie merkte, wie klamm ihr Körper war, und spürte das Pulsieren in ihren Brüsten, den stechenden Schmerz in ihrem Schienbein. Sie war jetzt noch wund zwischen ihren Schenkeln und blutete immer noch ein wenig von der Geburt. Aber es war ihr, als gehörte all das zu jemand ganz anderem. Nicht einmal die Würmer machten sich bemerkbar. Sie war nicht mehr Clare; sie hatte sich in ein anderes Mädchen verwandelt – ein grausames, herzloses Ding ohne Gefühle. Ein Mädchen, das es fertigbrachte, ihr Kind sterben zu lassen. Und bei dem Gedanken an dieses Kind fühlte sie, wie sich in ihren Brüsten etwas rührte und ein paar Tropfen Milch in ihr Sweatshirt sickerten.

Fran saß auf dem Parkplatz von *Smuggler's Haven* auf dem Beifahrersitz ihres Land Rover und gab dem Baby abgekochtes Wasser zu trinken. Zunächst schien es ganz angetan davon zu sein, aber dann merkte es, dass es keine Milch war, und schob mit angewidertem Gesicht mit der Zunge den Sauger weg.

»Ja, ich kann's dir nicht verdenken, kleines Lämmlein«, tröstete Fran das Kind und legte es sich über die Schulter. »Aber das soll dich ja bloß bei Kräften halten, bis ich dir etwas Vernünftiges zu essen besorge.« Cinders knurrte aus tiefster Kehle. Fran blickte auf. Zwischen den Bäumen, die den Parkplatz säumten, kam ein Mann hervor. Er warf einen Blick in Richtung auf den Land Rover und blieb stehen. Fran spürte, wie ihr Herz zu rasen begann. Wenn das nun ein in Zivil gekleideter Polizeibeamter auf der Suche nach dem entführten Baby war? »Mach dich nicht lächerlich«, schalt sie sich. »Der Kerl ist ja mindestens achtzig, und du tust nichts Verbotenes. Du kümmerst dich nur um ein ausgesetztes Kind, während du darauf wartest, dass das Polizeirevier aufmacht.« Der Mann rief etwas, und ein Labrador kam aus dem Unterholz. Dann humpelten die beiden zusammen davon.

Fran tat einen langen Seufzer. Aber *irgendwie* war es doch nicht recht, was sie da tat; jedenfalls würde es mit den Augen anderer betrachtet so aussehen. Doch sie konnte das Baby nicht so einfach hergeben, ehe sie nicht an ihm etwas gutgemacht hatte. Sie war verantwortlich für das Leiden eines alternden Tieres gewesen und hatte wohl auch den Tod zweier kleiner Lämmer verschuldet. Wenigstens dieses kleine Geschöpf hier musste sie füttern und kleiden und umsorgen. Und lieb zu ihm sein.

Das Baby rülpste ihr über die Schulter. Das freute Fran außerordentlich. »Siehst du, so geht's doch schon besser. Nun wollen wir dich mal wieder in deine Decke wickeln, und dann kaufen wir dir etwas schöne, schmackhafte Milch. Das machen wir, nicht wahr, Cinders?«

Rachel hatte gerade ihr Frühstück aus einer kräftigen Portion Rühreiern auf gebuttertem Toast beendet und wollte in aller Ruhe ihren Kaffee genießen und dabei die Sonntagszeitung lesen, als sie Patricks Motorrad mit Getöse draußen vorfahren hörte. Sie hätte sich denken können, dass die Jungs ihr keinen friedlichen Sonntagmorgen ganz für sich alleine gönnen würden.

»Hi, Ma.« Patrick kam hereingepoltert und brachte den Geruch von Seeluft, Leder und Motoröl mit sich.

»Wir dachten, du könntest ein bisschen Gesellschaft brauchen.« Aidan folgte seinem Bruder auf dem Fuße.

»Wie kommt ihr denn darauf?« Rachel sah zu, wie die beiden sich ihre mit Psychedelic-Motiven lackierten Sturzhelme von den Köpfen wuchteten und aus ihrer schweren Motorradkluft stiegen. Erstaunlich, wie zwei junge Männer binnen weniger Minuten eine ganze Küche in Unordnung bringen konnten.

Patrick lachte. »Er lügt doch. Wir hatten bloß in Wraith Cove nichts mehr zu futtern.«

»Also dachtet ihr, ihr kreuzt einfach zu Hause auf und bittet eure alte Mutter, euch eine Ladung Speck und Eier zu servieren?«

»Nix da!« Aidan zupfte sich sein blondes Haar mit den Fingern zurecht. »Du legst schön die Füße hoch, Mom, und wir versorgen uns selber.«

»Gut«, sagte Fran mit einem Lächeln und blätterte in den Seiten der Farbbeilage.

»Gegen einen Kaffee hätte ich allerdings nichts einzuwenden«, erklärte Patrick mit einem Seitenblick auf Rachels Becher.

Rachel schob ihm das leere Gefäß hin. »Wenn du ihn machst, nehme ich auch noch einen.«

Patrick seufzte. »Ist alles nicht mehr so wie früher.«

»Gott sei Dank«, murmelte Rachel.

Die beiden Jungen wühlten herum und benahmen sich dabei, als hätten sie keinen blassen Schimmer, in welchen Fächern eines Kühlschranks nach Eiern oder Speck zu suchen war – ganz zu schweigen davon, wo der Brotkasten seinen Platz hatte. Rachel tat so, als würde sie lesen, amüsierte sich aber aus dem Augenwinkel über das fröhliche Gekasper ihrer Söhne. Sie wusste, dass sie sich nur so aufführten, damit sie ihren Spaß hatte und auf andere Gedanken kam. Schließlich hatte sie sie zur Selbständigkeit erzogen – soweit das bei Söhnen möglich war. Auch für Patrick und Aidan war Sandros Verschwinden völlig überraschend gekommen und hatte sie gekränkt, denn sie hatten ihn beide gemocht.

Geschickt wendete Patrick die Spiegeleier in der Pfanne. Sein dunkler Teint und sein gutes Aussehen erinnerten Rachel an Connor, seinen Vater. Aber Patrick hatte auch eine gewisse Ähnlichkeit mit Sandro. Diesen hochgewachsenen, dunklen, gut aussehenden Typ Mann hatte Rachel schon immer anziehend gefunden. Selbst Pater Michael fiel trotz der Tatsache, dass er natürlich als unberührbar galt und sein Haar sich lichtete, in diese Kategorie. Sie fragte sich, ob Aidan eines Tages so groß werden würde wie Patrick. Mit seinem hellen, leicht kupfern schimmernden Haar und der etwas stämmigeren Figur schlug er mehr nach seiner Mutter. Patrick schob die Spiegeleier auf die Stapel gebratenen Specks, die seine Bruder auf zwei Teller verteilt hatte.

»Das ist für dich, Kleiner. Einer muss ja für dich sorgen.«

Aidan machte sich daran, sein Frühstück in sich hineinzuschaufeln. »Wir kämen ganz gut ohne Frauen aus.«

»Stimmt. Mit einer Ausnahme«, sagte Patrick und schenkte den Kaffee ein.

Rachel raschelte lautstark mit der Zeitung. »Bitte, Jungs. Lasst uns nicht wieder davon anfangen.«

Patrick wirkte indigniert. »Aber Mutter! Ich habe doch nur sagen wollen, dass Frauen besser ... bei typischen Frauenarbeiten sind.«

»Dann definier doch mal, was typische Frauenarbeiten sein sollen«, sagte Rachel und bereitete sich auf eine Aufzählung vor, die Bügeln, Kochen und Staubsaugen enthielt.

»Na ja, du weißt schon – wenn Frauen sich aufregen und so«, sagte Aidan mit todernster Miene.

»Genau.« Patrick schüttete sich braune Sauce aus der Flasche über seinen Speck. »Gestern ist bei uns ein Mädchen aufgetaucht. Sie sah aus wie durch die Mangel gedreht, ist sogar richtig in Ohnmacht gefallen. Ich hab sie grad noch auffangen können. Ich hatte keine Ahnung, was man mit ihr anfangen sollte. Da haben die Mädchen sie dann in einen der Wohnanhänger verfrachtet. Seitdem habe ich sie nicht mehr gesehen.«

»Tatsächlich?« Rachel horchte auf und nahm einen Schluck Kaffee. »Wisst ihr denn, wer sie ist?«

Patrick schüttelte den Kopf. »Eine Studentin, denke ich mal. Sie hat nach Rose gefragt. Ich kann mich dunkel erinnern, sie im letzten Sommer mal irgendwohin mitgenommen zu haben. Rose hatte sich auf der Fähre von Irland mit ihr angefreundet.« Er zuckte die Achseln und tat einen tiefen Seufzer. »Du kennst Rose ja. Jeden muss sie anquatschen.«

»Die sah ziemlich mitgenommen aus«, kommentierte Aidan mit vollem Mund. »War weiß wie ein Laken.«

Rachel fühlte sich wie immer verpflichtet, sich um Minderjährige Sorgen zu machen. »Hat jemand einen Arzt gerufen?«

»Wie ich schon gesagt hab. Die Mädchen haben sie unter ihre Fittiche genommen.« Patrick wischte seinen Teller mit einem Stück Brot ab. »Aber ich habe gesehen, wie Marguerite vom Wraith Cottage hochgekommen ist. Jemand muss hingelaufen sein, um sie zu holen.«

»Na, dann ist's ja gut.« Rachel war sofort beruhigt. Sie stellte sich vor, wie Marguerite mit ihrem silbrig schimmernden Haar in dem Wohnwagen erschien und ihre heilenden Hände auf das arme Mädchen legte. Marguerite war eine unglaubliche Frau.

Rachel stand auf und ging ans Fenster. Sie überlegte sich, ob sie zu Fuß zu Sophie und Nick gehen oder das Auto nehmen sollte. Wind und Regen waren immer noch dabei, sich draußen auszutoben. Normalerweise hätte es ihr Spaß gemacht, Gummistiefel und Regenmantel überzustreifen und den Elementen zu trotzen, aber die lange Nacht steckte ihr in den Knochen. Sie blickte die Promenade hinunter.

Es waren kaum Spaziergänger unterwegs an diesem Morgen. Patricks schwere Maschine stand vor dem Café auf dem Gehsteig.

In diesem Moment kam ein Mann in einer schwarzen Kapuzenjacke näher geschlendert und blieb vor dem Motorrad stehen, um es in Augenschein zu nehmen. Dann ließ er den Blick über die Fensterfront des Cafés streifen. Es war offensichtlich, dass es geschlossen war, denn die Läden waren heruntergezogen, und das entsprechende Schild war deutlich zu erkennen. Trotzdem ging der Unbekannte zur Tür und rüttelte heftig daran. Aidan und Patrick blickten gleichzeitig vom Sportteil der Zeitung auf.

»Wer ist das?«, fragte Aidan.

»Keine Ahnung.« Rachel trat einen Schritt vom Fenster zurück, als der Mann sich mitten auf die Straße stellte und zu ihrer Wohnung heraufsah. Das machte sie nervös. Suchte er nach jemandem? Patrick erhob sich vom Tisch und warf einen Blick nach draußen. »Ist das ein Kumpel von dir?«, fragte Rachel.

Patrick schüttelte den Kopf. Er stützte sich auf das Fensterbrett und presste das Gesicht ganz dicht an die Scheibe, um besser sehen zu können. Ein paar Sekunden lang erwiderte der Fremde seinen Blick, dann zog er sich die Kapuze über den Kopf und ging davon.

»Möchtest du, dass ich hinter ihm hergehe und ihn frage, was er gewollt hat?«

»Nein. Er hat wahrscheinlich gehofft, dass jemand aufmachen und ihm einen Tee servieren würde. Das kommt dauernd vor.«

»Wie lästig«, kommentierte Aidan.

»Mir hat der Typ nicht gefallen«, murmelte Patrick.

»Ein harmloser Bursche, der nichts mit sich anzufangen

weiß, nehme ich an«, sagte Rachel und streckte sich. »So, Jungs. Nun will ich mich mal der Reinigung meines wundervollen Körpers widmen. Es macht euch doch nichts aus, meinen Teller zusammen mit eurem Geschirr abzuwaschen, oder? Ich habe die besten Jahre meines Lebens damit zugebracht, aus euch zwei kotzenden, hosenscheißenden Zwergen Männer zu machen.«

»Wie redest du denn, Mom!«, empörte sich Aidan.

Fran hasste Supermärkte. Ihre meisten Einkäufe erledigte sie in Niton und mied die großen Läden. Sowie sie durch deren riesige Glastüren trat, die sich automatisch vor ihr öffneten, fühlte sie sich schon von der grellen Beleuchtung geblendet. Aber selbst dieser gigantische *Tesco* war noch geschlossen, als sie um halb zehn hier ankam. Sie musste noch fast eine halbe Stunde in ihrem Land Rover ausharren, während sie versuchte, das Baby dazu zu bewegen, von dem Wasser zu trinken, das inzwischen ziemlich abgekühlt war, weswegen ihr nichts anderes übrig blieb, als das Kind an ihrem Finger saugen zu lassen – aber natürlich erst, nachdem sie ihn mit dem Rest aus der Flasche gründlich abgespült hatte. Der kleine Mund schloss sich erstaunlich fest um den Finger. Er musste einen gewaltigen Hunger haben.

»Pass gut auf, Cinders«, kommandierte sie. »Ich bin so schnell wie möglich wieder da.« Sie hatte sich extra eine abgelegene Stelle des riesigen Parkplatzes ausgesucht, damit nicht irgendwer auf die Idee kam, in den Wagen zu glotzen. An diesem trüben Vormittag standen hier noch nicht viele andere Autos, und sie wusste, dass ihre Hündin jeden verbellen würde, der dem Land Rover zu nahe kam.

Sie hetzte durch den Gang mit den Babyartikeln. Hier gab es so viele verschiedene Milchprodukte, dass sie nicht wusste, welches sie wählen sollte. Sie setzte ihre Brille auf und nahm eine Marke, die von sich behauptete, der Muttermilch am ähnlichsten zu sein. Das wäre wohl das Richtige. Dann stellte sie fest, dass sie sich keinen Korb genommen hatte. In ihrem dicken Dufflecoat wurde ihr schweißig heiß, und sie geriet schon wieder in Panik. In der Nähe stand ein großer Einkaufswagen voller leerer Pappkartons. Fran stapelte sie alle auf dem Boden auf und belud die Karre mit Babypuderdosen und Säuglingsmilchpackungen. Babyflaschen und Sauger brauchte sie auch. Wieder verwirrte sie die Riesenauswahl. Sie entschied sich für eine Sorte, für die damit geworben wurde, dass sie der Mutterbrust am ähnlichsten wäre. Schließlich packte sie noch Wegwerfwindeln, Wattebäusche und Babyschlafanzüge in den Wagen. Babydecken oder Wickelunterlagen gab es nicht, also grabschte sie sich einen Stapel weißer Frotteehandtücher. Wenn sie nicht in solcher Eile wäre, hätte sie alles in Ruhe aussuchen können, aber sie vermochte an nichts anderes zu denken als an das hungrige Kind, das draußen im Auto weinte. Sie bemühte sich, nicht ungeduldig mit dem verschlafenen Knaben an der Kasse zu werden, und kaufte zu guter Letzt auch noch eine Zeitung.

Dann schleppte sie ihre Einkäufe zum Auto. Niemand interessierte sich für den abseits geparkten Land Rover, und Cinders wachte aufmerksam. Wie befürchtet schrie das Baby ohrenbetäubend. Sie stieg ein und ließ den Motor an, aber das brachte den Kleinen diesmal nicht zur Ruhe. Selbst das magische Brummen der Maschine besänftigte ihn nicht – dazu war er viel zu hungrig. So, wohin also jetzt? Zur Polizei nach Ryde oder nach Newport? Die Entschlusslosigkeit machte sie hektisch. Wenn seine Mutter nun zurückgekommen war, um nach ihm zu suchen? Nun, dann würde sie ihre

Nachricht entdeckt haben und zum Revier in Ventnor gegangen sein. Wenn sie sich aber davor fürchtete und sich auf der Farm versteckte …?

Fran fuhr also nach Hause. Es machte Sinn, nachzuschauen, ob seine Mutter dort war. Wenn und falls Fran ihr helfen konnte, brauchte die Polizei vielleicht gar nicht erst hinzugezogen zu werden. Und falls sie die Mutter nicht antraf, würde sie das Baby eben füttern, es ordentlich anziehen und sich dann guten Gewissens von ihm trennen, auch wenn sie möglicherweise Scherereien bekam. Für sie zählte vor allem das Wohlergehen dieses kleinen Wesens.

Sie fuhr so schnell sie konnte und wagte es sogar, die Geschwindigkeitsbegrenzungen zu übertreten. Nach einer Weile hörte das Baby zu weinen auf. »Jetzt dauert's nicht mehr lange, kleines Lämmchen«, rief Fran ihm immer wieder zu. Als das *Undercliff* in Sicht kam, suchte sie im Fahren die Straßenränder und die umgebenden Felder ab, konnte aber nichts Ungewöhnliches entdecken – bloß die üblichen Spaziergänger. Und bei ihrer Ankunft auf der Rocken Edge Farm war diese auch nicht von Streifenwagen mit flackernden Blaulichtern umzingelt. Sie stellte den Land Rover im Hof ab, rannte in die Küche, riss Packungen auf und legte eine Babyflasche nebst Sauger in eine Kasserolle, um sie abzukochen. Dann eilte sie zurück nach draußen, fütterte die Hühner, streute Taubenfutter aus und sah nach Beauty. Die Stalltür stand schon wieder offen; sie musste gelegentlich nachsehen, was mit dem Riegel nicht stimmte. Der Zugwind hatte ihre Zettel auf den Boden geweht. Ach herrje, und um die toten Lämmer hatte sie sich auch noch nicht gekümmert. Die konnten da auch nicht ewig liegen bleiben. Aber das hatte Zeit bis später, wenn das Baby gefüttert war.

Sie schaute in den Land Rover. Cinders sah sie erwartungsvoll an, und das Baby bewegte sich unruhig. Fran ging in die Küche, schrubbte sich die Hände und nahm die Babyflasche aus dem kochenden Wasser auf dem Herd. Endlich entband sie Cinders von ihren Pflichten, trug das Kind ins Haus und schloss die Tür hinter sich.

»Nun denn«, sagte sie zu sich selber und zog ihren Mantel aus. »Aus dem Weg, Sugar Plum.« Sie gab der Katze mit dem Fuß einen Schubs. Entrüstet suchte sie Zuflucht im Sessel. Fran schüttete etwas von dem Babymilchpulver zusammen mit dem abgekochten Wasser in das sterilisierte Fläschchen, pfropfte den Sauger darauf und stellte alles in einen Topf mit heißem Wasser, damit es sich aufwärmte. Als es so weit war, nahm sie das greinende Kind hoch und hielt ihm den Sauger an die Lippen. Der kleine Kerl bewegte hektisch den Kopf hin und her. Fran setzte sich auf einen Küchenstuhl und hielt ihn auf den Knien, so dass er sie sehen konnte. Mit einer Hand stützte sie behutsam seinen Kopf, bis er ihn stillhielt und das Mundstück mit den Lippen umschloss. Und dann machte er sich mit Heißhunger über die Flüssigkeit her, sog sie tief in sich hinein. Fran seufzte tief auf, und ein Gefühl der Erleichterung breitete sich in ihrem ganzen Körper aus, während sie den Kleinen fütterte. »So ist's recht, mein Lämmlein, so ist's recht«, lobte sie ihn.

Sie hatte keine Ahnung, welche Menge sie an ihn verfüttern sollte, also ließ sie ihn weiter saugen, bis er von dem Gummiaufsatz abließ und er ihm aus dem Mund rutschte. Seine Augen waren halb geschlossen, und sein Kopf rollte auf die Seite, als wäre er betrunken. Fran legte ihn wieder auf ihre Schulter und ging in der Küche mit ihm auf und ab, wobei sie ihm den Rücken tätschelte und ihm gut zuredete, bis er sein Bäuerchen machte. Schließlich bettete sie ihn zurück in sein Körbchen. »Sobald du dich ausgeschlafen hast, bekommst du ein schönes warmes Bad und kannst deine neuen Sachen anprobieren«, versprach sie ihm.

Fran kochte Tee und setzte sich an den Küchentisch. Während sie die schlafenden Tiere und das Baby betrachtete, wunderte sie sich, dass sie selber nach dieser durchwachten Nacht und dem von Hektik bestimmten Vormittag nicht todmüde war. Sie hörte die Uhr läuten. Mittag. Sie stand auf, holte die Dose und stopfte ein halbes Dutzend mit Creme gefüllte Kekse in sich hinein. In der Küche herrschte ein heilloses Durcheinander. Wenn sie sich gleich an die Arbeit machte, würde alles aufgeräumt und erledigt sein, ehe das Baby aufwachte, und dann hatte sie Zeit, es zu baden. Sie krempelte sich die Hemdsärmel hoch, saugte die Tierhaare auf, wischte den Steinfußboden, schrubbte die Spüle, putzte die Herdplatte, spülte die schmutzigen Teller und packte ihre Einkäufe aus, die sie allesamt auf dem Tisch aufbaute. Sie musste lächeln; was für ein Haufen Sachen für so ein winziges Menschlein. Und trotz all des Aufruhrs, den sie veranstaltet hatte, schlief er tief und fest.

Sie ging nach draußen, um nach Beauty zu sehen und ihr Euter zu befühlen. Es schien so weit alles in Ordnung mit ihr zu sein; kein Anzeichen für eine Entzündung. Fran kehrte den Pferch, legte frisches Stroh aus, knüllte ihre Zettel zusammen und sammelte die toten Lämmer ein. Auch mit ihnen schien alles zu stimmen – nur, dass sie zu früh auf die Welt gekommen waren. Es hatte alles mit Beautys fortgeschrittenem Alter und ihrem eigenen Starrsinn zu tun, das Tier in diesem Alter noch trächtig werden zu lassen. Fran trug die Lämmer hinter den Stall, entfachte ein Feuer in einer Tonne und legte sie in die Flammen. Das hätte sie schon gestern Abend tun sollen. Es zeugte nicht gerade von guter

Hauswirtschaft, Kadaver herumliegen zu lassen. Als sie zurück in den Hof kam, flogen ihre Tauben vom Dach herunter und scharten sich gurrend um ihre Füße. Fran seufzte erleichtert und ging ins Haus.

Hier wusch sie sich wieder die Hände, sterilisierte weitere Babyfläschchen, mischte die Babynahrung den Angaben entsprechend und stellte einen Vorrat in den Kühlschrank. »Du wirst mir nicht noch einmal hungern müssen, Kleiner«, sagte sie zu dem Baby. »Nicht, solange Fran sich um dich kümmert.« Aber damit würde es bald vorbei sein, dachte sie. Ich werde dich hergeben müssen, ich werde dich der Polizei übergeben. Das Baby zuckte im Schlaf. Als sie warmes Wasser in die Spüle laufen ließ und saubere Handtücher auslegte, kam Fran sich wie eine Verräterin vor. Sie badete den Kleinen, zog ihm ein flauschiges weißes Hemdchen an, versah ihn mit einer Wegwerfwindel und steckte ihn schließlich in einen blauen Strampelanzug, auf dessen Brust ein kleiner Hund gestickt war. Dann hob sie ihn in die Höhe. »Sieh nur, Cinders, sieh nur, Sugar Plum. Ist das nicht hübscher als diese hässlichen rosa Wollsachen …«

Und dann erstarrte Fran und ließ das Baby schwebend in der Luft innehalten. Hinter ihr wurde die Küchentür geöffnet.

Clares Augen schmerzten, weil sie sie so lange zugekniffen hatte, aber ihr war nicht entgangen, dass sich in dem Wohnwagen etwas bewegte. Sie hörte leise Musik und Wasser laufen. Und sie spürte, dass jemand neben ihr stand und sie ansah. Wollte man, dass sie von hier verschwand?

»Bist du wach?«, fragte eine Mädchenstimme. Clare fühlte, wie ihre Augenlider flatterten.

»Ich hab dir Tee gebracht.«

Clare klappte die Augen auf. Das Mädchen stand über sie gebeugt. Sie trug eine rote Fleecejacke, deren Reißverschluss sie bis zum Kinn hochgezogen hatte. Das braune Haar trug sie aufs Geratewohl zusammengesteckt. In der Hand hielt sie einen weißen Becher. Mit Mühe schaffte es Clare, sich aufzusetzen und den Becher mit zitternden Händen entgegenzunehmen.

Das Mädchen lächelte. »Wie ich sehe, hast du deine Jacke wieder angezogen. Tut mir leid, dass es hier drin so kalt geworden ist, aber das Gas war alle. Ich habe die Flasche schon gewechselt; bald wird es wieder warm.«

»Danke«, murmelte Clare. Sie nippte an dem heißen Tee. Das tat gut. Das Mädchen hatte eine Packung mit Schokoladenkeksen dabei. Sie setzte sich an den Fuß von Clares Koje und hielt sie ihr hin.

»Hunger?«

Clare nickte. Sie hätte am liebsten die ganze Packung verputzt, nahm sich aber nur einen Keks. »Danke.«

»Kein Problem«, sagte das Mädchen mampfend. »Ich bin übrigens Kate. Geht's dir jetzt besser?«

Clare wischte sich den Mund ab; sie hatte das Gefühl, als würde sich ihre Zunge durch den Tee lösen. »Ich glaub schon.«

»Du warst gestern ganz schön mitgenommen. Bist uns glatt umgekippt, aber Patrick hat dich aufgefangen. Da haben wir dich hier reingetragen und Marguerite geholt.«

»Marguerite?«

»Eine Heilerin. Erinnerst du dich gar nicht, dass sie hier gewesen ist? Sie wohnt unten im Wraith Cottage. Ihr und ihrer Schwester Jane gehört das ganze Land hier und so.«

Clare errötete vor Scham, weil sie doch tatsächlich geglaubt hatte, die Heilige Jungfrau wäre zu ihr gekommen.

Sie fühlte, wie das Knäuel Würmer sich in ihr zusammenzog und sich wand.

Kate biss in einen weiteren Keks. »Du kommst wohl nicht aus der Gegend?«

Clare schüttelte den Kopf. Sie überlegte angestrengt, was sie dem Mädchen über ihre Herkunft erzählen sollte.

»Patrick meinte, du bist eine Freundin von Rose.«

»Ja, das stimmt.«

»Wir fanden, dass du einen irischen Akzent hast.«

Clare dachte darüber nach, ob sie gestern Abend überhaupt irgendwas gesagt hatte oder ob Kate das schon aus ihren wenigen gemurmelten Worten herausgehört haben konnte. »Nun, ursprünglich ... also meine Eltern ...« Sie beugte sich vor, um den Becher auf dem Boden abzustellen, und schob dann die Decke beiseite. »Danke, dass ihr euch um mich gekümmert habt. Aber jetzt sollte ich wohl lieber wieder gehen.« Sie schwang die Beine vom Bett herunter und stand auf. Aber ihre Knie waren weich, und ihr wurde schwindlig. Kate beobachtete sie.

»Nun mach dir mal keinen Stress. Du siehst mir immer noch ziemlich angeschlagen aus.«

Clare ließ sich wieder auf die Koje fallen. Eine Hitzewallung durchfuhr sie. Sie merkte, wie ihr der Schweiß auf die Stirn trat, und öffnete den Reißverschluss ihrer Jacke.

»Bist du Diabetikerin oder so was?«, fragte Kate.

»Nein.« Clare versuchte, sich eine Erklärung einfallen zu lassen. »Ich habe gerade eine Mandelentzündung hinter mir, aber jetzt geht es mir schon wieder einigermaßen. Ich bin bloß noch ein wenig geschwächt.« Sie merkte, dass Kate ihr Sweatshirt musterte, auf dem Flecken von Muttermilch und der Naturfarbe von den Babysachen waren.

»Ja, die Angina macht derzeit die Runde. Ich hatte neulich auch eine. Bist du beim Arzt gewesen? Du siehst aus, als hättest du Fieber.«

Clare zog sich ihre Jacke vor die Brust und verschränkte die Arme davor. Sie schüttelte nur den Kopf.

Kate ging in die Küche und kam mit einer Tablettenschachtel und einem Glas Wasser zurück. »Willst du es mal damit probieren? Das ist ein Antibiotikum. Mir hat das den Hals ganz schnell wieder freigemacht. Ich habe die Tabletten dann nicht weiter genommen, obwohl man das ja tun soll.«

Clare nahm eine der Tabletten. Ihre Augen wurden feucht, weil Kate sich so um sie bemühte. »Danke«, flüsterte sie. »Ich bezahl sie dir auch.«

»Mach dir mal deswegen keinen Kopf.« Kate betrachtete Clare. »Ich werde jetzt mit den anderen zusammen was zu essen machen. Du darfst dich gerne zu uns setzen, aber du kannst dich genauso gut noch ein bisschen erholen. Später bringe ich dich dann zu Marguerite.«

»Nein! Ich möchte niemandem zur Last fallen.«

Kate streckte die Hand aus, als wolle sie Clares Stirn berühren. Clare zuckte zurück. Kate wirkte verunsichert. Das Lächeln verschwand aus ihrem Gesicht. Sie sah nett aus – Clare wünschte sich, sie wäre nicht so vor ihr zurückgewichen. Aber so ging es bei ihr immer, wenn ihr irgendjemand zu nahe kam. Sie schlug die Augen nieder und begann, an ihren Fingernägeln zu kauen.

Kate zuckte mit den Schultern. »Okay. Du kannst dich nachher waschen und so, falls du möchtest – bevor du uns wieder verlässt.« Damit wandte sie sich ab.

Clare hörte sie zur Tür hinausgehen. Vielleicht wäre es wirklich das Beste, noch ein bisschen liegen zu bleiben. Und es war schon Wochen her, seit sie ein richtiges Bad genommen hatte.

»Gütiger Himmel, Fran. Was hast du denn da?«

Ted! Warum war ihr das nicht früher eingefallen? Heute war ja Sonntag. Sonntags kam Ted regelmäßig vorbei, um sie zu einem Spaziergang nach Wraith Cove abzuholen, wo sie dann Marguerite besuchten und anschließend zur Windy Corner weitermarschierten, um zu schauen, ob die als *The Needles* bekannten, aus dem Wasser herausragenden Felsen zu sehen waren oder ob man Wanderfalken beobachten konnte. Zum Schluss landeten sie dann meistens im *Buddle Inn*, wo sie sich mit Bier und Sonntagsbraten stärkten.

Clare nahm das Baby herunter, drückte es an die Brust und drehte sich um. Sie war wie vor den Kopf geschlagen. Wenn sie Ted die Wahrheit erzählte, würde der sie garantiert auf der Stelle in den Land Rover verfrachten und mit ihr zum Polizeirevier fahren. Blackgang Ted war ein aufrechter Bürger, wie man ihn sich nur wünschen konnte – abgesehen davon, dass er gelegentlich an der Steuererklärung etwas drehte, um mit seinem Geld auszukommen.

»Das ist ein B… Baby«, stammelte Fran.

»Das sehe ich selber.« Ted schloss die Tür hinter sich und packte einen in schmutziges Zeitungspapier eingewickelten Kohlkopf zwischen die Babysachen auf den Tisch. Dann lehnte er seinen Stock gegen die Wand, nahm seine Tweedkappe ab und knöpfte seine Wachsjacke auf. »Und was hat das hier zu suchen?«

»Es … es ist … nur zu Besuch hier.« Fran hatte das Gefühl, als würde ihr Gehirn heißlaufen.

»Es gehört jemandem, der hier zu Besuch ist? Habe ich das richtig verstanden?« Ted rieb sich das Kinn.

Fran nickte nur und wandte sich von ihm ab. Sie bemühte sich krampfhaft, die Fassung zu wahren. Sie wickelte das

Baby in ein Handtuch und legte es auf den Sessel. Am liebsten wäre es ihr gewesen, wenn Ted gar nicht weiter darauf geachtet hätte. Aber Ted fuchtelte mit den Händen, wurde aufgeregt, redete mit sich selber, und seine Hände bewegten sich dabei unwillkürlich in der Zeichensprache, die er sich vor langer Zeit angeeignet hatte, um mit Eddie, seinem tauben Sohn, kommunizieren zu können. Fran fing an, ganz beiläufig die Badesachen des Babys wegzuräumen. Sie tat so, als wäre das alles völlig normal. Ted trat an den Sessel heran und inspizierte das Baby.

»Wer ist denn der Besuch?«

»Phillip.« Das war der erste Name, der Fran einfiel.

»Gütiger Himmel.« Ted ließ sich auf den Küchenstuhl sinken. »Du meinst deinen Bruder Phillip aus Australien?«

Fran nickte und begann, die feuchten Handtücher auf ein Gestell über dem Herd zu hängen.

»Donnerlittchen«, entfuhr es Ted. »Kommt ein bisschen unerwartet, oder? Du hast nichts von seinem Besuch erwähnt, als wir uns gestern früh begegnet sind.«

»Ging ja nicht. Es kam völlig überraschend.«

»Das kann man wohl laut sagen. Ich habe ihn seit Jahren nicht mehr gesehen. Wo steckt er denn?«

»Wer?«

»Phillip. Wer denn sonst?«

»Ach, er macht heute einen Ausflug.«

Ted nickte mit krauser Stirn. Offensichtlich verwirrte ihn das alles außerordentlich. »Aber hör mal, Phillip ist doch viel zu alt, um noch Vater zu werden. Er ist in unserem Alter.«

Fran zwang sich zu einem krächzenden Lachen. »Sei nicht albern, Ted. Das ist natürlich sein Enkel.«

»Sein Enkel. Ach so.«

»Richtig. Ich spiele eine Weile lang die Babysitterin.«

»Also hat er ihn gleich bei dir abgeladen? Lass das bloß nicht zur Gewohnheit werden.«

»Ach, das macht mir nichts aus.« Fran stellte den Wäscheständer auf. »Er ist das reinste Lamm.«

»Sam heißt er, hast du gesagt?«

»Sam? Ja, ja, natürlich. So heißt er.«

»Na, das ist ja ein Ding. Mit wie vielen Leuten ist er denn hier?«

»Was für Leute?«

»Na ja, Angehörige eben. Ich gehe nicht davon aus, dass Phillip alleine mit einem Säugling hier rübergekommen ist.«

»Nein, nein, Phillip ist gar nicht hier. Nur sein Sohn, der junge Phil. Und seine Frau, äh, Ann, natürlich.«

»Und wo wohnen sie?«

»Hier.« Fran hatte es ausgesprochen, bevor sie Zeit hatte, sich etwas einfallen zu lassen.

»Hier? Verdammter Mist, dann musst du aber langsam ein bisschen sauber machen.« Ted kicherte. »In manche Zimmer dieses Hauses ist seit Jahren kein Tageslicht mehr gedrungen.«

»Nein, ich meine doch hier auf der Insel. In Ryde.« Fran hatte das Gefühl, tiefer und tiefer in einem trügerischen Morast zu versinken.

»Na, du bist ja von dem Besuch offenbar sehr erbaut.« Ted erhob sich. »Scheint dir gut zu tun. Du wirkst richtig aufgedreht – um Jahre verjüngt.«

»Nun sieh aber zu, dass du Land gewinnst«, schalt Fran ihn. Ted war seit Jahren verwitwet und hatte ihr oft Heiratsanträge gemacht – in jüngster Zeit allerdings mehr im Scherz.

»Also wird's dann wohl nichts mit unserem Spaziergang zum *Buddle Inn*?«

»Heute nicht, Ted.«

»Na, ich gehe trotzdem nach Wraith Cove und besuche Marguerite. Dann müssen wir halt ohne dich auskommen.«

»Du schaffst das schon.« Ted hatte Marguerite – die ebenfalls taub war – kennengelernt, als er im Garten der Villa *Cormorants* ein paar Arbeiten erledigte. Die beiden hatten sich sofort miteinander angefreundet, sich händefuchtelnd verstanden wie Möwen, die einen Schwarm Sardinen erspäht haben. Während Ted sich die Jacke zuknöpfte und seine Mütze aufsetzte, hielt Fran ihm bereits die Tür auf und reichte ihm seinen Stock. »Klapp deinen Kragen hoch. Draußen nieselt es.«

Ted tat, wie ihm geheißen. »Aber iss den Kohl. Ich komme morgen wieder, um den jungen Phil zu begrüßen. Bin gespannt auf Phillips Sohn.«

»Ich weiß nicht, wie ihre Pläne sind.«

»Wir sehen uns trotzdem.« Ted stolperte nach draußen und bemühte sich, nicht auf die Tauben zu treten. »Hat Beauty schon ihr Lamm gekriegt?«

»Zwillinge. Beide sind gestorben.«

»Ach herrje. Wie schade. Und wir glaubten doch, sie zieht es noch einmal durch, was? Na, wie's aussieht, hast du auch so alle Hände voll zu tun. Wir sehen uns dann morgen.«

Fran schloss die Tür hinter ihm und lehnte sich dagegen. Dann holte sie erst einmal tief Luft. »Das wäre geschafft, Cinders.« Sie ging zum Sessel und nahm das Baby. Es sah sie an. Vorsichtig senkte sie den Kopf und küsste seine Wange. Es war die süßeste, flauschigste Berührung, die sie je verspürt hatte. »Sam«, flüsterte sie. »Sieht so aus, als hätte Onkel Ted dich gerade getauft.«

Rachel beschloss, mit dem Auto zu Sophie und Nick zu fahren. Es regnete immer noch – dieser feine Sprühregen, der sich mit dem Nebel vermischte und das *Undercliff* hinter einem Schleier verschwinden ließ. Normalerweise schätzte sie diese etwas unheimliche Stimmung, bei der alles wie weichgezeichnet wirkte und die den auf dem Weg liegenden Botanischen Garten umso exotischer erscheinen ließ. Doch in diesen trüben Januartagen wurde es früh dunkel, und sie mochte später nicht ganz alleine den Nachhauseweg über den Küstenpfad antreten. Sie ließ den Wagen oben an der Straße stehen und marschierte zu Fuß hinunter in die Blue Slipper Bay, wobei sie kurz innehielt, um sich in den Anblick der drei auf Stelzen stehenden, pastellfarbenen Strandhäuschen neben Kyps und Evies Fischrestaurant zu versenken. Es erstaunte sie noch immer, dass es Sophie und Nick anscheinend gar nichts ausmachte, so dicht am Meer zu leben. Bei einer Springflut konnte die See, getrieben von einem starken Südwind, mit enormer Wucht auf den Strand donnern. Rachel grinste in sich hinein; die beiden würden es gar nicht merken, wenn ein Wirbelsturm ihr Strandhaus in die Höhe hob und es in Cowes wieder absetzte – solange sie nur zusammen waren.

Sie ging über den mit Sand und Kieseln bedeckten betonierten Pfad und klopfte an der lavendelfarben gestrichenen Tür von *Sea Spray*, der mittleren der drei Strandhütten. Sofort erschien Nicks Kopf oben über dem Balkongeländer. Rachel zuckte nach wie vor zusammen, wenn sie ihn mit Haaren sah – zu sehr war sie seinen kahlgeschorenen Schädel gewohnt. Aber Sophie hatte sämtliche Ecken und Kanten an Nick geglättet, also ihn auch wieder von Haupthaaren überzeugt.

»Hallo Rachel. Komm rauf«, rief er ihr zu.

Rachel erklomm die hölzerne Treppe; oben erwartete sie schon Sophie, um sie in die Arme zu schließen. In ihrem langen, bestickten Khakikleid sah sie umwerfend aus – sie selber hätte darin gewirkt wie in eine bunte Wurstpelle gezwängt.

»Hübscher Fummel«, bemerkte Rachel und befühlte den festen Stoff. »Aus Neuseeland mitgebracht?«

»Ja, aber in China hergestellt«, lachte Sophie und reichte Rachel ein Glas Rotwein. »Komm herein und mach's dir gemütlich.«

Rachel schob Commie, Sophies und Nicks großen Tigerkater, von seinem bevorzugten Platz auf dem Flickenteppich und setzte sich vor den Kaminofen. Wie warm und einladend alles hier war. Sie erinnerte sich daran, wie spartanisch *Fair Wind*, die Kyp und Evie gehörende Hütte nebenan, eingerichtet gewesen war, als Nick noch alleine darin wohnte. Doch nachdem er nun seinem Mönchsdasein abgeschworen hatte und mit Sophie zusammengezogen war, wurde *Fair Wind* als Ferienappartement renoviert.

Nick, der auf nackten Füßen herumlief und Teller herbeitrug, blieb vor ihr stehen und sah sie an. »Du hast nicht zu gähnen aufgehört, seit du hergekommen bist, Rachel. Geht's dir gut? Ich hoffe, dass wir dich nicht schon jetzt langweilen.«

»Niemand könnte weniger langweilig sein als ihr beide«, lachte Rachel. »Nein, ich bin nur die halbe Nacht aufgewesen und habe im Café aufgeräumt.«

»Übernimm dich nicht. Du weißt, dass wir sofort zur Stelle sind, wenn du unsere Hilfe benötigst.«

»Selbstverständlich helfen wir dir«, pflichtete Sophie ihm bei. »Vergiss nicht, dass ich schließlich auch ein Interesse daran habe. Aber nun wollen wir essen.«

Rachel nahm neben der Balkontür am Tisch Platz. Die

Windböen bliesen einen Hagel von Sandkörnern gegen die Scheibe. Draußen war nichts zu erkennen außer trüben grauen Wellen mit Schaumkämmen. »Ich finde, ihr solltet eure Bude in *Arche Noah* umbenennen.«

Das gefiel Nick; er verzog zwar selten eine Miene, aber man konnte es ihm dennoch am Gesicht ablesen. »Sophie sagt oft, dass wir eines Morgens aufwachen werden und feststellen, dass wir an irgendwelchen fremden Gestaden vorbeitreiben.« Er reichte Rachel einen Holzteller mit knusprig goldenen Kartoffeln. »So, und warum hast du nun die halbe Nacht alleine geschuftet, anstatt deine Freunde um Hilfe zu bitten?«

»Ach, einfach, um mir selber zu beweisen, dass es auch ohne einen Mann geht.«

»Und? Hat's geklappt?« Sophie legte Rachel ein Stück Brathuhn auf den Teller.

»Geht so. Ich weiß eigentlich nicht, was ich an Sandro finde – oder gefunden habe. Ich muss allerdings immer noch an dieses schmalzige Riesenbaby denken.«

»Absolut nichts von ihm gehört?«, erkundigte sich Nick.

Rachel schüttelte den Kopf. »Ich habe vor, mal zu dem Hotel in Shanklin zu fahren und nach ihm zu fragen. Irgendwer muss doch etwas über ihn wissen.«

Sophie lehnte sich in ihrem Stuhl zurück und musterte Rachels Gesicht aus ihren dunklen Augen. »Bist du dir sicher, dass du das wirklich willst? Wenn du möchtest, begleite ich dich gerne.«

»Nein, ehrlich. Ich komme schon klar. Auf dieser kleinen Insel gibt es keine Mafia.«

»Soweit wir wissen«, sagte Nick. »Aber was wird denn nun aus dem Restaurant?«

Rachel zuckte die Achseln. »Ich weiß nicht, was ich tun

soll. Wenn wir keinen neuen italienischen Koch bekommen, sind wir in den Arsch gekniffen und müssen die Eröffnung verschieben.«

»Irgendwie könnten wir doch auch so versuchen, es zu schaffen«, wandte Sophie ein.

»Wie denn? Selbst wenn du und ich das Kochen übernehmen – und ich bezweifle, dass uns das gelingen wird –, muss doch immer noch jemand die Gäste bedienen.«

»Ich helfe euch«, bot Nick an. »Und dann sind da schließlich auch noch Aidan und Patrick.«

Rachel tätschelte Nicks Arm. »Das ist wirklich nett von dir. Aber es wird nicht *ganz* dasselbe sein wie mit einem echten Italiener in der Küche, der Arien trällert und Nudeln schwenkt, während Sophie und ich mit den Gästen plaudern. Sandro wäre ein echtes Aushängeschild gewesen.«

Eine Weile aßen sie schweigend. Rachel genoss es, zur Abwechslung einmal selber ein warmes Essen serviert zu bekommen. Heute wollte sie sich über ihre Figur keine Gedanken machen; durch den Kummer wegen Sandro hatte sie ein paar Pfund verloren und mochte keinesfalls auf eine weitere Portion der köstlichen Kartoffeln verzichten.

»Ich habe mir große Mühe gegeben, euren Rat zu befolgen und Sandro aus meinen Gedanken zu verbannen«, sagte sie zwischen zwei Bissen. »Aber er spukt ständig durch meinen Kopf, und ich kann nichts dagegen tun. Und ehe ich mich's versehe, heule ich schon wieder. Es ist hoffnungslos.«

»Hoffnungslos scheint es, wenn man sich mittendrin befindet«, sagte Nick. »Versuch nicht, mir nachzueifern und deinen ganzen Kummer hinter einen eisernen Vorhang zu verbannen. Das führt zu nichts. Sobald der Kummer einen ergreift, muss man sich ihm stellen –«

»Und die Tatsachen akzeptieren«, unterbrach Sophie ihn.

»Sonst kommst du nie zu einer leidenschaftsloseren Betrachtungsweise und nie auf andere Gedanken.«

»Das ist es ja gerade, was mir nicht gelingt. Ich bringe es nicht fertig, alles leidenschaftslos zu betrachten. Stell dir doch mal vor, man würde den armen Hinterbliebenen der Opfer des Tsunamis raten, *auf andere Gedanken zu kommen.*«

»Glaub mir, Rachel, ich weiß, wovon du sprichst«, sagte Nick. »Ich habe mich jahrelang mit diesem Dilemma herumgeschlagen, bis ich Sophie getroffen habe und sie mir beigebracht hat, meine Gefühle nicht zu verleugnen.«

Sophie lächelte. »Es geht doch nicht nur um *irgendwelche* Gefühle. Sonst wären wir selbstgefällige Plagegeister, die unser gekränktes Ego jedem aufdrängen, der gerade zur Verfügung steht.«

Rachel legte ihr Besteck ordentlich auf den leeren Teller. »Ja, aber wo soll man den Strich ziehen? Sitzen gelassen zu werden kann man ja wohl kaum damit vergleichen, seine ganze Familie und sein Heim zu verlieren, oder?«

»Es ist alles relativ und für jeden anders«, sagte Sophie. »Ich denke, es hängt davon ab, inwieweit eine Krise unsere Fähigkeit beeinträchtigt, unser Leben weiterzuleben. Manchen reicht es, einmal ihren Kummer in die Welt hinauszuschreien, während andere sich jahrelang darin verkriechen.«

Seufzend lehnte sich Rachel in ihrem Stuhl zurück. Sie war pappsatt. »Ich habe mit meinem Kummer bestimmt nicht hinter dem Berg gehalten.«

»Lass ruhig noch mehr von deinen Gefühlen heraus«, sagte Nick. »Du bist hier unter Freunden.«

»Ich sage dir, was mir helfen würde«, schlug Rachel vor. »Ein Stück von dem herrlichen Apfelkuchen, der sehnsüchtig in der Küche auf uns wartet. Vielleicht sogar mit etwas Schlagsahne.«

»Klingt nach einem guten Rezept, wenn man ...« Mitten im Satz wurde Nick von einem lauten Klopfen an der Tür unterbrochen.

»Himmel«, sagte Sophie. »Wenn das mal kein Schmuggler ist.«

Nick stand auf und lief nach unten. »Meine Güte«, rief er. »Seht bloß, was die Flut angespült hat. Kyp und Evie und ihre beiden Wasserbabys.«

Rachel hörte, wie der korpulente Kyp die Treppe heraufgekeucht kam. Dann stand er im Zimmer und wirkte massiger denn je. Evie folgte ihm; ihr schmales Gesicht war sonnengebräunt, ihr kurzgeschnittenes Haar von der Sonne gebleicht. Nick trug die kichernde kleine Mila, deren Bruder Jack sich sogleich neben der Katze auf den Teppich warf.

»Ich habe nicht gedacht, dass ihr schon so früh zurückkommt«, rief Sophie und drückte alle an sich.

»Nun, ich kann's mir auch nicht erklären, aber irgendwie habt ihr uns gefehlt«, sagte Kyp und inspizierte die Überreste des Essens. »Alles schon aufgefuttert? Darf ich das Hühnerbein da haben?«

»Du bist unmöglich«, schalt ihn Evie. »Ehrlich gesagt fingen wir an, uns in Griechenland zu langweilen – jeden Tag Sonne, weißer Sand und türkisfarbenes Meer. Wir wollten mal wieder grauen Himmel sehen und mit der Renovierung von *Fair Wind* weiterkommen.«

Nick löste Milas Arme von seinem Hals, stellte sie auf den Boden und ging den Apfelkuchen holen. »Ich denke, für sieben Personen wird er gerade reichen«, sagte er.

»Damit könnte man fast ganz Ventnor satt kriegen«, lachte Rachel.

»Oder Dad allein!«, rief Jack und zerrte Mila zu sich auf den Teppich. Commie erhob sich, schüttelte indigniert eine

Vorderpfote und zog sich an einen ruhigeren Ort auf einem der Sofas zurück.

»So, nun wollen wir hören, was sich hier so alles getan hat«, sagte Evie. Sie setzte sich neben den Kater und vergrub ihr Gesicht in seinem dichten Fell. »Hallo, Commie. Du hast uns auch gefehlt.«

Sophie erzählte voller Begeisterung von ihrer und Nicks Reise nach Neuseeland; danach berichtete Rachel die wenig erfreulichen Neuigkeiten, was das italienische Restaurant betraf.

»Kein Problem«, sagte Kyp. »Ich werde euer italienischer Koch. Alles, was die Italiener kochen können, kann Kyp besser.«

»Aber du bist doch Grieche, Dad«, protestierte Jack.

»Ich bin mir meiner Abstammung sehr wohl bewusst, junger Mann«, sagte Kyp. »Und am Herd kann mir keiner etwas vormachen. Falls mich jemand in deiner Küche stehen sieht, Rachel, wird derjenige nur ein ausgesprochen ansehnliches Profil erblicken und dunkle, behaarte Hände, die die reinsten Wunderdinge auf den Tisch zaubern.«

Rachel sah Sophie an. Sie wusste nicht recht, ob das nur als Scherz gemeint sein sollte. Sophie lächelte und zog eine Augenbraue in die Höhe.

»Das ist eine großartige Idee, Kyp«, sagte Evie. »Du könntest ohne weiteres einspringen, bis sie jemanden auf Dauer gefunden haben.«

»Und was soll dann aus eurem Fischrestaurant werden?«, fragte Rachel.

»Das macht nicht vor Ostern wieder auf. Und bis dahin dürftet ihr alles auf die Reihe bekommen haben, wie meine liebe Frau gerade erklärt hat.«

»Aber wir können dich doch nicht als waschechten Italiener durchgehen lassen. Ich meine, gibt's da keinen Ärger mit der Handelskammer wegen Verstoßes gegen die Gaststättenverordnung oder so?«, wandte Sophie ein.

»Die brauchen nur einmal mein Essen zu probieren, und dann ist es denen egal, ob ich aus der Äußeren Mongolei stamme.« Kyp küsste begeistert seine Fingerspitzen.

Rachel war sich immer noch nicht sicher, ob sie damit durchkommen würden. Aber plötzlich entfuhr ihr ein Kichern, das sich zu einem schallenden Lachen entwickelte.

Pater Ryan schob seinen Teller mit kaltem Schinken und Kartoffeln von sich weg. Kalte Mahlzeiten, kaltes Wetter, sogar sein Tee war inzwischen kalt geworden. Beinahe wünschte er sich, er hätte Pater Christophers Einladung zum Sonntagsbraten angenommen; *sein* Tisch wäre voller frisch zubereiteter Köstlichkeiten *und* alkoholischer Getränke gewesen. Aber er verspürte in diesen Tagen nie sonderlich großen Appetit, und außerdem wäre er dann wieder das Opfer von Pater Christophers infantilen Scherzen gewesen, dass er noch im dunklen Zeitalter des Katholizismus wandelte. An Sonntagnachmittagen trug Pater Christopher regelmäßig Straßenkleidung und benahm sich, als wäre er ein ganz gewöhnlicher Mensch, der sich außerhalb der Kirchenmauern an keinen Ordenskodex zu halten hatte. Und es hieße *Ryan dies und Ryan das*, als seien sie die besten Freunde und keine Kirchenväter.

Manchmal wäre es Pater Ryan tatsächlich am liebsten, wenn ihn niemals wieder jemand so offiziell ansprach. Er konnte den Titel nicht mehr hören. Er war seiner überdrüssig und wollte sich nicht länger damit identifizieren. Das Wort *Mutter* hing ihm ebenfalls zum Halse heraus.

Mütter, Väter … Unser Vater im Himmel … Heilige Maria, Mutter Gottes. *Bruder* war genauso schlimm. Vikare, Ordensbrüder, ganze Priesterseminare voll davon. Er musste kurz an seinen eigenen, stockautoritären Vater denken. War von Vätern irgendein Trost zu erwarten? Gerne hätte er seinen Vater Dad oder Daddy genannt wie die meisten anderen Jungen in der Schule. Doch das war ihm nicht gestattet gewesen. Daddy, Mommy, kleines Schwesterchen, das waren anheimelnde Worte, die Empfindungen auslösten. *Mutter, Vater*, sogar *Bruder* – sie waren etwas Unberührbares. Das waren alles Ausdrücke aus der kirchlichen Nomenklatur. Auch seine Gemeindemitglieder redeten ihn mit »Vater« an. Aber er hatte kein Verhältnis mehr dazu. Was versprachen sich die Menschen dieses Dorfes – von denen einige viel älter waren als er – davon, wenn sie ihn »Vater« nannten? Wie konnte er ihnen ein Vater sein?

Er erhob sich vom Tisch und öffnete die Hintertür zu seinem Garten, der nicht mehr darstellte als ein Quadrat ungemähten Rasens, um den ein Pfad herumführte. In der Mitte stand eine weiße Gipsplastik von der Madonna mit ihrem Kind. Er sog die nasskalte Luft ein und spähte zum Himmel hoch. Immer mehr graue Wolken türmten sich auf.

»Vergib mir, Vater, denn ich habe gesündigt«, hob er an und fragte sich, was für eine Art Vater er damit ansprach. Mit einem Male kam ein kleiner Vogel wie aus dem Nichts vom Himmel heruntergeschossen und setzte sich auf den Kopf der Heiligen Jungfrau, wo er ein paar erstaunte Piepser von sich gab, als hätte er sich diesen Landeplatz eigentlich gar nicht selbst ausgesucht. Dann plusterte er die rote Brust über seinen dünnen Beinen auf. Pater Ryan starrte wie gebannt hin. Ihn beschlich ein ganz sonderbares Gefühl, als würden der rote Schimmer und der weiße Gips etwas in ihm entfachen. Und da kam es ihm zu Bewusstsein, dass er womöglich *doch* ein Vater war, ein richtiger Vater eines richtigen Kindes. Er wusste nicht, was er daraus machen sollte. Ein nervöses Zittern durchfuhr seine Glieder. Er musste herausfinden, was aus Clare geworden war. Sooft er seit ihrem Fortgang an sie gedacht hatte, waren seine Gedanken von einer lähmenden Angst bestimmt gewesen, sie könne zurückkommen und ihn in aller Öffentlichkeit dessen, was er getan hatte, bezichtigen. Natürlich konnte er alles abstreiten. Clares Mutter wäre die Erste, die ihm Glauben schenken würde. Er hatte ihr in aller Vertraulichkeit erzählt, dass Clare gebeichtet hätte, der Vater ihres Kindes wäre ein Ausländer gewesen, der sich auf irgendeinem Fischerboot verdingt hätte und schon längst wieder weitergezogen war. Falls es sich Clare aber in den Kopf setzte, ihn mit der Wahrheit zu konfrontieren? Es gab heutzutage Tests, mit denen man so etwas feststellen konnte, und dann drohte ihm das Gefängnis. Und das wäre das Ende seines Lebens als Priester.

Der Vogel legte den Kopf auf die Seite, als würde er lauschen, und beobachtete Pater Ryan mit einem schwarzen Knopfauge. Schließlich flog er mit schwirrenden Flügeln wieder davon, als wäre ihm sein wahres Ziel eingefallen. Oh, diese Freiheit. Wie sehr er sich wünschte, *er* könne einfach so davonfliegen. Er hielt die Hände an seinen schmerzenden Kopf gepresst.

Gefängnis! Aber war er nicht längst ein Gefangener?

6

Clare spürte, wie jemand sie an der Schulter rüttelte. Kate stand über sie gebeugt da.

»Clare? Tut mir leid, dich zu wecken, aber wenn du dich noch waschen und vor Einbruch der Dunkelheit aufbrechen willst, solltest du dich beeilen.«

Clare wollte nicht aufwachen. Der Schlaf half ihr, alles zu vergessen. Sie wäre am liebsten für immer in Bewusstlosigkeit versunken. Aber das ging nicht – Kate wartete. Sie zwang sich, sich zu erheben, und bückte sich, um ihre Turnschuhe anzuziehen. Ihr war schwindelig.

»Dein Name *ist* doch Clare, oder?«, fragte Kate.

»Ja«, antwortete Clare wie automatisch. Zu spät fiel ihr ein, dass sie eigentlich vorgehabt hatte, sich als Tess auszugeben. Sie hatte Rose bitten wollen, sie so zu nennen. Das wäre ihr wie ein neuer Anfang vorgekommen – Rose und Tess. Und es würde es schwieriger machen, sie zu finden, falls jemand von zu Hause sich auf die Suche nach ihr machen sollte. Aber nun war alles ganz anders gekommen. Nun würde die Polizei nach ihr fahnden.

»Gestern Abend hast du ziemlich wirres Zeug geredet«, sagte Kate und reichte ihr ein Glas Wasser. »Erst hast du dich Tess genannt, aber dann hast du darauf bestanden, dass du Clare bist. Komisch, was so ein Fieber mit einem anstellen kann.« Sie hielt Clare die Tablettenpackung hin. »Nimm jetzt eine und dann später noch eine. Dann solltest du morgen früh das Schlimmste überstanden haben.«

Clare gehorchte und schluckte das ganze Wasser hinunter. Ihr Gaumen war wie ausgetrocknet; sie musste ja fürchterlichen Mundgeruch haben. Sie sah Kate entschuldigend an. »Tut mir leid«, sagte sie.

Kate lächelte gequält. »Ich weiß doch, wie beschissen man sich fühlt, wenn man weit weg von zu Hause und krank ist.« Sie nahm Clares Rucksack. »Komm, ich zeige dir jetzt, wo die Waschräume sind, und dann überlasse ich dich dir selber.«

Die kalte Luft schlug Clare so heftig entgegen, dass sie aufjapste, als sie ins Freie traten. Es war stürmisch, und es regnete. Kate ging über ein Feld; der Strahl des Leuchtturms kreiste über ihren Köpfen. Clare musste sich anstrengen, um mit Kate Schritt zu halten; eine Heidenangst stieg in ihr auf.

»Gehen wir zu der Farm?«, rief sie ihr nach und überlegte sich, wie sie Kate den Rucksack entwinden und davonlaufen könnte.

Kate verlangsamte ihren Schritt. »Zur Farm? Nein, bloß runter zum Wraith Cottage. Jane und Marguerite haben uns erlaubt, ihren alten Anbau zu benutzen, damit wir uns waschen können. Die Duschen in den Wohnwagen sind ziemlich mickrig. Es gibt da auch eine Waschmaschine.«

Clare erblickte das mit Stroh gedeckte Dach eines langgezogenen, niedrigen Gebäudes. Es war von einem Garten umgeben, der sich unmittelbar bis zur Kliffkante zog. Sie gingen einen Pfad hinunter, der durch Gebüsch und Gestrüpp führte, und erreichten den Anbau. Kate öffnete die Tür und zog an der Lichtkordel. Hier gab es eine Badewanne, ein Waschbecken und eine Toilette. Kate drehte die an der Wand befestigte Heizung auf.

»Normalerweise gibt's hier jede Menge heißes Wasser. Hast du Seife und so? Falls nicht, müsstest du in dem Regal da alles finden. Jane und Marguerite sorgen dafür, dass immer was da ist. Die Waschmaschine steht hinter der Zwischenwand da.« Sie legte Clares Rucksack auf einem Holzstuhl ab und zeigte auf eine Tür. »Hinter der Tür da hast du nichts verloren, sonst landest du in ihrer Küche. Okay, dann lasse ich dich jetzt mal alleine. Findest du selber zurück? Falls du zurück möchtest, meine ich. Wenn nicht, dann alles Gute.« Ohne eine Antwort abzuwarten, ging sie hinaus.

Während Clare das Bad einlaufen ließ, wandte sie sich dem Inhalt ihres Rucksacks zu. Sie nahm eine Unterhose, ein Paar Socken und einen weiteren grauen Trainingsanzug heraus. Der Trainingsanzug war zerknittert und auch nicht sauber, aber nicht so fleckig wie die Sachen, die sie jetzt trug. In dem Kloster wurde kaum gewaschen; es dauerte Ewigkeiten, bis das Wasser über dem Feuer heiß war. Clare wünschte sich, sie hätte einen neuen Büstenhalter, denn ihre alten waren ihr schon seit Monaten zu klein. Die Mutter Oberin hätte ihr einen besorgen sollen, vor allem, da sie nun dem Baby die Brust geben musste. Es war scheußlich, so herumlaufen zu müssen.

Ihre Kulturtasche förderte ein aufgeweichtes Stück Seife und ein muffig riechendes Handtuch zutage. Im Badezimmerschrank entdeckte sie mehrere große Plastikflaschen mit Badezusatz. Sie schüttete etwas Schaumbad unter die laufenden Wasserhähne, zog sich aus, löste ihren Zopf und setzte sich in den duftigen Schaum. Oh, wie gut das tat. Sie ließ sich ganz tief in das heiße Wasser gleiten und lag mit geschlossenen Augen da. Wieder spürte sie den pochenden Schmerz in ihren Brüsten, der sich aber rasch gab. Nach einer Weile setzte sie sich auf, um sie sich anzusehen. Sie kamen ihr jetzt nicht mehr so rot und aufgedunsen vor; nur riesengroß und abstoßend. Vielleicht würden sie nach und nach wieder kleiner werden. Am Schienbein hatte sie eine Wunde von ihrem Zusammenstoß mit dem Eimer.

Sie stülpte die beiden Enden des Duschaufsatzes über die Wasserhähne und wusch sich wiederholte Male das Haar mit einem nach Kräutern duftenden Shampoo. Langsam fühlte sie sich besser. Wenn sie nur etwas Ordentliches zu essen hätte, käme sie möglicherweise wieder zu Kräften und könnte sich überlegen, was sie nun tun wollte. Sie blieb in der Wanne liegen, bis das Wasser sich abzukühlen begann. Widerstrebend stieg sie heraus und trocknete sich mit dem Badelaken ab. Es war so klamm und muffig, dass es ihr zuwider war, ihren sauberen Körper damit zu berühren. Schließlich zog sie sich an, putzte die Wanne und entleerte ihren Rucksack.

Sie arrangierte ihre Besitztümer in drei Stapeln. Der erste bestand aus ihrem Haufen schmutziger Kleider und dem Badehandtuch. Vielleicht sollte sie alles in die Waschmaschine packen; in einer Stunde wären die Sachen dann zwar feucht, aber wenigstens sauber. Der zweite Stapel enthielt ihre Toilettenartikel, ihre Bürste und ihren Kamm, ihr Tagebuch und ihre Reiselektüre. Sie schlug das Tagebuch auf, um sich zu vergewissern, dass das Geld, das Pater Ryan ihr gegeben hatte, noch darin steckte. Es war ein Glück, dass sie es dort versteckt hatte, denn ihre Geldbörse war ihr auf der Fähre von Irland aus der Tasche gestohlen worden.

Sie nahm das Foto heraus, das ihre Eltern vor dem Haus in Bantry Bay zeigte. Sie selber war als kleines Kind darauf zu sehen. Ihr Dad war groß und ihre Mam klein. Dad hatte rotes Haar. Er stammte aus Schottland und war Fischer gewesen. Er war ertrunken, als sie noch ganz klein war; jedenfalls hatte ihre Mutter es ihr so erzählt. Jahre später hatte einer der Jungen in der Schule behauptet, das wäre eine Lüge; er wäre vielmehr mit einer schlechten Frau davongelaufen – das hätte *seine* Mutter ihm erzählt. Clare wusste, dass das unmöglich sein konnte; ihr Vater hätte nie sein Kind zurückgelassen.

Aber sie war trotzdem zu ihrer Mutter gelaufen, um ihr davon zu berichten. Ihre Mutter war knallrot vor Wut geworden und hatte zu ihr gesagt, sie solle ihren Vater nie wieder erwähnen. Verwirrt hatte sie Pater Ryan aufgesucht. Er versicherte ihr, dass er sie bestimmt nie anlügen würde, dass es aber leider stimme – ihr Vater hatte eine Todsünde begangen. Da hatte sie zu weinen angefangen, und Pater Ryan hatte sie getröstet und ihr gesagt, sie müsse eine gute Katholikin sein und ihrer Mutter gehorchen und auch ihm, damit die Sünden ihres Vaters nicht auf sie zurückfielen.

Clare starrte das Foto an und legte es dann wieder in ihr Tagebuch. Sie nahm das Buch in die Hand, das sie gelesen hatte, bevor all dies passiert war – eine eselsohrige Taschenbuchausgabe von *Tess von d'Urbervilles*. Sie las gerne; es half ihr, eine Weile lang alles um sich herum zu vergessen, und es beruhigte gleichzeitig die Würmer. Sie blätterte in dem Buch. Sie war mit ihren Gedanken ständig bei Tess gewesen, hatte in ihrem Kopf sogar mit ihr geredet wie mit einer imaginären Freundin. Aber das war, bevor sie Rose kennengelernt hatte. Doch nun war Rose fort, und einzig Tess blieb ihr als Gefährtin. Clare legte das Buch zurück auf den Stapel zu der Bibel mit dem mit Perlmutt verzierten Einband, die sie zu ihrer Kommunion bekommen hatte.

Dann sortierte sie das dritte Bündel. Ein kleiner Strampelanzug und ein Jäckchen, ein Paar Fäustlinge und Stiefelchen, alle aus der filzigen rosa Wolle der Mutter Oberin gestrickt. Clare bildete sich ein, sie könne das Klappern ihrer Stricknadeln hören, während sie vor dem rauchigen Herdfeuer in der Sakristei der riesigen leeren Kirche saß. Solange die Mutter Oberin strickte, hatte Clare über dem Feuer Gerstensuppe aufgewärmt und dazu Marmelade auf trockene Kekse geschmiert. Ein abgegriffenes weißes Gebetsbuch lag zusammen mit einem gelblich gewordenen Beißring mit einem angelaufenen silbernen Glöckchen daran zwischen der Babykleidung. Der Beißring hatte dem kleinen Bruder ihrer Mutter gehört, der an Diphtherie gestorben war. Sie betrachtete diese Gegenstände so ungerührt, als hätten sie überhaupt nichts mit ihr zu tun. Doch vorerst musste sie sie noch weiter mit sich herumtragen. An einem Haken hinter der Tür hingen ein paar Plastiktüten. Sie nahm eine, legte die Babysachen hinein und drückte sie ganz unten in ihren Rucksack. Dann zog sie die Tüte erneut hervor und steckte das Foto aus ihrem Tagebuch dazu. Und nach kurzer Überlegung auch noch ihre Bibel. Die würde ihr jetzt nicht mehr helfen.

Sie stopfte ihre Schmutzwäsche in die Maschine und streute etwas Waschpulver aus einem großen Plastikbehälter hinein. Diese beiden Frauen, Jane und Marguerite, stellten das alles bestimmt nicht umsonst hier bereit, aber es stand nirgendwo geschrieben, wie viel Geld man dafür hinterlegen sollte. Sie durfte nicht vergessen, einen Obolus dafür zu entrichten. Sie sah zu, wie die Trommel sich zu drehen begann; der Anblick der im Kreise schleudernden Kleidungsstücke wirkte auf sie wie hypnotisierend. Sie hatte das Gefühl, als würde sich auch in ihrem Kopf alles drehen, und wünschte sich, sie könne all ihre Gedanken ebenso fortspülen. Sie würde später wiederkommen und ihre Sachen aus der Maschine nehmen. Inzwischen wollte sie Kate fragen, ob sie ihr ein bisschen Geld für etwas zu essen geben konnte, und sie würde versuchen, sich so zu geben, als wäre alles mit ihr in Ordnung – bis man kam, um sie zu holen.

Rachel parkte ihren Wagen an der Promenade und stand eine Weile auf das Geländer gestützt da, während sie die vom Licht der Straßenbeleuchtung erhellten Wellen beobachtete, die über den Sand spülten. Sie hatte gar nicht so lange bleiben wollen, aber dann hatte sich ihr Besuch bei Sophie und Nick nach dem Eintreffen von Kyp und Evie und ihren Kindern zu einer regelrechten Party ausgeweitet. Sie hatte sich Urlaubsgeschichten angehört, zu viel gegessen, und schließlich hatte ein jeder seine Gedanken und Vorschläge betreffs des Restaurants zum Besten gegeben. Aber das Schönste war gewesen, dass sie gelacht hatte, bis sie sich kaum mehr halten konnte und richtiges Seitenstechen vor Vergnügen bekommen hatte. Es tat so gut, wieder lachen zu können. Sie würde über ihren Herzschmerz schon hinwegkommen. Sophie und Nick hatten recht – Trauer und Leid durfte man weder leugnen noch beschönigen: Man musste sie vorsichtig herauslassen. Sie fand den Gedanken faszinierend, dass Lebensangst nur ein kleiner Aspekt eines großen Ganzen war. Sophie und Nick schienen die beiden Hälften der Gleichung zusammenzuführen. Sophie hatte so viel Erfahrung im Umgang mit unvorstellbar traumatisierten Menschen sammeln müssen, dass sie sich dadurch wie erstarrt gefühlt hatte, während Nick sich auf eine spirituelle Suche begeben und dabei seinen eigenen Schmerz ignoriert hatte, anstatt sich ihm zu stellen. So war jeder Einzelne zu seiner ganz eigenen Lebensphilosophie gelangt. *Einen jeden kann das Schicksal jeden Tag ereilen* lautete die von Rachel. *Sind wir nicht mehr als nur die angenommene Summe unseres Selbst?* war die von Nick. Und Sophies Motto war: *Wir verwalten unser göttliches Selbst nur treuhänderisch, während wir den alten Schuh unseres Egos auftragen.*

»Starke Worte«, murmelte Rachel vor sich hin, während sie zu der Hintertreppe ging, die zu ihrer Wohnung hinaufführte. Nirgendwo brannte Licht; die Jungs waren also nicht da. Bevor sie die Stufen erklomm, suchte sie ihren Schlüssel, an dessen Ring eine kleine Taschenlampe baumelte; und dann standen ihr schlagartig sämtliche Haare zu Berge. Aus dem Dunkel unterhalb der Treppe trat ein Mann hervor.

»Kennen Sie einen Knaben namens Sandro?«, verlangte er zu wissen.

Rachel stand regungslos da und brachte vor Schreck kein Wort hervor. Sie konnte den Fremden unter der dunklen Kapuze kaum erkennen. Sie fragte sich, ob dies derselbe Mann war, der am Morgen zu ihrer Wohnung hinaufgeschaut hatte.

»Sandro. Kennen Sie ihn?«

Rachel schüttelte den Kopf.

»Wer war das denn dann, der heute früh aus dem Fenster geguckt hat?«

»Mein Sohn. Und außerdem geht Sie das nichts an«, sagte Rachel. »Er ist oben, falls Sie ihn sprechen möchten.«

Der Mann sah zu ihren Fenstern hinauf. »Also hockt er da im Dunkeln? Wo ist Sandro?«

»Ich habe keine Ahnung. Und wenn ich es wüsste, würde ich es *Ihnen* nicht erzählen.«

Der Mann scharrte mit den Füßen und senkte das Kinn hinter seinen hochgezogenen Reißverschluss. »Hören Sie, Lady, ich suche keinen Streit mit Ihnen. Ich möchte mich bloß mit dem Knaben unterhalten, mehr nicht.«

»Na, dann lassen Sie es mich wissen, sobald Sie ihn finden. Ich habe selber ein Wörtchen mit ihm zu reden.« Rachel wurde wütend. Sie knipste ihre Taschenlampe an und hielt sie dem Mann ins Gesicht. Er zuckte zurück, wandte sich um und lief davon. Keuchenden Atems rannte Rachel nach oben und schloss die Tür auf. Ihr schlotterten die Knie. »Oh, Sandro«, sagte sie laut. »Was hast du bloß angestellt?«

Fran wischte den Staub von dem alten Radio und suchte nach einem einigermaßen störungsfreien Sender. Es knisterte und rauschte; vermutlich war das Innere ebenfalls verstaubt. Sie lauschte aufmerksam, hörte aber nichts von einem vermissten, entführten, ausgesetzten oder sonst wie abhandengekommenen Baby. Kein Wort, auch nicht im Lokalsender der Isle of Wight. In der Zeitung hatte sie ebenfalls nichts entdecken können.

Sie setzte sich an den Tisch, aß ein Sandwich mit Corned Beef und trank einen Becher Tee. Sie würde bald vom Fleische fallen, wenn sie weiter so herumhetzte und darüber vergaß, etwas zu essen. Seufzend blickte sie sich um. Die Küche war so sauber und aufgeräumt wie schon seit Jahren nicht mehr. Im Kühlschrank wartete die nächste Portion Babynahrung auf das Erwachen des Kleinen. Aber er war ja nicht mehr irgendein Baby, er war jetzt Sam. Cinders und Sugar lagen zusammengerollt an ihrem üblichen Platz vor dem Herd. Auch Beauty kam zusehends wieder zu Kräften; sie lag auf frisches Stroh gebettet und fraß mit Appetit. Die Tauben waren unter Dach und Fach, und die Küken piepsten zufrieden in der Scheune. Trotzdem wusste Fran, dass sie ein schlechtes Gewissen haben sollte, ein sehr schlechtes sogar. Doch sie war innerlich ruhig und zufrieden. Und obwohl ihr klar war, dass dieses Abenteuer nur eine kurze Episode ihres Lebens bleiben würde, genoss sie die Situation.

Sie stand auf, schob das Video mit der *Nussknacker-Suite* in den Rekorder, hob Sam aus seinem Körbchen und lehnte sich im Sessel zurück. Er schlief tief und fest; an der Oberlippe hatte er ein kleines Hautbläschen, weil er so stürmisch an der Flasche gesaugt hatte. »Ich habe dir ein paar wunderschöne Geschichten zu erzählen«, flüsterte sie ihm zu.

Clare erschrak ein wenig, als sie nach ihrer Rückkehr aus dem Badeanbau den Wohnwagen verlassen vorfand. Sie hatte gehofft, Kate hier anzutreffen, damit sie sie fragen konnte, ob sie ihr etwas zu essen verkaufen und von ihr Geld für eine weitere Nacht im Wagen annehmen würde. Sie sah aus dem Fenster. Es regnete. Das Wasser tropfte vom Dach in eine schmutzige Pfütze. An diesem Abend erhellte kein prasselndes Lagerfeuer die Umgebung. In dem größten der Wohnanhänger brannte Licht, aber es war niemand darin zu sehen und auch keine Musik zu hören. Ob sie alle irgendwo etwas essen gegangen waren? Oder hatten sie sich davongeschlichen, um die Polizei zu holen? Inzwischen musste doch jemand die Leiche des Babys entdeckt haben. Clare inspizierte die kleine Küche; in keinem der Schränke fand sie etwas Essbares, und selbst wenn etwas da gewesen wäre, hätte sie nicht gewagt, davon zu nehmen, ohne vorher gefragt zu haben. Vor Kälte zitternd setzte sie sich auf ihre Koje. Es war in dem Wagen zwar etwas wärmer geworden, aber ihr Haar war nass, und sie fühlte, wie es den Rücken des Oberteils ihres Trainingsanzugs feucht werden ließ. Als sie noch klein war, hatte ihre Mutter ihr immer das Haar getrocknet. Danach hatte sie es gebürstet, bis es glänzte, und es dann zu engen Zöpfen geflochten, damit Clare nicht eitel würde. Aber Clare wusste, dass ihre Mutter ihr Haar gemocht hatte – sie lächelte zufrieden, wenn sie es ihr kämmte, und manchmal forderte sie Clare auf, sich in die Sonne zu stellen, *damit die Farbe richtig herauskommt*. Es war schön gewesen, wenn ihre Mutter gelächelt hatte. Beim Gedanken an ihr Zuhause bekam Clare Heimweh. Sie wünschte sich, sie könne alles wiedergutmachen, damit ihre Mutter ihr vergab. Aber wie nur?

Plötzlich brach draußen ein Höllenlärm los. Clare fuhr

zusammen. Jetzt war es so weit! Sie wollte zur Tür gehen, um sich den Beamten zu stellen. Sie zitterte vor Angst, war aber gleichzeitig erleichtert, dass es nun vorüber war. Dann brach der Lärm ab, und sie vernahm Stimmen und Gelächter. Also doch nicht die Polizei. Die Stimmen wurden leiser, und sie hörte, wie Türen geöffnet und geschlossen wurden. Zaghaft wagte sie einen Schritt nach draußen. Vor dem großen Wohnwagen stand ein schweres Motorrad; im Wagen gingen weitere Lichter an, und es erklang Musik. Sie schlang sich die Arme um den Körper und stand abwartend da. Die Tür ging wieder auf, Kate kam heraus und warf einen Sack Müll in eine Tonne. Dann entdeckte sie Clare.

»Hallo. Ich dachte, du wärest schon weg.«

Clare bemühte sich zu lächeln. »Ich … ich wollte fragen, ob …?

»Tut mir leid, bei dem Wind kann ich dich nicht verstehen. Willst du nicht zu uns hereinkommen?«

Clare nickte dankbar und folgte Kate in den Wagen. Hier drin war alles hell erleuchtet, und es war warm; er war moderner eingerichtet als der von Kate. Einige der jungen Leute rissen gerade Pappkartons mit Pizza auf, und es duftete verführerisch. Clare lief das Wasser im Munde zusammen. Sie sah Kate an und merkte, wie sie vor Verlegenheit rot wurde.

»Kann ich ein kleines Stückchen haben – wenn ich dafür bezahle?«

Kate grinste. »Klar doch. Wir kaufen immer Berge davon – wir sind die reinsten Vielfraße. Bedien dich nur.« Mit einem langen Messer zeigte sie auf die anderen. »Patrick, Aidan, Billy, Jules – darf ich euch Clare vorstellen?«

Auch Patrick grinste. »Du siehst schon ein bisschen besser aus als gestern Abend.«

»Das war der, der dich aufgefangen hat, als du umgekippt bist«, erklärte Kate. Sie teilte die Pizza in große Stücke und reichte Clares eines davon auf einem Blatt Küchenrolle.

»Spielt gerne den ritterlichen Helden«, kommentierte der Jüngste der Gruppe, der Junge mit dem gegelten Igelhaarschnitt. Aidan, dachte Clare und bemühte sich, die Namen im Gedächtnis zu behalten. Doch ihr Hauptaugenmerk war auf das Stück Pizza gerichtet, das sie in Händen hielt.

»Danke«, murmelte sie, setzte sich an den Tisch und nahm einen Bissen. Noch nie hatten Käse und Tomaten so herrlich geschmeckt. Am liebsten hätte sie sich alles auf einmal in den Mund gestopft, ohne zwischendurch etwas sagen zu müssen, aber sie versuchte, sich zurückzuhalten. Ihre Mutter hatte sie stets ermahnt, nie mit dem Essen anzufangen, bevor nicht alle bereit waren. Kate füllte gerade Limonade aus einer Zweiliterflasche in Plastikbecher. Clare nahm einen Schluck und musste unwillkürlich laut rülpsen. Die anderen lachten.

»Lass dir Zeit«, sagte Patrick. »Du musst ja halb verhungert sein.«

Clare wäre vor Scham am liebsten im Erdboden versunken, aber ihre Gastgeber schienen sich an ihren schlechten Tischmanieren nicht zu stören. Sie schwatzten und scherzten munter weiter, als wäre Clare eine von ihnen. Sie aber saß schweigend dabei, aß, trank und beobachtete. Dieser Wohnwagen hatte einen Stromanschluss, in einem Heizlüfter glühten die Drähte, und auf einem kleinen Fernsehschirm war eine Rockband zu sehen. Jules spielte mit Billys Rastalocken, während der krümeligen Tabak zu dünnen Zigaretten drehte.

Clare merkte, dass Patrick sie musterte.

»Ich erinnere mich vom letzten Sommer vage an dich –

wegen deines Haares«, sagte er. »Du hast dich auf der Fähre von Irland mit Rose angefreundet, nicht wahr? Und dann haben wir dich mitgenommen. Nach Hereford oder so. Oder war es Worcester?«

Clare erinnerte sich noch, wie bestürzt sie gewesen war, als sie feststellte, dass sich in ihrer gestohlenen Geldbörse auch die Anschrift des Franziskanerordens befunden hatte. Sie war sich ganz sicher gewesen, sie korrekt im Gedächtnis behalten zu haben, aber als sie dort eintrafen, gab es da keine Spur von einem Konvent – lediglich eine Reihe von Neubauten. Also hatten Patrick und Rose sie vor einer Polizeiwache abgesetzt, damit sie nach dem Weg fragen konnte. Sie hatten auf sie warten wollen, aber Clare hatte ihnen versichert, sie komme schon zurecht. Nachdem die beiden dann fortgefahren waren, war sie zu einer Bushaltestelle gegangen und hatte von einer alten Frau, die dort wartete, erfahren, dass Hereford und Worcester oft in einen Topf geworfen würden, weil sich Hereford in der *Grafschaft* Worcester befinde und die Nachbarstadt von Worcester sei. »*Ich glaube, Sie wollen nach Worcester, meine Liebe. Das ist der einzige Konvent, den ich kenne und von dem ich weiß, dass dort noch die strenggläubigen Klarissennonnen leben. Er befindet sich in einer alten Abtei.*«

»Hereford«, murmelte Clare mit vollem Mund.

»Entschuldige«, sagte Patrick. »Ich wollte dich nicht beim Essen stören. Schade, dass du Rose verpasst hast. Aber wenn du eine Weile hierbleibst, wirst du sie sicher noch sehen können. Ich erwarte jeden Tag eine Nachricht von ihr, wann sie zurückkommt.«

»Wie bald wäre das?«, brachte Clare hervor. Gestern, bevor sie ihr Baby in der Scheune zurückgelassen hatte, hätte diese Neuigkeit sie mit Freude erfüllt. Jetzt machte sie ihr lediglich Angst. Wenn Rose nun plötzlich auftauchte und anfing, ihr

Fragen zu stellen? Was sollte sie ihr sagen? Würde Rose Verständnis für sie haben oder sie zur Polizei schleppen?

»Ein paar Wochen höchstens, schätze ich«, antwortete Patrick.

»Armer großer Bruder«, sagte Aidan. »Hast du Sehnsucht nach ihr?«

»Rose ist ein nettes Mädchen«, kommentierte Billy, der sich inzwischen vor den Fernseher geflätzt hatte. »Könnte mir auch gefallen.«

»Ist nicht deine Liga, Mann.« Jules ließ ihren blonden Ponyschwanz schwirren. »Sie ist eine ganz schöne Luxusmieze. Außerdem gehört sie Patrick.« Sie stand vom Tisch auf, zupfte an ihrem kurzen Jeansrock und ließ sich neben Billy fallen, der sie gleich in die Waagerechte schubsen wollte. »Weg mit dir. Ich will Robbie Williams sehen«, sagte sie und wedelte ihn von sich.

»Rose gehört nur sich selber«, erklärte Patrick mit Nachdruck und schob Clare den Pizzakarton zu. »Und was hast du seitdem getrieben? Mit Rose hast du ja offensichtlich nicht in Kontakt gestanden, und es ist auch eine ungewöhnliche Zeit, um hier aufzukreuzen. Die meisten Studenten kommen über den Sommer.«

Also halten sie mich für eine Studentin, dachte Clare. Sie musste älter aussehen, als sie geglaubt hatte. »Ich bin in der Gegend herumgezogen«, erwiderte sie.

»Ich beneide dich«, sagte Aidan. »Das hätte ich auch gern. Ein Jahr Pause machen und einfach losziehen.«

Clare verschränkte die Arme vor der Brust. Ihre Brüste fühlten sich so voll an, dass sie befürchtete, sie könnten zu tropfen anfangen. Um Flecken vorzubeugen, hatte sie extra zwei Sweatshirts übereinandergezogen. Plötzlich streckte Aidan den Arm nach ihr aus. Clare wurde stocksteif und bemühte sich, nicht zurückzuzucken. Aidan berührte nur kurz ihr Haar und zog die Hand gleich wieder weg.

»Tolles Haar«, sagte er. »Hast du es gerade gewaschen?«

Clare nickte. Ihr Herz schlug wie verrückt.

»Rotes Haar und grüne Augen«, stellte er fest.

»Du solltest nicht draußen herumlaufen, solange es noch feucht ist«, sagte Kate. »Davon wird deine Halsentzündung auch nicht besser.« Sie füllte Clares Becher mit Limonade auf. »Also – hast du dich jetzt entschieden, was du willst?«

Clare schüttelte den Kopf. Sie wünschte sich, sie würden sie in Ruhe lassen, aber gleichzeitig hätte sie am liebsten die ganze verbliebene Pizza in der Schachtel aufgegessen. Zum ersten Mal seit der Geburt hatte sie so richtigen Hunger. Alle am Tisch schienen sie anzustarren. Heilige Mutter Gottes – jeden Augenblick konnte die Polizei eintreffen. Was sie dann wohl von ihr halten würden? »Ich … äh … ich habe mich gefragt, ob ich wohl noch etwas bleiben könnte – eine weitere Nacht bloß?«

»Kein Problem«, sagte Kate. »Es ist schön, wenn noch ein Mädchen bei uns ist.«

»Klar doch«, rief Jules, die sich nach wie vor Billy vom Leibe hielt.

»Ich kann auch dafür bezahlen«, fügte Clare eilig hinzu.

»Das können wir morgen früh regeln«, gähnte Kate. »Ich gehe dann mit dir zu Jane. Sie kassiert die Miete und so.«

»Rose hätte dich wissen lassen sollen, dass sie in Afrika ist«, sagte Aidan stirnrunzelnd. »Schöne Freundin, die dich für nichts und wieder nichts den ganzen Weg herkommen lässt. Kommst du aus Irland? Bist du Katholikin? Der Ex-Freund von meiner Mom war katholisch und mein Dad ebenso.«

»Kann sein, dass sie versucht hat, Kontakt mit mir aufzunehmen«, sagte Clare und schluckte erschrocken. Irgendwie musste sie sich aus diesem Schlamassel herauswinden. »Ich bin eine Weile von zu Hause fort gewesen.« Mit einem Male war ihr nach Weinen zumute. »Es war nicht Roses Schuld.«

Sie wollte nicht, dass die anderen schlecht von Rose dachten. Rose war immer nett gewesen. Clare stellte sich ihr besorgtes Gesicht vor. *Bist du schwanger?*, hatte sie sie leise gefragt, nachdem sie mit angesehen hatte, wie sie auf der ruhigen Überfahrt ständig würgte und kotzte. Es war ihr unmöglich gewesen, Rose anzulügen; dazu war sie viel zu offen mit ihr. *Ich weiß, wo man dir helfen kann*, hatte sie gesagt. *Du brauchst das nicht durchzuziehen. In England sieht man die Dinge anders.* Und da hatte sie ihr dann die Wegbeschreibung zu diesem Punkt der Isle of Wight aufgeschrieben. *Dort werde ich in ein paar Wochen sein … aber erst muss ich noch etwas erledigen.*

»Clare? Du solltest lieber noch eine von den Tabletten nehmen, die ich dir gegeben habe. Du siehst noch ziemlich fertig aus.« Das war Kate, die mit ihr redete. »Clare?«

Clare nickte nur traurig.

»Wir bringen dich morgen zu Marguerite«, sagte Patrick. »Sie sorgt schon dafür, dass es dir schnell wieder besser geht.«

Marguerite – schon wieder dieser Name. Clare hätte gerne gewusst, was sie letzte Nacht in ihrem verwirrten Zustand mit ihr angestellt hatte. »Hat … Marguerite etwas darüber gesagt, was nicht in Ordnung mit mir ist?«, fragte sie.

Patrick lächelte ihr freundlich zu. »Marguerite? Nein, die sagt zu niemandem etwas – höchstens in ihrer Zeichensprache. Sie ist nämlich taubstumm.«

Kate stand auf, öffnete eine Schublade und holte einen Fön hervor. »So«, sagte sie. »Jetzt trocknen wir deine Haare, und dann ab ins Bett mit dir. Nach einer durchschlafenen Nacht wirst du dich besser fühlen.«

Auch Patrick erhob sich. »Auf geht's, Kleiner«, sagte er zu Aidan. »Ich fahre dich jetzt nach Hause. Morgen ist wieder Schule.« Sie begannen, ihre Motorradkluft anzulegen. »Wir sehen uns morgen früh«, sagte er im Hinausgehen. »Und zwar pünktlich. Es gibt viel zu tun.« Dann lächelte er noch einmal Clare zu. »Keine Sorge, du packst das schon.«

Clare erschauderte, als Kate in ihr Haar griff, um es zu fönen. Wie sollte sie das packen? Sie hatte ja nichts, woran sie sich festhalten konnte.

Froh, wieder einen Sonntag hinter sich gebracht zu haben, erhob Pater Ryan sich aus seiner knienden Haltung und schlüpfte zwischen die kalten Bettlaken. Dann lag er zitternd da und rieb seine eisigen Füße gegeneinander. Er hatte nie die Wärme eines anderen Körpers in seinem Bett gekannt, jedenfalls nicht mehr seit Kinderzeiten, als Jeannie die Angewohnheit hatte, zum Kuscheln zu ihm unter die Decke zu kriechen, ihre zarten Arme in seinen wärmenden Pyjama zu schieben und dann neben ihrem Bruder zu liegen und gemeinsam dem giftigen Ehestreit zu lauschen, der eine Etage tiefer vor sich ging.

Im Priesterseminar wurde so manches Bett geteilt. In den Schlafsälen wurde laute Musik gespielt, damit das Stöhnen beim Orgasmus nicht zu hören war, und die jungen Männer wechselten sich beim Wachestehen ab. Natürlich waren nicht alle Seminaristen daran beteiligt, und er schon gar nicht. Knaben und Männer übten keinen Reiz auf ihn aus, aber er wollte sich auch nicht in sexuellen Fantasien über Frauen ergehen, zumindest nicht über erwachsene Frauen, die ihre Unschuld längst verloren hatten. Sobald eine Frau sich einem gewissen Alter näherte, schien diese wundervolle Aura zu verblassen. Dann übernahmen die Frauen die Macht, und alles Liebreizende an ihnen verkehrte sich ins Gegenteil. Sie betrachteten die Männer mit einer Art Hohn, als besäßen sie ein geheimes Wissen, wie man einen Mann umgarnen und ihn schwach und abhängig machen konnte.

Er klopfte sein Kissen zurecht, um sich eine weiche Unterlage für seinen Kopf zu schaffen. Das Ärgerliche am Zölibat war, dass er jegliche Möglichkeit intimen zwischenmenschlichen Kontaktes ausschloss. Es lag ihm nicht, seine Gemeindemitglieder in die Arme zu nehmen, wie es manche seiner liberaleren Kollegen heutzutage gerne taten, und er mochte auch nicht ihre Babys hätscheln. Bei der Taufe diese sabbernden und plärrenden Winzlinge über das Becken zu halten, war das Äußerste, was er ertragen konnte.

Wehmütig dachte er an Jeannie. Sie war so unbedarft, so ohne Arg gewesen, hatte jedes Wort geglaubt, das er sagte, stets alles getan, was er von ihr verlangte. Es war ein ganz besonderer Bund gewesen, der sie beide zusammengeschweißt hatte, und das war wohl darauf zurückzuführen, dass sie beide sich gleichermaßen vor den nie vorhersehbaren Stimmungsumschwüngen ihrer Eltern fürchteten. Eine ähnliche Gemütslage erkannte er bei manchen der Mädchen, die er für den Chor auswählte, eine scheue Zurückhaltung, die nur einer winzigen Geste von ihm bedurfte, damit sie sich sogleich bei ihm geborgen fühlten. Es reichte dazu eine Kleinigkeit, ein unbedeutendes Geschenk etwa, solange er dem Kind nur im Scherze das Versprechen abnahm, den anderen nichts davon zu erzählen. Das war so harmlos, aber die Kinder machte es glücklich, und er merkte, wie sie richtig aufblühten. Es war ein neues Mädchen im Chor, Maria, sehr zurückhaltend; er fing gerade an, sie für sich einzunehmen.

Er spürte ihre Verlorenheit. Er wusste, dass sie zu Hause nicht die Liebe bekam, die sie brauchte. Er mochte es, sie zu berühren, mochte es, wenn sie sich zu ihm hingezogen fühlten. *Lasset die Kindlein zu mir kommen …*

Nur mit Clare war es problematisch für ihn gewesen, weil sie ihn so sehr an Jeannie erinnert hatte. Und er hatte es zu lange währen lassen.

7

Fran hatte größte Mühe, das Stalltor zu schließen, während der Regen in beinahe horizontalen Böen über den Hof peitschte. Dann stand sie einen Moment lang da und ließ sich von dem Regen wie von eisigen Nadeln in die Wangen pieken. Sie empfand dieses Wetter als belebend, konnte gar nicht begreifen, warum manche Leute pausenlos über den Januar stöhnten. Zu dieser Jahreszeit gehörte es sich so, und wenn sie es zur Abwechslung schön warm haben wollte, brauchte sie es sich nur in ihrer Küche gemütlich zu machen. Sie hielt nach Cinders Ausschau, steckte Zeigefinger und Daumen in den Mund und pfiff. Cinders kam keuchend und durchnässt ums Haus gewetzt und schüttelte sich vor Freude. Fran lachte; wahrscheinlich konnte allein ihr Hund sie verstehen. Sie öffnete die Küchentür, warf ihre Gummistiefel ab und rubbelte Cinders mit einem Handtuch trocken. Danach strebte die Hündin dem Herd zu, wobei sie über Sugar hinwegstieg, die empört fauchte. Fran ging zum Sessel, wo Sam in seinem Körbchen schlummerte.

»Schläfst du noch, mein Lämmlein?«, flüsterte sie und legte

behutsam die Hand auf sein weiches Haar. Es war kaum zu glauben, wie wenig Arbeit er ihr machte; er beanspruchte weit weniger Aufmerksamkeit als ihre Tiere. Nun, da sie ihn kindgerecht füttern konnte, schlief er die ganze Zeit und wachte nur auf, wenn er hungrig war. Fast wünschte Fran sich, dass das öfter der Fall wäre, damit sie mit ihm spielen konnte. Aber wahrscheinlich hatte er nach seinem Martyrium einiges an Schlaf aufzuholen. Sie hätte gern gewusst, was genau er alles durchgemacht hatte. Aber wenn sie anfing, darüber nachzudenken, musste sie unweigerlich auch ihr eigenes Handeln in Frage stellen, und das wollte sie um jeden Preis vermeiden. Sie würde den Dingen einfach ihren Lauf lassen.

Sie sah sich in der Küche um. Letzte Nacht hatte sie im Sessel verbracht, um über Sam wachen zu können, und kaum ein Auge zugetan; es war ihr, als wäre sie bei jedem seiner Atemzüge hochgeschreckt. Und dabei war er nur zwei Mal wach geworden, hatte seine Milch getrunken und war sofort wieder eingeschlafen. Sie überlegte, wie es weitergehen sollte; die Küche war der einzige warme Raum im Haus. Aber sie konnte nicht ewig im Sessel schlafen; schon spürte sie, wie wenig das ihrem Rücken guttat. Und sie kam sich ein wenig desorientiert vor; sie schien langsam jegliches Zeitgefühl zu verlieren. Sie schaute auf den an der Tür hängenden Kalender. Montag, der einunddreißigste Januar. Tja, ihr Leben hatte sich während der letzten Tage wahrlich verändert. Ihre Augen wurden feucht. Das Beste würde sein, einen Heizlüfter in ihr Schlafzimmer zu stellen und Sam über Nacht mit zu sich nach oben zu nehmen.

Als Fran die knarrende Treppe hinaufstieg, fiel ihr auf, wie abgetreten der rote Teppich war; auch oben auf dem Absatz wurde er schon dünn. Sie öffnete die Tür ihrer Schlafkammer, des kleinsten Zimmers im Haus. Es war gerade groß genug, dass ihr Messingbett, ein Kleiderschrank aus Mahagoni und eine Kommode darin Platz fanden. Die Wände waren mit verblichenen Degas-Drucken behängt, auf denen Tänzerinnen ihre Seidenschuhe anzogen. Hier schlief sie schon seit ihrer Geburt; sie hatte nie in ein größeres Zimmer wechseln wollen, weil man hier den Wind von Westen so anheimelnd ums Haus pfeifen hören konnte. Als Kind hatte sie sich vorgestellt, aus dem Geräusch des Windes Stimmen herauszuhören; dann hatte sie sich, gleichermaßen fasziniert und verängstigt, unter ihrer Bettdecke verkrochen. Bei dem Gedanken daran musste sie lächeln, aber gleichzeitig lief ihr ein Schauder über den Rücken. Es war kalt hier drin, zu kalt für ein zartes Baby.

Sie verließ die Schlafkammer und warf einen Blick in die übrigen Räume. Das Zimmer ihrer Eltern war viel größer; die Möbel darin waren mit Laken zugedeckt. Das ihres Bruders enthielt noch die Trophäen seiner Kindheit; zerknautschte Flugzeuge aus Balsaholz, die entweder kreuz und quer auf dem Fußboden lagen oder von dünnen Fäden mit Spinnweben bedeckt an der Decke hingen. Das Badezimmer sah aus, als würde es sich bald in seine Bestandteile auflösen – in dem brüchigen braunen Linoleum waren Risse unter den Krallenfüßen der Badewanne, und auch die Glasierung der weißen Wandkacheln war an vielen Stellen gesprungen. Unter den mit Grünspan angelaufenen Wasserhähnen hatten sich überall bräunliche Rinnsale auf dem Porzellan abgesetzt. Gott weiß, was passieren würde, wenn sie versuchte, einen der Hähne aufzudrehen. Zum Glück gab es ja unten noch ein zweites Bad. Die Abstellkammer war bis zur Decke mit Kartons gefüllt, die ihr Bruder Phillip bei seiner Auswanderung nach Australien zurückgelassen hatte.

Es war, als hätte er versucht, sein vergangenes Leben abzuschütteln, es aber nicht über sich gebracht, es ganz und gar auszulöschen. Sie wusste nicht, was sie mit all dem Zeug machen sollte. Vermutlich waren die Kartons voller Mäusenester und Motten. Aber den Heizlüfter, den sie suchte, konnte sie nicht entdecken. Vielleicht war er im Gästezimmer am anderen Ende des Flurs. Dies war das größte aller Zimmer, und von hier hatte man die beste Aussicht aufs Meer und auf den Leuchtturm. Nicht, dass sie je viele Angehörige gehabt hatten, die dieses Zimmer benutzten, aber nach dem Tod ihres Mannes hatte Frans Mutter an Bed-&-Breakfast-Gäste vermietet, um sich etwas hinzuzuverdienen. Das Angebot war gut angenommen worden. Sie und Phillip hatten morgens allerdings immer ganz leise sein und in der Küche frühstücken müssen. Manchmal erhaschten sie einen heimlichen Blick auf die Gäste, die im Wohnzimmer am Eichentisch saßen und sich Eier, Speck und Würstchen von Tellern auf Untersetzern aus Weidengeflecht schmecken ließen.

Fran hatte seit Ewigkeiten nicht mehr an diese Zeit zurückgedacht. Sie hing nicht an Vergangenem. Sie sei eine Frau, die für den Augenblick lebte, sagte Ted oft. Sie musste lachen. Ted hatte recht; Teile dieses Hauses hatten seit Jahren nicht mehr das Tageslicht erblickt. Sie brauchte all diese Zimmer ja auch gar nicht, aber sie ertrug ebenso wenig den Gedanken, das alles zu verlassen und etwa in einen Wohnanhänger aus Plastik zu ziehen. Also hielt sie die Räume unter Verschluss und vergaß sie einfach.

Die Tür zum Gästezimmer öffnete sich mit einem gequälten Quietschen. Fran war selber überrascht, was für ein schönes Zimmer dies doch eigentlich war. Ein blaugemusterter Teppich, umrahmt von verblichenen Eichendielen, bedeckte den leicht schiefen Fußboden. Vor dem massiven

Himmelbett mit den schwarzen, geschnitzten Pfosten, dessen Matratze mit einem vergilbten Laken bezogen war, hingen Vorhänge mit Teerosenmustern, und auch die übrigen Möbelstücke waren allesamt uralt und reich mit Verzierungen versehen. Fran ging durch das Zimmer und strich mit dem Finger über die Staubschicht auf allen Oberflächen. Hinter einem Vorhang in einer der Ecken war ein Waschstand, und in dem begehbaren Kleiderschrank fanden sich zwei zusammenklappbare Extrabetten und ein auseinandergenommenes Kinderbettchen.

In Frans Kopf überschlugen sich die Gedanken. Ihr Herz schlug zunehmend schneller. Sie lehnte sich auf das Fensterbrett und summte ein paar Takte aus *Giselle*, um sich zu beruhigen. Dann wischte sie mit dem Ärmel über die Scheibe. Der Regen hatte aufgehört; ein blasser Sonnenstrahl schien auf einen Ausschnitt des grauen Meeres und ließ ihn silbrig schimmern.

Sie hörte ein Hecheln und Pfotenkrallen herangetrippelt kommen. Cinders erschien in der Tür und sah sie erwartungsvoll an.

»Ich habe eine Idee, Cinders«, sagte sie zu der Hündin.

Rachel stand in ihrem Café und starrte das Telefon an, während sie zuhörte, wie der Anrufbeantworter eine weitere Anfrage wegen des Valentinswochenendes aufzeichnete. Der Valentinstag fiel in diesem Jahr auf einen Montag, also hatten sie, Sophie und Sandro beschlossen, an dem vorhergehenden Wochenende in ganz romantischem Stile die Eröffnung von *Sandros's Italian Restaurant* zu zelebrieren – das jetzt ohne einen *Sandro* auskommen musste.

»Wir müssen zu einer Entscheidung gelangen«, sagte Sophie und kratzte sich mit einem Schraubenzieher am Kopf.

»Ich weiß. Wir können die ganzen Anrufe nicht einfach ignorieren. Wir sollten alle Reservierungen für das Eröffnungswochenende absagen.«

»Es sei denn, wir nehmen Kyps Angebot an.« Sophie warf den Schraubenzieher in den Werkzeugkasten. »Hilf mir mal, diesen Tisch hier umzudrehen. Wir müssen uns hinsetzen und alles bereden.«

Die Tische mit der Mosaikoberfläche waren schwer, aber zugleich wunderschön. Türkis, Meeresblau und Weiß vermischten sich im Morgenlicht zu einem glänzenden Farbenschimmer. Rachel setzte sich und strich mit der Hand darüber. Sophie sah ihr zu. Obwohl es ihr gemeinsames Projekt war, spürte Rachel irgendwie, dass Sophie von ihr erwartete, dass sie die Führung übernahm – schon weil das Café ja schließlich Rachels Lebensunterhalt darstellte.

»Richtig.« Rachel holte tief Luft. Sie war ihrer Sache so unsicher; es widerstrebte ihr außerordentlich, das Ganze abzublasen, doch gleichzeitig hatte sie Angst davor, einen Misserfolg zu landen und Sophie zu enttäuschen – vom finanziellen Verlust gar nicht zu reden. Sophie wartete und sah sie aus ihren dunklen Augen unverwandt an. Plötzlich spürte Rachel, wie eine Energie von Sophie ausging. Es war, als könne sie die positive Ausstrahlung ihrer Freundin *fühlen* – und diese Ausstrahlung sagte ihr gerade, sie solle den Sprung ins kalte Wasser wagen, ohne sich zu viele Gedanken zu machen, was dabei herauskäme. Rachel merkte, wie ihr Mund sich zu einem Lächeln formte. »Du willst es durchziehen, oder?«

Sophie grinste und nickte mit Nachdruck, wobei ihre unbändigen Locken wild hüpften. Rachel lehnte sich vorsichtig auf einem der neuen gusseisernen Stühle zurück.

»Okay. Machen wir's.«

»Jawohl!« Sophie war mit einem Satz von ihrem Stuhl

hoch und vollführte mit wedelnden Armen ein paar Freudensprünge. »Wir können es schaffen, ich weiß, dass wir das können. Ich habe ein richtig gutes Gefühl bei der Sache.« Sie gab Rachel einen schmatzenden Kuss auf die Wange und setzte sich wieder. »Uns bleiben noch zwei Wochen. Wir veranstalten einen Probelauf mit Kyp – eine Generalprobe an einem der nächsten Abende. Nick wird uns dabei helfen, und notfalls müssen wir Patrick und Aidan zwingen mitzumachen. Und dann schleppen wir Jill und Ash, Jane, Chas und Marguerite und alle anderen, die wir dazu bewegen können, unsere Gäste zu sein, hier an.«

Rachel lachte. »Das hast du alles schon vorher geplant, was?«

»Nick und ich haben die Köpfe zusammengesteckt. Aber wir wollten dich nicht unter Druck setzen.«

»Dann schreiben wir am besten gleich eine Einkaufsliste.« Rachel zog einen Block und einen Stift aus ihrer Tasche. »Und wir gehen auch wieder ans Telefon.«

»Okay. Wir könnten schon heute Nachmittag die Vorräte zusammentragen.«

»Oh, eigentlich habe ich da einen Friseurtermin, und danach wollte ich nach Shanklin …«

»Ach, Rachel.« Sophie streckte den Arm über den Tisch, um ihre Hand zu nehmen. »Hältst du das für klug?«

»Ich möchte einfach noch einmal nachfragen, mehr nicht. Falls niemand mir etwas sagen kann, lasse ich die Suche sein. Dann ist Sandro eben auf und davon, und das war's.«

Sophie nickte. »Möchtest du, dass ich dich begleite?«

»Nein, bleib du mal bei deinem Nick. Das mit dem Einkauf regeln wir morgen.«

Sophie wirkte nachdenklich. »Ich kann dich ja verstehen. Nick und ich mussten damals ebenfalls ein paar Dinge zum

Abschluss bringen, bevor wir einen Neuanfang wagen konnten.«

»Aber das waren zwei ernste Angelegenheiten. Er musste den Tod seiner Frau verkraften und du, dass dein Mann dich betrogen hat. Ich frage mich, wie ihr beide das geschafft habt.«

»Nick ist eben etwas ganz Besonderes.«

»Stell dein Licht nicht unter den Scheffel, Sophie.«

»Aber er hat diese besondere Gabe, die Dinge aus einer ganz eigenen Perspektive zu betrachten.«

»Und wie wirkt sich das im Alltagsleben aus – was zum Beispiel Geld verdienen und Wäsche waschen betrifft?«

»Da steht er mit beiden Beinen auf der Erde. Für ihn zählt das, was *ist* – anstatt mit seinen Gedanken in die Vergangenheit oder in die Zukunft zu schweifen. Ich finde seine Lebenseinstellung faszinierend. Manchmal habe ich das Gefühl, als würden die Menschen auf der Stelle treten. Oder dass die Evolution so langsam voranschreitet, dass man es kaum merkt.«

»Ich würde eher sagen, sie macht Rückschritte.«

Sophie grinste. »Ich glaube, wir waren beide bereit zu verstehen, dass man nichts für ewig an sich binden kann, dass nichts so bleibt, wie es ist. Oder wie Nick zu sagen pflegt: *Alles Materielle ist dem Niedergang geweiht.*«

»Das klingt aber negativ.« Rachel hatte plötzlich das Gefühl, als würde sich in ihr eine gähnende Leere, wie ein großes schwarzes Loch, auftun.

Sophie drückte fest ihre Hand. »Wir leben halt an einem unbeständigen Ort. Das Kliff bröckelt ins Meer ab, das Land verschiebt und verändert sich, selbst die Häuser bewegen sich. Ich weiß nicht – alles verändert sich von einer Minute zur nächsten vor deinen Augen, selbst in unseren Köpfen.«

Ihre ruhige Stimme hatte eine besänftigende Wirkung auf Rachel. »Aber das zu akzeptieren macht das Leben leichter. Es ist einfacher, als dagegen anzukämpfen; so schafft man sich Raum für andere Dinge.«

»Zum Beispiel?«

Sophie zuckte die Achseln. »Für das, worüber wir gestern geredet haben, nehme ich an. Den Frieden, der einem innewohnt und sich nicht von den Tollheiten des Egos stören lässt.«

»Ja, ein wenig inneren Frieden könnte ich gut gebrauchen. Aber erst muss ich Sandro loslassen, und dann kann ich vielleicht …«

Beide schraken zusammen, als jemand an der Tür rüttelte. Jill stand draußen und trat von einem Fuß auf den anderen. Sophie öffnete ihr.

»Ich kann nicht lange bleiben«, sprudelte sie sofort heraus, während sie sich umsah. »Sieht ja alles klasse aus.« Sie rieb die Handflächen gegeneinander und blies sich auf die Finger. »Ich bin wie erschlagen. Ich bin gerade vom Shopping in Ryde zurückgekommen.« Sie zog sich einen Stuhl heran und setzte sich. »Ihr erratet nie, wen ich da gesehen habe.« Mit weit aufgerissenen Augen sah sie von einer zur anderen. »Ich saß gerade in einem Café, als er plötzlich auf der anderen Straßenseite auftauchte und in einer Bar verschwand.«

»Wer?«, fragten Rachel und Sophie wie aus einem Munde.

»Sandro.«

Rachel spürte, wie ihr das Blut ins Gesicht schoss. Er hielt sich also nach wie vor auf der Insel auf – es sei denn, Jill hatte sich getäuscht.

»Bis ich draußen war – und mich obendrein beinahe habe überfahren lassen –, war er nicht mehr da. Ich bin in die Bar gegangen, doch auch dort keine Spur von ihm. Ich habe dann noch einen Moment gewartet, falls er auf dem Klo war. Aber vergeblich.«

»Mein Gott.« Sophie blieb glatt die Spucke weg. »Und du bist ganz sicher, dass er es gewesen ist?«

»Absolut. Wenn er jedoch nicht aufs Klo gegangen ist, wo ist er dann geblieben?«

»Was meinst du?«, fragte Sophie.

»Nun, er könnte in der kurzen Zeit höchstens hinter die Bar gegangen sein oder zu einer Hintertür und wieder nach draußen. Also wird er dort arbeiten.« Sie erhob sich. »Muss los, habe gleich einen Patienten. Was haltet ihr von einem Ausflug am Montag? Wir könnten Ryde einen Besuch abstatten und schauen, ob wir den Kerl auftreiben können.« Sie griff sich wieder ihre Handtasche und strebte zur Tür. »Wir telefonieren«, rief sie im Hinausgehen.

Rachel seufzte. »Der innere Frieden wird noch warten müssen.«

Clare steckte die Hand in die Waschtrommel und tastete darin herum. Kein Zweifel – sie war leer. Sie sah sich im Waschraum um und ging dann zurück ins Bad – aber auch hier keine Spur von einem Wäschekorb. War jemand in der Nacht hier reingekommen und hatte ihre Sachen gestohlen? Erschrocken stand Clare da, kaute auf ihren Fingernägeln und versuchte, gegen das beklemmende Gefühl anzukämpfen, das ihre Brust zusammenschnürte. Bis auf das, was sie am Leibe trug, hatte sie ihre sämtlichen Sachen in die Maschine getan.

Sie würde nach Kate suchen müssen, um sie zu fragen. Dabei hatte sie eigentlich ihren Rückzug antreten wollen, während die anderen bei der Arbeit waren. Sie war erst spät aufgewacht, hatte sich aber schon viel besser gefühlt und dann die gegen eine Cornflakesschachtel gelehnte Nachricht entdeckt, dass Kate heute in den Stallungen arbeitete. Also hatte sie ihre Sachen aus der Maschine holen, etwas Geld hinterlegen und verschwinden wollen. Und nun fiel ihr ein, dass sie ihren Rucksack mit ihrem Geld im Wohnwagen liegen gelassen hatte. Wenn sich hier ein Dieb herumtrieb …

Die Tür wurde geöffnet. Eine Frau mit kurz geschnittenem, dunklen Haar trat ein und lächelte ihr zu.

»Bist du Clare? Ich bin Jane. Ich nehme an, du suchst deine Sachen. Es wollte noch jemand anderes die Maschine benutzen, also habe ich sie in meiner Küche zum Trocknen aufgehängt.« Sie hielt Clare die Tür auf. »Komm durch und hol sie dir.«

Clare versuchte, ebenfalls zu lächeln, aber sie merkte, wie ihre Lippen vor Nervosität zitterten. War das eine Falle? Hatten sie gestern Abend ihre Sachen an sich genommen, damit sie nicht davonlaufen konnte? Wartete da drinnen die Polizei auf sie? Jane sah sie fragend an, also blieb ihr nichts anderes übrig, als ihr durch die Tür zu folgen.

Sie betraten eine niedrige Küche mit Deckenbalken. Es war heiß darin, und es roch nach Backwaren. An einer der Wände stand ein großer, schwarzer Herd wie der, den ihre Mam bei ihnen zu Hause hatte, der aber so gut wie nie benutzt wurde. Darüber war ein Holzgestell an der Wand montiert, auf dem ihre Kleidung hing.

»Alles trocken.« Jane nahm das Gestell von der Wand und begann Socken und Unterwäsche auf dem Tisch aufzustapeln. »Du wirst sie vermutlich selber zusammenlegen wollen.«

Clare griff nach ihrem Badelaken. »Vielen Dank«, murmelte sie und merkte, wie ihre Wangen angesichts der Löcher in ihren Socken und der sackartigen, dunkelblauen Höschen aus der Schule, deren Gummibänder sie gedehnt hatte, damit sie über ihren dicken Bauch passten, vor Verlegenheit rot anliefen.

»Etwas Tee?«, fragte Jane und nahm den gusseisernen Kessel vom Herd.

»Ach, ich … ich muss bald weiter«, stammelte Clare.

»Trink noch einen Becher, bevor du aufbrichst. Es ist kalt da draußen.« Jane sah Clare von oben bis unten an. »Meine Güte, du siehst mir aber ein bisschen zu jung aus, um so ganz alleine unterwegs zu sein. Oder liegt es daran, dass ich langsam alt werde?« Sie füllte heißes Wasser in eine große braune Teekanne und stellte sie neben einen Teller mit Scones auf die lange Tischplatte. »Die sind gut. Marguerite hat sie heute Morgen erst gebacken.« Sie nahm einen, schnitt ihn auf, bestrich ihn mit Butter und hielt ihn Clare hin. »Komm, wir wollen zusammen sündigen.« Sie tätschelte ihre Hüften. »Ich sollte mich zurückhalten, aber ich kann nicht widerstehen. Mit dir zusammen habe ich ein weniger schlechtes Gewissen.«

Clare hätte am liebsten den ganzen Haufen Scones verputzt, aber sie nahm den, der ihr entgegengestreckt wurde. »Vielen Dank«, sagte sie und setzte sich hin.

Jane nahm ihr gegenüber Platz. Clare sah ihr beim Kauen zu. Sie war ungefähr im Alter ihrer Mutter, hatte aber ganz glatte Gesichtshaut, als würde sie sie sorgfältig pflegen. Ihr Haar schimmerte unter der Deckenlampe; es war so dunkelbraun wie ihre Augen. Clare wusste nicht recht, was sie sagen sollte. Sie sah sich in der Küche um. Eine merkwürdige Bude. Alles war unaufgeräumt; überall lagen Bücher und Zeitungen herum, und die Regale waren voller Muscheln. Sie blickte zu den Deckenbalken und zu den Treibholzstücken in den sonderbarsten Formen hoch, die daran aufgehängt waren. Ihre Mutter hätte diesen ganzen Müll binnen weniger Minuten aus dem Haus geschafft. In ihrem Elternhaus war alles blitzsauber und so nüchtern wie in dem Konvent, in dem ihre Mam einen Großteil ihrer Zeit damit verbrachte, betend auf ihren Knien zu hocken oder für die Ordensschwestern sauber zu machen. Die einzige Dekoration ihres Hauses bestand in den Figuren der Heiligen Jungfrau und des gekreuzigten Jesus auf dem Kaminsims. Und die einzigen Bilder an den Wänden zeigten Jesus, wie er sein blutendes Herz entblößte, oder waren gerahmte Kreuzstichstickereien mit Bibelzitaten, die ihre Mutter angefertigt hatte.

»Ganz schönes Durcheinander, was?«, sagte Jane. »Ich bin Schriftstellerin. Ich schreibe Romane. Dieser Ort hat genau die richtige Atmosphäre, um meine Kreativität zu beflügeln. Deswegen lasse ich hier auch alles so, wie es ist.«

Eine Schriftstellerin also; Clare kamen Mörder- und Detektivromane in den Sinn. Diese Frau konnte aus dem, was sie sagte, versteckte Hinweise heraushören oder sie mit ihren Fragen in die Enge treiben. Am Ende arbeitete sie nebenher noch für eine Zeitung.

»Also«, sagte Jane. »Kate hat mir gesagt, dass du hergekommen bist, um Rose zu besuchen.«

Clare nickte nur; sie hatte einen Bissen Scone im Mund.

»Das ist ja schade. Sie hatte die Gelegenheit, zu ihrer Großmutter Stephanie, die dort als Ärztin arbeitet, nach Niger zu reisen. Stephanie behandelt Mädchen und Frauen, die traumatische Erlebnisse hinter sich haben, vor allem bei der Kindsgeburt.«

Clare spürte, wie ihre Wangen wieder erröteten. Warum hatte Jane das erwähnt? Sie musste etwas wissen. Aber jetzt schenkte sie ganz seelenruhig Tee ein.

»Falls du aber nach Arbeit suchst – davon gibt es hier jede Menge. Meine Schwester und ich haben den lächerlichen Plan gefasst, das Wraith Cove Hotel und seine Gärten zu ihrem früheren Glanz zu restaurieren. Wir bieten gerne jungen Leuten und Studenten an, uns zu helfen. Wir wissen ja, wie knapp bei Kasse ihr meistens seid.« Sie lächelte Clare wohlwollend zu. »Und mein Ehemann hat einen ganzen Schwanz von Neffen und Nichten und deren Freunden. Es sind derzeit nicht viele junge Leute hier; die meisten kommen lieber im Sommer. Im Moment streichen wir die Remise; es ist zu feucht, um draußen etwas zu tun. Aber wenn du gerne im Garten arbeitest, könntest du Roses Posten übernehmen und Nick, unserem Gärtner, helfen, all die alten Pflanzen zu katalogisieren. Es ist eine gewaltige Arbeit, und ihm fehlt Rose. Wie uns allen.«

Im Augenwinkel erhaschte Clare, wie sich etwas bewegte. Sie schaute hinüber zur anderen Seite des Raumes. In einem großen Kamin brannten Holzscheite, und auf dem Kaminvorleger lag eine schwarze Katze auf dem Rücken und streckte ihre Beine aus. Clare hätte gerne ihr schimmerndes Bäuchlein gekrault und brachte ein dünnes Lächeln zustande. Es war so schön warm und kuschelig hier drinnen.

»Das ist Surfer«, sagte Jane. »Sie war die Katze meiner Tante – wir haben sie mit Wraith Cottage zusammen übernommen.«

»Sie ist hübsch.« Clare versuchte, sich noch etwas anderes einfallen zu lassen, was sie sagen konnte. Aber sie wollte sämtliche Gespräche über Universitäten und Sabbatjahre vermeiden; sie konnte sich nicht durch Themen hindurchbluffen, von denen sie keine Ahnung hatte. Sie hatte einfach nur im letzten Sommer Rose auf dem Schiff kennengelernt und sich mit ihr angefreundet, so, wie sie es jetzt mit Jane tat.

Oder maß sie in ihrer Einsamkeit und Verzweiflung dieser Bekanntschaft zu viel Bedeutung bei? Sie wollte etwas sagen, aber sie bekam Krümel in die Kehle und musste husten.

»Hast du immer noch einen schlimmen Hals?« Jane klang aufrichtig besorgt.

Clare schüttelte den Kopf, konnte aber nicht verhindern, dass ihre Augen sich mit Tränen füllten.

»Oje. Und ich sitze hier und löchere dich mit Fragen. Warum nimmst du nicht ein schönes langes Bad?« Sie stand auf und legte Clares übrige Sachen zusammen. »Wenn du aus der Wanne kommst, müsste Marguerite wieder zurück sein. Sie möchte sich dich gerne ansehen.«

Clare blickte hektisch um sich. »Wo ist sie?«

»Marguerite? Die ist draußen beim Fischen mit Neptun.« Jane blickte zu einem kleinen Sprossenfenster hinaus. »Man kann sie da drüben in der Bucht gerade noch erkennen. Die beiden sind schon ein verrücktes Paar. Aber sie bringen immer guten Fisch mit.«

Verrückt, dachte Clare. Alles hier kam ihr verrückt vor. Neptun? Wer oder was war Neptun? Waren diese beiden Schwestern Hexen oder so etwas?

»Heute Nachmittag fahren wir weg, für ungefähr eine Woche«, sagte Jane. »Sie wollte dich vorher noch sehen.«

»Weswegen denn?«

»Das wird dir Marguerite schon sagen – auf ihre eigene Art und Weise. Sie hat die Gabe, gesundheitliche Probleme zu diagnostizieren. Ich nehme an, sie will dir helfen, damit es dir bald besser geht.«

Clare erhob sich rasch und raffte ihre Sachen zusammen. »Ich gehe zurück zum Wohnwagen und hole meine Waschsachen, okay?«

»Nur zu.« Jane sah auf die Uhr. »Sie wird nicht vor einer

Stunde oder so zurück sein. Lass dir Zeit, nimm dein Bad und setz dich dann vor das Kaminfeuer, wenn du magst. Hier sind jede Menge Bücher, die du lesen kannst.«

Clare trat nach draußen und lief zu dem Wohnwagen. Ihre wunden Brüste pochten wieder von dem Druck der Milch, aber es tat nicht mehr ganz so weh wie gestern noch. Sie japste nach Luft; so schnell geriet sie sonst nicht aus der Puste. Früher hatte sie meilenweit rennen können. Der Regen war vorbei; es klarte auf. Sie wollte das nicht. Sie bevorzugte dunkle, tief hängende Wolken und Nebel. Sie fühlte sich dann weniger exponiert, und die Menschen auf der Straße hielten die Köpfe gesenkt, schlugen ihre Krägen hoch und vergruben das Gesicht hinter Schals und Tüchern und warfen keine neugierigen Blicke nach allen Seiten. Jenseits der Wohnwagen konnte sie den langen Stallblock sehen, wo die anderen arbeiteten. Sie musste sich schnellstens von hier aus dem Staub machen, ehe Marguerite kam, um nach ihr zu suchen.

Fran blieb vor dem Haus in Cowes stehen und verglich die Adresse mit der, die sie aufgeschrieben hatte. Ihr war die Annonce in *The County Press* aufgefallen. Ja, hier war sie richtig. Das Haus war riesig, hatte eine verglaste Front und blickte auf den Solent, die Meerenge zwischen der Isle of Wight und dem Festland, hinaus. Es musste einem Millionär gehören. Auf einem Trailer in der Einfahrt lag eine große Yacht, und vor der Doppelgarage parkte ein Mercedes. Sie holte tief Luft.

»Pass auf Sam auf, Cinders«, ermahnte sie ihre Hündin. »Ich bin gleich wieder da.«

Als sie an der Tür klopfte, wurde sie sich mit einem Male ihrer schäbigen Kleidung bewusst und stopfte ein paar lose

Haarsträhnen rasch in ihren Knoten. Eine junge Frau in einer roten, wattierten Jacke und grünen Gummistiefeln kam um das Haus herum.

»Ja?«, fragte sie spitz.

»Ich komme wegen der Annonce«, sagte Fran. »Wegen der Babysachen. Ich habe vorhin angerufen.«

»Ach, dann müssen Sie mit Nanny gesprochen haben.« Die Frau wirkte gereizt, als hätte Fran sie bei irgendetwas Wichtigem gestört. »Dann sehen Sie sich die Sachen mal an. Sie sind in der Garage.« Sie nahm irgendein Gerät aus der Tasche, und eines der Garagentore öffnete sich lautlos. Fran folgte ihr hinein. »Das ist es«, sagte die Frau und zog eine Kunststoffplane beiseite. »Babyschale, Andocksystem und der ganze übrige Kram – praktisch unbenutzt. Wir gehen ins Ausland. Lohnt sich nicht, das alles mitzuschleppen. Billiger, es drüben neu zu kaufen.«

Fran warf einen Blick auf den Haufen Sachen. Ob sie bitten sollte, sie sich einmal näher ansehen zu dürfen – aber wenn sie doch so gut wie neu waren …

Eine Frage hatte sie aber dennoch. »Was meinen Sie mit Andocksystem?«

»Na, Sie wissen schon – Buggy und Kindersitz fürs Auto, alles in einem. Wahrscheinlich wollen Sie sehen, wie es funktioniert?« Die Frau sah auf ihre Uhr.

»Nun, wenn Sie mir versichern, dass alles in Ordnung ist …«

Die Frau wirkte erleichtert. »Das kann ich Ihnen sehr wohl versichern. Um ehrlich zu sein – mir läuft heute Nachmittag die Zeit weg. Eine Million Dinge, die noch erledigt werden müssen. Sie können den ganzen Kram für einen Hunderter haben – bar natürlich.« Sie zeigte auf zwei große Wäschesäcke. »Junge oder Mädchen?«

»M … Mädchen«, stotterte Fran vorsichtshalber. Der arme Sam – wenn das so weiterging, würde er eines Tages überhaupt nicht mehr wissen, wer er war.

»Schade. Wir haben jede Menge Wintersachen für Jungen und so. Da, wo wir hinfahren, werden wir sie nicht brauchen.«

Mist, dachte Fran. Das hast du verpatzt.

»Können Sie sie nicht trotzdem mitnehmen?«, fragte die Frau ungeduldig. »Ich denke, ein paar von den Sachen werden auch für ein Mädchen passen – die tragen doch heute sowieso alle Latzhosen. Sonst kommt alles nur in die Altkleidersammlung.«

Fran zog ihr Geld aus der Tasche und zählte hundert Pfund ab. Ted zahlte die Pacht für *Bleak Field* immer in bar. Die Frau sah kaum hin, als wäre das Geld für sie überhaupt nicht wichtig. Sie nahm die Scheine und stopfte sie sich in die Tasche, als wären sie Kleingeld.

»Schaffen Sie es alleine?«, fragte sie und wandte sich bereits zum Gehen. »Das Aupair-Mädchen hat nämlich frei.«

»Ich schaffe das schon«, sagte Fran. Sie eilte die Auffahrt hinunter, fuhr den Land Rover rückwärts an die Garage heran und packte alles so schnell wie möglich in den Wagen. Von der Frau war nichts mehr zu sehen. Fran hätte den halben Garageninhalt abräumen können, wenn sie gewollt hätte. Dann beeilte sie sich davonzufahren. »Na?«, sagte sie über ihre Schulter zu Cinders. »Da haben wir aber Glück gehabt, was?«

Clare ging zu Fuß nach Ventnor. Die Busfahrt war ihr gar nicht so lang vorgekommen, aber nun merkte sie, was für ein Stück Weges es doch war. Die Straße war schmal und für Fußgänger nicht ungefährlich – beschattet von hohen Bäumen, aus denen Regentropfen auf sie herabfielen, und an beiden Seiten von Steinmauern gesäumt. Man konnte kaum irgendwohin ausweichen, falls einem ein Auto gefährlich nahe kam. Sie passierte Gatter, hinter denen sich Zufahrten erstreckten, die zu unsichtbaren Häusern führten. Es erinnerte sie an die Rocken Edge Farm. Die Sohlen ihrer Turnschuhe brachen in der Mitte durch, und ihre Hacken waren wundgescheuert. Sie war des Marschierens überdrüssig, aber wenigstens konnte sie die Hände in die Taschen stecken, und es ging sich sehr viel leichter ohne das Gewicht des … Sie verbannte den Gedanken tief nach unten in das Knäuel schlechter Dinge. Sie wollte jetzt nicht darüber nachsinnen. Nicht, solange sie nicht dazu gezwungen war.

In der Haupteinkaufsstraße von Ventnor schien es keine Bekleidungsgeschäfte zu geben, aber dafür eine Reihe Läden wohltätiger Organisationen wie den Seenotlebensrettern und dem Tierschutzverein. Sie betrat jeden einzelnen von ihnen und schaute sich die Kleidungsstücke an, hielt sie sich vor die Brust, um abschätzen zu können, ob sie ihr passen würden. Sie fand Unterwäsche und Büstenhalter, Socken und T-Shirts und Jeans mit dehnbarem Hosenbund. Vor ein paar Monaten noch würde sie es gehasst haben, Secondhandunterwäsche zu tragen, aber nun fand sie es erstaunlich, dass man diese Dinge so billig kaufen konnte. Sie entdeckte auch weite Wollpullover und sogar ein Paar ganz passabler schwarzer Lederstiefel. Ein Laden hatte sich auf Hüte, Handschuhe und Schals spezialisiert. Sie kaufte eine schwarze Mütze, um ihr Haar damit zu verdecken. Falls man nach ihr fahndete, wäre sie sonst zu leicht zu erkennen. Sie stopfte ihren Zopf in ihre Jacke und zog sich die Mütze über den Kopf.

In einem Tabakladen kaufte sie etwas Schokolade und

überflog die Schlagzeilen. Keine kündete von ihrer Schandtat. Aber sie nahm sich trotzdem eine Zeitung mit, falls weiter hinten etwas stand. Wenn sie nun noch ein Café fände, könnte sie sich auf der Toilette umziehen, sich etwas Warmes zu essen bestellen und überlegen, was sie als Nächstes tun sollte. Wenn sie allerdings das Café betrat, würde sie ihre Mütze abnehmen und ihre Jacke ausziehen müssen, um nicht ins Schwitzen zu geraten, und dann konnte jemand sie wiedererkennen.

Sie ging einen steilen Hügel hinunter zur Uferpromenade. Das Café, in das sie schon einmal hineingelugt hatte – *Rachel's Café* –, war noch immer geschlossen. Wieder schaute sie durch das Fenster. Es war niemand drinnen, kein Licht brannte. Ein Stückchen weiter die Promenade hinunter befand sich ein weiteres Café. Hier kaufte sie eine Tüte Pommes und setzte sich auf eine Bank, um sie zu essen. Sie waren kalt und fettig, aber sie verschlang sie trotzdem und ignorierte dabei die Möwen, die sich lauernd um sie versammelten. Danach mampfte sie einen ganzen Schokoriegel. Zu Hause hätte ihr Mutter das nie erlaubt. Sie sah zu, wie ein langes Schiff, das stapelweise Container geladen hatte, langsam auf dem Meer vorbeifuhr. Wo es wohl hinwollte? Sie stellte sich vor, wie sie als blinder Passagier in irgendeiner Ecke des Decks kauerte. Was wohl dann aus ihr würde? Möglicherweise konnte sie auf dem Schiff arbeiten und eines Tages, wenn sie erwachsen war, zurück nach Irland fahren und ihre Mam besuchen. Ob sie sich freuen würde, ihre Tochter zu sehen? Vielleicht – wenn inzwischen einige Jahre ins Land gegangen waren … Clare holte tief Luft und blätterte die Zeitung durch – aber es stand nichts über ein Kind darin.

Sie ging wieder den Hügel hinauf zurück zur Hauptstraße

und blieb vor einem Friseursalon stehen. Sollte sie sich das Haar so kurz schneiden lassen wie ein Junge? Sie sah durchs Fenster. Es waren nicht viele Kunden da. Einem Impuls gehorchend öffnete sie die Tür. Die stickige Luft in dem Laden roch stark nach Haarspray. An einem kleinen Empfangstresen saß ein Mädchen und trug etwas in ein Buch ein.

»Kann ich Ihnen helfen?«, fragte die Angestellte.

»Könnten Sie mir das Haar schneiden?«

»Haben Sie einen Termin?« Das Mädchen musterte sie neugierig.

Clare schüttelte den Kopf. Ein weiteres Mädchen, das gerade einer Frau das Haar frisierte, blickte auf und sagte: »Ich könnte Sie zwischendurch drannehmen, wenn Sie etwas später noch mal wiederkommen. Was stellen Sie sich denn genau vor?«

»Ich … äh … einfach nur schneiden.«

»Entschuldigen Sie mich einen Augenblick«, sagte das Mädchen zu der Kundin und kam zu Clare. »*Schneiden*, sagen Sie … Könnten Sie mir das etwas genauer erklären?«

»Ein paar Zentimeter.«

»Kann ich einmal gucken – nur, damit ich weiß, wie viel Zeit ich ansetzen muss? Montags schließen wir nämlich früher.« Sie hob die Hand, als wolle sie Clare die Mütze vom Kopf nehmen. Panisch griff Clare danach. Darüber hatte sie vorher nicht nachgedacht. Die drei Frauen im Salon starrten sie an, als sie rückwärts wieder zur Tür hinausging. »Ich … ich habe es mir anders überlegt«, sagte sie.

Rachel sah zu, wie das junge Mädchen seinen Rückzug antrat. Sie machte sich Sorgen um sie. Sie kam ihr ungewöhnlich blass und hektisch vor. Sie wäre bestürzt, wenn Aidan in einer solchen Verfassung nach Hause käme.

»Komisch.« Das Mädchen an der Tür wandte sich wieder ihrem Terminkalender zu.

»Steht wahrscheinlich unter Drogen«, sagte die Friseurin und fuhr mit den Händen über Rachels Hinterkopf. »Das steht Ihnen wirklich gut, muss ich sagen. Es lässt Sie um zehn Jahre jünger wirken.«

»Wenn das die Männer mal ebenfalls so sehen«, scherzte Rachel.

»Nur dafür machen wir uns doch schön«, kicherte das Mädchen.

Rachel lehnte sich in dem bequemen Sessel zurück und genoss das Gefühl, sich in diesem wohlig duftenden Salon so richtig verwöhnen zu lassen. Sie hatte bereits eine Gesichtskosmetik und eine Maniküre vornehmen lassen und sich vorher in *Rita's Boutique* einen Rock und einen Blazer in ihrem Lieblingsblau gekauft. Das Kostüm wollte sie heute Abend zu ihrem Ausflug mit Jill und Sophie nach Ryde anziehen. Sie hatten verabredet, sich einen richtig schönen Abend zu machen, essen zu gehen und dabei zu versuchen, den flüchtigen Sandro ausfindig zu machen. *Wir werden uns schon amüsieren*, hatte Jill gekichert, *auch, wenn wir Sandro nicht an den Eiern zu fassen kriegen*. Rachel hoffte, dass Jill *ihr* das Reden überlassen würde, falls es ihnen tatsächlich gelang, Sandro aufzuspüren. *Mach dir keine Sorgen*, hatte Sophie sie beruhigt. *Jill mag zwar ziemlich derb daherreden, aber sie weiß, was sie tut und wann sie sich lieber zurückhalten sollte. Wenn nicht, kriegt sie eins von mir auf die Nase*. Rachel musste bei der Vorstellung von der gutmütigen Sophie, die breitbeinig über einer zu Boden gestreckten Jill stand, grinsen.

Sie studierte ihr neu gestyltes Haar im Spiegel, während die Friseurin fortfuhr, daran herumzuzupfen. Das war so gut wie ein Lifting – all die kecken kleinen Löckchen, die hinter ihren Ohren hervorlugten. Jahrelang hatte sie die Haare hinter die Ohren gekämmt getragen. Sandro allerdings kannte sie so nicht. Und unwillkürlich fragte sie sich, ob Sandro das wohl gefallen würde.

»Ich habe ein Kind, Jeannie«, sagte Pater Ryan zu seiner Schwester. Er wollte wissen, wie es war, die Worte laut auszusprechen. Jeannie starrte ihn nur an; ein langer Speichelfaden hing ihr von der Unterlippe. Er nahm eine Papierserviette vom Nachttisch und wischte ihn ab; dann blickte er sich im Saal um, um sich zu vergewissern, dass niemand in Hörweite war. »Zumindest *könnte* ich eines haben«, fügte er noch hinzu. Wenn nun Clare es hatte *wegmachen* lassen? Sie hätte alles Mögliche anstellen können, sowie sie erst einmal das Schiff verlassen und fremdes Land betreten hatte. Ließen sich dieser Tage nicht so manche irischen Frauen von der Säuselstimme des Teufels von jenseits der See verlocken?

Er tupfte seine schmerzende Stirn mit der feuchten Serviette ab und studierte Jeannies Gesicht. Hatte sie die gleiche Kopfform wie er? Sie hatte das gleiche dünne braune Haar, das leicht nach vorne rutschte. Er strich ihr das Haar zurück – sie hatte eine hohe, glatte, weiße Stirn wie er. Unter Umständen war es ja *erblich*; womöglich wuchs in ihm ebenso ein Hirntumor heran, wie der, der sie als junges Mädchen niedergestreckt hatte. Aber der ihre hatte sich schon in viel jüngeren Jahren bemerkbar gemacht – er wusste noch, dass sie ihren ersten Anfall hatte, als sie sich auf ihre Kommunion vorbereitete. Er hatte nie Anfälle gehabt. Oder sollte er doch lieber noch einmal in seinem Medizinbuch nachschlagen?

Er sah zu, wie zwei Schwestern den Vorhang um ein Bett zogen, in dem eine Epileptikerin wild um sich schlug. Er empfand kein Mitgefühl, keinen Wunsch, ihr zu helfen, nicht einmal das Bedürfnis, ein Gebet zu sprechen. Jeannie musste Tag für Tag in ihrem Sessel sitzen und sich diese Vorfälle mit ansehen. Deprimierte sie das denn überhaupt nicht? Was ging in ihrem Kopf vor? Besaß sie noch die Fähigkeit zu denken? Vielleicht wäre es besser gewesen, wenn sie gestorben wäre. Aber sie hatte ja noch eine *Seele*. Wie stand es um die? Gewiss war sie rein und unbefleckt. Und – konnte sie in die seine blicken?

Jeannie schien ihn mit ihren tief in ihrem schmalen, blassen Gesicht versunkenen, trüben Augen zu mustern. Mit einem Male fühlte er sich nackt, bloßgestellt. Was für ein sinnentleertes Trugbild von einem Mann er doch geworden war. Obendrein besaß er die Dreistigkeit, sich Priester zu nennen! Er nahm Jeannies Hand. Auf seine Berührung reagierte sie jedes Mal. Er fühlte ihre Finger die seinen drücken.

»Was soll ich bloß tun, Jeannie?«, flüsterte er. »Soll ich versuchen, dieses Kind zu finden und alles an ihm wiedergutzumachen?« Er war verwirrt, wusste nicht einmal, ob er damit Clare oder das Baby meinte. Als er sich zu Jeannie vorbeugte, um ihr einen Kuss auf die Wange zu geben, fiel ihr Kopf so heftig vornüber, dass sie mit den Stirnen aneinanderschlugen. Der harte Aufprall von Schädel auf Schädel trieb ihm die Tränen in die Augen. Behutsam stützte er ihren Kopf wieder gegen den Sessel. Sie schien sich nichts getan zu haben. Die Tränen strömten ihm nur so über die Wangen; er hatte das Gefühl, in ihm würde gleich ein Damm brechen und den ganzen Krankensaal überfluten. Abrupt stand er auf und ging.

8

Das war schon immer ein schönes Zimmer«, lobte Ted. »Du musst dich sehr angestrengt haben, um es wieder so herzurichten, nachdem es so viele Jahre leer gestanden hat.«

Fran sah besorgt zu, wie er in ihrem neuen Schlafzimmer umherging, auf das frisch gemachte Bett drückte und mit den Händen über die polierten Möbel strich. Sie hoffte, dass er keine Fingerabdrücke oder Schmutz von seinen Stiefeln auf dem Teppich hinterlassen würde. Sie feixte amüsiert. Dieses stolze Gefühl einer peniblen Hausfrau war etwas gänzlich Neues für sie.

»Das passt gar nicht zu dir«, kommentierte Ted. »Wie langen bleiben sie denn?« Er musterte gerade das Babybettchen.

Fran zuckte nur die Achseln und hängte ein weißes Gästehandtuch neben das Waschbecken. »Sie werden viel unterwegs sein – halb England abgrasen. Sie werden kommen und gehen, schätze ich. Ich habe ihnen gesagt, wie albern es wäre, in Hotels zu übernachten, wo ich doch genügend Platz habe.«

»Du bist eine gute Seele. Es ist bestimmt nicht einfach, das Haus mit Menschen zu teilen, die man noch nie vorher gesehen hat.«

»Aber es sind doch Verwandte. Der junge Phil ist mein Neffe, und Sam ist … mein Großneffe, nehme ich an.« Fran konnte es selber kaum glauben, wie leicht es ihr fiel, das alles aus dem Stegreif zusammenzuspinnen. Sie hatte das Gefühl, als würde die alte Fran die neue mit Interesse beobachten.

Ted drohte ihr mit dem Zeigefinger. »Aber lass dich von denen ja nicht ausnutzen. Könnte darauf hinauslaufen, dass du die ganze Zeit babysitten musst.«

Das war genau das, was Fran hatte hören wollen. »Das macht mir nichts aus«, sagte sie. »Außerdem ist es nicht gut für einen Säugling, ständig unterwegs zu sein.«

»Gütiger Himmel, Fran. Sie haben den Kleinen gerade um den halben Erdball gekarrt.«

»Ich weiß, ich weiß. Aber mir macht es Spaß. Du weißt doch, wie gerne ich meine kleinen Schützlinge um mich habe.«

»Bei Tieren ist das etwas anderes. Da hat man nicht die gleiche Verantwortung. Und du hast ja selber nie Kinder gehabt.« Er kicherte. »Hättest es früher mal mit mir versuchen sollen.«

Fran lachte. »Ach, so ein großer Unterschied ist das gar nicht. Sie müssen alle gefüttert und gesäubert werden und es schön warm haben.« Aber sie musste Ted recht geben. Es war schon ein Unterschied. Die Liebe, die sie für ihre Tiere empfand, war überwältigend, aber Sam löste Gefühle in ihr aus, die sie nie für möglich gehalten hätte. Sie wollte gleichzeitig weinen und lachen, wenn sie ihn im Arm hielt, und sie war bereit, jeden umzubringen, der eine Bedrohung für ihn darstellte. Er schlief jetzt in seiner neuen Babykarre, die sie in den hinteren Teil des Hauses geschoben hatte, als sie hörte, wie Ted sich draußen die Stiefel abtrat. Hoffentlich fing er nicht zu weinen an – aber das würde Ted wahrscheinlich sowieso nicht mitkriegen.

»Hast es auch schön warm hier gemacht«, sagte Ted gerade.

»Ich habe den alten Heizlüfter wieder in Gang gesetzt.«

»Bist du verrückt geworden? Das hätte einen Mordskurzschluss geben können.«

»Als Mutter noch lebte, hat er immer einwandfrei funktioniert.«

»Das ist ein paar Jährchen her.« Ted schüttelte den Kopf. »Wollen wir jetzt mal zu einem frühabendlichen Schluck ins *Buddle*?«

»Ohne mich, wenn's dir nichts ausmacht. Ich bin ziemlich erledigt nach all der Putzerei.«

»Nun komm schon. Wird dir guttun.«

»Nein, ich brauche jetzt ein Bad, und dann lege ich die Füße hoch und sehe fern.«

»Wieder eines von deinen Ballettvideos? Dass dir der Quatsch noch nicht zum Halse heraushängt.«

»Besser als diese dämlichen Seifenopern, die sich alle Leute angucken. Äh … wird im Pub über etwas getratscht?«

»Über was soll denn da getratscht werden?«

»Keine Ahnung. Vielleicht ist irgendwas im Dorf vorgefallen.«

»Habe gar nicht gewusst, dass du dich für Tratsch interessierst. Deswegen unterhalte ich mich ja so gerne mit dir. Du bist über so etwas erhaben.«

Plötzlich tat er Fran leid. Sie wusste, wie einsam er sich ganz alleine da drüben auf seiner Farm fühlte, seit Janet gestorben und Eddie aus dem Haus gegangen war. Normalerweise hätte sie ihn auf einen Happen zu essen eingeladen. Aber nicht heute. Sie markierte ein Gähnen.

»Na, dann will ich mal lieber los«, sagte Ted. »Ich schaue morgen wieder herein und bringe dir einen schönen Kohlkopf mit.«

Fran bekam ein schlechtes Gewissen, als sie an seinen letzten Kohlkopf dachte, der in der Kammer verwelkte. Sie musste wieder anfangen, etwas Ordentliches zu sich zu nehmen. Sie musste jetzt bei Kräften bleiben. »Fein«, sagte sie.

»Ich werde ihn mit ein paar Koteletts zubereiten. Komm doch morgen zum Abendessen. Es könnte sein, dass der junge Phil dann auch wieder da ist … mit Ann … und dem Baby.«

Clare wechselte in einer öffentlichen Bedürfnisanstalt die Kleidung. Der Büstenhalter saß ziemlich eng, aber sie hoffte, dass ihre Brüste noch weiter zusammenschrumpfen würden. Sie hätte Kate nach einem Maßband fragen sollen, um festzustellen, welche Größe sie benötigte.

Sie erschauderte bei der Vorstellung, die dies in ihr auslöste. Sie hatte sich ja daran gewöhnt, dass Pater Ryan ihre Brüste ausmaß; schon weil ihre Mam sagte, dass sie ihm gehorchen müsse. Aber nach ein paar Wochen hatte er dann angefangen, auch andere Teile ihres Körpers zu messen. *Weißt du, Clare, hier verändern sich Jungen und Mädchen*, hatte er gesagt und ihr das Maßband um die Hüften gehalten. *Aber bei Mädchen geht das etwas unmerklicher vor sich, und deswegen muss ich es sorgfältig überprüfen. Siehst du, das war doch gar nicht so schlimm*. Damals glaubte sie noch, dass er das mit allen Kindern machte. Und es war auch nichts Unangenehmes daran, wie er den Arm um sie legte. Und dann dieser vertraute Geruch. Sie wusste nicht mehr genau, was es gewesen war, aber es hatte in ihr den Wunsch erweckt, sich an ihn zu schmiegen. Und er war auch immer so zufrieden mit ihren Fortschritten.

Clare sah ihr Spiegelbild in einer Schaufensterscheibe. Mit den Jeans und der dunklen Jacke und der dunklen Mütze konnte man sie für einen Jungen halten. Ihre alten Sachen hatte sie in einen Müllcontainer geworfen. Sie war schon durch die ganze Stadt gegangen, sämtliche Seitenstraßen hinauf und hinunter. Sie hatte sich eine Taschenlampe, eine billige rosa Plastikuhr und einen Reiseführer gekauft. Nun fühlte sie sich so, als warte sie darauf, dass etwas passierte. Die Frauen in dem Friseursalon schienen etwas misstrauisch geworden zu sein. Ob sie sie der Polizei melden würden? Aber nichts tat sich; niemand benahm sich irgendwie auffällig, die Leute gingen ihrer Wege, schienen keinerlei Notiz von ihr zu nehmen. Es wurde langsam dunkel, und die Läden begannen zu schließen. Hier in Ventnor wollte sie nicht bleiben. In ihrem Reiseführer war eine Karte von der Insel. Sie nahm die Straße nach Shanklin.

Wieso ging es auf dieser Insel immerzu bergauf? Die Stiefel aus dem Secondhandshop waren zu groß, rieben an ihren wunden Füßen, und es überkam sie wieder eine bleierne Müdigkeit. Sie setzte sich auf eine Mauer und holte ein zweites Paar Socken aus ihrem Rucksack, um die Stiefel besser auszupolstern. Als sie weitergehen wollte, fiel ihr ein Schild auf, das einen schmalen Fußweg hinunter zu einer Kirche wies – einer katholischen Kirche. Sie kaute auf ihren Nägeln, während sie überlegte. Sie wusste, dass sie es nicht wert war, eine Kirche zu betreten. Die Mutter Oberin hatte ihr pausenlos eingeschärft, dass sie zuerst die Beichte ablegen musste. Aber wenn sie dann darum gebeten hatte, einen Priester sehen zu dürfen, hatte die Oberin ihr jedes Mal gesagt, sie wäre unwürdig. Das hatte sie nicht verstanden. Möglicherweise war das die Art und Weise der Oberin gewesen, ihr zu sagen, dass sie ausgeschlossen, exkommuniziert worden war. Trotzdem musste sie es wissen. Wenn sie nun in diese Kirche ging, einen Priester suchte und ihn fragte? Sie könnte ja behaupten, dass sie sich für eine Freundin erkundige. Wäre das nicht besser, als weiter so herumzulaufen – frierend und verängstigt und voller Verderbnis? Selbst wenn sie nie Vergebung erlangen könnte, hätte sie dann doch zumindest die Gewissheit, dass die Würmer für ewig in ihr stecken würden. Dann musste sie eben damit leben.

Sie ging die kurze Gasse hinunter und betrat die steinernen Stufen. Fast hoffte sie, dass die Tür verschlossen sein würde. Aber das war sie nicht. Der schwere eiserne Ring drehte sich, und sie trat ein. Es war ziemlich finster in der Kirche, und ihre Augen brauchten eine Weile, um sich an die Dunkelheit zu gewöhnen. Sie sah die Lichtschalter, wollte sie aber nicht betätigen. Sie zögerte, bevor sie ihre Finger in das Weihwasser tauchte und sich bekreuzigte. Dann stand sie da und lauschte. Alles war so still um sie herum. Auf dem Altar brannte eine winzige rote Kerze, und der würzige Duft von Weihrauch hing in der Luft. Auf Zehenspitzen schlich sie durch die Kirche und suchte den Kreuzweg mit der Darstellung des Leidensweges Christi in vierzehn Stationen. Sie hatte besonders die gemocht, in der Unser Herr Jesus Christus die Frauen von Jerusalem traf, die sich so um ihn kümmerten. Sie schloss die Augen und nahm den Frieden in sich auf. Das war tröstlich, ein Teil ihres Lebens. Sie ging den Mittelgang ganz bis nach vorne durch, machte rasch einen demütigen Kniefall, schlüpfte dann in eine der vordersten Bankreihen und fiel auf die Knie. Sie senkte den Kopf und faltete die Hände vor dem Gesicht, aber es wollten sich keine Worte finden. Es schien so lange her, seit sie das zum letzten Mal getan hatte. Und wie sollte sie beten? Sie hatte die Mutter Oberin in der Abtei nie beim Gebet gesehen – meistens verschwand sie in einem der geschlossenen Räume, die vom Seitengang abgingen; Clare hatte geglaubt, dort müsse es einen Durchgang geben, der zu den Räumlichkeiten der Abtei führte, in denen die Nonnen lebten. Dort musste auch der Priester sich hinbegeben, um die Kommunion zu erteilen und die Beichte abzunehmen. Als Clare von der Oberin mehr darüber hatte wissen wollen, hatte die ihr gesagt, sie solle keine unverschämten Fragen stellen. Also hatte sie versucht, unter dem an die Wand genagelten hölzernen Kruzifix kniend in ihrem Zimmer zu beten. Aber dort war es schrecklich kalt, und als sie dicker wurde, kam sie sich zudem merkwürdig dabei vor.

Ihr fiel ihr Rosenkranz wieder ein, und sie nahm ihn aus der Tasche. Sie versuchte, ihn durch ihre Finger zu ziehen, aber ihrem Mund gelang es nicht, das vertraute *Ave Maria* zu beten. Vielleicht wurde sie von einer unsichtbaren Macht daran gehindert, einem Engel Gottes, der zwischen ihr und jeglicher Verbindung zu den Heiligen stand. Oder es lag daran, dass sie nicht gebeichtet hatte. Ja, das konnte es sein. Sie musste erst mit einem Priester sprechen, ehe sie beten konnte. Ihre Knie schmerzten; sie stand auf und setzte sich auf die Kirchenbank. Ob der Priester wohl in der Nähe der Kirche in einem Pfarrhaus wohnte wie Pater Ryan? Mit einem Male kamen ihr Bedenken. Konnte es sein, dass der Priester sich weigern würde, ihr die Beichte abzunehmen? Womöglich würde er es sofort spüren, dass sie einen anderen Priester mit ihrer Niedertracht in Versuchung geführt und ihn fast in den Ruin gestürzt hatte. Es wäre wohl besser, wieder zu gehen. Sie brauchte eine Bleibe für die Nacht, und es war noch ein weiter Weg bis Shanklin.

Clare hörte, wie hinter ihr knarrend die Tür geöffnet wurde. Um in der Dunkelheit unentdeckt zu bleiben, blieb sie geduckt in der Stuhlreihe sitzen. Die Person schien sich Ewigkeiten aufzuhalten, ohne ein Geräusch zu machen. War das der Priester? Ob er wohl jeden Moment die Lichter einschalten würde? Dann hörte sie Schritte auf dem Gang. Ein Mann ging an ihr vorbei zum Altar, wo er mit gesenktem Kopf stehen blieb, als würde er beten. Er trug einen langen schwarzen Mantel mit hochgeschlagenem Kragen – wie Pater Ryan. Nach einer Weile trat er einen Schritt zur Seite, nahm eine Kerze, zündete sie an und stellte sie in einen Halter. Dann blickte er in ihre Richtung. Clare duckte ihren Kopf noch tiefer, aber sie wusste, dass er sie gesehen hatte. War das nun der Priester oder nicht? Sie hörte seine Schritte näher kommen.

»Scusi«, sagte er mit heiserer Stimme. »Wissen Sie, wo ich den Priester finde?«

Clare blickte auf und schüttelte den Kopf. Der Mann trug keinen weißen Kragen. Er setzte sich neben sie.

Der Fremde räusperte sich; sein Atem roch nach Knoblauch. »Wann geht man hier zur Beichte?«

»Ich … ich weiß nicht.« Clare rückte auf der Bank ein Stück von ihm ab, weil er ihr zu nahe kam. Er wirkte ungepflegt und musste sich rasieren. Seine rotgeränderten Augen blinzelten, als er sie ansah. Auch seine Nase war rot, als hätte er einen Schnupfen.

»Ach, Sie sind eine junge Lady, si? Ich hielt Sie für einen Jungen.«

Clare fand, dass er sich italienisch anhörte. Er sprach wie eine der Schwestern, die sie in der Schule unterrichtet hatten.

»Wohnen Sie hier in der Nähe?«, wollte er wissen.

Clare schüttelte wieder den Kopf. Der Mann rieb sich mit den Händen das Gesicht und hob dann den Arm zu einer ausladenden Geste. »Warum sitzen Sie hier so ganz alleine im Dunkeln?«

»Ich … ich habe auf den Priester gewartet.«

»Ach? Sie wollen auch beichten?«

Clare nickte nur und blickte hinunter auf den Rosenkranz in ihren Händen. Sie spürte den Blick des Mannes auf sich.

»Scusi. Haben Sie Probleme?«

Wieso fragte er sie das? Clare wäre am liebsten aufgesprungen und davongerannt, aber sie wusste nicht, was der Mann dann tun würde.

»Leute mit Probleme sitzen immer allein in dunkler Kirche.« Er seufzte vernehmlich. »Ich habe auch Probleme.« Er lachte bitter. »Eins und eins sich gern gesellt. So sagt man doch, oder?«

Das weckte Clares Interesse. Sie sah ihn an. Dieser Mann schien auch eines Priesters zu bedürfen – so wie sie. Allerdings war er schon erwachsen. Sie nickte. »Ja, ich … habe Probleme.«

»Mi dispiace.« Der Mann zog kummervoll die Mundwinkel herunter. »Vielleicht wir können einander helfen.«

»Wie … wie soll das denn gehen?«

»Ich möchte von hier weg – von dieser Insel. Aber erst muss ich noch etwas holen – aus einem Hotel. Sie könnten es für mich besorgen.« Er wandte sich von ihr ab und wurde von einem Hustenkrampf geschüttelt. Clare wartete, bis er sich wieder umdrehte.

»Warum können Sie es denn nicht selber holen?«

»Weil jemand dort – ein Mann – er will mir schaden.«

Das gefiel Clare nicht. Ob sie ihm sagen sollte, er solle weggehen? Aber dann wollte sie es doch wissen. »Und wieso?«

»Ich etwas Unrechtes getan … mit seiner Frau.«

»Und Sie wollen, dass ich ihm etwas wegnehme?«

»No, no. Ich meine Papiere – Passport und alles – versteckt hinter dem Kleiderschrank in meinem Zimmer und vergessen, als ich sehr, sehr schnell fort musste.«

»Das kann ich nicht machen.«

»Per favore. Ich helfe auch Ihnen, si? Was ist Problem … Geld?«

Clare dachte an das Geld, das Pater Ryan ihr gegeben hatte. Sie war ziemlich entsetzt gewesen, wie rapide es sich heute vermindert hatte, und dabei hatte sie doch nur ein paar gebrauchte Kleidungsstücke gekauft. Sie hatte sich nicht einmal eine richtige Mahlzeit geleistet. Was sollte sie tun, wenn das Geld alle war?

»Ich möchte auch fort von dieser Insel«, sagte sie.

Der Mann lächelte. »Wir gehen zusammen. Wenn ich meine Kreditkarten wiederhabe, ich kaufe Auto. Ich bringe Sie, wohin Sie wollen – als Gegenleistung.«

Das klang verlockend. Er konnte sie nach England bringen, in eine große Stadt, wo niemand sie erkennen würde. Dort könnte sie sich das Haar schneiden und färben lassen. »Aber wenn mich nun jemand erwischt, wenn ich in das Hotel gehe?«

»Es gibt Hintertreppe zu den Räumen für Angestellte. Wenn jemand fragt – Sie alte Freundin, die mich sucht.« Er zog einen Prospekt aus der Tasche. »Das hier ist es. In der High Street von Shanklin. Das ist, wo Sie über Hintertreppe nach oben gehen. Mein Zimmer ist das erste rechts. Fühlen Sie hinter dem Kleiderschrank.«

»Wie ist denn Ihr Name – falls mich jemand fragt, nach wem ich suche.«

Der Mann blickte nervös von einer Seite auf die andere. »Angelo … no, no, Sandro. Aber, per favore, keinem sagen, wo ich bin.«

Sein Lächeln war verschwunden – er wirkte ängstlich, und seine Augen wurden feucht. »Ist es eine Todsünde? Was Sie getan haben?« Sie hoffte, er möge es bestätigen. Dann würde sie sich nicht mehr so einsam und verlassen vorkommen.

»Non importa.« Er zog ein Taschentuch hervor und schnäuzte sich. »Aber Sie, kleine Frau – was haben Sie getan?«

»Ich bin von zu Hause weggelaufen.« Das stimmte ja auch beinahe – sie durfte in der Kirche nicht lügen.

»Warum?«

Clare senkte den Kopf und schwieg. Das konnte sie diesem Mann, diesem Fremden, der kein Priester war, nicht erzählen.

»Sie sagen mir morgen. Wir uns sehen in Shanklin.« Aus der Innentasche seines Mantels zog er einen Kugelschreiber und zeichnete etwas auf die Stadtskizze in dem Prospekt. »Hier, si? Ich warte am Vormittag, bei diesem Teich.«

Clare nickte, aber sie würde erst noch darüber nachdenken müssen. Sie brauchte nicht alles zu tun, was er von ihr verlangte.

»Grazie, grazie. Und dann wir nichts wie weg von hier.« Er erhob sich. Wie er da vor ihr stand, wirkte er plötzlich übergroß auf sie. »Wie ist dein Name?«

»Tess«, sagte sie und stand ebenfalls auf. Es klang komisch, als ob jemand anderes den Namen ausgesprochen hätte.

Es war bereits dunkel, als sie nach draußen traten. Clare blieb zitternd stehen, während sie Sandro die Gasse hinaufeilen und dann den Weg in Richtung Shanklin einschlagen sah. Sie fragte sich, wo er die Nacht verbringen würde, und wünschte sich fast, sie hätte ihn begleiten können. Inzwischen kam er ihr beinahe wie ein Gefährte vor, jemand, der ebenfalls in Schwierigkeiten steckte. Ein Auto bog von der Straße ab und kam mit aufgeblendeten Scheinwerfern den schmalen Durchgang hinunter auf sie zu. Clare lief rasch um die Kirche herum und fand sich plötzlich zwischen Grabsteinen wieder. Sie hörte, wie der Wagen anhielt und jemand durch die Kirchentür ging. Vielleicht war das der Priester. Aber sie hatte nicht mehr das Bedürfnis, mit ihm zu sprechen. Nun hatte sie Sandro getroffen.

Er schien davor zurückgescheut zu haben, ihr seinen richtigen Namen zu nennen. Zuerst hatte er Angelo gesagt – das musste dann wohl sein Nachname sein. Und diese Unsicherheit hatte sie dazu verleitet, sich Tess zu nennen. Was für ein Zufall – Angel Clare war der Ehemann von Tess in *Tess von d'Urbervilles*. Aber nicht lange, nicht mehr, nachdem Tess ihm am Hochzeitsabend gebeichtet hatte, dass sie von einem anderen Mann vergewaltigt und die Mutter von dessen Kind geworden war. Tess' Baby war ebenfalls gestorben, aber das kam bei Säuglingen ja damals häufig vor. Zumindest war es nicht von seiner Mutter ermordet … zum Sterben zurückgelassen worden. Tess hatte ihr Kind geliebt … *Sorrow* hatte sie es genannt und es noch vor seinem Tod taufen lassen. Ihr eigenes Baby hatte die Taufe nicht erfahren. Die Mutter Oberin hatte sie immer vertröstet, dass sie das dann schon mit dem Priester klären würde. Was geschah mit ungetauften, unehelichen Kindern, wenn sie nicht in den Himmel konnten? Die Vision eines feurigen Teufels mit einem langen Dreizack kam ihr plötzlich in den Sinn. Sie vergrub das Gesicht in den Händen. Sie wollte nicht länger alleine sein.

Sie lief den Weg hinunter zurück zur Straße. Sie konnte einen Bus nehmen und heute Abend zum Wohnwagenpark zurückfahren. Marguerite und Jane würden inzwischen abgereist sein. Und morgen würde sie dann versuchen, das zu tun, was Sandro Angelo von ihr wollte, und danach diese Insel mit ihm verlassen.

»Dein Haar sieht ja fabelhaft aus, Rachel«, rief Sophie begeistert.

»Du siehst Jahre jünger aus«, stimmte Jill zu.

Rachel fuhr sich mit den Fingern durch ihre neue Frisur.

»Ich bin überrascht, dass sie nach dem Wind noch hält.« In der Union Street waren sie von einer heftigen Bö fast davongepustet worden.

Jill grub mit den Händen durch ihren eigenen sturmzerzausten Schopf. »Und wenn schon. Diese Art von Frisur sieht sogar noch besser aus, wenn sie ein bisschen durch den Wind ist.«

»Durch den Wind? Das kann ich von *mir* behaupten«, sagte Rachel.

»Nein, bist du nicht«, widersprach ihr Sophie. »Der Windhund war Sandro. Du bist nur vorübergehend etwas derangiert.«

»Was mich derangiert, sind diese Spaghetti.« Rachel versuchte, ein paar davon um ihre Gabel zu wickeln, aber sie hob jedes Mal den ganzen Klumpen mit vom Teller hoch. Sie hatte gar keinen Appetit auf Pasta gehabt, aber sich irgendwie ausgemalt, dass sie Sandro wie einen Flaschengeist heraufbeschwören könnte, wenn sie sich etwas Italienisches bestellte. Als sie aber nun die klebrige Masse vor sich ansah, wusste sie, dass Sandro so etwas nie auf den Tisch gebracht haben würde. »Vielleicht hat der Chefkoch heute frei«, sagte sie. »Montags ist ja nie viel los, vor allem nicht im Januar.«

Sophie beäugte argwöhnisch ihre Seezunge. »Wir sollten schlicht fragen.«

»Das übernehme ich.« Jill hörte auf, an ihrem Steak herumzusägen, und nahm einen Schluck Rotwein.

»Mal langsam.« Sophie war verunsichert. »Was willst du denn sagen?«

»Ob Sandro, dieser Halunke, in der Küche sein Unwesen treibt.«

Rachel zog eine Grimasse. »Ich weiß nicht recht. Außerdem sollte ich diejenige sein, die nach ihm fragt.« Sie konnte sich sowieso nicht vorstellen, dass ausgerechnet Sandro im Verborgenen dieses Allerweltspubs wirkte und diese grottenschlechten Mahlzeiten fabrizierte. Aber sie bekam doch jedes Mal Herzklopfen, wenn die Tür zur Küche aufgeschwungen wurde. Bestimmt hatte Jill sich geirrt, als sie meinte, ihn hier hineingehen gesehen zu haben. Oder es gab tatsächlich einen zweiten Ausgang, der Jill bloß entgangen war, als sie unter dem Vorwand, auf die Damentoilette zu wollen, hier herumgeschnüffelt hatte.

»Ich schwöre beim Leben meiner Kinder, dass er es war«, erklärte Jill, als hätte sie Rachels Gedanken gelesen.

Rachel schob ihren Stuhl zurück; nach zwei Gläsern Wein hatte sie ein wenig Mut gefasst. »Gut. Dann frage ich jetzt.« Sie schlenderte zu der Bar, aber ihr wurde bereits wieder mulmig. Wenn er nun in der Küche war und man ihn herausrief? Was sollte sie dann zu ihm sagen? Womöglich war das doch keine so gute Idee gewesen.

»Was kann ich für Sie tun?« Das Mädchen hinter dem Tresen hörte auf, sich mit ihren Fingernägeln zu beschäftigen, und sah sie an.

»Ach, ich … ich wollte nur mal nach dem Koch fragen –«

»Essen taugt nichts, was? Ich hole ihn.«

»Nein, nein.« Rachel machte eine abwehrende Handbewegung. »Ich wollte nur gern wissen, ob in der Küche jemand namens Sandro arbeitet.«

»Nein, bloß Typen.«

»Sandro *ist* ein Mann.«

»Sie ist ein Typ?«

»Nein, er ist ein *Er*. Italiener.«

Das Mädchen lachte und entblößte ein silbernes Kügelchen, das in ihrer Zunge steckte. »Na, egal. Aber ein Italiener? Ich weiß nicht. Ich habe selber erst vor ein paar Tagen hier angefangen.«

»Könnten Sie … könnten Sie jemand anderes fragen?«

Das Mädchen seufzte. »Brian!«, rief sie dem Mann zu, der die Tische abräumte. »Kannst du mal einen Moment herkommen?« Sie wandte sich wieder ihren Nägeln zu.

Der Mann wischte sich die Hände mit einem Tuch ab und trat näher. »Ich habe mich gerade erkundigt, ob bei Ihnen in der Küche ein Italiener namens Sandro arbeitet«, sagte Rachel.

»Wer will denn das wissen?« Der Mann sah sich verstohlen um, als hätte Rachel ihn beschuldigt, illegale Immigranten zu beschäftigen.

»Ich bin eine Freundin auf der Suche nach ihm, mehr nicht.«

»Sandro, sagen Sie? Nein. Wir hatten jemanden namens Angelo – die Namen kann man ja auch durcheinanderbringen –, aber der blieb nur ein paar Tage hier und ist dann plötzlich nicht wiedergekommen. Schade, er war nicht schlecht. Ich dachte, mit ihm am Herd würde sich hier mal endlich was bewegen. Aber die Guten bleiben nie lange. Lassen sich gleich wieder abwerben, wissen Sie.«

Rachel nickte. »Trotzdem vielen Dank.« Sie bestellte Drinks für sich und ihre beiden Freundinnen. Brian lehnte sich auf den Bartresen und sah sie von oben bis unten an. »Sind Sie von hier aus Ryde?«

Sie schüttelte den Kopf. »Nein, aus Ventnor.« Sie nahm das Tablett mit den Gläsern.

»Wie nett«, murmelte Brian und schielte in ihren Ausschnitt. »Tut mir leid, dass ich Ihnen nicht helfen konnte. War ein lustiger Knabe, der Angelo. Musste bei ihm immer an diesen blinden Opernsänger denken – Andrew irgendwas.«

Rachel hätte um ein Haar das Tablett fallen gelassen. »Sie meinen Andrea Bocelli?« Das wäre aber nun ein zu großer Zufall.

»Genau der. Herrliche Stimme.«

»Und wo, sagten Sie, ist dieser Angelo hingegangen?«

»Das weiß ich halt nicht. Er ist schlichtweg verschwunden.« Brian missfiel es offenbar, noch länger über diesen anderen Mann zu sprechen. Er wischte mit dem Tuch über die Bar. »War neulich schon jemand hier, der nach ihm gefragt hat.«

»Wer?«

»Irgendein Kerl.« Brian grinste sie an. »Sah nicht so gut aus wie Sie.«

Rachel zwang sich zu einem Lächeln. »Hat er gesagt, was er von ihm wollte?«

Brian schüttelte den Kopf. »Wohl nichts anderes als Sie auch. Jeder ist heute hinter einem guten Chefkoch her.«

»Ja, das kann man wohl laut sagen.« Vorsichtig trug sie die Drinks an den Tisch. Sophie und Jill hatten offensichtlich jedes Wort mit angehört. Rachel verteilte die Gläser und setzte sich.

»Also wird er in Ventnor, in Shanklin und in Ryde vermisst.« Sophie zog die Stirn kraus. »Sehr merkwürdig.«

»Merkwürdig nennst du das?«, entfuhr es Jill. »Er steckt in der Scheiße. Muss er ja wohl, wenn all diese Leute hinter ihm her sind.«

»So viele müssen es gar nicht sein. Es könnte sich um ein und denselben Mann handeln, der auch mir aufgelauert hat«, wandte Rachel ein.

»Wer oder was *ist* dieser Sandro? Ein Betrüger? Ein Erpresser? Ein Spieler?«

»Ach, Jill. Für einen Kriminellen hat er eindeutig nicht

genug im Kopf.« Rachel trank ihren Wein. »Weißt du, mir ist gerade klar geworden, wie ähnlich er Connor, meinem Ex-Mann, war. Vielleicht bin ich eine jener Frauen, die die beschissenen Typen geradezu anziehen.«

»In welcher Hinsicht war er wie Connor?«, fragte Sophie.

Rachel ging auf, dass sie eigentlich nie viel über ihn erzählt hatte. Ihre Ehe war für sie mitsamt den Scheidungspapieren abgeheftet. »Ich bin niemals so richtig schlau aus Connor geworden«, sagte sie. »So viele Menschen mochten ihn und konnten gar nicht begreifen, wieso ich nur Stress mit ihm hatte. Er war humorvoll, gesellig und sah gut aus. Aber …«

»Aber er war ein Schürzenjäger, wie mein Ex?«, fragte Sophie. Rachel sah, wie sie Jill einen Blick zuwarf. Für Sophie und Jill war das vergangene Jahr von allerhand Höhen und Tiefen begleitet gewesen, und Rachel hatte sich oft gefragt … sei es drum, ihre Freundschaft schien es überstanden zu haben. Aber Sophie war sehr viel bestimmter Jill gegenüber als früher – Gott sei Dank.

»Ein langweiliger Haufen Knochen mit einer dunklen Seite – wie Ash?«, sagte Jill.

Rachel lachte. »Nein. Noch nicht einmal ein Spieler oder ein Alkoholiker. Er wollte bloß partout keine Verantwortung übernehmen.«

Jill gab es auf, an ihrem Steak herumzusäbeln, und schob den Teller von sich weg. »Inwiefern wollte er keine Verantwortung übernehmen?«

»Nun, er war ein Mensch, der ein paar niedliche Welpen in einer Tierhandlung entdeckte und sie entzückt mit nach Hause schleppte, ohne einen Gedanken darauf zu verschwenden, dass wir in einer Wohnung im oberen Stock wohnten – ganz zu schweigen davon, dass er sie etwa ausführte oder die Kosten übernahm. Und dann war er völlig baff und gekränkt, wenn ich seinen Enthusiasmus nicht teilte.«

»Reden wir hier von richtigen Welpen oder metaphorischen, also von euren beiden Söhnen?«, hakte Jill nach.

»Die Jungs, die Hunde, die Autos, alles Mögliche. Dauernd verlor er seinen Job, weil er mehr redete als arbeitete.« Rachel stach mit der Gabel in ihren Haufen erstarrter Spaghetti, zog ein paar heraus – die aufrecht stehen blieben wie Sendemaste. »Er war der geborene Schmeichler.«

»Und wo ist er jetzt?«, wollte Sophie wissen.

»Wieder in Cork. Als Single, und der Gleiche wie eh und je. Patrick hat ihn letzten Sommer besucht.«

»Mit Rose«, fügte Jill hinzu.

Rachel nickte. »Mit Rose. Glaub mir, Jill, es hat mich nicht weniger überrascht als dich.«

»Es waren einige aufreibende Monate – für uns alle«, sagte Sophie, als wolle sie einen Schlussstrich ziehen, nach dem es besser nichts mehr hinzuzufügen gab. »Wieso lässt du dich eigentlich immer mit Katholiken ein, Rachel? Erst der irische Katholik Connor, dann der italienische Sandro. Selber bist du doch gar nicht katholisch.«

»Ich weiß. Es ist schon sonderbar. Und die beiden waren zwei Extreme. Wenn Connor es angebracht fand, kramte er seinen Katholizismus hervor wie ein nützliches Kleidungsstück, etwa, um mich dazu zu überreden, unsere Söhne im rechten Glauben zu erziehen. Sandro wiederum steckte voller Komplexe, ging dauernd zur Messe und erlegte sich alle möglichen Zwänge auf. Das meinte ich mit den Gemeinsamkeiten zwischen den beiden. Das Komische ist nur, dass Pater Michael, Connors Beichtvater, einer meiner besten Freunde geworden ist. Er hat Connor gesagt, der katholische

Glaube sei kein Werkzeug, mit dem man andere Leute manipulieren könne, und dass es in unserem Falle besser sei, es die Jungs selber entscheiden zu lassen, sobald sie alt genug dazu seien.«

»Pater Michael? Den kenne ich auch«, sagte Jill. »Der ist in Ordnung, hat Sinn für Humor und sieht obendrein noch gut aus.«

»Ach ja«, seufzte Rachel. »Ich sage ihm ständig, wenn es den Zölibat nicht gäbe, würde ich ihm sofort sein schwarzes Priestergewand herunterreißen.«

»Sagst du das wirklich zu ihm?« Sophie sah sie mit großen Augen an.

»Nicht doch! Aber ich stelle es mir vor. Er ist wirklich ein ansehnlicher Mann.«

»Ja, der Glaube«, sagte Jill und reihte ihre Erbsen am Tellerrand auf. »Es gibt ja wohl nur einen Gott, aber unzählige Religionsgemeinschaften und Sekten, die sich gegenseitig die Köpfe einschlagen, um nur ja Recht zu behalten. Was bringt das alles?«

Rachel kicherte. »Das weiß wohl nur Gott.« Sie strich über Sophies Arm. »Und Nick natürlich.«

»Ach, er ist ja nicht im eigentlichen Sinne religiös. Er glaubt – wie du, Jill –, dass der Glaube von den Menschen in ihrem Hunger nach Macht willkürlich und nach ihrem eigenen Gutdünken ausgelegt wird. Das Geheimnis besteht darin, ihn zu *fühlen*, den mystischen Aspekt, die esoterische Essenz – es einfach zu *wissen*.«

»*Es!* Was ist denn *es*?« Jill scharrte die Erbsen zu einem Berg zusammen und begann, sie neu zu sortieren.

»Eine Erfahrung, die man nicht intellektualisieren kann …«

»Hört mal, Mädels«, unterbrach Rachel sie. »Könnten wir nicht zu dem Grund unseres Hierseins zurückkehren?« Sie machte eine wegwerfende Geste in Richtung auf die halb vollen Teller und die leeren Gläser. »Sehen wir den Tatsachen ins Auge: Sandro möchte nicht gefunden werden. Ich habe genug davon, dass wir hier die Privatschnüfflerinnen spielen. Lasst uns zu *Yelf's* gehen und uns eine ordentliche Nachspeise genehmigen, eine klebrige, süße, dick machende Delikatesse. Und danach, meine lieben Freundinnen, schütte ich mich zu!«

Pater Ryan schloss die Kirchentür ab und sah dann hinauf zu den funkelnden Sternen. Der Wind hatte den Regen weggeblasen und war eingeschlafen. Es war ein kalter, klarer Abend, der die bittere Verheißung von baldigem Frost in sich trug.

»Pater?«

Er schrak zusammen. O Gott! Es war Clares Mutter. Wieso schlich sie zu dieser abendlichen Stunde um die Kirche herum? »Sind Sie's, Mrs. Mulligan?«, fragte er.

»Verzeihen Sie, dass ich Sie in Ihren Gedanken unterbreche, Pater. Ich wollte nur wissen, ob Sie zufällig von den Heiligen Schwestern etwas über Clare gehört haben? Sie hat mir nämlich noch nicht geschrieben, wissen Sie.«

Pater Ryan verzog den Mund zu einem Lächeln. »Ich dachte, Sie hätten verstanden, dass die Schwestern gesagt haben, es sei das Beste, keinen Kontakt zu ihr zu haben, bis der richtige Zeitpunkt gekommen ist.«

Mrs. Mulligan nickte eifrig. »Das haben Sie mir gesagt, Pater, das haben Sie mir gesagt. Es ist nur, dass seit … seit ihrer Einweisung schon so viel Zeit vergangen ist.«

»Oh, da täuschen Sie sich gewiss. So lange ist die … äh … so lange ist es bestimmt noch nicht her. Bestimmt hat sich da etwas verzögert.«

»Ach? Ich habe gedacht, man würde Ihnen Bescheid geben, sowie …«

Pater Ryan klatschte sich mit der Hand auf die Stirn. »Natürlich, natürlich. Ich hab's ganz vergessen. Es gibt so viele Dinge, an die ich denken muss.«

»Ich bitte um Vergebung, Pater. Ich hätte Sie nicht belästigen dürfen.« Sie zog sich das Tuch fester um den Kopf und wandte sich ab.

»Ich lasse es Sie wissen, sobald ich etwas Neues höre«, rief er und sah ihr nach, wie sie sich auf dem dunklen Pfad ihren Weg suchte. »Mrs. Mulligan?« Sie blieb stehen und drehte sich zu ihm um. »Es gibt da die Möglichkeit, dass ich mich in Kürze nach England begebe. Vielleicht statte ich dabei der dortigen Klosterschule einen Besuch ab und vergewissere mich selber, wie es dem Mädchen geht.«

Mrs. Mulligans Gesicht war im Mondlicht nur ein fahler Fleck. »Danke Ihnen, Pater. Das ist sehr lieb von Ihnen. Sie verdient so viel Aufmerksamkeit gar nicht.«

»Gute Nacht, dann«, sagte er und ging in die entgegengesetzte Richtung. Er hatte keine Lust, sie zu begleiten, auch wenn er dadurch den ganzen Weg noch einmal zurückgehen musste.

Sein unbedachtes Handeln überraschte ihn selber. Wieso war er plötzlich damit herausgeplatzt, dass er nach England führe? Die Neuigkeit würde sich im Nu im Dorf verbreiten, und dabei hatte er nicht einmal ein Urlaubsgesuch eingereicht. Er lehnte sich auf das Gatter des Kirchhofs und spürte, wie die Feuchtigkeit des Grases durch seine dünnen Sohlen drang. Dabei fiel ihm ein, dass er seit dem Frühstück nichts mehr zu sich genommen hatte, aber ihm blähte sich ohnehin der Bauch vor Beklommenheit. England. Das schien unendlich weit weg zu sein. Und doch hatte er seinen

Entschluss gefasst. Er musste dorthin. Wenn er nicht herausfand, was aus Clare geworden war, würde er ständig mit der Angst leben müssen, dass sie jeden Augenblick wieder auftauchen und seine Existenz zerstören könnte. Er begann bereits zu halluzinieren, bildete sich ein, ihr blasses, von rotem Haar umrahmtes Gesicht aus heiterem Himmel am Fenster der Schule oder in den Reihen der Chorkinder auftauchen zu sehen. Wenn er nichts dagegen unternahm, würde er sich nie von ihr befreien können.

Er hatte allerdings keine Vorstellung, was er tun würde, wenn er sie fand. Er wusste ja nicht einmal, wo er mit der Suche anfangen sollte. Sie hatte nie eine Zeile von sich hören lassen, was er als Zeichen dafür wertete, dass sie auch gar nicht gefunden werden wollte. Er hoffte inständig, dass er sich darin nicht täuschte. Aber er brauchte dennoch Gewissheit. Sein vorläufiger Plan war, ihrer Spur zu folgen, indem er eine Überfahrt auf der gleichen Abendfähre wie sie buchte und dann zu dem Konvent der Klarissen weiterreiste, um dort Schwester Bridget, seine Kusine, zu besuchen.

Er konnte jetzt gleich nach Hause gehen und die ersten Vorkehrungen treffen. Ihm ging auf, dass ein Teil von ihm – ein Teil, den er noch gar nicht so recht kannte – angesichts dieser Fluchtmöglichkeit ganz aus dem Häuschen war. Es wäre eventuell wirklich gut, mal für eine Weile von dem Chor wegzukommen. Er dachte an die kleine Maria. Es fiel ihm nicht leicht, ihr Vertrauen zu gewinnen. Es war das erste Mal, dass es ihm nicht gelang, ein Kind mit seinen speziellen Methoden auf seine Seite zu ziehen, und das war alles Clares Schuld. Sie war es, die ihm sein Selbstvertauen raubte.

Er lächelte in sich hinein, als er zurück um die Kirche ging. Sollte Pater Christopher doch eine Weile den Chor übernehmen. Die Kinder würden sich freuen, ihn wiederzuhaben, wenn er mit kleinen Geschenken aus der Ferne zurückkehrte.

Fran schaukelte Sam in seinem Buggy hin und her, her und hin. Sie gähnte und fragte sich, was sie noch für ihn tun könnte. Sie hatte ihn gefüttert und ihm die Windeln gewechselt. Lag es an der ungewohnten Milch? Aber er zog die Knie nicht hoch, wie er es tat, wenn er Bauchschmerzen hatte. Sie hatte versucht, es ihm oben in seinem Bettchen bequem zu machen, aber es schien ihm nicht zu behagen. Er hatte quengelnd mit den Armen in der Luft herumgefuchtelt, als versuche er, jemanden zu finden. Also hatte sie ihn wieder hinunter in die Küche getragen und ihn in sein Körbchen gelegt, doch er wollte nicht aufhören zu weinen. Was fehlte ihm bloß? Unruhig hatte sie ihn noch nie erlebt, selbst nicht, als er fast am Verhungern war. Zu dumm, dass sie keine Erfahrung mit Menschenkindern hatte. Tiere legten sich erfahrungsgemäß ruhig hin, wenn sie satt waren. Sie erinnerte sich vage an die Zeit, als Phillip noch ein Baby und sie selber drei Jahre alt gewesen war, erinnerte sich an eine große Gummipuppe und ein Mittel gegen Bauchkrämpfe. Und daran, wie sie und Phillip in dem großen Doppelbett zwischen ihren Eltern fast zerdrückt worden waren.

Sie betrachtete Cinders und Sugar Plum, die neben dem Herd schliefen. Nachts vergaß Sugar ihren Stolz und rollte sich dicht am warmen Bauch der Hündin zusammen, und Cinders legte dann behutsam eine Pfote über die Katze. Sie sah zu, wie Cinders mit dem Schwanz zuckte und Sugar mit dem Bein, als würden sie sich auf diese Weise verständigen. Sie schienen wie miteinander verwachsen zu sein. Fran nahm Sam hoch. »Jetzt weiß ich, was wir tun werden«, sagte sie zu ihm und ging wieder zurück nach oben. Hier lehnte sie sich in dem Himmelbett gegen die Kissen und hielt Sam gegen ihre Brust gedrückt. Sie befühlte sein daunenweiches Haar, während sie ihm leise etwas vorsang. Das Leitmotiv aus *Schwanensee* schien ihm zu gefallen. Seine winzigen Hände griffen nach ihrem Nachthemd. Sie wiegte und streichelte ihn, bis sie merkte, dass er langsam müde wurde. Er gähnte mehrere Male und wurde dann ganz still. Sie hielt ihn im Arm, bis sie das Gefühl hatte, dass er so tief schlief, dass er nicht so bald wieder aufwachen würde, und verfrachtete ihn vorsichtig in das Körbchen neben dem Bett, in das sie schon eine Wärmflasche gelegt hatte. Sie ließ eine kleine Lampe brennen, damit sie das Heben und Senken seiner Brust sehen konnte. Bevor sie sich selber zur Ruhe legte, strich sie ihm ein paar Mal über das Bäuchlein, damit er merkte, das sie weiter bei ihm war. Er wirkte so friedvoll. Was wohl in seinem kleinen Kopf vorging? Spürte er nun, da seine wesentlichsten Bedürfnisse erfüllt waren, die Nachwirkungen seiner Odyssee – und dass er von seiner Mutter zurückgelassen worden war?

»Ganz ruhig, mein Süßer«, flüsterte sie leise. »Fran wird dich nie verlassen.«

»Da bist du ja wieder«, bemerkte Kate, als Clare zögerlich an die Tür des Wohnwagens klopfte. »Bei dir weiß man nie, ob du bleibst oder gehst. Also dann komm herein. Ich fürchte nur, das Abendessen hast du verpasst. Ich lege mich jetzt hin.«

»Tut mir leid.« Clare lud ihren Rucksack auf die Koje. »Ich musste noch ein paar Dinge besorgen.« Sie wies auf ihr neues Outfit. »Und dann musste ich heute Abend Ewigkeiten auf den Bus zurück warten.«

»Du hättest ruhig mal an den Stallungen vorbeigehen und

uns von deinen Plänen erzählen können«, sagte Kate und füllte den Kessel aus einer Wasserflasche. »Marguerite hat nach dir gesucht. Sie wollte dich vor ihrer Abreise noch einmal ansehen, einen Blick auf dich werfen.« Mit grimmiger Miene wischte sie sich die Hände an ihrer mit Farbklecksen übersäten Latzhose ab.

»Ich wollte niemandem Ärger machen«, entschuldigte sich Clare, die nun merkte, wie unhöflich und undankbar sie auf die anderen wirken musste. »Mir geht es jetzt schon so viel besser. Das muss an den Tabletten liegen, die du mir gegeben hast. Vielen Dank.« Und sie fühlte sich in der Tat merklich wohler. Die Rötung an ihrer wunden Brust hatte nachgelassen, und obwohl ihre Brüste noch gelegentlich Milch absonderten, schienen sie kleiner zu werden. Sie war nach wie vor sehr schlapp, aber sie zitterte nicht mehr am ganzen Leibe.

Kate zuckte mit den Schultern. »Schon okay.« Sie zündete ein Streichholz an und hielt es an den Gasherd. »Ich mache Kakao. Willst du auch einen?«

Clare nickte. Sie hatte im Wartehäuschen der Bushaltestelle eine Portion Fish and Chips gegessen. »Wenn ich noch eine Nacht bleiben könnte … Ich verspreche, dir auch nicht zur Last zu fallen.«

»Ich hab's dir schon einmal gesagt. Wenn du bleiben und mit uns arbeiten möchtest, ist das kein Problem.«

Clare spürte, wie Kate sie beobachtete, während sie ihre Mütze abnahm, ihre Jacke auszog und in ihrem Rucksack nach ihrem Geld suchte. Als sie wieder zu Kate aufsah, schaute diese schon etwas wohlwollender drein, wirkte beinahe besorgt.

»Warum bleibst du nicht ein paar Tage, bis du ein wenig zur Ruhe gekommen bist? Dich scheint allerhand zu bedrücken, aber ich mache dir keinen Vorwurf, wenn du dich uns nicht anvertrauen willst – schließlich kennst du uns ja gar nicht. Gib uns ein paar Kröten für Essen und so, und dann komm und geh, wie du möchtest, bis du dich entschieden hast, was du willst. Okay?«

Clare spürte wieder, wie ihre Augen feucht wurden. Wie konnte jemand nur so nett zu ihr sein? Sie nahm den Becher mit heißer Schokolade, den Kate ihr hinhielt.

»Ich bin dir wirklich dankbar«, flüsterte sie.

9

Pater Ryan bekam Sonderurlaub aus wichtigen familiären Gründen. Er hatte gelogen und gesagt, eine ältere Tante von ihm sei in England ernstlich erkrankt und habe nach ihm geschickt. Nachdem seine Angst, man könnte ihm nicht glauben, verflogen war, hatte er sich am Abend ans Telefon gesetzt und die Anrufe erledigt, und schon war alles rasch und ohne Umschweife in die Wege geleitet. Niemand schien an seiner Abwesenheit Anstoß zu nehmen.

Er fuhr seinen Morris Minor rückwärts unter dem gewellten PVC-Dach hervor, das ihm als Garage diente. Er war noch früher als gewöhnlich aufgestanden, um nach dem Öl und dem Wasser zu sehen und den Wagen ein wenig zu putzen, bevor er sich auf die Fahrt zum Fährhafen machte. Aber zunächst hatte er den Motor warmlaufen lassen müssen, denn die Windschutzscheibe war mit einer Eisschicht bedeckt und die Scheibenwischer daran festgefroren. Er hatte auf dem Fahrersitz gesessen, das *Miserere* vor sich hingesummt und darauf gewartet, bis der Thermostat sich einschaltete, wobei er versuchte, nicht daran zu denken, wie es sein würde, auf belebten Straßen zu fahren, größere Orte und Städte zu durchqueren und schließlich den Wagen auf die Fähre steuern zu müssen. Was würde ihn in Wales und dann in England erwarten? Wenigstens fuhr man dort auf derselben Straßenseite wie in Irland. Ob sein alter Wagen die Strecke überstehen würde? Wenn er in seinem Pfarrbezirk unterwegs war, legte er an einem Tag nie viel mehr als zehn Meilen zurück. Allerdings brachte er den Minor jedes Jahr zur Inspektion, und hatte Finbar von der Werkstatt ihm nicht stets versichert, der Wagen würde gut noch ein paar hundert Meilen machen? Dennoch hatte er sich zu dem Entschluss, die Fahrt anzutreten, ziemlich überwinden müssen. Doch es war ein gutes Gefühl, zu wissen, dass er mit dem Auto immer sein eigenes Dach dabeihaben würde, unter dem er sich einschließen konnte, wenn die Angst und alles ihm zu viel wurden. Und wenn er sich nun entschloss, nie wieder zurückzukehren? Mit einem Auto konnte er überallhin; andere Leute taten es, warum also nicht auch er?

Pater Christopher kam zu Fuß die verharschte Auffahrt entlang und stellte sich lachend neben den Wagen.

»Du siehst aus wie in einem alten Film, Ryan«, lästerte er. »Wann beginnt für dich endlich das einundzwanzigste Jahrhundert?«

Pater Ryan musterte ihn. Er trug eine schwarze Hose und ein Jackett, und sein Schmerbauch hing ihm über den Gürtel. Guck dich doch selber mal an, dachte er, ein Mann ohne Sinn für Traditionen, vor dem die Kinder keinen Respekt haben. Er stieg aus dem Wagen und wäre dabei fast über seine Soutane gestolpert, was bei Pater Christopher weiteres Gelächter hervorrief.

»Du wirst doch die Arbeit in meinem Sinne fortführen,

nicht wahr?«, sagte er zu seinem Kollegen und versuchte dabei, sich nicht anmerken zu lassen, wie ungehörig er dessen Benehmen fand. »Vor allem, was meinen Chor betrifft.«

»Oh ja, vor allem und gerade deinen Chor. Ich werde ihnen ein paar fröhliche Lieder beibringen – als Abwechslung von deinem niederziehenden Zeugs. Sie sollen sich ruhig ein bisschen amüsieren, solange du nicht da bist. Der Religionsunterricht soll sie nicht nur zu guten, sondern auch zu glücklichen Menschen erziehen, mein Freund.«

Niederziehend – so nannte Pater Christopher ihn dauernd, und das nur, weil er seine Berufung ernst nahm. Ihm missfiel der Ausdruck zutiefst. »Bring sie bloß nicht auf dumme Gedanken.« Pater Ryan holte seinen braunen Koffer und seine schwarze Aktenmappe von der Veranda und legte sie in den Kofferraum. Er hatte nicht viel einzupacken gehabt – nur ein paar Kleidungsstücke, Jeannies Tuch und seinen langen, schwarzen Wintermantel. Seine schwarze Mappe mit seinen Amtsinsignien nahm er hauptsächlich mit, falls man ihn während der Reise in seiner Eigenschaft als Priester benötigen sollte. Er gab Pater Christopher einen Bund mit Schlüsseln. »Ins Pfarrhaus brauchst du nicht zu gehen. Das sind die für die Kirche.«

Pater Christopher hielt ihm seine plumpe, rote Pranke hin, um ihm zum Abschied die Hand zu schütteln, aber Pater Ryan tat so, als hätte er sie übersehen.

»Nun, Ryan, alter Junge, dann mal eine gute Reise. Ich hoffe, dass es deiner Tante bei deiner Ankunft schon wieder besser geht. Ich würde dich ja bitten, mich gelegentlich anzurufen, aber ich nehme nicht an, dass du weißt, wie diese Apparate funktionieren.« Amüsiert hielt er sein Mobiltelefon in die Höhe.

»Nein. Was sollte ich auch mit einem von den Dingern?«

Pater Ryan zwang sich zu einem Lächeln, als wollte er in den Scherz mit einstimmen. Er stieg in den Wagen und fuhr vorsichtig rückwärts auf die schmale Straße hinaus.

»Möge Gott mit dir sein«, rief Pater Christopher ihm nach, als er davonfuhr.

»Warum sollte er das wohl?«, murmelte Pater Ryan vor sich hin. »Bis jetzt hat er sich noch nicht dazu aufraffen können.« Er sah auf die Datumsanzeige seiner Uhr. Erster Februar. Es erschien ihm irgendwie passend, am ersten Tag eines neuen Monats in die unbekannte Ferne aufzubrechen. Gefühlvoll schaltete er die Gänge hoch. »So beginnt denn meine Suche«, sagte er zu sich selber. »Wenn ... falls ich zurückkomme, werde ich Gewissheit haben.«

Rachel saß am Küchentisch und fragte sich, welcher Teufel sie geritten haben mochte, dass sie gestern Abend so viel Wein in sich hineingegossen hatte. Aber es war halt so schön gewesen, mit Sophie und Jill zusammen zu sein. Sie hatten geschlemmt und sich schier um den Verstand getrunken, Männer hatten versucht, sie abzuschleppen, und schließlich waren sie ins Taxi geklettert wie kichernde Teenager auf verbotenen Wegen. Doch bevor ihnen der Alkohol den Kopf vernebelte, hatten sie ernste Gespräche geführt, wobei Rachel einiges klar geworden war. Sie wusste nun, dass die ganze Aufregung wegen Sandro etwas in ihr ausgelöst hatte – das Bedürfnis, im Leben einen tieferen Sinn zu sehen, und zwar nicht nur in den oberflächlichen Ereignissen, sondern vielmehr, alles im größeren Kontext zu betrachten, so dass sie den eigentlichen Kern dessen, was um sie herum geschah, durchblickte und dies sie zwang, die Dinge zu hinterfragen. *Wenn der Schüler bereit ist, erscheint der Lehrer* – wie oft hatte sie Nick das sagen hören und es für eine Metapher über Jesus oder Buddha gehalten. Aber Nick hatte auch gesagt, dass der Lehrer sich uns nicht unbedingt sofort zu erkennen geben würde und man deshalb darauf achtgeben müsse, wer oder was unseren Weg kreuzte – eine Person oder ein Ereignis, die oder das einen Bewusstseinswandel in uns auslöste. In ihrem Fall war das Sandro. Sie musste grinsen – es war nicht leicht, sich gerade *ihn* als geistigen Lehrer vorzustellen. Aber zugegebenermaßen hatte er gewiss einiges ausgelöst.

Außerdem war ihr gestern Abend aufgegangen, wie viel ihr an dem irischen Vermächtnis lag, das Connor ihr hinterlassen hatte. Wenn er nicht gewesen wäre, hätte sie nie all diese Jahre in Cork gelebt und die keltische Kultur in sich aufgesogen. Selbst heute noch konnte sie einen leichten irischen Akzent aus ihrer Stimme heraushören, wenn sie von Irland sprach. Und wenn Connor nicht gewesen wäre, hätte sie heute nicht ihre beiden wundervollen Söhne.

»Du siehst ganz schön mitgenommen aus, Ma.« Patrick kam in die Küche und steckte zwei Brotscheiben in den Toaster. »Aber auch irgendwie interessant. Dein Haar sieht gut aus.«

»Ich weiß nicht genau, was du damit meinst, aber trotzdem vielen Dank.« Rachel begann, die Post aufzureißen. Es wurde langsam Zeit, die Hoffnung fahren zu lassen, es könne ein Brief von Sandro dabei sein. »In meinem Alter können ein paar Drinks Wunder wirken, um einen wieder aufzubauen, aber beim Alterungsprozess bewirken sie leider das Gegenteil.«

»Das werde ich mir merken.«

Rachel klopfte ihm scherzhaft mit einem Stapel Reklamesendungen auf den Kopf. »Wirst du nicht. Die Jugend vergisst solche Dinge schnell.«

Patrick strich Butter auf seinen Toast und aß ihn im Stehen. »Die nächsten paar Nächte bleibe ich vermutlich drüben in Wraith Cove. Jane und Marguerite sind verreist, und ich möchte gerne alles ein bisschen im Auge behalten. Man kann den Kleinen nicht immer trauen.«

Ja, Patrick nahm seine Verantwortung als Vorarbeiter ernst. Das gefiel ihr. »Schon was von Rose gehört?«, fragte sie.

»Gestern hat sie mir eine SMS geschickt. Wie es aussieht, kommt sie bald wieder nach Hause. Stephanie ist ziemlich krank gewesen – irgendein Tropenfieber. Sie wollte wohl nicht mit ihrer Arbeit kürzertreten, aber es hat sie ziemlich geschwächt.«

»Ach, die Arme. Jill hat mir gestern Abend gar nichts davon erzählt.« Jill hatte allerdings noch daran zu kauen, dass Rose ihre Musikstunden aufgegeben hatte, um mit ihrer Großmutter nach Niger zu reisen. Jill konnte nicht begreifen, wieso Rose ein so inniges Verhältnis zu Stephanie entwickelt hatte – *der Teufelin mit den drei goldenen Haaren*, wie sie oft von ihr sagte. Rachel hingegen hielt Stephanie für eine wunderbare Frau – eine Ärztin, die unter grauenhaften Bedingungen daran arbeitete, jungen, traumatisierten Eingeborenen zu helfen. Aber das eigene Kind sah das sicher anders. Jill empfand es wohl so, dass ihre Mutter all ihre Aufmerksamkeit Fremden zuwandte statt ihrer eigenen Tochter.

»Ich freue mich für dich, dass Rose zu dir zurückkommt«, sagte sie. Obwohl das bestimmt ein weiterer Stachel in Jills Fleisch war – oder vielmehr in dem ihres Mannes Ash. Ihre kostbare, hoch begabte Tochter ging mit dem Sohn einer Imbissbesitzerin.

Patrick zuckte die Achseln. »Wir werden sehen, wie es sich entwickelt. Die Menschen verändern sich, wenn sie um die Welt reisen und andere Kulturen kennen lernen.«

Das weckte in Rachel ihre mütterlichen Schutzinstinkte. Sie wusste, wie sehr Rose Patrick am Herzen lag, und sie hoffte, dass sie ihm nicht das Herz brechen würde. So etwas hinterließ stets tiefe Einschnitte – selbst sie in ihrem Alter blieb ja nicht davon verschont.

»Kein Lebenszeichen von Sandro?«, fragte Patrick, als habe er ihre Gedanken gelesen.

»Nein. Wir haben gestern Abend ein bisschen Detektiv gespielt, aber er scheint jedem aus dem Weg zu gehen.«

»Ich begreif's nicht. Meinst du, er schuldet jemandem Geld?«

»Ich habe nicht die leiseste Ahnung.«

»Komisch, dass er sich dann immer noch hier aufhält.«

»Womöglich ist er schon längst auf dem Weg zurück nach Italien.« Rachel blickte hinaus. Es versprach ein schöner Tag zu werden; am Horizont war deutlich ein blauer Streifen Himmel zu erkennen. »Auf jeden Fall sehe ich seit gestern manches anders. Ich glaube, mein Selbstvertrauen kehrt zurück. Ich werde mit diesem italienischen Restaurant erfolgreich sein. Ich lasse mich nicht unterkriegen.«

»So gefällst du mir. Kann ich etwas für dich tun?«

»Ich habe mich gefragt, ob du eventuell als Kellner arbeiten würdest. Vielleicht sprichst du auch mal mit den jungen Leuten in Wraith Cove darüber. Es wäre nur für die feierliche Eröffnung am Valentinswochenende.«

»Kate und Jules könnten interessiert sein. Und dann gibt's da noch ein neues Mädchen, Clare. Billy ist ein bisschen zu ungepflegt, aber vielleicht reißt er sich ja am Riemen.«

»Meinst du, Rose würde den Gästen etwas auf ihrer Geige vorspielen – etwas Klassisches oder Romantisches, falls sie dann schon wieder da ist?«

»Ihr würden wohl mehr Volkstänze liegen. Aber wenn sie rechtzeitig zurück ist, sagt sie bestimmt nicht nein.«

Sie gingen zusammen nach unten. Patrick verabschiedete sich von ihr mit einem Kuss, und Rachel schloss die Tür zum Café auf. »Na dann«, sagte sie, zog die Jalousien hoch und trug ihre Küchengeräte zusammen. »Kann doch nicht so schwierig sein, frische Pasta zu machen. Sie besteht doch nur aus Mehl und Wasser.« Sie legte die CD von Andrea Bocelli ganz unten auf den Stapel und schob eine irische Anthologie in den Player. Dann sang sie zu *I wish I was in Carrickfergus* mit.

Clare schlich die Hintertreppe des Hotels hinauf. Sie hatte die Mütze abgenommen und ihren Zopf in ihre Jacke gesteckt. Ihren Rucksack hatte sie unten hinter den Müllcontainern versteckt. Sie wollte nicht, dass jemand glaubte, sie wäre ein Einbrecher. Die Notausgangstür oben an der Treppe stand offen, wie Sandro Angelo es ihr gesagt hatte. Ihr Herz schlug wie wild. Warum tat sie das? Weil es ihr wie vorherbestimmt vorgekommen war – so, als ob ihr endlich jemand einen Ausweg wies. Wenn Sandro nicht gesehen werden wollte, würde er schon wissen, wie man unentdeckt von hier fortkam. Sie hatte keine Ahnung, wo sie hinwollte – darüber konnte sie sich später den Kopf zerbrechen. Ob Sandro einen Rat für sie hätte? Er schien ziemlich verzweifelt. Er hatte *etwas Unrechtes getan* – mit der Frau eines anderen Mannes. Was meinte er damit? Sex? Oder hatte er sie beraubt? Er hatte sich benommen, als hätte er einen Mord auf dem Gewissen – so wie sie.

Niemand schien sich hier aufzuhalten. Sie probierte die erste Tür im oberen Stockwerk, aber die war verschlossen. Es war ein kleines Schild daran, auf dem *besetzt* stand – wie bei einer Toilette. Sie versuchte es an der nächsten Tür, und die ging auf. Das Zimmer sah so aus, wie er es ihr beschrieben hatte – ein Bett, ein Sessel, eine Kommode und ein Kleiderschrank. Es wirkte unbewohnt – nirgendwo lagen persönliche Dinge herum. Auf Zehenspitzen schlich sie zu dem Schrank und steckte die Hand in den Spalt dahinter. Sie spürte einen kleinen Vorsprung, aber versteckt war hier nichts. Sie versuchte es von der anderen Seite, aber ebenso vergeblich. Jemand musste Sandros Sachen gefunden haben. Möglicherweise war in dem Zimmer saubergemacht worden – aber dagegen sprach, dass ihre Hände voller Staub waren. Verzweifelt blickte sie sich um, aber hier gab es nur diesen einen Schrank. Sie packte ihn von beiden Seiten und zog ihn ein Stück vor. Alles, was dahinter eingeklemmt wäre, würde nun herunterfallen. Sie schielte in die Lücke. Nichts außer Spinnweben. Dieser Schrank war seit Jahren nicht mehr von der Stelle gerückt worden. Sie tat das Gleiche mit der Kommode, aber auch dahinter war nichts. Sie schaute unter das Bett und unter den Sessel. Aber Sandro hatte ausdrücklich von dem Kleiderschrank gesprochen …

Plötzlich hörte sie Schritte die Stufen heraufkommen und über den Flur gehen. Was sollte sie sagen, wenn jetzt jemand hereinkäme? Sie hielt die Luft an; ein Schlüssel klapperte, und eine Tür in der Nähe wurde geöffnet. Sie wartete noch einen Moment, schlüpfte dann aus dem Zimmer und rannte die Feuertreppe hinunter. Nun würde Sandro Angelo sie doch nicht mitnehmen – sie hatte ihren Teil ihrer Abmachung verbockt. Warum ging bei ihr immer alles schief?

Trotzdem würde sie sich bei dem Teich im Park mit ihm treffen und es ihm sagen müssen. Doch wozu? Sie hatte seine Brieftasche ja nicht gefunden. Aber wenn sie es ihm erklärte, fiel ihm vielleicht noch etwas anderes ein.

Fran packte die Babykleidung in eine Schublade. Sie konnte ihr Glück, dass sie all diese Sachen der reichen Frau abgekauft hatte, immer noch nicht fassen. Sie sahen teuer aus und waren tatsächlich kaum benutzt. Es waren jede Menge Latzhosen darunter und mit Tieren und Baggern bedruckte Shirts, alles ganz kleine Größen, aber noch viel zu groß für Sam. Fürs Erste würde er sich mit seinem Schlafanzug begnügen müssen. Er lag in der Mitte des Himmelbettes und zappelte mit seinen Ärmchen und Beinchen. Sie lächelte ihm zu.

»Du wirst bald richtig flott aussehen«, versprach sie. Dann nahm sie den Haufen rosa Stricksachen, in denen sie ihn gefunden hatte. »Was ich damit wohl anfangen soll?« Die Wollstrampler schienen in der Wäsche eingelaufen und aus der Form geraten zu sein. Außerdem hatten sie so viel Farbe verloren, dass sie nun von einem schmutzigen Beigeton waren. Fran schnüffelte daran; sie rochen noch irgendwie nach Gartengemüse. Sie streckte sie so gut wie möglich und legte sie in die unterste Schublade ihrer Kommode. Falls Sams Mutter ihm diese Sachen gestrickt hatte, empfand sie es als ihre Pflicht, sie aufzubewahren. Wenn er älter wurde, musste sie sie ihm irgendwann zeigen. Wie würde er darauf reagieren? Sie setzte sich auf die Bettkante. Durfte sie sich so einfach an den Gedanken gewöhnen, dass er nun bei ihr bliebe?

»Fran!«

Sie stand rasch vom Bett auf und nahm Sam hoch. Das war Ted. Sie wollte nicht, dass er hier heraufkam.

»Bin gleich bei dir«, rief sie. Sie eilte die Treppe hinunter und hielt sich dabei mit einer Hand am Geländer fest, damit sie mit dem Kleinen im Arm nicht womöglich stolperte. Ted stand in der Küche und inspizierte den Buggy.

»Schlaue Konstruktion«, kommentierte er und stieß mit

seinem Stock gegen die Räder. »Haben die das aus Australien mitgebracht?«

»Oh ja«, sagte Fran. War es überhaupt möglich, so etwas im Flugzeug mitzunehmen?

Ted trat näher heran, um sich Sam anzusehen, und streckte ihm seinen schwieligen Zeigefinger hin, den Sam sogleich mit seinen kleinen, rosigen Fingerchen umschloss. Fran verzichtete darauf, Ted zu sagen, er solle das Baby nicht mit seinen schmutzigen Händen berühren. Seine Hände wurden sowieso nie richtig sauber, auch wenn er sie mit der Bürste geschrubbt hatte. Früher hätte sie das nicht gestört.

»Sieh dir das an.« Ted grinste. »Hat Kraft, der Zwerg.« Er legte den Kopf auf die Seite. »Wette, er ist dem alten Phillip wie aus dem Gesicht geschnitten.«

»Ach, Ted«, lachte Fran. »Du hast ihn doch seit Jahren nicht mehr gesehen. Außerdem ist Phillip sein Großvater.«

»Na, es gibt doch immer irgendwo eine Familienähnlichkeit.« Er drückte freundschaftlich Frans Arm. »Mir würde es schon reichen, wenn er nach dir schlägt.« Er nahm sich die Mütze ab und schaute sich um. »Wo sind sie denn alle?«

»Ach, sie sind ein paar Tage unterwegs.«

»Und haben dich mit dem Zwerg alleine gelassen?«

»Das macht mir wirklich nichts aus. Sie wollten zuerst nicht, aber ich habe darauf bestanden.«

»Du bist ja die reinste Heilige.« Ted schüttelte den Kopf. »Soll das etwa bedeuten, dass du heute Abend schon wieder nicht ins *Buddle* mitkommst? Wir könnten ihn doch in der Karre mitnehmen.«

Einen kurzen Augenblick erschien Fran das gar nicht so abwegig – wieso eigentlich nicht? Wie gerne hätte sie Sam stolz herumgezeigt. Aber wenn man ihr nun komplizierte Fragen stellte, auf die sie nicht vorbereitet war? Und falls man doch etwas von einem vermissten Baby oder von einer verletzten Mutter, die irgendwo aufgegriffen worden war, gehört hatte? Zum ersten Mal an diesem Tag verspürte sie einen Stich der Reue. Es konnte ja tatsächlich irgendwo eine verzweifelte Frau auf der Suche nach ihrem Kind umherirren. »Es ist zu kalt«, sagte sie. »Und dann all dieser Rauch. Vielleicht ein andermal, wenn die Sonne scheint. Wir könnten dann mittags gehen und draußen sitzen.«

Ted sah sie an. »Alles in Ordnung, Fran? Habe ich etwas Verkehrtes gesagt? Du blickst so ernst drein.«

Ungeduldig schüttelte Fran den Kopf. »Ist … ist irgendwo da draußen irgendwas passiert, Ted?« Sie wusste, dass er zu Hause den ganzen Tag den Lokalsender hörte.

Ted blickte zur Tür. »Wo da draußen? Im Hof?«

»Nein, im Dorf. Irgendwo.« Fran begriff nicht, wieso nicht längst die Polizei an allen Türen klopfte.

»Sag mal, bekommst du genug Schlaf?« Ted kratzte sich am Kopf. »Ich wüsste nicht. Um diese Jahreszeit ist doch nie viel los. Alles hat sich eingeigelt. Aber warte mal … mir fällt da doch was ein.«

Fran glaubte, das Herz würde ihr stehen bleiben. Sie drückte Sam fester an sich. Ted kniff sie scherzhaft in den Arm.

»Wir haben den ersten Februar«, prustete er.

10

Clare fand Sandro Angelo in dem Park am Ortsrand von Shanklin. Er hockte mit gesenktem Kopf, den Kragen seines schwarzen Mantels hochgeschlagen, auf einer Bank neben dem Teich und versteckte sich hinter einer Zeitung. Als sie näher kam, blickte er ängstlich um sich. Er sah furchtbar aus – seine Augen waren blutunterlaufen und seine Bartstoppeln noch stacheliger.

»Ciao«, begrüßte er sie mit belegter Stimme. »Du hast es, si?«

Clare biss sich auf die Unterlippe und schüttelte den Kopf.

»No? Warum nicht?« Er ließ die Zeitung fallen und erhob sich ruckartig. Clare trat vor Schreck einen Schritt zurück.

»Es tut mir leid. Ich habe alles gemacht, was Sie gesagt haben, aber es war nichts da. Es war nichts hinter dem Schrank versteckt. Ich habe überall nachgesehen, hinter der Kommode, unter dem Bett …«

»Warte – was für eine *Kommode*?«

»Ja, falls ich das mit dem Kleiderschrank missverstanden habe …«

»In meinem Zimmer war keine Kommode. Du bist im ersten Zimmer gewesen?«

»Ja, in dem hinter der Toilette.«

»Toilette?«

»Ja, die mit dem drehbaren Schild an der Tür. Es stand auf *besetzt.*«

Sandro schlug sich mit der flachen Hand an die Stirn. »Si, si. *Occupato* – das war mein Zimmer.«

»Aber ich dachte … es sah mehr aus wie …«

Sandro starrte sie nur an und seufzte. »Va bene. Du gehst noch einmal … ja?«

Clare spürte, wie die Erschöpfung an ihr zehrte. Sie war so früh aufgestanden, um den Bus zu erwischen, und hatte weder etwas gegessen noch getrunken. »Ich kann das nicht … ich hatte solche Angst … Jemand ist die Treppe raufgekommen. Ich gehe nicht noch einmal dahin zurück.«

In einer flehenden Geste hielt Sandro die Hände in die Höhe. »Aber ist doch ganz simpel … du weißt jetzt, wo, si?«

»Warum gehen Sie dann nicht selber?«

»Ich sagte doch. Eine Frau, mit der ich dort gearbeitet habe – ihr Mann, er will mich umbringen.«

»Warum?«

»Du bist ja noch so jung …« Sandro stand vor ihr und presste die Lippen aufeinander, als würde er nachdenken. »Okay, also. Diese Frau, sie wurde schwanger, hat abgetrieben. Aber ihr Mann, er kommt dahinter. Er sucht mich überall. Kein Wunder. Ich will von hier weg, aber ich brauche meine Passaporte und Papiere.«

Er ließ sich wieder auf die Bank fallen, griff nach Clares Arm und zog sie zu sich hinunter. Als er sich zu ihr vorbeugte, konnte sie seinen schlechten Atem riechen. Seine Stimme wurde dringlich. »Wir sind doch beide Katholiken, no? Ich schäme mich so. Ich will nach Hause. Ich muss meinen Beichtvater sehen.«

»Haben Sie denn … von der Abtreibung gewusst?«

»No, no.« Sandro rutschte auf der Bank hin und her, als versuche er, unangenehme Erinnerungen abzuschütteln. »Sie hat mir erst später erzählt.«

Clare überlegte kurz, wie diese Frau wohl damit leben

konnte, eine solche Entscheidung getroffen zu haben. »Vielleicht war es besser so«, murmelte sie.

»Was sagst du da?« Sandro sah sie wütend an. »Du bist katholisch, si? Weißt du, wo Seelen von ungetauften Babys hingehen? Begreifst du, was die Hölle ist?«

Clare versuchte verzweifelt, einen Fingernagel zu finden, auf dem sie herumbeißen konnte, aber sie hatte sie schon alle abgekaut. War sie denn noch Katholikin? Jemand musste es ihr bestätigen. Sandro blickte finster drein.

»Was hast *du* denn getan?«, verlangte er plötzlich zu wissen. »Wenn wir beide uns helfen sollen, musst du es mir sagen.«

Sollte sie es ihm erzählen? Nach dem, was er ihr selber gerade von sich gebeichtet hatte, würde er möglicherweise Verständnis für sie haben. Sie wusste nicht, was sie tun sollte. Tränen begannen ihr über das Gesicht zu laufen und an ihrem Kinn hinabzutröpfeln. Sandro legte ihr die Hand auf die Schulter.

»Scusi … tut mir leid … du bist ja erst ein Kind.« Seine Stimme wurde ein wenig weicher, mitfühlender.

»Ich habe etwas Furchtbares getan«, schluchzte sie.

»Si? Du hast etwas gestohlen? Drogen?«

»Viel, viel schlimmer.«

Er senkte die Stimme. »Du … auch eine Abtreibung?«

»Nein … ich habe ein Kind geboren.«

Ein sonderbares Geräusch drang aus Sandros Kehle. »Du hast ein Kind? Aber du bist noch so jung. Wo ist?«

Clare wusste nicht, ob er ihr glaubte. Er schaute in der Gegend herum, als hätte sie es im Gebüsch versteckt.

»Ich … ich habe es … in einem Stall gelassen.«

»Ein Stall?« Sandro wirkte verwirrt. »Non capisco.«

»In einer Art Pferch. Ich habe es nicht tun wollen. Ich war krank.«

Er richtete sich auf. »Was ist passiert?«

»Ich bin am nächsten Tag wieder hingegangen.« Clare zitterte am ganzen Körper.

»Und das Kind … es war noch da, si?«

Clare nickte. »Aber … es war tot!« Entsetzt über das, was sie eben gerade gesagt hatte, starrte sie ihn an.

Sandro schoss hoch, als hätte etwas ihn getroffen. »Nein! Du lügst! Das hast du nicht getan!«

»Doch, habe ich! Ich konnte doch nicht ahnen, was passiert.«

»Wann war das? Musstest du ins Gefängnis?«

»Nein, nein. Das war doch erst letzten Samstag.«

»Samstag? Und du … schon wieder frei?«

»Es weiß ja keiner.«

»Jemand muss es doch gefunden haben … und Polizei gerufen?«

Clare dachte über den Stall nach. In einer Ecke hatte ein Schaf oder so etwas gelegen. Der Bauer musste gekommen sein, um es zu füttern. Und das Baby … es hatte unter dem Stroh gelegen. Wer hatte es dort hingetan? Ein wildes Tier womöglich – ein Fuchs. Die versteckten ihre Beute manchmal, um sie sich später zu holen. Oh Gott. Sie mochte gar nicht daran denken. Wieder starrte sie Sandro an. »Bitte hilf mir«, flüsterte sie. Aber Sandro rückte von ihr ab und hielt die Hand hoch, als wolle er sie abwehren.

»Furchtbar, furchtbar. Ich kann dir nicht helfen.«

»Bitte nimm mich mit.« Flehentlich legte sie die Hände zusammen. »Ich gehe auch wieder ins Hotel zurück und versuche es noch mal.«

Sandro schüttelte nur den Kopf und rückte noch weiter von ihr fort. »Du gehst zur Polizei! *Sofort!*«, rief er im Davonlaufen.

Clare war wie versteinert. Nun hatte sie es jemandem gebeichtet, und derjenige hatte voller Abscheu reagiert – ein anderer Katholik, der sich ebenfalls versündigt hatte. Sie blieb noch lange auf der Parkbank sitzen, bis ihr kalt wurde. Nachdem sie Sandro ihr Herz ausgeschüttet hatte, fiel es ihr leichter, einen klaren Gedanken zu fassen. Sie musste sich dem, was sie getan hatte, stellen. Inzwischen würde man die Leiche des Babys entdeckt haben. Sandro würde ihr bestimmt die Polizei auf den Hals hetzen – und sei es durch einen anonymen Anruf. Sie beschloss, zurück in die Stadt zu gehen und nach der Polizeiwache zu fragen. Mit steifen Gliedern erhob sie sich von der Bank und wollte nach ihrem Rucksack greifen – bis ihr voller Entsetzen einfiel, dass sie ihn hinter den Müllcontainern am Hotel liegen gelassen hatte.

Schnurstracks marschierte sie zurück zur Hauptstraße. Sämtliche Müdigkeit war vergessen. Ihr gesamter Besitz befand sich in dem Rucksack – wie konnte sie nur so gedankenlos sein? Sie schlich sich hinter das Hotel. Im Erdgeschoss stand eine Tür offen, durch die sie Stimmen und das Klappern von Töpfen und Pfannen hörte. Sie huschte daran vorbei und schaute hinter die Müllbehälter. Gott sei Dank. Der Rucksack war noch da. Als sie ihn gerade hervorziehen wollte, fiel ihr Blick auf eine Außentreppe. Ob sie noch einen zweiten Versuch unternehmen sollte, Sandros Papiere zu retten? Wenn sie sie hätte, würde sie damit zurück in den Park gehen. Vielleicht fand sie ihn dort wieder, und er würde ihr vergeben und es sich noch einmal anders überlegen.

Sie lief die Stufen hinauf und betrat das Haus durch den Notausgang. Diesmal ließ sich die erste Tür im Flur öffnen. Sie merkte sofort, dass jemand sich in dem Raum befand, merkte es an der Wärme in dem Zimmer und dem abgestandenen Zigarettenrauch. Es war dunkel, die Vorhänge waren halb zugezogen. Auf dem Bett lag jemand und schlief. Sie konnte sehen, wie sich die Decke mit den Atemzügen auf und ab bewegte. Zuerst wollte sie rasch zurückweichen und fliehen, aber dann sagte sie sich, dass sie ja nichts zu verlieren hatte – selbst wenn man sie stellte. Sie ging leise zum Schrank, steckte die Hand dahinter und tastete nach oben und nach unten. Augenblicklich bekamen ihre Finger etwas zu fassen – eine dicke Lederbrieftasche.

Clare hätte am liebsten laut losgelacht, als sie sich aus dem Zimmer stahl – oder losgeheult. War sie jetzt nicht mehr nur eine Mörderin, sondern auch eine Diebin? Leise zog sie die Tür hinter sich zu und ging die Treppe hinunter. Dann holte sie ihren Rucksack und sah zu, dass sie von hier wegkam.

Im Park lief sie so lange umher, bis ihre Füße schmerzten. Aber es hielt sich außer ihr niemand hier auf. Sie blieb stehen, um den Enten auf dem Teich zuzuschauen. Ihre Erleichterung darüber, Sandros Papiere doch noch gefunden zu haben, wich bitterer Trostlosigkeit. Er würde nicht zurückkommen – das spürte sie. Sie setzte sich auf die Bank und zog die Brieftasche hervor. Was sollte sie nun damit anfangen? Sie konnte sie der Polizei übergeben, wenn sie sich stellte. Aber das würde Sandro Scherereien einbringen. Obwohl sie dabei ein schlechtes Gewissen hatte, besah sie sich den Inhalt. Die Brieftasche enthielt Sandros Pass, sein Geld und eine Menge Kreditkarten – nebst ein paar Fotos von fröhlichen Menschen an einem Ort, an dem es warm und sonnig zu sein schien. Auf einem der Bilder hielt Sandro den Arm um die Schulter einer lächelnden Frau. War das die Frau seines Feindes, die mit der Abtreibung? Und dann erkannte Clare das Haus, vor dem sie standen. Es war *Rachel's Café*, das Café in Ventnor, das immer geschlossen hatte, wenn sie einen Blick hineinwarf. Die Frau trug eine gestreifte Schürze – wahrscheinlich arbeitete sie dort. Die beiden wirkten wie gute Freunde. Eventuell wusste diese Frau, wo er sich versteckte, und konnte ihm die Brieftasche bringen.

Clare beschloss, mit dem Bus zurück nach Ventnor zu fahren und die Brieftasche in dem Café abzugeben – als kleine Wiedergutmachung, um wenigstens dem armen Sandro zu helfen. Danach wollte sie sich der Polizei stellen.

Fran zog es nach draußen. Es war ein sonniger, kalter Nachmittag, und es fiel ihr nicht leicht, ans Haus gefesselt zu sein. An den meisten Tagen machte sie einen Spaziergang am Kliff. Das hielt sie fit, und das sagte sie Ted auch regelmäßig, wenn der ihr damit in den Ohren lag, dass sie zu wenig aß. Sam schlief in seinem Buggy. Wie schön es wäre, ihn nach draußen und den Wanderweg entlangzuschieben. Die Karre sah aus, als wäre sie dem gewachsen; sie hatte drei Räder, würde sich also auch auf unebenem Untergrund gut lenken lassen – so stand es jedenfalls in der Bedienungsanleitung. Und doch hatte Fran Angst aufzufallen. Nicht, dass jetzt, Anfang Februar, viele Leute unterwegs sein würden, aber man traf ständig Einheimische, die ihre Hunde spazieren führten, und sie hatte keine Lust, dauernd Erklärungen wegen des Kindes abgeben zu müssen. Jemand konnte etwas gehört haben und es verdächtig finden, wenn eine ältere Frau ein kleines Kind in einem Buggy vor sich herschob.

Es war bereits spät; ob sie sich ohne die Karre hinauswagen durfte? Schließlich konnte sie Sam ja auch tragen. Aber ob ihm das gut bekäme? Wenn sie nun stolperte und ihn fallen ließ? Und da fiel es ihr wieder ein – unter den Sachen, die sie gekauft hatte, befand sich auch eines von diesen Tragedingern. Sie ging nach oben und holte es aus dem

Schrank. Es sah kompliziert aus, aber sie war es aus der Zeit, als sie die Pferde noch hatte, gewohnt, Riemen zu befestigen. Zunächst musste sie Sam schön warm anziehen, und dann dauerte es doch Ewigkeiten, bis er eingemummelt und vor ihre Brust geschnallt war. Es schien ihm nichts auszumachen, so durchgeschüttelt zu werden. Er sah sie nur aus großen, dunklen Augen fragend an.

»Du machst es einem nicht leicht«, sagte sie zu ihm. »Ich hätte zwei Paar Hände brauchen können, um mit diesem Gurtgewirr zurechtzukommen.« Sie zog ihren weiten Dufflecoat an, schaffte es aber trotzdem nur mit Mühe, die Knebelknöpfe über ihrem erweiterten Umfang zuzumachen. Cinders saß schon neben der Tür und hechelte vor freudiger Erregung. Fran wählte einen der alten Wanderstöcke ihres Vaters aus, die nach wie vor im Schirmständer standen. »Auf geht's«, sagte sie.

Vorsichtig ging sie hinunter zum Strand von Rocken Edge. Sie war froh, den Stock mitgenommen zu haben. Der Pfad war schlammig und glitschig und voller Furchen von den Hufen von Teds Viehherde. Auf einem grasbewachsenen Vorsprung oberhalb des Strandes machte sie eine Pause und genoss die kühle Frische der Luft. Es herrschte Ebbe. Schichten von Steinen kamen zum Vorschein und schimmerten grün von dem Seegras. Ein zerrissenes orangefarbenes Fischernetz flatterte in den graugewaschenen Ästen eines Baumes, den das Meer ans Ufer gespült hatte. Überall lag Strandgut als Überbleibsel der Winterstürme herum. Jedes Frühjahr kam sie mit Ted und ein paar weiteren Anwohnern her, um den Schutt wegzuräumen – Plastikflaschen, verfilzte Taue, Holzpaletten und jede Menge alter Schuhe. Von einer Stelle, an der ein Stück der Kliffkante abgebrochen war, plätscherte ein Rinnsal hinunter an den Strand, und auf den Felsen im flachen Wasser hockten ein halbes Dutzend Kormorane, die kräftigen Schnäbel himmelwärts gerichtet, als lauschten sie einer Wettervorhersage.

Fran spähte über den Strand hinweg. Sie hielt Ausschau nach einer Leiche. Tatsächlich wurden hier gelegentlich welche angetrieben. Manchmal waren sie grau verfärbt und aufgedunsen – Selbstmörder oder Opfer eines Bootsunglücks auf See. Manchmal waren es nur noch Skelette, an deren Knochengerüst lediglich Fetzen von Haut und Kleidung hingen. Der örtliche Untersuchungsrichter meinte, das wäre wohl die Folge von Seebestattungen, bei denen man die Toten nicht ordentlich in Segeltuch eingewickelt und mit Gewichten beschwert hatte. Man sollte dem einen Riegel vorschieben, beklagte er sich; es machte ihm nur das Leben schwer. Als Kinder hatten sie und Phillip die angespülten Leichen aufregend und gruselig gefunden. Doch mit zunehmender Reife hatten sie die Tragödien erfasst, die dahinterstanden, und was es für die Angehörigen bedeutete, die auf ein Überlebenszeichen warteten.

Aber heute gab es hier keine Toten. Fran wusste nicht, ob das ein gutes oder ein schlechtes Zeichen war. Hätte hier die Leiche einer jungen Frau gelegen, würde es sich dabei höchstwahrscheinlich um Sams Mutter gehandelt haben. Dann hätte sie zumindest Gewissheit. Tod oder lebendig, dachte sie. Bist du tot oder lebst du noch? Sie wandte sich ab. Vielleicht sollte sie noch ein Stückchen weiter in Richtung Wraith Cove suchen? Sie pfiff nach Cinders, die zwischen dem Treibgut stöberte.

Fran hielt sich dicht an der Kliffkante, bis sie den Leuchtturm erreichte. Hier musste sie ein Stück ins Landesinnere ausweichen, weil der Küstenpfad abgebrochen war. Bis jetzt war ihr kein Mensch begegnet. Sie ging über die Felder bis zu der Steinmauer, die das Gelände des Wraith Cove Hotels begrenzte. Sie erinnerte sich noch, was für ein prächtiges Anwesen das Hotel einst dargestellt hatte – damals, als sie noch ein Kind war. Irgendwann war es nach einem Brand geschlossen worden und dann nach und nach verfallen. Manchmal hatten sie und Phillip sich durch Mauerlücken gequetscht und in den überwucherten Gärten gespielt. Und sie hatten auch gewusst, dass in dem Cottage unmittelbar an der Kliffkante immer noch jemand lebte. Es lag so verborgen, dass man es gar nicht wahrnahm – wenn da nicht die dünne Rauchsäule aus dem Schornstein gewesen wäre. Früher hatten sie sich vorgestellt, dass dort eine böse Hexe hauste, die Kinder fing und sie in ihrem Hexenkessel kochte. Das redeten sie sich so lange ein, bis sie halb verrückt vor Angst waren, obwohl ihre Mutter ihnen ständig versicherte, dass nur die Fischer die Hütte noch benutzten. Erst vor Kurzem hatte Ted in Erfahrung gebracht, dass Marguerite als Einsiedlerin dort gewohnt hatte. Fran hätte gerne mehr darüber erfahren, aber Ted interessierte das nicht weiter, er war alles andere als ein Spökenkieker.

Nun sah Fran, dass sich im Garten von Wraith Cove ein Mann aufhielt. Das musste Neptun aus Puck's Bay sein. Er hielt sich oft am Wraith Cottage auf; man erzählte sich, er wäre Marguerites Vater. Doch das wedelte Ted beiseite; Neptun habe mit Frauen gar nichts am Hut, hatte er erklärt und dabei in sich hineingegrinst. Fran war sich nie sicher gewesen, was genau er damit meinte. Nun, gewiss hatte Neptun mehr mit der See am Hut als mit anderen Menschen. Irgendwann hatte Jane diesen Gerüchten dann ein Ende bereitet; sie war schließlich Marguerites Schwester, und ihr alter Vater wäre womöglich bei einer seiner Wanderungen entlang der Küste in den Tod gestürzt.

Fran sah Neptun bei der Arbeit zu. Er würde es wissen, falls etwas angetrieben worden wäre. Sie zog ihren Mantel über dem schlafenden Sam zu und ging hinunter zu der Dornenhecke, die den Garten des Cottages umgab. Er flickte gerade einen Krebskäscher und blickte auf, als Loot, sein kleiner Terrier, anfing, Cinders zu verbellen, die sich durch das Gestrüpp drängte.

»Tag«, sagte Fran.

»Nimm deinen Hund weg, wenn du nicht willst, dass er ins Bein gezwickt wird.«

»Cinders!«, rief Fran. Die Hündin kam angesprungen und schien vor Begeisterung mit dem ganzen Körper zu wedeln. »Sitz!« Sie lächelte Neptun zu. »Und sei ganz lieb.«

Neptun nickte und schob sich seine Mütze in den Nacken, erwiderte aber Frans Lächeln nicht. Doch das war seine Art; es hieß nicht, dass er feindselig gestimmt war. »Was führt dich her?«, fragte er. »Habe dich eine ganze Weile nicht gesehen.«

»Ich bin nur auf einem Spaziergang. Ist Marguerite auch da?« Fran wusste genau, dass Marguerite verreist war.

»Die treibt sich mit Jane in der Weltgeschichte herum.« Er schüttelte missbilligend den Kopf und starrte auf seinen Käscher.

»Was gefangen?«

»'n paar Kleine. Hab sie wieder reingeworfen.«

»Aber mal sind doch auch ein paar Größere dabei?«

»Lohnt sich aber immer seltener.«

Fran trat ein wenig näher an ihn heran, hielt sich aber auf der anderen Seite der Hecke. Das Kliff bröckelte an der Stelle zusehends ab. Mit einer Geste wies Fran aufs Meer. »In letzter Zeit irgendwas Interessantes angetrieben?«

»Nicht, dass ich wüsste.«

Das kannst du mir doch nicht erzählen, dachte Fran. Jeder hielt Ausschau nach Beute, vor allem nach einer schweren See. Das Schmuggeln lag den Leuten hier im Blut. »Also auch keine Leichen?« Mit einem Male fing Sam zu zappeln und zu wimmern an. Obwohl Neptuns Augen in tiefen Höhlen steckten und kaum sichtbar waren, spürte Fran seinen Blick auf ihrem Mantel.

»Was hast du da? Einen Welpen?«

Fran nickte und wandte sich ab. »Ist eigentlich zu kalt für ihn. Ich gehe mal lieber wieder nach Hause.«

Neptun grinste unvermittelt. »Pass auf, dass er dich nicht vollpinkelt.« Fran winkte ihm über die Schulter zu und ging entlang der Steinmauer des Hotels davon. Dort tat sich offenbar einiges. Die Remise sah fast wieder aus wie früher, bevor man alles dem Verfall überlassen hatte, und überall standen lange Wohnanhänger als Unterkünfte für die Arbeiter. Patrick, der Sohn von Rachel, überwachte die Restaurierung. Fran mochte Rachel; sie hatte sich außerhalb der Saisonzeiten, wenn Rachel nicht mit ihrem Café beschäftigt war, oft im *Buddle Inn* mit ihr unterhalten. Sie sah Patrick aus einem der Wagen kommen. Er entdeckte sie hinter der Mauer und winkte ihr zu.

»Hi! Bist du's, Fran?« Cinders fing wie verrückt an zu bellen. Im Nu war Patrick durch das Tor, kniete sich neben der Hündin hin und streichelte sie.

»Guter Hund«, lobte er sie. Dann blickte er zu Fran auf. »Komm und sieh dir mal die Stallungen an, wenn du möchtest. Wir sind fast fertig damit und wollen gerne bewundert werden.«

Und schon war er mit Cinders losgelaufen, ehe Fran etwas antworten konnte. Sie folgte den beiden. »Sei schön still«, flüsterte sie Sam zu. Aber sie wusste, dass es aus der Nähe niemandem entgehen würde, dass sie unter dem Mantel ein Baby trug.

Ja, die jungen Leute hatten ganze Arbeit geleistet. Patrick zeigte ihr die Remise und die Ställe und stellte sie einem netten Mädchen namens Kate vor, die Sam sofort entdeckte und ein weiteres Mädchen hinzurief, damit sie ihn sich ansah.

»Ist das Ihr Enkel? Der ist ja soo süß und noch soo klein.«

»Das ist mein Großneffe aus Australien.« Es erfüllte Fran mit Stolz, dass sich die jungen Leute um sie scharten und Sam bewunderten. Sogar ein Junge mit gegeltem Haar konnte sein Entzücken nicht verhehlen.

»Oh, ein kleiner Aussie! Ich bin gerade von dort zurückgekommen«, begeisterte sich das Mädchen namens Kate. »Aus welcher Gegend kommt er?«

»Darf ich ihn mal halten?«, fragte ein anderes Mädchen, wobei Kates Frage unterging.

»So, nun muss ich aber mit ihm nach Hause. Er hat bestimmt bald Hunger«, sagte Fran nach einer Weile und wandte sich zum Gehen. Das waren nette Jugendliche, aber sie bewegten sich so hektisch und redeten ihr viel zu laut und schnell.

»Ich begleite dich zum Tor«, sagte Patrick und legte Fran schützend die Hand auf die Schulter. »Es dämmert schon, und ich will nicht, dass du über unsere Baumaterialien stolperst.«

Netter Junge, dachte Fran. Ich muss dafür sorgen, dass Sam eines Tages auch so gut erzogen sein wird.

»Wie viele junge Leute arbeiten denn hier?«, fragte sie.

»Unterschiedlich«, sagte Patrick. »Im Moment sind wir nur wenige. Einige sind wieder an der Uni, und andere sind sich zu fein, um hier zu arbeiten, wenn es kalt ist. Die verkriechen sich lieber hinter dem Ofen.«

»Sind das alles Studenten?«

»Nein, zu dieser Jahreszeit meistens junge Leute aus der Gegend, die keine Arbeit haben.«

»Und kommen auch mal Fremde hierher, die Arbeit suchen?«

»Eigentlich nicht. Dazu ist es zu abgelegen. Meistens sind es Jugendliche aus dem Bekanntenkreis von Jane und Chas oder Kinder von Freunden von ihnen.« Er öffnete Fran das Gatter. »Passt gut auf euch auf«, sagte er.

Fran machte sich auf den Rückweg über das Feld. Sie konnte in der kalten Luft ihren Atem sehen. »Würde mich nicht überraschen, wenn wir heute Nacht Frost kriegen«, sagte sie zu Sam.

»Komm, wärm dich auf und trink ein Glas Milch«, hörte sie Patrick rufen und drehte sich nach ihm um. Aber er meinte ein junges Mädchen in Jeans und einer dicken schwarzen Jacke, das ihr von der Straße her entgegenkam. »Clare!«, rief Patrick. »Hast du dich verlaufen? Hier geht's durch.«

Netter Junge, dachte Fran noch einmal. Kümmert sich um andere Menschen. Erleichtert ging sie weiter. Also keine angespülte Leiche. Keine Fremden, die sich hier herumtrieben. Es war alles ganz normal.

»Was wollen wir denn heute Abend anfangen, Sam?«, fragte sie ihn. »Wir könnten uns noch ein Stück von der *Nussknacker-Suite* ansehen.« Sie küsste seine blaue Kapuze mit den Teddyohren. »Oder ich zeige dir ein paar von den Flugzeugen, die dein Großvater gebastelt hat, als er noch ein Junge war.«

11

Rachel hatte sich ein paar Freunde zum Abendessen eingeladen, damit sie ihre selbstgemachte Pasta probieren konnten. Sie lehnte sich in ihrem Stuhl zurück und betrachtete ihr gemütliches Café und ihre Gäste, die munter schwatzend um den Tisch herumsaßen. Die blauen Jalousien waren heruntergelassen, damit die kalte Dunkelheit draußen blieb. Die appetitanregenden Düfte des Mahls, das sie gerade genossen hatten, schienen sich in der warmen Raumluft abgesetzt zu haben. Sandro hatte oft gepredigt, es sei ein Fehler, Essensgerüche zu neutralisieren zu versuchen. Das unwiderstehliche Aroma frischer Zutaten rege die Speicheldrüsen zu Höchstleistungen an.

»Das war vorzüglich«, sagte Nick. »Vielen Dank, Rachel.«

Rachel wischte sich mit ihrer Serviette den Mund ab. »Aber Lasagne und Pasta und Pizza gibt es jetzt überall. Als sie neu in diesem Land waren, galten sie als exotisch. Jetzt sind sie wie Curry – Teil des täglichen Speiseplans.«

»Ach was«, sagte Ash, hielt sein Rotweinglas gegen das Licht und betrachtete den Inhalt. »Wenn sie landestypisch zubereitet werden, schmeckt man schon den Unterschied.«

»Ich finde, Ash hat recht«, sagte Sophie und tätschelte sich mit einem wohligen Seufzer ihren flachen Bauch. »Wir müssen Gerichte auf die Speisekarte setzen, wie sie jeder kennt, aber auch solche für erlesenere Geschmäcker. So bieten wir jedem etwas.«

Aus den Olivenkernen, die sie reihum eingesammelt hatte, formte Jill ein verschlungenes Muster auf ihrem Teller. »Und dann merkt ihr bald, was eure Gäste bevorzugen, und könnt das Menü dementsprechend umgestalten.«

Rachel stöhnte und nahm eine der Karten zur Hand. »Es hat uns Ewigkeiten gekostet, die hier zu entwerfen, und sauteuer waren sie obendrein.«

Nick ließ sich von ihr die Karte geben und überflog sie. »Ich sehe absolut nichts, was man ändern müsste. Alles, was du und Sophie bisher gekocht habt, war großartig. Aber vielleicht solltest du sie mal Kyp zeigen, damit er dir sagen kann, mit welchen Gerichten er die meiste Erfahrung hat.«

»Das ist richtig.« Sophie strich mit der Hand über Nicks Arm. »Wir drei zusammen dürften alles zaubern können, was auf der Karte steht.«

»Und dann könnten wir etliche gut bekannte Leute einladen, um zu sehen, ob wir mit allem klarkommen, was sie sich bestellen«, lachte Rachel. Die beruhigende Tatsache, dass ihr Essen solchen Anklang gefunden hatte, schien ihr zu Kopfe zu steigen.

»Aber ihr müsst euch ranhalten. Bis zum Valentinswochenende ist es nicht mehr viel Zeit.« Jill beäugte missmutig ihre Olivenkerne, als hätten sie nicht das Muster ergeben, das sie sich vorgestellt hatte. »Und wen wollt ihr als Versuchskaninchen benutzen?«

»Es geht ja hier nicht um medizinische Forschungen«, kommentierte ihr Mann Ash.

»Kyp und Evie, wen denn sonst? Ihre Kinder packen wir oben ins Bett. Und Jane und Chas und Marguerite, falls die bis dahin wieder da sind. Und wie wäre es mit Neptun? Meint ihr, man könnte ihn aus seiner Puck's Bay herauslocken?«

Der Gedanke amüsierte Nick. »Kaum denkbar. Er zieht sich mit jedem Tag mehr in sich zurück. Und er wird immer einsilbiger – es ist schwer, ihm mehr als zwei Worte zu entlocken. Aber wenn ihr viele verschiedene Geschmäcker wollt, gibt's da die jungen Leute, die das Hotel renovieren …«

»Um Himmels willen«, sagte Jill. »Ich hoffe, sie waschen sich vorher und kämmen ihre Rastazöpfe, sonst haben wir hinterher alle Läuse.« Schaudernd kratzte sie sich am Kopf.

»Jill! Ich bitte dich!«, mahnte Ash. Er setzte sich kerzengerade auf und warf ihr über seine Habichtsnase hinweg einen tadelnden Blick zu.

Jill scharrte ihre Olivenkerne zu einem Haufen zusammen. »Sollte ein Scherz sein«, sagte sie. »War nicht ernst gemeint. Und die Kleinen von Kyp und Evie können bei unseren Kindern in der Villa schlafen. Dann hat das Mädchen endlich mal was zu tun. Sie ist ein fauler Trampel.« Sie griff nach ihrem Glas, an dessen Rand Spuren von ihrem Lippenstift waren.

Rachel fand, dass es Zeit sei, den Tisch abzuräumen; mehrere Flaschen Wein waren geleert und einige Digestifs probiert worden. Sie machte Anstalten, sich zu erheben. »Wie wäre es mit Kaffee?«

Nick legte ihr die Hand auf die Schulter und drückte sie auf ihren Platz zurück. »Den koche ich. Du hast für heute genug geleistet.«

»Du kannst es richtig gut haben, Sophie.« Jill machte es sich auf ihrem Stuhl bequem und löste mit einer dramatischen Geste ihre üppige kastanienbraune Haarpracht, die ihr über die Schultern fiel. Rachel merkte, dass sie sich goldene und schwarze Strähnen hatte machen lassen. Jill wollte wohl, dass alle es sahen.

»Ja, das kann ich durchaus«, sagte Sophie. Ihre dunklen Augen leuchteten, während sie zusah, wie Nick in der Küche verschwand.

Rachel merkte, dass auch sie ein wenig neidisch war. Bei

Sophie und Nick stimmte die Chemie hundertprozentig. Sie zwang sich, wieder zum ursprünglichen Thema zurückzukehren. »Wie wäre es mit Blackgang Ted und Fran von der Rocken Edge Farm? Die gehen ja gerne mal aus. Man trifft sie häufig im *Buddle Inn.*«

»Gute Idee«, pflichtete Ash ihr bei. »Ted kommt morgen zu uns, um den Garten zu richten. Und wir könnten alle fragen, die in der Klinik von *Cormorants* arbeiten – die Heilpraktiker, die Ärzte und die Schwestern. Das ergibt eine gute Mischung.«

»Na toll.« Jill verdrehte die Augen. »Und meine Mutter dürfte zu dem Zeitpunkt aus Afrika zurück sein. Dann haben wir obendrein gleich einen Seuchenherd am Tisch.« Sie grinste ihren Mann an. »Ich darf davon ausgehen, dass Rose uns etwas von Vivaldi vorspielt, mit einer roten Rose zwischen den Zähnen, wenn ihr Daddy sie ganz lieb bittet.« Dann wandte sie sich Rachel zu. »Ich könnte als Bedienung fungieren, falls ihr möchtet. Ich könnte mich so richtig verführerisch verkleiden.«

»Nein, nein.« Rachel versuchte krampfhaft, sich eine Begründung einfallen zu lassen, um den Vorschlag abzulehnen. »Ich brauche dich als kritische Restauranttesterin.« Sie bemerkte Sophies erschrockenen Gesichtsausdruck und ahnte, was sie dachte. Jill hätte keine Skrupel, jemandem seinen vollen Teller über den Kopf zu stülpen, falls derjenige ein falsches Wort über das Essen verlor.

»Ja, und wer soll dann bedienen?«, fragte Jill.

»Ich«, rief Nick aus der Küche. »Und Patrick und Aidan. Außerdem werde ich mit den Jungs und Mädchen von Wraith Cove reden, ob einer von denen so was schon mal gemacht hat. Es ist ein neues Mädchen da, Clare. Sie macht einen wohlerzogenen Eindruck.«

Rachel entspannte sich. Sie freute sich nun auf den Kaffee. Es gab zwar noch eine Menge zu tun, aber langsam nahmen ihre Pläne Gestalt an. Und was hatte sie schon zu verlieren? Sie stand auf und ging nachdenklich im Café umher. Dabei fiel ihr auf, dass der Briefkastenschlitz in der Tür voller Reklame steckte. Sie zog sie heraus, und etwas Schweres plumpste auf den Boden. Sie bückte sich, um es aufzuheben. Es war eine große lederne Brieftasche.

»Was ist denn das?« Sie trug ihren Fund zum Tisch. Alle sahen zu, wie sie die Brieftasche öffnete. »Warum schiebt man mir so was durch die Tür? Wenn jemand das gefunden hat, hätte er es zur Polizei bringen sollen.«

»War demjenigen wohl zu weit«, mutmaßte Jill.

Rachel warf einen Blick in die verschiedenen Fächer. Es steckte eine Menge Geld darin sowie ein Reisepass und ein paar offiziell wirkende Papiere. So konnte man die Sachen wenigstens dem Eigentümer zurückerstatten. Sie zog den Pass hervor und schlug ihn auf.

»Oh, mein Gott!« Vor lauter Schreck ließ sie sich auf einen Stuhl fallen. Das Foto zeigte Sandro.

Sophie kam um den Tisch herum zu ihr geeilt. »Was ist los? Was ist damit?«

»Der gehört Sandro.« Rachel blickte zum Briefkastenschlitz. Wie lange mochte die Brieftasche schon darin gesteckt haben? Sie nahm noch ein paar weitere Papiere heraus, und ein Foto kam zum Vorschein. Es zeigte sie und Sandro vor dem Café. »Ach, deswegen ist das hier gelandet … aber woher …?«

Pater Ryan beglückwünschte sich zu seiner weisen Voraussicht, für die Fahrt zur Fähre nach Rosslare reichlich Zeit eingeplant zu haben. Das würde Pater Christopher lehren, sich über ihn lustig zu machen, weil er immer auf Nummer sicher ging. Es war zudem eine interessante Fahrt gewesen. Reisen statt Rasen – so war man auf der sicheren Seite. Und der Wagen hatte ebenfalls gut durchgehalten. Er hatte wiederholt Pausen eingelegt, damit die Maschine nicht heiß lief, aber der alte Morris Minor war wie am Schnürchen gelaufen. Sogar das Radio funktionierte noch. Sobald er sich einigermaßen an das Auto gewöhnt hatte, hatte er *Radio Three* eingeschaltet und sich an Bachs Drittem Brandenburgischen Konzert in G-Dur ergötzt. Bei verschiedenen Aussichtspunkten hatte er Halt gemacht, seine mitgenommenen Sandwiches gegessen, Tee aus der Thermoskanne getrunken und die irische Landschaft genossen, die stellenweise mit einer leichten Schneeschicht bedeckt war. Wie wenig er doch bisher von seiner eigenen Heimat kannte.

Als er die Fähre erreichte, hätte es ihm zusätzlich fast die Sprache verschlagen. Er hatte nicht erwartet, dass sie so groß sein würde. Zunächst quälte er sich mit seinem Wagen etliche Zeit innerhalb der immensen Autoschlange voran, aber schließlich war er an Bord. Er parkte, stieg aus und suchte sich einen Sitzplatz. In der Lounge war es ihm jedoch zu voll und zu laut, also ging er hinaus auf das dunkle Deck, um ein wenig für sich alleine zu sein. Nachdem die Fähre abgelegt hatte, trieb ihn der eisige Wind allerdings erneut ins Innere der Fähre. Die Passagiere saßen an Esstischen, und die meisten tranken Alkohol. Hier ging es eher wie in einem Hotel als wie auf einem Schiff zu. Die schaukelnde Schiffsbewegung machte es ihm schwierig, normal zu gehen, und rief obendrein ein Übelkeitsgefühl in ihm hervor.

Er setzte sich an das Ende einer langen, gepolsterten Bank – so weit entfernt von den anderen Leuten wie nur möglich. Er öffnete seine Aktenmappe, kramte in den Papieren und bemühte sich, einen höchst beschäftigten Eindruck zu machen – nicht, dass womöglich jemand auf die Idee käme, ihn anzusprechen. Vielleicht hätte er doch lieber einen Anzug anziehen sollen, um weniger aufzufallen. Aber er wollte sich halt unter dem Deckpersonal umhören, ob jemand von ihnen sich an Clare erinnerte, und er war sich sicher, ohne seine Soutane kaum eine brauchbare Auskunft zu bekommen. Dies war auf jeden Fall die Abendfähre, auf der sie gereist war. Wie sie sich hier wohl zurechtgefunden hatte – ein kleines irisches Mädchen, das nie weit über Bantry hinausgekommen war? Aber sie war jung und zäh, und hatte er nicht alles für sie arrangiert? Unwillkürlich zuckte er die Achseln. Sie hatte nichts anderes zu tun gehabt, als in Bussen und auf der Fähre zu sitzen, um dann am Ende ihrer Reise in ein für sie vorbereitetes Nest zu flüchten. Das Dumme war nur, dass sie dort nie eingetroffen war. Also musste er herausfinden, ob sie überhaupt je auf diesem Schiff gewesen war.

Er zog ein Foto aus einem Umschlag. Es war eine Aufnahme vom Schulchor; Clare war mit ihrem roten Zopf, der ihr lang über die Schulter und vor der Brust hing, gut darauf zu erkennen. Bestimmt hatte sie ihr Haar extra so für das Bild drapiert. Welche Eitelkeit! Er sah sich um. Die einzigen Angehörigen der Besatzung, die er ausmachen konnte, waren damit beschäftigt, Speisen und Getränke zu servieren. Er wünschte sich, er hätte ein paar Sandwiches aufgehoben. Ihm war nach wie vor ziemlich übel, und er mochte sich nicht am Selbstbedienungstresen anstellen. Er stand auf und tapste unsicheren Schrittes durch die Lounge. Es gab hier ein paar Verkaufsautomaten, aber nur für Chips, Schokoriegel und Brausegetränke. Ein junger Mann in Uniform drückte gerade an einem von ihnen herum. Pater Ryan hielt ihm das Foto unter die Nase und fragte ihn, ob er einen Moment Zeit habe. Der junge Mann schien über die Störung nicht erbaut, aber als er Pater Ryans Soutane sah, veränderte sich sein Gesichtsausdruck schlagartig.

»Wissen Sie, ihre Mutter macht sich große Sorgen um sie«, fügte Pater Ryan als Erklärung hinzu.

Der Mann besah sich das Foto und schüttelte dann den Kopf. »Es gibt hier so viele Menschen … sehen Sie selbst.« Er machte eine ausholende Geste mit dem Arm. »Da fällt es schwer, sich nach längerer Zeit noch an ein bestimmtes Mädchen zu erinnern.«

Pater Ryan wedelte mit dem Foto unter seiner Nase herum. »Aber ihr Haar …«

Der junge Mann zuckte mit den Schultern. »Fragen Sie doch mal die Band.« Er zeigte auf eine kleine Bühne, auf der Musiker im Moment ihre Instrumente stimmten. »Die sind schon seit Ewigkeiten auf jeder Fahrt dabei.« In diesem Augenblick setzte die Band zu einem lebhaften irischen Jig an, und das Publikum begann begeistert zu grölen und zu pfeifen. Der Lärm war unerträglich. Pater Ryan wankte ans andere Ende des Saals zur Herrentoilette. Er setzte sich erschöpft in eine der Kabinen, um dort eine Weile auszuharren, aber nebenan würgte jemand sein Abendessen hervor, was ihn gleich wieder vertrieb.

Pater Ryan ging unsicheren Schrittes zurück in den Saal und drängte sich nun durch die Menschenmenge zum Tresen, um dort die Bedienungen zu fragen. Die wiederum reichten das Foto einander weiter, warfen aber jeweils nur einen flüchtigen Blick darauf. Pater Ryan bestellte sich eine Limonade und Chips und suchte sich dann einen neuen Sitzplatz.

»Geht es Ihnen nicht gut, Pater?«, fragte eine große Frau

in einem grellen rot-weißen Kostüm. Sie rückte auf dem Polster näher an ihn heran. »Was trinken Sie denn da?«

»Limonade«, brummelte er.

»Das ist nicht gut bei Seekrankheit.« Sie zog eine auf dem Tisch stehende Flasche näher zu sich heran. »Nehmen Sie mal einen Schluck davon. Das beruhigt den Magen.«

»Ist das etwa … Alkohol?«

Die Frau und eine Gruppe schon recht heiter wirkender Männer brachen in schallendes Gelächter aus.

»Das ist Medizin!«, rief die Frau. »Sie werden's gleich merken.« Sie schüttete etwas davon in ein Glas und hielt es ihm hin. »Auf Ihr Wohl, Pater.«

Pater Ryan nippte daran. Die Flüssigkeit brannte ihm in der Kehle und bis in den Magen hinunter. Er rang nach Luft, hustete und saß dann wie unter Schock da. Tränen traten ihm in die Augen. Doch die Vorhersage stimmte; es ging ihm sofort besser. Er nahm noch einen Schluck und dann einen weiteren. Die Glut, die sich in ihm ausbreitete, war wohltuend. Unwillkürlich warf er einen lächelnden Blick in die Runde.

»Na, und wo soll's hingehen?«, fragte die Frau in Rot und Weiß.

»Ich suche nach einem vermissten Kind«, sagte Pater Ryan. »In England. Sie ist auf diesem Schiff hinübergefahren.«

»Das ist aber edel von Ihnen, muss ich schon sagen.« Die Frau wandte sich den übrigen Gästen am Tisch zu. »Würdet ihr bitte eure Aufmerksamkeit diesem guten Priester zuwenden, der seine Zeit dafür opfert, nach einem verschwundenen Mädchen zu suchen?« Pater Ryan deutete auf Clare, und das Foto ging von Hand zu Hand. Nach und nach schienen sich immer mehr Passagiere dafür zu interessieren. Nach einer Weile hörte die Band zu spielen auf und gesellte sich in der Pause zu ihnen. Auch den Musikern wurde das Bild gezeigt. Pater Ryan begann sich Sorgen zu machen, dass es vom ständigen Befingern Schaden nehmen könnte.

»Klar. Die habe ich gesehen«, sagte einer der Geiger.

»Nun spiel dich mal nicht so auf, Jo. Du würdest dich nicht einmal an ein Mädchen erinnern, wenn sie dir auf dem Kopf gesessen hätte«, lachte die Frau.

»Dann würde ich mich an etwas anderes erinnern als an ihr Gesicht.« Jo grinste vielsagend.

Pater Ryan fragte sich, ob er sich nicht lieber aus der Gesellschaft dieser aufdringlichen Leute zurückziehen sollte. Aber er wurde zusehends müder, und alles schien vor seinen Augen zu verschwimmen, als geschähe es in einem Traum.

Das Foto machte erneut die Runde.

»Gib's mir noch mal«, sagte Jo und griff danach. »Ich schwöre, dass ich sie gesehen habe. Sie war zusammen mit diesem Klassemädchen mit den wilden Haaren und den Riesentitten – verzeihen Sie, Pater –, das mit seiner Geige bei uns mitgespielt hat. Ziemlich eingebildetes Stück, aber fiedeln konnte sie.«

»Nein, sie war ganz allein auf dem Schiff«, versicherte Pater Ryan mit undeutlicher Stimme. »Noch ganz jung.« Jung. War sie wirklich noch so jung gewesen? Jetzt wäre sie schon ein Jahr älter. Aber reif für ihr Alter, viel zu reif.

»Wie heißt sie denn, die Kleine?«, fragte die Frau.

»Clare.«

Jo schüttete den Kopf. »An ihren Namen kann ich mich nicht erinnern. Hab ja auch nicht mit ihr gesprochen. Mir war nur so, als würde ich sie wiedererkennen. Kann mich aber genauso gut irren. Bei dem Haar fiel mir nur ein … die andere, die Eingebildete, die hatte ihren Freund dabei.« Er wandte sich einem weiteren jungen Mann zu, der ein Glas Guinness leerte.

»Carl, du kannst dich doch garantiert an die Mieze erinnern, die mit uns gespielt hat? Sie hatte allerhand drauf.«

Carl rülpste laut. »Ich vergesse nie ein Mädchen, das mit mir gespielt hat.« Er lachte über seinen eigenen Witz. »Wann soll denn das gewesen sein?«

»Letzten Sommer. Ende Juli.« Pater Ryan brachte die Worte nur mit Mühe hervor. Seine Zunge fühlte sich belegt und geschwollen an. »Aber das ist nicht das Mädchen, nach dem ich suche.«

»Manchmal beteiligen sich Passagiere mit ihren Instrumenten bei uns. Wir ermuntern sie dazu. Kommt meistens jedoch nichts dabei heraus.« Carl trommelte mit den Fingern auf der Tischplatte. »Aber ab und zu kriegen wir eine echt gute Nummer zu fassen.« Er wandte sich abermals an Jo. »Gute Titten, hast du gesagt? Ich erinnere mich an die mit den wüsten Haaren – alles hochgesteckt, und trotzdem fiel die Hälfte davon herunter. Ich habe immer darauf gewartet, dass sie mit dem Bogen darin hängen bleibt.« Er sah Pater Ryan an. »Kommt Ihnen die irgendwie bekannt vor?«

Pater Ryan wurde es im Kreise dieser jungen Männer mit den zotteligen Haaren und den unrasierten Kinnladen zunehmend unwohler. Aber er brachte nicht mehr die Energie zu einer weiteren Erklärung auf. »Nein«, sagte er nach einem tiefen Atemzug. »Ganz gewiss nicht.«

Die Musiker verloren das Interesse, wandten sich ab und setzten sich bald wieder auf die Bühne, um weiterzuspielen.

»Rose«, schrie ihm Carl über die Musik hinweg zu. »Ich bin mir sicher, dass ihr Name Rose gewesen ist.«

»Gott, gib mir Kraft«, murmelte Pater Ryan. Seine Augenlider wurden ihm schwer und fielen zu. Später konnte er sich nur vage daran erinnern, seinen Kopf auf eine rot-weiße Schulter gelegt zu haben und eingeschlafen zu sein – das Foto mit den Fingern fest umklammert.

12

Clare saß auf einem kleinen Holzschemel auf der Veranda des Wraith Cottage. Sie hatte ein weiteres Mal lange in der Badewanne gelegen und war dann in dem Wissen, dass Jane und Marguerite fort waren, im Garten des Hauses umherspaziert. Sicher würde kaum jemand etwas dagegen haben, wenn sie sich hier, wo sie vor den kalten Böen geschützt war, aufhielt. Die Wolken zogen in Windeseile vorüber; hinter ihnen konnte sie einen schwachen orangefarbenen Sonnenschimmer erkennen. Vorhin noch war alles mit einer glitzernden Raureifschicht überzogen gewesen, die mittlerweile weggetaut war. Der Garten erstreckte sich bis an den Rand der Klippe – sie war greifbar nahe. Sie konnte hören, wie die Wellen unten am Strand die Kiesel hin und her spülten. Was für ein sonderbarer Ort. Alles schien aufs Geratewohl zusammengetragen, als hätte jemand sein Grundstück mit allen möglichen Holz- und Tauresten geschmückt – kein Vergleich mit dem Garten ihrer Mam mit den schnurgerade angepflanzten Reihen von Salat und Kartoffeln.

Sie zog sich die Mütze über das feuchte Haar und ihren Reißverschluss hoch. Sie wusste, dass sich irgendetwas in ihr verändert hatte. Nachdem sie gestern Sandros Brieftasche durch den Schlitz in der Tür von *Rachel's Café* gesteckt hatte, war sie zur Polizeiwache gegangen, doch die war verschlossen gewesen. Da hatte sie dann überhaupt nicht mehr weitergewusst und war in Ermangelung einer besseren Alternative hierher zurückgekehrt, wobei sie versuchte, jedem aus dem Wege zu gehen, indem sie sich an den Mauern des Hotels entlangdrückte, bis sie den Wohnwagenplatz erreichte. Aber Patrick hatte am Gatter gestanden und sich mit einer Frau unterhalten. Clare hatte versucht, sich zu ducken, aber er hatte sie trotzdem gesehen und nach ihr gerufen, als hätte sie sich verlaufen. Da war ihr nichts anderes übrig geblieben, als zu reagieren. Zum Glück war die Frau dann weitergegangen. In diesem Moment hatte sie die Entscheidung getroffen, nicht noch einmal von hier davonzulaufen, denn was sollte das bringen? Warum hatte sie sich so verzweifelt gewünscht, mit Sandro das Weite zu suchen? Sie konnte ebenso gut hierbleiben und abwarten. Falls man nach ihr fahndete, würden sie sie schon bald aufgreifen, egal wo sie war.

Sie hatte Kate etwas Geld gegeben und ihr geholfen, ein Abendessen aus Dosenbohnen und Spiegeleiern zu bereiten. Viel wurde dabei nicht gesprochen, denn im Fernsehen lief irgendein wichtiges Fußballspiel. Also war sie früh zu Bett gegangen, und heute Morgen hatte sie Kate gesagt, dass sie noch einen Tag Erholung brauchte; danach würde sie den anderen gerne beim Anstreichen der Stallungen helfen.

Nach dem Bad hatte sie im Spiegel ihren Körper inspiziert und festgestellt, dass es mit ihr langsam bergauf ging. Die Blutung nach der Geburt hatte aufgehört, ihre Brüste waren schon wieder kleiner und weicher, und es sickerte kaum noch Muttermilch aus ihnen heraus. Bloß müde war sie ständig – sie musste dauernd gähnen. Ihr Gesicht war leichenfahl, und ihre Sommersprossen schienen verschwunden zu sein. Es war, als wäre ihr Körper wie ausgelaugt –

selbst das Würmernest verhielt sich still. Nun brauchte sie nur noch zu warten.

Der Steinboden der Veranda erinnerte sie an ihre Kirche daheim. Ihre Mutter hatte pausenlos die Eingangshalle geschrubbt. Wozu diese Mühe? Der Boden wurde doch gleich wieder schmutzig, wenn die Kirchgänger mit ihren dreckigen Stiefeln darüber hinwegtrampelten. Doch diese Steine schienen für ihre Mam von großer Bedeutung gewesen zu sein – von weitaus größerer Bedeutung als ihre eigene Tochter. Und ihre Mam war stets verärgert gewesen, als erwarte sie, dass die Menschen irgendwie über die Steine hinwegschwebten, während ihr Daddy sich darüber ärgerte, dass seine Frau wegen der Steine wütend war. Er brüllte herum, dass ihr der Kirchenfußboden mehr am Herzen lag als er, worauf Mam zurückkreischte, dass er doch selber nur *Schmutz* war, ein schmutziger, dreckiger Schotte! Sie selber hatte sich dann die Hände auf die Ohren gepresst und war zum Strand hinuntergerannt, wo sie lange saß und weinte. Sie fand, dass ihr Dad im Recht war, aber sie wollte nicht, dass ihre Eltern sich überhaupt in die Haare gerieten.

Ob ihre Mam sie vermisste? War sie einsam, nun, da sie ganz alleine lebte? Sie hatte ja nun niemanden mehr, der ihr eine Tasse Tee hinstellte, wenn sie abends erschöpft vom Putzen der Kirchenfußböden nach Hause kam. Ob sie schon erfahren hatte, dass ihre Tochter davongelaufen war? Pater Ryan würde es wissen; die Oberin hatte es ihm bestimmt geschrieben. Einmal hatte sie die Mutter Oberin gefragt, ob sie Pater Ryan jemals begegnet war. Die Frau hatte sie ganz verwirrt angeschaut, als habe Clare eine dumme Frage gestellt. *Du hast gefälligst nicht über solche Dinge zu reden*, hatte sie gesagt und Clare dabei streng angeblinzelt mit ihren geröteten Augen vom Rauch des Kamins und von dem beißenden

Dampf aus dem Topf mit Roter Bete, die sie auskochte, um damit die Babysachen einzufärben. *Ich hatte nie was mit Männern zu schaffen, und du solltest es auch so halten. Dies ist ein Ort nur für Frauen, und das ist jetzt dein Zuhause.*

Aber Clare konnte nicht umhin, ständig an ihr Elternhaus zu denken. Hätte sie schreiben sollen? Oder versuchen, ihre Mutter anzurufen? Die Oberin hatte gesagt, dass ihr das nicht gestattet sei. Wollte Pater Ryan, dass sie nie wieder nach Hause zurückkehrte? Er hatte nichts dergleichen geäußert. Aber er hatte ihr auch keine Anweisungen gegeben, was sie nach der Geburt des Kindes anfangen sollte. Dabei war *er* es immer gewesen, der ihr gesagt hatte, was sie tun solle – bis sie ihm von dem Baby erzählte. Er hatte mit ihr über seine jüngere Schwester, Jeannie, gesprochen, wie sie früher einmal in einer Holzhütte neben einem See gewohnt und unter einem roten Tuch zusammen im Bett geschlafen hatten. Clare hätte gerne gewusst, wo dieser See lag, und wäre gerne mit ihm zusammen dort hingefahren. Er hatte ihr erzählt, dass sie dort Fische gefangen hätten, geschwommen und ohne Kleider herumgelaufen seien. Und er hatte ihr gesagt, dass sie ihn an Jeannie erinnere und sie dabei ganz fest gehalten. Auch ihr Daddy hatte sie in seine kräftigen Arme genommen – auf eine etwas andere Weise als Pater Ryan – und ihr gesagt, sie sei ein gutes Mädchen. Doch als sie vier Jahre alt war, war ihr Daddy verschwunden, und ihre Mam hatte ihr erzählt, er wäre bei einem Unglück auf einem Fischerboot ertrunken. Danach hatte Clare ihre Mutter nie wieder lächeln gesehen – jedenfalls nicht zu Hause. Sie hatte auch nie wieder über ihren Daddy gesprochen, außer, wenn Clare unartig gewesen war und ihre Mam sie dann schalt, sie sei genau wie ihr Vater.

Clare fragte sich, wie ihr Vater reagiert hätte, wenn er noch da gewesen wäre, als Pater Ryan ihrer Mutter das mit dem Baby erzählte. Hätte er sie mit der flachen Hand ins Gesicht geschlagen, wie ihre Mutter es mit ihr getan hatte?

Sie führte die Hand an die Wange, als könne sie den stechenden Schmerz noch spüren, der ihre Kiefer noch Tage später schmerzen ließ. Plötzlich hörte sie draußen auf dem Kieselpfad Schritte. Sie fuhr hoch und warf dabei den Hocker um. Ein Mann in gelbem Ölzeug kam näher und blieb abrupt stehen.

»Was treibst du denn da?«, verlangte er zu wissen.

»Ich, äh, ich wollte zu Jane.«

»Wo kommst du her?«

»Ich arbeite bei dem Hotel – mit den Studenten.«

Der Mann schob sich die Kapuze vom Kopf. Er war schon sehr alt. »Dann sieh mal besser zu, dass du wieder dahin zurückkommst.«

»Ich habe hier nur ein Bad genommen – Jane hat gesagt …«

»Das Badehaus ist auf der anderen Seite. Das hier ist privat.«

»Tut mir leid.« Clare wandte sich zum Gehen.

»Habe ihr doch gleich gesagt, dass sie aufpassen soll, dass diese Bagage sich hier nicht überall breitmacht«, hörte sie ihn vor sich hinschimpfen, als sie davoneilte.

Voller Stolz schob Fran Sam in seinem Buggy durch die Gänge von *Mothercare*. Sie hatte eine Weile die Gebrauchsanweisung studieren müssen, bis sie endlich verstand, wie man den Sitz des Buggys sicher im Land Rover und danach wieder auf seinem Fahrgestell befestigte. Und dann hatte sie sich überlegen müssen, wo sie einkaufen sollte. Niton und Ventnor waren zu klein; sie hatte immer noch Bedenken, sich mit

Sam sehen zu lassen. Newport war da weitaus anonymer. Die arme Cinders musste traurig zu Hause warten, obwohl Fran sie sonst überallhin mitnahm, aber sie hatte Angst, dass es ihr zu viel würde, gleichzeitig mit Sam im Buggy und dem Hund in der Stadt unterwegs zu sein. Wie sich allerdings herausstellte, war der Buggy leicht zu manövrieren, und sie kam bald prima damit zurecht. Niemand beäugte sie misstrauisch, und die Verkäufer und Verkäuferinnen hielten sie ganz selbstverständlich für die Großmutter des Kindes.

Zuallererst war sie in einen Supermarkt gegangen, um ihre Vorräte an Windeln und Babynahrung aufzustocken; danach zog sie aus Spaß an der Freude mit Sam durch die Geschäfte. Eigentlich brauchte sie nichts mehr für ihn, aber ihr war, als hätte sich ihr eine vollkommen neue Welt an interessanten Dingen aufgetan, die Sam in Zukunft möglicherweise benötigen könnte. Zum Beispiel hatte er keinerlei Spielzeug. Von kindlicher Freude erfüllt kaufte sie weiche Quietschtiere aus Stoff und bunte Bilderbücher. Allerdings konnte sie kaum glauben, wie teuer das alles war. Sie würde zur Bank gehen und etwas von ihrem mageren Guthaben abheben müssen. Nur für einen raschen Blick blieb sie vor dem *Early Learning Centre* stehen, denn sie würde gleich zurück nach Hause müssen, weil Sam bald Hunger haben dürfte.

Einem plötzlichen Impuls folgend ging sie an dem Polizeirevier vorbei. Vor der Tür standen ein paar junge Frauen und rauchten. Fran wollte sich schon unsichtbar an ihnen vorbeidrücken, als die Mädchen alle ihre Zigaretten auf dem Pflaster austraten und zurück in ihre Büros gingen. Also blieb Fran stehen und studierte die Aushänge nach einer Meldung von einem vermissten Baby. Sie bekam die Stücke dieses rätselhaften Babyfund-Puzzles nach wie vor nicht zusammen. Wenn die Mutter sich an die Polizei gewandt hätte, würde dies bedeuten, dass sie sich nicht mehr daran erinnern konnte, ihr Kind in der Scheune zurückgelassen zu haben. Die Polizei hätte aber doch mit all den modernen Mitteln, die ihr heute zur Verfügung standen, bestimmt feststellen können, wo die Mutter gewesen war, und hätte inzwischen längst jedes Farmgebäude auf der Insel abgesucht. Womöglich war der Körper der Mutter doch sehr weit ins Meer hinausgespült worden? Die einzige andere Möglichkeit, die Fran einfiel, war, dass jemand das Baby gestohlen, kalte Füße bekommen und es halt abgelegt hatte. Aber hätte nicht auch das eine groß angelegte Suchaktion ausgelöst? Alle Welt würde darüber reden, die Zeitungen würden in Schlagzeilen davon berichten, im Radio wäre ohne Unterlass davon zu hören. War also Sam von seiner Mutter ausgesetzt worden, weil sie ihn nicht haben wollte? Aber wieso gerade bei ihr im Stall? Weil ihre Farm so abgelegen war? Und wo steckte diese Mutter jetzt? Irgendwer musste sie doch kennen und sich fragen, wo ihr Baby geblieben war!

Fran spürte Wut in sich aufsteigen. Nein, sie würde Sam nicht kampflos einer Mutter überlassen, die ihn so mir nichts, dir nichts irgendwo liegen ließ, ob sie nun seine leibliche Mutter war oder nicht. Sie hatte Sam nicht verdient.

»Fran?«, hörte sie eine Frauenstimme neben sich sagen. Fran, die tief in Gedanken gewesen war, fuhr zusammen und packte die Griffe des Buggys fester.

»Ich hab doch gleich gewusst, dass du es bist.«

Es war Rachel aus dem Café. Fran blinzelte sie an und wusste nicht, was sie sagen sollte.

»Es ist ungewohnt, dich einen Kinderwagen schieben zu sehen«, lachte Rachel. »Hast du da ein Baby drin oder ein paar frische Lämmer?«

Fran schluckte und bemühte sich zu lächeln. »Meinen Großneffen«, brachte sie schließlich hervor.

Rachel trat näher heran und schaute in den Buggy. »Oh, ist der aber winzig! Er ist noch ganz neu, oder?«

Fran nickte. »Einen Monat«, sagte sie und hoffte, dass sie es ungefähr richtig geschätzt hatte.

»Zauberhaft«, gurrte Rachel. Sie blickte in der Gegend umher, als frage sie sich, wo denn die Eltern waren.

»Ich warte auf meinen Neffen«, sagte Fran mit einem Blick auf ihre Uhr.

»Ach?« Irgendwie schien das in Rachel ein Unbehagen auszulösen. Sie schaute auf die große, braune Brieftasche, die sie in der Hand hielt, und wies auf die Polizeiwache. »Ist er da drin?«

Fran nickte. »Er hat seinen Pass verloren«, murmelte sie.

»Tatsächlich? Was für ein Zufall. Wo kommt er denn her?«

»Australien.«

»Australien!« Rachel schien es kaum glauben zu wollen. »Wenn man sich das vorstellt! So eine weite Reise mit einem Neugeborenen.«

»Er schläft viel«, sagte Fran.

Rachel nahm die Brieftasche von einer Hand in die andere. »Schön, dass ich dich gerade treffe. Ich wollte dich für Samstagabend zu einem Probeessen meines italienischen Menüs ins Café einladen. Ich möchte von ein paar Freunden ihre Meinung hören.«

»Ich, oh …«

»Nein, nein, es ist selbstverständlich kostenlos. Du würdest mir einen Gefallen damit tun. Bring auch Blackgang Ted mit.«

Fran wies mit einer Kopfbewegung auf den Buggy. »Ich weiß noch nicht, was mein Besuch vorhat.«

»Bring alle mit, wenn sie möchten. Ich würde auch gerne den Geschmack der Australier kennenlernen.«

»Ja, aber mit dem Baby …«

»Bringt es ebenfalls mit. Seine Mutter kann mit ihm hinauf in meine Wohnung gehen. Je mehr Gäste kommen, umso besser.« Sie warf einen weiteren Blick auf die Polizeiwache und stopfte die Brieftasche schließlich in ihren Beutel. »Ich muss jetzt los. Ruf mich an.«

Fran sah Rachel nach, bis sie außer Sichtweite war. Ein Graupelschauer setzte ein. Über ihr segelten kreischend Schwärme von Möwen, die die Wärme im Inneren der Insel suchten. Sie befestigte die Regenhaube des Buggys, zog sich die Kapuze ihres Dufflecoats über den Kopf und strebte dem Parkplatz zu. Sie freute sich, mit Sam wieder nach Hause auf die Rocken Edge Farm zu kommen und sich dort einen gemütlichen Nachmittag zu machen. Cinders musste sie auch versorgen. Sie lächelte im Gehen vor sich hin; es war irgendwas in ihr, das ihre Angstschübe zu überlagern schien, sie ganz in den Hintergrund drängte, wie der Ozean die Kraft einer Welle verschluckte. Sie hatte inzwischen allerhand Leuten von ihrem Großneffen erzählt. Durfte sie es wagen, ihn zu Rachel mitzunehmen? Das Lächeln schwand aus ihrem Gesicht. Bald, schon bald würde sie sich dem Problem der merkwürdig unsichtbaren Verwandten stellen müssen.

Am Mittwochabend saß Pater Ryan an einem kleinen Tisch in der Fensternische des Gästehauses, das er in Abergavenny gefunden hatte, und ließ sich sein Abendessen aus hausgemachtem Hackfleischauflauf mit Brokkoli und Möhren schmecken. Der Auflauf hatte eine knusprige Käsekruste, und das Gemüse schien frisch. Schade, dass Mrs. Mulligan nicht so gut kochen konnte. Außer ihm saß nur noch ein Ehepaar im Speisezimmer, und das war ganz mit sich selber beschäftigt. Die Hausherrin eilte mit Tellern herein und hinaus und schien zu befangen, um ein Gespräch mit ihm zu suchen. Er fuhr mit dem Finger an seinem Priesterkragen entlang und sann darüber nach, wie leicht so eine Soutane ihm das Vertrauen der Menschen einbrachte und sie gleichzeitig Abstand zu ihm wahren ließ, wenn ihm danach war. Dann ließ er im Geiste noch einmal den aufregenden Tag passieren, der hinter ihm lag.

Nachdem er, lange nach Mitternacht, in Pembroke von der Fähre heruntergefahren war, hatte er noch ein paar Meilen zurückgelegt und dann auf einem Parkplatz Rast gemacht, wo er auf der engen Rückbank mit Jeannies Tuch und seinem Mantel bedeckt einige Stunden lang erstaunlich gut geschlafen hatte. Er konnte sich gar nicht mehr erinnern, wann er zuletzt ohne Kopfschmerzen erwacht war. Sollte das etwa an dem Whiskey gelegen haben, den diese abstoßende rot-weiße Frau ihm eingeflößt hatte? Er war aus dem Wagen gestiegen, hatte seine steifen Glieder gestreckt und die Windschutzscheibe freigeschabt. Das Gras und die Bäume um ihn herum waren mit glitzerndem Frost bereift. Es war ein herrlicher Morgen, um unterwegs zu sein. Schließlich hatte er sich noch auf der Karte vergewissert, ob er sich auf der richtigen Straße befand, und war losgefahren.

Sein Frühstück – Speck und Eier und starker Tee aus einer dicken Tonkanne – hatte er in einem schmuddeligen Landgasthof eingenommen, vor dem riesengroße Sattelschlepper parkten, die vermutlich auf dem Weg zur Fähre waren und deren Fahrer mit ihrem Zigaretten- und Körpergeruch eine wenig anheimelnde Atmosphäre schufen und obendrein derbe Witze über Geistliche von sich gaben, die offensichtlich für seine Ohren bestimmt waren. Aber das hatte ihn nicht weiter gestört. Was gingen ihn diese Menschen an? Er war ein Gast in diesem Land. Er war durch halb Irland gefahren, hatte die Irische See überquert und war dann in diesen Breiten voller Hügel und Täler gelandet, deren Einwohner mit einem ungewohnten Akzent sprachen, was ihm aber weniger zu schaffen machte, als er befürchtet hatte. Am unwohlsten hatte er sich in Cork gefühlt, weil er dort in einem Verkehrsstau lange weder vor noch zurück gekonnt hatte. Morgen würde er die Grenze von Wales nach England überqueren. Als er daran dachte, wuchs sein Selbstvertrauen – trotz der rüden Bemerkungen der Lastwagenfahrer über Männer in schwarzen Röcken. Er hatte ihr Grinsen erwidert und war ihnen auf den Abtritt gefolgt, wo er sich in die Schlange vor dem Urinal einreihte. Er würde ihnen schon zeigen, dass er ein richtiger Mann war.

Später hatte er bei einem Supermarkt angehalten und sich eine Flasche Whiskey gekauft. Während er durch Wales fuhr, nahm er ab und zu einen Schluck daraus, damit seine entspannte Stimmung ihm erhalten blieb. Vielleicht war das die Lösung für all seine Probleme. Vielleicht litt er doch nicht an einem Hirntumor, brauchte nur etwas, das die Anspannung in seinem Körper löste. Wieso war er nicht schon längst darauf gekommen? Möglicherweise gab es noch weitere Dinge, die er ausprobieren sollte und an die er bisher nie zu denken gewagt hatte?

Nun saß er also hier und genoss sein Abendessen. Er lächelte die Wirtin an, als sie ihm ein rotes und gelbes Biskuitdessert hinstellte, dessen Sahnehäubchen mit bunten Zuckerstreuseln garniert war. Sie errötete und zog sich rasch zurück. Beinahe *wünschte* er sich, sie würde ein Gespräch mit ihm anfangen; er hatte das Gefühl, die Worte würden ihm leichter als sonst von der Zunge gehen. Er blickte hinunter auf seine Aktentasche, die gegen das Tischbein gelehnt stand, und sein Herz erwärmte sich bei dem Gedanken an die Flasche Whiskey darin. Dennoch musste er aufpassen – was für einen Eindruck würde es machen, mit einer Alkoholfahne am Steuer erwischt zu werden!

Er stopfte den letzten Löffel Biskuit in sich hinein und spürte, wie sein Bauch sich unter seinem Gürtel spannte. Während er sich behaglich in seinem Stuhl zurücklehnte, merkte er, wie jemand ihn anstarrte. Ein kleines Mädchen schaute durch die Tür des Speiseraums, dessen Gesicht von wilden blonden Locken umrahmt war. Als er ihm zulächelte, betrat sie zaghaft das Zimmer. Es trug einen weiß und rosa gestreiften Pyjama, aus dessen Hosenbeinen ihre nackten Füße hervorlugten, und hielt ein Plüschtier fest an ihre Brust gedrückt. Es blickte sich im Raum um und dann wieder ihn an. Er schenkte ihm ein weiteres, aufmunterndes Lächeln, das das Kind aber nicht erwiderte. Stattdessen setzte es sich auf den Teppich und bedachte sein Kuscheltier mit einem fröhlichen Lachen. Nur von Zeit zu Zeit warf es dem Pater einen scheuen Blick zu. Er ahnte, dass es wollte, dass es ihr beim Spielen zusah. So waren kleine Mädchen eben. Er seufzte. Es war wirklich bezaubernd. Mit einem Male erinnerte er sich an ein Buch, das er in der Schule gelesen hatte. Es ging darin um einen alten Geizhals, dem man seinen Topf mit Gold gestohlen hatte, an dessen Stelle er jedoch ein kleines Mädchen mit goldenen Haaren vorfand, das er mit in sein Haus nahm und adoptierte. Und dann lebten die beiden wunschlos glücklich miteinander. *Silas Marner* – so hieß das Buch. Wie er diesen Mann doch stets beneidet hatte.

Die Vermieterin kam ins Zimmer. »Beth!« Sie riss das kleine Mädchen auf die Füße. »Du weißt doch, dass du hier nicht reindarfst. Geh zurück ins Bett!«

Warum waren Mütter so schrecklich? Und er hatte sich gerade noch gewünscht, sie würde sich mit ihm unterhalten! Er nahm innerlich kopfschüttelnd seine Mappe und stand auf. In seinem Zimmer gab es einen Fernseher. Er wollte prüfen, was das Programm hergab, und sich vielleicht einen kleinen Schlaftrunk genehmigen.

Rachel saß im *Buddle Inn* mit Sophie und Nick am Tisch. Im Kamin loderte ein mächtiges Feuer, und Allan, der Musiker des Pubs, klampfte gerade *Country Roads*. Seine sanfte Stimme wirkte einschläfernd. Jedem war es zu warm, und alle gähnten über ihren Getränken. Rachel war mit den Gedanken ganz bei dem mysteriösen Auftauchen von Sandros Bricftasche und der anonymen Person, die sie ihr durch den Briefkastenschlitz gestopft hatte.

»Es kann sonst wer gewesen sein«, sagte Sophie, als hätte sie Rachels Gedanken gelesen. »Zumindest aber ein ehrlicher Mensch, der dich – oder dein Café – auf dem Foto erkannt hat.«

»Aber warum ist derjenige nicht damit zur Polizei gegangen?«, fragte Rachel.

»Das Revier ist doch nie geöffnet«, sagte Nick. »Und offenbar war man davon ausgegangen, dass du den Besitzer kennst.«

»Aber wenn man etwas derart Wertvolles abgeben will, klopft man doch an?«

»Kann sein, dass wir es bei dem Klappern von Töpfen und Pfannen und dem Geträller von Andrea Bocelli überhört haben«, sagte Sophie.

»Also, als Geträller kann man das ja wohl nicht gerade bezeichnen«, beschwerte sich Nick.

»Habt ihr es nicht gemerkt? Schluss mit Andrea Bocelli. Für mich gibt's jetzt nur noch meinen irischen Folk.«

»Außer an italienischen Abenden – sonst kommt bei den Gästen nicht die rechte Stimmung auf«, wandte Nick ein.

»Was willst du denn jetzt mit der Brieftasche anfangen?«, erkundigte sich Sophie.

»Ich weiß nicht. Ich war heute früh drauf und dran, sie bei der Polizei in Newport abzugeben, falls Sandro sich dort meldet, um zu fragen, ob sie gefunden wurde.«

»Aber?«

»Aber – ich hab's einfach nicht über mich gebracht. Ich meine – er steckt doch irgendwie in Schwierigkeiten, oder? Es könnte alles für ihn nur noch schlimmer machen, wenn ich seinen Pass bei der Polizei abgebe. Und ich wollte ebenso wenig, dass sie das Foto zu sehen bekommen.«

»Wieso nicht? Du hast doch nichts zu verbergen.«

»Schon, aber … ach, ich weiß es nicht. Ich kann es nicht rational erklären. Ich wollte es einfach nicht tun.«

»Aber jetzt hast du sie am Hals.«

Rachel nickte und tat einen langen Seufzer. »Da hast du recht, Nick. Ich hätte sie doch abgeben sollen. Ich mache es morgen.« Sie stand auf. »Dann hole ich mal die nächste Runde.«

Sie ging zum Tresen. Tief in ihrem Inneren wusste sie, dass sie sich so an die Brieftasche klammerte, weil sie das Gefühl hatte, ein kleines Stück von Sandro wäre damit zu ihr zurückgekehrt. Aber das konnte *er* ja nicht wissen. Also hatte es keinen Sinn.

An der Bar lehnte Blackgang Ted und redete mit ein paar Männern aus der Umgebung über Gott und die Welt.

»Guten Abend, Rachel«, begrüßte er sie und lüpfte seine Kappe. »Schön, dass du ein bisschen Glanz ins *Buddle* bringst.«

»Hallo, Ted. Ich habe gerade heute Morgen mit Fran über dich gesprochen, als wir uns in Newport begegnet sind.«

»Ach, ich hätte längst mal wieder bei ihr vorbeischauen sollen. Aber sie ist ja im Moment ganz aus dem Häuschen wegen ihres Besuchs. Sie macht so ein Aufhebens darum, dass man denken könnte, die königliche Familie hätte sich bei ihr einquartiert.«

»Als ich sie traf, wartete sie gerade auf sie und bewachte mit vor Stolz geschwellter Brust ein Baby in einer schicken Kinderkarre. Ich habe zuerst gedacht, es wäre ein neugeborenes Lamm.«

Ted brach in schallendes Gelächter aus. »Ja, das sähe ihr ähnlicher, nicht wahr? Kann's gar nicht glauben, wie sie sich in ihre Rolle als Babysitterin hineinsteigert. Ich habe ihr gesagt, dass sie sich von ihren Verwandten nicht ausnutzen lassen darf. Ich selber habe sie ja noch nicht einmal zu Gesicht bekommen – immer sind sie unterwegs und lassen sie mit dem Kind allein … und das in ihrem Alter. Aber sie hat über mich gesprochen, sagtest du?«

»*Wir* haben über dich gesprochen. Ich habe euch beide für Samstagabend zum Essen in mein Café eingeladen. Sozusagen ein Probelauf für das italienische Restaurant.«

»Sie wird wohl nicht mitkommen. Nicht, solange sie ihre Sippschaft im Haus hat.«

»Ich habe vorgeschlagen, dass sie sie alle mitbringt – einschließlich des Babys.«

Ted grinste. »Das könnte sie überzeugen.«

»Weißt du zufällig, ob Jane und ihre Leute am Samstag schon wieder zurück sind?«

»Nein, die wollten erst am Montag wiederkommen. Aber man weiß ja nie – sie überlegen es sich oft anders. Marguerite mag nicht allzu lange von Wraith Cove fortbleiben.«

Rachel trug die Drinks an den Tisch. Sophie und Nick saßen aneinandergelehnt da, und der Schein des Feuers tat das seine, sie vollkommen zufrieden aussehen zu lassen. Allan spielte gerade ein Medley von Buddy Holly – *Everyday, it's a gettin' closer* ... Wie schön es wäre, eine Weile innezuhalten und nichts zu tun zu haben. Sie gähnte. War es die ganze Mühe und Plage dieser Tretmühle wert, die einen doch nur jeden Tag der Begegnung mit dem Sensenmann ein Stückchen näher brachte? *Goin' faster than a roller-coaster* ... Gab es einen Sinn, einen Zweck hinter alledem? Sie sah Nick an, der die Augen nicht von Sophie lassen wollte. War es die Liebe, die den Sinn bewirkte? Eine andere Erklärung wollte ihr nicht einfallen.

»Wir müssen die Gäste für Samstag durchzählen«, sagte sie. »Es werden jeden Tag mehr. Morgen ist schon Donnerstag. Viel Zeit bleibt uns nicht mehr.«

»Ich sehe da eine gewaltige Einkaufsliste auf uns zukommen«, murmelte Sophie schläfrig.

»Sieh bitte zu, dass deine Frau heute eine Mütze Schlaf bekommt«, sagte Rachel zu Nick. »Und würdest du morgen die Studenten von Wraith Cove anheuern? Wir können jede helfende Hand brauchen.«

13

Wenn es etwas gab, was Clare gut konnte, dann Wände streichen. Seit sie Kraft genug hatte, um einen Pinsel zu halten, hatte ihre Mutter sie Wände streichen lassen; wenn nicht in ihrem eigenen Haus, dann in den Nebengebäuden der Kirche oder in der Klosterschule. *Wir müssen alles* rein *halten*, hatte ihre Mam ihr eingeschärft, während sie schrubbte. *Weiße Mauern versinnbildlichen gute katholische Seelen, und sehen nicht die Bilder und die Statuen viel schöner davor aus?*

Dass sie eine Wand streichen konnte, ohne dass es tropfte oder Nasen gab, war eines der wenigen Dinge, für die Clare gelobt wurde – neben ihrer Gehorsamkeit und dass sie brav in Pater Ryans Chor sang.

Die Farbe, mit der sie hier arbeitete, war weißer und streichfähiger als die verdünnte Suppe ihrer Mutter. Mit dieser Farbe konnte man die Flächen mit satten Strichen abdecken. Sie lief nicht am Pinsel herunter oder tröpfelte nicht auf den Boden. Kate war auf der gegenüberliegenden Seite beschäftigt und Jules und Billy in den Nebenräumen. Clare hörte, wie sie sich gegenseitig etwas zuriefen und dabei lachten. Aus einem kleinen Radio im Flur spielte Musik. Kate sang mit, während sie arbeitete – *You're the one that I want … oooh, hooo, hooo …*

Clare wünschte sich, sie könne einfach weiter hierbleiben und Wände tünchen. Nun, da es ihr besser ging, hatte Kate auch aufgehört, ihr Fragen zu stellen. Jules und Billy schienen sich überhaupt nicht für sie zu interessieren, und Aidan war nicht da, wahrscheinlich in der Schule. Er war derjenige, der ihr Sorgen bereitete. Ihr war aufgefallen, wie er sie gestern beim Abendessen beobachtet hatte, und er schien jede Gelegenheit wahrzunehmen, sich neben sie zu setzen und ein Gespräch mit ihr anzufangen. Er hatte sogar ihren Zopf in die Hand genommen und gemeint, dass ihr Haar viel besser aussehen würde, wenn sie es offen trüge. Er sprach davon, dass er eigentlich im nächsten Jahr auf die Uni käme, wollte aber ihre Meinung darüber hören, ob er vorher ein Jahr lang etwas ganz anderes machen sollte. Er glaubte offenbar, sie wäre in Roses Alter. Schließlich hatte sie sich entschuldigt und gesagt, sie wolle zurück in Kates Wohnwagen und früh schlafen gehen. Dann hatte sie auf ihrer Koje gelegen und in *Tess* gelesen, aber als sie an das traurige Ende des Buches dachte, hatte sie es tief unten in ihren Rucksack gesteckt und war eingeschlafen.

Beim Streichen der Wände fühlte sie sich wohler. Ihr Arm schien die vertraute Arbeit geradezu mechanisch zu verrichten. Sie musste an eine andere Wand denken, die ganz ähnlich war wie diese, in einem ähnlichen Raum, in dem Pater Ryans Messgewänder und die Chorkleidung aufbewahrt wurden. Sie war eines Nachmittags nach der Schule auf Anweisung ihrer Mutter dort hingegangen, um zu überprüfen, ob die Farbe schon getrocknet war, so dass man die Kleider wieder an die Haken hängen konnte. *Wir müssen dafür sorgen, dass Pater Ryans Tagesablauf nicht gestört wird*, hatte ihre Mam gesagt. *Er wird sich für die Abendmesse umziehen wollen.*

Clare war sich bewusst gewesen, dass Pater Ryan sie beobachtete, als sie sich zu den Kleiderhaken hochstreckte. *Lass mich dir dabei helfen*, hatte er gesagt. Er war immer so nett zu ihr. Clare wusste aber auch, dass ihre Mutter Missfallen daran finden würde – *sie* sollte die Arbeit verrichten, nicht *er*. Doch da hatte er sich schon hinter sie gestellt und sie bei den Schultern gefasst. Durch den Stoff ihrer Schulbluse hindurch fühlten sich seine Hände kalt an. Sie wusste nicht, was sie tun sollte, also blieb sie still stehen. Dann hatte er sich vorgebeugt und sie auf den Kopf geküsst. *Süßes Mädchen*, hatte er gemurmelt, *stets bist du für mich da.* Er hatte seine Arme von hinten um sie geschlungen und sie um ihre zarten Brüste gelegt. *Lass dich ein bisschen drücken, weil du immer so lieb zu Pater Ryan bist.* Er hatte sie ganz dicht an sich gezogen und sie von einer Seite auf die andere gewiegt, und ihr war nichts anderes übrig geblieben, als sich an ihn zu lehnen und mitzumachen. *Das ist schön*, hatte er geflüstert und sie zunehmend rascher gewiegt, seinen Körper fest gegen ihren Rücken gepresst. Sie hatte es mit der Angst zu tun bekommen, hatte sich gefragt, ob sie wissen müsste, was es damit auf sich hatte – sollte sie sich dagegen zur Wehr setzen? Aber plötzlich hatte er aufgehört und sie so unerwartet losgelassen, dass sie beinahe hingefallen wäre. Als sie ihn verblüfft angeschaut hatte, hatte er das Gesicht abgewandt. Er atmete ganz heftig und schien sich übergeben zu müssen. Clare hatte schon wieder nicht gewusst, was sie tun sollte – ging es ihm schlecht? Doch dann hatte er sich wieder gefangen und ihr in scharfem Ton befohlen, nun zu gehen; er würde die Sachen selber aufhängen. Clare fragte sich, ob er sich über sie geärgert hatte. *Danke, Pater*, hatte sie leise gesagt. *Nun, warum kommst du nicht morgen um die gleiche Zeit wieder her?*, hatte er sie gefragt. Er war ganz rot im Gesicht gewesen, und seine Augen hatten gefunkelt. *Du könntest mir beim Sortieren meiner Kleidungsstücke helfen.* Sie hatte nicht verstanden, wieso seine Kleidung sortiert werden musste. Sie hing doch da wie üblich. Also hatte sie nichts darauf erwidert. *Vielleicht habe ich auch ein kleines Geschenk für dich*, hatte er gesagt und auf ihre Antwort gewartet. *Wenn du nicht willst, frage ich eines der ande-*

ren kleinen Mädchen. Ein übermächtiges Gefühl, dass sie drauf und dran war, etwas einzubüßen, war in ihr aufgestiegen. *Ich … ich komme schon*, hatte sie gesagt. *Ich sag's meiner Mam*. Er griff nach seinem Gewand. *Das tu nur*, hatte er gesagt.

An diesem Abend hatte sie im Bett gelegen und über Pater Ryan nachgedacht. Sie konnte immer noch seine Arme um sich spüren. Es hatte sie verwirrt, als er sie nicht loslassen wollte, aber ein bisschen hatte es ihr auch gefallen. Sie mochte seinen Geruch, und von ihrer Mutter wurde sie nie in den Arm genommen, wie früher von ihrem Daddy. Das fehlte ihr. Sie hatte sich gefragt, ob sie ihrer Mam davon erzählen sollte, aber irgendwie war es ihr wie ein Geheimnis vorgekommen. Sie war sich des Gefühls der freudigen Erregung tief in ihrem Inneren bewusst, als sie einschlief.

Clare tauchte die Malerrolle in den Farbeimer und seufzte. Das alles schien so unendlich lange her zu sein. Damals war sie noch ein kleines, unbedarftes Mädchen gewesen. Sie hatte nicht begriffen, wie verderbt sie war. Hätte Pater Ryan es nicht merken und sie fortschicken müssen? Aber er konnte ja nichts von den Gefühlen ahnen, die in ihr steckten.

»Gute Arbeit.«

Clare hätte vor Schreck fast ihre Rolle fallen gelassen. Sie hatte überhaupt nicht gemerkt, dass Patrick den Raum betreten hatte.

»Alle zu mir her, Leute«, rief er. Jules und Billy kamen sofort – Billy mit weißen Farbtupfern in seiner Rastafrisur.

»Das war *sie*«, sagte er und zeigte auf Jules.

»Okay, Kinderchen«, sagte Patrick. »Nun hört mal gut zu. Hat jemand von euch Erfahrung damit, in einem Café oder einem Restaurant zu bedienen? Oder andersherum gefragt – wer würde gerne am Samstagabend ein paar Mäuse zusätzlich kassieren?«

»Ich habe in Australien in einem Luxushotel gejobbt«, meldete sich Kate.

»Und ich mal kurz bei *McDonald's*«, grinste Jules.

»Mich wollten die nicht«, sagte Billy. »Zu lange Haare und so.«

»Kann ich nachvollziehen«, sagte Patrick. »Wie steht's mit dir, Clare?«

Sie schüttelte den Kopf.

Patrick sah erst Billy an, dann sie. »Würdet ihr beide es schaffen, ein paar Tische abzuräumen und abzuwaschen?«

»Klar. Kann ja wohl nicht schwierig sein«, sagte Billy.

Für einen kurzen Moment geriet Clare in Panik. Sie müsste sich dann unter Fremde begeben; da konnte sonst was passieren. Aber andererseits war dies genau das, worauf sie wartete – dass nämlich etwas passierte. »Ich mach's«, sagte sie nickend.

»Klasse. Dann werd ich's meiner Mutter sagen.« Im Hinausgehen zupfte Patrick Billy an den Haaren. »Du wirst es dir waschen müssen. Das ist ein ordentliches Restaurant.«

»Die Imbissbude von deiner Mum? Das nennst du ein Restaurant?«, rief Jules ihm nach.

»Wart's ab, bis du es am Samstag siehst. Die Verwandlung in ein italienisches *Ristorante* wird dich umhauen«, rief Patrick zurück.

»Wo ist denn dieser Laden?«, fragte Clare.

»In Ventnor. *Rachel's Café*«, sagte Kate. »Abends will die Mutter von Patrick und Aidan es in ein italienisches Restaurant umwandeln, und das wird sozusagen die Generalprobe.« Sie senkte die Stimme. »Das Problem ist bloß, dass der Typ, mit dem ihre Mutter eine Partnerschaft hatte, ihr davongerannt ist und sie sitzen gelassen hat. Der war nämlich Italiener – und ein Superkoch, habe ich mir sagen lassen.«

Rachel's Café! Clare wandte sich wieder ihrer Arbeit zu. Rachel war also Patricks und Aidans Mutter. Und ausgerechnet da hatte sie Sandros Brieftasche eingeworfen. Ob sie die Frau auf dem Foto war? Aber Sandro hatte ihr doch erzählt, dass er in dem Hotel in Shanklin arbeitete, wo er jemandes Frau in Schwierigkeiten gebracht hatte. Womöglich hatte er sowohl hier als dort gearbeitet und musste nun vor allen davonlaufen. Das bedeutete, dass Rachel nicht in der Lage sein würde, ihm seine Brieftasche zurückzugeben. Und sie hatte gedacht, dass sie ihm damit einen Gefallen täte! Machte sie denn alles verkehrt? Sie fuhr mit der Rolle über die Wand. Andererseits: Was ging sie das eigentlich an?

Pater Ryan saß in seinem Wagen und blätterte in seinem Notizbuch. Er wollte Schwester Bridget anrufen, um seinen Besuch im Konvent anzukündigen und dass er mit ihr über Clare sprechen müsse. Er blätterte hin und her. Komisch, er hatte sie doppelt eingetragen. Warum wohl? Er widerstand der Versuchung, einen Schluck aus seiner kostbaren Flasche zu nehmen. Das hätte ihm einen klaren Kopf verschafft. Aber er musste ja noch fahren und wollte bei seiner Ankunft nicht nach Alkohol riechen. Er warf noch einmal einen Blick auf die zwei Seiten mit den identischen Adressen und Telefonnummern. Aber natürlich! Er hatte die Adresse auch für Clare aufgeschrieben. Aber wieso hatte er eine Seite nicht herausgetrennt? Eine *andere* Seite fehlte allerdings – er konnte es deutlich sehen.

Heilige Maria, Mutter Gottes! Er hatte die falsche Seite herausgerissen und Clare die Adresse des Konvents vor dessen Umzug in die neuen Räume gegeben. War das der Grund, aus dem sie dort nie angekommen war? Aber das konnte nicht sein. Das Mädchen würde doch wohl genug

Verstand haben, um sich nach der neuen Anschrift zu erkundigen. Er schüttelte den Kopf. Die Anspannung ergriff schon wieder Besitz von ihm. Nur ein kleiner Schluck – das konnte nichts schaden. Er holte die Flasche aus seiner Aktentasche. Er konnte ja danach ein Pfefferminzdragee lutschen.

Dummes Kind, dachte er. Er hatte schon immer gewusst, dass sie dumm war. Er hätte ihr nie vertrauen dürfen. Was sollte er nun tun? Am besten wäre es wohl, zu der alten Anschrift zu fahren und zu schauen, ob da noch jemand war. Die alte Adresse hatte er genau im Kopf. Eventuell wurde das Gebäude jetzt für andere Zwecke genutzt. Möglicherweise erinnerte sich irgendwer, Clare dort gesehen zu haben.

Es war nicht mehr weit zu den Randbezirken von Hereford. Aber an der Stelle, wo es hätte sein sollen, gab es kein Anzeichen mehr von einem ehemaligen Konvent. Auf dem Grundstück war ein halbes Dutzend neuer Reihenhäuser entstanden. Er ging die noch ungeteerte Straße entlang und klopfte an den Türen. Bei einem Haus sah er, wie der Vorhang beiseitegezogen wurde, aber die Bewohner ließen sich nicht blicken. Wahrscheinlich glaubten sie, er wolle sie bekehren oder um Spenden bitten. Als ob ein Mann in seiner Position mit so was hausieren ginge! In dreien der Häuser rührte sich gar nichts, und bei den restlichen beiden wurde ihm von Müttern mit heulenden Kindern geöffnet, die sich an deren Beine klammerten. Er zeigte ihnen Clares Foto, aber niemand hatte sie gesehen.

Missmutig ging er zurück zu seinem Wagen und versuchte, sich bei laufendem Motor aufzuwärmen. Womöglich war Clare wirklich nie hier gewesen. Unter Umständen war sie nach wie vor in Irland. Aber irgendwie glaubte er das nicht. Wenn dieses verruchte Ding vorgehabt hatte, davonzulaufen und eine Abtreibung vornehmen zu lassen, musste sie nach England. Er steckte in einer Sackgasse. Er war keinen Schritt weitergekommen, weder durch diese Verrückten auf der Fähre noch durch diese ahnungslosen Hausfrauen. Geriet seine Reise nicht langsam zu einer reinen Zeitvergeudung? Sollte er Schwester Bridget aufsuchen und alles mit ihr erörtern? Wer weiß, vielleicht fiel ihr ja etwas ein. Er konnte nicht nach Hause zurückkehren, ohne die Wahrheit erfahren zu haben. Wie sollte er den Rest seines Lebens in ständiger Furcht vor Clares Anschuldigungen verbringen? Zorn loderte in ihm auf. Er hätte wissen müssen, dass sie ihr Versprechen nicht halten würde. Er war viel zu vertrauensselig gewesen. Er hätte sich ihrer auf irgendeine andere Weise entledigen sollen … durch einen Unfall möglicherweise? Wieso war er da nicht schon eher darauf gekommen? Aber wahrscheinlich hätte das eine polizeiliche Untersuchung nach sich gezogen … Er nahm einen weiteren Schluck Whiskey und schob sich danach ein Pfefferminzbonbon in den Mund.

Dann studierte er seine Straßenkarte. Vielleicht sollte er gar nicht erst bei Schwester Bridget anrufen, sondern aus heiterem Himmel dort aufkreuzen. Schließlich war sie seine Kusine. Nicht, dass Verwandtschaftsverhältnisse für eine Nonne in einem weltabgeschiedenen Orden viel bedeuten würden – sie waren ja alle nur Gott verbunden. Aber er kannte die Frauen. Bridget würde sich glatt versündigen und stolz darauf sein, dass ihr Vetter – ein Priester – den ganzen Weg von Irland gekommen war, um sie zu besuchen. Und es würde ihr erlaubt sein, ihn in einem Gästezimmer unterzubringen.

Einlass in den Konvent zu erlangen gestaltete sich allerdings schwieriger, als er erwartet hatte. Er musste sein Anliegen unidentifizierbaren Frauen gegenüber durch ein Gitterfenster in der Tür vorbringen. Doch wie gewöhnlich verschaffte ihm sein Status als Priester Eintritt. Schwester Bridget empfing ihn in einer kleinen, modern eingerichteten Bibliothek, in der es nach Bohnerwachs roch. Eine weitere Nonne staubte derweil als – reichlich überflüssige – Anstandsdame mit einem Wedel die Buchrücken ab. Seine Kusine sah noch genauso aus, wie er sie in Erinnerung hatte, obwohl die beiden einander nicht mehr begegnet waren, seit Bridget vor vielen Jahren als Novizin in das Kloster eingetreten war. Ihr von dem schwarzen Schleier umrahmtes Gesicht wirkte schmal – nur um die Taille, um die eine Kordel geschlungen war, schien sie ein wenig stämmiger. Während ihres Gesprächs ließ sie ständig einen schwarzen Rosenkranz zwischen den Fingern durchlaufen. Pater Ryan spürte, wie unangenehm es ihr war, dass er hier so hineinplatzte. Sie schien außerdem ständig zu schnuppern, so als ob sie den Whiskey riechen könnte. Nun, wenn sie sich vorher besser um alles gekümmert hätte, säße er jetzt nicht vor ihr. Und er konnte immer noch behaupten, es wäre Hustenmedizin, falls sie einen Kommentar dazu abgab.

»Ich weiß wirklich nicht, was ich sonst noch hätte tun können«, sagte sie gerade. Ihre Stimme klang ruhig, distanziert. Er konnte kaum noch eine Spur ihrer irischen Herkunft heraushören. »Es fällt mir schwer, zu glauben, dass du sie zu der falschen Adresse geschickt hast. So ein junges Mädchen und ganz alleine! Das war äußerst nachlässig von dir.«

»Ach, du hast sie nicht gekannt. Sie war schon sehr erwachsen und wusste sich durchzuschlagen.«

»Dennoch ist sie jung an Jahren und unerfahren – und sehr verwundbar in ihrem Zustand.«

Pater Ryan schnaubte verächtlich. »Wie ich schon sagte – du hast sie nicht gekannt.«

»Und du auch nicht so recht, wie es den Anschein hat«, erwiderte sie kühl. »Ihr hätte sonst etwas zustoßen können. Wie du weißt, haben wir in den Krankenhäusern nachgefragt und uns auch bei der Heilsarmee erkundigt – die vollbringt ein gutes Werk an davongelaufenen Jugendlichen. Ich bin eine solche Situation nicht gewöhnt. Die Pflegefamilie, die wir für sie gefunden haben, hat sich ebenfalls sehr aufgeregt. Und du selber hattest mich ja gebeten, nicht die Polizei einzuschalten.« Sie faltete die Hände im Schoß. »Obwohl ich mir keinen Grund dafür denken kann.«

»Ihre Mutter wollte das nicht. Sie wollte einen Skandal vermeiden.«

Schwester Bridget beugte sich leicht vor; ihre Augen funkelten zornig. »Du hättest nicht auf sie hören dürfen. Clare ist noch ein Kind, minderjährig, und bedarf unseres Schutzes.«

Pater Ryan seufzte. Was wusste diese Frau schon von Mädchen im Teenageralter? Er empfand dieses Zusammentreffen als zunehmend unangenehmer. Er hatte erwartet, dass Bridget zugänglicher sein würde. Hatte sie ihr eigenes Gelübde der Armut, Keuschheit und *Demut* vergessen? Er fragte sich, was ihre Oberin von dieser Zurschaustellung starren Eigensinns halten würde. Er wollte sich von ihr kein schlechtes Gewissen einreden lassen – als ob er etwas dafür könnte! »Und was hättest du nun an Clares Stelle getan, wenn du bei der angegebenen Adresse ankommst und dort nichts vorfindest?«

»Ich kann mich nicht in ein solch tragisches Dilemma hineinversetzen, *Pater Ryan*.« Der Rosenkranz zitterte in ihren Händen. »Aber ich kann mir vorstellen, dass Clare sich zu der nächsten Instanz begeben hätte, wo sie sich nach dem Verbleib des Konvents und dem Weg dorthin erkundigen könnte. Doch nachdem sie ja nun nicht hier angekommen ist, wird sie das wohl nicht getan haben. Außer, jemand hat sie in die Irre geleitet.«

»Was meinst du damit? In die Irre geleitet?«

»Es gibt Menschen, die nach streunenden Kindern Ausschau halten. Wer weiß? Möglicherweise hat jemand sie bei sich aufgenommen? Am Ende sogar eine kirchliche Institution? Doch dann würde die Heilsarmee davon erfahren haben. Aber leider gibt es ja auch Sekten.«

In der Ferne läutete eine Glocke. Sie erhob sich. »Ich muss jetzt gehen. Es war … angenehm.« Sie blickte an ihm vorbei zur Tür, als wünschte sie sich, er möge endlich verschwinden. »An deiner Stelle würde ich bei den übrigen Klöstern und Konventen in der weiteren Umgebung nachfragen. Es sind nicht viele. Vielleicht hat sie sich dort irgendwo gemeldet – obwohl ich das bezweifle, denn man hätte es mir gewiss mitgeteilt. Ich bete zu Gott, dass du sie wohlbehalten und unversehrt wieder auffindest. Lebe wohl.«

Wiederum suchte Pater Ryan Zuflucht in seinem Auto. Er hatte Hunger, und ihm war kalt. Was für eine biestige Person doch aus Bridget geworden war. Er hatte erwartet, etwas zu essen oder wenigstens eine Tasse Tee angeboten zu bekommen. Zu Hause hätten die Frauen sich überschlagen, um ihn durchzufüttern. Sollte er nach Hereford fahren und die Kathedrale dort besichtigen? Er hatte gehört, dass es ein prächtiges Bauwerk sei. Dort würde er bestimmt auch jemanden finden, mit dem er reden und der ihm Informationen über andere religiöse Einrichtungen in der Gegend geben konnte.

»Guter Kohl, Ted.« Fran kaute in gespielter Begeisterung auf dem Gemüse in ihrem Mund herum. Sie ahnte, dass sie nachher gräßliche Blähungen davon bekommen würde. Aber sie hatte ein schlechtes Gewissen wegen all der Kohlköpfe, die er ihr mitgebracht und die sie dann an ihre Tiere verfüttert oder kompostiert hatte.

Ted schnitt ein Schweinekotelett an. »Geht nichts über Wirsing. Gibt nichts Gesünderes.« Er fuchtelte mit seiner Gabel. »Und du brauchst etwas Nahrhaftes bei all dem Stress, den du im Moment hast.« Mit einer Kopfbewegung wies er auf den Weidenkorb auf der Anrichte, in dem Sam schlief. »Darfst mir nicht vom Fleisch fallen.«

»Mir macht es Spaß. Keine Sorge, ich passe schon auf mich auf.«

»Tust du eben nicht. Hast du nie getan. Du würdest längst an Unterernährung leiden, wenn ich nicht wäre, der dir ab und zu etwas Anständiges zu essen bringt.«

Fran tätschelte auf ihren rundlichen Bauch und lachte. »Sehe ich etwa unterernährt aus?«

»Kommt auf die Qualität an, nicht auf die Quantität«, dozierte Ted und schaufelte noch mehr Wirsing auf ihren Teller. »Und ich mag deine Figur so, wie sie ist.«

»Stop. Ich platze, wenn ich das alles in mich hineinstopfe. Außerdem bin ich noch nie im Leben krank gewesen – jedenfalls nicht richtig krank. Ich halte mich durch meine täglichen Spaziergänge fit.«

Sam begann in seinem Korb unruhig zu werden und machte leise, brabbelnde Geräusche. Fran legte ihr Besteck beiseite.

»Iss jetzt«, fauchte Ted. »Du verwöhnst ihn, wenn du jedes Mal gleich hinrennst, wenn er quakt. Er muss erst richtig zu schreien anfangen.«

So garstig hatte Fran Ted noch nie erlebt. Vermutlich war er eifersüchtig. Auf einen Säugling – wie albern! Aber aus Männern wurde man oft nicht schlau. Sie wusste noch, wie

Phillip tagelang schmollen konnte, wenn er nicht im Mittelpunkt stand. Ihre Mutter war ständig hin und her gelaufen, um die Männer in der Familie zufriedenzustimmen. Sie als die ältere Schwester konnte sehen, wo sie blieb. Aber das war ihr nur recht gewesen. So konnte sie draußen bei ihren Tieren bleiben, ohne dass jemand sie vermisste. Phillip aber hatte zu den Wölflingen und den Pfadfindern und sogar auf eine Klassenreise nach Frankreich gedurft. Das Einzige, was sie sich je gewünscht hatte, waren Ballettstunden gewesen. Aber ihre Eltern hatten nur darüber gelacht und gesagt, bei ihrer Statur wäre das eine Geldverschwendung. Und leisten konnten sie es sich sowieso nicht. Also hatte sie sich mit ihren Träumen beschieden und gelernt, sich mit ihren Bildern von ätherischen Wesen, die durch surreale Landschaften schwebten, zu begnügen. Was für ein Freudentag war es gewesen, als sie auf einem Flohmarkt den alten Videorekorder erwarb. Nun konnte sie im Lehnstuhl sitzen und sich ihren Fantasien hingeben, so lange sie wollte.

»Warst du heute zur Arbeit auf *Cormorants*?«, fragte sie, um das Thema zu wechseln.

»Da war nicht viel zu tun – nur ein paar Aufräumarbeiten. Alles ist entweder verwelkt oder verfroren. Die Knollen aber schlagen an. Der Garten wird dieses Jahr eine Augenweide. Na ja, das sollte er auch bei all dem Geld, was die darin investiert haben.«

»Das Therapiezentrum ist also die reinste Goldgrube?«

Ted nickte. Fran sah zu, wie er auf einem Streifen fetten Schweinespeck herumkaute. Wenn es etwas Ungesundes gab, dann war es ganz bestimmt *das*.

»Marguerite hat viel um die Ohren. Sie sagt, Ash und Jill und die anderen seien auch ständig ausgebucht.«

»Marguerite ist also glücklich dort?«

»Jetzt ist sie's. Unter uns gesagt – letztes Jahr gab's da ein bisschen Zoff. Ash hatte sich in irgendwelche komischen Psychoideen verrannt. Und Rose, Ashs und Jills älteste Tochter, hatte sich in den Sohn von Rachel verknallt und ihre teure Musikschule hingeschmissen. Aber inzwischen haben sich die Wogen wieder geglättet.«

»Ich bin Patrick neulich begegnet – ein netter, höflicher junger Mann. Und wo ist Rose jetzt?«

»Ist mit ihrer Großmutter Stephanie, der Mutter von Jill, nach Afrika gedüst. Die Großmutter ist Ärztin. Aber sie kommen bald wieder nach Hause.«

Fran lehnte sich auf ihrem Stuhl zurück und hoffte, dass Ted nicht die Menge Kohl auffallen würde, die sie übrig gelassen hatte. Sie schob ihm sein Glas Bier hin. »Seit du angefangen hast, auf *Cormorants* als Gärtner zu arbeiten, bist du ein Quell des Wissens.«

Er nahm einen Schluck. »Hoffe, du hältst mich nicht für geschwätzig.«

»Nein, ich höre nur gerne zu.« Fran hatte sich früher nie sonderlich dafür interessiert, was sich in Ventnor tat, aber inzwischen spitzte sie bei allen Neuigkeiten die Ohren wie Cinders. Falls über ein verschwundenes Baby geredet wurde, würde Ted es längst mitbekommen haben. »Was hältst du von dem Abendessen bei Rachel am Samstag?«

»Man könnt's ja mal probieren.« Ted schabte sich mit einem Zahnstocher zwischen den Zähnen. »Ich hab's nicht so mit italienischem Essen. Aber ich würde mich freuen, wenn du mich begleitest.«

»Ich weiß noch nicht so recht, Ted.« Sie warf dem Babykörbchen einen Blick zu.

»Rachel hat alle eingeladen.« Er wies mit einer Geste auf Sam. »Seine Eltern werden ja wohl einen Abend lang selber auf ihn aufpassen können – oder sie bringen ihn eben mit, wenn sie ebenfalls kommen wollen.«

»Ich hab keine Ahnung, ob sie das wollen.«

»Warum nicht? Wäre doch schön für sie. Möchten sie nicht die Leute kennen lernen, die hier leben? Der junge Phil hat hier schließlich seine Wurzeln, und Sam auch. Oder sind die sich etwa zu fein dafür?« Ted fuchtelte mit den Händen; ein Zeichen, dass er sich über etwas aufregte.

»Beruhige dich. Natürlich sind sie das nicht.«

»Na, auf jeden Fall scheinen sie's nicht eilig zu haben, Bekanntschaften zu machen. Letzten Samstag sind sie angekommen, und heute ist Donnerstag, und ich hab sie noch nicht ein einziges Mal zu Gesicht gekriegt.«

»Ich denke, dass sie auch dabei sein werden.« Sam machte sich zunehmend lauter bemerkbar. Sie stand auf. »Sie werden bald zurück sein. Dann frage ich sie.« Sie hob Sam aus seinem Körbchen. »Auf mich kannst du auf jeden Fall zählen.«

»Gut.« Ted sah zu, wie sie zum Kühlschrank ging, um Sam sein Fläschchen zu holen. »Wie ich sehe, hat man dir wieder das Füttern überlassen.«

»Sie haben gesagt, sie würden versuchen, rechtzeitig wieder hier zu sein, aber sie wollten nach Newport ins Theater.« Fran hob die Abdeckplatte vom Herd und setzte den Kessel auf. »Ich habe ihnen gesagt, dass sie sich nicht zu beeilen brauchen.«

Ted erhob sich. »Na, dann will ich mal los und dich deinen Aufgaben überlassen.« Er schlüpfte in seine Jacke, zog sich die Mütze über den Kopf und nahm seinen Stock und die Taschenlampe. »Trotzdem finde ich das irgendwie nicht richtig«, murmelte er. »Ein so kleines Kind die ganze Zeit allein zu lassen.«

Fran lachte, aber ihr wurde zunehmend unwohler in ihrer Haut. Wie lange würde sie aller Welt diese Scharade noch vorgaukeln können? Ted schien ihr zusehends gereizter, und das passte gar nicht zu ihm. Sie hatte gemerkt, wie er sich nach Anzeichen für die Anwesenheit von Sams Eltern umgeschaut hatte. Sie hatte ein paar alte Sachen von Phillip zurechtgelegt – Gummistiefel und eine Mütze und einen Pullover. Und sie hatte auch einen von ihren eigenen Pullovern, den ihr irgendwann mal jemand geschenkt hatte, endlich ausgepackt und über eine Stuhllehne gehängt. Aber sie wusste, dass es von Tag zu Tag komplizierter werden würde. Sollte sie Ted alles beichten? Doch der Gedanke, dass er sie nötigen könnte, zur Polizei zu gehen, war ihr unerträglich.

Egal – Sam musste gefüttert werden, und das war jetzt das Wichtigste. »Ich habe dir doch gesagt, dass es mir Spaß macht. Und es ist ja auch nicht für ewig. Aber es könnte Jahre dauern, bis ich sie wiedersehe.«

»Wenn du meinst.« Ted gab ihr einen Kuss auf die Wange und tätschelte Sams Kopf, bevor er die Tür aufmachte. Kalte Luft strömte in die Küche. »Morgen ist alles mit Reif überzogen«, sagte er beim Hinausgehen.

Fran probierte die Milch und setzte sich mit Sam hin, um ihn zu füttern. Nun kam ihr zum ersten Mal der Gedanke, sie könnte einfach das Weite suchen. Ted würde für die Tiere sorgen. Sie könnte ihm erzählen, dass Phil und Ann sie zu einer Rundreise eingeladen hätten, und während sie fort war, konnte sie ihre nächsten Schritte planen. Doch der Gedanke, Rocken Edge den Rücken zu kehren, jagte ihr eine Heidenangst ein. Aber was war die Alternative? Sie sah Sam beim Saugen zu. Er ließ sie dabei nicht aus den Augen, und seine kleine Faust umschloss einen der Finger der Hand, mit der sie die Flasche hielt. Er war das

Wertvollste, was sie je besessen hatte. Sie blickte sich in der warmen, etwas unaufgeräumten Küche um. Die Tiere schliefen an ihrem Lieblingsplatz vor dem Herd. Selbst der Wind war heute Abend eingeschlafen; sie konnte das Murmeln des Meeres hören. Dies war ihr Leben, ihre Welt. Doch die hatte sich von Grund auf verändert, und sie ahnte, dass sie alles aufgeben würde – nur um des Glückes willen, dieses Kind behalten zu dürfen.

Rachel war in *Sun Spot*, Kyps und Evies Strandhaus in der Blue Slipper Bay, zu Besuch. Sie saß am Esstisch, erwartete Kyps Urteil über ihr italienisches Menü und hörte dabei mit einem Ohr zu, wie Evie Jack und Mila etwas vorlas. Sie schaute sich in dem gemütlichen Zimmer um. Diese Strandhäuser wirkten innen größer, als sie von außen aussahen. *Tardis* nannte man dieses Syndrom nach einer Science-Fiction-Serie im Fernsehen. Die Wände waren mit Evies Meeresaquarellen und bunten Kinderbildern behängt. Rachel fragte sich, wie es sein musste, zwei Kinder in so unmittelbarer Nähe des tosenden Wassers großzuziehen. Aber brüstete Evie sich nicht gerne damit, Jack und Mila praktisch in den Wellen zur Welt gebracht zu haben? Vielleicht machte sie das zu halben Meeresbewohnern, und sie würden eines Tages auf und davon schwimmen.

»Wer hat sich denn diese Speisekarte einfallen lassen?«, fragte Kyp stirnrunzelnd. Rachel war stolz auf die Liste delikater Gerichte, die Sandro noch zusammengestellt hatte, und sehr gespannt auf Kyps Urteil. Sie strich mit der Hand über das feste, beigefarbene Hochglanzpapier. Die Speisekarten waren von feinstem Druck, richtig edel und geradezu geschaffen dafür, in schwarzen Ledermappen zu stecken. Sie hatten sie eine Stange Geld gekostet, aber Sandro hatte ihr versichert, dass die Gäste davon höchst beeindruckt sein würden.

»Das ist ja unfassbar.« Kyp knallte die Speisekarte auf den Tisch und lehnte sich entrüstet zurück. Rachel war wie vor den Kopf gestoßen. Sie merkte, wie das hoffnungsfrohe Lächeln aus ihrem Gesicht verschwand. Machte er sich über sie lustig? Kyp war häufig zu Scherzen aufgelegt.

»Kyp!« Evie erhob sich von dem Sofa, auf dem sie zwischen Jack und Mila gesessen hatte, und griff sich eine der Menükarten. »Was meinst du mit *unfassbar*?« Sie sah Kyp fragend an.

Kyp machte eine wedelnde Handbewegung, als wolle er die Speisekarte verscheuchen. »Das kann der Mann ja wohl nicht ernst gemeint haben. Es würde ein Team von erfahrenen Köchen brauchen und eine Küche, die dreimal so groß ist wie deine, Rachel. Verzeih mir, aber so ist das vollkommen unmöglich.«

Rachel sah ihn entsetzt an. »Du meinst wirklich, was du sagst? Bist du dir sicher?« Sie sah Evie um Aufklärung heischend an, als hätte sie sich verhört. Aber auch Evie zog die Stirn in Falten und biss sich auf die Unterlippe, während sie ihrerseits die Speisekarte studierte. »Ich verstehe, was du meinst … das alles erscheint mir wirklich sehr aufwendig.«

»Aufwendig? Wie hieß der Kerl noch mal? Sandro? War der denn noch zu retten?«

Rachel fiel ein, dass Kyp und Evie Sandro ja gar nicht kennen gelernt hatten. Er war gekommen … und gegangen, während sie den Winter über in Griechenland weilten. »Er war sehr erfahren. Er hat in Italien ein Restaurant gehabt. Einen Familienbetrieb.«

»Da hätte er mal auch besser bleiben sollen. Da hatte er, was er braucht – eine ganze Familie von Köchen.«

»Aber er hat gesagt, es würde gar nicht so schwer sein – sowie wir erst einmal richtig in Schwung gekommen sind.«

»Der Mann hat dir Bockmist erzählt.«

Jack und Mila fingen zu kichern an. »Zeit für euch, ins Bett zu gehen«, sagte Evie, »bevor ihr von eurem Vater noch ein paar neue Wörter lernt, mit denen ihr euch in der Schule wichtigmachen könnt.« Sie warf Rachel ein aufmunterndes Lächeln zu. »Bin sofort zurück. Ich bin sicher, dass wir da eine Lösung finden.«

»Das gibt's nichts zu lösen«, schimpfte Kyp. Nachdem Evie aus dem Zimmer gegangen war, beugte er sich zu Rachel vor. »Was hast du wirklich über diesen Kerl gewusst?«

»Nun«, setzte Rachel an und ahnte, dass sie sich gleich zum wiederholten Male lächerlich machen würde. »Er schien mir sehr ambitioniert, zuversichtlich und ganz versessen darauf, ein Restaurant aufzumachen.«

»Ein Schwindler? Hast du ihm Geld gegeben? Mir kannst du es sagen.«

»Nein, Geld hat er von mir nicht bekommen – jedenfalls nicht viel, nur ab und zu etwas zugesteckt.« Allerdings musste sie zugeben, dass diese kleinen Liebesgaben unter dem Strich zu einer ganz hübschen Summe aufgelaufen waren. Aber sie hatte im Gegenzug schließlich auch etwas von Sandro *bekommen*. »Ich glaube, er hat wirklich gedacht, er könnte es schaffen. Und ich bin mir sicher, dass er richtig verliebt in mich gewesen ist.«

Kyp klopfte ihr mit seiner breiten Hand auf die Schulter. Seine sonst so heiter funkelnden Augen wirkten besorgt. »Das glaube ich dir aufs Wort. Wer wäre das wohl nicht?« Er tippte mit dem Finger auf die Speisekarte und seufzte. »Vielleicht war er tatsächlich nur ein Träumer.«

»Ich denke, damit hast du den Nagel auf den Kopf getroffen, Kyp. Wenn ich jetzt so zurückdenke – er war ein echter Himmelsstürmer. Ich glaube nicht, dass er es bewusst darauf angelegt hat, mich hinters Licht zu führen und mich dann sitzen zu lassen.«

Kyp lächelte verständnisvoll. »Du hast ein viel zu großes Herz, Rachel.«

Oder einen viel zu kleinen Verstand, dachte sie. Wieso hatte sie nicht gemerkt, dass Sandro sich von seinen eigenen hochfliegenden Plänen hatte davontragen lassen? Sie hatte ihr Leben lang alles gut durchdacht, war nie ein Risiko eingegangen, hatte ihre finanzielle Sicherheit und die ihrer Söhne stets an erste Stelle gestellt. Tja, und nun lernte sie. Zum ersten Mal war sie fast froh, dass Sandro verschwunden war. Wenn sie weiterhin in Lustgefühlen geschwelgt hätte, würde sie womöglich gar nicht gemerkt haben, wie sie sich immer tiefer und tiefer ins Chaos manövrieren ließ.

Es klopfte. Kyp stand auf, um Sophie und Nick die Tür zu öffnen. Es waren nur ein paar Schritte von *Sea Spray*, ihrem benachbarten Strandhaus, aber ihre Gesichter waren rot vor Kälte. Rachel nahm an, dass sie draußen gestanden und den Abend genossen hatten.

»Herrliches Wetter«, sagte Nick. An seinem begeisterten Gesicht konnte Rachel ablesen, dass es ihm ernst damit war. »Habt ihr die Sterne gesehen? Ein atemberaubender Anblick.«

»Ist was nicht in Ordnung, Rachel?«, fragte Sophie sofort. Es war fast unheimlich, wie schnell sie es merkte, wenn jemand niedergeschlagen war. Nick nannte sie gerne eine Psychodetektivin.

Evie kam aus dem Kinderzimmer im Dachgeschoss. »Die beiden wollen noch ihren Gutenachtkuss«, sagte sie zu Kyp.

»Kyp auch.« Er stand auf und zog sie dicht an sich heran.

»Du kleiner Spinner«, sagte sie verliebt. »Wenn du wieder runterkommst, kannst du uns deinen berühmten Kaffee kochen.«

»Jawohl, Captain.« Kyp salutierte und ging die Treppe hinauf.

Rachel berichtete Nick und Sophie von dem Dilemma mit der Speisekarte.

Sophie war bestürzt. »Aber wir haben doch schon das ganze Fleisch und den gesamten Fisch bestellt. Morgen wird alles geliefert.«

»Dann werden wir wohl einiges auf Vorrat in die Kühlschränke stopfen müssen«, sagte Rachel.

»Aber bestimmt nicht alles«, wandte Nick ein. »Wir müssen das Menü halt zusammenstreichen. Im Wesentlichen nehmen wir das, was du kannst – und dazu eine kleine Auswahl an Gourmetspezialitäten.«

Rachel hatte plötzlich eine Vision, wie ihr italienisches Feinschmeckerrestaurant zu einer x-beliebigen Pizza- und Pastabude mutierte. Sie hatte etwas ganz Besonderes schaffen wollen, ein Restaurant, in dem man unbedingt gewesen sein *musste*, einen Geheimtipp für die ganze Isle of Wight, der die Touristen nach Ventnor locken und das kleine viktorianische Seebad richtig aufwerten würde. Sie fühlte ihre ganze Energie aus ihr weichen, und mit diesem Gefühl überfiel sie eine tiefe Einsamkeit, die durch die Anwesenheit dieser beiden glücklichen Paare noch verstärkt wurde. Sandro war fort, ihre Söhne nabelten sich ab, und ein Leben voller monotoner Schufterei, in dem sie dabei zusah, wie sich die Gäste in ihrem langweiligen Café mit ganz gewöhnlichem Essen mästeten, breitete sich vor ihr aus.

»Rachel?« Sophies warme Stimme riss sie aus ihren Schreckensvisionen. »Was willst du denn nun tun?«

Rachel sah reihum in die fragenden Gesichter ihrer Freunde. »Wisst ihr, im Moment würde ich die gesamte Aktion am liebsten abblasen. Es kommt mir vor, als würden die Probleme nicht abreißen. Ich weiß nicht, ob ich die Kraft aufbringe, mit all dem fertig zu werden. Ich überlege, ob ich sowohl die Einladung für Samstag als auch die Eröffnung zum Valentinswochenende absagen und alles bis zum Sommer verschieben sollte. Bis dahin werde ich hoffentlich einen anderen Koch gefunden haben, und wenn nicht, kann ich immer noch schlicht und einfach mit *Rachel's Café* weitermachen.«

»Nein!«, widersprach Sophie mit ungewohnter Vehemenz. »Es ist auch mein Projekt, falls du dich bitte daran erinnern möchtest. Und ich weiß, dass wir es schaffen.«

Kyp kam, begleitet von Kaffeeduft, mit Käse und Baguette auf einem großen Holzbrett herein. Er summte fröhlich vor sich hin. »Natürlich können wir es schaffen«, stimmte er zu. »Wir müssen bloß ein wenig umdenken, mehr nicht.«

14

Clare hatte erneut zu bluten angefangen. Was war denn nun wieder mit ihr los? Seit Monaten schon war ihr Körper ihr wie ein fremdes Wesen vorgekommen, stellte Dinge an, die sie nicht verstand. Woher wusste er, was er zu tun hatte? Machte er alles richtig oder stimmte etwas nicht mit ihr? Sie hatte so vieles aus ihrem Körper ausgeschieden – nur die Würmer nicht. Und sie fühlte sich auch nicht krank – nur ermattet. Möglicherweise war das ein ganz normaler

Vorgang. Vielleicht hatte ihr Körper sich von allem, was mit dem Baby in Zusammenhang stand, befreit und sich entschlossen, wieder ganz von vorne anzufangen. Ob sie doch zu einem Arzt gehen sollte? Aber es gab niemanden, den sie nach einem fragen konnte – nicht einmal Kate. Rose war der einzige Mensch, dem sie vertraute; hoffentlich war sie bald zurück. Dann würde sie ihr erzählen, das Kind sei adoptiert worden.

Clare schüttete große Dosen Tomatensuppe in den Kochtopf. Heute waren sie und Jules an der Reihe, für alle das Essen zuzubereiten. Jules mühte sich mit einem stumpfen Messer an einem Laib Brot ab. Sie hatte nicht zu reden aufgehört, seit sie mit den Essensvorbereitungen begonnen hatten.

»Billy geht mir langsam auf die Nerven. Er ist ja ganz niedlich, und deswegen weiß ich auch nicht, wie ich ihm sagen soll, dass er Leine ziehen kann. Ich meine, wir leben hier schließlich alle zusammen, und ich möchte ihn nicht kränken und dann weiter Seite an Seite mit ihm arbeiten müssen. Verstehst du, was ich meine? Du hast ja Glück, dass Aidan in dich verschossen ist. Ich wünschte, er hätte ein Auge auf mich geworfen. Er ist echt nett, weißt du – irgendwie erwachsener. Billy ist noch ein Kind. Wir sind zwar gleich alt, aber Jungen sind im selben Alter noch nicht so weit wie Mädchen. Findest du nicht auch?«

Clare lächelte ihr zu. »Aidan ist überhaupt nicht in mich verschossen.« Sie hoffte, dass sie sich nicht irrte – das würde sie noch mehr verunsichern. Aber es war ja auch idiotisch. Was sollte er von ihr, einem hergelaufenen, dürren Mädchen, das kaum mit jemandem sprach, wollen?

»Und *wie* er das ist. Wieso redet er denn dauernd davon, wie toll er dein Haar und deine Augen findet? Er ist echt scharf auf dich. Persönlich finde ich ihn ja zu jung für dich.

Man sollte sich nicht mit Jungs abgeben, die nicht mindestens ein Jahr älter sind als man selber.« Sie seufzte. »Für mich wäre er genau richtig.«

Clare schüttelte den Kopf und rührte die Suppe um. Sie wollte das nicht hören. Tolles Haar? Sie sollte es sich lieber abschneiden lassen. Pater Ryan hatte immer von ihr verlangt, es zu lösen, und es war dann jedes Mal total nervig gewesen, es wieder zu einem Zopf zu flechten, bevor sie nach Hause ging. Aber sie hatte es gemocht, wie er ihr Haar streichelte und ihr sagte, wie schön es wäre. Später, als er sich dann von ihr abgewandt hatte, hatte er ihr gesagt, es hätte die Farbe der Hölle. Sie bekam eine Gänsehaut bei dem Gedanken daran, wie erschrocken sie darüber gewesen war.

Sie begriff nicht, wie jemand, den sie jahrelang als so zärtlich empfunden hatte, mit einem Mal so grob werden konnte. Er war immer nett zu ihr gewesen, hatte sie jeden Tag liebkost und geherzt und sich manchmal an ihren Rücken geschmiegt, um mit ihr zu tanzen. Und sie war dann stets mit dem Gefühl nach Hause gegangen, etwas Besonderes zu sein, geliebt zu werden. Sie hatte den nächsten Tag kaum erwarten können, um wieder seine gütigen Augen zu sehen. Und sie hatte sich auch an seine Erforschungen ihres Körpers gewöhnt und dass er alles niederschrieb – ihr Wachstum, ihren Brustumfang – und ihr dabei Fragen über ihre privaten Körperteile stellte. *Das ist wichtig, wenn aus dir eine gute Sängerin werden soll*, hatte er ihr versichert. Ihre Mam sprach nie mit ihr über das Erwachsenwerden, aber Pater Ryan hatte sehr viel daran gelegen, dass sie von ihm alles darüber erfuhr – mangels eines Daddys, der ihr das hätte erklären können. Und sie war lernbegierig. Sie fühlte sich gut aufgehoben bei ihm als Lehrer. Schließlich trichterte ihre Mam ihr ja unermüdlich ein, dass sie alles tun sollte, was Pater Ryan verlangte. Und das ging auch lange gut, bis er damit anfing, sich an ihre zarte Haut zu pressen, und sich schließlich richtig brutal in sie hineindrängte. Es hatte wehgetan, und sie hatte ihm sagen wollen, er solle damit aufhören, dass sie das nicht leiden mochte. Sie hatte auch geweint, aber er hatte sie immer wieder an sich gedrückt und ihr gesagt, Männer würden das eben so machen und es wäre doch alles nur, weil er sie so liebte.

Als sie ihre Regel bekam, begann er sich zu verändern. Er wollte nicht mehr, dass sie jeden Tag zu ihm in die Sakristei kam, und er hatte oft andere Kinder um sich herum, die die Aufgaben erledigten, für die *sie* doch eigentlich da war. Nur bei den wenigen Gelegenheiten, bei denen sie unangemeldet zu ihm hereinkam, schien er wieder ganz normal zu sein und schickte sie auch nicht fort. Doch danach – nachdem er bekommen hatte, was er wollte – wurde er böse und nannte sie eine Jezabel, eine Verführerin. Sie wusste gar nicht mehr, woran sie bei ihm war, und das verwirrte sie, weil sie nicht verstand, was sie verkehrt gemacht hatte. Erst als ihre Periode aussetzte, gingen ihr so richtig die möglichen Folgen dessen, was sie tat, auf. Es war ja nicht so, dass sie nicht wusste, wie Babys gemacht werden. Aber sie hatte völliges Vertrauen in Pater Ryans Liebe und war ehrlich überzeugt davon, dass er ihr nie etwas Schlechtes würde widerfahren lassen. Zu spät begriff sie, dass alles ihre eigene Schuld gewesen war. Pater Ryan sagte, dass er allen Mädchen die Geschichte von Adam und Eva als warnendes Beispiel erzählte, dass *sie* aber nicht hatte hören wollen. Seit Urzeiten wären Frauen das Verderben der Männer.

»Was meinst du?« Jules redete immer noch. »Wenn du willst, kann ich Aidan sagen, dass du findest, er wäre zu jung für dich. Er ist zu schüchtern, um dich zu fragen.«

»Mich was zu fragen?« Clare merkte, dass die Suppe auf dem Boden des Topfes ansetzte, weil sie vergessen hatte, sie umzurühren.

»Ob du ihn magst. Mensch! Du bist mir vielleicht eine verträumte Kuh. Ich weiß echt nicht, was er an dir findet.«

»Tut mir leid, ich möchte im Moment einfach nicht mit einem Jungen befreundet sein.« Wenn überhaupt je wieder, dachte sie. Sie wollte das nicht noch einmal durchmachen. Außerdem hätte sie gar nicht die Möglichkeit dazu. Sie würde wahrscheinlich den Rest ihres Lebens hinter Gittern verbringen. Sie fragte sich, was Jules wohl getan hätte, wenn sie das laut ausgesprochen haben würde.

Die Wohnwagentür ging auf, und Kate, Billy und Patrick kamen mit einem Schwall kalter Luft herein. Sie warfen ihre Stiefel neben der Tür auf einen Haufen und zogen sich die Jacken aus.

»Los, die Suppe auf den Tisch, Clare.« Billy pflanzte sich hin und griff sich einen Löffel. »Ich bin halb erfroren und verhungert.«

Clare füllte die Suppe in Schalen und hoffte, dass sie nicht angebrannt schmeckte. Aber das würde ihnen vermutlich gar nicht auffallen. Patrick hatte den Fernseher eingeschaltet, und Kate blätterte in einer Zeitschrift. Sie alle schienen es zu mögen, stets eine Sache zur selben Zeit zu tun. Aber zumindest hielt sie das davon ab, dauernd zu reden und Fragen zu stellen.

Sie setzte sich, um ihre Suppenschale zu leeren. Die etwas klumpige Tomatensuppe erinnerte sie an die Zeit bei der Mutter Oberin. Dosensuppe war damals ihre tägliche Kost gewesen – meistens Perlgraupen oder Hammelfleischbrühe, verwässert und ohne Geschmack. Und dazu gab es hart gewordene Kräcker. Die Oberin hatte im Garten etwas Gemüse angepflanzt, aber das Einzige, was sie gemeinsam ernteten, schienen steinharte Rote Bete zu sein, die die Oberin dazu benutzte, Wolle einzufärben. Ja, und ein paar Kartoffeln, in denen Würmer steckten – wie in ihr selber.

Clare hatte die Mutter Oberin zum ersten Mal hinter einem rostigen Gitterfenster in einem der Tore der Abtei zu Gesicht bekommen. Sie hob gerade ein Loch aus, nahm mit dem Spaten einen Klumpen Erde hoch und warf ihn sich über die Schulter. In diesem Moment merkte sie, dass Clare sie durch das Gitter hindurch beobachtete. Sie schien zutiefst erschrocken. Clare erklärte sich das so, dass es eben ein sehr strenger Orden wäre und die Nonnen nicht gesehen werden wollten. Und schon wurde ihr wütend mit dem Spaten gedroht. *Verschwinde!*, tobte die Frau. *Verschwinde hier, sonst hetze ich die Hunde auf dich oder ich rufe die Polizei!* Clare war nach all ihren Strapazen so erschöpft gewesen, dass ihr die Tränen kamen. *Bitte nicht!*, hatte sie gefleht. *Sind Sie Schwester Bridget? Ich habe einen Brief von Pater Ryan für Sie.* Dann hatte sie den Umschlag durch das Gitterfenster gesteckt, worauf die Nonne das in den Staub gefallene weiße Rechteck zunächst einen Moment lang so anstarrte, als könne es jede Sekunde explodieren. Schließlich beugte sie sich vor, hielt ihren Spaten hoch in die Luft wie ein Soldat im Angriff seinen Speer und trat einen Schritt auf den Umschlag zu, um ihn aufzuheben. Wenn Clare nicht so verzweifelt gewesen wäre, hätte sie es zum Lachen gefunden. Die Nonne grabschte sich den Brief und wich sofort vom Tor zurück. Sie riss den Brief auf und las, wobei sie zwischendurch wiederholte Male Clare musterte. Dann ließ sie den Spaten fallen und rannte über den überwachsenen Pfad zum Eingang der Abtei, verschwand darin und schlug die Tür hinter sich zu. Clare war verwirrt. Wollte sie jemanden holen? Die Äbtissin? Die Tür öffnete sich einen Spalt, und sie konnte sehen, wie die Nonne herauslugte – wohl, um zu sehen, ob sie tatsächlich noch da war. Die Tür öffnete sich erneut ganz, und die Frau kam zögerlich zum Tor. Es sah aus, als ginge sie auf Zehenspitzen. Clare entdeckte ein dünnes Lächeln in einem ihrer Mundwinkel. *Dann komm mal besser herein*, sagte sie. *Aber du musst mir genau folgen. Alle anderen Bereiche des Klosters sind für ein Mädchen wie dich verboten. Wir dürfen nicht zulassen, dass unser Orden durch dich entweiht wird.*

Sie hatten gemeinsam große Schwierigkeiten, das Tor zu öffnen. Es schien seit Jahren nicht mehr bewegt worden zu sein. Im Garten des Klosters blickte Clare sich um. Die Abtei war riesig. Es hatte sie schon eine Weile gekostet, überhaupt einen Einlass in dem mit Eisenzinken und Stacheldraht gesicherten Bauzaun zu finden, der die Außenmauer umgab. Im Inneren sah es ebenfalls aus wie auf einer Baustelle. Überall lagen Ziegel und Bauschutt, und der Garten war völlig von Gestrüpp und Unkraut überwuchert. Die Nonne führte sie den düsteren Säulengang hinunter und dann durch einen hinter einem Vorhang verborgenen muffigen Seitengang zu einem kleinen Gewölbe, in dem zu Clares Freude ein rauchiges Kaminfeuer brannte – es war bitterkalt im Kloster, und das mitten im Juli. Die Nonne befahl Clare, ihren Rucksack und ihre Jacke abzulegen, und musterte mit Interesse Clares dicken Bauch. *Setz dich*, sagte sie. *Ich mache dir einen Tee.* Clare sah zu, wie sie einen Blechkessel auf ein wackeliges Metallgestell über dem Feuer stellte. Die Frau machte einen völlig konfusen Eindruck auf sie; sie suchte lange nach einem sauberen Becher, bis sie einen von dem Geschirrstapel in der Spüle nahm und ihn mit einem schmutzigen Tuch abwischte. Clare fiel auf, dass sie Milchpulver verwendete. *Der Strom ist ausgefallen, und ich habe keinen Zucker,* sagte die Nonne.

Clare wusste nicht recht, wie sie sie ansprechen sollte. *Sind Sie Schwester Bridget – die Kusine von Pater Ryan?* Sie hatte nicht erwartet, dass sie so klein und plump wäre, hatte sie sich groß und schlank vorgestellt wie Pater Ryan. *Sag doch* Mutter *zu mir, mein Kind. Ich werde von nun an wie eine Mutter für dich sein.* Sie goss den Tee auf, ehe das Wasser richtig gekocht hatte. *Danke,* sagte Clare und gemahnte sich daran, dass sie höflich zu der Frau sein müsse. *Also hat man mich erwartet? Ich habe mich verlaufen. Ich bin aus Versehen zu einem falschen Kloster gegangen, und da hat man mich dann hierher geschickt.* Die Nonne setzte sich auf einen brüchigen Lehnstuhl, der aussah, als würde er gleich unter ihrem Gewicht zusammenbrechen, und faltete die Hände. Sie waren immer noch voller Erde von der Gartenarbeit. Um ihre Taille hatte sie ein abgegriffenes Seil gebunden, an dem ein Kruzifix, ein Rosenkranz und ein Bund großer Schlüssel hingen. *Schon recht, schon recht.* Clare nippte an ihrem Tee und bemühte sich, nicht das Gesicht zu verziehen. *Aber ich hatte mehr einen Neubau erwartet,* entfuhr es ihr. Die Nonne blickte sich in dem Gewölbe um und zur Decke hinauf, von der die Farbe abblätterte. *Wir sind beim Renovieren. Du hast ja das Durcheinander draußen gesehen. Aber ist es nicht ein wundervolles altes Gebäude?* Bei diesen Worten grinste sie und entblößte ihre verfärbten, krummen Zähne. *Lauf nicht alleine draußen herum. Es ist gefährlich. Du könntest stürzen.* Clare war enttäuscht. *Wo sind die anderen Nonnen?* Ihr Gegenüber zog die Stirn in Falten. *Du stellst zu viele Fragen. Du wirst sie nicht zu sehen bekommen. Ich bin eigens dafür abgestellt, mich um dich zu kümmern.* Clare sank das Herz. Würde sie nur diese Nonne – diese *Mutter* – als Gesellschaft haben? *Werde ich sie gar nicht zu Gesicht bekommen – nicht ein-*

mal bei der Messe? Die Nonne vermied es, sie anzusehen. *Das wird dir nicht gestattet sein.* Clare ging auf, wie verdorben sie in den Augen der Nonnen sein musste, und sie senkte den Blick. *Könnte denn ein Priester zu mir kommen? Ich muss beichten.* Die Nonne erhob sich. *Ich werde dafür sorgen. Bleib jetzt hier und ruh dich nach deiner Reise aus. Ich mache dir dein Bett.*

Mit diesen Worten verließ sie die Kammer. Clare lehnte sich in ihrem Stuhl zurück. Ihr war schlecht von dem faulig schmeckenden Tee auf leeren Magen. Sie glaubte, sich übergeben zu müssen. Wo gab es denn hier eine Toilette? Sie ging zur Tür und wollte an dem Eisenring drehen, aber sie war abgeschlossen.

»Clare!«

Sie fuhr aus ihren Gedanken hoch.

Jules lachte. »Was hast du denn genommen? Mein Gott, ich habe noch nie im Leben jemanden so Dösigen wie dich erlebt. Ich habe dich drei Mal gefragt, ob du noch etwas Suppe möchtest.«

»Entschuldigung.« Sie merkte, wie sie errötete. »Ich habe über etwas nachgedacht.«

»Aha, du bist also doch noch anwesend. Was ist nun?«

»Oh nein, für mich nichts mehr. Danke.«

»Na, das hat ja lange gedauert.«

Clare stellte die Schalen zusammen und machte sich an den Abwasch. Sie musste wirklich mit dieser Tagträumerei aufhören. Das Problem war nur, dass so vieles um sie herum sie an Dinge erinnerte, die sie aus ihren Gedanken verbannt hatte, und wenn sie einmal begann nachzudenken, war es nicht leicht, wieder aufzuhören.

Pater Ryan hatte es satt, sich nach dem Weg zu erkundigen. Er hatte bereits den ganzen Vormittag mit nutzloser Fahrerei vergeudet. Zuerst hatte man ihn zur Belmont Abbey bei Hereford geschickt; diese hatte sich als männlicher Benediktinerorden herausgestellt. Dann war er quer durch die Stadt zum Bartestree Convent gefahren – nur um festzustellen, dass er nun ein christliches Hospiz war. Aber es hatte ihm gefallen, in den schönen Gebäuden umherzuschlendern. Vor allem die Kathedrale von Hereford hatte es ihm angetan. Schade, dass die Anglikanische Kirche so liberale Ansichten pflegte. Christliche Nächstenliebe hin, christliche Nächstenliebe her – es gab gewisse Grenzen, die nicht überschritten werden durften. Ganz so freigiebig sollte man mit geweihten Stätten denn doch nicht umgehen. Er hatte eine Weile auf einer Bank gesessen, die Schnitzereien bewundert und sich an der hoch über ihm aufragenden Wölbung des Kirchenschiffs erbaut. Aber dann waren schaulustige Besucher durch die Gänge geschlendert, und ganze Schulklassen waren hereingeschwärmt, die sich laut tuschelnd unterhielten und alles angrabschten, was aus Messing war. Wie hätte er sich hier hinknien und beten sollen? Undenkbar.

Nun saß er in einem weiteren Gotteshaus, der Allerheiligenkirche mitten im Zentrum von Hereford, beim Mittagessen. Er hatte draußen die Anzeigetafel gelesen, die auf das Café hinwies, und angenommen, die Kirche wäre aufgelassen und zweckentfremdet. Doch während er in der Schlange stand und auf seinen Teller Suppe wartete, ging ihm zu seiner Entrüstung auf, dass weiter vorne gleichzeitig eine Liturgie abgehalten wurde. Ein Vikar in vollem Ornat predigte, und seine kleine Gemeinde antwortete in Gebet und Lobgesang. Sein erster Gedanke war, die Kirche sofort zu verlassen, aber in diesem Moment reichte ihm das Mädchen hinter dem Ausgabetresen gerade seine Schale. Er setzte sich an einen Glastisch mit Aluminiumgestell und begann unwillig die kochend heiße Karottensuppe mit Koriander in sich hineinzulöffeln. Zum Glück befanden sich die Gottesdienstbesucher gerade im Aufbruch, so dass er sich nun Zeit nehmen konnte; er wollte sich sein Mittagsmahl schließlich schmecken lassen. Der junge Vikar schüttelte lächelnd und scherzend viele Hände. Er sah wirklich noch sehr jugendlich aus – wie konnte sich dieses junge Volk einbilden, die Priesterweihe gäbe ihnen das Recht, eine so altehrwürdige Institution wie die Kirche in dieser Weise verändern zu wollen?

Er brach das mit groben Körnern gebackene Brot in kleine Stücke – es sah ziemlich unverdaulich aus – und pustete in seine Suppe. Wenigstens die war es wert, hier hereingekommen zu sein. Während er aß, beobachtete er, wie eine Gruppe Leute anfing, sämtliche Stühle in einem Kreis aufzustellen. Es sollte wohl eine Art Zusammenkunft stattfinden. Man entzündete Kerzen, saß eine Weile mit geschlossenen Augen da und intonierte dann einen ökumenischen Gesang im Sinne des Frère Roger von Taizé – das hätte Pater Christophers Herz erfreut. Als er aber die Frau musterte, die den Ton angab, wäre ihm fast der Löffel aus der Hand gefallen. Sie trug eine weiße Stola um den Hals, und er hätte selbst auf die Entfernung schwören können, dass sie mit den Symbolen anderer Religionen bestickt war – denen des Islam, des Judentums und des Sikhismus neben einigen weiteren, die er nicht zuordnen konnte. Was ging hier vor? Er schob seinen Stuhl auf die gegenüberliegende Seite des Tisches, so dass er diesen Leuten den Rücken zukehrte. Hier stimmte ganz gewaltig etwas nicht. Aber die Suppe war schmackhaft, und auch das würzige Brot mundete ihm. Und die Akustik war ebenfalls nicht schlecht, das musste er zugeben.

Er nahm ein paar Zettel aus seiner Aktentasche. Am späten Vormittag hatte er die Stadtbibliothek besucht, sich in einige Historienbücher vertieft und sich Notizen zu möglichen Klostern gemacht, die er noch überprüfen wollte. Er hatte beschlossen, von nun an auf eigene Faust zu handeln und sich nicht länger von irgendwelchen Leuten, die offenbar von der Kirchengeschichte ihrer eigenen Grafschaft keine Ahnung hatten, auf sinnlose Irrwege schicken zu lassen. Der Gesang wurde zunehmend kräftiger – als Hintergrundmusik zum Mittagessen gar nicht mal so übel.

Er kaufte sich noch einen Becher Tee und ein großes Stück Früchtekuchen, setzte sich wieder hin und dachte nach. Clare, die noch nie zuvor auf Reisen gewesen war, würde sich, wenn sie nicht mehr weiter wusste, nach einem Orden mit strengen Gelübden in der Umgebung erkundigt haben. Was sonst hätte sie in ihrem Zustand tun sollen? Außer natürlich, sie hatte sich gar nicht erst auf die Suche gemacht und war gleich untergetaucht. Dann wäre es allerdings aussichtslos, sie zu finden. Also blieb ihm nur, seinen einmal eingeschlagenen Weg fortzusetzen. Falls sich alles als Sackgasse erwies, würde er nach Irland zurückkehren und versuchen, mit der Angst vor dem Unbekannten zu leben. Außerdem müsste er sich für Clares Mutter eine Geschichte einfallen lassen. Sie würde ihm alles glauben, was er ihr erzählte, und wäre wahrscheinlich sogar noch froh, ihre Tochter vom Hals zu haben. Langsam begann er Sympathie für die Frau zu hegen. Wie furchtbar musste es sein, das einzige Kind so wie Clare werden zu sehen. Er dachte an Jeannie und wie er im Hospital an ihrem Bett gesessen hatte. Sie hätte so etwas nie getan. Wenn sie zu einer gesunden Frau herangewachsen wäre, würde sie heute mit ihm zusammenleben, und sie wären nur füreinander da – sie hätte sich nie mit Männern eingelassen.

Er sah seine Notizen durch. Er hatte erfahren, dass Hereford und Worcester als ein und derselben Grafschaft zugehörig galten. Das hieß, dass er seine Suche ausdehnen musste. In der Nähe von Worcester gab es einen großen Konvent – Stillwater Abbey. Kein strenger Franziskanerorden zwar, aber dort nahm man auch Laien auf. Möglicherweise war Clare dorthin geschickt worden und war eine Weile dort geblieben, ehe sie weitergezogen war. Es stellte nur eine vage Hoffnung dar, aber zumindest erschien es ihm als der nächste Schritt, den er tun sollte.

Er beendete sein Mittagsmahl und ging zurück zum Parkplatz. Sollte er Pater Christopher anrufen, um sich zu erkundigen, was sich daheim so tat? Doch dann packte ihn die Furcht. Wenn nun Clare nach Hause gekommen war – mit oder ohne Kind? Was sollte er dann tun? Seine Reise wäre beendet und damit höchstwahrscheinlich auch sein normales Leben. Er ließ den Motor an. Vielleicht würde er nie wieder zurückkehren.

Fran zog den Koffer vom Kleiderschrank ihrer Eltern herunter. Von dem Staub, der dabei aufgewirbelt wurde, musste sie niesen. Sie warf den Koffer aufs Bett; die Schlösser waren verrostet und klemmten. Der Koffer war voller Fotografien und alter Familienerinnerungsstücke, die ihre Mutter gehortet hatte. Sie leerte alles in die unterste Kommodenschublade. Eines Tages würde sie all dies durchsehen und Sam die Bilder seiner Ahnen zeigen.

Sie trug den Koffer über den Treppenabsatz zu dem Zimmer, das sie und Sam nun teilten. Sie betrachtete Sam, wie er schlafend auf dem Bett lag. Er war so winzig, so unschuldig und so auf sie angewiesen. Wie konnte sie es wagen, auch nur daran zu denken, ihm eine Familiengeschichte zurechtzuspinnen? Was würde er sagen, wenn er die Wahrheit herausbekäme? Sie schüttelte den Kopf. Das lag alles noch in weiter Ferne. Und sie bekam langsam Übung darin, Lügen zu erzählen – und fing sogar an, sie selber zu glauben.

Sie begann, Kleidungsstücke in den Koffer zu packen. Notfalls würde sie noch einen zweiten vom Dachboden holen müssen – für die bevorstehende Reise brauchte Sam seine sämtlichen Sachen. Sie wusste ja nicht einmal, wo diese Reise sie hinführen würde. Sie wollte zunächst in den New Forest fahren, in kleinen Hotels übernachten und erst zurückkommen, sobald sie sicher sein konnte, dass keine Suche nach dem Baby im Gange war. Sie hatte sogar erwogen, ins Ausland zu gehen, war dann aber vor dem Gedanken zurückgeschreckt, schon weil sie alle möglichen Komplikationen befürchten musste – etwa, dass sie keinen Reisepass besaß und keine Geburtsurkunde für Sam. Im Übrigen war es auch eine Frage des Geldes – viel Erspartes besaß sie nicht, und das wenige war rapide zusammengeschrumpft, seit sie Sam hatte. Ihre Pension und die Pacht von Ted für *Bleak Field* erlaubten keine großen Sprünge.

Sie wollte morgen mit Ted zu dem italienischen Essen gehen und ihn bitten, für die Tiere zu sorgen, während sie mit dem jungen Phil und seiner Frau Ann unterwegs war. Es würde ihr bestimmt leichter fallen, sich auf Sam zu konzentrieren, wenn sie etwas Abstand gewann. Und sie würde Zeit und Muße haben, eine Entscheidung zu treffen, was sie als Nächstes tun wollte. Sie hatte die halbe Nacht wach gelegen, hatte immer wieder Sam gefüttert und sich zwischendurch überlegt, ob sie womöglich einen Autounfall erfinden sollte, durch den Sam zum Waisen geworden war – aber das schien ihr doch alles zu weit hergeholt. Ted würde es ihr nicht abnehmen. Sie würde ganz und gar von hier fortziehen müssen, eventuell gar so tun, als würde sie mit dem jungen Phil und Ann nach Australien gehen.

Sie bekam feuchte Augen. Wie konnte sie nur daran denken, Rocken Edge zu verlassen? Aber ebenso unerträglich war ihr der Gedanke, Sam hergeben zu müssen.

Während sie in ihrem Café saß und ihre Listen durchging, kam Rachel nach und nach zur Ruhe. Sie und Sophie waren gerade die nötigen Zutaten für das Testessen am morgigen Abend durchgegangen. Kyp hatte ein paar von Sandros exotischen Gerichten ausgesucht, die zu kochen er sich zutraute, und Sophie hatte eine neue Speisekarte getippt, um sie dann auf Aidans Computer auszudrucken. Jane hatte angerufen; sie, Marguerite und Chas würden morgen zurückkommen und die Einladung annehmen, falls es nicht zu spät für sie würde. Sophie und Nick, die beide keinen Alkohol tranken, hatten mit den jungen Leuten verabredet, sie von Wraith Cove abzuholen.

»So.« Sophie schob einen Stapel Papiere beiseite. »Wir sind bereit. Du und ich kümmern uns um die weniger komplizierten Sachen, und Kyp sorgt für den exotischen Touch. Wir haben Kellner, Tellerwäscher und vor allem« – sie zählte die Namen – »ungefähr fünfundzwanzig Gäste unterschiedlichen Alters und mit verschiedenen Geschmäckern. Perfekt.«

»Okay«, sagte Rachel mit einem Rundumblick durch ihr Café. »Dann wollen wir mal aufräumen, alles organisieren und schon ein paar von den Sachen vorbereiten, die eingefroren werden können.« Sie sah die bunt bemalte Tafel an, auf der für *Sandro's Italian Restaurant* geworben wurde, und strich wehmütig darüber. »Das kann jetzt erst einmal irgendwo in eine Ecke, bis ich Zeit habe, es neu gestalten zu lassen.«

15

Clare öffnete die Augen und fragte sich, welcher Wochentag das war. Samstag. Eine ganze Woche war vergangen, seit sie auf dieser Insel angekommen und ihr Baby allein gelassen hatte. Es kam ihr wie ein halbes Leben vor – ein scheußlicher Albtraum von einem Leben. Das arme Ding. Nun, da sie ein wenig ruhiger und entspannter war, dachte sie manchmal über den Kleinen nach. Sie wusste, dass er tot war – sie hatte seine steifen Glieder gefühlt. Sie erschauerte. Sie konnte nur hoffen, dass er wirklich *richtig* tot gewesen war, als die Tiere sich über ihn hergemacht hatten. Das war ihre einzige Erklärung dafür, wieso man seine Leiche nicht entdeckt hatte. Selbst wenn der Farmer ein paar winzige Knochen gefunden hätte, würde er wahrscheinlich geglaubt haben, sie stammten von einem Tier. Sie schloss noch einmal die Augen und versuchte, zu der Heiligen Jungfrau zu beten, damit sie sich der Seele ihres Kindes annahm. Sie wusste, dass sie nicht das Recht hatte, für sich selber um Gnade zu flehen, aber sie ertrug es nicht, daran zu denken, dass er ungetauft in die Hölle kam. Sie hatte das Kind nie haben wollen, aber sie hatte auch nicht gewollt, dass so etwas Furchtbares mit ihm passierte.

Sie hatte die Mutter Oberin immer wieder darauf angesprochen, und die Oberin hatte fest zugesagt, einen Priester zu holen, damit das Kind getauft wurde. *Er sagt, er hat um diese Zeit des Jahres sehr viel mit Beerdigungen zu tun*, hatte sie erklärt. *Er wird schon kommen, wenn er es einrichten kann.* Dann hatte sie Clare das Baby abgenommen, und Clare hatte ihre wunden Brüste verhüllt. *Wann sind Sie bei ihm gewesen? Sie haben versprochen, dass ich ihn bitten dürfe, mir die Beichte abzunehmen.* Clare war den Tränen nahe gewesen. Sie hatte gehofft, bald nach der Geburt des Babys das Kloster verlassen zu können, und die Mutter Oberin hatte das bestätigt. Clare hatte ihr alles von Rose erzählt und dass sie zu ihr auf die Isle of Wight fahren wolle. Sie war gar nicht darauf gekommen, dass man als einen Teil ihrer Buße von ihr erwartete, dass sie das Baby noch ein paar Wochen lang säugte. Das Einzige, was sie während ihrer Schwangerschaft vor dem Durchdrehen bewahrt hatte, war der Gedanke daran gewesen, dass sie schnell entlassen würde, sobald alles ausgestanden war, und sich dann auf die Suche nach Rose machen konnte.

Sie war sich wie im Gefängnis vorgekommen, während sie all die Monate im Kloster eingeschlossen war und ihr Bauch immer dicker wurde. Dann kam der Winter, und es wurde eisig kalt. Es gab keinerlei Heizung, nur den Kamin in dem kleinen Gewölbe, in dem sie sich während der dunklen Tage mit der Mutter Oberin aufhielt. Der Strom war abgestellt worden, und selbst die Oberin schien nicht zu wissen, warum. Am Abend zündete sie Kerzen an. Das Wasser kam aus einem Brunnen. Aber wenigstens wurde die Tür ihrer Kammer nicht mehr zugesperrt. Niemand ließ sich je blicken, obwohl die Oberin oft von den Nonnen sprach, die noch im Hauptgebäude der Abtei lebten. *Das ist der frühere Exerzitienraum*, hatte die Oberin ihr erklärt. Nur hier dürfen sich Mädchen wie du aufhalten. *Aber mach dir keine Sorgen, hier bist du gut aufgehoben und wirst dich schon wohlfühlen.*

Während der monoton verstreichenden Tage schlief die Oberin manchmal über ihrer Strickarbeit ein. Dann schlich sich Clare aus der erstickenden Kammer, wanderte umher und versuchte, Türen zu öffnen. Manche waren verschlossen; manche führten in Räume, die mit alten Möbeln und hölzernen Spinnrädern vollgestellt waren. Auch die Türen nach draußen waren verriegelt – bis auf den Haupteingang, dessen Tür sich nicht richtig schließen ließ. Die Oberin hatte zusammengeknüllte Laken in die Ritzen gestopft, damit der Wind nicht hindurchpfiff. Überall roch es modrig, als wäre seit Jahren kein Mensch mehr hier gewesen. Sie ging die steile Steintreppe am Ende des Ganges hinunter und kam zu einer geräumigen Küche mit einem langen Holztisch in der Mitte. Entlang der Wände und die Stufen hinauf verliefen dicke, kalte Rohrleitungen. In den hohen Regalen standen Dosen mit Suppe, Erbsen, Bohnen und Dauerfleisch, und in Emaillebehältern wurden Kekspackungen, Trockenmilch, Teebeutel und Zucker aufbewahrt. Das also waren ihre Lebensmittelvorräte – das störte Clare nicht weiter, denn ihr war sowieso die meiste Zeit übel. Die Regalbretter und der Boden waren voller Mäusekötel. In weiteren Regalen stapelten sich staubige Teller und Schüsseln, Tassen und Untertassen. Große Kühlschränke offenbarten verderbende Essensreste. Der Gestank war ekelerregend. Anhand der Fußspuren auf den rußbedeckten Bodenfliesen konnte man die Schritte erkennen, die die Oberin kreuz und quer in der Küche zurückgelegt hatte – sie endeten an der rötlich angelaufenen Spüle, in der sie ihre Wolle einfärbte. Clare fragte sich, ob es der Gestank aus der Küche wäre, der bis nach oben kroch und sich mit dem Geruch der gekochten Roten Bete und dem des Kaminfeuers mischte. Auch die Mutter Oberin roch streng; Clare hatte sie sich nie waschen sehen. Sie hingegen bemühte sich, sich selber und ihre Kleidung rein zu halten, doch das war ohne Strom natürlich schwierig.

Durch das kleine Fenster ihrer Kammer blickte Clare auf die Rückwand der Abtei. Aber sie mochte noch so lange davor stehen und hinausschauen – nie rührte sich draußen etwas. Sie hoffte, eines Tages einen Priester zu Gesicht zu bekommen; dann konnte sie vielleicht hinaus in den Garten laufen und mit ihm sprechen. Doch während die Wochen vergingen und die Tage kürzer wurden, gab sie es auf, Ausschau zu halten, und wurde mit dem Dickerwerden ihres Bauches zunehmend teilnahmsloser, und sie hörte nach und nach ebenfalls auf, sich richtig zu waschen. Ihrer Mutter Oberin schien das nichts auszumachen. Sie verbrachte den Großteil ihrer Tage damit, Holz von draußen hereinzuschleppen oder Möbel zu zersägen, um sie dann zu verfeuern. Zu bestimmten Zeiten des Tages hatte sie es plötzlich eilig, zum Gebet zu verschwinden. Clare fragte sie, ob sie sie nicht begleiten dürfe, aber die Mutter Oberin sagte, das wäre ihr erst nach der Geburt erlaubt.

Bevor ihre Lethargie einsetzte, hatte Clare gefragt, ob sie spazieren gehen, vielleicht sogar das Klostergelände verlassen dürfe. Da war die Mutter Oberin richtig wütend geworden. *Meine Instruktionen von Pater – wie war doch gleich sein Name? – sind sehr streng.* Clare wunderte sich, dass sie sich an den Namen von Pater Ryan nicht mehr erinnern konnte – wo er doch ihr Vetter war? *Wir schwören allen möglichen Dingen ab, wenn wir das Klosterkleid anlegen. Es ist meine Aufgabe, dich vor der Verführung zu beschützen.* Sie lächelte Clare zu und strich ihr übers Haar. *Ich bin deine Mutter. Wir werden bald ein Baby bekommen – ein gesegnetes kleines Mädchen, und dann wird alles gut.* Fortan versuchte Clare stets, die richtige Stimmung bei ihrer Mutter Oberin abzupassen, bevor sie ihr eine Frage stellte. *Was ist … was ist wegen der Adoption vereinbart?*, wagte sie eines Tages einen Vorstoß. Aber ihre Mutter Oberin hatte sie nur angeschnauzt. *Darüber mach dir mal keine Gedanken.*

Also machte sich Clare auch keine Gedanken darüber. Sie ging früh zu Bett und stand erst spät auf. Sie rührte die

Suppe über dem Feuer um und hielt ihrer Mutter Oberin die verfilzten Wollstränge, während sie sie zu Knäueln aufwickelte. Sie las noch einmal *Tess von d'Urbervilles* und dann noch ein weiteres Mal und wühlte in einem Karton mit alten Frotteewindeln und muffig riechenden Gummihöschen, den die Mutter Oberin ihr gegeben und wobei sie nicht verhehlt hatte, dass die Sachen schon benutzt worden wären – für Babys von unartigen Mädchen, wie sie eines war. *Erwarten wir denn noch mehr Babys?*, hatte Clare hoffnungsvoll gefragt. Wie schön es sein würde, dachte sie, andere junge Mädchen als Gesellschaft zu haben und sich miteinander austauschen zu können. Da hatte ihre Mutter Oberin das Wollknäuel in die Asche des Kamins fallen lassen. *Oh nein! Nun sieh doch, was du angerichtet hast.* Clare musste die Wolle aufheben und säubern. Als sie aber auf der Beantwortung ihrer Frage beharrte, begannen die Lippen der älteren Frau zu zittern, und sie hatte Mühe, die Worte zu formulieren. *Du stellst zu viele Fragen. Neugier ziemt sich nicht für katholische Mädchen. Ich mache das alles für dich nur als … Gefälligkeit meinem Vetter gegenüber. In höherem Auftrag. Und nun sei still, sonst kann ich mich nicht konzentrieren.*

Clare gewöhnte sich bald daran, dass die Mutter Oberin ihr immerzu versicherte, alles, was sie tue, geschehe *in höherem Auftrag*. In wessen Auftrag? Dem des Papstes? Clare war aufgefallen, dass in der Küche ein Bild von Papst Johannes Paul hing, das aber zur Wand gedreht war. War er gestorben? Aber das hätte die Mutter Oberin ihr doch bestimmt gesagt? Abgesehen von den Holzkreuzen an den ansonsten kahlen Wänden gab es nirgendwo religiöse Ornamente oder Bilder. Gerne wäre Clare ihr nachgegangen, um zu sehen, wo sie ihre Gebete sprach, aber dann fehlte ihr doch der Mut dazu.

Wieder einmal wurde sie aus ihren Tagträumereien gerissen, als jemand an das Wohnwagenfenster über ihrem Kopf klopfte.

»Clare!«, hörte sie Billys Stimme rufen. »Steh auf, du faule Socke! Aidan ist gerade gekommen, und wir wollen alle zu einer Runde Fußball runter zum Strand.«

Clare setzte sich auf. Runter zum Strand? Bei dieser Kälte? Konnte sie das tun? Konnte sie so einfach mit den anderen herumtollen wie die Kinder? Obwohl sie wahrscheinlich jünger war als sie alle. Aber das wussten sie nicht, und sie fühlte sich ja auch so viel älter als sie …

Pater Ryan stand vor der Stillwater Abbey und starrte ungläubig auf den mit Stacheldraht bewehrten Zaun, der das Gelände umgab. Er jagte schon wieder einem Phantom nach – hier würde er Clare bestimmt nicht finden. Aber diesmal konnte er keinem anderen die Schuld geben. Er hatte sich ja unbedingt auf eigene Faust auf die Suche machen müssen … Der Kirchenführer, den er in der Bibliothek gelesen hatte, war wohl schon veraltet gewesen. Was war los hier in England, dass all diese schönen alten Sakralbauten entweder niedergewalzt oder anderen Zwecken zugeführt wurden? Er hatte die Kirche von England stets für eine vermögende Institution gehalten. Aber er hatte auch gehört, dass die jungen Leute hier zunehmend weniger bereit waren, ihr Leben Gott zu widmen, und dass die Klöster voller alternder Männer und Frauen waren, die bei ihrem Tod keine Nachfolger finden würden.

Er entdeckte eine schmale Lücke in dem Zaun, durch die er hindurchlugen konnte. Der rötlich schimmernde gotische Backsteinbau sah atemberaubend aus mit seinen Giebeln und Spitztürmchen. Aber überall lagen Haufen von Bauschutt herum, als würde das Gebäude abgerissen. Unkraut und Gestrüpp wucherten in dem verwahrlosten Garten, doch wenigstens die bemalten Glasfenster leuchteten noch in der Wintersonne. Auf dem mit Moos bedeckten Gesims glitzerte der Frost. In den Wipfeln der Eichen und Buchen, deren kahle Äste sich gegen den blassgelben Himmel abzeichneten, saßen Krähen und Dohlen, die mit einem Male unter Geschrei und Flügelschlagen in die stille Nachmittagsluft aufflatterten und sich dann im Garten niederließen. Wie gerne er sich hier einmal umgesehen hätte! Ob sich wohl jemand auf dem Gelände aufhielt? Jemand von einem Sicherheitsdienst oder gar noch ein Küster? Alles wirkte so menschenverlassen. Nun ja, ihm blieb ja noch das Kloster in Tewkesbury, und das wollte er aufsuchen, bevor es zu spät wurde. Danach musste er sich dringend eine Übernachtungsmöglichkeit suchen.

»Eine Schande, nicht wahr?«

Pater Ryan trat erschrocken einen Schritt von dem Zaun weg. Ein Mann mit einem braun-weiß gefleckten Spaniel an der Leine kam auf ihn zu.

»Schönes altes Bauwerk; schade, dass man es nicht bewahren kann.«

»In der Tat«, pflichtete Pater Ryan ihm bei.

»Schon zu verfallen. Wird jedenfalls behauptet. Aber Sie als Kirchenmann werden wohl mehr darüber wissen.«

»Leider nicht. Ich bin fremd hier, nur auf Besuch.«

»Aus Irland, wie ich höre.« Der Mann lachte und erinnerte Pater Ryan an Pater Christopher. Auch er war ziemlich beleibt und hatte eine rote Nase, sprach also bestimmt ein wenig zu gerne Speis und Trank zu.

Pater Ryan nickte bloß. Die Engländer waren ihm zu neugierig. Er mochte sich nicht in die Karten schauen lassen.

Der Mann blickte zum Himmel. »Schöner klarer Tag, nicht? Gut, dass die Sonne mal scheint.«

Wieso mussten die Engländer dauernd über das Wetter reden? Der Mann schien jedoch auf eine Unterhaltung erpicht, also fragte Pater Ryan: »Wie lange steht die Abtei schon leer?«

»Ach, schon eine ganze Weile. Die paar Nonnen, die hier noch lebten, waren schon recht alt. Die meisten von ihnen sind in ein katholisches Altersheim gezogen, und danach wurde nur noch das Nebengebäude eine Zeit lang als eine Art Hospiz genutzt. Nachdem die Nonnen fort waren, sah man hier nur fremde Gesichter.« Er schnaubte verächtlich. »Ziemlich heruntergekommenes Völkchen. Wir im Dorf haben uns gefragt, ob das ein Erholungsheim für Alkoholiker und Drogenabhängige werden sollte. War jedenfalls gut, als sie alle wieder davongezogen sind. Die Nonnen waren die Einzigen, denen etwas an ihnen gelegen war.« Er riss mahnend an der Leine, als der Hund an Pater Ryans Schuhen schnüffelte. »Ich hätte mich an ihrer Stelle nicht mit denen abgeben mögen, Herr Vikar. Die sollte man einsperren und den Schlüssel wegschmeißen.«

Pater Ryan brachte ein Lächeln zustande. Am liebsten hätte er dem Mann zugestimmt, hielt es aber nicht für opportun, sich dementsprechend zu äußern.

Der Mann beugte sich an sein Ohr. »Würde mich nicht wundern, wenn da drin noch allerhand obskure Dinge vor sich gehen würden. Man hat Licht gesehen, und aus einem der Schornsteine ist Rauch gekommen. Ich wollte schon die Polizei alarmieren, aber man weiß ja, zu was das führt – hinterher fliegt einem ein Ziegelstein durch die Scheibe. Und an sich stören die uns ja auch nicht weiter. Die Abtei liegt ein bisschen abseits von den Wohnstraßen.« Er schaute sich verstohlen um, als wolle er sich vergewissern, dass auch niemand sie belauschte. »Jedenfalls geht das Gerücht um, dass der ganze Laden demnächst abgerissen wird. Lediglich die Umweltschützer haben sich jahrelang dagegen gesperrt.« Er lachte. »Na, sollen sie. Man braucht nur noch etwas zu warten, dann fällt die ganze Bude sowieso in sich zusammen.«

»Es ist wahrhaft ein Jammer.« Pater Ryan warf einen Blick auf seine Uhr. »Nun denn. Muss jetzt weiter. Einen schönen Tag noch.«

Der Mann legte zum Gruß die Hand an seine Mütze und zog von dannen. Pater Ryan sah ihm nach und tat derweil so, als binde er sich den Schnürsenkel zu. Am Ende kam es dem Mann noch in den Sinn, ihn bis zu seinem Wagen zu begleiten und ihm noch länger mit seinem geistlosen Geschwätz in den Ohren zu liegen. Die Spätnachmittagssonne verblasste, und es wurde zunehmend kälter. Er schlug den Mantelkragen hoch, denn er wollte noch einmal um den Zaun herumgehen und schauen, ob man von einer anderen Stelle aus einen besseren Blick auf die Abtei hatte. Und vielleicht fand sich ja doch eine Möglichkeit, durch den Zaun zu schlüpfen. Aber das riesige Gelände erwies sich als gut gesichert, bis der Zaun plötzlich aufhörte und eine hohe Steinmauer anfing. Das Ganze erinnerte fatal an ein Gefängnis. Es gab eine schwere Pforte mit einem Gitterfenster darin; hier hatten die Nonnen wohl ihre Besucher empfangen. Er spähte durch die verrosteten Stäbe. Ein überwachsener Pfad führte zu der Tür eines Gebäudes abseits von der Abtei, die allerdings mit ihm durch einen Gang mit eingestürztem Glasdach verbunden war. Dieses Gebäude musste es wohl sein, in dem die Streuner Unterschlupf suchten. Wenn er die Mauer überwinden könnte, würde er auf diesem Wege möglicherweise Zugang zu der Abtei finden. Er witterte ein Abenteuer, und wenn

Pater Christopher ihn sehen könnte, würde ihm sein Spott im Halse stecken bleiben. Das Tor war nicht fest geschlossen; es gelang ihm, sich hindurchzuquetschen, und zu seiner Überraschung stand auch die Tür des Nebengebäudes offen. Hier drin hielten sich bestimmt keine Obdachlosen mehr auf – sie wären alle längst erfroren.

Als er gegen die schwere Tür drückte, fielen ihm zerfetzte Lakenstreifen vor die Füße. Dann stand er in einem dunklen Korridor und lauschte. Man konnte kaum etwas erkennen. Er betätigte den Lichtschalter, aber er funktionierte nicht. Zu beiden Seiten waren Türen, hinter denen Reste von alten Möbeln verstaubten. Am Ende des Ganges führten steinerne Stufen in eine große Küche hinunter. Nichts deutete darauf hin, dass sie noch benutzt wurde; es roch nach Moder und Verfall. Aber es schwebte noch ein weiterer Geruch in der Luft – als würde irgendwas versengen. Das war ihm nicht geheuer. Er ging wieder nach oben und stieg von dort eine weitere Treppe hinauf. Hier gab es zwei Schlafkammern, die aussahen, als hätte erst jüngst jemand darin übernachtet. Die Betten waren zerwühlt, und es lagen ein paar Gegenstände herum. Fast sämtliche weiteren Türen waren verschlossen, und die, die sich öffnen ließen, offenbarten entweder gähnende Leere oder ein altes Bettgestell mit gesprungenen Federn. Schließlich entdeckte er zwei Badezimmer, die allerdings beide, den Netzen voller toter Spinnen und den grünen Flecken in den Wannen nach zu schließen, seit Ewigkeiten nicht mehr benutzt worden waren. Wiederum stieg er die Stufen hinunter. Er musste etwas übersehen haben – in einem bewohnbaren Nebengebäude einer Abtei würde es doch eine Kapelle für Besucher geben. Ja, da war, hinter einem Vorhang verborgen, eine Tür, die ihm vorhin nicht aufgefallen war. Diese führte in einen weiteren dunklen Gang, und hier rührte auch der Rauchgeruch her. Noch mehr verschlossene Türen; nur die letzte stand einen Spalt breit offen. Dahinter befand sich ein kleines Wohngemach – eventuell das eines Küsters?

Er räusperte sich. »Entschuldigung, ist jemand zu Hause?«, rief er. »Ich bin Priester und will hier einen Besuch abstatten.« Aber ihm antworteten nur Schweigen und ein paar ferne knarrende Geräusche. Er stieß die Tür ein Stück weiter auf; in einem Kamin glimmten tatsächlich noch die Reste eines Feuers und füllten den Raum mit beißendem Rauch. Aber es war niemand da. Er trat ein. Alles war verlottert; auf dem Boden und den Stühlen stand schmutziges Geschirr, und auf dem Tisch lagen ausgeschüttete Packungen Zucker und Frühstücksflocken. Er hielt sich die Hand vor den Mund und die Nase; bei dem Gestank hier drin konnte einem ja schlecht werden. Der Mann hatte recht gehabt; hier hatten sich Hausbesetzer eingenistet. Der Himmel wusste, wo sie sich gerade aufhielten; vermutlich schliefen sie in einem der verschlossenen Räume ihren Drogenrausch aus. Ihm wurde zunehmend mulmiger zumute; wenn ihm nun jemand an die Gurgel wollte, ihn gar schon beobachtete? Als er sich umdrehte, stieß er einen jähen Schreckensschrei aus. In der Tür stand eine kleinwüchsige, plumpe Nonne, und sie hielt einen Spaten in der ausgestreckten Hand über ihrem Kopf. Sie machte einen Satz auf ihn zu, doch ehe sie ihn erreichte, brachte die Last des Spatens sie aus dem Gleichgewicht. Sie trat auf den Saum ihres Gewandes und plumpste zu seinen Füßen schwer auf den Boden.

Er brauchte ein paar Sekunden, um sich von dem Schock zu erholen. Dann bückte er sich, um den Spaten vorsichtshalber an sich zu nehmen, denn er wusste ja nicht, zu was die Frau fähig war.

»Es tut mir leid, dass ich Sie erschreckt habe«, sagte er mit bebender Stimme. »Mein Name ist Pater Ryan, und ich bin auf Besuch hier.« Die Nonne hob leicht den Kopf und schien seine Schuhe anzustarren. »Ist alles in Ordnung mit Ihnen?«, fügte er hinzu.

Die Frau nickte, ohne ihn anzusehen. Er stellte den Spaten in Reichweite an die Wand, schob ihr widerstrebend die Hand unter den Arm und half ihr auf. Dann wich er rasch vor ihr zurück. Er fand die Frau abstoßend; ihre Hände und ihr Gesicht waren schmutzig, unter ihrem Schleier schaute verfilztes Haar hervor, und sie hatte einen üblen Mundgeruch. Er wischte die Abfälle von einem durchgesessenen Lehnstuhl und schob ihn ihr hin.

Die Nonne setzte sich und sah ihn aus rauchgeröteten Augen an. »Ich hielt Sie für einen Mörder.«

»Das tut mir leid«, wiederholte er.

»So, Sie sind's also? Sind Sie alleine hier?«, krächzte sie.

Er nickte.

»Wollen Sie die Letzte Ölung geben?«

»Die Letzte Ölung?«

»Sie sind doch ein richtiger Priester, oder? *Sie* hat gesagt, Sie wären einer.«

Er berührte seinen Kragen. »Selbstverständlich.« Seine Aktentasche mit der Bibel und dem Weihwasser und allem, was er für das Sakrament brauchte, lag im Wagen, aber er ging nicht davon aus, dass er sie brauchen würde. Die Frau war offenbar senil. »Und Sie sind …?«

»Schwester Benedicta. Kommen Sie mit.« Sie erhob sich mit Mühe und humpelte hinaus auf den Gang, wo sie einen der Schlüssel, die sie um den Bauch gebunden trug, heraussuchte und damit eine der Türen aufschloss. Sie führte in eine kleine Kapelle, in der Kerzen und Weihrauch brannten, die aber auch nichts gegen den bestialischen Gestank ausrichten konnten. Pater Ryan rechnete jeden Augenblick damit, dass ihm sein Mageninhalt hochkäme, aber er folgte ihr in eine Vorkammer, in der ein Bett stand. Und auf dem Bett lag eine Leiche. Wieder hielt er sich die Hand vor den Mund, versuchte, die Luft anzuhalten. Dann trat er vorsichtig näher heran.

»Das ist Schwester Agnes«, sagte sie. »Agnes.« Sie legte der Ordensschwester die Hand auf die Brust und sah Pater Ryan lächelnd an. »Ich glaube, sie braucht jetzt die Letzte Ölung.«

Pater Ryan spürte, wie ihm der Schweiß ausbrach und an ihm hinunterlief. Er packte Schwester Benedictas Arm und zog sie grob aus der Kammer. Er merkte, wie ihm das Blut aus dem Gesicht wich und die Übelkeit in ihm aufstieg.

»Gütiger Himmel«, zischte er. »Sie ist doch schon eine Ewigkeit tot, wie Sie sicher gemerkt haben werden.«

Schwester Benedicta sah ihn verschlagen an. »Aber ich wusste doch, dass Sie kommen würden. Ich habe auf Sie gewartet. Tun Sie Ihre Pflicht, und dann erzähle ich Ihnen von *ihr* – sie ist nicht mehr hier, wie Sie sich denken können.«

»Ja, natürlich ist sie nicht mehr hier.« Er würde sich gleich übergeben müssen, versuchte verzweifelt, sich zu erinnern, wo er ein Badezimmer gesehen hatte – ein Stockwerk höher. Dafür blieb ihm keine Zeit. Die Küchenspüle. Er taumelte in den Gang hinaus. Die Nonne humpelte hinter ihm her, wobei sich in der Enge des Raumes ihr Gewand in seiner Soutane verhedderte.

»Ich wusste, dass Sie kommen würden, um nach *ihr* zu suchen«, greinte sie.

Pater Ryan versuchte, sie von sich fortzuschieben. »Nach

wem?« Er stand oben an der Treppe, die zur Küche hinunterführte. Ihm drang bereits die Galle zwischen den Lippen hervor. Er konnte es nicht mehr länger halten, trat aber noch einen Schritt vor. Die Nonne griff ihn beim Ärmel.

»Ich weiß alles über Sie!«, kreischte sie. »Tun Sie's! Tun Sie's für Agnes!«

»Ich kann nicht!« Aus seinem Mund ergoss sich galliger Speichel und lief ihm über die Brust seines schwarzen Mantels.

»Dann erfahren Sie von mir auch nichts über *sie*! Ich werde nichts über Clare erzählen.« Sie knurrte wie ein Hund und stieß ihn in den Rücken. Überrascht von ihrer Kraft kippte er nach vorn und versuchte, sich irgendwo festzuhalten, wobei er mit der einen Hand ihr Gewand ergriff und mit der anderen den Handlauf an der Mauer zu fassen bekam und dadurch das Gleichgewicht wiedererlangte. Doch damit hatte er wiederum die Nonne von den Füßen gerissen, die nun ihrerseits die Stufen hinunterzustürzen drohte und sich an seinem Ärmel festhalten wollte, denn an ihrer Seite gab es keinen Handlauf. Er hätte nur den Arm auszustrecken brauchen, um sie zu halten, aber er tat es nicht. Er löste ihre schmutzigen Finger von seinem Ärmel und sah zu, wie sie Hals über Kopf die steile Treppe hinabfiel.

Unten blieb sie in einem Haufen schwarzer und weißer Kleidung liegen. Von dem Schock war sein Übelkeitsgefühl wie weggeblasen. Was hatte sie eben gerade zu ihm gesagt? Hatte sie Clare erwähnt, oder hatte er sich verhört? Sie hatte gesagt, sie wüsste alles über ihn, hätte nur auf ihn gewartet. Was wollte sie damit sagen? Wie viel wusste sie? Langsam stieg er die Treppe hinunter; seine Beine fühlten sich an, als steckten keine Knochen in ihnen. Er kniete sich neben sie hin; sie atmete in flachen Stößen. Er sagte sich, dass er sie besser nicht bewegen sollte – obwohl es ihn nicht kümmerte, ob sie lebte oder tot war.

»Wo ist Clare?«, fragte er laut. Er hielt seinen Mund dicht an ihr Ohr.

Die Nonne blinzelte.

»Ist sie hier?«

Schwester Benedicta fuhr sich mit der Zunge über die Lippen. Von irgendwo aus ihrem Gewand sickerte dunkles Blut auf die Bodenfliesen. »Weg.«

»Wohin?« Er schüttelte sie an der Schulter.

»Zu ihrer Freundin Rose«, keuchte die Frau. »Auf die Fähre … zur Insel.«

»Nach Irland!«, entfuhr es Pater Ryan. O Gott. Sie war also doch nach Hause zurückgefahren.

»Wann?« Die Nonne reagierte nicht. Er schüttelte sie noch einmal, diesmal etwas heftiger. »Hat sie ihr Kind zur Welt gebracht? Hat sie es mitgenommen?«

Sie schien das Bewusstsein zu verlieren. Er schlug ihr mit der flachen Hand in ihr fahles Gesicht. »Es ist mir egal, ob du krepierst, du dummes altes Weib. Erzähl mir, was passiert ist!« Sie atmete immer noch, wobei sich einer ihrer Mundwinkel aufblies. Pater Ryan erhob sich. »Ich rufe einen Krankenwagen«, murmelte er und blickte sich nach etwas um, was er über sie decken konnte. Seinen Mantel wollte er dafür nicht hergeben. Er ging zum Spülbecken, spritzte sich Wasser auf sein schweißüberströmtes Gesicht und säuberte seine Kleidung von dem Erbrochenen. Über ihm baumelte etwas. Er blickte nach oben; lange Stränge rosafarbener Wolle hingen von Haken an der Decke. Er riss sie allesamt herunter und drapierte sie über dem Körper der Nonne, bis sie fast darunter verschwunden war.

16

Es macht mir nichts aus, mich um die Tiere zu kümmern«, sagte Ted vom Rücksitz des Land Rover aus. »Dein Weggang kommt mir nur etwas überraschend. Hätte nie erwartet, aus deinem Munde zu hören, dass du dir eine Ferienreise gönnen möchtest.« Er lachte. »Du hast immer gesagt, hier zu leben sei ein einziger langer Urlaub für dich.«

»Stimmt, aber diesmal ist es etwas anderes. So habe ich die Möglichkeit, mit meiner Familie zusammen zu sein.«

Ted saß eine Weile schweigend da. Fran konnte beinahe hören, wie es in seinem Kopf arbeitete. »Wo, sagtest du, sind sie jetzt?«

»In Oxford.«

»Und sie erwarten von dir, dass du alleine mit dem Baby die Fähre nimmst und ihnen das Kind bringst? Alleine – die ganze lange Strecke?«

»Ich habe es selber vorgeschlagen. Es kam mir albern vor, dass sie extra hierher zurückkehren, wo wir doch sowieso in Oxford bleiben wollen.«

»Ich weiß nicht so recht«, brummelte Ted. »Ich finde, die nutzen dich ganz schön aus.«

»Ach, das wird ein richtiges Abenteuer.« Fran bemühte sich, enthusiastisch zu klingen. »Ich bin hier viel zu sehr in eingefahrene Bahnen geraten.«

»Mir kam's immer vor, als hätte dir das gefallen.«

»Tut es ja auch. Aber es ist gut, mit den Jahren auch mal etwas Neues anzupacken, sonst sind wir eines Tages alt und haben nichts von der Welt gesehen.« Ted gab ein Geräusch von sich, aus dem sie nicht so recht schlau wurde. »Nur eines macht mir Sorgen, Ted.«

»Und das wäre?«

»Ich habe das Gefühl, dass etwas mit Ann, der Frau von Phil, nicht stimmt. Sie waren erst bei einem Spezialisten in London mit ihr und sind jetzt bei einem in Oxford. Das ist übrigens auch einer der Gründe, aus denen sie hier sind.«

»Und du hast keine Ahnung, was ihr fehlen könnte?«

Fran schüttelte den Kopf. »Aber ich schätze, sie werden es mir sagen, wenn wir uns in Oxford treffen.«

»Na ja, wenn es solche Probleme gibt, lässt das natürlich alles in einem anderen Licht erscheinen. Warum hast du mir denn vorher nichts davon gesagt?«

»Sie wollten nicht, dass ich irgendjemandem davon erzähle, vor allem, weil sie ja wohl selber noch nicht genau wissen, was mit Ann los ist.« Fran ließ den Wagen vor *Rachel's Café* ausrollen. Sie vermied es tunlichst, Ted anzusehen, während er ihr half, Sams Kindersitz loszuschnallen und auszuladen. Wie konnte sie den lieben, guten Ted, den sie schon ihr ganzes Leben lang kannte, nur derart anlügen?

Sophie machte Fotos von Rachel, wie sie lächelnd zwischen den Tischen ihres Restaurants posierte. Kyp kam in schneeweißer Kochkleidung aus der Küche.

»Ich mache eines von euch beiden«, sagte er. »Es sieht alles großartig aus, vor allem ihr beide in euren sexy schwarzen Kleidern.«

»Danke, Kyp.« Sophie gab ihm den Apparat und stellte sich zu Rachel.

Rachel strahlte und sah sich zufrieden um. Alles machte wirklich einen hervorragenden Eindruck. Die Kerzen brannten in ihren kristallenen Haltern, in blank polierten Gläsern standen edle weiße Stoffservietten bereit, und sämtliche Tische waren mit rosa Nelken geschmückt. In dem gedämpften Licht funkelte das Mosaikmuster der Tischplatten wie Juwelen – ebenso wie die Bestecke. Links und rechts von der Tür standen die Töpfe mit den Olivenbäumchen, und aus den Boxen drang leise Hintergrundmusik. Rachel hatte sich gegen Andrea Bocelli entschieden – an diesem Abend wollte sie sämtliche Gedanken an Sandro verbannen.

Rachel warf einen Blick auf ihre Uhr. »Bald werden die ersten Gäste eintreffen. Zum Glück regnet es heute mal nicht. Da brauchen wir uns nicht mit Bergen von feuchten Mänteln abzumühen.«

Die Tür ging auf, und herein kamen Nick, Kate, Jules, Billy und das Mädchen, das sie noch nicht kannte.

»Das ist Clare«, stellte Nick sie vor.

»Wunderbar.« Rachel begrüßte die Bande mit einem vergnügten Grinsen. »Dann wollen wir euch mal mit Schürzen ausstatten. Ihr braucht nicht alle gleichzeitig zu bedienen, sonst steht ihr euch nur gegenseitig im Weg. Zwei von euch können sich setzen und mit den anderen essen, und dann tauscht ihr die Plätze. Ich möchte, dass ihr Jungvolk ebenfalls mein Essen probiert.«

»Wir haben gehofft, dass Sie das sagen würden«, lachte Kate.

»Wir haben extra seit Tagen gehungert«, fügte Billy hinzu.

Rachel verteilte die schwarz-weiß gestreiften Schürzen und schickte die jungen Leute zum Händewaschen. Irgendwann sollte ihr gesamtes Personal in Schwarz und Weiß gekleidet sein, aber sie fand, dass das für diesen ersten Probelauf am heutigen Abend zu viel verlangt war.

»So, nun zu den Regeln. Höflichkeit ist oberstes Gebot.

Ich habe den Gästen gesagt, dass sie ruhig meckern dürfen, also nehmt das bitte nicht persönlich. Oberste Regel Nummer zwei – Hygiene. Wascht euch regelmäßig die Hände, nehmt nichts, was auf den Fußboden gefallen ist, und berührt niemals die Speisen. Wenn es Fragen gibt, wendet ihr euch an mich oder an Sophie. Du, Clare, machst die erste Runde Abwasch.« Sie führte sie alle in die Küche, um die Arbeitsabläufe zu erklären. »Vergesst nicht, dass die Gäste euch sehen können, wenn ihr hinter den Regalen hantiert, die den Restaurantbereich von der Küche abtrennen, also benehmt euch auch da anständig – nicht in der Nase bohren und so!«

»Na, das wäre ja wohl das Letzte!«, kommentierte Jules empört.

»Musste aber gesagt werden.« Rachel lachte. »Ich schätze, dass Kyp und Sophie schon ein paar Töpfe haben, die abgewaschen werden müssen. Also an die Arbeit, Clare!« Clare warf ihr ein verlegenes Lächeln zu. Das Mädchen wirkte furchtbar blass, aber irgendwie passte ihr Teint zu ihrem rötlichen Haar und den grünen Augen. Ein bezaubernd süßes, ernstes Gesicht. Dann fiel ihr ein, dass Aidan und Patrick erwähnt hatten, Clare sei bei ihrem Eintreffen in Wraith Cove krank gewesen.

»Geht's dir gut?«, erkundigte sie sich vorsichtig.

Clare wirkte ein wenig erschrocken. »Alles bestens.«

»Fein. Während du im Bereich der Nahrungsmittel zu tun hast, werden wir dein Haar unter eine Mütze stecken müssen.« Rachel half Clare, ihren langen Zopf hochzustecken. Die Haut an Clares Nacken war so hell und zart, dass Rachel fand, das Mädchen gehöre eigentlich mit einem Teddybären im Arm und einem Becher heißer Schokolade ins Bett, so unglaublich jung kam ihr Clare vor. Wie konnte ihre Mutter sie so ganz alleine in die Welt hinausziehen lassen? Aber so waren die Kinder heutzutage eben. Wenn sie sich etwas in den Kopf gesetzt hatten, ließen sie sich nicht davon abhalten – man brauchte sich ja bloß Rose anzusehen. Auch Aidan würde bald flügge werden. Aber bei einem Jungen war das irgendwie etwas anderes.

»So«, sagte sie, während sie auch die letzte Haarsträhne unter der Mütze verbarg. »Nicht gerade schick, aber du kannst sie ja abnehmen, wenn du dich zum Essen hinsetzt.« Clare lächelte scheu. Irgendetwas war an dem Mädchen … irgendetwas kam Rachel an ihr bekannt vor. »Bist du schon einmal bei mir im Café gewesen?«, fragte sie sie.

»Nein, ich … äh … nein.«

»Ich dachte, ich würde dich irgendwoher kennen«, sagte Rachel.

Wieder ging die Tür auf, und die ersten Gäste kamen herein – eine Gruppe Ärzte und Angestellte aus dem Therapiezentrum. Schon beim Hinsetzen gaben sie anerkennende Kommentare von sich. Nick hängte ihre Mäntel auf und entkorkte die ersten Champagnerflaschen. Als Nächstes trafen Jill und Ash mit Evie ein. Evie hatte ihre beiden Kinder der Obhut von Jills und Ashs Kindermädchen in deren Villa *Cormorants* überlassen. Rachel entging nicht, wie fein sich alle für diesen Abend angezogen hatten. Das freute sie. Evie trug ein schlichtes weißes Kleid, das ihre Urlaubsbräune zur Geltung brachte. Jill war wie üblich in Schwarz gekleidet, aber mit so vielen rosafarbenen Accessoires, dass es einem schier die Tränen in die Augen treiben konnte. Ash wirkte sehr gediegen in seinem dunkelgrauen Anzug mit roter Fliege.

Langsam kam Stimmung auf. Es wurde gelacht, geschwatzt und nicht mit wohlwollenden Bemerkungen über das Interieur und die Speisekarte gespart. Patrick und Kate verteilten

Körbchen mit warmem Ciabattabrot und kleine Tonschalen mit Oliven auf den Tischen. Rachels Anspannung ließ ein wenig nach. Alles lief gut an; nun musste nur noch das Essen schmecken. Soeben kam Solveig, die Empfangsdame aus dem Therapiezentrum, mit Pater Michael und ein paar der Therapeuten zur Tür herein. An einem Tisch nahmen gerade Geschäftsleute aus der Umgebung Platz, und dann erschienen zu Rachels Freude auch Jane, ihr Mann Chas und Marguerite.

»Gerade eben noch geschafft«, bemerkte Chas mit seiner tiefen Stimme.

Jane trug ihren fuchsroten, weit geschnittenen indischen Hosenanzug. Sie pustete Rachel einen Kuss zu. »Neptun haben wir leider nicht überreden können.«

Marguerite strich Rachel lächelnd mit ihrer kühlen Hand über die erhitzte Wange. Sie sah in ihrem fließenden Kleid in Meeresfarben wunderschön aus, und ihr langes, silbriges Haar glänzte im Kerzenschein.

Rachel zog sich in die Küche zurück. »Tut mir leid«, rief sie. »Ich vernachlässige meine Pflichten. Ich bin ja so aufgeregt.«

Kyp blickte von dem Heer der Töpfe auf, die er alle gleichzeitig betreute. »Das ist nur zu verständlich«, sagte er. »Sophie, achte auf die Sauce dort, damit sie nicht aufkocht.«

Rachel musste grinsen. Wenn die Gäste Kyp und Sophie sahen, konnten sie sie tatsächlich für waschechte Italiener halten. »Können wir anfangen, die Bestellungen aufzunehmen?«

Als sie wieder ins Restaurant trat, waren auch Fran und Ted eingetroffen. Sie trugen einen kleinen Autositz bei sich. »Ich bin heute Babysitterin, also musste ich ihn mitbringen«, flüsterte Fran und wirkte dabei ein wenig nervös. »Er macht bestimmt keine Schwierigkeiten. Gibt es noch einen Tisch in einer der Ecken? Dann kann ich ihn zwischen meine Füße stellen.«

Während Fran und Ted sich zu ihrem Tisch hindurchwanden, löste das Baby große Freude unter den Gästen aus. Rachel entging nicht, wie stolz Fran auf ihren Enkel war. Aber sie hatte sowieso immer ein glückliches Händchen mit kleinen Lebewesen gehabt. Wie schön für sie, jetzt ein Baby in der Familie zu haben. Aber sie musste sich nun dringend ums Essen kümmern.

Kate und Patrick nahmen die Bestellungen entgegen. Nick war für den Begrüßungschampagner und die Getränke verantwortlich. Aidan sprang vorerst überall ein, wo er gebraucht wurde. Billy und Jules saßen hocherhobenen Hauptes zwischen den Gästen und tranken Champagner. »Pass auf, dass die jungen Leute nicht mehr als ein Glas trinken«, flüsterte Rachel Nick zu. Das Letzte, was sie gebrauchen konnte, war, dass einer von ihnen einen Schwips bekam und dummes Zeug anstellte.

»Ich behalte sie im Auge«, versicherte Nick ihr. »Ich habe ihnen schon gesagt, dass es danach nur noch Fruchtsaft gibt. Schließlich sind sie ja zum Arbeiten hier.«

Aus der Küche duftete es verführerisch. Rachel vergewisserte sich, dass der erste Gang wirklich präsentabel war, ehe sie Kate und Patrick die Teller zum Servieren freigab. Gleich darauf hörte man Bestecke klappern. Sie überflog die Bestellungen. Ein gleichmäßiger Mix aus herkömmlichen und ausgefallenen Gerichten. Kyp hatte hundertprozentig recht gehabt. Seine Auswahl war perfekt; nie im Leben hätten sie mehr bewältigen können als das, was jetzt auf der Speisekarte stand. Was hatte Sandro sich nur dabei gedacht? Ach, sie wollte heute Abend doch gar nicht an ihn denken.

Als die ersten Gäste später beim Hauptgericht saßen, hörte Rachel jemand ihren und Sophies Namen rufen. Und da kam Patrick auch schon in die Küche.

»Ich glaube, eure Gäste wollen auf euch anstoßen«, sagte er.

»Das ist absolut nicht der richtige Zeitpunkt«, wehrte Sophie ab, die gerade in eine Dampfwolke eingehüllt war.

»Ausgerechnet jetzt«, pflichtete Rachel ihr kopfschüttelnd bei und träufelte Olivenöl und Zitronensaft über den Römersalat.

»Nützt nichts«, erklärte Kyp. »Ihr müsst raus und euch feiern lassen, Mädchen. Ihr dürft eure Gäste nicht enttäuschen. Ich schaffe das hier schon alleine. Aber bleibt nicht zu lange weg.«

»Bockmist.« Sophie war krebsrot im Gesicht. Sie riss sich die Kochmütze herunter, und als Nick an ihr vorbeiging, griff sie ihn beim Hemdsärmel und drückte ihm einen Holzlöffel in die Hand. »Rühr das um«, befahl sie.

Rachel zwinkerte Sophie zu. »Präsentieren wir uns unseren Fans«, flüsterte sie. »Lächeln, immer lächeln.«

Chas erhob sich, als sie das Restaurant betraten. »Im Namen aller hier Anwesenden möchten wir euch viel Erfolg mit eurer neuen Unternehmung wünschen«, sagte er und hob sein Glas. »Auf Rachel und Sophie.«

Der gute Chas, dachte Rachel. Er war ihnen eine solche Hilfe bei der finanziellen Planung gewesen. Ohne seinen fachmännischen Rat hätte sonst was passieren können, vor allem bei Sandros Höhenflügen – nein, nicht an ihn denken!

»Jawohl! Auf Rachel und Sophie!«, stimmten alle mit ein. Weitere Gäste wollten sich erheben, wobei ihnen prompt ihre Servietten herunterfielen und sie mit den Stühlen zusammenstießen.

»Und vielen Dank, dass ihr uns als Versuchskaninchen eingeladen habt«, rief Jill. Rachel sah, dass sie schon eine Menge intus hatte. Vielleicht hätte der Champagner doch nicht so freigiebig ausgeschenkt werden sollen.

»Ihr seid uns alle sehr willkommen«, sagte sie und begann sich gleichzeitig Sorgen über das zu machen, was sich in der Küche tat. »Sophie und ich möchten uns bei euch allen dafür bedanken, dass …«

Die Lokaltür wurde aufgestoßen, und eine junge Frau kam hereingestürzt. Erschrocken unterbrach sich Rachel mitten im Satz. Es war Rose! Sie wirkte völlig aufgelöst; ihre Augen waren weit aufgerissen und rot gerändert. Hektisch warf sie einen Blick in die Runde.

»Mom! Dad!«, schrie sie, als sie Jill und Ash entdeckte. »Kommt schnell! Wir sind gerade nach Hause gekommen, und Oma liegt im Sterben!« Sie brach in Schluchzen aus.

Ash war blitzartig an ihrer Seite, auch wenn er in der Eile etliche Köpfe der Gäste mit seinen Ellenbogen in Mitleidenschaft zog.

»Schon gut, Schatz, beruhige dich. Dad ist ja bei dir.«

»Die Kinder schreien alle wie am Spieß, und das Mädchen kann sie nicht beruhigen«, berichtete Rose mit zitternden Lippen. »Ich habe versucht, dich anzurufen.« Sie warf Rachel einen wütenden Blick zu. »Aber ich habe nur den Scheißanrufbeantworter dran gehabt.« Die übrigen Gäste waren verstummt, aber natürlich gaffte alles. Jill kam unter Schwierigkeiten auf die Beine, warf dabei ihr Rotweinglas um, das klirrend auf den Fliesen zerschellte, und torkelte zwischen den Tischen hindurch auf ihre Tochter zu. Nick nahm rasch ein Handtuch und begann die Scherben aufzusammeln und den Boden aufzuwischen. In der Küchentür erschien in dem Moment Patrick mit einigen Salatschüsseln.

»Patrick!«, kreischte Rose und warf sich ihm übergangslos an die Brust. Er ließ eine der Schüsseln fallen, konnte drei andere aber eben gerade noch festhalten. Schwarze und grüne Oliven sowie kleine rote Cherrytomaten kullerten über den Fußboden. »Ich wusste nicht, ob ich den Arzt oder gleich einen Krankenwagen rufen sollte.«

Einer der anwesenden Ärzte erhob sich. »Ich komme mit«, sagte er und wischte sich hastig mit der Serviette den Mund ab.

»Marguerite!«, wimmerte Rose. »Willst du nicht auch kommen und meiner Großmama helfen?«

Marguerite erhob sich würdevoll und bahnte sich ihren Weg zu Rose.

»Was ist mit den Kindern?«, rief Evie. »Ich fahre besser auch mit.«

Alle griffen sich ihre Mäntel und drängten zur Tür. Mit einem Male schien die Hälfte der Gäste im Aufbruch begriffen.

»Rachel! Sophie!«, hörte man Kyps Stimme rufen.

»Um Himmels willen.« Rachel hetzte in die Küche. Kyp gab gerade Clare Instruktionen, wie sie etwas umrühren sollte, während er sich bemühte, die restlichen bestellten Hauptgerichte auf den Tellern zu verteilen. Rachel wusste nicht, was sie tun sollte. Würden sie wieder zurückkommen? Sollte sie ihr Essen warm halten oder ihnen später ein neues servieren?

»Ich wusste gar nicht, dass Stephanie *so* krank war«, hörte sie Sophie neben sich sagen, die Clare beim Rühren ablöste. »Jill hat nichts davon erzählt. Wie schrecklich.«

»Können wir das später besprechen?«, sagte Rachel und bekam schlagartig ein schlechtes Gewissen. Schließlich kannte Sophie Jills Mutter schon seit Jahren. Ach du meine Güte

– Patrick war obendrein grußlos verschwunden! »Nick!«, schrie sie und brach dabei ihre Regel, niemals über die Köpfe der Gäste hinweg ihr Personal anzubrüllen. Fran stand gerade am Bartresen und bat leise um etwas heißes Wasser, um die Babyflasche aufzuwärmen. Clare stand an der Spüle und sah wiederum aus, als wäre sie zur Salzsäule erstarrt.

»Los, mach mit dem Abwasch weiter«, fauchte Rachel sie an. Clare war noch weißer im Gesicht geworden, falls das überhaupt möglich war, und starrte Rachel aus weit aufgerissenen grünen Augen entsetzt an.

»War das Rose, die da eben gekommen ist?«, fragte sie. »Patricks Rose?«

»Ja! Aber Klatsch und Tratsch kannst du dir für später aufbewahren. Wir müssen sehen, dass wir hier wieder in die Gänge kommen.«

Rachel flog förmlich durchs Restaurant, räumte schmutzige Teller ab und schwatzte auf ihre fröhliche Art mit den verbliebenen Gästen, um die Stimmung zu retten. Fran gab dem Baby sein Fläschchen, währenddessen sie sich mit Ted unterhielten, als wäre nichts geschehen. Pater Michael, der es offenbar gewohnt war, drohende Katastrophen im Keime zu ersticken, lenkte seinerseits Solveig und die Leute aus dem Therapiezentrum ab.

In der Küche gab Rachel Aidan und Clare die Anweisung, eine Pause zu machen und Billy und Jules hereinzuschicken.

»Ich möchte lieber hierbleiben«, sagte Clare verschüchtert. »Ich bin weder hungrig noch müde noch sonst was.«

»Okay. Aber lass es mich wissen, wenn es dir zu viel wird.« Rachel reichte ihr ein großes Glas Orangensaft. »Damit du mir nicht austrocknest.«

Der Hauptgang war beendet – oder kalt geworden. Kyp

konnte einen Moment verschnaufen, denn das Dessert war Rachels und Sophies Spezialität. Sophie räumte gerade die Arbeitsplatte frei. Rachel schnappte sich die Müllsäcke und ging zur Hintertür hinaus, wo die Tonnen unter der Treppe zu ihrer Wohnung standen. Es war ein kalter, wolkenloser Abend; am Himmel leuchteten die Sterne, und sie konnte das Meer hören. Sie holte tief Luft. Nun, dachte sie, das wäre nicht nötig gewesen. Aber wenigstens war es ein Notfall, für den sie nichts konnte. Das verstand sicher jeder. Dennoch wünschte sie nicht nur um Stephanies willen, dass es nicht passiert wäre. Bis Rose hereingeplatzt war, war alles so perfekt gelaufen. Zum ersten Mal an diesem Abend dachte sie wirklich an Stephanie. Jill hatte erwähnt, dass Roses Großmutter sich in Afrika mit irgendetwas infiziert hatte. Hoffentlich nichts Schlimmes, dachte Rachel und musste trotz allem lächeln. Genau wie ihre Mutter Jill machte Rose bisweilen gerne aus einer Mücke einen Elefanten.

Sie stellte die Müllsäcke ab und klappte die Aschentonne auf. Plötzlich bewegte sich etwas zu ihren Füßen. Mit einem Aufschrei sprang sie zurück. Oh nein, bloß keine Ratte! Aber dann erkannte sie in dem schwachen Licht, das durch das Küchenfenster fiel, was es war: ein Fuß! Und er zuckte! Hatte es sich eine Schnapsleiche hinter ihren Mülltonnen bequem gemacht? Sie musste Kyp holen. Vorsichtig trat sie einen Schritt näher, um einen Blick in das vom Schatten verborgene Gesicht der Person zu werfen.

»Rachel«, röchelte eine männliche Stimme.

Sie wäre beinahe umgekippt. Diese Stimme kannte sie – das war Sandro! Beherzt packte sie seinen Arm und versuchte ihn hochzureißen.

»Was zum Teufel treibst du hier? Bist du betrunken?« Aber sie merkte sogleich, dass das nicht zutraf. Seine Augen waren nur noch schmale Schlitze in einem zerschundenen, blutigen Gesicht. Man hatte ihn offensichtlich brutal zusammengeschlagen.

»Oh, Sandro«, flüsterte sie. »Los, herein mit dir.« Unter größter Mühe half sie ihm auf die Beine; es hatte ihn mächtig erwischt. Er stützte sich mit seinem ganzen Gewicht auf sie, als sie sich die Treppe hinaufschleppten. Rachel hoffte inständig, dass niemand sie gerade suchen würde. Sie schloss die Wohnungstür auf und zerrte Sandro den Flur entlang zu ihrem Schlafzimmer, wo er aufs Bett plumpste. Dann rannte sie in ihre private Küche, um Wasser und einen Lappen zu holen. »Ich muss wieder runter«, sagte sie. »Bleib hier ganz still liegen. Ich komme zurück, so schnell ich kann.«

Sie verließ die Wohnung und verriegelte die Tür hinter sich. Sie würde ihn nicht wieder entwischen lassen, ehe sie nicht herausgefunden hatte, was mit ihm los war.

Sophie steckte schon den Kopf durch die Küchentür. »Rachel«, zischte sie.

»Ich bin ja schon da. Entschuldige. Ich musste mich mal kurz abkühlen. Die aufsteigende Hitze.« Sie betrat die Küche und fing mit leicht zittrigen Händen an, die Früchte auf den Tellern zu arrangieren. So hatte sie sich diesen Abend wahrhaftig nicht vorgestellt.

Der Polizeibeamte legte den Hörer auf und schüttelte den Kopf.

»Es tut mir sehr leid, Sir. Die Nonne – Schwester Benedicta – ist tot.«

»Auch mir tut es leid, das zu hören.« Pater Ryan war es bitterer Ernst damit. Verdammt sollte die Frau sein. Er hatte sie noch weiter wegen Clare ausfragen wollen, hätte wohl nicht so grob mit ihr umgehen dürfen. Aber das hatte sie sich selber zuzuschreiben. Schließlich war sie mit dem Spaten auf ihn losgegangen. Doch wenn sie überlebt hätte, würde sie womöglich der Polizei etwas zu erzählen gehabt haben. Und er wusste außerdem nicht, welche Lügen Clare ihr aufgetischt hatte. Der Polizist sah ihn, den Kopf auf die Seite gelegt, mitleidig an. »Möchten Sie eine Tasse Tee? Das muss ein schauderhaftes Erlebnis für Sie gewesen sein.«

»Nein, vielen Dank.« Er hätte es lieber gehabt, wenn ihm ein Glas Whiskey angeboten worden wäre. Die Engländer schienen der Meinung zu sein, mit Tee ließen sich alle Probleme aus der Welt schaffen.

Der Beamte schob einige Papiere auf seinem Schreibtisch hin und her. »Würde es Ihnen etwas ausmachen, mir zu erzählen, wie es kam, dass Sie dort zugegen waren?«

»Habe ich das nicht schon Ihrem Kollegen gesagt? Ich bin auf einer Rundreise, um ein paar der alten katholischen Institutionen hier im Land zu besuchen – eine Art Bildungsurlaub könnte man es nennen.« Er hielt es für das Beste, Clare nicht zu erwähnen – wer weiß, wozu das führen mochte.

»Also war es reiner Zufall, dass Sie die Schwestern gefunden haben?«

»Aber gewiss doch. Ich hielt die Abtei für verlassen.« Er kam sich vor wie in einem Verhör. Für was hielten diese Leute sich eigentlich? Er beugte sich vor und stützte die Ellenbogen auf den Schreibtisch. »Was haben diese Nonnen da gemacht? Wieso hat sich niemand um sie gekümmert? Es schien dort keinen Strom und keine richtige Heizung zu geben. Schwester Benedicta war ja nicht mehr bei Sinnen. Eine Schande ist das.«

Der Polizist runzelte die Stirn. »Es wird eine vollständige Untersuchung durchgeführt werden – seitens der Polizei und auch des Kirchenvorstandes. Bisher weiß ich nur, dass die meisten der älteren Nonnen in einem katholischen Pflegeheim untergebracht worden sind. Schwester Benedicta und Schwester Agnes jedoch haben darauf bestanden, bis zum Abriss in der Abtei zu bleiben. Durch irgendein Missverständnis hat man sie dann offenbar aus den Augen verloren. Das Telefon haben sie selber außer Betrieb gesetzt, und der Strom war nicht abgestellt – das war lediglich eine durchgeschmorte Sicherung. Aber das wussten sie anscheinend nicht.« Er machte sich auf seinem Block ein paar Notizen. »Wenn Sie nichts dagegen haben, bitte ich Sie nun, mir noch einmal zu berichten, wie es dazu kam, dass Schwester Benedicta die Treppe hinuntergefallen …«

»Das steht doch alles in meiner Aussage. Sie hat mich zu der – ahem – Leiche geführt. Ich stand unter Schock und brauchte einen Schluck Wasser. Sie ist vor mir her zu der Küchentreppe gegangen, gestolpert und gestürzt. Ich habe noch versucht, sie festzuhalten.« Er senkte das Haupt und die Stimme und griff nach dem Karton mit Papiertaschentüchern auf dem Tisch. »Nur ist es mir leider nicht gelungen.«

»Ich verstehe«, sagte der Beamte und wandte den Blick ab. »Sie sind uns eine große Hilfe gewesen, Sir.«

Er begleitete Pater Ryan zur Tür. »Wir melden uns bei Ihnen, falls wir Sie noch wegen irgendetwas benötigen. Es wird natürlich bei beiden Schwestern eine Obduktion durchgeführt werden müssen, doch ich bin mir sicher, dass wir Sie nicht noch einmal zu behelligen brauchen.«

Pater Ryan fuhr zum nächsten Rastplatz und leerte den Rest der Flasche. Dann versuchte er, sich an die letzten Worte der Nonne zu erinnern. *Zu ihrer Freundin Rose. Auf die Fähre. Nach Irland.*

»Verdammt, verdammt, verdammt«, schrie er und trommelte mit der Faust auf das Steuerrad. Er hatte nur seine Zeit verschwendet. Warum, warum nur hatte er bloß nicht auf die betrunkenen Idioten auf der Fähre gehört? Er musste dorthin zurück, um die Band zu befragen und herauszufinden, wo diese Rose herstammte. Diese verschlagene Clare! Sobald er das Mädchen in die Finger bekam, würde er ihr eine Lektion erteilen. Und was mit ihrem Kind war, wusste er nach wie vor nicht.

Doch zunächst musste er endlich eine Übernachtungsmöglichkeit finden. Und sich vor allem noch eine neue Flasche Whiskey besorgen.

17

Es war noch dunkel, als Clare aufstand, um sich Tee und einen Toast zu machen. Sie war kurz vor dem Verhungern. Sie hatte gestern Abend in Rachels Restaurant nichts gegessen. Sie hielt Rachel für die Frau auf dem Foto von Sandro – sie sah ihr ähnlich, aber ganz sicher war sie sich dessen nicht. Rachel war nett zu ihr gewesen, hatte sie zu überreden versucht, etwas zu essen, und es waren auch eine Menge leckerer Sachen übrig geblieben. Aber sie war so aufgeregt gewesen, dass sie nichts hinunterbekommen hatte.

Während sie darauf wartete, dass das Wasser im Kessel kochte, dachte sie noch einmal über alles nach. Diese Marguerite war ihr beim Betreten des Restaurants sofort aufgefallen, obwohl es nicht leicht war, durch die Regale voller Gläser mit Nudeln, Flaschen und Glasdekorationen, die den Restaurantbereich von der Küche abtrennten, hindurchzusehen. Doch das Haar von Marguerite war unverwechselbar. Es handelte sich zweifellos um die Frau, die ihr in jener Nacht, als sie in Wraith Cove angekommen und zusammengeklappt war, als die Heilige Jungfrau Maria erschienen war. Wie hatte sie nur so dumm sein können! Und natürlich hatte sie sich danach davor gefürchtet, ihr erneut zu begegnen. Aber das spielte nun alles keine Rolle mehr. Es ging ihr schon viel besser, und selbst falls diese Marguerite anhand der Größe ihrer Brüste gemutmaßt haben sollte, dass sie kürzlich ein Kind bekommen haben könnte, konnte sie ja nichts Näheres darüber wissen und würde vermutlich glauben, es wäre zur Adoption freigegeben worden. Blieb bloß zu hoffen, dass Marguerite mit niemandem darüber sprach. Und dann fiel es ihr wieder ein: Marguerite war ja stumm.

Was sie aber gestern Abend am meisten umgehauen hatte, war das plötzliche Erscheinen von Rose gewesen. Es hatte eine Weile gedauert, bis sie kapierte, was sich da draußen abspielte. Zunächst hatte sie es nur für den üblichen Lärm der lebhaften Gäste gehalten, aber dann hatte sie gehört, wie jemand Roses Namen rief, und sich gerade noch beherrschen können, um nicht Hals über Kopf ins Restaurant zu stürzen. Sekunden später hatte sie gemerkt, dass irgendwas nicht stimmte, dass mit einem Mal alles in Aufbruchsstimmung zu geraten schien und dass auch Patrick das Lokal verließ. Da wollte sie unbedingt erfahren, was los war, aber Rachel war sauer geworden und hatte alle zurück an ihre Arbeit gescheucht.

Sie strich sich Butter auf den Toast und nahm ihn mit zurück ins Bett. Ihre nackten Füße waren eiskalt. Wie würde es nun weitergehen? Heute war Sonntag. Wahrscheinlich hatte Patrick Rose erzählt, dass eine Clare auf sie wartete, und Rose würde sie suchen. Sie war sich noch nicht darüber im Klaren, ob sie Rose die ganze Wahrheit erzählen sollte. Würde Rose Verständnis für sie haben? Sie würde bestimmt nicht so ein Geschrei machen wie dieser Sandro Angelo. Zum Glück war *er* gestern nicht aufgetaucht.

Sie stellte ihren Becher und den Teller auf den Boden und streckte sich auf dem Bett aus. Sollte sie Rachel sagen, dass sie die Brieftasche durch den Briefschlitz gesteckt hatte? Sie könnte behaupten, sie auf der Straße gefunden und sie auf dem Foto erkannt zu haben. Aber zu was sollte das gut sein? Es würde nur eine weitere Lüge nach sich ziehen, und sie wollte Rachel gegenüber nicht unaufrichtig sein.

Sie gähnte. Das Beste wäre es wohl, heute in der Nähe der Wohnwagen zu bleiben, damit sie Rose nicht verpasste, falls sie tatsächlich kam.

Während sie weiterdöste, dachte sie plötzlich wieder daran, wie sie gestern im Restaurant auf Rachels Geheiß die Sauberkeit der Toiletten überprüfen sollte. Dort hatte sie eine kleine, rundliche Frau angetroffen, die ihr den Rücken zugewandt und sich über ein Baby auf dem Wickeltisch gebeugt hatte, mit dem sie zärtlich redete. Da hatte sie sich entschlossen, lieber später ihren Auftrag auszuführen.

Jetzt ging ihr auf, dass der Körperbau der Frau sie an die Mutter Oberin erinnert hatte. Die stand auch immer so gebückt da, rührte in Töpfen über dem Feuer und redete mit sich selber. Nachdem sie das Baby bekommen hatte, hatte sich die Mutter Oberin zunehmend verändert. Manchmal hatte sie richtig Angst vor ihr, weil sie ständig so wütend wurde, wenn sie sie fragte, wann sie fortdürfe oder wann ein Priester zu ihr komme. Manchmal warf sie dabei sogar mit Gegenständen nach ihr, aber sie hatte sich zu schwach gefühlt, um dagegen zu protestieren.

So hatte sie begonnen, sämtliche Schritte der Oberin zu

verfolgen, versucht, sich einen Fluchtplan zurechtzulegen – sobald das Baby entwöhnt war. Wo ging sie zum Beten hin? Gab es einen Durchgang, der von ihrer Kammer zur Abtei führte? Möglicherweise lebten dort weitere Nonnen, die sie um Hilfe bitten konnte.

Eines Abends hatte Clare ihren Mut zusammengenommen und war der Mutter Oberin nachgegangen. Sie hatte gerade die Tortur des Stillens hinter sich, und die Mutter Oberin hatte das Baby wieder mit sich zurück in ihre eigene Kammer genommen. Doch dann hatte Clare sie die Treppe hinuntergehen gehört, hatte über das Geländer hinweggespäht und gesehen, wie sie die Tür hinter dem Wandvorhang öffnete, die in den Gang führte, von dem das kleine Wohnzimmer abging. Auf Zehenspitzen war sie ihr über die dunklen Stufen gefolgt. Die Mutter Oberin hatte die Kerze auf den Boden gestellt, eine der anderen Türen auf diesem Gang aufgeschlossen und den Raum betreten. Dabei ließ sie die Tür offen stehen, obwohl sie sonst während des Tages, wenn Clare wach war, sorgfältig alle Türen hinter sich verriegelte. Sie musste sich ganz sicher gewesen sein, dass Clare bereits schlafend in ihrem Bett lag.

Clare hatte sich in einer kleinen, schmucklosen Kapelle wiedergefunden. Kerzen brannten, und es roch aufdringlich nach Weihrauch. Von hier ging eine weitere Tür ab, die die Mutter Oberin ebenfalls aufschloss. *Agnes*, rief sie. *Agnes, ich bin es, Benedicta. Ich bin hier, meine Liebe.*

Clares Herz pochte. Der Name ihrer Mutter Oberin war doch Bridget? Und nicht Benedicta? Und es lebte tatsächlich noch jemand hier; also hatte die Mutter Oberin doch nicht gelogen. Aber sie hörte niemanden antworten. Das verstand sie nicht. Ob *Agnes* eine Katze oder so etwas war? Sie wagte kaum, Luft zu holen. Womöglich gab es hier mehrere Katzen, und die hatten den Fußboden so schmutzig gemacht? Sie trat näher heran und hielt sich dabei sorgfältig im Dunkeln. Die Mutter Oberin beugte sich über ein schmales Bett. Sie schien etwas zu streicheln – also musste es sich bei Agnes in der Tat um ein Tier handeln. Doch als die Oberin sich setzte und eine Bibel in die Hand nahm, sah sie den Kopf und die Schultern eines Menschen. Clare hielt sich die Hand vor den Mund und konnte gerade noch einen Brechreiz unterdrücken. Die Augen dieser anderen Person standen weit offen, starrten ins Leere, und der zahnlose Mund war zu einer Grimasse verzerrt. Sie sah aus wie ein von gelber Haut überzogenes Gerippe. *Agnes, liebe Agnes*, intonierte die Oberin wie einen Gesang. *Lass mich dir vorlesen.*

Clare hatte sich abgewandt und war hastig davongelaufen. Auf der Treppe hielt sie sich am Handlauf fest, um in der Finsternis nicht zu stolpern. Sie schluckte mehrere Male, um Speichel in ihren trockenen Mund zu bekommen. Ihre Mutter Oberin war verrückt. Sie redete mit einer Leiche. Konnte es sein, dass sie Agnes umgebracht hatte? Und hatte sie unter Umständen vor, auch sie, Clare, umzubringen? Sie musste handeln, schlüpfte eiligst in ihre Kleider und stopfte ihre Habseligkeiten in den Rucksack. Sie musste von hier fort. Die Mutter Oberin hatte gesagt, sie müsse bleiben, bis das Kind entwöhnt war, weil es sonst sterben und Clare dafür niemals Vergebung erlangen würde. Ihr Leben wäre dann nur noch ein einziges Warten auf das Fegefeuer.

Mit wackeligen Beinen – sie war nach der Geburt immer noch sehr geschwächt – hastete sie in die Kammer der Oberin, steckte ein paar Babysachen in den Rucksack, nahm ihr Kind aus der Schublade, in der die Mutter Oberin es schlafen ließ, wickelte es in sein Tuch, wuchtete sich den Rucksack auf die Schulter, packte das Baby unter ihre Jacke, zog den Reißverschluss hoch und lauschte an der Treppe. Aber es war nichts zu hören, also huschte sie auf Zehenspitzen die Stufen hinunter und bekam die schwere Außentür gerade weit genug auf, um sich hinaus in die kalte Abendluft zu winden. Nachdem sie sich auch durch die Lücke beim Tor gequetscht hatte, begann sie zu weinen. Warum hatte Pater Ryan sie hergeschickt? Wie hatte er ihr das antun können? Ihre Mutter hatte pausenlos behauptet, die Schwestern des Klarissenordens wären die besten Menschen auf Erden. Ihre Beine zitterten ununterbrochen, und ihr ganzer geschundener Körper tat ihr weh. Sie brauchte Hilfe; aber weit und breit war kein Mensch. Also musste sie zusehen, wie sie alleine zurechtkam. Sie marschierte los. Wenigstens war sie im Freien, und auch ihr Geld hatte sie noch. Sie würde jemanden fragen, wie sie auf die Isle of Wight käme, und dann würde sie Rose finden.

Clare wälzte sich auf ihrer Koje auf die andere Seite. Und jetzt war Rose in Ventnor, nur ein paar Meilen weit entfernt.

Rachel lag auf einen Ellenbogen gestützt da und sah Sandro beim Schlafen zu. Am liebsten hätte sie ihn aufgeweckt und von ihm wissen wollen, was vorgefallen war. Aber sie brachte es nicht übers Herz, ihn zu stören. Er musste eine Menge durchgemacht haben. Seine beiden Augen waren tiefblau geschlagen, und er schnarchte durch mit geronnenem Blut verstopfte Nasenlöcher. Und die Nase sah aus, als wäre sie gebrochen.

Gott sei Dank – heute war Sonntag. Sie gähnte. Sie war todmüde, aber viel zu aufgedreht, um schlafen zu können. Sie wusste nicht einmal genau, ob der gestrige Abend ein Erfolg gewesen war oder nicht. Alle hatten sie für ihr Essen gelobt, aber dann war durch das Drama mit Roses Großmutter so einiges aus dem Ruder gelaufen. Den Rest des Abends hatte sie nur noch wie durch einen Schleier wahrgenommen. Doch zumindest schienen die meisten ihrer Gäste nur kurzfristig in ihrem Genuss gestört worden zu sein. *Ihr* wiederum stand nun eine schwierige Auseinandersetzung mit Sandro bevor. Sie betrachtete ihn stirnrunzelnd.

Patrick war seit seinem überstürzten Aufbruch mit Rose nicht wieder aufgetaucht. Aidan war mit den anderen zurück nach Wraith Cove gefahren. Rachel kam es so vor, als hätte er ein Auge auf die junge Clare geworfen – die ihr eigentlich zu jung vorkam, um schon einen Freund zu haben. Falls Clare *ihre* Tochter wäre, würde sie darauf bestehen, dass sie pünktlich um zehn nach Hause kam. Wenn Clare aber schon studierte – war sie dann am Ende sogar älter als Aidan? Weder der Arzt, der mitgefahren war, um Roses Großmutter zu versorgen, noch Marguerite, Jill, Ash und Evie waren zurückgekommen, um ihr Abendessen zu beenden. Kyp war seiner Frau später zusammen mit Jane und Chas zur Villa von Jill und Ash nachgefahren, und von ihm hatte sie seither auch nichts weiter gehört. Also hatte sie keine Ahnung, was los war.

Sie erhob sich vom Bett, um Kaffee aufzubrühen. »Zeit für die Beichte, du Herumtreiber«, rief sie, als sie mit dem Tablett zurück ins Schlafzimmer kam. Stöhnend öffnete Sandro seine Augen, so weit er es eben vermochte.

»Tut wohl weh«, sagte sie mitleidslos. »Hoch mit dir. Das macht dich wach.«

Sandro bemühte sich, eine sitzende Haltung einzunehmen. Sie unternahm gar nicht erst den Versuch, ihm aufzuhelfen. Als er eine Hand nach ihr ausstreckte, ignorierte sie es und hielt ihm einen Kaffeebecher hin.

»Grazie«, murmelte er. Mit zitternden Fingern führte er den Becher an den Mund und nahm einen Schluck. Dann stöhnte er wieder. Selbst das Trinken schien ihm Schmerzen zu bereiten, aber Rachel war fest entschlossen, ihn nicht gleich mit offenen Armen zu empfangen.

»Ich warte auf eine Erklärung«, sagte sie und zog sich einen Stuhl ans Bett.

»Es tut mir alles so leid, Rachel.«

Durch seine geschwollenen Lippen klang ihr Name noch sinnlicher als sonst. Sie nahm einen großen Schluck Kaffee, schwieg aber.

»Ich weiß nicht, was ich sagen soll. Ich habe dich im Stich gelassen.«

»Das kann man wohl laut sagen.«

»Si, si.« Er nickte mit dem Kopf.

»*Si, si*«, äffte sie ihn nach. »Hast du sonst noch was zu sagen?«

»Ich … habe etwas Schreckliches getan.«

»Ja, das sieht mir ganz danach aus. Und?«

»Und – es tut mir so leid.«

Rachel stellte ihren Becher ab. »Okay, Sandro. Wir drehen uns im Kreis. Erzähl mir einfach klipp und klar, was vorgefallen ist. Und dann kannst du gehen, während ich mein *sehr* erfolgreiches Leben fortsetze.«

»Bene, ich erzähle. Ich … hatte eine Affäre mit der Frau vom Manager vom Hotel.«

»Also war ich nur eine von mehreren, stimmt's?«

»No, no. Wir haben Schluss gemacht – und dann erst habe ich dich getroffen.«

»Ich weiß nicht, ob ich das glauben soll. Aber sprich weiter.«

»Nachdem ich dich kennengelernt – und wir Pläne machen –, kommt diese Frau und sagt, sie ist schwanger und braucht Geld für Abtreibung. Aber ich bin katholisch, si? Ich sage, nein! Aber sie macht es doch, und sie wird krank, und ihr Mann, er findet es heraus. Sie sagt, ich soll schnell verschwinden. Also ich nichts wie weg.«

»Hätte ich an deiner Stelle auch getan. Und wieso bist du noch hier?«

»Meine Brieftasche – im Hotel. Ich habe sie versteckt und dann in der Eile vergessen.«

»Und wo bist du dann hin?«

»Nacheinander mehrere Jobs. Aber dieser Mann, er verfolgt mich, und ich immer auf der Flucht.«

»Sieht aus, als hätte er dich endlich eingeholt.«

»Si, si. Ich bin hierher zurück, um die Brieftasche zu holen. Aber er lauert mir auf – und dann dies.« Er zeigte auf sein Gesicht und sah sie mitleidheischend an. »Oh, meine Rippen – sie schmerzen«, krächzte er, als er sich vorbeugte, um seinen Becher abzustellen.

»Dein Vorhaben war wohl ein bisschen riskant, oder?«

»Si. Ich habe ein Mädchen getroffen, das mir helfen wollte, aber sie war in falsche Zimmer.«

»Ach? *Schon wieder* ein Mädchen, Sandro?«

»No, no! Noch ganz jung. Ich mit ihr in der katholischen Kirche in Ventnor gesprochen.«

»Und du hast von ihr verlangt, die Drecksarbeit für dich zu machen? Wieso hat sie sich darauf eingelassen?«

»Sie auch in Schwierigkeiten. Furchtbare Probleme. Ich habe versprochen, auch ihr zu helfen.«

»Und? Hast du?«

Er senkte den Kopf. »Ich schäme mich. Nein, habe ich nicht.«

»Was ist denn aus ihr geworden?«

»Ich weiß es nicht. Ich bin vor ihr weggelaufen.«

»Du bist vor ihr weggelaufen? Vor einem jungen Mädchen, das selber in Schwierigkeiten steckte, aber *dir* helfen wollte?« Rachel schüttelte den Kopf. Wie konnte ein so kräftiger Mann nur so ein Schlappschwanz sein? »Jetzt mal zurück auf den Punkt, Sandro. Warum bist du nicht zu mir gekommen und hast mir das alles erzählt? Du bist ohne eine Erklärung verschwunden. Hast du überhaupt einen Schimmer, was ich durchgemacht habe? Ich dachte, wir beide wären etwas ganz Besonderes. Und dann die Sorgen wegen des Restaurants! Sophie hast du genauso hängen lassen.«

»Bitte, bitte!« Er verbarg den Kopf in den Händen. »Ich habe gelitten. Ich habe mich zu sehr geschämt, und Angst, zurückzukommen. Dieser Mann – er ist mir überall gefolgt. Ich dachte, er kommt auch hierher.«

»Ist er auch. Oder einer seiner Handlanger.« Sie seufzte. Wie hatte sie so viel Zeit mit diesem Feigling vergeuden können, der da zusammengesunken auf ihrem Bett saß? »Also hast du dich in der Gegend herumgetrieben, hast versucht, an deine Brieftasche zu kommen, und ein kleines Mädchen bestochen, für dich den Hals zu riskieren.« Sie stand auf, zog eine Schublade ihres Nachttisches heraus und warf die Brieftasche auf das Bett.

Sandros niedergedrückte Stimmung schien im Nu verflogen; sogar seine Augen leuchteten wieder. Er griff sich die Brieftasche und überprüfte ihren Inhalt. »Passport, Kreditkarten, Geld, alles noch da.«

»Ja, es gibt noch *ein paar* ehrliche Menschen auf der Welt.«

»Wie hast du das bekommen?«

»Sie fiel plötzlich durch meinen Briefkastenschlitz. Jemand scheint sie gefunden und mich oder das Café auf dem Foto erkannt zu haben.«

»Tess! Sie hat gesagt, sie geht noch einmal suchen. Deswegen war die Brieftasche nicht da, als ich kam.«

»Tess? Noch eine von deinen Miezen?«

»No! Die Kleine. Ich habe doch erzählt.«

»Okay. Nun hast du also deine Brieftasche zurück. Jetzt gehst du unter die Dusche und machst dich wieder präsentabel. Danach fahre ich dich zur Fähre, und das ist das Letzte, was ich je für dich tun werde, verstanden?«

»Grazie, grazie.« Sandro erhob sich vom Bett und verschwand im Bad. Rachel zog sich an. Wie hatte sie je glauben können, dass sie diesen Mann *liebte*? Einen Kerl, der ein junges, verunsichertes Mädchen dazu brachte, sich für ihn in solche Gefahr zu begeben, und sie dann einfach sitzen ließ?

»Auf geht's«, sagte sie, als er, ein wenig hergerichtet, aus dem Bad kam. Ihr fiel auf, wie viel dünner er war und dass seine Kleidung vor Schmutz starrte. Aber dann hatte sie bereits die Tür geöffnet, ehe sie sich noch dazu hinreißen ließ, ihm ein Frühstück zu bereiten.

Sie fuhr zum Terminal am Ende des Piers von Ryde. Am liebsten wäre es ihr gewesen, wenn er gleich die Schnellfähre genommen hätte – je eher sie ihn los war, desto besser.

»Raus mit dir«, sagte sie und ließ den Motor laufen.

»Rachel«, versuchte er es noch einmal. Ihr entging nicht, wie belegt seine Stimme klang. »Ich liebe dich wirklich, si? Ich nie gelogen.«

»Sandro, du bist ein Spinner«, sagte sie leise.

»No, no. Ehrlich. Das ist alles vor uns beiden passiert.«

Rachel wurde den Gedanken nicht los, dass er ein junges Mädchen in Schwierigkeiten im Stich gelassen hatte. Sie sah auf das bewegte Meer hinaus und schwieg, aber sie merkte, wie auch ihre Augen angesichts der Niedertracht, zu der Menschen fähig waren, feucht wurden – angesichts des Schmerzes, den sie einander absichtlich oder unabsichtlich zufügen konnten.

»Rachel?«

Sie sah ihn an, sah die Tränen in seinen dunklen Augen. »Der Name von dem Mädchen war Tess. Sie hat ein Kind bekommen und es in eine Scheune gelegt – zum Sterben. Ist das nicht furchtbar? Ein junges Mädchen, selber noch wie ein Kind. Was ich gemacht habe, war auch schlimm – eine Todsünde. Als sie mir erzählt hat, dachte ich, was für ein Stück Dreck ich bin. Darum bin ich weggerannt und dachte, sie ist schuldig. Ich habe keine Ehre, si?«

»Si, Sandro. Aber bitte geh jetzt.«

»Wenn du dieses Mädchen siehst, Tess, sie hat langes Haar. Rossa. Sag ihr, es tut mit leid. Per favore?«

Rachel nickte nur. Wenn er nicht gleich verschwand, würde sie es sich glatt noch einmal anders überlegen.

»Rachel? Vergibst du mir?«, bettelte er schluchzend.

Vorsichtshalber sah Rachel ihn nicht an und senkte nur den Kopf. Schließlich öffnete er die Beifahrertür und war damit endlich aus ihrem Leben verschwunden.

18

Pater Ryan saß in einem unbequemen Korbsessel in einem engen Zimmer in einem schäbigen Gästehaus, nippte an seinem Whiskey und sah sich um. Das Bett war so ähnlich wie sein eigenes, hoch und schmal und mit quietschenden Federn. Die mürrische Vermieterin war nicht sehr zuvorkommend gewesen; seine Priesterwürde schien sie nicht zu beeindrucken. Es gab hier nicht einmal einen Elektrokocher, um sich Tee zu machen, und kalt war es außerdem. Aber was kümmerte es ihn? Er hatte einen neuen Seelentröster entdeckt und konnte sich mit Jeannies rotem Tuch über seinen Knien wärmen.

Die traumatischen Erlebnisse des Vortages saßen ihm noch in den Knochen, aber zumindest hatte er keine Kopfschmerzen – das nagende Ungetier schien sich vom Whiskey betäuben zu lassen. Und er fühlte sich sonderbar aufgekratzt, als würden ihn all diese sich überstürzenden Ereignisse mit einer unerklärlichen Wonne erfüllen. Um ein Haar wäre er von einer wahnsinnigen Nonne erschlagen worden, dann war er Zeuge eines makaberen Totenkultes und danach eines tödlichen Unfalls geworden und hatte zu guter Letzt auf einem Polizeirevier eine Aussage machen müssen. Er kam sich wie eine Berühmtheit vor. Ob wohl die Zeitungen über ihn schreiben würden? IRISCHER PRIESTER ENTDECKT GRAUSIGES GEHEIMNIS. Wohl eher nicht; in England war so etwas vermutlich ein alltägliches Vorkommnis.

Er hatte mit den Vorbereitungen für seine lange Rückreise begonnen, aber es widerstrebte ihm ein wenig, sein Abenteuer so rasch zu einem Ende kommen zu lassen. Was mochte ihm unterwegs noch begegnen? Außerdem wusste er ja nicht, ob Clare in Bantry sein würde, wenn er zurückkam – mit oder ohne Baby. Was würde sie ihrer Mutter erzählt haben? Würde sie ihr Versprechen gebrochen haben, ihn nicht als den Vater des Kindes zu benennen? Nein, das hätte sie nicht getan; dazu hatte er ihr zu viel Furcht vor der Hölle eingejagt. Aber es machte ihm immer noch Sorgen, was Clare anstellen mochte. Es war eine schlechte Wahl gewesen, sie zu Schwester Bridget zu schicken. Er hätte sie selber von der Bildfläche verschwinden lassen sollen, indem er ... etwas anderes arrangierte. Er dachte daran, wie die widerliche alte Nonne die Stufen hinuntergefallen war. Unfälle passierten so unerwartet.

Er schraubte die Flasche zu. Es war mitten am Nachmittag. Er musste zu einer Entscheidung kommen. Er stand auf, zog seinen Mantel an und ging nach unten. Im Flur roch es nach Braten. Sein Magen knurrte. Die alte Hexe hatte ihm nicht einmal etwas vom Sonntagsbraten angeboten – nicht, dass er die Einladung angenommen hätte. Er wollte nicht an ihrem Tisch sitzen und banale Fragen beantworten. Er trat zur Tür hinaus und setzte sich in seinen Wagen. War er noch nüchtern genug zum Fahren? Ach, er hatte sich doch bloß ein paar Schlückchen genehmigt.

Auf einem Parkplatz neben einem Bahnhof entdeckte er eine Reihe Telefonzellen. Verbissen fummelte er an den Tasten herum; diese neumodischen Apparate waren so kompliziert. Endlich bekam er eine Verbindung.

»Pater Christopher?«

»Am Apparat.«

Er klang verschlafen. Offenbar hatte er ihn aus seinem Nachmittagsnickerchen gerissen. »Hier spricht Pater Ryan.« Schweigen. Er hielt den Atem an und merkte, wie sich auf seiner Oberlippe Schweißtropfen bildeten. Hatte Pater Christopher eine unerfreuliche Nachricht für ihn?

»Ryan? Wir haben uns schon gefragt, was mit dir ist.«

»Tatsächlich?«

»Was treibst du denn?«

»Was ich treibe?« Seine Hand war so schweißig, dass ihm fast der Hörer entglitt – den er auch am liebsten losgelassen hätte und dann davongerannt wäre.

»Ich hätte schon früher einen Anruf von dir erwartet. Wie geht es deiner lieben Tante?«

Pater Ryan holte tief Luft. »Ach, nicht so gut.«

»Dann kommst du wohl nicht so bald wieder zurück?«

»Ich möchte noch eine Weile hierbleiben, wenn es dir recht ist. Kommst du ohne mich klar?«

»Ob ich ohne dich klarkomme?« Pater Christopher wollte sich vor Lachen ausschütten. »Uns geht's blendend. Mach dir bloß keine Sorgen.«

»Was ist mit dem Chor? Alles in Ordnung?«

»Der Chor ist außer Rand und Band. Ich habe den Kindern ein paar schöne Lieder beigebracht.«

Ja, das kann ich mir vorstellen, dachte er. »Und Mrs. Mulligan? Hält sie alles tipptopp?«

»Alles ist so sauber, dass man davon essen könnte.«

»Also gibt es nichts Neues zu berichten?«

»Absolut nicht. Ich hoffe, deiner Tante geht's bald besser. Wir werden für sie beten. Lass es uns wissen, wenn du zurückkommst.« Er lachte schon wieder. »Damit wir rechtzeitig nüchtern werden.«

Pater Ryan legte auf, starrte den Hörer an und wartete darauf, dass sein Herzschlag sich beruhigte. Also war nichts passiert. Clare war nicht zurückgekehrt – was allerdings nicht bedeutete, dass sie nicht noch unterwegs sein könnte. Doch fürs Erste konnte er sich ein paar geschenkte Tage der Freiheit gönnen. Vielleicht sollte er heute Abend ein Konzert besuchen? Auf einem Plakat hatte er eine Ankündigung für eine Aufführung von Elgars Oratorium *Der Traum des Gerontius* in Malvern gesehen, wo Elgar gewohnt hatte. Die Vorstellung, ein solch dramatisches Werk auf der Bühne zu erleben, machte ihm eine wohlige Gänsehaut.

Langsam fuhr er durch die Vororte von Worcester. Zwischendurch reckte er seinen Hals, um im Innenspiegel seinen Kragen zu inspizieren. Er war noch einigermaßen sauber, aber er hatte ein paar Ersatzkrägen eingepackt. Morgen durfte er nicht vergessen, einen neuen anzulegen. Es war wichtig, dass er stets wie aus dem Ei gepellt aussah. Er schob sich eine braune Haarlocke aus der Stirn. Ein Besuch beim Friseur würde ihm ebenfalls guttun.

Nun hatte er also den Rest des Nachmittags zu seiner freien Verfügung. Er schaute sich nach einem Park um, in dem er friedlich sitzen und den Kindern beim Spielen zugucken konnte. Eltern hatten nie etwas dagegen, wenn Priester ihre Kleinen mit einem Lächeln bedachten.

»Braucht einer von euch Taugenichtsen eine Mitfahrgelegenheit nach Ventnor?«

Clare schaute aus dem Wohnwagenfenster. Es war Chas, der Mann von Marguerites Freundin Jane. Sie erkannte ihn von gestern Abend aus dem Lokal wieder. Er war ein großer Mann mit großen Ohren und einem großen Mund – wie der lustige Riese in ihrem Buch mit Kindergeschichten zu Hause. Sie ließ Kates Zeitschrift – es ging darin sowieso nur um Prominente und ihre Figurprobleme – fallen und erhob sich von ihrer Koje. Die anderen griffen bereits nach ihren Jacken. Auch sie zog sich schnell an und eilte ihnen hinterher. Dann klemmten sie sich alle in Chas' Luxuslimousine mit den Lederpolstern, die Clare unwillkürlich an Pferde denken ließen.

»Ich dachte mir, ihr wollt womöglich etwas von eurem schwer verdienten Geld auf den Kopf hauen«, lachte Chas, als er den Motor anließ und den Wagen den holperigen Pfad zur Straße hinuntersteuerte.

»Heute ist Sonntag. Die Läden haben zu«, kommentierte

Kate. Sie saß neben Chas auf dem Beifahrersitz. »Aber es macht bestimmt Spaß, ein bisschen herumzuhängen.«

»Herumzuhängen!«, entrüstete sich Chas im Spaß. »In meiner Jugend hatten wir Zeitvertreibe wie Lokomotivnummern sammeln oder Detektiv spielen.«

»Von wegen«, prustete Kate. »Sie haben Hasch geraucht und für zukünftige Generationen den Weg in die Hölle gepflastert!«

»Sehr scharfsinnig. Ich kann mich eher erinnern, in der Antiatomkraftbewegung gewesen zu sein und so.«

»Sollte man heute noch sein.« Billy beugte sich vom Rücksitz vor. »Die nukleare Bedrohung besteht nach wie vor.«

»Aha, ein politisch interessierter junger Mann?«, sagte Chas.

»Sind wir alle«, stellte Jules klar. »Wir sind für grüne Politik und für Frieden, damit *unsere* Kinder es einmal besser haben.«

»Freut mich, das zu hören. Aber lasst euch ruhig ein bisschen Zeit mit dem Kinderkriegen. Genießt eure Freiheit. Vollbringt große Dinge.« Er warf einen Blick nach hinten. »Was hältst du davon, Clare? Was willst du studieren?«

Warum mussten Erwachsene immer solche Fragen stellen? Alles, an was sie im Moment denken konnte, war, wie sie Rose finden könnte. Patrick und Aidan waren heute noch nicht in Wraith Cove aufgetaucht. Der Ausflug nach Ventnor erschien ihr wie ein Schritt in die entsprechende Richtung.

»Ach, ich bin mir noch nicht ganz schlüssig«, erwiderte sie. »Ich überlege noch, aber ich denke an Gartenbau.« Darauf war sie gekommen, weil sie gehört hatte, wie Jane über Nick und die Restaurierung der Hotelanlagen sprach. Die anderen wussten nicht sehr viel darüber und konnten ihr deshalb so auch keine kniffligen Fragen stellen. Sie wiederum konnte es sich durchaus vorstellen, mit Pflanzen und Bäumen zu arbeiten. Sie hatte immer gerne mit ihrer Mam im Garten gebuddelt und versucht, etwas anzupflanzen. Als sie noch klein war, war es ihr wie ein Wunder vorgekommen, dass aus winzigen Samen riesige Pflanzen werden konnten. Wenn sie im Gefängnis saß, würde es ihr vielleicht erlaubt sein, eine entsprechende Ausbildung zu machen.

»Vorzüglich!«, lobte Chas. »Und während du darüber nachdenkst, nimmst du dir ein Jahr frei, um die Welt kennenzulernen?«

»Äh … ja.«

»Aidan will das auch machen«, sagte Jules.

»Ach, da haben wir es wieder«, seufzte Billy. »Aidan braucht nur zu pupsen, und schon scheint die Sonne.«

»Besser als das, was aus deinem Arsch rauskommt«, versetzte Jules.

»Kinder, Kinder«, mahnte Kate.

Clare ließ sich in die warmen Polster sinken, hörte zu, wie sich die anderen kabbelten, und war froh, nicht mehr im Mittelpunkt zu stehen. Man schien ihre Geschichte geschluckt zu haben.

Chas setzte sie an der Strandpromenade ab. »Wir treffen uns dann so gegen neun vor dem *Spyglass* wieder«, sagte er.

»Das ist zu früh«, protestierte Billy.

»Ja, aber nicht für mich«, sagte Chas im Anfahren. »Und trinkt nicht zu viel. Erweist euch als würdige Vertreter eurer Generation.«

Dann standen die vier da und berieten ihre weiteren Pläne. Es herrschte Flut, und der Himmel war so trübe und schwer, als wolle er jeden Augenblick seine Wolken entleeren. Alles war sonderbar still. Clare erinnerte diese Stimmung an zu Hause – da war es, als würde gleich etwas Ungewöhnliches eintreten, es etwa zu schneien anfangen. Nur wenige Leute waren unterwegs, und alle trugen Hüte oder Mützen und hatten sich in Schals und dicke Mäntel eingemummt. Ein schwarzer Hund lief wie verrückt in die Schaumkämme der Wellen hinein und wieder heraus und apportierte für seinen Besitzer begeistert einen dicken Stock.

»Also – was wollen wir anfangen?«, sagte Billy und drückte Jules an sich. »Haben die Spielsalons offen?«

»Wollen mal schauen, ob Aidan da ist.« Jules warf einen Blick die Promenade hinunter zu *Rachel's Café*.

»Wie kommt es wohl, dass mich das nicht wundert?« Billy wich von ihr zurück.

»Ich bin nicht dein Eigentum«, sagte Jules schnippisch.

»Nehmt euch zusammen, Kinder«, ermahnte Kate sie. »Was möchtest du gerne tun, Clare?«

»Ist mir egal.« Aber das war es nicht; sie wollte Rose treffen. Sie traute sich nur nicht, es auszusprechen.

»Na, dann gehen wir mal zu Aidan.« Kate stülpte sich die Kapuze über und steckte die Hände in die Taschen. »Es ist zu kalt, um hier länger zu debattieren. Vielleicht gibt uns seine Mum im Café ja was aus.«

Clare ging neben Kate her und nahm ihren Mut zusammen. »Weißt du, wo Rose wohnt?«, fragte sie.

»Die Rose von Patrick?« Kate blieb stehen und sah zu den Häusern hinauf, die sich hinter den Läden und Cafés an der Uferpromenade erhoben. »*Cormorants* nennt sich die Bude.« Sie zeigte auf eine Villa. »Die da, mit den vielen Balkonen. Im Erdgeschoss betreiben ihre Eltern ein Therapiezentrum. Du müsstest sie doch bei dem Essen gestern Abend gesehen haben. Roses Vater ist groß und dünn, und ihre Mutter hat ganz tolles kastanienbraunes Haar mit Strähnen. Sie ist nicht mehr die Jüngste, also hat sie es wohl gefärbt. Sie haben noch zwei etwas kleinere Kinder.«

»Und wer ist das gewesen, der gestern Abend krank geworden ist?«

»Roses Großmutter. Alle nennen sie Stephanie. Sie ist Ärztin in Afrika. Finde ich klasse. Bevor sie letztes Jahr mit Rose wieder dahin gefahren ist, hat sie uns oft in Wraith Cove geholfen. Hoffentlich geht es ihr schon wieder besser. Aidan wird sicher Näheres wissen.«

Das Café war geschlossen. Sie gingen ums Haus herum und betätigten die Klingel der Wohnung darüber. Aidan machte ihnen auf.

»Hallo, alle miteinander.« Er fuhr sich mit der Hand durch sein zerzaustes Haar und schien über den Besuch erfreut.

»Wir dachten, dass du uns vermissen könntest«, lachte Kate.

»Und wie! Rauf mit euch; ich mache uns was zu trinken.«

Aidan hatte die Sonntagszeitung auf dem Tisch ausgebreitet. Er setzte den Kessel auf und suchte dann nach Teebeuteln, Instantkaffee und Keksen. Billy und Jules machten sich über die Zeitung her. Kate griff nach der Kulturbeilage.

»Wie fandest du es denn gestern Abend?«, wollte Aidan von Clare wissen. Er wirkte ein wenig nervös. »Ganz schön viel Arbeit, was? Und dann noch dieser dramatische Auftritt. Aber mit dem Abwasch bist du ja gut nachgekommen. Sind deine Hände nicht ganz rau?«

»Das meiste brauchte ich ja bloß in die Maschine zu stapeln. Außerdem habe ich Gummihandschuhe getragen.«

»Habt ihr was von Stephanie gehört?«, fragte Kate.

»Sie ist im St. Mary's, auf der Intensivstation. Sie wollen sie eventuell nach Southampton verlegen.«

»Was fehlt ihr denn?«, fragte Clare.

Aidan zuckte die Achseln. »Sie war schon krank, als sie Afrika verließ, und plötzlich ist es schlimmer geworden.«

»Hast du Patrick oder Rose gesehen?«, fragte Kate.

»Patrick ist nicht nach Hause gekommen. Er ist im Krankenhaus und kümmert sich um Rose. Er hat vorhin angerufen, dass er noch nicht weiß, wann er wieder zurück ist.«

Clare ließ die Hoffnung sinken. Es konnte Ewigkeiten dauern, bis Rose wieder nach Wraith Cove kam, vor allem, wenn sie ihre Großmutter dann auch noch mit aufs Festland begleitete. »Wo ist das Krankenhaus?«, fragte sie.

»In Newport.«

Ob hier sonntags Busse verkehrten? Dann könnte sie Rose trösten, während sie am Bett ihrer Großmutter wachte. Sie stellte sich vor, wie Rose sie anlächelte und wie überrascht sie sein würde, sie zu sehen. Ob Patrick ihr erzählt hatte, dass eine Freundin von ihr in Wraith Cove war? Und würde Rose Patrick gegenüber erwähnt haben, dass diese Freundin bei ihrer Begegnung mit ihr auf der Fähre schwanger gewesen war? Nein, das hätte Rose nicht ausposaunt. Sie wusste, wie einfühlsam Rose war. Patrick hingegen war mieser Stimmung gewesen und hatte kaum ein Wort mit ihr gewechselt. Und er wirkte gereizt, als Rose ihre Geige hervorholte und sich zu dieser drolligen Band, die so wunderschöne Musik spielte, auf die Bühne stellte. Und dann hatte Rose richtig losgelegt. Alles hatte heftig geklatscht, so als ob sie eine Berühmtheit wäre.

Aidan reichte ihr einen Becher Tee. »Möchtest du einen Spaziergang machen?«, fragte er. »Wenn du willst, können wir hinauf zur Villa gehen und schauen, ob sie doch schon wieder da sind.«

»Wieder raus in die Scheißkälte«, grummelte Billy.

»Ihr könnt ja hierbleiben. Mom wird nichts dagegen haben, solange ihr euch ruhig verhaltet. Sie macht gerade ihr Nickerchen.«

Jules blickte schmollend drein. »Schon gut, schon gut. Wir merken es, wenn wir nicht erwünscht sind.«

Clare und Aidan tranken ihren Tee aus und verließen die Wohnung. Sie gingen eine steile Seitenstraße hinauf zur Villa von Roses Eltern. Clare fragte sich, ob ihnen das ganze Haus gehörte – es wirkte so gewaltig mit seinen langen Balkonen, und es könnten bestimmt gut und gerne Dutzende von Menschen darin wohnen. Es erinnerte mehr an ein Hotel als an eine Privatvilla. Aidan klopfte an der weiß gestrichenen Eingangstür, in die eine bunte Glasscheibe mit Abbildungen von großen Meeresvögeln eingelassen war. Ein hochgewachsener Mann erschien, den Clare als Roses Vater wiedererkannte . Sein langes, ernstes Gesicht wirkte verhärmt.

»Leider noch nichts Neues, Aidan«, begrüßte er die beiden. »Hat Patrick nicht gesagt, er würde dich anrufen, sobald es etwas zu berichten gibt?«

Aidan nickte nur, und sie wandten sich wieder zum Gehen. Als sie die schmale Straße hinuntergingen, kam ihnen ein glänzend schwarzer Wagen entgegen.

»Das sind sie«, sagte Aidan. »Das ist Jills BMW.« Er winkte, und der Wagen hielt an. Patrick stieg aus.

»Hi«, sagte er, gähnte und streckte sich. »Bin total erschlagen.« Er legte seinem Bruder die Hand auf die Schulter. »Bist du auf dem Weg nach Hause? Ich komme mit. Muss duschen und 'ne Runde pennen.«

»Wie geht es Stephanie?«, fragte Aidan.

»So weit okay. Unverändert. Stabil.«

Clare reckte den Hals, um die beiden Frauen erkennen zu

können, die auf den Vordersitzen saßen. Sie schienen in ein Gespräch miteinander vertieft.

»Ist … ist das Rose da drin?«, fragte sie Patrick.

»Sie ist auch todmüde. An deiner Stelle würde ich sie jetzt in Ruhe lassen. Seit sie gestern in Heathrow gelandet sind, hat sie nicht mehr geschlafen.«

Aber Clare vermochte sich nicht zurückzuhalten. Sie klopfte an die Seitenscheibe. Ein blasses Gesicht wandte sich ihr zu, und die Scheibe glitt lautlos nach unten. War das Rose? Sie sah so verändert aus, so viel älter und fahler. Ihr Haar war streng nach hinten gekämmt, und die hellen Strähnen und kleinen Zöpfchen und bunten Perlen waren verschwunden. Sie musterte Clare misstrauisch.

»Ja?«

»Rose? Ich bin's, Clare.«

»Wer bitte?«

»Clare. Von der Fähre.«

»Von der Inselfähre?«

»Nein, die aus Irland … letzten Sommer … Du hast mir gesagt, dass ich herkommen soll.«

»Habe ich das?« Rose gähnte und verzog das Gesicht. »Hör mal, ich bin echt erledigt. Das bereden wir ein andermal.« Sie schloss das Fenster, der Wagen fuhr an und bog in die Einfahrt zur Villa. Clare sah ihm wie betäubt nach. Die ersten Schneeflocken begannen zu fallen, wirbelten ihr wie Federn ums Gesicht. Patrick war bereits weitergegangen; Aidan wollte ihm folgen, kam aber wieder zu ihr zurück.

»He! Es schneit. Ist das nicht cool?« Er hielt lachend das Gesicht gen Himmel. »Hier gibt's so gut wie nie Schnee.« Als er Clare ansah, verschwand sein Lächeln. »Alles klar mit dir?«

»Ich dachte, sie würde sich an mich erinnern.« Ihre Augen waren feucht geworden. Wie konnte Rose sie so einfach vergessen?

»Sie ist total erledigt, mehr nicht«, tröstete Aidan sie. »Komm, wir gehen eine Runde. Ich gebe dir im *Spyglass* einen aus, und dann sitzen wir am Fenster und sehen dem Schnee zu.«

Er nahm sie bei ihrer kalten Hand. Seine Berührung löste eine heftige Reaktion des Widerwillens in ihr aus. Sie riss die Hand weg und versuchte gleichzeitig, sich zusammenzunehmen. Er sah sie gekränkt an.

»Bitte fass mich nicht an«, flüsterte sie.

Fran wanderte durch ihr Haus und stellte Betrachtungen an, die ihr seit Jahren nicht in den Sinn gekommen waren. Im Dämmerlicht des Abends wirkte draußen alles wie erleuchtet durch den frisch gefallenen Schnee, und die Wände schienen ihr Erinnerungen zuzuflüstern. Der Grundriss des Hauses war wie eine abgegriffene, vergilbte Karte der Lebenswege ihrer Vorfahren. Die Farben der Steine und Ziegel, der Eisen- und Messingbeschläge, des Holzes und der Wolle waren gedämpft. Alles war wie weichgezeichnet. Doch so ausgeblichen und verblasst sie auch waren – es ging von ihnen doch eine satte Fülle aus, als wäre alles Wesentliche in ihnen für alle Zeiten konserviert.

Sie hielt sich nicht für einen sentimentalen Menschen. Sie war eine Frau, die mit beiden Beinen fest im Leben stand. Ihr Weltbild war gekoppelt mit den äußeren Ereignissen, die sich um sie herum taten. Die Gefühle dafür konnten schwärmerischer Natur sein, ja, manchmal sogar ekstatischer. Sie empfand sie als unmittelbare Kommunikation mit dem Leben an sich. Mit irgendwelchen wissenschaftlichen Erklärungen dafür konnte sie nichts anfangen. Ihre Vorliebe für das Ballett entsprang für sie ganz normal diesem reichen Spektrum – seine erlesene Anmut war für sie ebenso Bestandteil ihres Daseins, wie eine Forke voller dampfendem Dung umzuwälzen.

Sie stieg die breiten Eichenstufen hinauf und sah vor ihrem inneren Auge, wie Phillip damals in der grauen Flanellhose seiner Schuluniform das Treppengeländer hinuntergesaust war. Es brauchte dadurch nie poliert zu werden. Sie lächelte und betrat ihr Schlafzimmer, in dem sie nun seit einer Woche nicht mehr genächtigt hatte – nicht seit ihrer Entdeckung im Stall. Sie überlegte, ob sie ihre Poster umhängen sollte – die zarten Drucke von Degas, die großen Schwarzweißfotos von Anna Pavlova und Margot Fonteyn und die Farbbilder von Darcy Bussell und Sylvie Guillem. Sie hatte sogar ein Poster von den Ballet Boyz aufgehängt, obwohl man sie weder als elfenhaft noch als schön bezeichnen konnte, aber sie waren nichtsdestotrotz begnadete Tänzer. Außerdem war sie gerne auf dem Laufenden, was die Welt des Balletts betraf. Und doch ging nichts über die Klassiker – *Giselle* oder der *Sylphiden* würde sie nie überdrüssig werden. Ob Sam eines Tages ihre Begeisterung teilen würde? Sie hatte gelesen, dass sich heutzutage immer mehr Jungen für das Ballett interessierten, seit diesem Film, dessen Titel ihr partout nicht einfallen wollte – *Billy irgendwas*. Und es gab sogar eine rein männliche Tanztruppe, die *Schwanensee* aufführte. Das würde sie gerne mal sehen.

Manchmal fragte sie sich, wie ihr Leben verlaufen wäre, wenn sie sich weniger ablehnend Teds Avancen gegenüber gezeigt und er sie anstatt Janet geheiratet hätte. Doch dazu war ihr ihre Unabhängigkeit zu kostbar gewesen. Sie hatte das Gefühl, dass das Leben, das sie bisher geführt hatte, ihr angemessen gewesen war, obwohl sie nie geheiratet und nie

Kinder bekommen hatte. Aber kinderlos war sie ja nun nicht mehr – sie hatte Sam. Und mit ihm erwachten in ihr Gefühle, mit denen sie sich noch nie zuvor hatte beschäftigen müssen. Der Rundgang durch das alte Haus verwirrte und beunruhigte sie. Sie könnte den Gedanken nicht ertragen, von hier fortzugehen. Aber ihr blieb keine andere Wahl. Ihre Liebe zu Sam überwog ihre Furcht vor dem Fremden.

In einer Hinsicht konnte sie allerdings beruhigt sein. Ted hatte sich beschwichtigen lassen, als sie ihm gestern Abend erzählte, die Frau des jungen Phil wäre krank, und er schien nun eher bereit zu sein, ihren Wunsch, sich derart um den kleinen Sam zu kümmern, zu akzeptieren. Sie hatte ein wenig Zeit gewonnen, ohne dass er ihr dauernd in den Ohren lag. Ein paar Tage noch, um sich an den Gedanken zu gewöhnen, und dann würde sie aufbrechen.

Sie hörte draußen ein Geräusch. Das war Ted, der sich auf der Veranda den Schnee von den Stiefeln trat.

»Fran«, rief er schon im Hereinkommen. »Wo bist du?«

Fran lief zur Treppe; sie wollte nicht, dass er Sam aufweckte. Ted grinste zu ihr hoch, als sie die Stufen herunterkam. »Ich habe eine Idee. Ich begleite dich nach Oxford. Du kannst bestimmt ein Paar helfende Hände gebrauchen, wenn der Kleine gefüttert werden muss. Mit einem schreienden Baby kannst du dich ja kaum aufs Fahren kon…«

»Ach nein, Ted. Ich …«

»Keine Widerrede. Ich werde dir schon nicht im Weg stehen. Sobald du sicher dort angekommen bist, kann ich mit dem Zug zurückfahren.«

Fran seufzte. Sie wusste, wie sehr es Ted widerstrebte, sich auf Reisen zu begeben. Was allerdings bedeutete, dass sie in Oxford ein Ziel vorweisen musste.

»Ich besorge schon jemanden, der sich um die Tiere kümmert. In ein paar Tagen bin ich dann ja auch wieder zurück.« Sein gerötetes Gesicht war so offen und ehrlich – es war ein absolut liebenswertes Vorhaben von ihm, aus Besorgnis ihretwegen über seinen eigenen Schatten springen zu wollen. Sie blieb auf halber Treppe stehen und betrachtete ihn nur stumm.

»Nun sei mal nicht sturer als nötig«, brummte er und wickelte sich den Schal ab. »Ich koche Tee, während du darüber nachdenkst.«

19

Rachel kam aus der Dusche und rubbelte sich kräftig mit dem Handtuch ab.

»Montag. Neue Woche, neuer Anfang«, gemahnte sie sich. »Schluss mit dem Trübsalblasen.«

Als sie gestern Morgen aus Ryde zurückgekommen war, wo sie Sandro abgesetzt hatte, war sie ins Bett gefallen und hatte erwartet, stundenlang zu schlafen. Aber daraus war nichts geworden. Ihre Augen hatten sich geweigert zuzufallen. Stattdessen hatte sie Sturzbäche von Tränen vergossen. Sie begriff nicht ganz, weshalb ihr das mit Sandro so nahe ging, aber sie ließ ihren Gefühlen freien Lauf. Vor ihrem geistigen Auge tanzten schreckliche Bilder, die sie im Fernsehen gesehen hatte: Menschen, die alles verloren hatten und die mit bloßen Händen auf der Suche nach ihren Angehörigen in den Trümmerhaufen wühlten, die einmal ihr Zuhause gewesen waren. Von Gram gezeichnete Gesichter, die leer in die Kamera sahen, alte wie junge gleichermaßen. Provisorische Sammelstellen mit langen Reihen von Leichen, mit Tüchern zugedeckt, unter die die Überlebenden bange Blicke warfen, um sich zu vergewissern – oder weiter hofften. Sie malte sich aus, wie es wäre, die aufgedunsenen Körper von Patrick und Aidan aufzudecken. Ein Meer von verzweifelten Gesichtern, die die aufgehängten Vermisstenlisten überflogen. Völlig aufgelöste Eltern, die an Schreibtischen Schlange standen … *Haben Sie mein Kind gesehen … zwei Jahre alt … lockiges Haar …* Endlose Visionen des Grauens. Menschen, die aus den Fenstern brennender Wolkenkratzer sprangen; kochende Fluten; gekenterte Fährschiffe; durch die Luft fliegende Körper mit abgetrennten Gliedern; hilflose Frauen, die verschleppt und vergewaltigt wurden. Der Strom der Bilder riss nicht ab. Frauen weinten, Männer kämpften – und auch sie überließ sich ihren Tränen. »Was für eine Welt«, murmelte sie immer wieder von Schluchzen unterbrochen, »was für eine beschissene, grausame Welt.«

Erst nach und nach versiegten ihre Tränen, aber ihr Körper wurde ab und zu immer noch von Weinkrämpfen geschüttelt. In diesem Moment fiel ihr etwas ein, was Nick gesagt hatte. Das war Monate her, lange bevor Sophie auf der Insel ankam. Er saß damals häufig in ihrem Café – eine ruhelose, gequälte Seele –, und an Tagen, wenn wenig los war, führten sie endlose Gespräche. *Ich glaube, dass es ein universelles Leid gibt, Rachel. Es hat sich über die Jahrtausende aufgebaut, und wir Menschen tragen es in unserem kollektiven Unbewussten.* Er hatte sich über seinen damals noch kahlgeschorenen Schädel gestrichen. *Unser individuelles Leid kann Sturmfluten auslösen, wenn wir es nicht im Zaum halten, und wir bekommen Übung darin, es zu unterdrücken, denn wer möchte all dem Tür und Tor öffnen?*

War es dies, was gerade mit ihr geschah? Hatte ihr Kummer wegen Sandro diese heftige Reaktion ausgelöst? Hatte sie unwillkürlich das kollektive Leid der Menschheit angezapft? Sie hatte geglaubt, über dem Berg zu sein, was Sandro betraf, hatte nicht geahnt, dass all dieser Kummer sie noch einmal überwältigen könnte. Sie stellte sich sein Gesicht vor, wie er neben ihr im Auto saß und sie um Vergebung bat. In diesem Augenblick war er ihr so unendlich offen und verletzlich vorgekommen, aber sie hatte sich nicht in der Lage gesehen, seinem Bedürfnis nachzugeben – sie hatte genügend eigene Sorgen. Warum sollte *sie* immer diejenige sein, die *gab*? *Er* hatte ja nicht einmal den Mumm, einem jungen Mädchen in ernsthaften Schwierigkeiten zu helfen.

Das war der Auslöser für ihre Reaktion gewesen. Die Liebe war so blind, so vertrauensselig. Sie sah flehende Blicke, ausgestreckte Hände, und sie konnte ihn in ihren eigenen Augen und ihren eigenen Händen spüren, jenen herzzerreißenden Moment, wenn jemand sich abwandte. Kannte nicht jeder aus seinem Leben diese Erfahrung? Und was war es, wonach wir alle suchten? Eine Geste bedingungsloser Liebe seitens eines anderen Mitglieds der menschlichen Rasse, etwas, das über den oberflächlichen Mist hinausging? War es nicht das, worauf unser gesamtes Streben letztendlich hinauslief – die Erkenntnis, dass es uns allen nur darum ging, wir es aber aus Angst vor Enttäuschungen immer wieder vermasselten? Keiner war davor gefeit …

Sie wusste nicht, wieso ihr all das gerade jetzt durch den Kopf ging – sie hatte in ihrem Leben schon weitaus größeren Kummer erfahren. Vielleicht lag es an ihrem Alter, an den einsetzenden Wechseljahren? Sie hörte Sophies Stimme: *Kleine Kränkungen häufen sich und brechen uns das Herz, Rachel. Steter Tropfen höhlt den Stein – und wusch, ist der Damm gebrochen.*

Ja, bei ihr traf das zweifelsohne zu. Sie seufzte noch einmal tief; das krampfhafte Schluchzen ließ nach. Nun konnte sie alles leidenschaftsloser betrachten. Und dann erfüllte sie ein Gefühl der Klarheit, das diese ganze Erfahrung zu erhellen schien. Es verlieh ihr eine Ruhe und einen Frieden, als würde jene Klarheit ihr Leid akzeptieren, doch es mit größerer Weisheit durchdringen, als sie es bislang gekannt hatte. War es das, worüber Nick und Sophie häufig sprachen? Sie spürte, wie sie sich entspannte, davonschwebte. Jetzt konnte sie in aller Ruhe stundenlang schlafen.

Und das tat sie. Sie blieb den ganzen Tag im Bett. Sie hörte Aidan und Patrick und ihre Freunde kommen und gehen. Einmal hatte Patrick bei ihr angeklopft, um zu fragen, ob es ihr gut ginge, und sie hatte gesagt, er solle sie einfach schlafen lassen.

Heute ging es ihr wirklich besser. Tränen und Schlaf hatten ihr gutgetan. Und wenigstens kannte sie jetzt die ganze Geschichte um Sandro. Er hatte sie verlassen, und damit basta. Das Positive war, dass sie nichts mehr bereute, sich nicht länger wie eine Verliererin vorkam. Im Gegenteil – sie ahnte, dass sie etwas dazugewonnen hatte, ein tieferes Verständnis des Lebens, das ihr hoffentlich für immer erhalten bleiben würde.

Sie setzte sich an ihren Schminktisch, trocknete sich das Haar und zupfte kecke kleine Zipfel hinter ihren Ohren zurecht.

Trotz einiger Zwischenfälle konnte sie das Essen am Samstagabend als Erfolg verbuchen; nun würde sie sich auf die Vorbereitungen für das Valentinswochenende und die offizielle Eröffnung stürzen. Sie hatte den Bürgermeister und die Presse eingeladen und jeweils eine Abordnung von der Handelskammer und vom Tourismusbüro. Es würde vorzüglich klappen, dessen war sie sich sicher. Es gab bloß noch ein paar Kleinigkeiten zu glätten, Kyp musste ein paar seiner Fertigkeiten verfeinern, neue Speisekarten mussten gedruckt und die Holztafel neu dekoriert werden. Sie betrachtete ihr Gesicht im Spiegel – nicht schlecht, dafür dass sie sich schier die Seele aus dem Leib geheult hatte.

Aidan kam in seiner Schuluniform in ihr Schlafzimmer geschlurft und ließ sich mit Grabesmiene auf ihr Bett fallen.

»Was ist los, Sonnenschein?«, fragte Rachel.

»Scheißschule«, stöhnte Aidan.

»Nicht mehr lange, Schatz. Bald hast du's hinter dir.«

Aidan blieb schweigend sitzen.

»Du verpasst noch den Bus.« Es sah Aidan gar nicht ähnlich, so niedergedrückt zu sein. »Gibt es noch etwas, das dir Kummer macht?«

»Mom?«

»Ich bin ganz Ohr.«

»Du kennst doch Clare?«

»Clare – die mit dem Abwasch?«

»Ich … äh … ich mag sie.«

Ach so, dachte Rachel. Das ist das Problem. Mein kleiner Junge hat sich verliebt. Aber das war er doch schon mehrere Male gewesen … War es diesmal etwas Ernsteres?

»Und?«, drängte sie.

»Sie kommt mir so komisch vor.«

»Komisch? Inwiefern?«

»Sie ist so zurückhaltend, so still. Ich habe Ewigkeiten gebraucht, um sie zum Reden zu bringen.«

»Ich hatte es so verstanden, dass sie erst seit ungefähr einer Woche hier ist. Und ist sie nicht auch ein bisschen älter als du? Ich weiß, dass sie nicht so aussieht, aber …« Rachel brachte es nicht übers Herz, ihrem Sohn zu sagen, dass Mädchen in diesem Alter meist reifere Jungen bevorzugten.

»Ja, schon, aber … Gestern sind wir richtig gut miteinander klargekommen, und dann hat sie Rose gesehen und war mit einem Male total durch den Wind. Ich wollte sie bei der Hand nehmen, um … du weißt schon, um sie zu trösten, und da hat sie mir gesagt, dass ich sie nicht anfassen soll.«

»Vermutlich fand sie, dass du ein bisschen forsch rangegangen bist.«

»Nein, sie hat richtig gezittert. Das war echt … komisch.«

»Na schön. Und was, meinst du, hat sie nun so aufgebracht? Du oder Rose?«

»Weiß nicht genau. Sie wollte unbedingt mit Rose sprechen. Ich glaube, sie sind sich auf der Fähre begegnet … Rose schien sich allerdings nicht an sie zu erinnern.«

»Wahrscheinlich war sie übermüdet.«

»Sie war total fertig.«

»Siehst du, dann hat es vielleicht doch nicht an dir gelegen.«

»Kann sein. Aber der Blick in ihren Augen, Mom. Ich dachte, sie würde mich jeden Moment schlagen.«

»Meine Güte. Na, dann solltest du sie wohl doch lieber eine Weile in Ruhe lassen.«

»Sie wirkt so einsam.«

»Möglicherweise fühlt sie sich in einer Gruppe wohler. Vielleicht kommt sie mit ihrer Sexualität nicht zurecht.«

»Du meinst, sie ist *lesbisch*?« Aidan sah sie mit großen Augen an. Diese Möglichkeit schien er noch gar nicht erwogen zu haben.

Rachel zuckte die Achseln. »Das könnte zumindest erklären, warum sie so wild auf Rose ist. Ich wollte die jungen Leute sowieso für einen Abend zu uns bitten, um mit ihnen über das Eröffnungswochenende zu reden. Kann sein, dass ich sie noch einmal benötige, und ich möchte ein paar Sachen mit ihnen absprechen. Eventuell ist Clare dann weniger befangen.« Sie lächelte. »Ich werde euch ordentlich durchfüttern, und ihr könnt auch eure Musik spielen. Wenn du möchtest, versuche ich mal, mich mit Clare zu unterhalten. Keine Sorge, ich werde ganz diskret vorgehen.«

Aidan sprang vom Bett hoch. »Danke, Mom. Jetzt muss ich aber sausen.« Im Hinausgehen pustete er ihr einen Kuss zu.

Auch Rachel erhob sich, klopfte sich anerkennend auf die Schulter und lächelte ihrem Spiegelbild zu.

»Nun denn. Viel zu tun, viel zu erledigen. Niemals Stillstand eintreten lassen.«

Clare war dabei, eine weitere Wand in den Stallungen zu streichen, aber ihre Tränen trübten ihr den Blick, und sie wischte sie mit dem Handrücken ab. Sie fühlte sich allein und verlassen. Der winzige, tröstende Funke der Hoffnung, der in ihr geglüht und sie während all der langen Monate der Verzweiflung aufrecht gehalten hatte, war verloschen. Rose hatte etwas, wofür es sich zu leben lohnte – einen Freund, der am Ende der freudlosen, nie enden wollenden Straße auf sie wartete. Es war schlimm genug gewesen, Rose nicht anzutreffen, als sie hier ankam, aber sie nun endlich wiedergefunden zu haben und feststellen zu müssen, dass sie sich nicht mehr an sie erinnerte, empfand sie als niederschmetternd. Aidan hatte versucht, sie zu trösten und eine überzeugende Erklärung für Roses Verhalten zu finden. Aber sie wusste, dass es ihm nur darum ging, sie anzufassen, sie in seine Finger zu bekommen, und darauf würde sie nicht noch einmal hereinfallen.

Die Würmer in ihrem Inneren schienen größer geworden zu sein. Womöglich hatte Pater Ryan recht, und es handelte sich bei ihnen tatsächlich um Schlangen. Mit einem Mal konnte sie ihr ständiges Drehen und Winden nicht mehr ertragen – es war ihr alles zu viel. Sie ließ die Farbrolle in den Eimer fallen und rannte nach draußen.

»Wo willst du denn so eilig hin?«, rief Kate hinter ihr her. »Wir machen doch gleich Mittagspause.«

Clare lief und lief. Sie rannte über das Hotelgelände, über das matschige Feld, auf dem der Schnee schmolz, und an der Hecke von Wraith Cottage vorbei. Dann hielt sie abrupt inne. Ihr Herz hämmerte, und ihre Kehle brannte. Sie hatte den Rand der Klippe erreicht. Das Meer war ruhig; das Grau des Himmels spiegelte sich darin. Es waren keine Boote unterwegs; kein Geschrei von Seevögeln war zu hören. Sie hatte Heimweh nach der Bantry Bay, nach den Muschelbänken, dem Ruf der Möwen und den watenden Reihern. All das würde sie nie wiedersehen, auch nicht das kleine Backsteinhaus, in dem sie geboren worden war, auch nicht die Schule neben der Kirche und ihre Freunde. Es war ein sonderbares Gefühl, dass sie alle aufwachsen und ein Leben führen würden, von dem sie nichts wusste. Sie würde auch nie wieder den Weihrauch riechen, der in der Kirche brannte, oder die Möbelpolitur auf den langen Holzbänken. Sie stellte sich die Kinder vor, die in der Sonntagsschule auf kleinen Stühlen saßen und mit den Schwestern den Rosenkranz beteten. Sie konnte den Chor singen, die Tonleiter einstudieren hören und Pater Ryan, der sie tadelte. Wie jung sie ihr alle vorkamen! Tränen liefen ihr über die kalten Wangen. Und was war mit ihrer Mam? Sie wusste, dass ihre Mam nicht wollte, dass sie wieder nach Hause kam – hatte sie nicht gesagt, dass sie sich ihretwegen fast zu Tode geschämt hatte? Die einzige

Möglichkeit, es wiedergutzumachen, sah sie darin, ihr Leben Gott zu widmen und Nonne in einem Kloster zu werden. Dann wäre ihre Mutter vielleicht wieder stolz darauf, eine Tochter zu haben. Aber sie wusste auch, dass das Klosterleben nichts für sie war. Sie würde lieber sterben, als so zu enden wie die Mutter Oberin.

Sie schloss die Augen und lauschte dem leisen Plätschern der Wellen. Es hörte sich an wie Regentropfen. Wenn sie nun einfach kopfüber von dieser Klippe stürzte? Das wäre gewiss der direkte Weg in die Hölle für sie. Sie würde in Todsünde sterben, ohne die Beichte abgelegt zu haben, ohne Sakramente. Würde sie dann ihr Baby wiedersehen? Würde es ihr Vorwürfe machen, weil sie es ins Fegefeuer gestürzt hatte? Wäre der Tod *diesem* Leben, das sie führte und das ihr wie die Hölle vorkam, vorzuziehen?

Sie dachte an die geräuschlose Stille, die sie gleich unterhalb der Meeresoberfläche erwartete. Sie trat einen Schritt vor. Das glitschige Gras unter ihren Füßen fühlte sich schwammig an. Sie öffnete die Augen wieder und blickte hinunter zum Strand. Die Ebbe hatte eingesetzt; der Seetang ließ die Steine, die sich, einer neben dem anderen, deutlich vor ihr abzeichneten, grünlich schimmern. Sie malte sich aus, wie ihr Kopf auf diesen Steinen aufschlug und das Blut in einen der flachen Tümpel dazwischen lief. Wer sie wohl finden würde? Oder würde sie mit der nächsten Flut fortgespült werden, ohne eine Spur zu hinterlassen?

Sie trat einen weiteren Schritt vor; irgendetwas löste sich unter ihren Füßen, und sie hörte Steinbrocken in die Tiefe kollern. Jeden Augenblick konnte sie das Gleichgewicht verlieren; hier gab es nichts, woran man sich festhalten konnte.

Und dann spürte sie eine Hand, die von hinten ihren Oberarm umklammerte. Sie konnte immer noch springen;

mit nur einer Hand würde der Unbekannte sie nicht daran hindern können. Sie beugte sich vor; der Griff wurde fester und zog sie, jetzt an beiden Armen, ein Stück zurück.

»Lassen Sie mich los«, fauchte sie. Aber die Hände ließen nicht locker. Sie blickte sich um. Es war der alte Mann, der neulich so ekelig zu ihr gewesen war, als sie sich auf die Veranda des Wraith Cottage gesetzt hatte. Sein Gesicht war wettergegerbt und runzlig, die Augen saßen in tiefen Höhlen. Er wirkte furchteinflößend.

»Immer mit der Ruhe, junges Mädchen«, sagt er. »Die Kliffkante ist hier sehr brüchig. Kommen Sie lieber weg da.« Er sprach mit leiser, etwas schleppender Stimme, ließ ihre Arme immer noch nicht los und zog sie weiter von der Klippe fort. »Ich habe mehr als einmal erlebt, dass hier jemand Schiffbruch erlitten hat.«

Clare war gezwungen, mehrere Schritte zurückzutreten. Endlich löste sich der Griff an ihren Armen. »Na also«, sagte der Alte und wies aufs Wraith Cottage. »Kommen Sie eine Tasse Tee mit mir trinken.«

Wollte er bloß freundlich zu ihr sein – oder wollte er sie in die Hütte locken? Woher sollte sie wissen, dass er sie nicht anlog? Sie schüttelte den Kopf. »Nein, mir geht's gut«, murmelte sie. »Ich habe nicht gewusst, dass … dass das hier gefährlich ist.« Ihre Beine zitterten, als sie sich von ihm abwandte. Sie spürte, wie er ihr nachsah.

Als sie sich außer Sichtweite von irgendjemandem wähnte, setzte sie sich hin und lehnte sich gegen die Steinmauer, die das Hotelgelände umgab. Hätte sie es getan? Wäre sie gesprungen, wenn er sie nicht zurückgehalten hätte? Sie schloss die Augen, stellte sich vor, wie sie durch die Luft segelte, sich im Stürzen drehte, ins Leere griff. Würde ihr der Sturz lang vorkommen, oder wäre es im Nu vorüber? Wenn ihr der alte Mann nicht dazwischengekommen wäre, wäre jetzt vielleicht schon alles zu Ende. Aber sie konnte ja dorthin zurückkehren und es ein Stückchen weiter, nicht so dicht bei dem Cottage, noch einmal versuchen, vielleicht im Dunkeln? Würde es ihr im Dunkeln leichter fallen?

Mit einem Male kam ihr eine Vision von der Mutter Oberin in den Sinn, wie sie vor dem qualmenden Feuer in der Abtei saß und mit ihren Stricknadeln klapperte, während sie ihr grausige Geschichten von der Hölle erzählte, Geschichten, die ihr die Nonnen erzählt hätten, als sie selber noch jung war, sagte sie. *Du hast Glück gehabt, Clare.* Die Mutter Oberin entblößte beim Lächeln ihre verfallenden Zähne. *Du hättest auch in strenge Obhut geschickt und dein Baby zur Adoption freigegeben werden können.* Sie hielt inne, um von dem Messwein zu trinken, von dem sie behauptete, dass er ihre Zahnschmerzen lindere. Clare glaubte nach wie vor, dass man ihr das Kind wegnehmen würde, aber sie hatte es aufgegeben, sich mit der Oberin deswegen zu zanken. *Dieses Kind ist von Gott gesandt und wird hierbleiben*, seufzte die Mutter Oberin, und ein Blick der Zufriedenheit breitete sich auf ihrem Gesicht aus. *Gesegnete Clare ... Wir werden den heiligen Franziskus als Vater benennen ... und dann wird es sein wie eine unbefleckte Empfängnis. Wir werden eine Gemeinschaft heiliger Frauen bilden.* Abends, wenn sie ihre Medizin genommen hatte, erschien die Mutter Oberin ihr ein wenig zugänglicher, ganz anders als an den Vormittagen, wenn sie reizbar und gehässig war und sie mit ihren Geschichten quälte. *Du kannst verschwinden, sowie das heilige Kind geboren ist!*, kreischte sie dann. *Du! Mit deinem Hang zu Männern.* Und dann pflegte sie in einen anderen Raum zu stürmen und Möbel zu zersägen. Clare hatte nie Widerworte gegeben. Sie wollte bloß die Geburt endlich hinter sich haben, damit sie fortkonnte.

Die Steinmauer drückte sie am Rücken. Sie sah jetzt ein, dass sie das Kind bei der Oberin hätte zurücklassen sollen. Irgendwie hätte die Alte schon einen Weg gefunden, es durchzufüttern, und dann wäre es noch am Leben. Aber sie hatte es ermordet, und Gott würde ihre Gebete für seine Seele nicht erhören – nicht die einer Todsünderin.

Sie legte die Handflächen auf das kalte, nasse Gras und grub die Finger tief in die Erde, wo sie kleine Steinchen ertastete. Das brachte sie auf eine Idee. Wenn sie nun in dem Stall, in dem sie den Kleinen zurückgelassen hatte, nach einer Spur von ihm suchte, einem Knochen möglicherweise? Sie erinnerte sich, wie früher zu Hause auf dem Hof überall Federn verstreut gelegen hatten, wenn der Fuchs sich ein Huhn geholt hatte. Einmal angenommen, ein Fuchs hätte das Baby unter dem Stroh verscharrt und wäre später wiedergekommen, um es zu reißen? Wären dann nicht Kleiderreste übrig geblieben? Wenn sie nur einen winzigen Fetzen von ihm fände, um zu beweisen, dass er wirklich gelebt hatte, konnte sie diesen Beweis eventuell zu einem Priester bringen – oder ihn selber begraben. Sie musste nach einem Friedhof und dort nach einer Stelle suchen, an der Kinder beerdigt lagen. Bestimmt würde das ihrem Baby ein wenig helfen.

Sie stand auf und eilte über die Felder, wobei sie sich nahe der Umfriedung hielt, lief um den Leuchtturm herum und fand den Pfad wieder, der hinunter zu der Farm führte. Dort blieb sie lange Zeit stehen und lauschte auf ein Lebenszeichen. Aber sie entdeckte nur ein paar weiße Tauben, die zwischen den Pflastersteinen im Hof pickten, und ein paar Hühner, die vor dem Stall scharrten. Sie schlich sich über den Hof. Bei Tag sah alles verändert aus; sie konnte sich nur an ein dunkles Gelände erinnern, in dem kaum etwas zu erkennen gewesen war. Mit pochendem Herzen schob sie das Tor auf. Das unheimliche Schaf lag nicht mehr in seinem Pferch in der Ecke, aber der Tiergeruch rief wieder den Schrecken jener Nacht hervor, ihren Brechreiz, ihre Erschöpfung, den Schmerz in ihren Brüsten, ihre Verzweiflung und ihre Enttäuschung – und wie sie dann zurückgerannt war und nur noch die Leiche des Babys unter dem Stroh vorgefunden hatte.

Sie bückte sich und begann mit zitternden Händen das Stroh beiseitezuschieben. Es wirkte ganz frisch und unberührt auf dem Steinboden. Sie wühlte darin herum und warf ganze Hände voll davon auf die Seite, aber hier war nichts – kein noch so winziger Knochen, kein rosa Wollfädchen. Heftig nach Luft ringend richtete sie sich wieder auf. Sie sah sich die Strohballen an, auf denen sie das Baby abgelegt hatte. Es schienen weniger zu sein als vor ein paar Tagen. Sie stieß sie von dem Stapel herunter. Sie waren schwer, und ihre Arme taten ihr weh, aber auch diese Suche förderte nichts zutage. Sie durchstöberte alle Ecken und trat Stroh in sämtliche Richtungen. Ihr Mund war voller Staub, und ihre Augen brannten. Sie schüttete sogar das Wasser aus dem Metalleimer. Aber es gab keine Spur von ihrem Kind.

Die Tränen strömten ihr übers Gesicht und brannten auf ihrer Haut. Sie konnte nichts für ihr Baby tun, außer – außer, sie fand einen Priester. Pater Ryan erschien vor ihrem geistigen Auge. Sie hatte gar nicht mehr gewagt, an ihn zu denken. Aber das Bild wurde immer größer, als könne sie ihm keinen Einhalt gebieten. Es war beinahe, als wäre er hier und wolle sie trösten. Und sie brauchte Trost. Er breitete die Arme aus. *Lasset die Kinder zu mir kommen* … Ihr brach der Schweiß aus; sie fühlte förmlich seine Hände, die ihr das Haar lösten. Der Magen drehte sich ihr um, sie fiel auf die Knie und erbrach sich in den Eimer.

Pater Ryan war nach Swansea gefahren und hatte sich dort in einem großen Kaufhaus eine graue Hose, ein weißes Hemd und ein marineblaues Jackett gekauft. Als er sich in dem bis zum Boden reichenden Spiegel betrachtete, konnte er kaum glauben, dass er es war. Er wirkte stämmiger, als hätte er irgendwie zugelegt. Was für ein Tag war heute? Montag. Er war erst weniger als eine Woche von zu Hause fort – und sieh sich das doch einer mal an. Ob seine Erlebnisse ihn derart über sich selbst hatten hinauswachsen lassen? Er hatte in den letzten Tagen allerdings auch eine Menge gegessen. Sein Appetit war besser, seit ihn keine Kopfschmerzen mehr plagten. Diese Reise schien doch noch zu einem vollen Erfolg zu werden. Er musste nur noch das Problem mit Clare lösen.

Als er in seiner neuen Garderobe die Einkaufsstraße hinunterging, fühlte er sich zunächst noch unsicher. Aber er merkte rasch, dass niemand ihm mehr verstohlene Blick zuwarf. Er reckte die Schultern und hob den Kopf, um sich im Gehen umzuschauen. Womöglich brauchte er gar nicht mehr von einem Leben in Einsamkeit in Neufundland zu träumen. Vielleicht konnte er auch inmitten einer großen Stadt anonym bleiben.

Er musste sich allerdings vorsehen. Die Menschen könnten argwöhnisch werden, wenn er ihren Kindern zulächelte und ihnen übers Haar strich. Er fragte sich, wie er sich in einem zivilen Dasein einleben würde. Wie könnte er eine Möglichkeit finden, mit Kindern zu arbeiten? Er konnte Musiklehrer werden. Die Eltern würden ihn kennenlernen und ihm bald vertrauen, wie es zu Hause gewesen war. Schließlich war er schlicht und ergreifend ein freundlicher Mann, der wusste, wie man gut zu kleinen, einsamen Mädchen sein konnte – das beste Beispiel war Jeannie. Mehr wollte er ja gar nicht.

Mit Clare war es etwas anderes gewesen – da war er vom rechten Weg abgewichen. Er hätte nicht so tolerant mit ihr umgehen, ihre kindliche Verliebtheit in ihn nicht zulassen dürfen. Er hätte ihr gegenüber streng und standhaft bleiben, sie eventuell sogar aus dem Chor ausschließen müssen, falls es nötig geworden wäre – was er weiß Gott versucht hatte. Nur, Gott hatte ihm nicht geholfen.

Er erhaschte sein Spiegelbild in einer Schaufensterscheibe und lächelte. Er war ein stattlicher Mann in der Blüte seiner Jahre. Er wusste, dass er an einem Kreuzweg stand. Er musste nur erst die Sache mit Clare ins Reine bringen, und dann konnte er erwägen, den Priesterberuf an den Nagel zu hängen und ein neues Leben anzufangen.

Fran starrte voller Entsetzen die Bescherung im Stall an. Sie hätte am liebsten losgeheult. Wer hatte das getan? Sie hatte den Stall doch erst heute früh ausgefegt und gesäubert, Beauty auf die Weide gebracht und das alte Stroh verbrannt. Sie wollte nicht von hier weggehen, ohne alles in bester Ordnung zu hinterlassen. Nur weil sie jetzt Sam hatte, gab es ja keinen Grund, ihre Tiere zu vernachlässigen. Cinders schnüffelte an dem Eimer. Kein Tier würde in einen Eimer kotzen – also musste es ein Mensch gewesen sein. Und sie wusste ganz genau, dass sie das Tor repariert hatte, damit es wieder fest schloss. Jemand musste hier eingedrungen sein, während sie heute Nachmittag in Ventnor war, um Einkäufe für ihre Reise zu tätigen – und um Ted aus dem Wege zu gehen.

Aber warum sollte jemand so etwas tun? War es ein Trunkenbold gewesen, der hier ein paar Stunden lang seinen Rausch ausgeschlafen hatte? Oder ein Verrückter? Hatte sich etwa ihre größte Furcht bewahrheitet? Könnte das die Mutter des Kindes gewesen sein, die zurückgekommen war, um nach ihm zu suchen? Aber wieso hatte sie dann alles verwüstet? War sie verrückt? Sie konnte doch nicht erwarten, dass er immer noch da lag, wo sie ihn vor über einer Woche ausgesetzt hatte? Das ergab alles keinen Sinn. War die Frau krank, oder hatte sie sich in ihrer Verzweiflung erbrochen? Hatte sie auch an der Tür des Hauses geklopft? Aber warum hatte sie keinen Zettel hinterlassen? Und vor allem – wo steckte sie jetzt?

Fluchtartig verließ Fran mit Cinders im Gefolge den Stall, rannte in die Küche und verriegelte die Tür hinter sich. Es wurde bereits dunkel. Lag da draußen irgendwo Sams Mutter in ihrem Wahn auf der Lauer? Oder war sie zur Polizei gegangen? Es war drückend heiß in der Küche. Sie löste Sam aus dem Sicherheitsgurt des Babysitzes und zog ihm seine warmen Sachen aus. Er öffnete die Augen, blinzelte ins Licht und gähnte. Sie liebte es, wenn er das tat. Es kam ihr irgendwie so erwachsen für ein kleines Kind vor.

»Bist du hungrig, mein Kleiner?«, flüsterte sie, als könne sie jemand hören. Sie legte ihn auf den Sessel, während sie sich selber den Mantel auszog und dann seine Babyflasche aufwärmte. Jeder Nerv in ihrem Körper war gespannt und lauschte auf das geringste Geräusch. Ständig blickte sie sich um, als könne sich jemand von hinten an sie heranschleichen.

Als sie sich hinsetzte, um Sam zu füttern, war sie in Tränen aufgelöst. »So kann das nicht weitergehen, kleines Lämmlein«, wiederholte sie pausenlos. »Was sollen wir bloß tun?«

Sam ließ den Sauger los und starrte sie an. Nach einem kleinen Rülpser zogen sich seine Mundwinkel nach oben, als würde er lächeln.

»Oh, Sam«, sagte sie leise.

Er verzog ein paar Mal drollig das Gesicht, als wolle er seine neu erworbene Fertigkeit erproben. Und dann lächelte er noch einmal, als hätte er nun zu dem erwünschten Ausdruck gefunden.

»Ach, Schatz, du strahlst mich richtig an, nicht wahr?« Sie fühlte, wie ihr die Tränen hemmungslos über die Wangen strömten. »Ich werde dich nie hergeben«, schluchzte sie. »Noch heute Abend verschwinden wir von hier.« Cinders sah sie kummervoll an, als ahnte sie etwas. Vielleicht konnte sie sie mitnehmen – aber es würde sich schwierig gestalten, sowohl mit einem Baby als auch mit einem Hund Unterkunft zu finden.

Nachdem sie ihn gefüttert hatte, wechselte sie Sam die Windel und fing an, auch ihn für die Reise anzuziehen. Es gab so viel zu tun, und dabei musste sie ständig auf der Hut sein. Als sie die Koffer und Sams Sachen in den Land Rover lud, wartete sie geradezu darauf, dass gleich jemand aus der Finsternis neben ihr auftauchen würde. Als Sam im Wagen saß, ging sie noch einmal in die Küche.

Sie nahm Sugar Plum hoch und vergrub ihr tränenfeuchtes Gesicht im Fell der Katze. »Du wirst mir fehlen, Sugar«, weinte sie und legte sie auf den Sessel. Dann kniete sie sich vor Cinders, um auch die Hündin zu umarmen. »Es tut mir so leid, aber ich weiß nicht, was ich sonst machen soll. Ted wird nach euch sehen.« Danach ging sie hinaus, schloss die Tür ab und legte den Schlüssel unter den Fußabtreter. Es war jetzt acht Uhr abends. Sie wollte Ted anrufen, sowie sie von der Insel herunter war, und ihm sagen, dass der junge Phil sie eilig zu sich bestellt hätte. Dann würde Ted eben schon heute Abend herkommen müssen, um Cinders vor die Tür zu lassen.

Sie erwog, über Nacht in Lymington zu bleiben, um ein

wenig Luft zu schöpfen und sich um Sam zu kümmern. Als sie den Motor anließ, hörte sie Cinders in der Küche winseln. »Es tut mir so leid«, murmelte sie noch einmal und ließ die Kupplung kommen.

Am Ende der Zufahrt fiel ihr ein, dass sie wohl besser das Gatter schließen sollte, um unerwünschte Besucher fernzuhalten, aber das war gar nicht so einfach; das Tor hatte so lange offen gestanden, dass es tief in den Boden eingesunken war. Obendrein hatte ein Graupelschauer eingesetzt, und alles war nass und glitschig. Sie zerrte und zerrte und weinte dabei vor Erschöpfung und Frust.

»Was machst du denn da?«

Oh, nein! Das war Ted. Wo war er denn so plötzlich hergekommen? Aus dieser Richtung kam er sonst nie. Sie ignorierte ihn und mühte sich weiter mit dem Gatter ab. Ted hielt sie am Arm fest.

»Fran!«

Es hatte keinen Zweck. Sie ließ es sein.

»Was tust du da?«, fragte er noch einmal.

»Ich … ich fahre ab.«

»Wohin?«

»Oxford.«

»Heute Abend noch?«

»Die Lage hat sich verschlimmert.«

Ted nahm ihre Hände von dem Gatter. »Auf gar keinen Fall fährst du mir heute Abend irgendwo hin. Sieh dich doch mal an!«

»Aber ich muss.«

»Ich lasse es nicht zu. Du bist nicht in der Lage, Auto zu fahren, und schon gar nicht, dich um den Zwerg zu kümmern.« Ted schwang sich auf den Fahrersitz und fuhr den Land Rover rückwärts wieder die Einfahrt hinauf.

Fran konnte über diese Fertigkeit nur staunen. Seit Jahren hatte Ted nichts mehr gefahren außer Traktoren. Er kam zurück, nahm sie bei der Hand und zog Fran mit sich. Er wusste, wo der Schlüssel lag, öffnete die Tür, schob sie ins Haus und ging dann Sam holen. Cinders kläffte außer sich vor Freude, als wäre ihr Frauchen Jahre fort gewesen.

Ted zog einen Stuhl hervor. »Setz dich, Frau«, befahl er. Mit geübter Hand befreite er Sam aus seinen Wintersachen, legte ihn ihr in den Arm und nahm ihr gegenüber Platz.

»Dein Verhalten kommt mir reichlich spanisch vor«, sagte er schließlich. »Ich denke, es ist Zeit, mir zu sagen, was wirklich los ist.«

»Erst … musst du die Tür verriegeln«, stammelte sie.

20

Nachdem sie am Montagnachmittag den Stall durchsucht hatte, war Clare zurück zu ihrem Wohnwagen gegangen, war ohne sich auszuziehen ins Bett gekrochen und hatte sich die Decke über den Kopf gezogen. Später hatte Kate nach ihr gesehen und wollte wissen, was denn nun schon wieder mit ihr los sei. Clare war gar nicht erst unter der Bettdecke hervorgekommen und hatte nur etwas von einem verdorbenen Magen gemurmelt. Kate war eine Weile unschlüssig neben ihrer Koje stehen geblieben und hatte sie dann in gereiztem Ton gefragt, ob sie ihr etwas holen solle. Aber Clare hatte nur den Wunsch, dass sie endlich ginge. *Nein danke. Ich brauche nur ein bisschen Schlaf.*

Bis zum nächsten Morgen war sie im Bett geblieben und

hatte versucht, das sich windende Knäuel Würmer in ihrem Bauch, das wieder zu voller Aktivität erwacht zu sein schien, zur Ruhe zu bringen. Sooft sie gerade drauf und dran war, in einen Schlaf zu versinken, fielen menschliche Leiber von der Kliffkante oder kamen aus Strohhaufen herausgerollt. Manchmal war es ihr eigener Körper, und sie erwachte jäh, ehe sie unten aufschlug. Und manchmal war es der winzige Körper eines Babys.

Als der Dienstagmorgen herangraute, hatte sie einen Einfall. Sie verließ leise ihre Koje, leerte ihren Rucksack und breitete alles auf dem Boden aus. Dann öffnete sie die Plastiktüte mit den Babysachen und ihrer Bibel und legte sie dazu – ebenso wie den Rosenkranz, den sie stets in ihrer Jackentasche trug. Sie löste das goldene Kruzifix von ihrem Hals und betrachtete es eine Weile. Sie hing daran und trug es, seit sie noch ein kleines Kind war. Doch dann wickelte sie es in die Babykleidung und stopfte alles zurück in den Plastikbeutel. Sie zog sich ihre Stiefel und ihre Windjacke an und verließ den Wagen. Draußen lag alles in tiefer Stille; in keinem der anderen Wohnanhänger brannte Licht.

Sie knipste ihre Taschenlampe an und ging hinauf zur Hauptstraße, wo sie die Richtung nach Ventnor einschlug. Ihr war eine Kirche an dieser Straße aufgefallen, keine katholische Kirche zwar, aber mit einem großen Kreuz neben dem Eingang – einem keltischen Kreuz wie bei ihr zu Hause. *Gedenket*, stand darauf geschrieben. Sie war sich nicht ganz sicher, was damit gemeint war, aber es erschien ihr passend.

Der Weg war weiter, als sie erwartet hatte. Sobald es am Himmel langsam heller wurde, knipste sie die Lampe aus, um die Batterien zu schonen. Ein paar Wagen passierten sie – alle mit eingeschalteten Scheinwerfern. Sie zog sich die Mütze tief in die Stirn und hielt sich dicht bei der Mauer, bis sie die Kirche erreicht hatte. Die große hölzerne Außenpforte stand offen. Sie ging über das feuchte Gras und las die Inschriften auf den Grabsteinen. Die meisten davon waren uralt und die Buchstaben unleserlich geworden. Auf einem Grab stand ein Strauß durchweichter roter und gelber Chrysanthemen, auf einem anderen eine Urne mit künstlichen Rosen. Hier und da schimmerten kärgliche Schneereste. Es schien auf diesem Friedhof keinen gesonderten Bereich für Kindergräber zu geben, also wählte sie einen Platz unter einer Eibe, um die herum ein paar Schneeglöckchen aus dem moosigen Gras wuchsen. Sie setzte sich zu einem Augenblick der Besinnung unter den Baum, lehnte den Rücken gegen seinen Stamm und blickte hinauf zu seinen dunkelgrünen Ästen, die gerade in diesem Moment von einem Windstoß geschüttelt wurden, so dass kalte Tropfen auf ihrem Gesicht landeten. Hoch über der Kirche ragte der Turm auf – ob die Glocken wohl als Alarmsignal läuten würden, wenn sie sie hier entdeckten? Auf der Turmspitze saßen zwei fette Vögel, die sich mit gekreuzten Schnäbeln aneinanderzulehnen schienen. Bisweilen rückten sie ein Stück voneinander ab, nahmen dann ihre ursprüngliche Haltung wieder ein und legten einen Schnabel über den anderen. Taten sie das, um sich zu wärmen oder weil sie einander liebten? Oder beides?

Sie hatte nichts, womit sie graben konnte – warum hatte sie bloß nicht daran gedacht, ein Messer oder so etwas aus dem Wohnwagen mitzunehmen? Sie schaute sich um, konnte aber nur ein zerbrochenes Marmeladenglas und ein paar abgefallene Äste entdecken. Es dauerte Ewigkeiten, damit ein Loch zu graben; die Erde war voller Wurzeln, und es war nicht leicht, sie mit ihren verfrorenen Fingern auszurupfen, doch endlich war sie mit ihrem Werk zufrieden. Nacheinander legte sie die komischen rosa Babykleidungsstücke hinein. Zumindest hatte sie die Mutter Oberin extra für ihr Kind gestrickt. Auf ihre verrückte Art und Weise hatte ihr das Baby am Herzen gelegen – was sie selber nicht von sich behaupten konnte. Sie legte ihr Gebetbuch, die Bibel, den Rosenkranz und das Kruzifix auf den Kleiderstapel, fiel davor auf die Knie und betete für ihr Kind, das mit der Bürde der Erbsünde gestorben war. Sie betete, ein Engel möge zu ihm kommen und ihn im Totenreich trösten. Und dann sprach sie das Gebet der Klara von Assisi, das ihre Mam so liebte. *Unser Herr segne dich und behüte dich und zeige dir Sein Angesicht und erbarme sich deiner. Er wende dir Sein Antlitz zu und schenke dir Frieden; auf Erden mehre Er dich in Gnaden und in Seinen Tugenden, im Himmel erhöhe und ehre Er dich in der Schar Seiner Heiligen.*

Sie hatte das starke Empfinden, als hätte etwas in ihr Aufgestautes, von dem nur ab und zu ein wenig hinausgesickert war, einen Damm zum Bersten gebracht. Sie weinte bitterlich, ihre Tränen tropften zu Boden, während sie sich bemühte, das Grab mit der klumpigen Erde zuzuschaufeln. Sie klebte an ihren Händen und verschmierte ihr das Gesicht, wenn sie sich die Nase wischte oder sich über die Augen rieb. Endlich war alles zugedeckt. Sie wollte die Erde noch festtreten, aber es schien ihr nicht recht, auf dem kleinen Grab herumzutrampeln. Also glättete sie es, klopfte die Erde mit den Händen fest und legte zum Schluss noch zwei Schneeglöckchen darauf.

Sie wischte sich die Hände an dem Gras sauber; aus einer Hand sickerte Blut, aber sie verspürte keinen Schmerz. Sie blickte hinauf zu dem Glockenturm, doch die Vögel waren davongeflogen.

»Ich kann es immer noch nicht glauben, dass du dir all diese Lügen ausgedacht hast«, ereiferte sich Ted und schmierte sich empört Butter auf eine Scheibe Toast. »Und ich dachte immer, dass ich dich kenne – eine gute, ehrliche Haut.«

»Ich weiß, Ted, ich weiß, und es ist mir auch schrecklich peinlich. Du brauchst nicht länger hierzubleiben, wenn du nicht möchtest. Ich kann's dir nicht verdenken.« Gleichzeitig hoffte Fran inständig, dass er bliebe, denn was würde er jetzt tun?

»Na, das bringt uns auch nicht weiter, oder? Aber ich kann dir sagen, gestern Abend stand ich kurz davor. Ich wollte schnurstracks aus dieser Tür da hinausgehen und dich nie wiedersehen.« Er biss in seinen Toast und schob den Teller Fran zu. »Nicht zu glauben, dass du solche Lügen erfinden kannst.«

Fran knabberte nur an ihrem Toast. Sie hatte noch ihren Schlafanzug an. Vergangene Nacht hatte Ted sie gezwungen, ihm die ganze Geschichte in allen schmerzvollen Einzelheiten zu beichten. Anschließend hatte er sie ins Bett gescheucht, sich Hose und Hemd ausgezogen und sich neben sie gelegt. Er hatte den kleinen Sam in den Schlaf gewiegt und ihn in seinem Körbchen warm eingepackt. Fran hatte die ganze Nacht wachgelegen und auf Geräusche von draußen gelauscht, wenn Ted gerade nicht laut schnarchte. In den frühen Morgenstunden war Sam vor Hunger aufgewacht, und Ted war hinuntergegangen, um ein Fläschchen für ihn aufzuwärmen. *Ich konnte dich doch nicht so einfach in die Nacht hinausfahren lassen*, sagte er, als er ihr den Kleinen reichte. Dann stand er neben dem breiten Bett und kratzte sich am Kopf. *Hätte nie gedacht, dass es erst so weit kommen muss, ehe ich mit dir in die Federn kriechen darf.* Sein Versuch, das Ganze mit etwas Humor zu würzen, machte es ihr ein wenig leichter, und so schlief sie bis zum Morgen durch – bis es wieder Zeit für Sams Fläschchen war.

Ted beäugte sie über den Küchentisch hinweg, als hätte er sie noch nie richtig gesehen. Während er sprach, fuchtelte er mit den Händen wie üblich, wenn ihn etwas sehr aufregte.

»Und warum, glaubst du, hat diese Frau ausgerechnet an deiner Tür geklopft und ihr Baby in deine Obhut gegeben?«, fragte er zum wiederholten Male. »Mir will das nicht in den Kopf.«

»Ich weiß es nicht. Kann sein, weil meine Farm so abgelegen liegt.«

»Aber es ist doch geradezu aberwitzig zu erwarten, dass jemand die Tür aufmacht und sagt: *Oh, ein Baby. Da freue ich mich aber.*« Er wedelte mit seinem Toast durch die Luft. »Bist du dir ganz sicher, dass du sie nicht doch von irgendwoher kennst? Dich muss sie jedenfalls irgendwie kennen.«

Fran zuckte die Achseln. Sie wusste, wie wenig plausibel ihre Geschichte sich anhörte. Aber etwas Besseres war ihr nicht eingefallen.

»Erzähl mir noch mal, wie sie ausgesehen hat.«

Oh Gott. Hatte er sie das tatsächlich schon einmal gefragt? Sie war so müde, dass sie unaufmerksam war. »Irgendwie ausländisch.«

»Eine illegale Einwanderin? Die müsste doch leicht aufzuspüren sein. Gibt ja nicht viele davon hier.« Er mampfte nachdenklich. »Was hatte sie denn an?«

»Es war doch stockdunkel.«

»Sie ist nicht einmal hereingekommen?«

Fran schüttelte den Kopf.

»Sie hat dir einfach das Kind in die Hand gedrückt und gesagt …?« Er wartete.

»Bitte passen Sie auf mein Baby auf.«

»Und du hast gesagt …?«

»Ted … wir sind das doch schon alles einmal durchgegangen.«

»Aber du wirst eine präzise Aussage machen müssen, wenn du das der Polizei erzählst.«

»Der Polizei!?«

»Ja, natürlich.« Ted ließ seinen Toast auf den Teller fallen. »*Wem* willst du es denn sonst erzählen?«

»Ich … äh … ich habe einfach gehofft, dass sie nicht wiederkommt und dass es sich damit hat. Es war doch nichts in der Zeitung über ein vermisstes Baby, oder?«

»Wir leben im einundzwanzigsten Jahrhundert. So etwas gibt es heute nicht mehr. Kinder werden nicht so mir nichts, dir nichts unter der Hand weggegeben.«

»Wirklich nicht? Wir wissen doch gar nicht, was alles so passiert.«

»Also – wieso wolltest du dich mit dem Kleinen davonstehlen?«

»Das habe ich dir doch gesagt. Ich hatte Angst, sie würde zurückkommen, um ihn sich wiederzuholen.«

»Das ist nur ein Grund mehr, hierzubleiben und herauszufinden, wer sie ist. Das scheint mir die beste Lösung. Wenn sie zurückkommt und sich die ganze Geschichte aufklärt, könntest du dir ernsthaften Ärger ersparen.« Er stand auf und schaute aus dem Fenster. »Und es sieht ganz danach aus. Wenn sie gestern deinen Stall verwüstet hat, ist sie auf der Suche nach ihm.« Er drehte sich um und sah sie an. »Aber auch das ergibt keinen Sinn. Warum sollte sie ausgerechnet im Stall nach ihm suchen?«

»Möglicherweise hat sie gar nicht gezielt nach ihm gesucht. Das Haus war leer und verschlossen. Wahrscheinlich ist ihr schlecht geworden, und da ist sie in den Stall gelaufen.«

»Und hat die ganzen Strohballen umgeschmissen? Glaubst du, sie ist nicht recht bei Verstand?«

»Schon möglich.«

»Dann bleibe ich mal lieber hier. Und Cinders kann draußen herumstreifen. So hören wir gleich, wenn jemand kommt.« Er lief in der Küche hin und her. »Aber lange kann das so nicht weitergehen. Wenn sie nicht aufkreuzt, werden wir etwas unternehmen müssen. Ich bin jetzt ein Mitwisser.«

»Es tut uns so leid, dass wir dir am Samstag den Abend verdorben haben«, sagte Jill und reichte den Kaffee herum. Sie war an der Reihe, Gastgeberin beim dienstagmorgendlichen Zusammentreffen der Freundinnen zu sein.

»Mach dir keine Sorgen.« Rachel lehnte sich in dem weichen Ledersessel zurück, der unter ihr zu seufzen schien. »Das war nicht das einzige Trauma an jenem Abend.«

Jill riss die Augen mit den getuschten Wimpern weit auf. »Aha? War es nicht? Du meinst, es ist noch etwas vorgefallen, was ich versäumt habe?«

»Ach, Jill, ich weiß gar nicht, ob ich das alles noch einmal durchkauen möchte«, stöhnte Rachel. »Ich will nur einfach hier in deinem hübschen Wohnzimmer sitzen und meine Sorgen davonschweben lassen.«

»Aber wir wollen es wirklich wissen, nicht wahr? Evie? Jane?«, beharrte Jill.

»Ein gefundenes Fressen für eine Romanautorin«, lachte Jane.

»Und für neugierige Freundinnen«, pflichtete Evie ihr bei.

»Sophie kennt die ganze Geschichte. Sie wird vermutlich etwas sachlicher sein und weniger fluchen als ich. Erzähl du's ihnen, Sophie.«

Rachel hörte nur mit halbem Ohr zu, während Sophie von Sandros unerwarteter Rückkehr berichtete. Aus irgendeinem Grund hatte Rachel ihr nichts von dem jungen Mädchen erzählt, das Sandro in der Kirche getroffen und das er seinem Schicksal überlassen hatte. Sie erklärte sich das so, dass sie ihn nach wie vor ein bisschen in Schutz nehmen wollte, und dieser Teil der Geschichte war ja auch gar nicht relevant. Sie entspannte sich und trank ihren Kaffee. Sie saßen in Jills kostbar eingerichtetem Wohnzimmer, an dessen vollständig verglaster Südseite die Veranda vorbeiführte. Wenn das ihr gehören würde, täte sie das ganze Jahr nichts anderes, als dort draußen zu sitzen und auf den Strand und das Meer zu blicken.

Sie musterte ihre Freundinnen, während diese Sophie zuhörten. Jill war so stark geschminkt wie immer mit dem kastanienbraunen Lippenstift und den auffällig betonten Wangenknochen. Evies Züge wurden durch ihr glänzendes, kurzgeschnittenes Haar hervorgehoben; sie führte ständig die Finger an die Lippen, als verzehre sie sich nach einem jener filterlosen Zigarillos, die sie zu rauchen pflegte. Und Jane mit ihren dunklen braunen Augen und ihrer Bubikopffrisur änderte ständig von einer Sekunde auf die andere den Gesichtsausdruck. Sie lauschten wie gebannt. Frauen waren von Liebesaffären halt effektiv fasziniert.

»Gütiger Himmel«, entfuhr es Jane von Zeit zu Zeit.

»Donnerwetter«, staunte Evie.

»So eine Scheiße«, lautete Jills bevorzugter Kommentar.

Dann sahen sie allesamt Rachel an. »Und was empfindest du jetzt dabei?«, fragte Jane.

»Ich bin schlicht und ergreifend froh, dass alles vorüber ist«, erwiderte Rachel. »Um ehrlich zu sein – so gut wie jetzt habe ich mich schon seit Wochen nicht mehr gefühlt.«

»Ja, diese Ungewissheit muss schrecklich gewesen sein«, sagte Evie.

»So ein Schlappschwanz«, fluchte Jill. »Den würde ich gern mal in die Finger kriegen. Ich würde seine Eier …«

»Ja, das würdest du gewiss, Jill«, unterbrach Sophie sie. »Aber lassen wir ihm mal seine Männlichkeit und freuen wir uns für Rachel.«

»Schon, aber ohne sein Gehänge könnte er nicht noch einmal mit einer nichtsahnenden Frau so einen Mist anstel…«

»Die Italienerinnen müssen selber sehen, wie sie zurechtkommen«, beschied Rachel sie. Sie hielt ihre Tasse hoch, damit Jill ihr nachschenkte. »Wie geht es Stephanie heute?«

»Besser als am Anfang. Ihr Zustand hat sich stabilisiert. Wenn alles gut geht, darf sie bald wieder nach Hause.«

»Weiß man denn, was für eine Krankheit das ist, die sie sich da eingefangen hat?«

Jill verzog das Gesicht. »Euch kann ich's wohl sagen, aber behaltet es für euch. Sie hat Aids.«

Schweigen senkte sich über den Raum.

»Oh nein, Jill. Wie entsetzlich«, brachte Sophie schließlich hervor und streckte den Arm aus, um Jills Hand zu streicheln.

»Es hat bei einer Operation einen Zwischenfall gegeben. Jemand ist gestolpert oder so was. Die Einzelheiten kenne ich nicht. Aber Mom – also Stephanie – hat sich dabei böse in die Hand geschnitten. Das war bei ihrer Arbeit stets ein Risiko, und nun ist sie schon seit geraumer Zeit HIV-positiv. Das war einer der Gründe, warum sie letztes Jahr für eine Weile nach Hause gekommen ist.«

»Ist es nicht ewig der gleiche Mist?«, schimpfte Evie. »Sie widmet ihr Leben Menschen in Not, und das hat sie jetzt davon.«

Rachel konnte es kaum glauben. Stephanie war stets so voller Vitalität gewesen. »Wird sie diesen Schub überleben, Jill?«

»Sie ist stark, aber nächstes Jahr wird sie immerhin schon siebzig.«

Ein weiteres Schweigen trat ein, während die Frauen versuchten, diese Neuigkeit zu verdauen.

»Tja«, sagte Jill. »Wie heißt es so treffend? Das Leben ist kurz.«

»Möchtest du, dass ich es Marguerite erzähle?«, fragte Jane. »Sie wird Stephanie bestimmt gerne besuchen und ihr ihre heilenden Kräfte zukommen lassen. Du kannst sie auch selber fragen. Sie arbeitet im Moment unten.«

»Marguerite weiß es vermutlich bereits; sie war am Samstag ja auch dabei. Ich werde mit Stephanie darüber sprechen, wenn sie wieder zu Hause ist. Aber nun lassen wir uns den Appetit auf die Schokokekse nicht verderben.«

»Da ist noch etwas, was ich euch alle fragen wollte«, sagte Jane und nahm sich einen Keks. »Weiß jemand von euch etwas über diese Clare, die neue Studentin in Wraith Cove?«

»Sie hat am Samstag bei mir abgewaschen«, sagte Rachel. »Und Aidan hat sich in sie verknallt. Wieso?«

»Ich habe mich ein bisschen mit ihr unterhalten. Sie sieht noch sehr jung aus, und sie ist ungewöhnlich scheu. Bei ihrer Ankunft war sie krank, und Marguerite ist bei ihr gewesen. Sie war besorgt und wollte sie sich noch einmal ansehen. Aber Clare ist wie ein geölter Blitz davongelaufen, als ich es auch nur erwähnt habe.«

»Na und?«, sagte Evie.

»Neptun hat sie ganz dicht an der Kliffkante stehen sehen und hat sie da weggelotst. Aber auch ihm ist sie davongerannt und hat nur gesagt, sie hätte nicht gewusst, dass es dort gefährlich sei. Aber Neptun meinte, er hätte schwören können, dass sie jeden Moment in die Tiefe gestürzt wäre.«

»Himmel!«, entfuhr es Jill. »Selbstmord?«

»Sagt er. Aber Neptun ist schnell mit Mutmaßungen bei der Hand, wenn jemand von der Klippe hinunterstürzt.«

»Ja, man weiß nie, ob da nicht jemand nachgeholfen hat«, grinste Jill.

»Nun, auch Aidan hat mir anvertraut, dass er sich um sie Gedanken macht, weil sie ihm so überängstlich vorkommt«, sagte Rachel.

»Wo kommt sie eigentlich her?«, wollte Evie wissen.

»Aus Irland, aber sie hält sich da sehr bedeckt.« Jane wandte sich Jill zu. »Ist sie nicht mit Rose befreundet?«

»Rose kennt alle Welt«, sagte Jill. »Sie ist in ihrem Zimmer. Ich werde sie mal fragen.« Sie verließ das Zimmer, stellte sich an die Treppe und rief: »Kannst du mal bitte zu uns kommen, Schatz?«

Ein paar Minuten später kam Rose gähnend ins Zimmer geschlendert. Rachel fiel auf, wie verändert sie seit ihrer Afrikareise wirkte. Früher war sie eben eine kindliche Ausgabe ihrer Mutter gewesen, aber nun kam sie ihr richtig erwachsen vor. Sie trug nicht mehr irgendwelchen Schmuck und eingefärbte Strähnen im Haar, sondern kämmte es streng nach hinten und steckte es hoch. Sämtliche Punk-Utensilien waren aus ihrem Gesicht verschwunden, und sie schminkte sich nicht mehr. Nur ihren federnden Gang hatte sie sich bewahrt – als fühle sie sich wirklich wohl in ihrer Haut. Sie warf einen erstaunten Blick in die Runde.

»Oh, hallo alle miteinander. Ich wusste nicht, dass Mom ihr Kaffeekränzchen zu Besuch hat.« Sie ließ sich im Schneidersitz auf den Teppich fallen. »Kann ich euch helfen?«

»Wir sprachen gerade über Clare und haben uns gefragt, wie du sie eigentlich kennengelernt hast.«

Rose hielt sich erschrocken die Hand vor den Mund. »Oh Gott. Ich wollte sie besuchen, aber ich war so müde – die ganze Sache mit Großmama und der Jetlag und so.«

»Aber Rose«, sagte Sophie. »Das wissen wir doch alles, Liebes. Wir wollten dir doch keine Vorwürfe machen.«

»Ich habe sie am Sonntag ganz kurz gesehen, gleich nachdem wir aus dem Krankenhaus kamen. Ehrlich gesagt habe ich zuerst gar nicht gewusst, wer sie war. Ich hatte sie vor Ewigkeiten getroffen – letzten Sommer auf der Rückfahrt von dem Folkfestival, auf dem ich mit Patrick gewesen bin.« Sie warf Rachel einen Blick zu und lächelte. »Patrick war ein bisschen genervt, weil ich mich mit ihr unterhalten habe. Und dann habe ich das Maß vollgemacht, indem ich ihr anbot, sie irgendwohin mitzunehmen – ich erinnere gar nicht mehr, wo wir eigentlich hinwollten. Ach ja, doch. Wir wollten Großmama in ihrer Kommune besuchen. Meine Oma wohnt nämlich in einer Kommune, wenn sie in England ist, müsst ihr wissen.« Sie strahlte die Frauen an, als wäre sie mächtig stolz auf diese Tatsache.

Jill zog die Augenbrauen in die Höhe. »War sie ganz alleine unterwegs, diese Clare?«

Rose nickte. »Deswegen habe ich mich ein bisschen mit ihr angefreundet. Sie hat überall hingekotzt und wirkte so verloren.«

»Seekrank?«, hakte Jane nach.

»Nö. Schwanger. Sie tat mir so leid. Ihr katholischer Priester hatte sie total alleine nach England losgeschickt, damit sie in irgendeinem Kloster ihr Baby bekommt. Sie hatte ziemliche Angst davor.«

»Das kann ich mir verflucht noch mal vorstellen«, sagte Jill.

»Und obwohl sie von sich behauptete, schon mit der Schule fertig zu sein, habe ich ihr das nicht abgenommen. Für mich sah sie dafür noch zu jung aus.«

»Sie geht garantiert noch zur Schule«, mutmaßte Jane. »Ich hatte sie erst so verstanden, dass sie vor dem Studium erst etwas von der Welt sehen wollte. Aber vielleicht bin ich nur davon ausgegangen, weil sie eine Freundin von dir ist.«

»Auf jeden Fall habe ich ihr gesagt, dass sie das nicht mit sich machen lassen muss, weil die Dinge in England nämlich anders lägen. Ich habe ihr den Weg hierher beschrieben und ihr gesagt, sie solle nicht zögern vorbeizukommen, wenn sie Hilfe braucht.«

»Du bist deiner Großmutter ja *so* ähnlich«, bemerkte Jill.

Rose zog die Stirn in Falten. »Ich habe damals selber eine schwierige Phase durchgemacht.« Sie zuckte die Achseln. »Aber wie dem auch sei – sie ist dann nie hier aufgetaucht, und ich habe sie ganz vergessen.«

»Na, schließlich hat sie doch hergefunden«, sagte Jane. »Ich nehme an, in der Zwischenzeit ist sie in dem Kloster gewesen.« Sie sah die anderen an. »Glaubt ihr, dass sie das Kind hat adoptieren lassen und dann hergekommen ist?«

Rose zählte rasch die Monate an ihren Fingern ab. »Kann sein. Oder sie hat ihr eigenes Ding gemacht und es abtreiben lassen.«

»Aber danach wäre sie doch gewiss nach Hause zurückgekehrt«, wandte Evie ein.

Rose verzog das Gesicht. »In eine streng katholische Familie nach Irland? Das glaube ich kaum.«

»Armes Mädchen«, sagte Sophie. »Kein Wunder, dass sie so verwirrt ist.«

»Wie alt mag sie wohl wirklich sein?«, fragte Evie. Besorgnis zeichnete sich auf ihrem Gesicht ab.

»Meint ihr, wir sollten mal mit ihr reden?«, schlug Jane vor. »Ich nehme das, was Neptun gesagt hat, jetzt effektiv ein Stück ernster.«

»Gottogott«, sagte Rachel. »Und Aidan hat sich ebenfalls echte Sorgen um sie gemacht.«

Rose sprang auf. »Ich gehe sie suchen. Ich schätze, sie ist in Wraith Cove. Wenn sie mit jemandem wird reden wollen, dann mit mir. Kann ich den Wagen haben, Mom?«

Pater Ryan war am Fährterminal in Pembroke und versuchte herauszufinden, ob die Band, die auf der Abendfähre spielte, einen Namen hatte. Doch wen er auch fragte – niemand konnte ihm eine Auskunft geben.

»Ich nehme an, das sind jedes Mal andere, Kumpel«, sagte ein junger Mann. »Je nachdem, wie sich's gerade ergibt, verstehst du?«

Pater Ryan verstand nicht. Er fühlte sich in seinem Stolz gekränkt. Er war noch nie mit *Kumpel* angeredet worden und sich auch nicht sicher, ob er zu der Schar gewöhnlicher Menschen gehören wollte, die sich am Terminal tummelten. *Kumpel.* So weit kam's noch.

Er setzte sich wieder in seinen Wagen und sah seine Aktentasche an. Er hatte den Vorsatz gefasst, nicht mehr zu trinken, wenn er noch fahren musste. Aber er brauchte einen kleinen Schluck, um einen klaren Kopf zu bekommen. Nun, da er in Zivilkleidung unterwegs war, musste er besonders vorsichtig sein. Die Polizei konnte ja nicht ahnen, dass es sich bei ihm um einen Priester handelte. Einen Tropfen nur. Er dachte nach. Die Musiker hatten so geredet, als würden sie seit Monaten auf der Abendfähre spielen. Was sollte er jetzt tun – wieder nach Rosslare fahren und dann noch einmal zurück? Das wäre ja albern. Er hatte keine Lust, seine ganze

Zeit auf dem Schiff zu verbringen, und leisten konnte er es sich ebenfalls nicht. Er entschied, heute Abend erneut herzufahren, wenn das Schiff anlegte, und dann zu schauen, wer von Bord ging. Mit etwas Glück war die Band dabei, und dann würde er sich mit ihnen beschäftigen.

Zufrieden mit seinem Plan fuhr er davon. Vielleicht sollte er sich noch einen Tag mit Besichtigungen gönnen. Er hatte gehört, dass es in St. David's, einem Wallfahrtsort seit fünfzehnhundert Jahren, ein prächtiges Kirchenbauwerk gab. Man stelle sich das vor! Die größte Kathedrale von Wales befand sich in der kleinsten Stadt an der äußersten Westspitze des walisischen Festlandes. Er konnte es gar nicht erwarten, Jeannie davon zu erzählen. Möglicherweise wurde dort momentan obendrein ein Konzert gegeben. Die Elgar-Darbietung war hervorragend gewesen, und er hatte sich eine CD-Box gekauft: *The Collected Works of Sir Edward Elgar*. Das war natürlich alles andere als geistliche Musik, doch sie verschaffte ihm nichtsdestotrotz seelische Erbauung. Noch nie hatte er so viel Geld nur für sich selber ausgegeben. Er hatte auch noch nie eine CD besessen, aber nun wollte er sich schleunigst eines jener tragbaren Abspielgeräte besorgen, wie manche Kinder es in der Schule besaßen.

Er lachte stillvergnügt in sich hinein. Wenn Pater Christopher ihn jetzt sehen könnte!

21

Clare verließ den Kirchhof und ging wie in Trance den Undercliff Drive entlang. Sie nahm kaum die Autos wahr, bis eines von ihnen hupte, als dürfe man hier nicht zu Fuß unterwegs sein. Aber es gab keinen Gehweg, auf dem man laufen konnte. Sollte sie beim Annähern des nächsten Wagens einfach einen Schritt zur Seite tun und sich ihm in den Weg stellen? Sie hörte hinter sich ein Auto näher kommen und merkte, wie sie unwillkürlich der Straßenmitte zustrebte. Der Fahrer machte einen Schlenker, um ihr auszuweichen. Vor sich hinlächelnd ging sie weiter und wartete auf das nächste Fahrzeug. Es war ein Spiel mit dem Schicksal. In ihrer dunklen Jacke würde man sie nicht leicht erkennen, und die überhängenden Baumäste tauchten die Straße in dämmriges Zwielicht. Noch ein Auto kam, wich ihr aus und hupte. Dann ein weiteres. Sie wünschte sich, es wäre mehr Verkehr. Der nächste Fahrer gab ein langes, wütendes Hupsignal und stieg ein Stückchen weiter voll in die Bremsen. Ihr war, als würde sie jäh aus ihrem Dämmerzustand gerissen. Was hatte sie sich bloß dabei gedacht? Sie hätte einen Unfall verursachen und ein weiteres Menschenleben auf ihr Gewissen laden können.

Sie blieb stehen. Die Fahrertür flog auf, eine Frau in weitem Pullover und Jeans sprang heraus und kam auf sie zugelaufen. Schon wieder neuer Ärger, dachte Clare.

»Clare!«, rief die Frau. »Clare!«

Sie sah wie Rose aus. Aber wieso fuhr sie hier in einem dicken Wagen herum? Clare fragte sich, ob sie schon wieder krank war und halluzinierte.

»Clare? Du bist es doch, oder?« Keuchend verlangsamte die Frau ihren Schritt. »Ich habe dich an deinen Haaren erkannt. Ich bin's, Rose. Willst du dich umbringen? Wo läufst du denn hin?«

Clare stand da und sah sie fassungslos an. »Das weiß ich selber nicht.«

Rose streckte ihr die Hand entgegen. »Das ist eine gefährliche Straße für Fußgänger. Und den Wagen kann ich da auch nicht stehen lassen.« Als sie Clares Hand nahm, fiel ihr auf, wie schmutzig sie war. »Du blutest ja«, stellte sie erschrocken fest. »Was hast du bloß gemacht, Clare?«

»Ich habe gegraben.«

»*Gegraben?* Na, wie du meinst. Auf jeden Fall sollten wir jetzt sehen, dass wir hier verschwinden.« Sie führte Clare wie ein unmündiges Kind zum Wagen, half ihr beim Einsteigen und gab ihr ein paar Papiertaschentücher für ihre blutende Hand. Clare fand es schön warm im Auto; die weichen schwarzen Sitze fühlten sich wie Leder an, so wie die in dem Wagen von Chas. Clare begann sich zu sorgen, dass sie etwas schmutzig machen könnte, und rückte von der Lehne ab.

»Schon gut«, sagte Rose. »Es wird keinen umbringen, wenn die Sitze ein paar Flecken abkriegen.« Sie ließ den Motor an. »Ich nehme dich mit zu mir nach Hause. Du siehst aus, als könntest du ein schönes heißes Bad gebrauchen.«

Die folgenden Stunden erschienen Clare wie in einem Traum. Alles war so anders, als sie es kannte; sie musste sich erst eingewöhnen. Roses Mutter begrüßte sie kurz und ging dann hinunter in ihre Praxis. Clare bekam nur noch mit, dass sie zu Rose sagte, sie würde allen erzählen, dass Clare in Sicherheit wäre. In Sicherheit wovor? Und wer waren *alle*?

Rose ließ heißes Wasser in eine große weiße Wanne laufen, die mitten im Badezimmer stand, gab einen Schuss Duftöl hinein und zeigte auf das Sortiment von Seifen und Shampoos.

»Bedien dich, und lass dir so viel Zeit, wie du möchtest. Ich bin unten in der Küche und mache uns eine Suppe heiß. Wenn du was brauchst, rufst du.«

Clare ließ ihren schmerzenden Körper in die Wanne sinken und dachte daran, wie gut es ihr getan hatte, als sie bei Jane ihr erstes Bad seit langer Zeit genommen hatte. Es war angenehm warm in dem hellgrün gestrichenen Raum mit der indirekten Beleuchtung. Ihr fielen fast die Augen zu, während sie in der Wanne lag, aber schließlich schrubbte sie sich ab und wusch ihr Haar. Ab und zu steckte Rose den Kopf durch die Tür.

»Alles klar da drinnen?«

Clare fiel auf, dass sie bisher kaum ein Wort gesprochen hatte. Sie nickte nur und sagte: »Danke.« Rose, dachte sie. Rose war da. Aber was nützte ihr das? Sie konnte jetzt ja nichts mehr für sie tun.

Sie stieg aus der Wanne und wickelte sich in die weichen Badelaken, die Rose auf ein beheiztes Gestell gehängt hatte. Noch nie war sie von solch behaglicher Flauschigkeit umhüllt gewesen.

Rose kam wieder herein. »Ich habe was zum Anziehen für dich gefunden. Ist bestimmt alles ein paar Nummern zu groß, aber deine Sachen sind noch feucht. Deine Stiefel habe ich zum Trocknen vor den Kamin gestellt.« Sie lachte. »Hoffentlich schrumpfen sie nicht. Komm runter, wenn du so weit bist. Die Suppe ist fertig.«

Clare schlüpfte in die Jeans und das T-Shirt. Sie waren ihr natürlich zu weit, aber sie waren sauber und dufteten nach

Blumen. Dann ging sie die breite, mit Teppich verlegte Treppe hinunter. In der geräumigen Küche füllte Rose gerade Suppe in die Teller.

»Komm und setz dich. Lass mich mal deinen Schnitt ansehen.« Sie untersuchte die schartige Wunde an Clares Handballen. »Kein Schmutz mehr drin. Sollte man aber trotzdem im Auge behalten.« Sie holte einen Verbandkasten aus einer Schublade und klebte ihr ein Pflaster auf die Stelle. »Von meiner Großmama habe ich allerhand über Erste Hilfe gelernt. So, aber nun wollen wir essen.« Sie schob Clare einen Teller mit dampfend heißer, köstlich riechender Suppe hin, in der klein geschnittenes Gemüse schwamm.

Clare war sich nicht sicher, ob sie überhaupt etwas hinunterbekäme, aber Rose sah sie erwartungsvoll an, und sie mochte nicht undankbar erscheinen. Sie nahm einen halben Löffel voll. Es brannte ihr bis hinunter in den Magen.

Rose setzte sich ihr gegenüber hin und machte sich über ihren eigenen Teller her. »Das tut gut, was?«

Clare nickte. »Danke.«

»Kein Problem. Es tut mir leid wegen Sonntag – dass ich dich nicht erkannt habe –, aber ich war völlig durch den Wind wegen meiner Großmama.«

»Schon in Ordnung.« Clare benetzte ihre trockenen Lippen. »Wie geht's ihr denn?«

»Nicht gut, aber besser als vorher.« Rose wirkte bekümmert. Ihr Gesicht kam Clare schmaler vor als im letzten Sommer, aber zumindest schien sie sich von ihrer Reise einigermaßen erholt zu haben. »Nun erzähl mal von dir«, forderte Rose sie auf. »Was hast du seitdem getrieben? Ich kann mich noch vage erinnern, dich bei einem Konvent abgesetzt zu haben, das gar nicht da war. Hast du gefunden, wo du hinwolltest?«

»Es wurde noch daran gebaut. Ich bin dann in einem Flügel der alten Abtei untergekommen, die allerdings im Abriss begriffen war.«

»Echt?« Rose verzog das Gesicht. »Und die Nonnen haben sich deiner angenommen?«

Clare senkte den Blick auf ihren Suppenteller. »Kann man so sagen.«

»Ziemlich strenge Regeln, was?«

Clare nickte nur.

»Kannst einem leid tun.« Rose aß eine Weile lang schweigend ihre Suppe. Clare versuchte, so zu tun, als würde sie ebenfalls essen.

Plötzlich blickte Rose auf. »Darf ich dich was fragen? Hast du das Kind bekommen? Du musst es mir nicht sagen, wenn du es nicht willst«, fügte sie rasch hinzu. »Ich weiß, dass das eine traumatische Erfahrung ist. Kurz nachdem wir uns getrennt haben, hatte ich selber eine Abtreibung – ich war damals mit Patrick auf dem Weg in die Klinik.«

Das war ein Schock für Clare. Rose hatte in der gleichen Lage wie sie gesteckt, aber nun wohnte sie längst wieder zu Hause, lebte ihr Leben weiter, und niemand machte ihr einen Vorwurf. »Ist das der Grund, warum du mir sagtest, ich solle herkommen und dass du mir helfen könntest?«

»Ich wollte dir nur zeigen, dass es eine Alternative gibt.«

»Ja, aber nicht, wenn man katholisch ist. Dann bedeutet es eine Todsünde.«

»Ich weiß. Und ich verstehe es ja auch.« Sie griff über den Tisch hinweg nach Clares Hand. »Ich habe in Afrika mit Frauen gearbeitet, die die Hölle durchgemacht hatten. Aber das ist eine andere Geschichte. Wir sind eben alle verschieden und müssen sehen, wie wir am besten damit zurechtkommen, nicht wahr?«

Clare kaute eine Weile auf ihren Nägeln herum. »Ja, ich habe das Baby bekommen – einen Jungen«, sagte sie leise.

»Durftest du ihn sehen?«

Clare nickte.

»Er ist bestimmt zu guten Adoptiveltern gekommen.«

Clare blickte in Roses' teilnahmsvolles Gesicht. Sie ertrug das unverdiente Mitleid, das sie darin sah, nicht länger, bedeckte das Gesicht mit den Händen und ließ ihren Tränen freien Lauf. Schon spürte sie Rose neben sich, die ihr über den Rücken und übers Haar streichelte. Dann reichte Rose ihr etliche Papiertaschentücher. Nachdem Clare sich geschnäuzt hatte, nahm Rose ihre beiden Hände.

»Sag es mir ehrlich, Clare. Du bist doch noch gar keine Studentin?«

Clare fuhr sich mit der Zunge über die Lippen. »Nein. Ich habe die Schule abgebrochen, als das mit dem Baby passierte. Es ist am siebenundzwanzigsten Dezember geboren – einen Tag vor meinem Geburtstag.«

»Hab ich's doch geahnt«, sagte Rose und nahm Clare in die Arme.

Während sie Sam fütterte, behielt Fran Ted im Auge. Er wirkte ruhelos, war schon den ganzen Tag im Haus hin und her gelaufen und hatte versucht, sich zu beschäftigen. Sie wusste genau, dass er darauf wartete, dass Sams Mutter kam, um ihr Baby zurückzufordern. Und er machte sich Sorgen, dass das alles ein schlechtes Ende nehmen konnte.

Er wandte sich vom Küchenfenster ab und sah sie an. »Bist du mal auf den Gedanken gekommen, dass Sam gar nicht ihr Kind sein könnte? Vielleicht ist er entführt worden, und die richtige Mutter dreht durch vor Verzweiflung. Frauen stellen manchmal die verrücktesten Dinge an.«

»Aber das wäre doch wohl in den Nachrichten gewesen?«

»Ja, ich habe mich sowieso gewundert, wieso du nach all den Jahren wieder angefangen hast, Radio zu hören.« Er zog seinen Mantel an und stülpte sich die Mütze auf den Kopf. »Ich gehe mal mit Cinders eine Runde, um zu sehen, ob sich jemand in der Gegend herumtreibt.«

Fran entging nicht, dass er die Wagenschlüssel einsteckte. Er traute ihr nicht so recht – das war offensichtlich. Aber es hatte jetzt keinen Zweck mehr davonzulaufen. Sie stand auf und sah ihm vom Fenster aus nach. Er ging in den Stall, kam wieder heraus und ging dann um das Gebäude herum, wie er es bereits mehrere Male getan hatte. Schließlich verließ er, gefolgt von Cinders, den Hof. Zehn Minuten später war er wieder da. Er musterte Fran stirnrunzelnd.

»In welcher Richtung ist sie verschwunden?«

»Ich ... ich habe nicht darauf geachtet.«

»Sie hat dir das Baby in die Hand gedrückt, und du hast ihr nicht einmal hinterhergeschaut?«

»Es war so ein Schock.«

Ted nahm die Mütze ab und warf sie auf den Tisch. »Das nehme ich dir nicht ab. Du hast sie überhaupt nicht gesehen, oder? Es hat nie eine Frau gegeben, die an die Tür geklopft und dir ihr Baby überlassen hat. Diese Geschichte ergibt absolut keinen Sinn.« Er zog sich einen Stuhl heran und setzte sich. »Wo hast du Sam her, Fran? Hast du ihn selber irgendwo mitgehen lassen?«

»Oh Gott, Ted! Nicht doch.« Fran legte Sam über ihre Schulter, damit er sein Bäuerchen machte. Wie konnte Ted nur so etwas von ihr denken? Aber durfte sie ihm das übel nehmen? Nach all den Lügen, die sie ihm aufgetischt hatte? »Jemand hat ihn im Stall abgelegt. Ich habe ihn am späten

Abend des vorletzten Samstags gefunden, nachdem Cinders ihn weinen gehört hatte. Ich wollte schnurstracks mit ihm zur Polizei, aber der kleine Bursche war ganz schmutzig und hatte Hunger …«

»Und da bist du von deinen Mutterinstinkten überwältigt worden.« Ted schlug sich auf die Schenkel. »Das gefällt mir schon besser. Das glaube ich dir eher. Warum hast du es mir nicht gleich gesagt?«

Fran setzte sich zu ihm an den Tisch und bemühte sich, ruhig zu bleiben. »Weil ich wusste, dass du mich mit ihm zur Polizei schicken würdest. Und ich wollte ja auch mehrere Male mit ihm da hin, aber ich brachte es einfach nicht übers Herz.«

»Weiß nicht, ob das die Sache besser oder schlimmer für dich macht.« Ted schien laut zu denken; seine Hände bewegten sich ohne Unterlass. »Aber Fran« – wenigstens klang seine Stimme nicht mehr so streng –, »du hast kein Recht, ein Kind zu behalten, selbst wenn du es in deinem eigenen Stall gefunden hast und wie vernachlässigt es auch immer gewesen sein mag. Das ist dir doch hoffentlich klar?«

Fran weinte. »Ich habe mich halt in ihn verliebt …«

»Das ist nicht zu übersehen.«

»Und ich habe gehofft, dass sich mit der Zeit alles von selber regelt.«

»Und wie sollte das wohl passieren?«

Fran zuckte hilflos die Achseln.

Ted stellte sich neben sie und legte ihr liebevoll den Arm um die Schultern. »Du bist mir schon ein verrücktes Luder«, sagte er.

Rachel hatte den jungen Leuten im Café ein paar Instruktionen erteilt und ihnen danach Lasagne mit frischem Salat und Krustenbrot servieren wollen, aber sie hatten auf Pommes frites bestanden. Nun, sie haben es sich verdient, dachte sie, als sie den Frittiereinsatz in das rauchende Fett tauchte; es sind ja wirklich alles nette Kinder. Im Februar konnten sie hier auf der Insel nicht viel mit sich anfangen, und sie hatten aufmerksam ihrem Vortrag gelauscht, wie man mit den Gästen umging und wie man korrekt am Tisch bediente.

Sie trat einen Schritt von der heißen Friteuse zurück. Hinter sich hörte sie das muntere Geplauder. Wie gewöhnlich versuchten sie, sich gegenseitig zu überbieten. Sie hatten unendlich viel Spaß dabei und waren obendrein nicht auf den Mund gefallen. Vor allem Aidan und Patrick konnten sich stundenlang einen Schlagabtausch liefern.

»Was tue ich hier eigentlich?«, sagte Kate gerade. »Ich könnte mich am Strand von Bondi aalen und mich von der Sonne bräunen lassen.«

»Das liegt an der Anziehungskraft der englischen Männer«, sagte Patrick.

»Wie bitte? So weiß und schmächtig, wie ihr seid?«

»Besser als braun und hirnlos«, versetzte Aidan.

»Das ist rassistisch«, klagte Jules.

»Aber es ist vielleicht sogar was dran«, lachte Kate.

Rachel schüttelte den Frittenkorb. Sie hatte schon den ganzen Abend versucht, Clare diskret zu beobachten. Sie saß neben Rose und sagte kein Wort, außer wenn man sie etwas fragte. Und sie war immer noch schrecklich blass. Rachel fragte sich, wie lange es her sein mochte, seit sie einen Abbruch gehabt oder ein Kind zur Welt gebracht hatte – und welche Art der ärztlichen Versorgung ihr dabei zuteilgeworden war. Litt sie unter Blutarmut? Aber immerhin sah sie schon etwas besser aus als am Samstagabend. Rose hatte sie offenbar unter ihre Fittiche genommen. Ihr langes rotes Haar glänzte, und sie trug ein buntes Shirt, das aussah, als käme es aus Afrika. Und Rachel fiel auf, dass Aidan sich zurückhielt – er saß mit Billy und Jules an einem anderen Tisch.

»Du siehst gut aus, Clare«, bemerkte Kate.

»Auf jeden Fall besser als neulich, als du in Wraith Cove aufgetaucht und mir in die Arme gesunken bist«, sagte Patrick.

Durch die Regale hindurch sah Rachel, dass Clare errötete. Sie lächelte verlegen, aber das Interesse an ihrer Person schien ihr nicht allzu viel auszumachen.

»Ich war wohl ziemlich durcheinander, was?«, sagte sie.

Bestens, dachte Rachel. Sie beteiligt sich an der Unterhaltung.

»Du warst total durchgeknallt«, sagte Billy.

»Sie war doch krank«, wandte Jules ein. »Aber du warst tatsächlich reichlich konfus, Clare. Zuerst hast du gesagt, das wäre dein Name, dann wolltest du uns weismachen, er wäre Tess, und dann wolltest du wieder Clare sein. Du wusstest gar nicht mehr, wer du warst. Wir mussten die Medizinfrau holen, um dich zu beruhigen.«

»Medizinfrau?«, fragte Clare.

»Marguerite. So nennen wir sie immer. Doch das stört sie nicht.«

»Clare ist mein zweiter Vorname, ich mag ihn lieber als *Tess*.«

»Clare passt auch besser zu dir«, sagte Aidan.

»Pommes sind fertig!«, rief Rachel, verteilte sie auf kleine Schalen und nahm auch für sich selber eine. »Ich räume jetzt das Feld. Ihr könnt Musik spielen, aber nicht zu laut, wenn ich bitten darf. Ich gehe nach oben und lege mich ein bisschen hin.«

In ihrer Wohnung schenkte Rachel sich ein Glas Wein ein

und ließ sich in ihren Lieblingssessel sinken. Er war nicht ganz so weich wie die Polster von Jill, aber ebenso bequem. Sie schüttelte die Schuhe ab, legte die Füße hoch und machte sich über ihre Pommes her. Was für ein sonderbarer Tag das doch gewesen war. Es hatte sie sehr erleichtert, als Jill anrief, um ihr zu sagen, dass Rose Clare gefunden hatte und sich um sie kümmerte. Clare würde eine Weile bei ihnen wohnen bleiben, damit sie klammheimlich ein Auge auf sie werfen konnten.

Rachel schloss die Augen. Von unten hörte sie Stimmengemurmel und das Dröhnen der Bässe. Erst jetzt ging ihr auf, wie erschöpft sie eigentlich war. Sobald das Eröffnungswochenende hinter ihr lag, würde sie einen Gang zurückschalten können. Um diese Zeit des Jahres hatte es keinen Sinn, das Restaurant permanent geöffnet zu halten. Die Saison setzte erst gegen Ostern ein, und bis dahin konnte sie tagsüber ganz gemütlich ihr Café betreiben – was ihr quasi mit verbundenen Augen gelang.

Sie fühlte, wie ihr Körper sich entspannte. Wie angenehm war es ohne die ständige Unruhe, die Sandro in ihr Leben gebracht hatte. Wo er jetzt wohl steckte? In Italien, hoffte sie, und kroch vor seinem Bischof oder seinem Priester um Vergebung seiner Sünden bettelnd zu Kreuze. Wie konnte er nur an so etwas glauben? Gewiss musste man sich ab und zu einen inneren Ruck geben und zumindest versuchen, etwas von dem Schaden wiedergutzumachen, den man angerichtet hatte. Aber wie konnte ein Priester in einem fremden Land Sandros Gewissen davon entlasten, dass er eine Frau zum Ehebruch verführt und mit ihr ein unerwünschtes Kind gezeugt hatte? Diese Art des seelischen Beistandes nahm er nur zu gerne an, aber ein Mädchen, das ihm über den Weg gelaufen war und das in einer bösen Klemme steckte, konnte er im Stich lassen. Sie mochte gar nicht darüber nachdenken, was er ihr alles an den Kopf geworfen hatte. Und dann hatte er noch den Nerv besessen, sie zu bitten, nach diesem Mädchen Ausschau zu halten und ihr auszurichten, dass es ihm leid tue – als gäbe es in Ventnor nicht mehr als nur ein halbes Dutzend Mädchen, die in Frage kamen. So leicht konnte er es sich ja wohl nicht machen! Tess, hatte er sie genannt …

Tess?! Rachel fuhr aus dem Sessel hoch und verschüttete ihren Wein. Soeben hatte sie unten jemanden diesen Namen aussprechen hören. Tess. Von wem war da die Rede? Kannten sie dieses Mädchen? Moment – zogen sie nicht gerade Clare mit irgendetwas auf? Sie versuchte, sich die Bruchstücke der Unterhaltung in Erinnerung zu rufen, die sie mitbekommen hatte. Clare hatte erwähnt, ihr erster Name sei Tess. Das war's. Reiner Zufall. Tess war ein recht gängiger Name. Hatte Sandro sonst noch etwas über sie gesagt? Er hatte sie in der katholischen Kirche getroffen. Sie hätte seiner Hilfe bedurft. Ihr Name sei Tess. Was noch? Das sie sehr jung sei und langes, rotes Haar habe – *rossa*, hatte er es genannt!

Das war aber nun doch etwas zu viel, um es als Zufall abzutun. Sie versuchte, logisch zu denken, die Zusammenhänge herzustellen. Clare war ein junges katholisches Mädchen aus Irland, das nach England geschickt worden war, um hier ihr Kind zu bekommen. Unterwegs war sie Rose begegnet, der sie leid tat, und Rose hatte ihr eine Adresse auf der Insel gegeben, falls sie Hilfe brauchte. Einige Monate später war Clare dann tatsächlich hier aufgetaucht – krank und in ziemlich erbärmlicher Verfassung. Rachel stand auf und lief in ihrem Wohnzimmer auf und ab. Und nun kam das Unglaublichste, das Schockierendste: Sandro hatte ihr gesagt, dieses Mädchen habe ihr Kind in einer Scheune abgelegt, um es dort sterben zu lassen. Womöglich war Clare so krank gewesen, dass sie im Delirium gehandelt hatte. Aber warum sollte sie dann Sandro um Hilfe bitten und ihm eine so furchtbare Tat gestehen? Suchte sie wie er Absolution, oder wollte sie vor etwas fliehen, was sie hier auf der Insel getan hatte? Sie wusste ja nicht, wie lange Clare sich schon auf der Isle of Wight aufhielt. War sie gerade angekommen, als sie in Wraith Cove auftauchte? Rachel dachte an die vergangenen Wochen zurück. Sie konnte sich nicht erinnern, etwas davon gehört zu haben, dass man in einer Scheune ein totes Baby gefunden hatte. Das hätte garantiert in den Schlagzeilen der *County Press* gestanden.

Die jungen Leute unten wurden immer lauter. Sollte sie hinuntergehen und Clare zu einem Gespräch zu sich heraufbitten? Nein, sie konnte dem Kind unmöglich solche Fragen stellen. Das würde ihr eine derartige Angst einjagen, dass sie ihnen davonliefe. Besser war es, erst einmal alles zu überschlafen und es in Ruhe zu überdenken. Morgen früh würde sie mit Sophie darüber sprechen.

Pater Ryan stand gegen eine Mauer gelehnt am Fährterminal von Pembroke und wartete darauf, dass die Passagiere das Schiff verließen. Er hätte heute Abend nicht so viel trinken dürfen. Aber es hatte ihm in St. David's so gut gefallen; die Kathedrale hatte seine sämtlichen Erwartungen übertroffen, und er war noch zu einem Konzert geblieben – Bachs Orgelmesse. Die Klangfülle hatte ihn in eine geradezu ekstatische Stimmung versetzt. Die Kombination von Alkohol und Musik war in der Tat berauschend.

Die Passagiere, die ohne Auto unterwegs waren, begannen das Schiff zu verlassen – ein nicht enden wollender Strom von übernächtigt aussehenden Reisenden. Er musste sich Mühe geben, sie im Auge zu behalten; es war lange nach Mitternacht, und es fiel ihm schwer, sich zu konzentrieren … nach all dem Whiskey. Möglicherweise schliefen die Musiker ja auch bis zur Rückfahrt an Bord. Mit einem Male war er hellwach – da waren sie, gingen soeben an ihm vorbei. Beinahe hätte er sie verpasst, hatte sie gerade noch an den Instrumenten erkannt, die sie bei sich trugen. Rasch eilte er ihnen nach. Wie nicht anders zu erwarten gewesen war, begaben sie sich schnurstracks in eine rund um die Uhr geöffnete Bar und bestellten Drinks. Er setzte sich in ihre Nähe und ließ sich einen Whiskey einschenken, während er versuchte, sich zu erinnern, was er sie hatte fragen wollen. Ach ja, um dieses Mädchen Rose ging es. Er rückte an der Bar näher zu den Männern heran und stellte sich ihnen vor. Sie sahen ihn von oben bis unten an, erkannten ihn aber nicht wieder.

»Ich habe damals meine schwarze Soutane getragen – mein Priestergewand. Ich erinnere mich an einige Ihrer Namen. Sie sind Carl, und Sie sind Jo, nicht wahr?«

Die Männer grinsten, als hielten sie ihn für einen Narren.

»Sie schlucken ganz schön was weg für einen Geistlichen.«

»Ich habe Urlaub. Darf ich Sie zu einem Drink einladen?«

Das ließen sie sich nicht zweimal sagen. Die Männer steckten sich Zigaretten an und redeten über Dinge, die er nicht verstand. Und auch in einem Dialekt, den er nicht verstand.

»Darf ich Sie noch einmal fragen, ob Sie sich an das Mädchen namens Rose erinnern, das mit seiner Geige zu Ihnen auf die Bühne gekommen ist? Neulich wussten Sie noch, von wem die Rede war.«

»Zuerst lassen wir uns gerne noch eine Runde spendieren«, sagte einer der Musiker und strich sich sein zerzaustes Haar zurück.

Pater Ryan bestellte die Getränke und wartete, aber die Männer fuhren unbeirrt mit ihrem dummen Gewitzel fort – zum überwiegenden Teil auf seine Kosten, wie er mutmaßte. Er zog das Foto von Clare aus der Tasche. »Wissen Sie nicht mehr? Ich habe Ihnen dieses Bild von dem Mädchen gezeigt, nach dem ich suche. Sie war mit Rose zusammen, dem Mädchen, an das Sie sich erinnern können.«

»Hinter wie vielen Mädchen sind Sie denn nun eigentlich her?«, fragte einer der Männer und blies lässig den Rauch aus dem Mundwinkel.

»Hinter diesen beiden.« Pater Ryan wurde langsam unwillig. Was glaubten diese unverschämten jungen Burschen eigentlich, mit wem sie es zu tun hatten?

»Ach, hör doch auf, den armen Kerl auf die Folter zu spannen, Jo«, sagte einer. »Ja, ich erinnere mich an Rose. Die hätte ich gern mal ohne Höschen gesehen. Aber das andere Mädchen – ich weiß nicht …«

»Können Sie sich denn irgendwie daran erinnern, von wo in Irland diese Rose herstammte?«

»Sie war keine Irin. Das habe ich nie behauptet, oder? Sie war auf dem Weg zurück nach Hause.«

»Keine Irin? Und da sind Sie sich ganz sicher? Wo kam sie denn her?«

»Aus England, nicht wahr, Carl?«

»Wo in England? Die Insel ist groß.« Pater Ryan musste sich zusammennehmen, um die Ruhe zu bewahren.

»Wenn ich das wüsste. Dann würde ich ihr selber mal einen Besuch abstatten.«

»Sie erinnern sich nicht an den kleinsten Hinweis?«

»Nein! Sie hat uns gegenüber nie etwas darüber erwähnt.«

Jo leerte seinen Whiskey in einem Zug und wischte sich den Mund mit dem Handrücken ab. »Hören Sie mal, Pater, wie auch immer Sie heißen. Sie hat ein paar Stunden lang mit uns auf der Bühne gestanden, sie war sehr sexy und sprach ein gepflegtes Oberklassenenglisch. Ende der Geschichte. Und nun verkrümeln Sie sich mal wieder.«

Pater Ryan sah sich in der Bar um. Sie war fast leer, und er bekam es ein wenig mit der Angst zu tun. »Na, dann gute Nacht«, murmelte er und stolperte nach draußen. Als ihm die kalte Luft ins Gesicht schlug, wurde ihm schwindlig. Er hätte sich schon früher am Abend um eine Unterkunft bemühen sollen, bevor er so viel getrunken hatte. Jetzt war wahrscheinlich alles durch die Reisenden von der Fähre besetzt. Er versuchte, seinen Mantel zuzuknöpfen, verhaspelte sich aber dabei und musste plötzlich kichern. Wie albern das alles war! Er taumelte über einen Pflasterstein, hielt sich an einem Laternenpfahl fest, ließ sich daran hinunterrutschen und setzte sich auf die Gehwegkante.

»Was für ein blödes, beschissenes Leben!«, entfuhr es ihm laut.

22

Während der Nacht hatte Rachel immer wieder halbwach dagelegen und über Clare nachgedacht. Nun, bei Tageslicht betrachtet, kam ihr die Geschichte ziemlich weit hergeholt vor, aber sie konnte sie nicht aus ihren Gedanken verbannen. Falls es sich doch so verhielt, hatte sie es hier mit Kindstötung zu tun und durfte das nicht einfach so auf sich beruhen lassen. Sie rief Sophie an, bekam aber nur Nick an den Apparat, der ihr sagte, Sophie fühle sich nicht recht wohl und habe sich noch etwas hingelegt.

»Sieh zu, dass sie am Wochenende wieder auf dem Damm ist. Ich kann es mir nicht leisten, noch eine italienische Köchin zu verlieren.«

Also keine Sophie, mit der sie reden konnte. Sie wollte es nicht riskieren, mit Jill darüber zu sprechen. Sie würde vermutlich Clare mit Fragen löchern. Sollte sie Clare selber fragen? Aber das Mädchen schien sich jedes Mal ein wenig in sich selber zu verkriechen, wenn sie von Erwachsenen angesprochen wurde. Und wenn Rose dabei war? Zu ihr schien Clare Vertrauen zu haben.

Nachdem Aidan zur Schule unterwegs war, ging sie die Straße hinauf zur Villa. Sie hoffte, dass Jill und Ash bei der Arbeit sein würden und das Mädchen damit beschäftigt wäre, womit Hausmädchen sich eben so beschäftigten, wenn ihre Schützlinge in der Schule waren. Auf ihr Klopfen öffnete Rose. Sie schien erfreut, sie zu sehen.

»Mom ist in der Praxis, aber komm doch bitte herein und trink einen Kaffee mit uns. Clare und ich faulenzen herum. Wir sitzen noch beim Frühstück.«

Rachel setzte sich in die warme Küche, in der es stets nach Gewürzen duftete, und blickte auf die lange Veranda hinaus, die sich bis hinüber zum Wohnzimmer erstreckte. Radio One spielte, und Clare saß am Tisch und aß einen Toast. Ihr Haar war mit einem grünen Tuch zusammengebunden und hing ihr in einem Pferdeschwanz über den Rücken. Als Rachel hereinkam, blickte sie nur kurz lächelnd auf. Sie und Rose wirkten wie zwei ganz normale Teenager, die gerade viel Zeit hatten. Rachel hatte keine Ahnung, wie sie das Gespräch anfangen sollte.

Während sie ihr Kaffee einschenkte, erzählte Rose von den Fortschritten ihrer Großmutter.

»In ein paar Tagen kommt sie nach Hause. Du besuchst sie doch, nicht wahr? Sie mag gerne Menschen um sich.«

»Selbstverständlich, wenn es sie nicht zu sehr anstrengt.« Rachel fragte sich, ob Stephanie wirklich begeistert von einem nicht enden wollenden Besucherstrom sein würde. »Was habt ihr beide heute so vor?«

»Ach, nur ein bisschen herumhängen«, sagte Rose. »Wir fahren nachher nach Wraith Cove, um Clares Sachen zu holen. Sie bleibt ein bisschen bei uns. Sie sollte bei dieser Kälte auch nicht arbeiten – schließlich war sie krank.«

Rachel nickte. »Sehr umsichtig.« Sie nahm einen Schluck Kaffee. »Clare«, setzte sie an, ohne so recht zu wissen, was sie sagen wollte. Sie ließ die Worte einfach aus sich herauspurzeln. »Bist du es gewesen, die Sandros Brieftasche durch meinen Briefkastenschlitz gesteckt hat?«

Clare blickte überrascht auf. »Sandro … Angelo«, sagte sie leise.

Wiederum nickte Rachel. »Sandro Angelo.«

»Woher wissen Sie, dass ich das gewesen bin?«

»Er hat mir von dir erzählt, wie ihr euch in der Kirche begegnet seid …«

Clare warf Rose einen Blick zu und senkte den Kopf.

»Er wollte, dass ich mich bei dir bedanke«, sagte Rachel. »Und ich soll dir ausrichten, wie leid es ihm tut, dass er dir nicht geholfen hat.«

»Aber … ich habe ihm doch gesagt, mein Name wäre Tess.«

»Mit dem langen, roten Haar. Ich habe gestern Abend zufällig mitangehört, wie ihr euch im Café darüber unterhalten habt, dass du dich manchmal Tess nennst.«

Rose sah von einer zur anderen. »Was geht hier vor?«, fragte sie.

»Weiß Rose davon?«, fragte Rachel.

Clare nickte.

»Weiß sie *alles*?«, hakte Rachel behutsam nach.

Clare biss sich in die Lippe und warf Rose einen flehentlichen Blick zu.

»Ja, ich weiß alles«, sagte Rose. »Über das Baby und die Adoption.« Sie berührte Clares Arm. »Es ist schon in Ordnung«, sagte sie zu ihr. »Du hast nichts Unrechtes getan.«

Clares blasses Gesicht wurde mit einem Male puterrot. »Habe ich doch«, entfuhr es ihr. »Und ihr werdet mich beide hassen, wenn ihr es erfahrt.«

»Ganz bestimmt nicht. Ich schwöre es.« Rose sah sie erschrocken an.

Clare schob ihren Stuhl zurück und stand auf. Sie zitterte am ganzen Leibe. »Ich kann es nicht mehr länger für mich behalten.« Ihre grünen Augen waren weit aufgerissen vor Furcht. »Ich habe das Baby in einen Stall gelegt, und dort ist es gestorben.«

Rose starrte Clare ungläubig an und schüttelte den Kopf, als könne sie es dann besser begreifen. »Du hast *was* gemacht?« Sie sah erst Clare an, dann Rachel, dann wieder Clare.

Rachel saß schweigend da. Also stimmte es. Und sie hatten Clare erst gar nicht lange die Würmer aus der Nase ziehen müssen.

»Setz dich wieder hin«, sagte Rose streng und nahm Clares Hand. »Wo ist das passiert? In Irland?«

»Nein. Hier.«

»Hier? Auf der Insel? Wo genau?«

»Auf einer Farm in der Nähe des Leuchtturms.«

»Allmächtiger Himmel! Wie lange ist das her?«

»Samstag vor zwei Wochen. Am Abend meiner Ankunft.« Ihre Stimme klang hell und klar, als fiele ihr nun, da die Wahrheit heraus war, das Sprechen leichter. »Ich habe es nicht gewollt. Mir war sterbenselend. Ich habe das Baby in dem Stall abgelegt und bin zu den Wohnwagen gelaufen, um Hilfe zu holen.« Ihre Augen wanderten unstet durch den Raum, als sehe sie die Ereignisse jenes Abends lebhaft vor sich. »Du warst nicht da, Rose. Und dann bin ich zusammengeklappt. Als ich wieder zu mir kam, war es immer noch dunkel. Ich bin sofort zurück, um das Baby zu holen. Da lag es unter dem Stroh auf dem Boden.« Vor lauter Entsetzen weiteten sich ihre Augen noch mehr. »Ich habe es berührt. Es war kalt und steif.«

Rose fuhr sich mit der Hand an den Mund. Alle drei schwiegen betreten.

Rose war die Erste, die die Sprache wiederfand. »Was sollen wir jetzt tun?«, fragte sie Rachel.

Rachel versuchte, ein Schaudern zu unterdrücken, das ihren ganzen Körper durchfuhr. Sie musste jetzt die Ruhe bewahren; sie war hier die Erwachsene. Die Mädchen sahen sie an, als erwarteten sie von ihr, dass sie eine Entscheidung träfe.

»Das muss die Rocken Edge Farm gewesen sein«, sagte sie.

»Das stimmt! Ich habe den Namen auf einem Schild gelesen«, bestätigte Clare.

Rachel erhob sich. »Ich fahre hin«, erklärte sie. »Ich kenne Fran. Ich werde sie nicht direkt darauf ansprechen, nur versuchen, etwas herauszufinden.« Sie sah die beiden Mädchen an, die sich aneinanderklammerten. »Versprecht mir, dass ihr hierbleibt. Sagt kein Wort zu irgendjemandem. Ich bin so rasch wie möglich wieder da.«

Sie lief die Straße hinunter, um ihren Wagen zu holen. Dann fuhr sie so schnell sie es wagte den Undercliff Drive entlang und die St. Catherine's Road zum Leuchtturm hinunter. Ihr Wagen wurde auf der holperigen Zufahrt zur Rocken Edge Farm tüchtig durchgeschüttelt. Sie war seit Ewigkeiten nicht mehr hier gewesen; meistens unterhielten sie und Fran sich im *Buddle Inn*. Frans Farm lag so weit ab vom Schuss; sie hatte es schön hier, lebte aber auch völlig isoliert. Sie selber hätte da nicht leben mögen, vor allem nicht im Winter. Frans Land Rover parkte in dem mit Kopfsteinen gepflasterten Hof. Alles lag in tiefer Stille da. Sie hätte erwartet, dass Fran sich im Hof um ihre Tiere kümmerte – ihren Hund wie üblich dabei. Rachel stieg aus dem Wagen und klopfte an der Küchentür. Zu ihrer Überraschung öffnete ihr Blackgang Ted.

»Rachel?« Er wirkte nicht sehr erbaut über ihren Anblick. »Was treibt dich denn her?«

»Ich wollte nur kurz einmal hallo sagen – und hören, wie euch das Essen am Samstag geschmeckt hat.«

»Ach, wir – wir haben es richtig genossen. Schönen Dank auch.« Er hielt die Tür nur einen Spalt breit offen und machte keinerlei Anstalten, sie hereinzubitten.

»Kalter Wind«, bemerkte Rachel. »Ist Fran auch da?«

»Sie … sie hat zu tun. Hat Besuch.«

»Aber natürlich. Das habe ich ja ganz vergessen – ihre Familie aus Australien. Ihr habt das Kind ja mitgehabt, als …« Sie brach mitten im Satz ab. O mein Gott, das konnte nicht sein, dachte sie.

Ted blickte derart besorgt drein, dass Rachel das Gefühl

hatte, sie müsse ihm aus seiner Verlegenheit helfen. Sie holte tief Luft und lächelte ihm zu. Ganz ruhig, sagte sie sich – das konnte immer noch alles ein Zufall sein. »Wo wir gerade von kleinen Kindern sprechen, Ted – ich wollte Fran fragen, ob sie hier jemanden mit einem Baby hat herumspazieren sehen.«

Ted seufzte, nahm die Mütze ab, kratzte sich am Kopf und setzte die Mütze wieder auf. Rachel wartete. Ted warf über die Schulter einen Blick in die Küche. »Da fragst du sie wohl lieber selber«, sagte er und machte ihr endlich die Tür auf.

Rachel trat ein. Fran saß mit einem sehr kleinen Baby am Küchentisch und gab ihm die Flasche.

»Hallo, Fran.« Fran reagierte nicht. Rachel trat zu ihr heran und sah auf das nuckelnde Kind hinunter. »Zauberhaft«, sagte sie. »Wessen Baby, sagtest du, ist das noch einmal? Ich kann mich nicht mehr genau erinnern.«

Fran blieb ihr immer noch eine Antwort schuldig. Stattdessen begann sie, das Baby zärtlich im Arm zu wiegen. »Schon gut, Sam«, flüsterte sie.

»Fran«, meldete sich Ted zu Wort. »Rachel hat dir eine Frage gestellt.« Er schob Rachel einen Stuhl hin.

»Er ist mein Baby«, sagte Fran widerwillig. »Seine Mutter hat ihn nicht gewollt und hat ihn bei mir gelassen.«

Rachel sah Ted an. Er nickte.

»Fran! Ich weiß, wer seine Mutter ist«, sagte sie leise.

Zum ersten Mal sah Fran sie an. Ihr Gesicht war von Gram zerfurcht. »Oh nein«, flüsterte sie. »Bitte nimm ihn mir nicht weg.«

»Es wäre das Beste«, sagte Ted.

»Nein, für *ihn* wäre es nicht das Beste«, knurrte Fran. »Wie konnte sie ihn nur so liegen lassen? Er hätte leicht sterben können. Sie schert sich einen Dreck um ihn.«

»Fran.« Rachel beugte sich zu ihr vor. »Sie ist noch ein ganz junges Mädchen.«

»Sie muss grausam, abgrundtief böse sein.«

»Nein. Traumatisiert und nicht böse. Und sie hält das Kind für tot.«

»Dann lass sie das doch weiter glauben.« Frans Stimme hatte sich in ein Wimmern verwandelt. Sie tat Rachel unendlich leid.

»Das ist wohl kaum möglich, Fran, oder?«

»Woher willst du denn wissen, dass sie seine Mutter ist? Kann doch sein, dass sie das nur erfunden hat.«

»Dazu hat sie keinen Grund.« Rachel stand auf. »Ich halte es für das Beste, sie herzubringen. Ich werde ihr nichts sagen. Dann kannst du sie selber fragen, wo sie ihn hingelegt hat.«

Ted begleitete Rachel nach draußen. »Bleibst du bei Fran?«, fragte sie ihn.

»Ich bin ihr kaum von der Seite gewichen, seit ich es weiß. Und sei es nur, um mich um die Tiere zu kümmern.« Er hielt Rachel am Arm fest. »Sie ist so liebevoll zu dem Zwerg gewesen, wie man nur sein kann«, fügte er hinzu.

Rachel konnte in seinen Augen Tränen schimmern sehen. »Das habe ich sehr wohl bemerkt. Sag niemandem etwas, Ted. Nicht, bevor wir alle Fakten kennen. Und dann müssen wir – wir alle zusammen – entscheiden, was zu tun ist.«

Sie setzte sich in ihren Wagen und fuhr davon.

»Gott sei Dank, Gott sei Dank, Gott sei Dank«, sagte sie auf dem Rückweg nach Ventnor immer wieder vor sich hin. Das Kind lebte – und es schien ihm prächtig zu gehen, so wie es aussah. Wenn man sich vorstellte, dass Fran den Kleinen am Samstag mit im Restaurant gehabt hatte, während Clare sich ein paar Meter weiter in der Küche aufhielt. Sie musste grinsen. Wenn Clare ihr Kind erkannt hätte, wäre es wirklich ein Abend geworden, den sie nicht so schnell hätte vergessen können – erst Roses dramatischer Auftritt, dann Sandros Erscheinen – und dann *das*. Aber wieso hatte Clare ihr Baby eigentlich für tot gehalten – sie musste in all ihrer Verzweiflung halluziniert haben. Oder war da etwa noch ein Dritter im Spiel gewesen? Sie konnte unter Drogen gesetzt oder sonst wie zu etwas genötigt worden sein. Sie musste sich Klarheit verschaffen. Jetzt war sie eine Mitverschworene, und sie wollte diesen Menschen helfen, ohne sie in Schwierigkeiten zu bringen – falls das überhaupt noch möglich war.

»Sie kommt bestimmt mit der Polizei zurück, nicht wahr?« Fran hielt Sam dicht an sich gedrückt und wiegte ihn zärtlich in ihren Armen.

»Nein, das glaube ich nicht.« Ted klopfte ihr auf die Schulter. »Das glaube ich *wirklich* nicht. Dafür ist Rachel viel zu gutmütig. Sie hat uns gesagt, dass sie das Mädchen herbringt, und genau das wird sie tun.«

Fran hatte das Gefühl, als hätte ihr Alter sie plötzlich eingeholt. Ihr Rücken schmerzte, und sie fühlte sich so schwach, dass sie sich fragte, ob sie überhaupt in der Lage sein würde aufzustehen. Sie wollte sich das Gesicht und die Hände waschen, sich das Haar bürsten und wie eine starke Frau wirken, die wusste, was sie tat. Sie wollte diesem verantwortungslosen Gör zeigen, wie gut sie sich um ihr Baby zu kümmern wusste.

»Schnell«, sagte sie zu Ted. »Räum die Küche auf. Ich wechsle Sam die Windel und mache mich ein wenig zurecht.«

»Sam hat gerade die Windel gewechselt bekommen, und du siehst gut aus.«

Fran sah ihn flehend an. »Es *muss* doch etwas geben, was wir tun können«, wimmerte sie. »Feg den Boden. Ist es warm genug hier drin?«

»Hör auf. Dieses Mädchen wird wie versteinert sein. Rachel hat doch gesagt, dass sie in dem Glauben lebt, sie hätte ihr Kind dem Sterben überlassen. Sie wird sich viel mehr Sorgen darüber machen, was *wir* von ihr denken und ob wir die Polizei holen werden. Denkst du, da stört sie sich an ein bisschen Staub?«

Frans Herz klopfte so heftig, dass sie sich fragte, ob Sam es spüren konnte. Er wiederum sah sie an und lächelte.

Clare und Rose saßen immer noch am Tisch, als Rachel in die Villa zurückkam. Clare hatte inzwischen versucht, Rose zu erklären, was sich in jener Nacht genau abgespielt hatte, aber ihre Geschichte war zunehmend verworrener geworden – drei Mal war sie zu dem Stall gegangen, ihr war schlecht gewesen, sie war verzweifelt, und irgendwann hatte sie alles nur noch wie durch einen Schleier hindurch gesehen.

»Von mir erfährt kein Mensch ein Wort«, sagte Rachel. »Und du hältst dich auch zurück, Clare. Es muss alles überzeugend klingen. Am besten gehst du jeden deiner Schritte an diesem Abend im Geiste noch einmal durch. Dann stellt sich die Erinnerung fast wie von selber nach und nach wieder ein.«

Clare merkte, wie ihre Beine bebten, als sie aufstand. »Kann Rose mitkommen?« Sie würde es eher durchstehen, wenn Rose bei ihr war.

»Meinetwegen, wenn sie verspricht, den Mund zu halten. Hast du verstanden, Rose? Es ist wirklich wichtig, dass Clare uns genau zeigt, wie es gewesen ist.«

»Verstanden«, sagte Rose.

Sie gingen die Straße hinunter und standen an der Uferpromenade. Clare blickte die Straße hinauf und hinunter.

»Ich bin von da gekommen, von der Bushaltestelle, weil ich dachte, dass es hier zum Leuchtturm geht«, berichtete sie. »Es war Nachmittag, kalt und kein Mensch unterwegs. Da bin ich vor deinem Café stehen geblieben, Rachel, aber es war geschlossen. Mich fror, und ich hatte Hunger. Ich bin wieder rauf in die Stadt gegangen und habe jemanden nach dem Weg zum Leuchtturm gefragt. Dann habe ich einen anderen Bus genommen. Der Fahrer hat mich vor einem Pub abgesetzt.«

»Okay, dann machen wir uns mal auf den Weg. Mein Wagen steht da drüben. Du sitzt vorne bei mir, Clare.«

Während der Fahrt schwieg Rachel. Clare erinnerte sich an die Busfahrt und wie todmüde sie gewesen war. Rachel stoppte den Wagen vor dem *Buddle Inn*. »War es hier?«, fragte sie sie.

»Ja.« Clare zeigte geradeaus. »Ich bin da runtergegangen, zum Leuchtturm. Zwischen den Bäumen hindurch konnte ich die Wohnwagen sehen. Ich war so froh. Aber mein Baby musste gestillt werden; es machte so komische Geräusche, also habe ich mich irgendwo hinsetztten wollen.«

»Okay.« Rachel fuhr so nahe an den Leuchtturm heran wie möglich. »Von hier gehen wir zu Fuß weiter«, sagte sie. Sie verließen den Wagen und marschierten den Abhang hinunter, der zu den Feldern führte. Rose nahm Clare bei der Hand.

»Das machst du sehr gut«, sagte sie.

Ermutigt zeigte Clare nach vorn. »Ich bin den Weg da runter.«

»Gut. Geh voraus, wir folgen dir«, sagte Rachel.

Clare schritt langsam voran, Hand in Hand mit Rose. Rachel folgte ihnen schweigend.

Clare konnte es sich kaum vorstellen, diesen Weg ganz alleine an einem kalten Januarabend zurückgelegt zu haben – so elend, wie sie sich gefühlt hatte, und dann noch mit ihrem schweren Rucksack und dem Baby vor der Brust. Sie zeigte noch einmal geradeaus.

»Ich habe diesen großen Stein gesehen und gedacht, ich könnte mich da vom Wind geschützt hinsetzen und den Kleinen füttern. Also bin ich den Weg hier runter und stand plötzlich vor dem Schild.« Sie waren am Gatter der Rocken Edge Farm angelangt. »Zuerst dachte ich, dass es da gar nicht weitergeht, aber dann habe ich ein paar Gebäude gesehen.« Sie gingen unter den windgepeitschten Bäumen hindurch und kamen in den Hof. Clare sah sich um. »Die Tauben da sind aufgeflogen, aber sonst war alles still, keine Hunde bellten, niemand war da. Ich hielt die Farm für verlassen.«

Als sie sah, wie sie sich erschrocken mit der Hand an den Mund fuhr, trat Rose einen Schritt auf sie zu, aber Rachel schüttelte den Kopf. »Ich bin da in den Stall gegangen.« Sie wollte ihn nicht noch einmal betreten. Schon fühlte sie, wie sich die Würmer in ihr tummelten.

»Schon recht, Clare«, beruhigte Rachel sie. »Das machst du wirklich toll. Warte einen Moment hier.«

Rachel ging zum Haus und trat ein. Clare konnte hören, wie sie drinnen mit jemandem sprach. Mit einem Polizisten? Hatte man ihr eine Falle gestellt? Sie sah Rose an, aber auch die zuckte nur ratlos mit den Schultern. In der Tür erschien eine grauhaarige Frau an Rachels Seite. Wahrscheinlich eine Beamtin in Zivil oder eine Sozialarbeiterin.

»Clare, das ist Fran«, sagte Rachel. »Sie wohnt hier. Möchtest du uns jetzt die Stelle zeigen, an der du das Baby zurückgelassen hast?«

Clare ging langsam auf den Stall zu und öffnete das Tor. Rachel und die Frau, die Rachel Fran genannt hatte, traten hinter ihr ein. Rose blieb im Tor stehen.

»Ich habe mich unter das Fenster da gesetzt, um ihn zu füttern«, erzählte Clare mit bebender Stimme. »Ich fühlte mich nicht wohl, also habe ich ihn auf die Strohballen gelegt. Es sind jetzt nicht mehr so viele da. Drüben in der Ecke war ein Tier – ein Schaf, glaube ich. Ich musste nach draußen laufen, um Luft zu schnappen, weil ich dachte, ich werde ohnmächtig. Mir war so schlecht. Irgendwie habe ich es zu den Wohnwagen geschafft. Ich wollte doch zu Rose. Dann muss ich umgekippt sein und bin erst früh am nächsten Morgen wieder zu mir gekommen. Da fiel mir dann ein, dass er noch im Stall lag. Ich bin also so schnell wie möglich wieder zurück. Aber er war nicht mehr da! Ich habe überall gesucht und ihn schließlich … gefunden.« Nun sah sie wieder alles vor sich. Es war grauenvoll. Ihre Lippen begannen zu zittern, und ihr versagte fast die Stimme. »Er war da unter dem Stroh.« Sie zeigte auf die bewusste Stelle. »Ich habe ihn befühlt – er war schrecklich kalt und steif. Da bin ich davongerannt.« Es war schauderhaft, diesen Leuten erzählen zu müssen, was sie getan hatte. Das Würgen im Hals und das Schwindelgefühl jener Nacht stellten sich wieder ein, und sie spürte sogar ein Pochen in ihren Brüsten. Ihre Knie gaben unter ihr nach, und sie sank schluchzend auf das Stroh. Mit tränenüberströmten Augen blickte sie in die Gesichter um sie herum.

Die Frau aus dem Farmhaus wirkte betroffen. »Aber das war doch …«

»Fran!«, fuhr Rachel ihr dazwischen. »Gehen wir ins Haus.« Sie half Clare hoch und legte ihr den Arm um die

Schultern. »Schon gut. Komm jetzt, sei ein tapferes Mädchen. Wir haben es gleich geschafft.« Sie geleitete sie über den Hof und in eine warme, altmodisch eingerichtete Küche, wo sie sie auf einen Stuhl setzte. Rose war kreidebleich geworden. Was musste sie von ihr halten? Als Freundin wollte sie sie jetzt bestimmt nicht mehr.

»So, nun haben wir Clares Geschichte gehört«, sagte Rachel. »Wie steht's mit dir, Fran? War das die Stelle, an der du das Baby gefunden hast?«

»Im Stall, ja. Aber nicht da, wo *sie* gesagt hat.«

»Aber bist du denn jetzt überzeugt, dass sie die Wahrheit sagt und dass sie die Mutter ist?«

Fran nickte.

»Dann erzählst du jetzt wohl besser Clare *deine* Geschichte, nicht wahr?«

Fran räusperte sich. Sie sprach mit Rachel und hielt Clare dabei den Rücken zugekehrt, als wolle sie sie nicht ansehen. »Ich habe das Baby im Stall gefunden. Nun, eigentlich eher Cinders, meine Hündin.«

»War das Ihr Hund … der mein Kind getötet hat?« Clare wollte die Antwort nicht hören, aber sie musste es einfach wissen.

»Mein Hund, ja. Meine Cinders hat ihm aber das Leben gerettet.«

»Wie … wie meinen Sie das?«

»Kann mir nicht vorstellen, wie jemand so dämlich sein kann, ein totes Lamm mit einem Baby zu verwechseln.«

Clare starrte die Frau verständnislos an. »Aber ich habe es doch gefühlt … die Wolle … seine Sachen.« Sie erinnerte sich noch genau an das glasige Auge.

»Ja, Wolle. Das haben Lämmer so an sich«, kommentierte die Frau.

»Ein Lamm? Jetzt verstehe ich gar nichts mehr.« Sie sah Rose an. Aber auch sie schien es nicht zu begreifen.

Rachel verließ die Küche. Wohin wollte sie? Clare hörte durch die geöffnete Tür hindurch ihre Stimme. War jemand die ganze Zeit da draußen gewesen und hatte sich ihr Geständnis mit angehört?

Rachel kehrte, gefolgt von einem Mann, zurück. Er trug etwas im Arm und kam damit auf Clare zu.

»Ich glaube, der Zwerg hier gehört Ihnen«, sagte er.

Sie sprang von ihrem Stuhl hoch. »Wollen Sie sich alle über mich lustig machen?«, schrie sie.

»Oh mein Gott«, sagte Rose. »Clare, Clare. Kapierst du es denn nicht? Das ist dein Baby! Es ist nicht tot. Unglaublich. Einfach unglaublich.«

Clare blickte in die Runde. Rachel lächelte. Rose machte Freudensprünge. Die Farm-Frau weinte. Der Mann sah aus, als wisse er nicht recht, was er tun sollte.

»Möchtest du ihn mal nehmen?«, fragte er.

»Ich … ich weiß nicht.«

»Sie muss sich erst einmal an den Gedanken gewöhnen«, sagte Rachel. »Das ist ein ziemlicher Schock für sie.«

Der Mann gab das Baby der Frau namens Fran. »Du wirst schon wissen, was du zu tun hast«, sagte er missmutig.

Die Frau setzte sich hin und wiegte den Kleinen. Clare sah ihr dabei aus gehörigem Abstand zu und spürte ein Prickeln in ihren Brüsten. Ihr Baby sah so anders aus. Wie konnte es sich in der kurzen Zeit so verändert haben? Sie trat einen Schritt näher heran. Seine Haut wirkte rosig und glatt; sein Haar schimmerte rötlich. Er steckte in einem hübschen blauen Strampelanzug mit Teddybären darauf.

Sie wagte sich noch einen Schritt näher. »Sind Sie sich sicher … dass er es ist?«

»Ich habe keine große Auswahl an Babys in meinem Stall«, sagte die Frau gereizt. »Dies hier trug rosa Wollsachen und war in ein rosa Deckchen eingewickelt, als ich es fand. Klingelt's da bei Ihnen?«

Clare nickte. »Die Mutter hat sie gestrickt«, flüsterte sie.

»Ihre Mutter?«

»Nein. Die Mutter Oberin. Im Konvent.«

Das schien die Frau nicht zu begreifen. »Hatte sie denn keine blaue Wolle?«

»Sie … sie wollte, dass er ein Mädchen wird.«

»Dass er ein Mädchen wird? War die noch recht bei Sinnen? Wie haben Sie ihn denn genannt?«

»Gar nicht. Die Oberin hat ihm einen Namen gegeben – einen Mädchennamen. Aber den wollte sie mir nicht verraten.«

»Sie wollte ihn Ihnen nicht verraten? Einen Mädchennamen? Gott steh uns bei. Na, wir haben ihn Sam getauft.«

Clare nickte nur. Sie wusste nicht, was sie sagen sollte. Die Frau schien höchst verärgert. Mit einem Male brach Clare in Tränen aus. »Ich sollte ihn gar nicht behalten dürfen«, weinte sie. »Er sollte adoptiert werden.«

»Und da haben Sie ihn mit sich in der Gegend herumgeschleppt? Er war in einer jämmerlichen Verfassung!«, schrie die Frau sie an. Sie war krebsrot im Gesicht geworden, und ihre Augen funkelten wütend.

»Die Mutter Oberin hat gesagt, ich müsse ihn säugen. Sie hat gesagt, er würde sterben, wenn ich es nicht tue, und dann würde ich in die Hölle kommen. Ich bin weggelaufen, weil … weil die Mutter Oberin den Verstand verlor. Sie hat nämlich in einer Kammer eine tote Nonne aufbewahrt, und …«

»Dann waren Sie es also, die am Montag meinen Stall verwüstet hat? Was haben Sie sich davon versprochen? Glaubten Sie, er wäre immer noch da und wartete froh und munter darauf, dass jemand ihn füttern käme?«

»Nein! Ich habe nach etwas gesucht, um damit ein Grab …«

»Oh mein Gott!«, rief Rose. »Lasst sie doch endlich in Ruhe!« Sie schlang die Arme um Clare. »Ich glaube, wir müssen jetzt nach Hause.«

Clare sah in die schockierten Gesichter. Was hatte sie gesagt? Glaubten sie ihr nicht?

»Gute Idee«, sagte Rachel. Sie nahm Clares Gesicht in ihre Hände. »Sieh mal, Clare. Ich möchte, dass du mir vertraust. Fürs Erste ist dein Junge hier am besten aufgehoben. Du kannst im Augenblick nicht für ihn sorgen – du brauchst erst Hilfe, um über all das hinwegzukommen. Ist es dir recht, wenn wir ihn hier bei Fran lassen?«

Clare verstand überhaupt nicht, wovon die Rede war. Zu viele Fragen stürmten auf sie ein. Und sie hatte keinen blassen Schimmer, wem sie vertrauen sollte. Sie sah Rachel an, dann Rose. Sie glaubte nicht, dass sie sie anlügen würden. Aber diese Fran schien außer sich. »Wird … wird sie ihn in ein Heim geben?«

»Auf gar keinen Fall«, sagte Rose.

»Dies hier ist sein Heim«, sagte Fran. »Er geht nirgendwo hin.«

Pater Ryan hatte die Nacht im Gefängnis verbracht, obwohl er nicht ganz begriff, wieso. Er erinnerte sich nur, am Kantstein gesessen und den Passanten zugerufen zu haben, in was für einem elenden Zustand die Welt sei. Andere Menschen stellten doch bestimmt viel schlimmere Dinge an. Wenn er dasselbe in seiner Soutane und von einer Kanzel herunter predigen würde, wäre sein Publikum tief ergriffen.

Es war erniedrigend gewesen. Er hatte sich auf den Fußboden seiner kalten Zelle erbrochen, und niemand war gekommen, um es aufzuwischen. Die Beamten hatten ihn zunächst nur ungläubig angesehen, als sie seine Personalien aufnahmen und er darauf bestand, ein katholischer Priester zu sein. *Aber gewiss doch. Und ich bin der Papst*, hatte einer von ihnen gelästert. Doch man hatte ihn nicht einmal mit mehr Respekt behandelt, nachdem man seine Papiere überprüft und festgestellt hatte, dass er die Wahrheit sagte. *Wir lassen Sie diesmal noch mit einer Verwarnung davonkommen*, hatte der Sergeant gesagt. *An Ihrer Stelle würde ich die Fähre nach Irland nehmen, und zwar die nächste, die Sie kriegen können – und dann dort bleiben.*

Danach hatte man ihn in den kalten Morgen hinausgeschickt. Er war zu der Stelle gegangen, an der sein Wagen stand, und hatte am Vorderrad eine Parkkralle vorgefunden. Er musste eine Telefonzelle suchen und dann eine Stange Geld berappen, um den Wagen wieder freizubekommen. Notgedrungen würde er seinen Whiskeykonsum für den Rest des Tages rationieren müssen. Er fuhr zum Terminal und kaufte sich ein Ticket für die nächste Überfahrt. Es hatte keinen Zweck, noch länger hierzubleiben. Er hatte Clare nicht gefunden, und selbst die Spur des Mädchens Rose war in einer Sackgasse geendet.

Aber zumindest hatte er während seiner Nacht im Gefängnis Zeit zum Nachdenken gehabt. Clare hatte Schwester Benedicta gesagt, sie würde sich auf die Suche nach ihrer Freundin Rose begeben, und von den Musikern hatte er erfahren, dass Rose aus England stammte und auf dem Heimweg dorthin war. Da mochte die Nonne etwas durcheinanderbekommen haben – was wohl darauf zurückzuführen sein dürfte, dass sie ohnehin nicht mehr ganz richtig im Kopf gewesen war. Pater Ryan grinste in sich hinein. So weit, so gut. Wenn er endlich wieder auf irischem Boden stand, konnte er sich seinen nächsten Schritt überlegen.

Von England und Wales, zwei alles andere als gastfreundlichen Ländern voller rüder, ungefälliger Menschen, hatte er sowieso die Nase voll.

Rachel hatte Rose und Clare mit zu sich in ihre Wohnung genommen und ihnen Käsetoast gemacht. Rose war ganz aus dem Häuschen wegen des Babys und versuchte mit aller Macht, Clare aufzumuntern.

»Ich bin ja so erleichtert«, sagte sie immer wieder. »Es muss abscheulich für dich gewesen sein, zu glauben, er wäre tot. Oh Gott … du hast die toten Lämmer befühlt … wie grausam. Und dabei war er die ganze Zeit sicher behütet auf der Farm. Ist es denn zu glauben!«

»Trotzdem hätte Fran ihn nicht behalten dürfen«, gemahnte sie Rachel. Stillschweigend stimmte sie Rose zwar zu; aber man musste es trotzdem vom Standpunkt eines abgeklärten Erwachsenen aus betrachten. »Sie hatte kein Recht dazu. Sie wusste ja nichts von den Umständen, unter denen er in ihren Stall gekommen war. Seine Mutter hätte auch vom Kliff gestürzt sein können. Oder das Kind könnte entführt worden sein.«

»Ich weiß, ich weiß«, wiegelte Rose mit einer wegwerfenden Handbewegung ab. »Aber die Hauptsache ist doch, dass am Ende alles gut ausgegangen ist. Die Behörden brauchen wir jetzt ja wohl nicht mehr einzuschalten, oder?«

»Nun ja …«

Clare blickte ängstlich auf. »Muss das sein?«

»Möglicherweise nicht. Aber Clare – was ist mit deinen Angehörigen? Deinen Eltern? Du bist noch minderjährig.

Wir haben da eine gewisse Verantwortung. Wer weiß alles, wo du steckst?«

»Niemand. Ich bin auf und davon.«

»Aus dem Konvent? Wird man nicht nach dir suchen lassen?«

»Höchstens die Mutter Oberin. Aber das glaube ich kaum – sie war doch halb wahnsinnig. Und die übrigen Nonnen haben mich nie zu Gesicht bekommen. Eine davon war ja schon tot.«

Rachel gefiel dieses dauernde Gerede von der toten Nonne nicht. Bildete sich Clare das ein? Es hörte sich an, als hätte sie Albträume durchgemacht. »Clare, warum erzählst du uns nicht alles von Anfang an? Wer hat dich zu diesem Konvent in England geschickt?«

»Pater Ryan.«

»Euer Dorfpriester?«

»Die Nonne war seine Kusine – eine Klarissin. Meine Mutter hält große Stücke auf die. Er sagte, ihr Name wäre Schwester Bridget, aber da muss ich mich verhört haben, denn sie hieß Schwester Benedicta. Aber sie wollte, dass ich sie Mutter nenne. Sie wollte eine Pflegefamilie für mich besorgen, bis das Baby adoptiert war. Aber als ich bei Schwester Benedicta ankam – zuerst bin ich zur falschen Adresse gegangen –, zwang sie mich, bei ihr zu bleiben.«

Rachel kam schon jetzt nicht mehr mit. »Aber wo wolltest du denn das Baby zur Welt bringen?«

»Keine Ahnung.«

»Du bist also bei der Nonne im Konvent geblieben. Ist denn kein Arzt und keine Hebamme gekommen?«

»Nein, da war nur die Mutter Oberin.«

»Und die Geburt … lief da alles gut?«

»Es hat Ewigkeiten gedauert, und es hat furchtbar wehgetan.« Clares Augen füllten sich mit Tränen. »Die Mutter Oberin war wütend, weil es so lange gedauert hat. Sie hat mir immer wieder gesagt, ich solle pressen. Ich wusste nicht, was sie damit meinte. Ich habe mit den Händen auf meinen Bauch gedrückt, aber sie sagte, dass ich mich dumm anstelle, und hat mich dauernd ins Gesicht geschlagen.«

Rachel bekam einen dicken Kloß im Hals. Dieses arme, arme Kind. Was um alles in der Welt hatte man ihr angetan? Sie musste heftig schlucken, um weitersprechen zu können.

»Gab es irgendwelche Komplikationen?«

»Ich glaube nicht. Außer –«

»Außer was?«

»Die Mutter Oberin wollte, dass es ein Mädchen würde. Zuerst war sie sehr aufgebracht. Sie schrie herum, hat ihn mir in den Arm geworfen und ist weggerannt. Später kam sie dann wieder und bestand darauf, dass das Baby ein Mädchen wäre. Ich wusste, dass das nicht stimmte, aber ich musste so tun, als ob.«

»Himmel!«, entfuhr es Rose. »So eine irre alte Ziege!«

»Und ihr beide seid die ganze Zeit nur zu zweit gewesen?«

Clare nickte. »Ich habe nach einem Priester verlangt, aber sie hat mich ständig vertröstet.«

»Und du hattest keinen Kontakt mit deinen Eltern, mit deiner Mutter, mit deinem eigenen Priester?«

Clare schüttelte den Kopf.

»Wann hast du zuletzt mit deiner Mutter gesprochen?«

»Mit Mam? Nicht mehr, seit ich Irland verlassen habe. Pater Ryan meinte, es wäre so das Beste. Er sagte, er würde sie über mich auf dem Laufenden halten.«

»Und ist er dich besuchen gekommen?«

Clare wandte den Blick ab und schüttelte wieder den Kopf.

Rachel lehnte sich in ihrem Stuhl zurück. Das kam ihr alles spanisch vor. Es hörte sich an wie aus einem Schauerroman aus früheren Zeiten. Harte Zeiten in Irland.

Rose kratzte sich am Kopf. »Warum hat man dich so schlecht behandelt? Es klingt, als hätte man dich für etwas bestrafen wollen.« Sie spielte mit einem Löffel. »Bist du vergewaltigt worden?«

Clare fing an, wie wild an ihren Fingernägeln zu kauen. »Nein.«

»War es dein Vater?«

Clares Kopf schoss hoch. »Pater Ryan?«

»Nein, ich meinte …« Rose starrte Clare an. »Oh mein Gott! War er es? Dein Beichtvater?«

Clare ließ von ihren Nägeln ab und senkte den Kopf. Rachel fühlte, wie sich ihr die Haare sträubten. Rose stellte unmögliche Fragen. Sie hatte es unterbinden wollen, aber Rose hatte tatsächlich den Nagel auf den Kopf getroffen.

»Ist das wahr, Clare?«, fragte Rachel.

»Es war meine Schuld«, wisperte Clare.

»Oh nein, das war es ganz bestimmt nicht!«, widersprach ihr Rose.

»Ihr versteht das nicht«, wimmerte Clare. »Ich habe ihn in Versuchung geführt. Ich wollte von ihm geliebt werden.«

»Es ist mir scheißegal, ob du dich auf dem Altar nackt ausgezogen und dich ihm bettelnd hingegeben hast. ES WAR NICHT DEINE SCHULD!«, brüllte Rose.

Clare sah Rose verblüfft an.

Rachel war nur kurz sprachlos. »Rose hat absolut recht«, sagte sie schließlich. »Du warst ein unmündiges junges Mädchen. Er war der Erwachsene. Dir kann man keinen Vorwurf machen.« Sie ergriff Clares Arm und schüttelte ihn ein wenig, damit sie sie ansah. »Ein Beichtvater muss jemand sein, dem man unbedingt vertrauen darf. Wie alt warst du, als das alles angefangen hat?«

»Ich weiß es nicht mehr. Ich war noch ein kleines Mädchen. Er hat meine Brust für den Schulchor ausgemessen. Mam hat gesagt, ich soll tun, was er von mir verlangt.«

»Mein Gott!« Rose schlug mit der Faust auf den Tisch. »Hat er dir kleine Geschenke gemacht und dir Geheimnisse verraten, damit du das Gefühl hattest, *sein ganz spezielles kleines Mädchen* zu sein?«

»Rose.« Rachel hielt die Hand hoch. »Übertreib's nicht.«

Clare blickte schon wieder erstaunt drein. »Woher weißt du das? Kennst du ihn?«

Rose holte tief Luft. »Schätzchen, so machen es die Pädophilen.«

Clare wirkte verstört. »Nein. Er war keiner von diesen schlechten Männern. Er war immer gut zu mir – wie ein Vater. Er wusste, dass mein Daddy uns verlassen hat …«

»Darauf wette ich. War er auch noch nett zu dir, nachdem er wusste, dass du schwanger warst?«

Clares Augen schwammen in Tränen. »Nein, da ist er wütend geworden.«

»Hat er dir das Gefühl gegeben, dass es deine Schuld war?«, fragte Rachel.

»So steht es doch in der Bibel.«

»Da steht auch noch allerhand anderer Mist drin«, sagte Rose.

Clares Kopf sackte nach vorn. Sie wirkte völlig entkräftet.

»Liebes, ich glaube, du hast für heute genug durchgemacht«, sagte Rachel. »Möchtest du hier bei mir bleiben oder mit zu Rose nach Hause?«

»Ich lasse sie nicht mehr aus den Augen.« Rose lächelte gequält und legte Clare die Hand auf den Kopf. »Für dich gibt's jetzt erst einmal ein langes, heißes Bad, und dann gehst du zeitig ins Bett, mein Mädchen.«

Rachel sah ihnen vom Fenster aus nach, wie sie langsam Arm in Arm die Promenade entlanggingen und in die Gasse einbogen, die hinauf zur Villa von Roses Eltern führte. Was für ein Glück, dass Rose da war, dachte Rachel. Ohne sie wäre Clare nie aus sich herausgekommen. Welch ein Schlamassel! Irgendwas musste unternommen werden, irgendwie mussten die Behörden eingeschaltet werden. Das war schließlich Kindesmissbrauch. Ein Fall für die Gerichte. Und für Clares Mutter.

Sie holte ein paar Mal tief Luft und sah auf die Uhr. Sie hatte das Gefühl, ein ganzer Tag voller Adrenalinstöße läge hinter ihr, während derer sie sich ständig bemüht hatte, klaren Kopf zu behalten und die Ruhe zu bewahren. Es gab noch so viel für das Wochenende vorzubereiten. Aidan würde bald hungrig aus der Schule zurückkommen. Und dann würden sich Sophie und Kyp zu einer weiteren Kochstunde einstellen. Doch im Vergleich dazu, was heute ans Tageslicht gekommen war, erschien ihr das alles nur halb so wichtig.

Sie ging nach unten und setzte sich in der Abgeschiedenheit ihres Cafés an einen Tisch. Sie dachte daran, wie sie am vergangenen Sonntag geweint hatte, nachdem Sandro fort war. Gut, dass sie es sich nicht in letzter Minute noch anders überlegt hatte, bevor sie ihm den Laufpass gegeben hatte. Diese Entscheidung hatte ihr allerhand Einsicht in die Natur menschlichen Leidens verschafft, und die wiederum hatte ihr die Kraft verliehen, mit alledem umzugehen, ohne völlig aus der Fassung zu geraten. Mit einem Mal sah sie Clares bleiches Gesicht und ihre grünen Augen vor sich. Sie schien jeden nur denkbaren Albtraum erlebt zu haben – und das ohne den Beistand eines einzigen Erwachsenen. Würde sie überhaupt je wieder jemandem trauen können? Einmal wenigstens hatte Sandro etwas Gutes vollbracht. Seine Reue hatte ihn mit Clare zusammen und somit Clare zu ihr geführt – auch wenn sie da noch Tess gewesen war, Tess mit den *rossa* Haaren.

23

Fran und Ted unternahmen einen frühen Morgenspaziergang auf dem Küstenwanderweg. Nach der kurzen Frostperiode und dem Schneeschauer waren die Temperaturen milder geworden. Die Spechte pochten bereits emsig an den Bäumen, als wollten sie das unmittelbare Bevorstehen des Frühlings ankündigen, aber noch hingen schwere Regenwolken in der Luft, und die schwarze See warf gischtige Schaumkämme auf, wo die tückischen Strömungen zusammenstießen und sich ihren Weg in die Brandung ertrotzten. Ted trug Sam vor seine Brust geschnallt. Das war seine Idee gewesen. *Gönn deinem Rücken mal ein bisschen Ruhe*, hatte er zu ihr gesagt. Trotzdem hatte er gegrummelt, als sie Sam in seiner Tragevorrichtung an ihm befestigte. *Ich fühle mich wie ein altes Mädchen in einem verdammten Korsett.* Aber ihr entging nicht, wie stolz er lächelte. Sie hatten beide Wanderstöcke dabei, und er hielt sie beim Arm. Das Gras war nass und glitschig. Sie tat einen tiefen Atemzug. Wie froh sie war, dass Ted sie davon abgehalten hatte, von hier fortzugehen. Wo sie jetzt wohl sein würde? Und was war inzwischen passiert, nachdem Rachel ihre Nase in ihre Angelegenheiten gesteckt hatte. Ted hatte ihr gestanden, dass er sie schon die ganze Zeit im Auge behalten hatte, weil ihm aufgefallen war, dass sie von etwas, was sie ihm nicht erzählen wollte, wie besessen zu sein schien. *Bin mir vorgekommen wie ein Privatdetektiv*, hatte er gemeint.

»War eine gute Idee von dir, dieser Spaziergang«, sagte Fran. »Ich bin nach dem gestrigen Tag immer noch ein bisschen durcheinander. Hätte nie gedacht, dass in unserer aufgeklärten Zeit einem unerfahrenen Mädchen tatsächlich so etwas zustoßen kann.« Rachel hatte gestern Abend noch angerufen, um ihr in groben Zügen Clares Geschichte zu erzählen.

»Das liegt daran, dass du nie die Nachrichten hörst. Es passieren die abscheulichsten Dinge.« Er rückte Sams Kapuze zurecht. »Manchen Kerlen sollte man einfach die Eier abschneiden, weißt du. Wenn ich diesen Lumpen in die Finger bekäme …«

»Falls ich ihn nicht vorher umgebracht hätte«, unterbrach Fran ihn. »Ich will dir mal was sagen, Ted. Ich könnte diesem Mädchen doch einen sicheren Unterschlupf bieten.«

»Sie heißt Clare.«

»Ja, Clare.« Sie sprach den Namen nur mit Widerwillen aus.

»Sie ist praktisch noch ein halbes Kind.«

»Aber sie schien sich nicht sehr über Sam gefreut zu haben. Nicht einmal, als ihr aufging, dass sie ihn gar nicht hat sterben lassen.«

»Das war der Schock. Und warum sollte sie sich auch an ihm erfreuen? Ihre Mutterschaft ist ihr auf die übelst denkbare Weise auferzwungen worden.«

»Aber trotzdem würde man doch erwarten … dass sie bei

seinem Anblick …« Sie betrachtete Sam. Er schlief friedlich, eine seiner rosigen Wangen gegen Teds Jacke gedrückt.

»Wäre es dir lieber, wenn sie ihn dir aus der Hand gerissen und sich geweigert hätte, ihn je wieder herzugeben? Willst du das sagen?«

»Nein! Es kam mir alles nur irgendwie nicht natürlich vor.«

»Die ganze Geschichte ist nicht natürlich. Und denk daran, dass das durchaus in deinem Sinne sein könnte. Wenn du dir Mühe gibst und Clare Vertrauen zu dir fasst, könnte es sein, dass sie nichts dagegen hat, wenn du dich weiter um den Krümel kümmerst.«

»Eher würde sie ihn wohl zur Adoption freigeben.«

»Wenn sie dich für ein ekelhaftes altes Weib hält, wird sie das möglicherweise tun.«

Ekelhaftes altes Weib? Das saß tief. Sie wollte nicht, dass Ted so von ihr dachte. Ich bin nicht ekelhaft, dachte sie. Ich habe bloß eine Heidenangst. Aber in gewisser Hinsicht brauchte sie sich wenigstens keine Sorgen mehr zu machen – dass man sie der Kindesentführung bezichtigte zum Beispiel. Womöglich hatte Ted recht; sie sollte versuchen, freundlicher zu Clare zu sein. Sie war ihr tatsächlich wie ein verängstigtes Kind vorgekommen. Sie war keine von diesen rüpelhaften Gören, die einen in Newport am liebsten vom Gehsteig herunterschubsen würden. Armes Ding.

Als sie wieder zu Hause waren, bereitete Ted Sam seine Milch vor, während Fran Cinders und Sugar Plum fütterte.

»Wir werden immer mehr wie ein verheiratetes Paar«, scherzte sie, als er hinausging, um sich um die Tiere im Hof zu kümmern. »Wie zwei Großeltern.«

Während sie die Küche aufräumte, hatte sie ständig das Telefon im Blick. »Was sollen wir nun tun, Sam?«, fragte sie.

Sam lächelte nur. Jetzt, da er wusste, wie man das machte, wollte er offenbar so oft wie möglich sein helles Grinsen ausprobieren. Mit zitternder Hand nahm Fran den Hörer und wählte Rachels Nummer.

»Richte Clare bitte aus, sie darf gerne so oft sie möchte herkommen und nach ihrem Baby sehen«, sagte sie.

Clare und Rose machten in Rachels Küche sauber, nachdem sie ihr geholfen hatten, Schokoladenmuffins zu backen. Clare gefielen die Gerüche und das Geschirrgeklapper in all den warmen Küchen, in denen sie sich in jüngster Zeit aufhielt. In Mams Küche war es immer kalt gewesen, und es hatte nach Desinfektionsmittel gerochen. Sie stellte sich vor, wie sie ihr all die schönen Orte zeigte, an denen sie neuerdings zu Gast war: Rachel's Café, die Villa *Cormorants*, das Wraith Cottage, die Rocken Edge Farm. Arme Mam – ob sie sich in dem kleinen Backsteinhaus sehr einsam fühlte?

»Woran denkst du?«, fragte Rachel.

»Nichts Besonderes«, antwortete Clare. Rachel hatte sie gefragt, ob sie Lust hätte, diesen Vormittag ihr Baby zu besuchen, doch sie war noch nicht so weit. Wenn sie an das Kind dachte, überkam sie ein Gefühl des Unwohlseins – eine Mischung aus Körpergerüchen, beklemmendem Magenziehen und Angst. Sie setzte sich an den Tisch, legte sich ihren Zopf über die Schulter und strich sich mit dessen Ende über die Wange. Er war jetzt ganz weich, so wie früher, bevor sie von zu Hause weggegangen war und er immer zottiger und filziger geworden war.

»Es drängt dich keiner«, sagte Rachel. »Er wird gut umsorgt. Fran hat mir gesagt, ich solle dir ausrichten, dass er jetzt viel lächelt. Ach, und sie hätte gerne sein Geburtsdatum erfahren – damit sie sich ausrechnen kann, wie alt er ist.«

Er *lächelte*? Clare konnte sich kaum vorstellen, dass ihr Kind lächelte. Wo hatte er das gelernt? Sie dachte zurück an den Tag seiner Geburt und die qualvollen Wochen danach, während derer sie versucht hatte, ihn mit rauen, blutenden Brustwarzen zu stillen. Die Mutter Oberin hatte neben ihr gestanden und ihr mit der Hölle gedroht. Plötzlich begann sie unkontrolliert zu zittern; Rose legte ihr die Hand auf die Schulter.

»Denk nicht daran, wenn du nicht möchtest«, sagte sie.

Clare nahm einen Schluck Wasser und holte tief Luft.

»Er ist am zweiten Weihnachtstag geboren. Die Oberin hatte gehofft, dass er einen Tag früher zur Welt käme – am gleichen Tag, an dem die Heilige Jungfrau Maria das Jesuskind bekam. Sie hat mir irgendein ekeliges, öliges Zeug zu trinken gegeben, aber es hat nicht gewirkt. Sie schien die Schuld bei mir zu suchen, weil ich es immer wieder erbrochen habe. Sie hat sich mit mir oben an die Küchentreppe gestellt und mir gedroht, mich hinunterzustoßen.«

»Oh mein Gott«, sagte Rose. »Das wird ja immer schlimmer. Diese Frau gehört wegen seelischer Grausamkeit eingesperrt. Sie ist eine Sadistin. Wo ist dieser Konvent?«

»In Worcester, glaube ich.« Clare war manchmal so verwirrt, dass sie kaum noch so weit zurückdenken konnte.

Rachel sah auf den Kalender. »Dann ist er jetzt an die sechseinhalb Wochen alt.« Sie stellte ihr einen Becher Tee hin. »Rose hat recht. Da muss eine Untersuchung stattfinden. Sag mal, Clare – möchtest du unseren hiesigen Priester sprechen?«

Clare war entsetzt. Einen Priester? Sie hätte nicht erwartet, dass Rachel so etwas vorschlagen würde. Sie und Rose versicherten doch ständig, dass sie sich keine Vorwürfe zu machen brauchte – wozu sollte sie dann einen Priester sehen wollen? Wahrscheinlich, weil sie ahnten, dass an ihr doch ein Makel hängen geblieben war. Tief in ihrem Inneren wusste Clare, dass sie Schuld auf sich geladen hatte. Sie spürte ja, wie das Knäuel aus Schlechtigkeit sich in ihr krümmte. Sie würde die Beichte ablegen müssen – das ahnte Rachel. Und würde ein Priester nicht derselben Meinung sein?

»Ich bin selber nicht katholisch, aber mein Mann war es«, sagte Rachel gerade. »Also kenne ich Pater Michael gut. Er besteht nicht einmal darauf, mit *Pater* angeredet zu werden – du kannst gerne Michael zu ihm sagen. Er ist ein guter, liebevoller Mann. Rose oder ich werden dich begleiten. Irgendwo müssen wir ja anfangen. Das erscheint mir besser, als gleich zur Polizei zu gehen, was darauf hinauslaufen könnte, dass das Jugendamt dich und Sam auf der Stelle in ein Heim einweist. Michael wird dir auch die seelische Kraft geben, die du jetzt brauchst, um darüber hinwegzukommen. Und er wird auch wissen, wen er kontaktieren muss, damit diese Leute zur Rechenschaft gezogen werden.«

»Nein! Das kann ich nicht machen. Ich will nicht, dass jemand meinetwegen Ärger bekommt.«

»Betrachte es doch mal von einer anderen Seite, Clare«, sagte Rachel. »Dieser Priester – dieser Pater Ryan, der niemals ein Priester hätte werden dürfen – und diese verrückte Nonne werden so etwas auch anderen jungen Mädchen antun. Sie werden kaum davon ablassen, bloß weil du von der Bildfläche verschwunden bist.«

»Meinst du?« Daran hatte sie noch gar nicht gedacht. Sie musste plötzlich an die kleine Maria denken, die sie Pater Ryan hatte streicheln sehen. Stand ihr das gleiche Schicksal bevor?

»Natürlich werden sie das«, sagte Rose. »Sie stecken bestimmt unter einer Decke. Ich frage mich, wie viele Mädchen dieser Pater Ryan noch zu der alten Hexe geschickt hat.«

»Nein, ganz bestimmt sonst niemanden«, sagte Clare. »Das war nur ich. Weil ich Pater Ryan in Versuchung …«

»Nein! Weil der Mann krank im Kopf ist. Du musst erwachsen werden und dich dieser Tatsache stellen, Clare. Du warst für ihn nicht sein ganz besonderes Mädchen. Er hat dich nur zu seiner eigenen Lustbefriedigung benutzt.«

Bin ich denn dumm, dachte Clare. Bin ich die Einzige, die nichts von diesen Dingen weiß? Und woher wusste Rose von alledem? Sie war doch auch erst neunzehn.

»Nicht alle Priester sind so«, betonte Rachel.

Rose schnaubte verächtlich.

»Nicht doch«, sagte Rachel. »Ich kenne Pater Michael gut. Er ist verständnisvoll und hat Humor. Es gibt viele Schattierungen des Katholizismus, Clare. Und so manchen liberalen Priester. Ich denke, es wäre wirklich gut für dich, wenn du mit ihm redest. Er wird wissen, was zu tun ist.« Sie lächelte. »Aber selbstverständlich nur, wenn du es auch wirklich möchtest.«

Clare saß da und knabberte an ihren Fingernägeln. Ja, das würde sie wohl tun müssen – nicht, weil sie es wollte, sondern weil sie nicht wusste, wie sie sonst die Schlechtigkeit aus sich herausbekäme. Sie hatte ihr Baby nicht getötet, aber was war mit all ihren anderen Sünden? »Würdet ihr beide mich begleiten?«

»Wie wäre es denn, wenn ich ihn bäte herzukommen? Hierher in meine Wohnung? Wir könnten um diesen Tisch herumsitzen und zum Kaffee die leckern Muffins essen, die ihr gerade gebacken habt. Dann kannst du selber entscheiden, wie du über ihn denkst.«

Clare spielte mit ihrem Zopf. »Wird er mich nach Hause schicken – nach Irland?«

»Davon gehe ich nicht aus. Aber er wird entscheiden müssen, was das Beste für dich ist. Doch ich verspreche dir, dass wir dich jeden Schritt des Weges begleiten werden, nicht wahr, Rose?«

»Darauf kannst du zählen«, bestätigte Rose. »Du bist hier unter Freunden. Mit dir wird nichts geschehen, was du nicht willst.«

Rachel rief Pater Michael an, der sich bereit erklärte, um vier zu einem Besuch vorbeizuschauen.

»So«, sagte sie zu Clare und Rose. »Nun zieht los und macht, was Mädchen so tun. Geht in die Stadt und kauft euch etwas Schönes. Sophie und ich haben in der Küche zu arbeiten.«

Zum ersten Mal sah Rachel Clare richtig lächeln. Ihr verhärmtes, schmales Gesicht nahm eine zarte, fast elfengleiche Anmut an. Rachel konnte sich sehr gut vorstellen, weshalb Aidan sich zu Clare hingezogen fühlte. »Seid aber pünktlich wieder zurück«, rief sie den beiden nach.

Kurze Zeit später kam Sophie. Sie packte Einkäufe aus, während Rachel ihr Bericht erstattete.

»Ich bin ja so froh, dass sie hergekommen ist«, sagte Sophie und band sich die Schürze um ihre schlanke Taille. »Wenn sie noch länger diese schreckliche Last mit sich herumgetragen hätte, wäre sie so verzweifelt geworden wie die Patienten, mit denen ich in der Klinik gearbeitet habe. Nicht, dass sie sich je wird ganz davon befreien können – aber der Schaden ist zumindest begrenzt. Es wäre auch gut, wenn Marguerite sie sich irgendwann mal ansehen könnte.«

»Findest du es richtig, dass ich das mit dem Priester vorgeschlagen habe?«

»Michael ist nicht gerade der herkömmliche katholische

Priester, wie man ihn kennt, oder? Und Clare denkt in sehr festgefahrenen Bahnen. Er könnte ihr also helfen zu entscheiden, was sie daraus macht – oder nicht macht. Vielleicht kann Marguerite heilend auf Clares Verhältnis zu ihrem Gott einwirken, während jemand wie Michael Wahrheit und Klarheit in ihr Leben bringt.« Sie band ihre unbändigen Locken mit einem Gummiband zu einem Knoten zusammen. »Falls Rose sie nicht von ihrem religiösen Tick abbringen kann, meine ich. Sehen wir es doch, wie es ist – in Clares Augen ist Rose ihre *Erlöserin*, ihr symbolisches Licht in der Dunkelheit. Und das ist auch momentan gut so, aber Rose ist ebenfalls nur ein Mensch, dessen Heiligenschein zwangsläufig irgendwann kneifen muss. Also ist es unbedingt nötig, dass Clare sich mit verantwortungsbewussten Erwachsenen, die es gut mit ihr meinen, austauscht.«

»Ich bewundere dich für dein Einfühlungsvermögen, Sophie. Ich könnte dir den ganzen Tag lang zuhören. Woher hast du das alles bloß?«

»Ach, das lernt man aus Büchern. Und außerdem blühen in mir gerade meine mütterlichen Instinkte auf.« Sie lächelte vielsagend.

»Deine mütterlichen Instinkte? Versuchst du, mir etwas mitzuteilen?«

Sophie nickte; in ihren braunen Augen bildeten sich Freudentränen. »Ich bin schwanger.«

Rachel warf die Arme um sie. »Das ist die schönste Neuigkeit, die ich seit Wochen gehört habe!«

Pater Ryan war wieder zurück in Irland. Er hatte das Gefühl, als läge etwas in der Luft. Natürlich regnete es, aber es konnte genauso gut an dem vertrauten Tonfall der Stimmen um ihn herum liegen. Er saß in einer Weinbar in Cork. Er wusste nicht, wieso der Laden sich Weinbar nannte – er trank einen kleinen Whiskey. Was für ein Glück, dass er nicht im Wagen gesessen hatte, als die Polizei ihn aufgegriffen hatte. Aber ein bisschen Glück hatte er sich nach alledem auch verdient.

Er beobachtete die übrigen Gäste, die an ihren Tischen saßen und tranken. Was taten die hier um diese Zeit des Tages? Es war mitten am Nachmittag. Hatten sie keine Arbeit? Eine Gruppe junger Frauen in extrem kurzen Röcken und langschäftigen Lederstiefeln lachte und scherzte. Sie trugen zwar Jacken mit Fellkrägen und hatten sich bunte Schals um den Hals gebunden, aber um ihre Taillen herum konnte man die nackte Haut sehen. Bei ein paar von ihnen wirkte der Anblick der über den Gürtel quellenden weißen Fleischwülste geradezu abstoßend. Sie mussten sich ja Erfrierungen holen, wenn sie nach draußen kamen. Wie konnte man sich bloß so anziehen? Die Mädchen hier in Irland waren nicht besser als die in England. Wahrscheinlich saß auch Clare irgendwo in einer Bar wie dieser und stellte ihren Körper zur Schau, um irgendeinen nichtsahnenden Mann in die Falle zu locken.

Er hatte die Bar betreten, um darüber nachzudenken, was er Clares Mutter erzählen wollte. Am besten die Wahrheit. Er würde Mrs. Mulligan sagen, dass er die Briefe von Schwester Bridget, in denen sie ihm von Clare und dem Baby berichtete, nur erfunden hatte, und zwar, um ihr Sorgen zu ersparen, während er in England weilte und ihre Tochter aufzuspüren versuchte – doch hätten sich all seine Bemühungen als fruchtlos erwiesen. Clare sei untergetaucht, und niemand wüsste, was aus ihr geworden war. Er hätte sämtliche Möglichkeiten ausgeschöpft, und es gäbe nun nichts mehr, was er noch tun könnte. Sie würden eben jeden Tag für sie beten müssen und hoffen, dass sie Reue empfände und irgendwann nach Hause zurückkehrte.

Das dürfte die Frau zufrieden stellen. Sie würde sich mit der Tatsache abfinden müssen, dass sie eine Tochter geboren hatte, die so verderbt war wie der Vater. Nun, da sie von dieser Bürde befreit war, würde sie sich wahrscheinlich den Klarissen anschließen, um damit der ganzen Schande zu entrinnen.

Wie wohl der Chor ohne ihn zurechtkam? Er hoffte, dass Maria sich inzwischen besonnen hatte und seine kleinen Aufmerksamkeiten nun mehr zu schätzen wüsste. Bestimmt würde sie froh sein, ihn zu sehen, nachdem sie sich mit Pater Christophers lautem, jovialen Gehabe hatte abfinden müssen. Sie wäre jetzt zugänglicher, formbarer. Und er hatte für die Kinder ein paar hübsche kleine Geschenke aus England und Wales im Gepäck. Seine Reisekasse war merklich geschrumpft – vor allem, weil der Whiskey so teuer war. Aber er dachte mit Befriedigung an seine neuen CDs und das tragbare Abspielgerät. Er freute sich schon darauf, es am Wochenende Jeannie vorzuführen und ihr von seinem Abenteuer zu erzählen. Für sie hatte er eine große, wollene Stola gekauft, samtweich und scharlachrot. Er hatte die ganze Zeit ein schlechtes Gewissen gehabt, weil er ihr Tuch mitgenommen hatte.

Sein Leben würde sich von Grund auf ändern. Er würde nicht mehr länger wie eine verängstigte Maus umherhuschen. Er würde stolz und selbstbewusst seinen Mann stehen – durch Erfahrung gestärkt. Vielleicht würde er der Kirche den Rücken kehren – vielleicht aber auch nicht. Das würde er entscheiden, wenn er es für sich an der Zeit erachtete. Er leerte sein Glas und fuhr sich mit der Zunge über die Lippen. Einen noch – es war so angenehm entspannend, hier zu sitzen. Eigentlich hatte er heute schon nach Hause fahren wollen, aber wenn man sich erst einmal daran gewöhnt hatte, war Cork wirklich eine hübsche Stadt. Er konnte über Nacht hierbleiben, sich ein bisschen umschauen, noch ein Konzert besuchen. Morgen würde er dann erquickt den Rest seiner Reise antreten. Zufrieden mit seiner Entscheidung nickte er. Er hatte sein Bestes getan, und mehr konnte man von keinem Menschen verlangen. Er erhob sich und ging zur Bar.

Pater Michael war ganz anders, als Clare ihn sich vorgestellt hatte. Sie hatte erwartet, dass er wie Pater Ryan aussehen würde – dann wäre sie wohl kaum in der Lage gewesen, dieses Treffen durchzustehen, denn sie wäre sich wieder wie ein kleines Mädchen vorgekommen und hätte kein Wort hervorgebracht. Aber Pater Michael war ein Mann von reiferen Jahren mit einer beginnenden Glatze und offenen, ehrlichen blauen Augen. Er trug eine braune Hose und ein kariertes Hemd statt eines Priesterkragens unter seinem Tweedjackett. Wie konnte Rachel wissen, dass er ein richtiger Priester war? Er schüttelte Clare die Hand wie einer Erwachsenen und erkundigte sich, wie ihr die Isle of Wight gefiele. Und er sagte, dass sie ihn gerne mit Michael ansprechen dürfe, wenn ihr das lieber wäre. Er bezog auch Rose in das Gespräch mit ein und stellte ihr allerhand Fragen über Afrika. Nachdem Rachel den Tee aufgegossen hatte, setzte sie sich zu ihnen an den Tisch und bot die Schokoladenmuffins an. Pater Michael nahm sich drei davon.

»Also, Clare.« Er stellte seinen Becher ab. »Rachel hat mich kurz über das ins Bild gesetzt, was dir widerfahren ist – erst, nachdem sie deine Einwilligung dazu eingeholt hat, wie ich weiß. War das für dich in Ordnung?«

Clare spürte, wie die Anspannung wiederkehrte. Sie nickte nur und führte die Finger an den Mund, fand aber keine

Nägel mehr, auf denen sie kauen konnte. Sie hatte Rose und Rachel doch schon alles erzählt. Wieso reichte das denn nicht? Warum konnten sie sie nicht einfach in Ruhe lassen?

»Es sind noch ein paar Fragen offen, die ich dir stellen muss. Stört es dich, wenn Rachel und Rose dabei anwesend sind?«

»Nein, bitte schicken Sie sie nicht weg.« Sie wollte nicht allein mit diesem fremden Priester sein. Jedenfalls noch nicht jetzt. Dazu war es noch zu früh.

»Aber nein, das tue ich nicht.« Pater Michael lächelte. Sein Lächeln wirkte freundlich, aber so war es auch bei Pater Ryan gewesen. »Es ist bloß manchmal schwierig, vor anderen über gewisse Dinge zu sprechen.«

»Sie wissen alles.«

»Na, dann ist es gut. Es ist wichtig, Freunde zu haben, mit denen man reden kann.«

Schon, dachte sie. Aber Pater Ryan war für mich auch wie ein Freund.

»Zunächst müsste ich ein paar grundsätzliche Dinge erfahren.« Pater Michael nahm einen Notizblock und einen Stift aus seiner Jacke und schob ihr beides hin. »Würdest du so nett sein, mir deinen vollen Namen und deine Anschrift aufzuschreiben sowie den Namen deines Priesters und den deiner Kirche? Und den der Abtei und die der Nonnen, die sich um dich gekümmert haben.«

Sie blickte auf die leere Seite. »Und was werden Sie dann damit machen?«

»Ich werde mich mit den zuständigen Leuten in Verbindung setzen.«

»Werden sie erfahren, dass ich es war, die Ihnen das alles gesagt hat?«

»Nein. Und ich kann es auch ohne deine Hilfe herausfinden, also brauchst du es nicht zu tun. Es macht es mir nur leichter.«

»Bekommt Pater Ryan Schwierigkeiten?«

»Kann sein, falls er die verdient hat.«

»Was wird mit ihm geschehen?«

»Das liegt nicht in meinem Ermessen. Aber wenn du uns die Wahrheit gesagt hast – und ich sehe keinen Grund, dir nicht zu glauben –, wird er irgendwo hingebracht, wo er das *nie wieder* wird tun können.«

»Ich … ich möchte nicht, dass die Polizei oder sonst wer es erfährt. Ich möchte nicht wieder dorthin zurück.«

»Clare.« Pater Michael sprach mit gesetzter Stimme und sah sie dabei unverwandt an, als versuche er, ihren Blick festzuhalten. »Ich fürchte, dass dir die Entscheidung darüber aus den Händen genommen ist, meine Liebe. Niemand kann dich zwingen, vor Gericht auszusagen. Aber er kann trotzdem verurteilt werden. Du bist noch minderjährig, verstehst du? Das bedeutet, dass sich nun verantwortungsvolle Erwachsene mit deinem Fall befassen müssen. Selbst wenn er alles abstreitet, ist da immer noch dein Kind, und es kann ihm nachgewiesen werden, dass er der Vater ist.«

»Was wird aus dem Kind werden?«

»Dein Sohn ist doch jetzt in der Obhut einer Freundin, nicht wahr? Bei jemandem, den du hier besuchen wolltest?«

»Nun, ich …« Hatte Rachel ihm doch nicht alles erzählt? Oder verwechselte er Fran mit Rose? Sie nickte; mit einem Mal wollte sie wirklich am liebsten, dass ihr Sohn in dieser gemütlichen warmen Küche am Meer blieb. Das wäre bestimmt besser, als ihn in ein Heim zu stecken.

»Ich würde den jungen Mann gerne mal kennenlernen.

Und dann könnten wir das mit seiner Geburtsurkunde und den ganzen offiziellen Schritten regeln. Du und er müsst ja ärztlich versorgt werden und Unterhalt bekommen.«

»Werde ich … Vergebung erlangen?«

»Meine Liebe, nicht du bist es, die der Vergebung bedarf. Man hat dir ein schreckliches Unrecht angetan.«

»Aber … ist es nicht eine Todsünde …«

Pater Michael sah sie an und seufzte vernehmlich. »Es wäre mir am liebsten, wenn du in meine Kirche kämst – selbstverständlich mit deinen Freundinnen. Es wäre gut, wenn du mir deine Geschichte von Anfang an erzählst. In Gegenwart Gottes kannst du alles sagen, was du auf dem Herzen hast. Nicht, dass Gott nicht überall zugegen ist, aber du kannst seine Gegenwart dort bestimmt besser spüren. Du darfst auch gerne dein Kind mitbringen, und dann können wir seine Taufe vorbereiten.«

»Können Sie ihn recht bald taufen?«, entfuhr es Clare. »Ich hatte ihn schon im Fegefeuer geglaubt … das wäre das Schlimmste …«

»Ja, sicher.« Pater Michael schüttelte sorgenvoll den Kopf. »Das Fegefeuer ist eine jener katholischen Eigenheiten, von denen wir uns langsam verabschieden sollten.« Er lächelte ihr zu. »Ich habe vielmehr ein Bild von tausenden kleiner Kinder im Kopf, die alle zu einer offenen Tür laufen, um draußen in der Sonne zu spielen.«

Clare dachte an die Kirche, in der sie Sandro Angelo getroffen hatte. Sie erinnerte sich an die steinerne Schale mit Weihwasser neben der Tür und die Darstellungen der vierzehn Stationen des Leidensweges Christi, den Geruch des Weihrauchs und der Kerze, die Sandro angezündet hatte. Sie fragte sich, wie es gewesen wäre, wenn sie, Pater Michael dort begegnet wäre statt Sandro und *ihm* alles hätte beichten können. Andererseits hatte Rachel ihr gesagt, dass Sandro sie gebeten habe, *Tess* ausfindig zu machen und ihr zu sagen, dass es ihm leid tue. Und sie hatte seine Brieftasche gefunden und sie zu Rachel gebracht. So hatten sie beide einander letzten Endes doch helfen können. Diese kleine Kirche schien also irgendwie wichtig zu sein.

Sie blickte noch einmal auf das leere Blatt des Notizblocks und begann zu schreiben.

24

Fran war überrascht, als sie am Freitagmorgen Rachels Wagen im Hof vorfahren sah. Sie hatte ihr zwar gesagt, dass Clare zu Besuch kommen konnte, sooft sie wollte, aber sie hatte nicht so früh damit gerechnet. Rose war auch dabei. Fran argwöhnte, dass *sie* irgendwie ihre Finger dabei im Spiel hatte. Das Mädchen schien begeisterter von Sam gewesen zu sein als Clare selber. Cinders sprang um die Besucher herum und bellte freudig.

Rose stürzte sofort zu Sams Körbchen, während Clare zuerst die Hündin streichelte.

»Oh, Clare, komm doch nur mal gucken«, rief Rose sie. »Ist er nicht niedlich in seinem geringelten Strampelanzug – und er hat sogar Teddyohren!«

Fran spürte, wie sich ein Lächeln auf ihre Lippen stahl. Gut, dass sie Sam schon gewaschen und angezogen hatte. Die Babykleidung, die sie der Frau in Cowes abgekauft hatte, war wirklich schick. In einige Teile waren Schildchen mit französischen Markennamen eingenäht.

Clare schien sich lieber an Cinders halten zu wollen, aber schließlich stellte sie sich doch neben Sam und sah ihn an, wobei sie an ihren Fingernägeln kaute.

»Er lächelt dir zu«, sagte Rachel aufmunternd.

»Tut er das?« Clare nahm die Finger vom Mund und beugte sich über den Korb.

»Nun erwidere sein Lächeln schon«, forderte Fran mürrisch. Das Mädchen schien keine Ahnung zu haben, was sie mit dem Kind anfangen sollte. Wie Sam bei ihr überlebt hatte, würde ihr ein ewiges Rätsel bleiben. Sie merkte, dass Rachel sie vorwurfsvoll ansah. Ich muss mich zusammenreißen, dachte sie und erinnerte sich an Teds Vortrag wegen ihres feindseligen Auftretens. *Auf Dauer kommst du damit nicht weiter*, hatte er sie ermahnt.

Sie holte tief Luft und reckte die Schultern. »Hast du ihn gestillt?«

Clare zupfte an ihrem Zopf und nickte betreten.

»Recht so«, beeilte sich Fran ihr zu versichern. »Das brauchen die Kleinen vor allem am Anfang.«

»Echt?« Diese Bestätigung schien Clare zu erfreuen – als hätte sie endlich einmal das Richtige getan. »Es schien ihm nicht immer gefallen zu haben … und hat wehgetan.«

»Umso besser, dass du es durchgehalten hast«, lobte Rachel. »Es gehört schon was dazu.«

»Nimm ihn doch mal hoch, wenn du möchtest«, sagte Fran.

»Ich, äh …« Clare wirkte verunsichert.

Man könnte glauben, dass sie ihn noch nie im Leben angefasst hat, dachte Fran.

»Oh, darf ich?« Rose sprang vom Teppich hoch, auf dem sie mit Sugar Plum gespielt hatte.

»Aber wasch dir vorher die Hände«, sagte Fran. »Man kann

nicht vorsichtig genug sein. Er ist schließlich erst etwas über sechs Wochen alt.«

Rose wusch sich die Hände und nahm dann Sam hoch. »Oh, der ist ja federleicht.« Sie setzte sich mit ihm in den Sessel. »Hallo, Prachtkerl«, sagte sie. Sam grinste. »Habt ihr das gesehen?« Rose war ganz aufgeregt. »Guck mal, Clare! Er hat mich angelächelt.«

Clare wirkte nicht mehr gar so desinteressiert. Fran fragte sich, ob die Begeisterung ihrer Freundin auch auf sie überspringen würde.

»Er sieht aus wie du«, begeisterte sich Rose weiter. »Ach, er ist ja so weich und so süß!«

»Meinst du? Ich dachte eher, er ähnelt …« Clare warf einen Blick in die Runde und merkte, wie ihre Wangen rot anliefen.

»Er bekommt deine Haarfarbe«, sagte Rose. »Siehst du den rötlichen Schimmer?«

Clare betrachtete es aus der Nähe. »Ja, ein bisschen wie Karotten«, bestätigte sie.

»Und guck mal seine winzigen Fingernägel! Ist das nicht zauberhaft?« Mit glänzenden Augen sah sie zu Clare hoch. »Ach, wenn das doch nur meiner wäre.«

»Weißt du was? Wenn du willst, nimm ihn dir«, sagte Clare, wandte sich ab, ging zur Tür und verschwand nach draußen.

»Undankbares kleines …«, setzte Fran an.

»Ich gehe ihr nach.« Rose richtete sich auf und gab Fran das Baby. »Bitte, lass ihr Zeit, Fran. Wenn sie ihn ansieht, erinnert sie das an die schlimmste Zeit ihres Lebens.«

»Ich weiß … du hast recht. Mir liegt nur so viel daran, ihn zu beschützen.«

Rose lachte. »Wie die sprichwörtliche Glucke, die auf ihren Küken hockt, nicht wahr? Gott sei Dank gibt es Menschen wie dich.« Sie stieß Cinders mit der Fußspitze an. »Los, hoch mit dir. Komm raus zum Spielen.« Sie nahm ihre und Clares Jacke und ging hinaus.

Fran war stolz auf das, was Rose eben gerade gesagt hatte. Sie gab Sam einen Kuss auf den Kopf.

»Sie weiß, was sie tut«, sagte Rachel. »Wenn jemand Clare überzeugen kann, ist sie es.«

»Das Problem ist nur, dass ich nicht so recht weiß, ob ich überhaupt will, dass sie sich überzeugen lässt«, sagte Fran wehmütig. »Das würde dann heißen, dass sie Sam mitnimmt.«

»Kommt Zeit, kommt Rat. Aber sieh es mal so, Fran. Wenn Clare bei uns bleibt, wird sie hier weiter zur Schule gehen oder arbeiten, und das bedeutet, dass sie jemanden braucht, der tagsüber auf das Kind aufpasst. Und wer wäre besser dazu geeignet als du?«

»Darüber habe ich noch gar nicht nachgedacht«, sagte Fran. »Man kann sie sich gar nicht als Schulmädchen vorstellen.« Nachdenklich setzte sie sich an den Tisch. Nachmittags käme Clare in ihrer Schuluniform nach Hause; sie würde Tee kochen. Es wäre beinahe, als hätte man zwei Kinder im Haus. Es war wirklich wichtig, dass sie Clares Vertrauen gewann. Schließlich war das alles nicht ihre Schuld. Sie hatte ja nicht vorgehabt, Sam etwas zuleide zu tun.

»Wir müssen das behutsam auf uns zukommen lassen«, sagte sie. »Hältst du es für eine gute Idee, wenn Clare eine Weile regelmäßig jeden Tag herkommt? Ich möchte sie aber auf keinen Fall unter Druck setzen. Sie könnte jedoch dann mit den Tieren spielen und in Sams Nähe sein. Und da wäre noch etwas – wir müssen sie fragen, ob sie mit dem Namen einverstanden ist.«

Rachel grinste. »Nun frag sie mal nicht zu viel. Nachher will sie ihn noch Brad oder Leonardo taufen.«

»Oder Elvis.« Auch Fran musste lachen. Er war das einzige Teenageridol, das ihr einfiel. Das Lachen tat ihr gut. Sie drückte Sam an sich, als ob sie ihn beschützen wollte. Wie konnten sie jetzt nur über so was Scherze machen – als ob das alles so einfach wäre? »Was ist mit Clares Mutter? Sie ist Sams Großmutter. Wenn sie nun darauf besteht, Sam großzuziehen, weil Clare es nicht kann oder nicht will?«

Das Lächeln in Rachels Gesicht wich einem Stirnrunzeln. »Pater Michael wird versuchen, mit ihr in Verbindung zu treten und zu erfahren, wie viel sie weiß. Wir dürften wohl bald von ihr hören – und dann müssen wir uns zusammensetzen. Möchtest du auch dazukommen? Michael hat gesagt, er würde Sam gerne kennenlernen.«

»Ich weiß nicht recht. Sie könnte Clare und Sam mit zurück zu sich nach Irland nehmen, oder?« Sie wagte die Worte kaum auszusprechen – es war, als würde man das Schicksal herausfordern.

Rachel nickte und tätschelte Frans Hand. »Möglich ist es schon. Momentan wissen wir alle nicht, wie sich die ganze Geschichte entwickeln wird. Wegen der Umstände und wegen Clares Minderjährigkeit könnte die Jugendbehörde verlangen, dass sie in behördliche Obhut kommt. *Du* bist ja leider nicht die Großmutter des Babys – oder wenigstens eine nahe Verwandte.«

»Ich kann ihm mehr Liebe schenken als irgendein Fremder«, sagte Fran und fühlte Panik in sich aufsteigen. Sie wollte das alles nicht hören.

»Oder sie übergeben sie einer Pflegemutter oder einem Vormund«, fuhr Rachel unbeirrt fort.

»Aber sie können doch herkommen und sich alles selber ansehen …« Fran wies mit einer hilflosen Geste in den Raum. »Er hat hier alles …«

»Oh, Fran. Ich weiß das, und du weißt es auch. Wir alle wissen das. Aber in den Augen der Behörden ist Clare ein schwer gestörtes, vernachlässigtes und missbrauchtes Kind. Deren erste Priorität wird sein, dass sie – und Sam – in sichere Hände kommen und unter Aufsicht stehen. Sie kennen dich doch gar nicht.«

»Wieso müssen die Behörden überhaupt davon erfahren? Können wir das nicht unter uns ausmachen? Wir wissen doch, was das Beste für Sam ist.« Frans Stimme ging in Schluchzern unter.

»Das überleg dir mal gut, Fran. Wenn nichts unternommen wird, kommt das Schwein ungeschoren davon und vergeht sich weiter an jungen Mädchen. Könnten wir damit leben?«

Fran schnäuzte sich und schüttelte den Kopf. Kein schöner Gedanke. Allerdings ging es ihr in erster Linie nur um Sams Wohlergehen und dass alles zum Besten für ihn würde.

»Was soll's«, sagte Rachel leise. »Es liegt sowieso nicht bei uns. Pater Michael ist im Bilde und leitet bereits erste Schritte ein. Er würde sich nie darauf einlassen, etwas zu vertuschen.« Auch ihr schien nicht ganz wohl in ihrer Haut. »Aber Fran, Michael weiß sich durchzusetzen. Wenn irgendwer allen gerecht werden kann, dann er.«

Fran griff nach Rachels Hand. »Ich komme mit«, sagte sie. »Ich werde alles, aber auch alles tun, um Sam hierzubehalten.«

Rachel sah sie bedrückt an. »Auch wenn es vielleicht für ihn *nicht* die beste Lösung ist?«

Fran ertrug ihren Blick nicht mehr und wandte sich stumm ab.

Pater Ryan wollte das Beste aus den letzten Stunden seiner Freiheit machen, bevor er wieder seine Soutane anzog und zu seinen priesterlichen Pflichten zurückkehrte. Aber von nun an würde alles anders werden, sagte er sich. Er hatte das köstliche Gefühl genossen, sein eigener Herr zu sein; er gehörte nicht mehr der Kirche, er konnte sie ganz einfach *so* fallen lassen – er schnipste mit den Fingern –, wenn ihm danach war.

»Um welche Zeit dürfen wir dich erwarten?«, wollte Pater Christopher am anderen Ende der Leitung wissen.

»Etwa zum Tee.«

»Könntest du das ein bisschen präzisieren?«

Pater Ryan sah den Hörer an. Wieso klang Pater Christopher so verstimmt? Aha! Er wollte gar nicht, dass er wieder zurückkam, das musste es sein. Er war schon jetzt neidisch auf den Reisebericht, den er zu hören bekommen würde, und er könnte sich nicht mehr über ihn lustig machen. Dann endlich würde *er* die Oberhand gewinnen, und seine Stellung als Leiter des Chores wäre unantastbar.

»Ich bin so gegen acht zu Hause«, sagte er. »Wenn etwas dazwischenkommt, rufe ich dich über mein Handy an.« Grinsend legte er den Hörer auf. Er freute sich, dass Pater Christopher so erpicht darauf war, bei seiner Rückkehr zugegen zu sein. Er wollte einen denkwürdigen Auftritt daraus machen – in Zivil. Er verließ die Telefonzelle und ging zu seinem Wagen. Nun musste er schleunigst einen Laden suchen, der Mobiltelefone verkaufte.

Am Freitagnachmittag legte Clare ihre Beichte ab – doch nicht im Beichtstuhl. Pater Michael hatte sie in ein kleines Seitenzimmer mit Sesseln und einem elektrischen Kamin gebeten. Rachel begleitete sie und saß still am Fenster, während Rose in der Kirche wartete und las. Es dauerte sehr lange. Pater Michael hörte Clare zu, ohne sie zu unterbrechen.

»Lass dir Zeit«, beruhigte er sie, sooft es ihr zu viel wurde.

Sie erzählte ihm alles, was ihr einfiel, wie sehr sie ihren Daddy vermisste und inzwischen auch ihre Mam. Sie erzählte ihm, wie schlecht sie gewesen war und all die Dinge, die Pater Ryan zu ihr gesagt und mit ihr angestellt hatte, und wie sie ihm hatte versprechen müssen, niemals jemandem ihr Geheimnis zu verraten. Sie berichtete ihm von der Überfahrt nach England, von Mutter Benedicta und wie sie Sam im Stall liegen gelassen hatte. In der Kirche fiel es ihr leichter, sich alles von der Seele zu reden. Es war das erste Mal, dass sie darüber sprach – und das, ohne jemandes Abscheu, Entsetzen oder Wut hervorzurufen oder dessen Mitleid zu erwecken. Sie konnte frei sprechen, wusste, dass man ihr zuhörte, ohne über sie zu Gericht zu sitzen. Als ihr schließlich die Worte ausgingen, sprach Pater Michael lange auf sie ein – leise, aber bestimmt. Er sagte das, was Rose und Rachel bereits gesagt hatten – dass sie sich keine Vorwürfe zu machen brauchte, dass sie sich nicht versündigt, keine Todsünde begangen hätte, indem sie sich das alles von jemandem, der ihr Vertrauen missbrauchte, hatte antun lassen.

Doch bevor sie so recht davon überzeugt war, gab es noch etwas, das sie ihm erzählen musste. Es fiel ihr nicht leicht, darüber zu sprechen; sie hatte das Gefühl, als könne dann jeden Augenblick alles Gute wieder zusammenbrechen – wenn nämlich Michael wie jeder andere Mensch erführe, was wirklich mit ihr los war.

»Ich … ich habe Würmer in mir«, brach es aus ihr hervor.

»Würmer, Clare?«

»Ich kann sie fühlen. Sie winden und wälzen sich.« Sie presste die Hände auf eine Stelle unterhalb ihrer Rippen.

»Und wie lange sind diese Würmer schon da drin?«

»Seit Ewigkeiten – seit ich klein war. Pater Ryan hat mir gesagt, es sei ein Schlangennest – weil ich so böse bin.«

Michael nickte verständnisvoll. Er sah es also genauso wie Pater Ryan. Sie hatte gewusst, dass er so reagieren würde.

»Clare, wenn einem lange Zeit nur schlechte Dinge widerfahren, kann man psychosomatische Symptome so empfinden, als wären sie Wirklichkeit. Ich halte deine Würmer für ein Symptom deiner Angst.«

»Nein, sie sind echt. Ich kann doch fühlen, wie sie sich bewegen.«

»Okay. Nun sag mir, ob du seit Sams Geburt von einem Arzt untersucht worden bist.«

Sie schüttelte den Kopf. Warum sollte sie sich untersuchen lassen, wenn sie doch alles hinter sich hatte? Sie war wieder normal, hatte sogar ihre Periode bekommen.

»Alle Mütter müssen sechs Wochen nach der Geburt zur Nachsorgeuntersuchung. Ich möchte, dass du einen Doktor aufsuchst – wir haben hier eine nette Ärztin, eine Freundin von mir. Rachel wird dich bestimmt gerne begleiten. Wenn mit dir tatsächlich körperlich etwas nicht stimmen sollte, wird sie es herausfinden.«

»Wollen Sie sagen, dass ich vielleicht doch keine Würmer in mir habe?« Sie fand es schwer zu glauben.

»Wenn wirklich keine da sind, und ich persönlich glaube das nicht …«

»Aber ich kann sie mir doch nicht nur einbilden.«

»Doch, unbewusst schon. Nur *das* Gefühl ist bestimmt real …«

»Aber wie kann ich sie denn je loswerden, wenn sie gar nicht wirklich da sind?«

»Glaub mir, Clare, das wirst du. Nicht, indem du Medikamente einnimmst, sondern indem du die schmerzlichen Erfahrungen heilst, die hinter dir liegen. Es gibt Menschen, die dir dabei helfen können.«

»Was sind das für Menschen, und was werden sie mit mir machen?«

»Sie werden dir Mut zusprechen, damit du darüber reden und all deine Gefühle herauslassen kannst.«

»Aber das habe ich doch schon getan. Ich habe mit Ihnen und mit Rose und mit Rachel gesprochen.«

»Das weiß ich, und es ist ein großartiger Anfang. Aber es wird noch andere Leute geben, die dich dazu befragen wollen.«

»Was für Leute?«

»Die Polizei und andere Institutionen, die mit dem Wohlergehen und dem Schutz von Minderjährigen befasst sind. Sie sind speziell dazu ausgebildet, dir zu helfen. Du wirst Beratung und Beistand brauchen, meine liebe Clare, und das wahrscheinlich noch eine ganze Weile.«

Clare ließ den Kopf sinken. Sie hatte geglaubt, dass mit dem Ablegen ihrer Beichte und der Versicherung, sie träfe kein Vorwurf, alles getan sei.

»Marguerite!«, sagte Rachel unvermittelt. Sie war so still gewesen, dass Clare sie fast vergessen hatte. »Marguerite wird dir helfen, Clare. Sie ist eine wunderbare Heilerin und sehr feinfühlig.«

Clare erinnerte sich an die Nacht, in der diese ominöse Marguerite zu ihr in den Wohnwagen gekommen war, jene furchtbare Nacht, in der sie erst ihr Baby zurückgelassen, dann ihren Zusammenbruch gehabt und schließlich Rose nicht angetroffen hatte. Aber immerhin hatte jene Marguerite ihr die Hände auf die Brust gelegt und so wunderschön gelächelt wie die Jungfrau Maria, so dass sie mit einem Male ganz entspannt gewesen und eingeschlafen war.

»Ein guter Vorschlag«, sagte Michael. »Aber du musst auch zu der Ärztin gehen. Ich schreibe ihr einen Brief. Möchtest du zu Rose gehen, während ich das tue?«

Erschöpft ging Clare durch die Kirche zu Rose, zündete gemeinsam mit ihr Kerzen an und erklärte ihr die vierzehn Stationen des Leidensweges. Rose wirkte nachdenklich.

»Das ist eine schöne Kirche«, sagte sie. »Ich kann mir vorstellen, warum sie dir so gut gefällt.«

Michael kam wenig später mit Rachel aus seinem Arbeitszimmer und bat sie alle in sein kleines Pfarrhaus neben der Kirche. Hier tranken sie Tee und aßen Toast vor seinem Kamin und sprachen über Sams Taufe.

»Bist du glücklich mit dem Namen Sam?«, fragte Michael. »Soweit ich verstanden habe, ist das der Name, den Fran ihm gegeben hat.«

»Mir gefällt er«, sagte Clare. »Fran nennt ihn Sam, das Lämmlein. Und Samuel ist ja auch ein Name aus der Bibel. Darf er von mir noch einen zweiten Namen bekommen?«

»Selbstverständlich.«

»Lachlan.«

»Lachlan?«, fragte Rose.

»Das war der Name meines Daddys«, sagte Clare. »Er war Schotte.« Sie sah die anderen an. Was würden sie davon halten? »Findet ihr nicht, dass das ein schöner Name ist – Samuel Lachlan Mulligan?«

»Fantastisch«, pflichtete Rose ihr bei.

»Stark und furchtlos«, bemerkte Rachel.

»Von edler Herkunft«, sagte Michael.

»Auf euch beide – euch drei.« Rachel hielt ihr Champagnerglas in die Höhe. »Ich freue mich unendlich für euch.« Sophie und Nick stießen mit Orangensaft an. Sie strahlten beide wie Honigkuchenpferde. Wie herrlich war es, mit diesen zwei beiden ganz besonderen Freunden vor dem prasselnden Kaminfeuer im *Buddle Inn* zu sitzen und deren Freude teilen zu dürfen. Sie schnitt ihr Thunfischsteak an.

»Das waren echt zwei aufreibende Wochen«, sagte Nick und spießte gebratene Champignons mit seiner Gabel auf. »Siehst du jetzt einen Silberstreifen am Horizont?«

»Fast«, lachte Rachel. »Frag mich, wenn das Valentinswochenende vorüber ist. Wenn alles glatt verläuft, sehe ich das Licht am Ende des Tunnels.«

»Ich habe nicht das Gefühl, dir eine große Hilfe gewesen zu sein«, klagte Sophie. »Mir ist vormittags immer schlecht gewesen. Aber abends esse ich wie ein Scheunendrescher. Der Seebarsch ist gut.«

»Ihr habt mir alle auf eure Weise geholfen.«

»Sogar Jill?« Sophie grinste verschmitzt.

»Sogar Jill. Sie hat Clare in ihrem Haus aufgenommen und dann alles Rose überlassen, ohne sich einzumischen. Normalerweise wäre sie nach Irland gedüst und hätte diesem Pater Ryan, diesem Lumpen, seine eigenen Eier zum Abendmahl serviert. Übrigens ist ihre Mutter heute aus dem Krankenhaus entlassen worden.«

»Wissen Aidan und Patrick über Clare und ihr Baby Bescheid?«, fragte Sophie. »Ich weiß, dass Aidan sich Sorgen um sie gemacht hat – und ein bisschen in sie verschossen war.«

»Ja. Sie kann ja wohl kaum ein Geheimnis daraus machen, wenn sie hierbleiben will. Natürlich kennen sie nicht sämtliche Einzelheiten. Aber ich schätze, das hat es ein wenig leichter für Aidan gemacht – er kann jetzt verstehen, warum sie so vor ihm zurückgezuckt ist. Ich glaube, sie tut den beiden unendlich leid. *Jeden kann es treffen*, wie es so schön heißt.«

»Und Patrick und Rose – sind die noch zusammen?«, erkundigte sich Nick.

»Nicht mehr so wie früher. Ich weiß nicht, was zwischen den beiden vorgefallen ist. Aber ich denke, sie sind nach wie vor gute Freunde.«

»Sie sind ja noch sehr jung. Ich finde, Rose hat sich seit ihrer Rückkehr aus Afrika stark verändert«, sagte Sophie. »Vorher war sie die typische Tochter aus guten Hause – eine verwöhnte Göre. Aber nun scheint sie definitiv etwas gefunden zu haben – in sich selber, meine ich.«

»Es war erstaunlich, wie sie mit Clare umzugehen gewusst hat. Ich zum Beispiel bin ganz behutsam vorgegangen, habe versucht, sie nicht zu verschrecken. Aber Rose hat ihr ganz unverblümte Fragen gestellt, und Clare hat ohne zu zögern geantwortet.«

»Ja, junge Menschen machen sich manchmal nicht so einen Kopf wie wir Erwachsene«, sagte Sophie.

»Ich habe stets versucht, meinen Kindern eine einfühlsame Mutter zu sein«, sagte Rachel. »Wer hat noch mal dieses Gedicht über die Eltern geschrieben, die einen am Ende nur versauen oder so ähnlich?«

Nick lachte. »Phillip Larkin, glaube ich. Aber das trifft nicht bloß auf Eltern zu, oder? Wir versauen uns oft gegenseitig das Leben ...«

»Weil wir alle seelische Krüppel sind«, sagte Sophie. »Ich frage mich oft, wie wir es eigentlich fertig bringen, einander zu helfen – die am Arsch Gekniffenen nehmen die, die die Arschkarte gezogen haben, bei der Hand?«

»Ja, das kenne ich auch«, prustete Rachel. »Aber habt ihr

nicht das Gefühl, dass wir bisweilen wie zu einem Befreiungsschlag ausholen, wenn wir nur einmal den Kopf aus dem Schlamassel heben? Wenn wir genug geheult und gewütet haben, erfüllt uns etwas anderes, und wir fühlen uns besser, geheilt, ohne eigentlich etwas dafür getan zu haben.«

Sophie und Nick hatten beide zu essen aufgehört und sahen sie an.

»Das habe ich am eigenen Leibe erfahren«, sagte Nick.

»Das hast du wunderbar auf den Punkt gebracht, Rachel«, sagte Sophie. »Hast du das selber so erlebt – nach der Sandro-Episode?«

»In der Tat. Ich habe geheult, bis die Wohnung fast unter Wasser stand. Ich habe um meiner selbst willen geflennt und über jede herzzerreißende Situation, die mir gerade in den Sinn kam. Und ich hatte das Gefühl, daraus mehr im Frieden mit mir selber hervorgegangen zu sein, wie schon seit Ewigkeiten nicht mehr – mit einem weitaus besseren Verständnis für die menschliche Natur. Und zur Krönung des Ganzen ist mir dann die arme Clare über den Weg gelaufen. Ist das nicht komisch? Damit hat Sandro letzten Endes doch *etwas* Gutes bewirkt.«

»So kann's gehen«, sinnierte Nick. »Und wie läuft's mit Clare nun weiter?«

»Michael ist noch damit beschäftigt, alles auf die Reihe zu bringen. Er hat gesagt, er will mich später am Abend anrufen.«

Sophie stibitzte gerade ein paar Pommes von Nicks Teller. »Apropos – sind wir alle bereit, morgen einen triumphalen Abend über die Bühne zu bringen?«

»Oh ja. Die Menüs sind gedruckt. Kyp freut sich. Das Personal steht. Die Gäste sind eingeladen. Sogar die Tafel habe ich neu gestalten lassen. Sie ist heute geliefert worden.«

»Was hast du denn damit gemacht?«

»Ich habe ihnen gesagt, sie sollen *Sandro* durch *Sophie* ersetzen.«

Sophie ließ verblüfft ihre Gabel fallen. »Es steht also jetzt *Sophie's Italian Restaurant* darauf?«

»Nun, wie Kyp häufig sagt – du bist halb Italienerin und kochst nicht halb so schlecht. Warum Geld für einen neuen Chefkoch aus dem Fenster schmeißen?«

»Oh, Rachel. Was für eine Ehre. Ich hoffe, ich werde ihr gerecht.«

»Das hast du bereits bewiesen«, sagte Rachel.

Pater Ryan bog in die kleine Einfahrt neben dem Presbyterium ein. Es war Punkt acht am Freitagabend. Er hatte außerhalb von Bantry eine kleine Pause eingelegt, um sein Eintreffen perfekt zu timen. Er wollte Pater Christopher zeigen, dass er voller innerer Gelassenheit und Zuversicht nach Hause kam, und hatte sich bereits mit ein paar Schlucken Whiskey gestärkt, um gleich danach ein Pfefferminzdragee zu lutschen.

Plötzlich musste er scharf auf die Bremse treten. Es stand bereits ein Auto in der Einfahrt – ein Streifenwagen. War jemand in sein Haus eingebrochen, oder sollte das eine Begrüßungsparty werden? Er stieg aus. Pater Christopher stand auf der Veranda und unterhielt sich mit dem Dorfpolizisten. Als sie ihn näher kommen sahen, unterbrachen sie ihr Gespräch. Pater Christopher sagte weder ein Wort des Willkommens noch sonst etwas. Er wirkte eher irgendwie peinlich berührt.

»Guten Abend«, sagte Pater Ryan. Das lief absolut nicht so, wie er es sich vorgestellt hatte. Er hielt sogar sein neues Mobiltelefon in der Hand – obwohl er noch keine Ahnung hatte, wie es funktionierte. Pater Christopher musterte ihn stirnrunzelnd von oben bis unten. Wahrscheinlich war er neidisch auf seine neue Garderobe.

»Guten Abend, Pater«, sagte der Polizist mit steinerner Miene. »Es tut mir leid, aber ich muss Sie bitten, mich auf die Wache zu begleiten. Würden Sie bitte Ihren Wagen entfernen, damit ich rückwärts herausfahren kann?«

»Ich verstehe nicht ...«

»Würden Sie bitte Ihren Wagen entfernen, Sir.«

»Warum wollen Sie, dass ich auf die Wache komme? Was ist denn passiert – hat es einen Unfall gegeben? Ist eingebrochen worden?«

»Wir müssen Ihnen ein paar Fragen stellen. Ich erkläre es Ihnen auf dem Revier.«

Pater Ryan sah Pater Christopher an, erwartete ein Schmunzeln oder ein Feixen in seinem runden Gesicht. Aber es kam nichts dergleichen – nicht einmal ein verschwörerisches Augenzwinkern. Wollte denn nicht wenigstens sein Kollege ihm sagen, was hier vorging?

Pater Ryan stieg wieder in seinen Wagen und überlegte, während er aus der Einfahrt herausfuhr. Ach, er ahnte schon, um was es ging. Dieser verdammte Waliser Polizist musste Meldung gemacht haben, weil man ihn betrunken aufgegriffen hatte. Nun, das dürfte sich rasch aus der Welt schaffen lassen. Er schloss seinen Wagen ab und stieg in das Polizeiauto, wobei er es vermied, Pater Christopher anzusehen. Vor *ihm* würde er sich gar nicht dazu äußern – sonst machte es nachher im ganzen Ort die Runde.

»Ich kann alles erklären«, sagte er, als sie losfuhren.

»Okay«, nuschelte der Polizist, als wäre er ein amerikanischer Sheriff oder so etwas. »An Ihrer Stelle würde ich damit warten, bis wir da sind, Sir.« Dummer Kerl. Wollte er sein Spielchen mit ihm treiben? Pater Ryan kannte ihn, seit er ein rotznasiger Schulbengel gewesen war.

Auf der Wache wurde er in einen kleinen Raum geführt und dort sitzen gelassen. Eine Unverschämtheit, ihn so zu behandeln. Er wünschte, er trüge sein Priestergewand; dann würde man ihm mit mehr Respekt begegnen. Die Tür ging auf, ein offenbar ranghöherer Beamter kam herein und setzte sich ihm gegenüber an den Tisch. Gefolgt wurde er von einer uniformierten Frau, die sich neben die Tür stellte. Es kam ihm alles sehr streng und formell vor – nicht wie auf dem Revier in England, wo ihm Tee und Mitgefühl offeriert worden waren.

»Ich bin Sergeant Brennan«, stellte sich der Mann vor. »Sind Sie Pater Ryan von der …«

»Falls es darum geht, was in Wales passiert ist …«

»Was ist denn in Wales passiert?«

»Jemand hat in einem Pub etwas in meine Limonade getan und mich betrunken gemacht.«

»Nein, nein. Darum geht es hier nicht. Vielleicht können Sie mir die Geschichte hinterher noch erzählen. Uns liegt eine Beschwerde der Eltern eines Mädchens vor – eines Mädchens aus dem Chor, mit dem Sie arbeiten. Ehe Sie etwas dazu äußern …«

»Clare! Sie dürfen dem Mädchen kein Wort von dem glauben, was sie sagt. Ich bin mir sicher, dass ihre Mutter …«

Wieder ging die Tür auf, und ein weiterer Beamter kam herein. »Darf ich kurz mit Ihnen sprechen, Sir?«, sagte er. Die beiden gingen zusammen hinaus.

Pater Ryan saß da und wartete. Die Frau an der Tür sagte kein Wort, aber warum sollte er sich um höfliche Konversation mit ihr bemühen? War das alles ein Trick, um ihn nervös zu machen? Clare würde jedenfalls nicht damit durchkommen. Er wusste genau, dass ihre Mutter nie im Leben eine Beschwerde über ihn eingereicht hätte. Also musste sie dahinter stecken. Wie hatte sie das angestellt? Hatte sie bei der örtlichen Polizei angerufen oder ihnen einen Brief geschickt? Wie gerne hätte er jetzt einen Schluck Whiskey. Er spürte, wie seine Gelassenheit ihn verließ. Seine Hände waren klamm, sein Puls ging zunehmend schneller. Die Tür ging auf, der Sergeant kam zurück und setzte sich wieder. Er schaltete ein kleines Gerät ein und sprach hinein, als müsse er sich dem Kasten vorstellen. Er kam sich wohl sehr wichtig vor.

»Das Mädchen, um das es geht, heißt Maria«, sagte der Sergeant.

»Maria?« Pater Ryan begriff nicht recht.

»Aber Sie haben eben von einer Clare gesprochen. Erzählen Sie mir doch ein bisschen mehr über sie.«

»Ach, das war doch gar nichts. Mit ihr hat man dauernd Scherereien, mehr nicht.«

»Mehr nicht?«

»Bei ihr könnte ich mir vorstellen, dass sie sich über mich beschwert – nur, um im Mittelpunkt zu stehen.«

»Worüber sollte sie sich denn beschweren wollen?«

»Nun, ja.« Er versuchte, es mit einem wegwerfenden Lachen abzutun. »Sie wissen ja, wie die jungen Mädchen heutzutage sind.«

»Ja? Weiß ich das?«

»Die meisten Männer wären sich darüber einig, dass …«

»Pater Ryan, haben Sie einen Anwalt?«

»Ich brauche doch keinen …«

»Bevor Sie noch mehr sagen, sollten Sie möglicherweise noch einmal darüber nachdenken. Wir haben nämlich soeben eine weitere Beschwerde über Sie hereinbekommen, in der es sich tatsächlich um ein Mädchen namens *Clare* dreht.«

Rachel war gerade von ihrem Besuch bei Sophie und Nick nach Hause gekommen, als das Telefon klingelte. Bitte nicht schon wieder ein Notfall, dachte sie. Sie wollte heute zeitig schlafen gehen. Sie ging an den Apparat. Es war Pater Michael.

»Sie haben ihn«, sagte er.

»Juchhu!« Rachel küsste begeistert das Telefon.

25

Früh am Samstagmorgen hatte Clare ihren Arzttermin. Rachel begleitete sie und hielt ihre Hand, während die Ärztin an ihrem Schreibtisch saß und den Brief überflog, den Pater Michael ihr geschrieben hatte. Clare beobachtete dabei, was für eine Miene sie zog. Sie sah noch ziemlich jung aus – würde sie darüber schockiert sein, was sie da las? Endlich fuhr sich die Frau mit den Fingern durch ihr kurzes blondes Haar und gab einen tiefen Seufzer von sich. Clare fragte sich schon, ob ihr das alles möglicherweise auf den Geist ging, aber dann blickte die Ärztin mit einem offenen, mitfühlenden Lächeln auf. Sie stellte Clare allerhand Fragen über ihren Gesundheitszustand und ihre Ernährungsgewohnheiten und kam schließlich auf die Geburt zu sprechen. Als Clare gerade glaubte, sie hätte die Prozedur hinter sich, wurde eine Sprechstundenhilfe ins Behandlungszimmer gerufen.

»Wir müssen Sie untersuchen, Miss Mulligan«, sagte die Schwester. »Es wird nicht lange dauern.«

»Wozu denn?« Clare packte Rachels Hand fester. Sie wollte sich nicht vor fremden Leuten entblößen und anfassen lassen.

»Ich muss einen Bericht über dich schreiben. Alles wird gut, das verspreche ich dir«, sagte die Ärztin. »Rachel kann dabeibleiben.«

Die Ärztin wog sie, maß ihre Körpergröße und bat sie dann, sich auszuziehen. Clare merkte, wie ihr die Tränen kamen. Sie weinte bitterlich, als die Ärztin ihre Scheide untersuchte. Sie wollte das nicht – sie wollte, dass nie wieder jemand sie an diesen Stellen berührte.

»Sie sind ein tapferes Mädchen, Miss Mulligan«, sagte die Arzthelferin.

Aber Clare war überhaupt nicht tapfer zumute. Sie kam sich wie ein kleines Kind vor, weil sie so heulte, während man doch nur versuchte, ihr zu helfen.

Die Ärztin betastete ihre Brüste und wollte wissen, wie lange sie ihr Baby gestillt hatte. »Das hast du sehr gut gemacht«, sagte sie. »Und das in deinen jungen Jahren. Leicht kann es nicht für dich gewesen sein.«

Das hatte Rachel auch schon zu ihr gesagt. Wenn sie nur wüssten, wie sehr sie das alles hasste. Und sie hatte absolut kein Lob verdient. Die Ärztin schien jeden Winkel ihres Körpers unter die Lupe nehmen zu wollen. Sie machte ein paar Bemerkungen über den Bluterguss an ihrem Bein und den Schnitt in ihrer Hand und fragte sie, wo die Verletzungen herrührten. Dann horchte sie ihre Brust ab und drückte ihr überall auf den Magen. Schließlich durfte sie sich wieder ankleiden, und die Arzthelferin nahm ihr Blut ab.

»Nun, Clare«, sagte die Ärztin. »Du hast einen ziemlich

bösen Dammriss von der Geburt, der eigentlich hätte genäht werden müssen. Aber du bist ja noch jung, und die Stelle heilt gut. Ansonsten ist da unten alles in Ordnung. Du bist zu dünn für dein Alter und ziemlich unterernährt. Vermutlich leidest du an Blutarmut, was deine ständige Müdigkeit erklären würde. Das wissen wir genauer, sobald die Bluttestergebnisse da sind.« Während die Ärztin sprach, machte sie sich Notizen. »Natürlich werde ich auch dein Kind untersuchen müssen – und zwar so bald wie möglich.« Sie sah auf die Uhr. »Ich werde auf dem Heimweg bei der Rocken Edge Farm vorbeischauen – so gegen Mittag.« Sie legte ihren Stift hin und lehnte sich in ihrem Sessel zurück. »So, und nun zu diesen Würmern.« Sie warf Rachel einen Blick zu.

»Es ist schon gut. Rachel weiß darüber Bescheid«, murmelte Clare und hielt sich an ihrem Zopf fest. Die Ärztin machte ein ernstes Gesicht. Was würde sie gleich sagen? Würde sie sie operieren müssen?«

»Also, Clare. Du hast keine Würmer. Ich habe dich gründlich untersucht. Es ist so, wie Pater Michael gesagt hat. Ich weiß, dass sie dir wie real vorkommen, aber sie sind eine Folgeerscheinung deiner Ängste und werden verschwinden, sobald du dich von alledem erholt hast.«

»Sind Sie sich da sicher? Muss ich nicht geröntgt werden oder so was?«

Die Ärztin lächelte. »Ich bin mir absolut sicher. Ich verschreibe dir Vitamine und Mineralstoffe.« Sie sah Rachel an. »Möglicherweise ein Fall für Marguerite?«

Rachel brachte Clare zur Villa zurück und ließ sie bei Rose. Clare erzählte Rose gerade, was die Ärztin gesagt hatte, als das Telefon läutete. Rose nahm ab und legte die Hand auf die Muschel.

»Oh mein Gott, Clare – es ist deine Mutter.«

Clare begriff nicht sofort. »Mutter? Die Mutter Oberin?«

»Nein, deine richtige Mutter – deine Mam. Sag ihr doch wenigstens *hallo*«, flüsterte Rose und hielt ihr den Hörer hin. »Wenn es dir zu viel ist, übernehme ich und sage ihr, dass du dich nicht wohl fühlst.«

War das wirklich ihre Mam? Wollte ihre Mam mit ihr sprechen? Sie nahm den Hörer. »Mam?«

»Bist du es, Clare?«

Sie war es wirklich. Sie war so viele Meilen weit fort, in Irland, und sie konnte trotzdem klar und deutlich ihre Stimme hören. Ihre Mam! »Ja, ich bin's«, sagte sie mit tränenerstickter Stimme und wischte sich über die Augen.

»Geht es dir gut?«

»Ja.« Sie hatte Mühe, auch nur dieses Wörtchen auszusprechen. Sie wollte nur weinen und weinen vor Glück, die Stimme ihrer Mutter zu hören. Es entstand eine längere Pause, und sie fragte sich schon, ob ihre Mutter noch dran wäre.

»Sergeant Brennan ist bei mir gewesen … mit Pater Christopher und dem Bischof … Sie haben mir schreckliche Dinge erzählt … mir Vorhaltungen gemacht … du hättest mir sagen sollen, was da gewesen ist …«

Sergeant Brennan? Sie wusste mit den Namen nichts anzufangen. Die Stimme ihrer Mam klang sonderbar, als hätte sie Halsschmerzen. »Ich hab's ja versucht, Mammy. Ich hab's echt versucht. Aber du hast mir immer gesagt, ich muss alles tun, was Pater Ryan von mir verlangt.«

»Hast du nicht daran gedacht, mal deinen gesunden Menschenverstand einzuschalten?«

Sie wusste nicht, was sie darauf antworten sollte – sie hatte immer gedacht, so ein Menschenverstand wäre den Erwachsenen vorbehalten. »Ich hab ja nicht gewusst …«

»Ich auch nicht.«

»Warum hast du mich nicht vor ihm beschützt, Mam?«, sagte sie und dachte an das, was Pater Michael und die anderen ihr gesagt hatten.

»Wie sollte ich denn, wenn ich doch keine Ahnung hatte?«

Clare fiel nichts dazu sein. Sie sah Rose an.

»Erzähl ihr von Sam«, flüsterte Rose.

»Ich habe einen kleinen Jungen bekommen«, sagte Clare.

»Ich weiß. Er wird zur Adoption freigegeben werden müssen – in ein gutes Elternhaus.«

»Er hat schon ein gutes Zuhause«, protestierte Clare. Ihre Mam hätte das nicht gesagt, wenn sie Sam gesehen oder Fran kennen gelernt hätte.

»Willst du damit sagen, dass er bereits adoptiert worden ist?«

»Ja … auf eine gewisse Weise.«

»Ach?« Das schien sie nicht erwartet zu haben. »Hast du dann vor, bald nach Hause zu kommen? Allerdings werde ich nicht mehr lange hier sein. Ich beabsichtige, mich dem Orden der Franziskaner anzuschließen, den Klarissen.«

»*Nein!* Tu das nicht, Mam!« Sie hatte das Gefühl, als würde ihr alles entgleiten. Ihre Stimme überschlug sich. »Ich will, dass du herkommst! Ich brauche dich, Mammy. Ich will, dass du kommst und für mich da bist. Ich möchte dir das Baby zeigen.«

Es entstand ein langes Schweigen. Clare hielt die Luft an, um die Tränen zu ersticken. Vom anderen Ende der Leitung hörte sie leise, gedämpfte Geräusche. Weinte ihr Mam ebenfalls? Hatte sie sie zum Weinen gebracht? Oh, die arme Mam.

»Das kann ich nicht. Und das Kind möchte ich gar nicht erst sehen. Außerdem kann ich nicht alleine eine so weite Reise unternehmen.«

»Aber mich hast du losgeschickt!«

»Ich hielt es für das Beste. Er … er hat mir versichert, es wäre alles gut geregelt.«

»Hat er das gesagt?«

»Möglicherweise kannst du mich ja besuchen kommen, wenn ich mich erst eingerichtet habe. Nach allem, was passiert ist, kann ich nicht in Bantry bleiben. Die Schande …«

Clare spürte, wie ihr die Tränen übers Gesicht liefen. Rose streichelte ihren Rücken. »Du darfst dich meinetwegen nicht schämen, Mammy. Es war nicht meine Schuld.« Sie hörte, wie ihre Mam sich die Nase schnäuzte.

»Wir könnten einander ja schreiben. Das wäre doch eine Lösung.«

»Nein, Mam, bitte. Ich möchte dich sehen.«

Aber die Leitung war bereits tot. Clare legte den Hörer auf und sah Rose unglücklich an. »Wir sind unterbrochen worden«, behauptete sie. Sie stand da, fixierte das Telefon und wartete darauf, dass ihre Mutter zurückrief. Sie wartete eine lange Zeit – bis Rose sie behutsam beim Arm nahm und mit sich zog.

Am späteren Samstagvormittag hielt Rachel in ihrer Wohnung Kriegsrat ab. Sie mochte gar nicht an all die Vorbereitungen denken, die für den Abend noch getroffen werden mussten. Aidan war mit Patrick nach Wraith Cove gefahren – zu ihrer Erleichterung, denn sie wollte ihn bei der Endphase lieber nicht um sich haben. Fran saß auf dem Sofa und gab Sam sein Fläschchen. Rose hatte sich auf dem Teppich ausgestreckt, und Clare saß zusammengesunken im Sessel. Sie wirkte erschöpft und blass seit ihrem Besuch bei der Ärztin. Rachel machte sich Sorgen. Es passierte alles so schnell – das junge Ding fiel von einer Stresssituation in die nächste. Sie hörte zu, wie Pater Michael Clare von Pater Ryans Festnahme berichtete.

»Von den Eltern eines anderen Mädchen war ebenfalls schon eine Beschwerde eingegangen«, sagte er gerade.

»Maria?«, fragte Clare mit weit aufgerissenen grünen Augen.

»Ja, ich glaube, so heißt sie.«

»Aber sie ist doch noch ganz klein.«

»Das ist es ja.« Er seufzte. »Es gibt da noch etwas, was ich dir erzählen muss, Clare. Stillwater Abbey, der Konvent, in dem du schließlich gelandet bist, war gar nicht der Ort, zu dem du solltest. Du bist zu einer verkehrten Adresse geschickt worden.«

»Aber die Mutter Oberin hat doch gesagt, dass sie mich erwartete. Sie sagte, sie würde Pater Ryan kennen.«

»Sie war nicht bei Verstand, obwohl sie dich erst mal überzeugt hat. Aber sie war senil – wie du dann ja selber gemerkt hast.«

»Wie haben Sie das herausgefunden?«

»Pater Ryan hat deine Spur bis dorthin verfolgt. Er scheint eine Menge von Klöstern und Konventen abgeklappert zu haben.«

»Er war dort? Ist aus Irland da hin gefahren?«

»Allerdings. Schwester Bridget, seine Kusine, fing an, sich Sorgen zu machen, als du nicht kamst. Sie hatte schon eine Pflegefamilie in Hereford für dich gefunden.«

»Ach ja? Und Pater Ryan hat sich auf die Suche nach mir gemacht?«

Kurz dachte Rachel darüber nach, was geworden wäre, wenn Clare es zum Haus dieser Pflegeeltern geschafft hätte. Clare indes schien Pater Michael nicht mehr ganz folgen zu können.

»Aber was ist denn aus Mutter – also der Oberin – und Schwester Agnes, der anderen Nonne, die, die schon tot war, geworden?«

»Leider muss ich dir sagen, dass diese Mutter, wie du sie nennst, nicht mehr am Leben ist.«

»Oh nein! Hat sie sich mit der Krankheit angesteckt, an der auch Schwester Agnes gestorben ist? Das muss was ganz Schlimmes gewesen sein.«

»Nicht doch. Sie ist eine Treppe hinuntergefallen. Pater Ryan war dabei, als es passierte. Er hat einen Krankenwagen gerufen und eine Aussage vor der englischen Polizei gemacht. Als man ihn in Irland festnahm, hat er der dortigen Polizei alle Einzelheiten von seiner aufregenden Reise erzählt – von der Suche nach dir.«

»Die arme Mutter Oberin. Bestimmt hat er sie geschubst«, erklärte Clare stirnrunzelnd.

Pater Michael sagte nichts dazu, aber Rachel fiel auf, dass er sich etwas notierte. »Es tut mir leid, dass ich dir all diese unerfreulichen Dinge nicht ersparen kann, Clare. Weißt du, wenn so etwas passiert, sind die Behörden zu raschem Handeln gezwungen, und alles scheint sich zu überschlagen. Mir ist bewusst, wie jung du noch bist – aber es ist das Beste für dich, die ganze Wahrheit zu erfahren.«

»Ja, und ich möchte gerne alles wissen«, sagte Clare ernst.

»Recht so. Es gibt noch ein paar Einzelheiten, die für alle Anwesenden bestimmt sind«, fuhr er fort. »Ich weiß, dass wir alle gerne denken würden, dass es nun ausgestanden und vorbei ist. Pater Ryan ist in sicherem Gewahrsam. Sam ist in Sicherheit, und Fran sorgt für ihn. Und Clare hat ebenfalls Menschen, die sich um sie kümmern. Aber ich fürchte, die Behörden werden es nicht darauf beruhen lassen. Auf jeden Fall brauchen wir ihnen nicht die Geschichte zu erzählen, wie Sam abhandenkam und dann wiedergefunden wurde. Wir können es so darstellen, dass Clare mit dem Ziel auf die Insel gekommen ist, bei ihrer Freundin Rose zu bleiben. Allerdings gibt es hier keinen Angehörigen, nicht einmal einen alten Freund der Familie, der als Clares – und Sams – legaler Vormund in Frage käme.«

»Könnten wir nicht sagen, dass Fran eine alte Freundin der Familie ist und dass Clare bei ihr Unterschlupf suchen wollte?«, schlug Rose vor.

»Nein, das ließe sich zu leicht nachprüfen. Wir haben nur eine Chance zu erreichen, dass Clare und Sam bei uns bleiben – wenn sie nämlich bei Fran wohnen und wir Clares Mutter dazu überreden können, ebenfalls herzuziehen – zumindest so lange, bis die Vormundschaftsbehörde zufrieden ist.«

Clare schüttelte den Kopf. »Ich habe heute Vormittag mit Mam gesprochen«, berichtete sie kummervoll. »Sie will, dass ich Sam zur Adoption freigebe, und selber in ein Klarissenkloster gehen. Das war immer schon ihr Wunsch gewesen.«

Diese elenden Klarissen, dachte Rachel. Warum widmete die Frau nicht zur Abwechslung mal ihrer eigenen Tochter etwas mehr Aufmerksamkeit? Wie konnte sie nur so gefühllos sein?

»Ja, ich weiß, dass du mit ihr telefoniert hast«, sagte Pater Michael. »Ich habe sie nämlich ebenfalls angerufen, und ich glaube, dass sie die Dinge nach eurem Telefonat ein wenig anders sieht. Offenbar hatte sie auch bereits mit der Äbtissin des Ordens gesprochen, um von ihr zu erfahren, was die Heilige Jungfrau unter solchen Umständen ihrer Meinung nach getan hätte. Ich denke, deine Mutter war mit der sogenannten Schande, die sie plötzlich über sich hereinbrechen sah, völlig überfordert, Clare. Doch nun muss sie sich ihrer Verantwortung dir und Sam gegenüber stellen.«

»Aber es war doch nicht ihre Schuld … Meine Mam … wenn sie es gewusst hätte …«

Ja, die Loyalität und das Vertrauen, die Kinder ihren Eltern gegenüber empfinden, dachte Rachel. Sie klammern sich mit aller Macht an sie, auch nachdem sie geprügelt und herumgestoßen worden sind.

»Jedenfalls musste deine Mutter sich erst einmal der Konsequenzen bewusst werden, wenn sie dir und Sam den Rücken kehrt«, erklärte Pater Michael mit Nachdruck.

»Aber ich will nicht dahin zurück, ich will hierbleiben«, jammerte Clare. »Und sie würde nie diese Reise auf sich nehmen.«

»Vielleicht klappt es trotzdem. Pater Christopher hat angeboten, sie zu begleiten. Ich kenne ihn von früher her als großherzigen Menschen. Das dürfte ihre Vorbehalte lindern. Sie denkt darüber nach.« Er wandte sich Fran zu, die Sam gerade auf den Rücken klopfte. »Wären Sie bereit, Clare und ihre Mutter bei sich unterzubringen, um zu sehen, wie sich das alles entwickelt?«

»Clare gerne …«

»Fran«, sagte Rachel streng. »Du hast hoch und heilig erklärt, dass du absolut alles für sie tun würdest. Platz hast du genug. Und es würde bedeuten, dass Sam unter deinem Dach wohnen bleibt.«

»Aber für wie lange?«, wandte Fran ein.

»Wie sollen wir das wissen? Wir haben alle keine Ahnung, wie sich das entwickeln wird. Aber es ist der beste Plan, den wir haben«, sagte Rachel. »Ob Clare und ihre Mutter nun beschließen, auf der Isle of Wight zu bleiben, oder ob sie lieber nach Irland zurückkehren wollen …«

»Rachel hat recht. Es ist der beste und gleichzeitig der einzige Ausweg, der uns im Moment bleibt«, sagte Pater Michael.

Sam gab einen so kräftigen Rülpser von sich, dass er ihm selber verdutzt hinterherhorchte. Rose brach in schallendes Lachen aus.

Wenig später begleitete Rachel Pater Michael nach unten an die Tür. »Wie geht's jetzt weiter?«, fragte sie.

»Man wird Pater Ryan zweifellos den Prozess machen, und dazu werden die Polizei und das Jugendamt und verschiedene andere Behörden Clare befragen wollen. Ob Clare sich zu einer Aussage bereit erklärt, liegt allerdings an ihr. Das funktioniert übrigens heute schon per Videoaufnahme – die jungen Opfer sind dann nicht mehr dem Druck ausgesetzt, persönlich im Gerichtssaal erscheinen zu müssen wie früher. Aber das liegt vorerst noch in weiter Ferne, und wir können Schritt für Schritt alles abwarten.«

Rachel ging wieder nach oben. Zu ihrer Überraschung saß Clare auf dem Sofa und hielt Sam im Arm, während Fran seine Sachen zusammenpackte. Clare sah Sam an, lächelte aber nicht dabei. Rachel enthielt sich jeden Kommentars.

»Wir essen bei Fran zu Mittag«, sagte Rose. »Und dann machen wir mit Cinders einen Spaziergang und helfen Fran beim Füttern ihrer Tiere. Na, und heute Abend gibt's beim Valentinsdinner allerhand für uns zu tun.«

»Du wirst heute Abend kaum in der Verfassung sein zu arbeiten, junge Dame«, sagte Rachel zu Clare. »Du bist mir noch ein bisschen zu jung für die Nachtschicht.« Clare wirkte immer noch sehr bedrückt. Rachel lächelte ihr zu und tätschelte ihre Wange. »Aber für dich habe ich eine besondere Aufgabe. Du kannst futtern, bis du aus den Nähten platzt, musst aber deine Ohren spitzen, damit du meinen erlauchten Gästen ablauschst, was sie wirklich von meinen Küchenkünsten halten.«

Mit diesen Worten griff sie nach ihrer Schürze. »Küche, ich komme!«, rief sie resolut.

An diesem Nachmittag ging Fran zum ersten Mal zu Fuß ins Dorf nach Niton. Sie schob Sam in seinem Buggy vor sich her. Clare und Rose führten Cinders an der Leine und folgten ihr munter schwatzend. Immer wieder musste Fran stehen bleiben, weil Spaziergänger einen Blick in die Babykarre werfen wollten.

»Ist das dein Enkel, Fran?«

»Nein, ich bin nur vorübergehend so eine Art Patentante für ihn. Clare hier ist seine Mutter.« Es tat gut, das sagen zu können. Sie hatte schon wieder einen mörderischen Schreck bekommen, als um die Mittagszeit unangemeldet die Ärztin erschienen war, um sich Sam anzusehen. Aber dann war die Frau sehr freundlich gewesen und hatte sich lobend darüber geäußert, wie gut Sam sich unter ihrer Pflege machte. Sie hatte ihn untersucht, Ernährungsfragen mit ihr erörtert und über anstehende Impfungen gesprochen. Clare und Rose waren von ihrem Auslauf mit Cinders zurückgekehrt, als die Ärztin noch im Haus war, und man hatte sich über Clares Zukunft unterhalten und dass sie wieder in die Schule gehen sollte – nebst der Möglichkeit, dass sie auf der Rocken Edge Farm wohnen bliebe.

Fran rangierte den Buggy geschickt durch die Tür der Teestube im alten Postamt, in der Rose dann eine Runde *cream tea* spendierte.

»Mir gefällt's hier«, sagte Clare und leckte sich Sahne und Marmelade von den Fingern. »Es erinnert mich ein bisschen an Zuhause – die Nähe des Meeres und alles. Und ich mag die Farm und die Tiere.«

»Wenn du morgen kommst, kannst du dir ja mal das Haus ansehen und dich für ein Zimmer entscheiden«, schlug Fran vor. »Allerdings werden wir ein wenig aufräumen müssen. Ted wird uns sicher helfen.«

»Ach, kann ich bitte auch dabei sein?«, fragte Rose. »Ich liebe es, in alten Sachen zu wühlen – natürlich nur, wenn meine Großmama mich nicht braucht, aber die schläft im Moment die meiste Zeit.«

»Aber klar«, sagte Fran und fragte sich, auf was sie sich da einließ. Für das alte Haus würde es geradezu einen Schock bedeuten, aber es war sowieso an der Zeit, dass Phillips Sachen mal aussortiert wurden. Er würde bestimmt nie aus Australien kommen, um sie zu holen.

»Wir sollten zusätzlich über das Zimmer für deine Mutter nachdenken, Clare – falls sie beschließt herzuziehen.«

So, nun hatte sie es ausgesprochen. Fran wusste, dass sie größte Schwierigkeiten damit haben würde, aber sie musste es versuchen. Wenn es nicht funktionierte, hätte sie zumindest ihr Bestes getan. Und sie könnte sich glücklich schätzen, Sam wenigstens eine kurze Strecke auf seinem Lebensweg begleitet haben zu dürfen. Ihre Augen wurden feucht. Ihr blieben aber immer noch ihre Tiere und ihr Ballett – und Ted.

26

Pater Ryans Kopf schmerzte. Der Schmerz kam ihm schlimmer vor als früher – bevor er den Whiskey als Heilmittel entdeckt hatte. Ob sein Hirntumor zurückgekehrt war? Womöglich wäre das gar nicht so schlecht – dann würden die Leute aufhören, ihm Vorwürfe wegen Dingen zu machen, für die er gar nichts konnte. Der Anwalt, den ihm die Kirche besorgt hatte, war ein Trottel. Er hatte über seine Rechte gelabert und dass Kaution gestellt werden müsse. Obendrein hatte er sich darüber ausgelassen, wo er nach seiner Entlassung hingehen könnte – bis Pater Ryan das alles über den Kopf wuchs und er ihn gebeten hatte, ihn in Ruhe zu lassen.

Jedenfalls brauchte er sich wegen seiner Sonntagspredigt nicht den Kopf zu zerbrechen. Er stand von dem unbequemen Stuhl auf und legte sich auf seine Pritsche. Er konnte Männerstimmen hören, das Trappeln von Schritten auf den Treppen, entfernte Musik. Es erinnerte ihn an das Priesterseminar. Wo war er? Was sollte er hier? Er wollte nicht unter Männern sein; hier hätte er keine angenehme Gesellschaft, niemanden, den er lieb haben konnte. Aber wozu brauchte er jemanden zum Liebhaben? Man konnte anderen Menschen sowieso nicht vertrauen. Dieses Mädchen zum Beispiel, das mit den roten Haaren – wie war noch mal ihr Name? Er hatte ihr seine Zuneigung anvertraut, sie hatte ihn gewähren lassen und ihm dann einen Strick daraus gedreht. Nie wieder würde er jemandem seine Liebe schenken – außer einem guten Mädchen wie Jeannie. Sie hätte ihm so etwas nie angetan.

Der Gedanke an sie ließ seine Augen feucht werden. Ob sie sich um ihn Sorgen machte, sich fragte, wo er steckte? Wie lange wollte man ihn hierbehalten? Er würde jemanden bitten müssen, Jeannie ihre neue Stola zu bringen. Vorerst könnte er ihr die aufregende Geschichte seiner Reise nicht erzählen – und sie auch nicht trösten. Nicht so wie früher, wenn sie verfroren und verängstigt in sein Bett gekrochen gekommen war und sie sich eng zusammengekuschelt und versucht hatten, nicht auf den scheußlichen Elternstreit eine Etage tiefer zu lauschen.

Beim Gedanken an Jeannie musste er lächeln und rollte sich auf seiner harten Bettstatt zusammen. Er tastete nach dem roten Tuch, das er unter dem Kissen versteckt hatte. Wie sehr er sich nach jenen Tagen zurücksehnte.

Fran hob Sam aus der Babywanne und wickelte ihn in ein Handtuch. Sie erinnerte sich noch an den ersten Abend, an dem sie ihn gebadet hatte, wie sie hektisch die durchnässten Sachen von seinem winzigen Leib entfernt hatte. Inzwischen war sie schon viel sicherer im Umgang mit ihm. Sie gab ihm einen Kuss auf die Stirn.

»Ich weiß jetzt, wer du bist«, sagte sie. »Aber du bleibst immer noch mein Sam.«

Sie dachte an die rosa Babykleidung, in der sie ihn gefunden hatte. Sie lag oben in einer der Schubladen versteckt. Sie durfte nicht vergessen, Clare zu sagen, dass sie sie aufbewahrt hatte. Oder vielleicht doch lieber nicht? Womöglich verband Clare schreckliche Erinnerungen damit. Sie würde sie erst mal als ihr kleines Geheimnis behalten. Dann könnte sie sich diese grob zusammengestrickten Babysachen öfter mal ansehen und sich an den Abend erinnern, an dem sie Sam entdeckt hatte. Nicht, dass sie jenen Tag je vergessen würde. Doch falls Clare und ihre Mutter beschließen sollten, ihn ihr wegzunehmen … den Gedanken daran ertrug sie nach wie vor nicht.

Sie küsste Sam noch einmal. »Dieses törichte alte Weib liebt dich«, flüsterte sie. Ja, sie war in der Tat töricht gewesen zu denken, dass sie ihn einfach behalten könne. Aber ihre Liebe zu Sam war so stark – zu stark. Sie hatte total Besitz von ihr ergriffen, und die unerfreulichen Gedanken an die möglichen Konsequenzen hatte sie vehement verdrängt.

Sie zog ihn an und legte ihn in sein Körbchen, während sie seine Babyflasche vorbereitete und Cinders und Sugar Plum versorgte. Dann nahm sie Sam wieder an sich und setzte sich bequem in den Sessel, um ihn zu füttern.

»Weißt du, was wir jetzt machen?«, sagte sie und schaltete den Videorekorder ein. »Wir haben uns die *Nussknacker-Suite* nämlich noch nie bis zum Schluss angesehen.«

Rachel und Sophie hatten sich vor dem Eintreffen der geladenen Gäste von einem Journalisten vor dem Café fotografieren lassen. Die Jalousien waren hochgezogen, und das Licht fiel auf die Tafel – auf der nun *Sophie's Italian Restaurant* stand – und auf die Olivenbäumchen. Bevor sie wieder hineingingen, prüften sie die Wirkung des Ganzen von der gegenüberliegenden Straßenseite.

»Sieht gut aus«, sagte Sophie. »Ob es den Schweiß und die Tränen wert ist?«

»Frag mich das, wenn der letzte Gang schmackhaft auf dem Tisch gelandet ist. Ich hoffe auf einen genussreichen Abend ohne Zwischenfälle.« Rachel wandte sich dem Meer zu. »Wenn man sich vorstellt, wie viele Katastrophen sich an diesem Küstenstreifen schon zugetragen haben.«

Sophie lachte. »Wenn du damit das Stück Land von Ventnor nach Rocken Edge meinst – ja: Geburt, Tod und alle nur erdenklichen Ereignisse dazwischen.«

»Ja, und das nur hier bei uns auf unserer kleinen Insel. Ist schon irre. Okay – sind wir bereit, Kollegin?«

Eine Stunde später verteilte Rachel in der Küche noch die herzförmigen Amaretti-Kekse auf den fertigen Desserts. Sie machte eine Pause und warf einen Blick in das Restaurant.

Alles wirkte sehr festlich – das gedämmte Licht, die roten Rosen und die zarten Dekorationen aus Goldherzen, die unter der Decke zu schweben schienen. Die Gläser und die Bestecke funkelten. Die Kellner und Kellnerinnen sahen ausgesprochen schick aus in ihrer schwarz-weißen Kluft. Aidan und Patrick waren mit Abstand die bestaussehenden Männer auf dem Planeten. Und Billys Rastazöpfe verliehen dem Personal das gewisse Etwas. Clare sah in ihrem eleganten Kostüm und mit ihrem gestylten Haar aus wie eine Tochter aus gutem Hause. Rachel fiel auf, wie rosig ihre Wangen leuchteten. Na, und war das etwa ein schüchternes Lächeln auf ihrem Gesicht, während sie sich mit Rose unterhielt?

Sophie und Kyp machten einen echt italienischen Eindruck, wie sie da mit Feuereifer in der Küche hantierten. Ab und zu kamen sie aus ihrem Refugium, um sich bei den Gästen auf deren Wunsch blicken zu lassen. Kyp stimmte sogar gelegentlich eine Arie während des Kochens an. Sophie war viel zu sehr mit Abschmecken beschäftigt, sich daran zu beteiligen. Sooft Nick in die Küche kam, gab er ihr einen Kuss.

Der heilige Valentinus, dachte Rachel. Wer genau war das gewesen? Auf jeden Fall wurde in seinem Namen eine Menge Geld ausgegeben. Oder wurde sie jetzt zynisch? Und das am Vorabend des Tages der Liebenden! Manchmal fragte sie sich, ob Liebe zwischen Menschen überhaupt möglich war. Aber dann brauchte sie sich ja nur Sophie und Nick anzusehen. Und ihre beiden Jungen. Natürlich gab es *Liebe.* Möglicherweise hatte sie die Lektion darüber erhalten, dass man sich von ihr nicht den Teppich unter den Füßen wegziehen lassen durfte. Sollte der Begriff Liebe mit einem Warnhinweis versehen sein? *Liebe kann ernsthaft Ihren Verstand gefährden.* Aber welcher Raucher kümmerte sich zum Beispiel darum, was auf den Zigarettenpackungen stand? Sie würde beim nächsten Mal halt ein bisschen vorsichtiger sein, etwas weniger blauäugig …

Doch in der Zwischenzeit gab es da draußen allerhand hungrige Mägen zu füllen. Sie aß einen Keks und brachte Sophie einen in die Küche, in der Kyp und ihre Freundin temperamentvoll, sozusagen im italienischen Stil schalteten und walteten. Als Kyp sie kommen sah, trällerte er eine Opernzeile, die sie nicht zuordnen konnte und die wahrscheinlich nur in seiner eigenen Fantasie existierte. Als Sophie lachte, steckte Rachel ihr blitzschnell den Keks in den Mund.

»Mmh, lecker«, murmelte Sophie. »Davon könnte ich noch mehr vertragen.« Mit leuchtenden Augen sah sie Rachel an. »Ich glaube, wir schaffen es wunderbar, oder?«

»Ich will nicht gehässig sein«, sagte Rachel. »Aber eines möchte ich loswerden.« Sie legte die Hände wie einen Trichter um den Mund und trompete: »Sandro, vor dieser Leistung kannst du einpacken!«

Clare und Rose saßen an einem Tisch für zwei. Clare betrachtete die lederne Mappe mit dem Abendmenü, auf der *Sophie's Italian Restaurant* eingeprägt war. Sie dachte an den Tag ihrer Ankunft in Ventnor zurück, als sie nach dem

Leuchtturm gesucht hatte. Damals hatte sie vor diesem Lokal gestanden – *Rachel's Café* – und sich gefragt, ob es wohl die besagte Rachel war, die darin saß. Ihr war so kalt gewesen, und sie hatte sich so von allem ausgeschlossen gefühlt. Und nun saß *sie* hier, fühlte sich schon wesentlich besser und war sogar ein bisschen glücklich. In den Messern konnte sie ihr winziges Spiegelbild sehen. Ihr neues Kruzifix glänzte an ihrem Hals. Sie hatte es auf einem Wohltätigkeitsbasar gekauft, und es hatte sie nur fünfzig Pence gekostet, aber es war ihr sehr viel mehr wert. Rose meinte, es sei *cool*. Außerdem hatte sie ein Exemplar von *The Girl's Book of Ballet* für Fran und einen blauen Stoffhasen für Sam erworben.

»Du kannst bei mir auf *Cormorants* wohnen, bis deine Mutter kommt«, sagte Rose gerade. »Ich habe lieber dich als meine jüngere Wunsch-Schwester um mich statt meine beiden vom Teufel besessenen eigenen Geschwister.«

»Tatsächlich?« Clare hatte Fleur und Tom jeden Tag aus der Schule nach Hause kommen sehen, und jedes Mal kam es ihr vor, als könnten sie einander nur anschreien und aufeinander einprügeln.

»Oh, ja. Um keinen Preis der Welt möchte ich an der Stelle unseres Kindermädchens sein. Ich mag die kleinen Biester, aber früher oder später wird eines von ihnen zum Mörder mutieren. Es kommt nur darauf an, wer von den beiden zuerst herausfindet, wo Mam ihr Fleischmesser aufbewahrt.«

Clare schüttelte den Kopf. Wie gerne würde sie bei Rose bleiben – das war es, was sie sich am allermeisten auf der Welt wünschte. Aber sie wusste, dass das nun, da Roses Großmutter aus dem Krankenhaus entlassen war, zu viel verlangt wäre. Sie konnte sich vorstellen, dass Rose hin- und hergerissen sein würde, ob sie ihre Zeit nun ihrer Freundin oder ihrer Großmama widmen sollte.

»Michael meint, ich hätte die beste Chance hierzubleiben, wenn ich zu Fran und Sam ziehe. Sie hat ihn wirklich ins Herz geschlossen, findest du nicht auch? Wenn meine Mam dann kommt, kriegt sie einen richtig guten Eindruck. Ich möchte nämlich nicht, dass meine Mam ihn Fran wegnimmt. Ich weiß nicht, was dann passiert.«

»Na, da wirst du ja wohl auch ein Wörtchen mitzureden haben. Meinst du, deine Mutter und Fran verstehen sich?«

Clare biss sich auf die Unterlippe und musste unwillkürlich lachen. Es war ein komisches Gefühl – das hatte sie schon lange nicht mehr getan. »Meine Mutter hasst es, wenn irgendwo Staub liegt – von Tierhaaren und Babykotze ganz zu schweigen.«

Auch Rose lachte. »Dann sind die beiden ja wie Tag und Nacht.«

Clare fand das lustig – auch wenn sie den Vergleich nicht ganz begriff.

»Wie ist dir denn dabei zumute, ganz allein mit Fran zu sein, bevor deine Mutter kommt? Sie wirkt auf mich ein wenig reserviert dir gegenüber.«

»Ach, Mam kann ebenfalls ganz schön muffig sein. Aber sie meint es nicht böse. Manche Frauen sind eben so. Die beiden ähneln sich in mancher Hinsicht – abgesehen vom Saubermachen.«

»Du wirst es nicht leicht haben, dich gegen die beiden durchzusetzen.«

»Meinst du?« Clare fragte sich, ob das auch etwas war, was sie noch lernen müsste. »Wie ist denn *deine* Mutter? Sie scheint sehr nett.« Sie hatte kaum mit Jill gesprochen, aber sie fand, dass sie, so beschäftigt sie auch war, immerhin etwas aus sich machte.

»*Nett?* Nein, Clare. Ich würde eher meinen: *durchgeknallt.*

Sie arbeitet als Psychologin. Das sagt ja schon alles. Mütter sind sonderbare Wesen, Clare. Da muss man sich vorsehen. Wir müssen ständig hinter ihnen her sein und sie wieder auf die Reihe bringen. Ich muss meine Mutter dauernd mit der Nase darauf stoßen, was um sie herum vorgeht. Sie hat regelmäßig keine Ahnung.« Rose brach ein Stück Brot ab und tunkte es in Olivenöl. »Deswegen habe ich meine Großmama so gern – sie krempelt die Ärmel hoch und macht sich an die Arbeit. Wenn in Afrika junge Frauen in ihre Klinik kamen, deren Babys tot in ihren Körpern steckten, diese armen Frauen quasi also dorthin *gekrochen* sind, hat sie sie nicht erst auf die Couch geschickt und sie nach ihrer Kindheit ausgefragt.« Sie leckte sich die Lippen. »Das Essen ist klasse. Na jedenfalls kannst du froh und dankbar sein, dass meine liebe Mutter die letzten Tage so viel um die Ohren hatte, sonst würde sie deinen beschissenen Pater Ryan vor eurer Dorfkirche aufgeknüpft haben, und deine Mutter gleich mit. Dich hätte sie in ein Internat geschickt und Sam der Obhut unseres Kindermädchens übergeben – doch nicht, bevor sie seinen Namen auf die Warteliste für Eton gesetzt hat. Sie benimmt sich manchmal außerordentlich elitär.«

Clare hörte Rose mit großen Augen zu und versuchte, das alles erst einmal zu verdauen. Rose grinste, also hatte sie wahrscheinlich maßlos übertrieben. Clare hatte durchaus das Gefühl, dass Rose ihre Mutter liebte. Rose schien überhaupt eine Menge Leute zu lieben. Sie dachte an die Menschen, die *ihr* lieb und wert waren – ihren Daddy, den hatte sie geliebt, und ihre Mam. Sie hatte Freundinnen in der Schule gehabt, und nun gab es viele neue Menschen in ihrem Leben. Liebte sie sie? Liebte sie Sam und Fran und Rachel und Rose? Sie wusste es nicht. Sie wusste nicht, was das Wort bedeutete. Sie hatte geglaubt, Pater Ryan zu lieben – und dass er ihre Liebe erwiderte. Aber das war wohl ein Fehler gewesen. Und was war mit Jesus und Maria und den Heiligen? Welche Art von Liebe war die richtige? Wann würde sie das herausfinden? Sie betrachtete Rose, die sich ihr Essen schmecken ließ. Diese neuen Menschen in ihrem Leben waren alle gut zu ihr. Möglicherweise sollte sie sie beobachten und Tag für Tag von ihnen lernen, was als das normale Maß an Liebe, das man zu geben – und anzunehmen – bereit sein sollte, erachtet wurde. Dann würde sie womöglich nicht noch einmal so dumm sein.

»Man weiß ja nie«, spekulierte Rose nun. »Vielleicht kommen sie ja auch recht gut miteinander klar. Deine Mutter kann alles blitzblank schrubben, und Fran kann sich um all die Kleinen kümmern – wusstest du, dass Cinders trächtig ist?« Rose lächelte verschmitzt. »Und ansonsten können sie sich in den Haaren liegen und dich in Ruhe lassen.«

Jetzt musste auch Clare grinsen. Es machte Spaß, über die Erwachsenen zu reden, als nähmen sie sich viel zu wichtig. »Aber ich sollte Fran auf jeden Fall bei Sam behilflich sein.« Sie hatte in den letzten Tagen oft an ihn gedacht. Sie hatte genau zugesehen, wie Fran mit ihm umging – wie leicht es schien, ihn mit einem Fläschchen Milch zu füttern oder ihm die Windeln zu wechseln und ihn anzukleiden. Er sah ja wirklich süß aus, wenn er griente. Manchmal kribbelten ihre Brüste noch ein wenig, wenn sie ihn ansah, aber die Ärztin hatte gesagt, dieses Gefühl würde sich bald geben.

Sie dachte an das kleine Loch, das sie geschaufelt hatte, um darin ihr goldenes Kruzifix und die Babysachen zu begraben. Sollte sie noch einmal dorthin zurückgehen und sie wieder ausbuddeln? Nein, das wollte sie nicht. Es war, als sei auch ihre Vergangenheit in dieser Erde begraben. Es war die endgültige Ruhestätte für ihr früheres Leben geworden – und nicht für Sam.

»Ich werde bald wieder unten in Wraith Cove zu arbeiten anfangen«, sagte Rose. »Muss mir ein paar Pennies verdienen und dann entscheiden, ob ich daneben oder überhaupt irgendein Studium wieder aufnehme – Musik oder so. Also kann ich dich und Sam jederzeit in Rocken Edge besuchen. Und ich würde deine Mutter gerne in Empfang nehmen, wenn sie kommt.«

»Echt?« Clare konnte sich absolut keinen Grund dafür ausmalen.

»Aber gewiss doch. Ich möchte, dass sie begreift, was für ein Glück sie mit ihrer tollen Tochter hat – und mit ihrem Enkel.« Sie wischte sich den Mund mit der Serviette ab. »Das war ja pangalaktisch. Ich muss Rachel zu ihren Kochkünsten beglückwünschen. Halte die Ohren gespitzt, falls wer übers Essen meckert.«

Clare war pappsatt. Sie knabberte an ihrem Salat und dachte darüber nach, was Rose gesagt hatte. Sie blickte an dem langen grünen Kleid hinunter, das sie trug. Es hatte Spaß gemacht, in den Secondhand-Läden mit Rose nach etwas Passendem zu suchen. Sie berührte ihr halb hochgestecktes, halb offen fallendes Haar. Als sie in den Spiegel geblickt hatte, nachdem Rose sie frisiert hatte, hatte sie verwundert gemerkt, wie gut es ihr stand.

Sie seufzte. Sie hatte das Gefühl, als wäre die kleine Flamme des Trostes in ihr größer geworden. Dieses Gefühl tauchte in letzter Zeit immer öfter auf – als würde das Flämmchen den Knoten des Schlechten in ihr langsam aufweichen. Morgen würde sie zu einer Behandlung zu Marguerite gehen. Sie hatte beobachtet, wie sie in der Villa mit Stephanie umgegangen war. Marguerite hatte gelächelt und mit ihrer kühlen Hand zärtlich über Stephanies Wange gestrichen. »Sie ist wirklich genial«, hatte Rose geschwärmt. »Ich werde ebenfalls zu ihr gehen, wenn sie dich und meine Großmama behandelt hat. Man ist danach immer so herrlich entspannt wie ein Faultier.«

Clare lauschte dem heiteren Geplauder der Gäste, die ihr Abendessen in dieser schönen Atmosphäre genossen. Schließlich stellte Rose sich vor die Trennwand zur Küche und spielte auf ihrer Geige. Clare bekam eine wohlige Gänsehaut. Mit einem Mal sah sie wieder ganz deutlich Rose vor sich, wie sie auf der Fähre von Irland mit der Band auf dem Podest gestanden hatte. Aber da hatten sie langsame, romantische Stücke gespielt. Jetzt fiedelte sie einen flotten irischen Tanz.

Gerade mal zwei Wochen waren vergangen, seit sie hier angekommen war. Vor zwei Wochen noch war sie ein schmuddeliges, elend krankes, verängstiges Mädchen gewesen, das sterben wollte. Doch wie ein gequältes Tier in einem Märchen war sie von Menschen errettet worden, die ein großes Herz hatten für sie. Würde sie auch weiterhin einen Platz in ihren Herzen haben? Es gab so vieles, was sie noch nicht begriffen hatte. Doch wenn sie binnen zweier Wochen schon so viel hatte lernen können – was hielten dann erst die nächsten beiden für sie bereit?

Rose lächelte ihr zu, während sie sich zwischen den Tischen locker hindurchbewegte und dabei diese wundervolle Musik spielte. Clare hätte gerne gewusst, wie sich solche Musik nannte. Ja, es gab noch unendlich viel, was sie erfahren und wissen wollte.